U0127774

权威·前沿·原创

广视角·全方位·多品种

文化创新蓝皮书

BLUE BOOK
OF CULTURAL INNOVATION

中国文化创新报告
（2011）No.2

文化部文化科技司
武汉大学国家文化创新研究中心

顾　问／蔡　武　王文章　冯天瑜
主　编／于　平　傅才武

ANNUAL REPORT ON CHINA'S
CULTURAL INNOVATION(2011)No.2

社会科学文献出版社
SOCIAL SCIENCES ACADEMIC PRESS (CHINA)

法律声明

“皮书系列”（含蓝皮书、绿皮书、黄皮书）为社会科学文献出版社按年份出版的品牌图书。社会科学文献出版社拥有该系列图书的专有出版权和网络传播权，其LOGO（ ）与“经济蓝皮书”、“社会蓝皮书”等皮书名称已在中华人民共和国工商行政管理总局商标局登记注册，社会科学文献出版社合法拥有其商标专用权，任何复制、模仿或以其他方式侵害（ ）和“经济蓝皮书”、“社会蓝皮书”等皮书名称商标专有权及其外观设计的行为均属于侵权行为，社会科学文献出版社将采取法律手段追究其法律责任，维护合法权益。

欢迎社会各界人士对侵犯社会科学文献出版社上述权利的违法行为进行举报。电话：010－59367121。

社会科学文献出版社

法律顾问：北京市大成律师事务所

文化创新蓝皮书编委会

顾　　问　蔡　武　王文章　冯天瑜

主　　任　于　平

委　　员　（按姓氏笔画排序）

于　平　于　群　王　丰　王亚南　王列生
王家新　白国庆　刘玉珠　齐勇锋　祁述裕
孙一钢　李　松　李　雄　吴国生　沈壮海
宋文玉　张晓明　陈　樱　陈少峰　罗　静
金元浦　赵　雯　胡惠林　郭齐勇　韩永进
傅才武　谢红星

课题组工作人员

宁伟群　罗　娟　江　凌　彭雷霆

主编简介

于　平　文化部文化科技司司长，博士，北京大学、北京师范大学、上海戏剧学院等多所高校特聘教授。1970～1980 年任江西省歌舞团舞蹈演员。1980～1985 年就读于江西师范大学南昌分院中文系并留校任教。1985～1988 年就读于中国艺术研究院研究生部，1988 年获硕士学位后任教于北京舞蹈学院，1992 年任副教授，1995 年任教授，1996 年 4 月被评为文化部优秀专家并享受国务院专家津贴，1998 年被评为“国家有突出贡献的中青年专家”。1996 年任北京舞蹈学院副院长（主持院务工作），2001 年 6 月调任文化部艺术司副司长，2004 年 4 月任文化部艺术司司长，2009 年 3 月起任文化部文化科技司司长。主要著作有《中国古代舞蹈史纲》、《中国古典舞与雅士文化》、《中外舞蹈思想概论》、《中国现当代舞剧发展史》、《舞蹈文化与审美》、《舞蹈形态学》、《高教舞蹈综论》、《舞台演艺综论》等。

傅才武　武汉大学国家文化创新研究中心主任、教授、博士生导师，国家哲学社会科学基金重大招标项目首席专家，国家哲学社会科学基金重大招标项目评审专家，国家社会科学基金艺术学项目终审专家，教育部“新世纪优秀人才支持计划”入选者，全国文化馆服务标准技术委员会委员、全国文化艺术资源服务标准技术委员会委员，文化部公共文化服务体系建设专家委员会委员。2007 年被评为武汉大学优秀博士后。1989～2004 年先后在湖北省文化厅、湖北省文物局从事研究。2004～2008 年先后任华中师范大学文化产业研究所所长、湖北长江出版集团战略研究所所长、华中师范大学国家文化产业研究中心副主任。近五年主持和协助主持（执笔）完成国家社会科学基金艺术项目和文化部、财政部、国家文物局委托的公共文化政策调研课题 30 多项，在《文艺研究》、《新华文摘》等核心期刊上发表论文 40 多篇。主要著作有《中国人的信仰与崇拜》、《艺术教育管理学》、《近代化进程中的文化娱乐业》、《文化市场演进与文化产业发展》、《转型期艺术表演团体改革模式研究》（副主编、执笔）、《中国农民工文化生活调查报告》（执行主编、执笔）等。

摘要

本报告围绕我国“文化创新”这一重大问题，集中了国内数十位专家学者的最新研究成果，主要反映了2010年以来我国在文化产业投融资、艺术教育管理、艺术科研管理、文化遗产保护、数字出版等方面的最新进展，在此基础上讨论了我国文化产业发展与公共文化服务体系建设对于文化制度创新、理论创新、政策创新的紧迫要求，是目前我国文化领域最权威的研究成果之一。

全书逻辑上分为文化理论创新和实践创新研究两大部分，结构上包含了总报告、理论创新篇、行业创新篇、区域创新篇、文化创新案例篇。总报告从宏观角度对近年来我国文化创新的最新进展进行了全面归纳总结，并就国家文化创新的整体情况进行了基本评判。理论创新篇集中了我国高校研究机构中青年学者群体和文化部门一线管理者对于近年来我国文化发展重大问题的最新成果，就当前我国文化转型时期如何建构有中国特色的社会主义文化理论体系，推进文化与科技融合，转变文化发展方式，文化产业投融资机制研究等重大理论问题进行了深入的阐述。行业创新篇涉及当前我国文化产业和文化事业各个方面的创新发展问题，特别是就近年我国数字出版、演出业、传媒业等方面的最新发展予以高度关注，并就提升文化领域的行业创新、模式创新提出了政策建议。区域创新篇则将视觉集中在河南、山西等省的文化产业和公共文化建设，同时关注到山东省和四川省文化产业发展的政策问题，以期形成比较的视角。文化创新案例篇则聚焦于当前文化发展中的热点问题，如农村公共文化服务体系的保障机制建设、中国艺术节的效用评估、实体书店的现状与保护等问题，并进行了深度考察。

本书是关于国家文化创新的多层次、多视角研究成果，既有宏观表述，又有区域性解读和微观分析，收录的文化创新典型案例为本书提供了鲜活素材和现实的标本，也提供了可供借鉴的经验模式。

Abstract

This report centers on the issue of culture innovation, and mainly reflects the newest progress of the cultural industry investment and financing, art education management, art research management, cultural heritage management and digital publishing in China, with the gathering of tens of internal experts and scholars' newest research. And based on this, this report puts forward the urgency of China's cultural industry and public industry service system development, which is of great significance to cultural institution innovation, theory innovation and policy innovation.

The book is logically divided into two parts, cultural theory innovation and practice innovation, the structure contains general report, theoretical study report, industry development report, regional development report, typical case report, etc. The General Report makes a comprehensive summary of China's latest cultural innovation development in recent years from a macro perspective, and carries out a basic evaluation of the overall situation of national cultural innovation. The Theory Innovation Report focuses on the latest research of the major issues of cultural development in recent years, which were taken by the young scholars of university research institutions and the first-line managers of the cultural sectors in China, and puts forward in-depth elaborations involving major theoretical issues such as how to construct a socialistic cultural theory system with Chinese characteristics, to promote cultural and technological integration, and to change the way of cultural development during the current cultural transformation in China. The Industry Innovation Report is related to the innovative development of China's cultural industry and all aspects of cultural undertaking, and takes particular high degree of attention to the latest development of digital publishing, performance industry and media industry in China, then brings forward several policy suggestions and practical summaries as to enhancing the industry innovation and mode Innovation in the cultural field. The Regional Study Report concentrates on Henan and Shanxi's provincial cultural industry and public cultural constructions, at the same time this part concerns about the development policy issues of cultural industry in Shandong province and Sichuan province, in order to form a comparative perspective. The Culture Case Report focuses on the current hot issues of cultural development, such as the protection mechanism construction of public culture service system in rural areas, utility assessment of Chinese Art Festival, status and protection of the physical bookstores.

This book is an achievement of a multi-level and multi-angle research about national culture innovation, involving both macro formulation and microscopic analysis, the typical cases included not only provide fresh materials and reality specimens for this book, but also provide referential empirical mode.

目录

BⅢ 行业创新篇

BⅣ 区域创新篇

BV 文化创新案例篇

皮书数据库阅读**使用指南**

CONTENTS

BIV Regional Innovation Reports

BV Case Studies

代　序

中国优秀传统文化的核心精神是和谐，家家户户门前张贴“福”字，意在守望家国天下平安康泰。春节将临，围炉共话家和国兴，是一桩赏心乐事。

在下的浅见以为，保持民主与权威之间的适度张力，是实现社会和谐的关键。中华文化为解决此一难题提供了有益的资源，这集中体现在“五伦”说所昭示的人际良性双向互济理念中。

自两汉以来，人们习惯于将“三纲”说与“五伦”说（“五伦”或指仁、义、礼、智、信，或指君臣、父子、夫妇、兄弟、朋友五种伦常关系，这里取后义）并列论之（所谓“三纲五常”、所谓“纲常名教”），无论是汉至清对“纲常名教”的推崇，还是近代将其在“旧礼教”名目下一并加以抛弃，都是把“三纲”说与“五伦”说捆绑在一起褒扬或贬斥。其实，“三纲”说与“五伦”说虽然都是宗法制时代的产物，有着相通性，但二者又颇相差异，分别代表中国伦常观念的两种走势，不宜笼统处置，而应予分梳，有所取舍。

中国的人伦观，有单向独断论和双向协调论两大系统，形成了两种传统。

一种传统以“三纲”说为代表，最典型的表述为：君为臣纲，父为子纲，夫为妻纲（孔颖达疏引《礼纬·含文嘉》）。认定尊者、长者拥有绝对权威和支配地位，卑者、幼者唯有屈从的义务。“三纲”说作为单向独断论的绝对主义伦理观念，构成专制政治的伦理基础，抵制、扼杀大众的民主、平权诉求。

另一种传统的代表性表述则是“五伦”说，所谓：父子有亲，君臣有义，夫妇有别，长幼有序，朋友有信（《孟子·滕文公上》）。其间包含着人际的温情、理解和信任，而且是相对性的、双向性的要求。这种“五伦说”集中反映在《尚书》、《左传》、《孟子》、《老子》等先秦典籍的民本主义表述中。

简言之，民本主义的上下关系论要领有二：

第一，下是上的基础，民众是立国根本。《尚书》所谓“民惟邦本，本固邦宁。”孟子所谓“民为贵，社稷次之，君为轻。”是此一精义的著名表述。

第二，民意即天意，民心即圣心，《尚书》记有周武王的名论：“天视自我民视，天听自我民听。”《老子》说：“圣人无常心，以百姓心为心。”

以君臣一伦而言，“五伦”说对君与臣两方面都提出要求，如孟子所说：

> 君之视臣如手足，则臣视君如腹心；君之视臣如犬马，则臣视君如国人；君之视臣如土芥，则臣视君如寇仇。（《孟子·离娄下》）

民本主义者的一个经常性论题，是“爱民”、“利民”，反对“虐民”、“残民”。孟子反复劝导国君“保民而王”（《孟子·梁惠王上》），荀子则有“君者舟也，庶人者水也。水则载舟，水则覆舟”（《荀子·王制》）的警告，八百载后唐太宗与魏征君臣对话中的“水可载舟，亦可覆舟”（《贞观政要》）的名论承袭于此。

至于夫妇一伦，“五伦说”则以“义”为标准，“夫妇以义事，义绝而离之”（司马光：《家范·夫妇》）。“夫不义，则妇不顺矣”（颜之推：《颜氏家训·治家》）。这里强调的是一种双向性要求。

在父子一伦上，主张“父慈子孝”，双向要求。

在兄弟关系上，主张“兄友弟恭”，也是双向要求。

朋友关系则讲究互利互助，所闻“友直，友谅，友多闻”，倡导朋友间行“直道”，互相取长补短，推崇的仍然是双向互济关系。

这种在权利与义务两方面提出双向互助性要求，以形成较为和谐的人伦关系，在利益驱动的现代社会尤其显得宝贵与急需。东亚国家、地区 20 世纪下半叶以来创造了经济奇迹，除利用最新科技成就，借用西方市场经济的竞争与激励机制以外，一个重要原因是东亚伦理的人际和谐精神得到现代式发挥，将企业和社会组合成风险共担、利益均沾的“命运共同体”，使管理者与劳作者在“和”的精神凝聚之下，形成长久、牢固的“合力”，而不是短暂的利用关系。这正是对东亚和合精义的创造性发挥，暗合了孟子的名论——天时不如地利，地利不如人和。（《孟子·公孙丑下》）与佛教的“丛林共住精神”也彼此契合。

关于“五伦”的双向性要求，还有多种大同小异的说法，最流行的是：父慈子孝，兄友弟恭，君明臣忠，夫和妇顺，朋谊友信。

“五伦”说主要强调上下关系的协调，而“各守职分”（处在“五伦”关系诸层级的人各有责守，必须各尽义务）是达成和谐关系的要义所在。这一思路包含“互动”与“双向要求”的合理因素，既是对专制独断论的一种抑制与反拨，也是对无政府及民粹倾向的一种防范与救治，有助于我们今日正确处理社会人际关系，如政府与民众关系、劳资关系、民族关系、医患关系、家庭关系等，以构建和谐社会。

以政府与民众关系为例，片面的单向要求，或者是上对下的“专断”，或者是下对上的“民粹”，都将导致社会矛盾的激化，陷入不和谐困境。

再以劳资关系为例，资方如果一味追逐利润最大化，置劳方利益于不顾，必将激化劳资矛盾；劳方如果强作超越企业承受力的要求，亦有损于企业的生存与发展。

又以民族关系而论，大民族的沙文主义与少数民族的分离主义，都不利于民族团结、和谐共存。

环顾社会中的诸种双边关系，五伦说阐扬的“互动”与“双向要求”至关紧要。

当然，传统的“五伦”说作为宗法等级社会的产物，强调“义务”，尤其是下对上的义务，而基本没有涉及“权利”问题，没有对民众享受权利和行使权力（所谓“民享”与“民治”）给予肯认，故中国传统社会不可能充分实现社会和谐，秦以下专制皇权社会两千余年间，社会动乱此伏彼起，便是明证。社会主义的精义便在于实现人的全面发展、社会关系的和谐发展。我们创建社会主义和谐文化时，应继承前人的优秀遗产，如“五伦”说在义务问题上的良性双向互动观；同时也要超越前人，有所创发，如在义务与权利的统一上，实现上下层级间的良性双向互动，这可能是保证我们的社会长治久安、实现可持续发展的关键之一。

武汉大学中国传统文化研究中心主任、资深教授、博士生导师

冯天瑜

辛卯春　书于武昌珞珈山

总 报 告

General Report

B.1

2009～2010：国家文化创新中的局部突破与非均衡发展

本书课题组 傅才武 陈 樱 执笔

摘 要：2010 年是我国“十一五”的收官之年。经过“十一五”时期的持续发展，我国综合国力大幅提升，初步形成了社会主义经济建设、政治建设、文化建设、社会建设“四位一体”科学和谐发展的总体框架。正是这一总体发展环境的优化，使我国文化建设进入了历史最好的发展时期，同时，也推动了国家文化创新实践的持续进程。2009～2010 年，在国家文化创新的总体进程中出现“局部突破”，主要体现为：以文艺院团改革和出版单位改制为核心的文化体制改革的深化，带动了局部文化制度的创新；东部发达地区文化产业系列激励性政策的出台，引起了示范效应；以动漫产业为代表的文化产业类型和以文化产业投融资政策为导向的关键制度创设，带动了国家文化创新实践的前行。《中华人民共和国非物质文化遗产法》已进入全国人民代表大会常务委员会审议程序。同时，2009～2010 年，国家文化创新体系建设中仍然存在着深化文化管理体制改革、围绕知识产权保护而建立鼓励内容创新的政策体系、推动文化发展方式从外延发展模式向内涵发展模式转变等方面的内在要求。

关键词： 文化创新　进程评估　对策

2010年是我国“十一五”的“收官”之年。经过“十一五”的发展，我国经济实力快速增强，综合国力大幅提升，2010年国内生产总值达到39.8万亿元，财政收入8.31万亿元。中国GDP已超过日本，成为世界第二大经济体，实现了自1840年以来中华民族历史性的跨越；伴随着30年来中国经济的高速发展，人民群众文化消费水平显著提高，文化产业蓬勃发展，新闻出版、广播电视、文学艺术繁荣进步，城乡公共体育设施建设、公共文化服务体系建设进程明显加快，经济、政治、文化、社会等各方面的改革创新不断取得新的进展，初步形成了社会主义经济建设、政治建设、文化建设、社会建设“四位一体”科学和谐发展的总体框架。

一　国家文化发展环境的优化带动了国家文化创新实践的持续推进

（一）文化立法取得重要进展，支撑文化发展的法制环境得到极大改观

2010年我国文化立法工作取得突破性进展。2010年6月27日，国务院将《中华人民共和国非物质文化遗产法（草案）》提请全国人民代表大会常务委员会审议，全国人大常委会于8月23至28日进行了一审，12月21日进行了二审（《中华人民共和国非物质文化遗产法》已于2011年2月25日经第十一届全国人民代表大会常务委员会第十九次会议通过）。《公共图书馆法》作为文化立法重点项目被列入本届人大立法计划，《博物馆条例》、《大运河保护条例》的立法进程明显加快。

2010年同时也是全国文化市场综合执法改革的“关键年”，全国文化市场延续多年的“分级管理、多头执法”的管理体制出现较大的变化。2010年，全国

已有山西、安徽、山东、河北、辽宁、吉林、河南、贵州等11个省（市、自治区）基本完成综合执法改革任务，有280个市（州）（占70%）组建了综合执法机构，72%的市（州）实现了文化、新闻、广电三局合并，1258个县（市）（占51%）组建了综合执法机构并实现三局合并。据初步统计，全国各级文化市场执法机构由2802个增至2839个，执法人员由17220人增加到29147人，执法人数增长了69%。基层文化市场管理权的集中统一，体现了中国文化体制改革自下而上的制度创新试验的特征。

（二）厘定“三加快一加强”国家文化发展战略任务，文化体制改革推动了文化领域持续的制度创新过程

近年来，文化建设在促进发展方式转变、推动经济社会又好又快发展中的重要功能与作用得到政府与社会的高度关注。2010年7月23日，胡锦涛总书记主持中央政治局第22次集体学习，在讲话中他强调指出，深入推进文化体制改革，促进文化事业全面繁荣和文化产业快速发展，关系到全面建设小康社会奋斗目标的实现，关系到中国特色社会主义事业总体布局，关系中华民族的伟大复兴。明确提出了“加快文化体制机制创新、加快构建公共文化服务体系、加快发展文化产业和加强对文化产品创作生产的引导”四项重点任务。“三加快一加强”作为2010年及“十二五”时期我国文化工作的战略任务，体现了党中央国务院在新形势下对中国特色社会主义文化发展规律的清醒认识和自觉把握，奠定了“十二五”时期我国文化建设的基本战略框架。

1. 文化部直属经营性文化单位转企改制取得重要进展

探索出文化领域以人员身份转换为主线、以完善企业运行机制为核心的转企改制模式。2010年，文化部、中宣部、人社部、北京市人社局等相关职能部门印发了《关于文化部直属在京经营性文化事业单位转制后参加北京市养老保险有关问题的函》，解决了中国东方演艺集团有限公司、中国文化传媒集团有限公司、中国动漫集团有限公司和中国对外文化集团公司4家集团公司职工加入北京市养老保险的问题，同时核销了4家集团公司原事业单位全部1020个事业编制。经过数年的酝酿，中直文化单位改革终于在2010年实现了关键性突破。

转企改制和制度创新，带来了文化单位的创造活力。与上年相比，中国东方演艺集团有限公司2010年演出收入增长了318%，经营收入增长了219%，员工

收入增长了214%。中国对外文化集团公司中标经营管理广州大剧院，由其组建的中演演出院线已整合全国30家剧场，年演出场次超过3000场，初步形成了相对完整的文艺展演产业链，目前正在积极筹划股份制改造。

2. 经营文化单位转企改制向基层延伸

越来越多的文艺院团转企改制，以市场主体身份融入全国深化文化体制改革的大潮。截至2010年底，全国共有343家国有文艺院团实现转企改制，当年新增274家。其中省级72家，计划单列市11家，地市级191家，县级69家，是2009年转制院团总数的5倍；各地成立演艺集团46个，其中省级11个，地市级35个。通过深化院团改革，优化资源配置，完善产业链，推动了演艺领域市场化、集约化程度的不断提高，正在逐步形成区域性演艺行业的龙头。

2010年，新闻出版体制改革进入最后“冲刺”阶段。新一轮新闻出版单位体制改革不断向纵深推进，新闻出版体制改革的“路线图”、“时间表”和“任务书”正在得到落实。截至2010年底，268家地方出版社和103家高校出版社的转制工作已基本完成，已组建完毕29家出版企业集团公司。继学习出版社等6家中央部门所属出版社率先完成转企任务后，又有18家中央级出版社完成了清产核资、核销编制、职工参保、工商注册等经营性事业单位转为企业所必须完成的工作，出版行业转企改制取得整体性突破。近年来，全国新闻出版行业共有400多万人实现了“身份转换”，成为“十一五”时期我国文化体制改革最大的亮点之一。

3. 9部门出台《关于金融支持文化产业振兴和发展繁荣的指导意见》，推进了文化产业投融资制度创新

2010年3月，文化部、财政部、中国人民银行等9部门制定出台了《关于金融支持文化产业振兴和发展繁荣的指导意见》，这是新中国成立60多年来第一个要求文化与金融相结合的文件，为金融支持文化产业发展提供了根本性的政策保证。社会评价这一政策性文件是2010年最“给力”的文化体制改革的政策，克服了文化产业发展的“短板”，填补了文化产业发展的政策空白点。同时，文化部会同保监会起草了《关于大力推进保险支持文化产业发展有关工作的通知》，进一步细化保险支持文化产业发展的政策措施。文化部共与6家商业银行机构签订战略合作协议，继续深化“部”“行”合作机制。

4. 设立“国家繁荣文学艺术创作专项基金”，建立引导文学艺术创作的激励机制

2010年，文化部、财政部为加大公共财政资金的引导力度，设立了总额达1

亿元的“国家繁荣文学艺术创作专项资金”，并开始实施中国民族音乐发展和扶持工程，大力鼓励和引导艺术创作。

5. 建立文化产权交易中心，探索文化产权交易的新形式

2010 年，国家推动筹建中国北京文化产权交易所有限公司，国家相关部门与深圳、上海、北京等地筹建文化品牌、知识产权、版权等无形资产的评估机构和产权交易的平台。2010 年，文化部和中国银行、中国进出口银行、中国工商银行、中国农业银行，以及北京银行都签署了战略合作协议，为转企改制的文化单位提供更多的金融支持。“文化部文化产业投融资公共服务平台”正式上线，建设文化产业项目资源库，加快建设服务于文化产业的多层次资本市场体系。

（三）财政投入的增长提升了国家文化创新与发展能力

1. 国家对文化文物行业的投入稳步增长

全国文化事业费稳步增长。2009 年全国文化事业费 292.32 亿元，占国家财政总支出的 0.40%，比 2008 年增加了 44.28 亿元，增幅为 17.9%。2010 年，中央财政对文化艺术行业的投入共 31.26 亿元（不含基本建设），比 2009 年增加 3.93 亿元，增幅为 14.38%。同时，中央财政持续加大对地方文化建设的扶持力度，共计补助地方文化专项资金 36.55 亿元，比 2009 年增长 19.44%。其中重点落实全国乡镇文化站建设经费 18.48 亿元，使全国乡镇文化站建设顺利完成了“十一五”规划的既定目标。

2. 公共财政支持文物普查和文化遗产保护工作取得重大进展

全国文物普查和文化遗产保护作为国家文化建设的重点工程，得到了国家财政的大力支持。截至 2010 年 12 月，中央和地方财政累计投入文物普查经费 12.03 亿元，全国 2800 多个县域基本单元全部完成实地文物调查工作，调查登记不可移动文物 80 余万处，比 20 世纪 80 年代第二次全国文物普查登记文物数量翻了一番。全国长城资源调查田野工作全部完成，初步建成长城资源信息系统。大运河文化遗产资源调查工作圆满完成，登记大运河文化遗产点段 1000 余处。沿海文物调查进展顺利，已发现 200 余处水下文物点、70 处沉船遗址。全国文物系统馆藏一级文物登录和二、三级文物备案任务圆满完成。

3. 国家扶持性投入支持了文化机构的发展与创新能力的提升

2010 年，全国共有 116 个文化企业的 127 个项目得到了 4.52 亿元国家文化产业专项资金支持。2009年以来，文化部重点推荐了文化产业贷款项目30多个，贷款金额累计130多亿元。其中，14个项目获得了国家文化产业发展专项资金的贷款贴息扶持。文化部、商务部、财政部实施了2010年文化产业发展专项资金对出口重点企业的绩效奖励制度，奖励重点文化类企业。

在国家财政的大力支持下，我国公共文化基础设施建设水平大幅度跃升，公共文化发展基础不断完善。国家财政对乡镇综合文化站建设的投入保证了乡乡有综合文化站的规划目标。2010年，国家博物馆改扩建、国家话剧院剧场等工程相继竣工；国家美术馆、中国工艺美术馆·中国非物质文化遗产展示馆、中央歌剧院剧场等工程先后启动，中国歌剧舞剧院剧场、中国东方大剧院选址基本确定。江西艺术中心大剧院、广东省博物馆新馆、广州大剧院等一批地方文化设施相继建成，标志着我国文化建设进入一个历史性的重要发展时期。

4. 海外文化中心建设快速推进，中华文化的影响力显著提升

2010年，在中央财政的支持下，曼谷和新加坡文化中心奠基仪式。马德里和莫斯科文化中心落实选址，进入设计改造阶段。日本东京和蒙古乌兰巴托文化中心先后揭牌。巴黎中国文化中心继新楼投入使用之后，老楼改造也已启动。全面加速建设的海外文化中心成为我国对外文化工作的新平台，既是我国整体外交阵地的拓展，更是代表中国国家形象的标志性建筑。

（四）社会力量的成长支撑国家文化发展模式的多样性

近年来，国家出台了一系列的税收优惠政策①，意在鼓励社会力量参与文化建设，文化事业越来越多地得到社会各界的关注和支持。如，荣毅仁基金会捐资1亿元设立“荣毅仁基金会杂技奖”，中国泛海控股集团有限公司捐赠1亿元设立“中国文化艺术奖”，此外，一些热心人士作为文化志愿者参与各种文化服务活动，对公共文化建设产生了广泛的影响。

---

① 我国在公益捐赠立法方面进行了积极的探索，1999年就已出台《中华人民共和国公益事业捐赠法》、《关于加强企业对外捐赠财务管理的通知》、《关于进一步支持文化事业发展的若干经济政策》等法律法规。根据2007年2月发布的《财政部国家税务总局关于宣传文化所得税优惠政策的通知》，纳税人缴纳个人所得税时，捐赠额未超过纳税人申报的应纳税所得额30%的部分，可从其应纳税所得额中扣除；企业所得税的10%以内的部分，可在计算应纳税所得额时予以扣除。2008年1月1日起实施的《中华人民共和国企业所得税法》将企业公益性捐赠的纳税扣除额度由10%提高到12%。

1. 社会力量加入演出市场，成为文化市场上的新兴力量

2010年，文化部举办了首届全国民营艺术院团优秀剧目展演，推动了民营艺术院团的健康发展。社会力量的参与，给文化市场带来了另外一番气象。例如来自民营天创演艺集团的功夫舞台剧《功夫传奇》共演出了3699场（其中在国外演出658场）。该集团从500万元起家，10年间发展到拥有上亿元资产，拥有4个剧团700多名员工，《功夫传奇》已发展成为国内外叫得响的演出品牌。

2. 民营博物馆成为重要的文化发展力量

近年来，民间参与投资和新建博物馆呈现方兴未艾之势。随着社会经济的发展，民间力量对博物馆事业表现出前所未有的热情，大量民间资本投入民营博物馆。例如，北京观复古典艺术博物馆“一年支出在一百多万，靠50元一张的门票收入远远不能支撑。”① 湖北宜都市红春村农民刘正国，花了十年时间搜集了3000多件民间“宝贝”，并投资1000多万元（不含文物）修建了民间博物馆。

我国民营经济的迅速发展，使得民间具备了资助艺术事业和投资艺术品的物质条件，社会力量参与博物馆建设粗具规模。根据国家文物局课题组的统计数字，2009年，我国省、自治区、直辖市（除广西、西藏、新疆外）民办博物馆已达386座，具体分布如下：北京21座；天津8座；河北2座；山西29座；内蒙古13座；辽宁27座；吉林1座；黑龙江25座；上海14座；江苏17座；浙江61座；安徽7座；福建4座；江西6座；山东4座；河南14座；湖北4座；湖南4座；广东39座；海南3座；重庆4座；四川27座；贵州7座；云南17座；陕西13座；甘肃3座；宁夏10座；青海2座。

二　局部性突破带动国家文化创新实践前行

（一）东部发达地区的创新试验形成示范效应

1. 东部发达地区逐渐成为文化制度创新试验高地

随着我国长三角地区经济社会发展进入第一次现代化后期和第二次现代化初期阶段，文化产业日益成为发达地区推动社会经济发展方式转型的动力。东部地

① 《中国私立博物馆的生存状况》，星岛环球网，2009年5月22日。

区地方政府通过制度创新，力推文化产业做强做大。2009 年，上海成系列地推出文化创意产业扶持政策：首批设立了 15 个文化产业园区、1 个文化产业投资公司和 3 个产权交易中心。中国内地首家综合性文化产权交易所在上海挂牌成立。2009 年 10 月，上海市委、市政府印发了《关于加快本市文化产业发展的若干意见》，提出今后 5 年上海文化产业发展的 9 大目标，包括着力打造进出口、投融资、产权交易等三大国家重点文化产业功能性服务平台，培育并完善若干在全国乃至国际范围内有吸引力的文化要素市场；建设 20 个以上国家级文化产业示范基地和 20 个以上市级文化产业特色园区，实施一批重点文化产业项目；推进文化产业与数字、网络等新技术融合发展，加强媒体制作和传播新技术的研发利用等。

在全国率先启动文化体制改革的江苏省，目前形成了以 6 大文化产业集团为龙头，7 个国家级、5 个省级文化产业园区集聚的态势。2009 年 8 月，江苏省文化建设工作会议明确提出要全面推进文化强省建设，并列出了一张清晰的文化改革发展的“时间表”与“路线图”：到 2010 年，全省经营性文化事业单位转企改制到位，公益性文化事业单位内部机制改革到位；到 2012 年，全省文化产业增加值占 GDP 的比重达到 5% 以上。①

2. 广州承办第九届中国艺术节并首创“演交会”

2010 年 5 月 10 日，第九届中国艺术节在广州拉开帷幕，历时 16 天。其间 65 台精品剧目角逐第 13 届文华大奖，290 台群众艺术节目参评第 15 届群星奖，此外，15 台国内优秀剧目参加祝贺演出，8 台港澳台和国外经典剧（节）目赞襄贺演，并首次推出“中国（广州）优秀舞台艺术演出交易会”。

从文化经营角度看，中国艺术节一直起着文化信息交易平台的作用。但这一功能在“九艺节”前的历届艺术节发挥有限。“九艺节”组委会推出的首届中国（广州）优秀舞台艺术演出交易会，在一定程度上完善了中国艺术节的交易平台功能。交易会展览面积 1.2 万平方米，设立综合剧目、演艺超市、演艺机构、演艺互动、灯光音响舞美、交易洽谈及综合服务共 6 个区域。内设标准展位 158 个，演艺超市展位 463 个，特装展位 7 个。参展剧（节）目共 398 部（个）。②

---

① 参见左学金《2010 年率先转型中的长三角》，社会科学文献出版社，2010。

② 参见张海燕、贺林平、刘育珊《筹备就绪：九艺节 5 月 10 日将在广州如期拉开帷幕》，http://www.chinadaily.com.cn/dfpd/guangdong，2010-05-08。

“演交会”成交活跃，共签约项目66个，交易项目演出场次1540场，累计交易金额17748.46万元。此外，“演交会”引进国外项目2个，金额为2162.5万元人民币；合作项目1个，金额为600万元人民币。① 在中国艺术节中嵌入文化产品交易会这一创新形式，得到了政府与社会各界的关注和肯定。

（二）动漫产业成为文化产业政策创新的重点行业

2010年，文化部、财政部、国家税务总局开展了第二批动漫企业认定和第一批重点动漫产品、重点动漫企业认定工作，经过认定的动漫企业可以享受营业税、增值税等五大税种的优惠政策，重点动漫产品将获得知识产权登记补贴。文化部实施了“原创动漫扶持计划”，评选出50部优秀动漫作品、58个动漫创作者（团队），先后举办了第六届中国国际动漫游戏博览会、中国原创手机动漫游戏大赛、中国（常州）动漫艺术周、（贵阳）亚洲青年动漫大赛等活动。2010年，总投资45亿元的天津国家动漫综合示范园区硬件和技术平台建设基本完成。

（三）公共文化服务体系建设带动国家公共文化发展模式的系统创新

1. 国家公共文化服务体系制度设计全面启动

2010年，文化部联合中国社会科学院、北京大学、清华大学、武汉大学等10个科研机构，启动了国家公共文化服务体系制度设计研究。文化部在5个重点委托课题之外，又与18个省、市的文化厅（局）签约，全面启动了国家公共文化服务体系建设的制度创新与试验。

2. 利用信息技术手段全面提升基层公共文化服务能力

2010年，文化部着力推进“县级数字图书馆推广计划”，充分整合利用国家数字图书馆和全国文化信息资源共享工程的资源优势，通过共享工程服务网络把国家数字图书馆的优秀文化信息资源传输到全国县级图书馆，极大提升了县级图书馆信息化整体服务水平，增强了基层文化单位的公共文化服务能力。

---

① 演交会筹备部：《［重要］演交会最终统计数据》，http：//www.jiuyijie.cn/Article/news/805573095327.html，2010－10－10。

3. 公共文化服务设施免费开放取得新进展

2010 年，中宣部、财政部、文化部、国家文物局印发了《关于进一步做好公共博物馆、纪念馆免费开放工作的意见》，财政部、中宣部、国家文物局赴 28 个省份 142 个博物馆开展专题调研，探讨博物馆体制机制创新。2010 年，全国免费开放博物馆纪念馆总数达到 1743 个，约占文化文物部门归口管理博物馆纪念馆和全国爱国主义教育示范基地总数的 77%；2008～2009 年，全国博物馆纪念馆接待观众 8.2 亿人次，平均观众量比免费开放前增长 50%。免费开放加快了博物馆融入社会的步伐，博物馆的文化辐射力和社会关注度得到空前提高，公共文化服务能力和社会效益得到进一步提升。同时，公共图书馆、美术馆、文化馆和乡镇综合文化站的免费开放已经提上了议事日程。

（四）文化生态保护区建设探索非遗保护的新途径

2010 年，文化部召开了两次文化生态保护试验区规划专家论证会，初步总结出了生态区建设的基本经验，下发了《关于加强国家级文化生态保护区建设的指导意见》，对国家级文化生态保护区建设的方针原则、基本措施、设立条件作出了明确的界定和规范，提出了加强建设的意见和要求。在此基础上，新批准设立了云南香格里拉等 6 个文化生态保护实验区，对整体性、区域性保护方式进行积极的探索，初步形成了当前我国非物质文化遗产空间保护的经验模式。

（五）文化科技融合创新推进国家文化发展方式转型

2010 年，13 个“国家科技提升计划”项目和 10 个“国家文化创新工程”项目获文化部批准立项，58 个项目被评为 2010 年度文化部科技创新项目。这些文化科技项目，大多体现出当前文化建设中文化与科技融合的迫切需求。如“公共图书馆现代科技应用研究”、“公共文化服务与交流中移动技术应用模式研究”、“基于三网融合的公共文化传播新模式研究及示范”等。全国文化领域标准化工作稳步推进，确定国家标准立项项目 18 项，制定了《公共图书馆服务标准》。同时，文化行政部门利用网络技术手段加强对互联网上网服务场所的管理取得进展。截至 2010 年 10 月底，文化部网吧监管平台已与 25 个省级监管平台实现互联互通，对全国 8.1 万余家网吧的 465 万余台计算机终端实行即时动态监控。

2009～2010年，数字技术的发展和国家数字内容产业扶持政策的相继出台，推动了国家文化发展方式的转型。2009年初，我国第一颗以直播为业务的通信卫星“中星9号”正式投入使用，直接推动了国家广播电视“村村通”工程的建设进程，使我国71.6万个20户以上通电“盲村”的广播电视村村通任务得以顺利完成。2009年7月31日，科技部、国家广电总局和上海市政府在上海举行中国下一代广播电视网（NGB）启动暨上海示范网合作协议签字仪式，中国下一代广播电视网进入实质性推进阶段，将为全国3亿多个家庭构建覆盖城乡、低成本的信息高速公路，其管理系统可以对业务、内容、网络和用户实行智能化的监控和管理，① 将在根本上改变广播电视网络运营业务结构，有助于广播电视网络运营商从单一的节目传输运营商转变为综合信息服务运营商。2009年1月7日，工业和信息化部为中国移动、中国电信和中国联通发放3张第三代移动通信（3G）牌照，此举标志着我国正式进入3G时代。2009年，我国CMMB二期规模实验正式启动，与中国移动合作，CMMB全国范围内试水商用。2009～2010年，“数字内容产业”作为由网络技术与信息技术支撑的现代文化产业类型，逐步确立了在国家文化产业发展中的优先位置。数字内容的整体业务体系逐渐成形，并通过与传统文化产业的对接形成了数字影视、数字游戏、数字音乐、数字娱乐等数字内容业务链，推动了文化产业新业态的发展。根据国家新闻出版总署的相关调查，当前我国全民阅读的比例已经超过80%，但传统纸质阅读比例上升慢，而新式阅读——手机阅读、网络阅读及其他移动终端阅读方式以6%～7%的速度逐年上升，2010年新媒体阅读已经超过30%。②

一直处在改革开放前沿的深圳市充分发挥政府与市场的作用，大力推进文化与科技的融合创新，形成了深圳市“文化＋科技”新型业态体系，促进了深圳市文化产业的异军突起。一年一度的中国国际高新技术成果交易会（简称“深圳高交会”）和中国（深圳）国际文化产业博览交易会（简称深圳“文博会”）已经成为深圳的著名品牌。

---

① 《中国NGB建设扬帆起航——中国下一代广播电视网启动暨上海示范网部局市合作协议签字仪式在沪举行》，《广播与电视技术》2009年第8期。

② 《新闻出版总署署长柳斌杰谈新闻出版事业》，人民网，2011－3－10。

三　当前国家文化创新体系建设中的主要问题与对策建议

（一）主要问题

1. 国家文化创新能力必须基于国家整体文化发展水平之上，公共文化体系的基础差底子薄，制约了国家文化创新的能力

改革开放以来，我国文化行业底子薄、基础差、历史欠账多，除东部沿海少数发达地区外，文化行业总体落后于经济社会发展的状况并未得到根本性改善。文化部蔡武部长从比较分析的角度指出了我国文化发展的现状："与经济增长的惊人速度相比，文化发展的步子还是慢了；与教育、卫生、科技等领域投入的大幅度增长相比，文化建设的投入还是少了；与人民群众日益增长的文化需求相比，文化产品和服务的供给能力还是很弱。"统计表明，我国文化事业经费支出比重多年来一直徘徊在0.39%～0.40%之间，总量偏小、绝对数不大的状况未能有整体性改观。

表1　全国文化事业费占国家财政总支出的比重

年份	文化事业费(亿元)	国家财政总支出(亿元)	占国家财政比重(%)
2006	158.03	40213.2	0.39
2007	198.96	49565.4	0.40
2008	248.04	62427	0.40
2009	292.32	75874	0.39

资料来源：文化部财务司编著《中国文化文物统计年鉴2010》，国家图书馆出版社，2010，第15页。

2009年，全国人均文化事业费为21.9元，比上年增加3.22元，且区域分布不均衡。按地区分，人均文化事业费超过30元的省（市、区）有上海（91.35元）、北京（79.24元）、天津（48.38元）、青海（45.88元）、西藏（44.69元）、浙江（40.68元）、宁夏（39.44元）、内蒙古（37.50元）8个；人均文化事业费在20元以下的省（市、区）有15个，分别是陕西（19.21元）、重庆（18.00元）、甘肃（17.85元）、黑龙江（17.26元）、湖北（17.11元）、云南

（16.68元）、江西（15.07元）、四川（14.45元）、贵州（14.02元）、广西（14.02元）、湖南（13.73元）、山东（13.45元）、安徽（11.09元）、河南（9.66元）、河北（9.6元）。排位第一的上海与河北省的差距达到81.75元。尽管从整体上看，各地区人均文化事业费有不同程度的增长，但地区性不均衡的特征仍然明显。

与投入不足相对应的是文化行业高素质综合型人才不足。根据2009年的统计，全国共有各类文化机构305764个，从业人员1984159个。在全部从业人员中，具有中级职称的105586人，占总人数的5.32%；高级职称的42485人，占总人数的2.14%。由此反映出我国文化系统从业人员学历结构、职称结构偏低，综合型高素质人才不足的现状。

表2　全国文化文物机构数、从业人员综合情况

项　　目	机构数（个）	从业人员（人）	高级职称	中级职称
文化及相关产业	305630	1980884	42416	105256
艺术业	8582	256776	21854	43431
图书馆业	2850	52688	4177	16724
群众文化服务	41959	137484	6155	23984
艺术教育业	158	12796	2124	3731
文化市场经营机构	239571	1294915	—	—
文艺科研	210	3478	1037	1076
文物业	4842	101986	5806	13844
其他文化及相关产业	7458	120761	1263	2466
非文化及相关产业	134	3275	69	330
总　　计	305764	1984159	42485	105586

数据来源：文化部财务司编著《中国文化文物统计年鉴2010》，国家图书馆出版社，2010，第72页。

国家文化创新能力是构成国家文化软实力的核心能力，是民族国家文化竞争中极富穿透力的“矛头”，但这种文化创新能力应该表现为基于独特而先进的文化制度体系、高素质文化人才和高新文化科技之上，满足人民群众文化需求的能力以及对他民族的文化吸引力、影响力和感召力。国家文化创新能力如果缺乏公共财政、人才和科技的强大支撑，无疑如沙地建房，难以形成国家文化创新能力的坚实基础。

2. 文化领域体制性矛盾和结构性问题叠加在一起，束缚了民族文化的创新发展能力

主要表现在以下几个方面。(1) 技术的一体化进程与行政管理体制的行业化架构，在一定程度上导致了文化管理体制的深层次矛盾。三网融合及电视网络与电信网络的整体化趋势，挑战以行业分类管理为主的传统管理模式，要求调整部门行业之间、中央与地方之间的条块分割的制度设计，建立基于技术一体化和市场一体化的现代市场管理系统。随着文化与信息技术的日益融合，互联网已经成为文化传播的重要渠道，这种变化打破了传统的文化市场分类方式和管理模式，对文化市场管理的方式、理念、手段等都提出了挑战。革新传统的文化市场管理方式，建立能够切实履行国家宏观管理职能的文化管理职能体系势在必行。

(2) 高技术行业发展不足与传统行业规模庞大、城乡文化市场二元分割、体制内单位与体制外机制分离等结构性问题，影响到文化市场资源配置功能的发挥，难以在全社会形成文化创新的机会。文化部蔡武部长在评价当前我国文化市场发展的整体状况时认为："我国文化市场的发展起步较晚，还很稚嫩、很初级，发育还很不成熟。文化领域的资本、人才、产权、技术等要素市场还不健全。掌握大量文化资源的国有文化单位大都还游离于市场经济体制之外。中西部地区广大农村的文化市场还没有真正形成。"当前我国文化市场条块分割、发育不成熟，阻碍了文化生产要素的流动，影响到文化市场资源配置功能的正常发挥，需要深化文化体制改革，建立起真正意义上的现代文化市场体系。

(3) 内容创新能力不足，阻碍了由"文化制造大国"向"文化创造大国"转型的步伐。数据表明，当下的中国已经跨入文化产品生产大国的行列，2010年我国出版业生产了50多万种产品，拥有超过500亿份的报纸发行量，日报的总发行量、图书出版的品种和总印数都居世界第一，电子出版物的总量居世界第二。但是中国仍然不是文化创造大国，2010年中国版权贸易中引进输出比仍然是3∶1，呈现明显逆差。联合国教科文组织每年评选并公布影响世界的100本书、100种报纸、100条新闻和100首歌，我国生产的作品基本难以入围。"内容创新不足"已经成为中国文化发展的瓶颈。①

---

① 《新闻出版总署署长柳斌杰谈新闻出版事业》，人民网，2011－3－10。

3. 文化行业对于高新技术反应迟钝，利用高新技术手段发展自身的能力较弱

数字技术对于传统文化行业的影响既不是一种“平面”影响，也不是将传统行业“平移”，更不是简单地将已出版的书、报刊、剧（节）目转换为数字形式而已。融入数字技术的文化应该是一种基于技术特征的文化生产、传播和消费模式的创新，本质上是一种形式与内容都在变化的“文化行业革命”。当下发达国家出版行业中基于“云计算”技术的“云印刷”，可以把任意空间的知识组合并打印出来，实现共享。但是，当前我国文化行业对于数字技术与网络技术的应用，主要还停留在借助数字和网络方式改造传统行业的较低层次上，对于现代技术明显存在战略重视不够、人才准备不足、应对措施不力的现象。如具有革命性影响的“电子阅读器”（电子书），西方发达国家早已认识到它将会带来出版和阅读的革命，同时也将为图书出版商找到新的商业模式。一些大的文化产业集团已经就此展开激烈竞争，继亚马逊的Kindle（存书25万种）、索尼阅读器（存书100万种）之后，时代公司、新闻集团等美国5大出版巨头联合开发新的电子阅读器，以对抗Kindle。相比之下，我国除汉王等少数品种外，整个业界反应迟滞。

随着3G时代的到来和手机技术的日益成熟，手机的移动性、便捷性、兼容性等特性受到众多商家的关注，手机作为移动终端，其承载的功能越来越多，文化传播将成为其重要功能。但目前，我国文化产业界对于手机文化传承与传播功能的开发尚处于初级阶段，为手机“量身打造”的文化内容更是凤毛麟角。2009年7月31日启动的我国“下一代广播电视网”（NGB），将构建覆盖城乡、惠及全国3亿多户家庭的低成本信息高速公路；它将是有线无线相结合、支持“三网融合”业务、全程全网的广播电视网，可以为用户提供高清电视、数字音频节目、高速数据接入和语音等三网融合业务，从根本上改变广播电视网络运营业务结构，有助于文化艺术节目的生产与传播。但是，我国文化艺术行业似乎普遍对此反应平淡。

在信息技术飞速发展的背景下，文化领域的各个行业都将面临转型的挑战。传统行业如出版业、演艺业、广播电视等一方面会遇到巨额资本支出及折旧摊销费用导致行业运营成本增加等现实问题，另一方面又面对新媒体等行业的激烈竞争，在当今社会的高技术环境下，“没有什么是无可替代的”。这就要求文化行业必须从战略上重视技术发展对于文化行业的影响，预先谋划和实现跨区域、跨行业发展的新战略。

（二）几点对策建议

1. 深化文化体制改革，建立起适应社会主义市场经济基础结构变迁的国家文化管理体系

深化文化体制改革和推进文化科技创新既是推动文化发展的基本动力，也是推进文化创新的基础。我国文化体制改革持续了30年，在“党委领导、政府管理”的框架范围内实施了系列的改革思路、原则和措施等，但在大体的宏观框架上并无实质性改变。从世界范围来看，民族国家文化建设没有统一的标准或既定的模式，各国依据各自的国情和文化传统，建立起文化领导理念、管理措施、制度内容各具特色的文化体制。在文化体制改革30年后，我国文化体制改革已基本具备从文化单位的“功能性改革”向国家文化管理体制“结构性改革”演进的理论基础和物质条件。

重塑文化产业领域的市场主体，从政策和制度安排上赋予文化企业明确的市场地位，赋予文化企业独立的利益追求目标和经营自主的权力，文化经营业务应完整（而不是人为剥离）过渡为市场主体；建立健全以产权为核心的体制框架，应该尽快脱离行政级别和行政角色，建立一个开放的以法人治理结构为基础的运行体系。

继续深化国有文化单位领导人遴选制度改革，按照市场经济对不同文化单位的具体要求，在遵循“党管干部”原则的前提下，积极引入职业经理人概念，建立健全内部提拔与外部引入相结合的竞争机制。同时建立并完善以年薪、绩效报酬和期权激励等为基础的综合激励机制。

更新基层文化单位的组织设计理念，优化文化单位的组织结构。借助日益社会化的协作体系及信息系统的支持，逐步实现文化单位由科层制的官僚结构转变为扁平化的网络结构，实现组织机构重组，将文化单位的管理职能由主要面向内部转变为主要面向社会、面向市场，通过优化单位组织结构全面提高单位管理绩效，实现文化发展目标。

2. 明确“十二五”时期文化发展战略思路，推动文化发展从以外延发展模式为主向以内涵发展模式为主转变

“十一五”以前，在文化基础薄弱、历史欠账很多的情况下，我国走上以外延发展为主的文化建设模式具有历史必然性。这种模式体现在以追求文化产品的数量为主，以追求文化设施的体量为主，以文化基础设施的硬件建设为主，以产值目标考核评价为主。这一模式在文化发展的初始阶段具有合理性，但同时也带来了明显的负面效应。调查显示，目前我国大中城市的文化设施建设中“面子工程”现象严重，有30个城市新建了总投资过亿元的大剧院。“过去的10年里，我国文化事业费占国家财政支出总额的比重从未超过0.5%。这些有限的资金，70%以上用于城市文化建设。而投入城市的资金被一些地方政府用于建设大型文化设施，有的竟成了地方政府的形象工程、面子工程。”九三学社对南方某省40多家剧院进行调查后发现，这些剧院全部采用高耗能、高耗材的建筑形式，文化设施建设投资迅速攀升。欠发达地区也开始加入到攀比风潮中，以致一些大剧院、博物馆、图书馆、文化广场的建筑群建成后无法维持运转。①

经过30年来的持续发展，进入“十二五”时期，我国文化建设已经跨越初始阶段，应该进入文化本体发展的新阶段，即要确立以内容建设为主体的内涵发展模式。内涵发展模式以追求产品的质量（精品）为主，以完善文化激励机制、制度创新为主，以文化吸引力、感召力、影响力的考核评价为主。“十二五”期间，要着眼于文化建设的长期性、持续性特征，坚持长期性文化发展战略，逐步建立完善文化产品质量管理评价系统，改革创新文化生产及传播体系，转变文化设施“一头独大”的投入形式，形成文化内容创新的激励机制。

3. 加快完善文化市场机制，围绕知识产权的保护建立国家鼓励内容创新的政策体系

要实现国家文化创新，首先要进行内容创新。正如文化难以被“打造”出来一样，内容创新也不可能像制造工业产品和商品一样被“制造”出来。唯有建立知识产权保护机制，形成对知识创新的持续激励，鼓励国民的创新意识和创新实践，宽容失败，才能真正激励内容创新。

系统地看，文化创新与理论创新、科技创新和体制创新紧密相关，但观念创新、科技创新、体制创新必然回归于文化创新。这不仅是逻辑的必然，也是历史的必然。当前，在构建我国公共文化服务体系的过程中，要突出加强公共文化服务“软件”建设，创新公共服务模式，整体提升社会公众的文化鉴赏水平。政

① 王晶晶：《30个城市新建亿元大剧院　委员痛斥文化面子工程》，2011年03月10日《中国青年报》。

府在推进文化产业发展的过程中，要重点关注搭建政策支撑、公共技术和信息服务、投融资服务、文化贸易和交流合作、人才培养五大公共服务平台，形成文化产业发展的制度环境。

4. 借助于国家文化发展示范区建设实施国家文化创新示范项目，建立文化创新试验示范基地

针对文化行业科技发展能力较弱的状况，高度重视数字技术和信息技术在文化建设中的作用，发挥科技的基础性支撑作用，结合文化产业示范试验园区建设、公共文化服务体系示范区建设、文化生态保护试验示范区 3 大示范区的建设，实施国家文化创新试验示范项目。如依托文化产业示范园区、基地和特色产业群，应用现代信息技术，策划建设一批包括公共技术支撑、投融资服务、信息发布、资源共享、统计分析、人才培训等功能在内的文化产业综合性公共服务平台，为加快文化产业发展提供基础条件。促进文化与科技融合，鼓励文化企业加大科技创新投入，培养文化与科技融合的品牌企业和品牌产品，发挥科技对文化产业的支撑作用，联合开展“文化与科技融合创新园区”、“文化与科技融合优秀产品”、“文化与科技融合优秀企业”评选工作，推进文化与科技的结合。

5. 以推动文化立法为核心，大力推进国家文化制度创新的进程

文化体制改革也是文化创新，文化体制机制创新是文化创新体系的基础内容。通过建立健全文化创新体系，解放和发展文化生产力，提升国家的文化国力，是国家实施文化创新战略的基本目标。而体制创新是基础，是文化创新得以实施的制度保障和先决条件。文化体制改革的不断深化，新的制度体系、新的行为规则逐渐确立，必然成为优化文化创新环境的巨大助力。

通过推动《公共图书馆法》的立法进程推进公共文化服务体系建设。随着我国文化领域“免费开放”政策的深入推进，全国所有公共图书馆、博物馆、美术馆、文化馆（站）实现了无障碍零门槛进入，这一历史性的文化惠民措施，既得到社会的热烈欢迎，又给各馆带来了严峻的挑战。目前，支撑公益性文化设施免费开放的经费，主要来自财政支出，相应的税收减免政策效果不明显，力度不大，实施起来也很困难，社会力量进入不足。通过推进公共图书馆的立法进程，将党中央关于公共文化建设的方针政策上升为国家意志，将各级政府部门发展公共文化的职责上升到法律层面，使得参与公共文化建设成为全社会共同的法律责任，有利于突破公共文化设施管理与运营的制度瓶颈。

通过推动文化产业促进法的立法进程推进我国文化产业的发展。2004～2010年，文化部先后命名了两批共4家国家级文化产业示范园区和四批共204家国家文化产业示范基地，为全国文化产业的发展树立了典型示范。但同时也存在理论研究不足、配套政策不力等缺憾，如文化产业园区与高新技术产业园区、经济技术开发区、工业园区有何区别？基于这些区别需要什么支撑政策等？由于基础理论研究不足、法规支撑力度不足，导致了政策支持不到位、缺少自身特色、集聚效应不明显、服务平台建设滞后等问题，因而缺乏后续动力。借助于文化产业促进法，建立起政府与市场之间明晰的制度边界，重新规范政府、社会、市场各个主体之间的关系，形成国家文化产业发展的法制基础，有助于突破文化产业发展中的重大体制阻碍，推进我国文化产业又好又快发展。

Partial Breakthroughs and Non-equilibrium Development of National Cultural Innovation (2009－2010)

General Report Study Term　Fu Caiwu　Chen Ying

Abstract: 2010 is China's ending year of the "Eleventh-Five-Year" period. After the sustained development of the "Eleventh-Five-Year" period, China's comprehensive national strength has greatly improved, the promotion of China's Culture has gone into one of the best periods of development, and initially formed the scientific and harmonious cultural construction environment of the socialist economic construction, political construction, cultural and social construction of the "quaternity". It is this optimization of the overall cultural development environment led to the continued practice of the national cultural innovation progress. From 2009 to 2010, the localized salient has come into existence in the total gradual progress of national cultural innovation, and it is mainly reflected that the deepening of the cultural system, which involves the reform of theatre troupes and publishing system as the core, stimulated the local cultural system innovation; the incentive policies of the eastern region's cultural industry development led to the demonstrative institutional effect and the type of cultural industries represented by animation industry and the establishment of the key system represented by the investment and financing policies led to the practice of national cultural innovation. The Intangible Cultural Heritage Law of PRC (Draft) has entered the review process of National People's Congress Standing Committee, at the same time, during the year of 2009 and 2010, there are internal requirements of the deepening of the cultural management system, the establishment of national incentive system of content innovation which is focused on the safeguarding of property rights and the transformation promotion of the cultural development mode from the extension as the base to the intension as the base.

Key Words: Cultural Innovation; Progress Evaluation; Countermeasure

理论创新篇

Theoretical Innovation Reports

B.2

中国特色社会主义文化理论创新的最新成果

——学习2010年以来党中央关于文化建设的一系列重要论述

韩永进　王　磊*

摘　要：2010年以来，以胡锦涛同志为总书记的党中央对文化建设作出了一系列重要论述和判断，这是党中央根据新世纪新阶段的新特点，根据国际国内形势的新变化，根据文化建设和文化体制改革的新实践，从全面建设小康社会和中华民族伟大复兴的战略高度，对中国特色社会主义文化建设和文化体制改革作出的最系统、最全面、最权威、最前沿的论述。它是中国特色社会主义文化理论的新丰富新发展，是中国特色社会主义文化理论的新

* 韩永进，文学博士，文化部政策法规司司长，主要从事文化政策研究；王磊，管理学硕士，文化部科技司社科处副处长，主要从事艺术科学研究管理。

判断新概括，是中国特色社会主义文化理论创新的最新成果。具体体现为“六个新”——文化地位作用的新提升，文化科学发展的新统筹，文化体制改革创新的新任务，文化事业建设的新目标，文化产业发展的新举措，文化建设领导的新要求。

关键词： 文化理论　概括　创新　发展　统筹

创新是一个民族进步的灵魂，是一个国家兴旺发达的不竭动力，更是文化的本质特征。一个民族想要站在科学的最高峰，就一刻也不能没有理论思维。实践基础上的理论创新是社会发展和变革的先导，理论创新推动制度创新、科技创新、内容创新、形式创新等各方面的创新。2010 年以来，以胡锦涛同志为总书记的党中央对文化建设作出了一系列重要论述和判断。在 2010 年年初举办的省部级主要领导干部深入贯彻落实科学发展观、加快经济发展方式转变专题研讨班上，胡锦涛总书记等中央领导同志深刻阐述了加快经济发展方式转变的重要性和紧迫性，部署了加快转变的重点工作。强调了文化在转变经济发展方式中的重要地位，强调发展文化产业有利于优化经济结构和产业结构，有利于拉动居民消费结构升级，有利于扩大就业和创业；在三月的“两会”上，温家宝总理在政府工作报告中把“大力加强文化建设”单独列为一个部分进行安排部署，强调文化是一个民族的精神和灵魂，是一个民族真正有力量的决定性因素，可以深刻影响一个国家发展的进程，改变一个民族的命运；7 月 23 日，中共中央政治局就深化文化体制改革问题进行集体学习，胡锦涛总书记发表了重要讲话，从中国特色社会主义事业“四位一体”总体布局，从兴起社会主义文化建设新高潮、推动社会主义文化大发展大繁荣的高度，全面分析了文化建设面临的形势，深刻阐述了文化建设和深化文化体制改革的重大意义，进一步明确了深入推进文化体制改革必须坚持的指导思想，提出了必须抓好的四项重点工作。上述这些特别是胡锦涛总书记 7 月 23 日的重要讲话，是党中央根据新世纪新阶段的新特点，根据国际国内形势的新变化，根据文化建设和文化体制改革的新实践，从全面建设小康社会和中华民族伟大复兴的战略高度，对中国特色社会主义文化建设和文化体制改革作出的最系统、最全面、最权威、最前沿的论述，它是中国特色社会主义文化理论的新丰富新发展，是中国特色社会主义文化理论的新判断新概括，是中国特色社会主义文化理论创新的最新成果。具体体现为“六个新”——文化地位作用的新提升，文化科学发展的新统筹，文化体制改革创新的新任务，文化事业建设的新目标，文化产业发展的新举措，文化建设领导的新要求。

文化地位作用的新提升。进入新世纪新阶段以来，我们党对于文化的地位作用的认识不断深化。2002 年 11 月，党的十六大提出“当今世界，文化与经济和政治相互交融，在综合国力竞争中的地位和作用越来越突出。文化的力量，深深熔铸在民族的生命力、创造力和凝聚力之中。全党同志要深刻认识文化建设的战略意义，推动社会主义文化的发展繁荣”。[①] 2007 年 10 月，党的十七大提出“三个越来越”的判断：“当今时代，文化越来越成为民族凝聚力和创造力的重要源泉、越来越成为综合国力竞争的重要因素，丰富精神文化生活越来越成为我国人民的热切愿望。要坚持社会主义先进文化前进方向，兴起社会主义文化建设新高潮，激发全民族文化创造活力，提高国家文化软实力，使人民基本文化权益得到更好保障，使社会文化生活更加丰富多彩，使人民精神风貌更加昂扬向上”。[②] 2010 年以来，我们党特别是胡锦涛总书记的讲话，强调我们一定要从战略高度深刻认识文化的重要地位和作用，提出了“三个关系”：“深入推进文化体制改革，促进文化事业全面繁荣和文化产业快速发展，关系全面建设小康社会奋斗目标的实现，关系中国特色社会主义事业总体布局，关系中华民族伟大复兴”。强调“文化是民族凝聚力和创造力的重要源泉，是综合国力竞争的重要因素，是经济社会发展的重要支撑。”[③] 特别是文化是“经济社会发展的重要支撑”是我们党对文化地位作用作出的新判断。之所以作出这样的判断，是国际国内形势发展的必然，是文化建设实践发展的必然。首先是国际国内形势的变化发展。当今世界处于大变革大调整之中，和平与发展仍然是时代主题，世界多极化不可逆转，经济全球化深入发展，科技革命加速推进，围绕综合国力的全方位竞争更趋激烈，世界范围内各种思想文化交流交融交锋更加明显，国际思想文化领域斗争尖锐复杂，维护国家安全任务十分迫切。当今世界在应对金融危机中，文化产业逆势上扬，日益成为经济发展新的增长点，日益成为国民经济的支柱产业。从国

---

① 中共中央文献研究室：《十六大以来重要文献选编（上）》，中央文献出版社，2004，第 29 页。
② 中共中央文献研究室：《十七大以来重要文献选编（上）》，中央文献出版社，2004，第 26 页。
③ 2010 年 7 月 24 日第 1 版《人民日报》。

内看，我们的文化建设虽然有很大进步与发展，但是，与人民群众日益增长的精神文化需求相比还不完全适应，与快速发展的现代传播手段相比还不完全适应，与不断扩大的对外开放相比还不完全适应，与推动我国经济社会又好又快发展的新形势相比还不完全适应。实践使我们看到，物质财富的增加并不是社会发展的唯一和终极目标，一个文明进步的社会必然是物质文明和精神文明共同进步的社会，一个现代化的国家必须是经济、政治、文化、社会和生态和谐发展的国家。当今时代文化要素已经渗透到经济社会发展的各个过程和方方面面，文化资源日益成为经济社会发展的基础资源，品牌、形象等无形资产日益成为竞争的关键，文化本身既是经济发展的一个部分，又为提升经济发展质量发挥着重要作用。其次是中国特色社会主义事业的总体布局和全面建设小康社会目标的进一步明确。中国特色社会主义事业的总体布局由社会主义经济建设、政治建设、文化建设三位一体发展为社会主义经济建设、政治建设、文化建设、社会建设四位一体。实现全面建设小康社会奋斗目标中也有明确的文化任务目标，要求，“加强文化建设，明显提高全民族文明素质。社会主义核心价值体系深入人心，良好思想道德风尚进一步弘扬。覆盖全社会的公共文化服务体系基本建立，文化产业占国民经济比重明显提高、国际竞争力显著增强，适应人民需要的文化产品更加丰富”。① 在这样的背景下，文化建设成为我国社会主义现代化建设的重要组成部分，“推动文化建设和经济建设、政治建设、社会建设协调发展，已成为实现科学发展的必然要求”。②

文化科学发展的新统筹。科学发展观是马克思主义关于发展的世界观和方法论的集中体现，是同马克思列宁主义、毛泽东思想、邓小平理论和“三个代表”重要思想既一脉相承又与时俱进的科学理论，是我们经济社会发展的重要指导方针，是发展中国特色社会主义必须坚持和贯彻的重大战略思想。深入贯彻落实科学发展观，用科学发展观统领文化建设，就能够使我们科学地把握当今文化发展趋势，科学地把握文化建设规律，既解决当前文化发展面临的现实问题，又保证文化能长远可持续发展，最终实现又好又快发展。科学发展观的根本方法是统筹兼顾，用科学发展观统领文化建设就必须正确认识和妥善处理中国特色社会主义文化发展中若干重大关系。当前，重点需要解决的是如何正确处理文化事业与文化产业的关

① 中共中央文献研究室：《十七大以来重要文献选编（上）》，中央文献出版社，2009，第15～16页。

② 2010年7月24日第1版《人民日报》。

系，实现协调发展，如何正确处理满足需要与加强引导的关系，实现三性统一。

中国特色社会主义文化具有双重属性，一方面具有意识形态属性，另一方面具有产业属性，我们党在理论上的一大创新就是根据这种双重属性将文化分为文化事业与文化产业两个方面。党的十六大明确提出“积极发展文化事业和文化产业。发展各类文化事业和文化产业都要贯彻发展先进文化的要求，始终把社会效益放在首位”。[①] 经过多年实践的探索，我们进一步明确了文化发展思路上要一手抓公益性文化事业、一手抓经营性文化产业，一手努力构建覆盖城乡惠及全民的公共文化服务体系，一手壮大文化产业繁荣文化市场，一手抓繁荣，一手抓管理，推动文化全面协调健康发展。2005 年底，中央下发的《中共中央、国务院关于深化文化体制改革的若干意见》中强调，“坚持文化事业和文化产业协调发展。根据文化事业和文化产业的不同特点，提出不同要求，制定不同政策。发展公益性文化事业要以政府为主导，增加投入、转换机制、增强活力、改善服务，实现和保障广大人民群众的基本文化权益。发展经营性文化产业要创新体制、转换机制、面向市场、壮大实力，满足人民群众多方面、多层次、多样性的精神文化需求”。[②] 2010 年 7 月，胡锦涛总书记在讲话中强调，“坚持文化事业和文化产业协调发展，遵循社会主义精神文明建设的特点和规律，适应社会主义市场经济发展的要求”，特别强调“协调发展”。在讲到做好当前和今后一个时期的四项重点工作时，既要求“加快构建公共文化服务体系，按照体现公益性、基本性、均等性、便利性的要求，坚持政府主导，加大投入力度，推进重点文化惠民工程，加强公共文化基础设施建设，促进基本公共文化服务均等化”，又要求“加快发展文化产业，认真落实文化产业振兴规划，精心实施重大文化产业项目带动战略，推进文化产业结构调整，培育新的文化业态，提高文化产业规模化、集约化、专业化水平。要精心打造中华民族文化品牌，提高我国文化产业国际竞争力，推动中华文化走向世界”。[③]

如何正确处理满足需要与加强引导的关系，实现三性统一。科学发展观的核心是以人为本，强调一切发展都必须以人为出发点，以人为目的。“要始终把实

---

① 中共中央文献研究室：《十六大以来重要文献选编（上）》，中央文献出版社，2004，第 31 页。

② 中共中央文献研究室：《十六大以来重要文献选编（下）》，中央文献出版社，2008，第 128 ~ 129 页。

③ 2010 年 7 月 24 日第 1 版《人民日报》。

现好、维护好、发展好最广大人民的根本利益作为党和国家一切工作的出发点和落脚点，尊重人民主体地位，发挥人民首创精神，保障人民各项权益，走共同富裕道路，促进人的全面发展，做到发展为了人民、发展依靠人民、发展成果由人民共享”。① 满足人民精神文化需要，保障人民基本文化权益，让人民共享文化发展成果，是社会主义文化建设的根本目的。文化来自人民，人民是文化创造的主体，是文化创造活力的源泉所在。要充分尊重群众的创造精神，保护一切创新成果，形成引导有力、激励有效、活跃有序、宽松和谐、不同主体踊跃参与文化创造的机制和环境，推动全社会的创造精神和创造活力竞相迸发、充分涌流。随着经济社会的持续快速发展和人民生活水平的不断提高，人民群众文化消费多层次、多方面、多样化的特征更加明显，人们求知、求美的愿望更加强烈，热切呼唤更多高品位、高质量、多姿多彩的优秀文化产品，期盼更加优质、满足个性化需求的文化服务。文化建设坚持以人为本，还必须在满足人民群众的文化需求、保障文化权益的同时，最大限度地发挥文化引导社会、教育人民、推动发展的功能。我们的文化既要有满足人们文化需求的观念，更要有在普及中注重提高的意识，要通过丰富多彩的题材体裁、艺术形式和表现手法，把积极的人生追求、高尚的情感境界和健康的生活情趣传递给人民，给人以向上的力量。我们必须坚持用社会主义核心价值观积极引领社会思潮，用中国特色社会主义共同理想凝聚力量，用以爱国主义为核心的民族精神和以改革创新为核心的时代精神鼓舞斗志，用社会主义荣辱观引领风尚。通过健康的文化产品和文化活动，寓教于满足人们的文化需求之中，让人们在美的享受中得到启迪，在情感的共鸣中获得教益，形成科学的理想，培养健康的人格，塑造高尚的情操，使人们的道德素质和精神境界在文化和艺术的熏陶中得到提升，成为具有现代人文精神和科学理性精神的有理想、有道德、有文化、有纪律的社会主义新人。正如胡锦涛总书记所讲的“要加强对文化产品创作生产的引导，真正从群众需要出发，继承和发扬中华文化优良传统，吸收借鉴世界有益文化成果，推出更多深受群众喜爱、思想性艺术性观赏性相统一的精品力作。要引导广大文化工作者和文化单位自觉践行社会主义核心价值体系，坚持社会主义先进文化前进方向，坚持抵制庸俗、低俗、媚俗之风”。②

---

① 中共中央文献研究室：《十七大以来重要文献选编（上）》，中央文献出版社，2009，第12页。

② 2010年7月24日第1版《人民日报》。

文化体制改革创新的新任务——“深化文化体制改革，是党中央作出的关系我国经济社会发展全局的重大决策”。[①] 这是以以胡锦涛同志为总书记的党中央在科学判断国际国内形势，全面把握当今世界文化发展趋势，深刻分析我国基本国情和战略任务的基础上，继经济体制改革、政治体制改革、教育体制改革、科技体制改革、卫生体制改革之后作出的又一项关系全局的重大决策。文化体制改革的伟大实践，使我们不仅初步探索出了一条中国特色的文化体制改革之路，而且还积累了丰富的历史经验，创造了丰硕的文化体制改革的理论成果。改革开放是中国共产党在新的时代条件下带领人民进行的新的伟大革命，目的就是要解放和发展社会生产力，实现国家现代化，让中国人民富裕起来，振兴伟大的中华民族；就是要推动我国社会主义制度自我完善和发展，赋予社会主义新的生机活力，建设和发展中国特色社会主义；就是要在引领当代中国发展进步中加强和改进党的建设，保持和发展党的先进性，确保党始终走在时代前列。由计划经济体制向社会主义市场经济体制的转变，实现了改革开放新的历史性突破，打开了我国经济、政治和文化发展的崭新局面。改革是全面的改革，既涵盖经济基础又涵盖上层建筑，既涵盖经济体制又涵盖政治、文化等方面的体制，既涵盖体制层面又涵盖思想观念层面。文化体制改革是社会主义文化制度的自我完善和发展，是要解放和发展文化生产力。改革开放以来，我国文化生存和发展的经济基础、体制环境、社会条件发生了深刻变化，经济体制深刻变革，社会结构深刻变动，利益格局深刻调整，思想观念深刻变化。人们思想活动的独立性、选择性、多变性、差异性明显增强，对发展社会主义先进文化提出了更高的要求。但无论在思想认识上还是在文化观念上，也无论在管理体制上还是在工作方式上，都存在许多不适应：我国已实现由计划经济体制向社会主义市场经济体制的转变，人民群众的生活水平已经实现了从温饱到小康的转变，文化发展与人民群众日益增长的精神文化需求不相适应；世界高新技术飞速发展，带来文化创新和传播领域的重大革命，文化发展与快速发展的现代传播手段不相适应；以加入世贸组织为标志，我国对外开放进入了新阶段，文化发展与我国不断扩大的对外开放不相适应；我国已经进行全面建设小康社会的新的发展阶段，文化发展与推动我国经济社会又好又快发展的新形势不相适应。改变这种不适应，根本的出路就是改革。

---

① 2010年7月24日第1版《人民日报》。

深化文化体制改革、加快文化发展是推进中国特色社会主义建设的迫切需要，是满足人民群众快速增长的精神文化需求的迫切需要，是适应社会主义市场经济体制改革的迫切要求，是适应对外开放新形势、增强国家文化软实力的迫切要求，是现代信息化条件下抢占文化传播主动权和主导权的迫切要求，是深入贯彻落实科学发展观、转变经济发展方式、促进经济社会全面协调可持续发展的迫切要求。

我们进一步明确了改革的指导思想和目标任务。2005 年底中央下发的《中共中央、国务院关于深化文化体制改革的若干意见》中，提出“文化体制改革的指导思想是：以邓小平理论和“三个代表”重要思想为指导，全面落实科学发展观，深入贯彻党的十六大和十六届三中、四中、五中全会精神，围绕中心，服务大局，解放思想、实事求是、与时俱进，牢牢把握社会主义先进文化的前进方向，遵循社会主义精神文明建设的特点和规律，适应社会主义市场经济发展的要求。全面推进体制机制创新，解放和发展文化生产力，调动广大文化工作者的积极性和创造性，繁荣社会主义文化，不断满足人民群众日益增长的精神文化需求，提高全民族的科学文化素质，培育有理想、有道德、有文化、有纪律的社会主义公民，促进人的全面发展”。提出“文化体制改革的目标任务是：以发展为主题，以改革为动力，以体制机制创新为重点，形成科学有效的宏观文化管理体制，完善文化法律法规体系，强化政府文化管理和服务职能，构建覆盖全社会的公共文化服务体系；形成富有效率的文化生产和服务的微观运行机制，增强文化事业单位的活力，提高文化企业的竞争力；形成以公有制为主体、多种所有制共同发展的文化产业格局，充分发挥国有资本在文化领域的主导作用，调动全社会力量积极参与文化建设；形成统一、开放、竞争、有序的现代文化市场体系，更大程度地发挥市场在文化资源配置中的基础性作用；形成完善的文化创新体系，加大知识产权保护力度，积极应用先进科技手段，推进内容创新，使原创性文化产品在市场上占有重要地位；形成以民族文化为主体、吸收外来有益文化，推动中华文化走向世界的文化开放格局，进一步提升文化事业和文化产业的国际影响力和竞争力”。① 根据近年来文化体制改革的实践，胡锦涛总书记在 2010 年 7 月的讲话中，又对文化体制改革的指导思想和目标任务进行了更加明确的简洁的归

① 中共中央文献研究室：《十六大以来重要文献选编（下）》，中央文献出版社，2008，第 127、129 页。

纳："深入推进文化体制改革，必须以邓小平理论和'三个代表'重要思想为指导，深入贯彻落实科学发展观，坚持社会主义先进文化的前进方向，坚持文化事业和文化产业协调发展，遵循社会主义精神文明建设的特点和规律，适应社会主义市场经济发展的要求，以发展为主题，以体制机制创新为重点，以满足人民群众精神文化需求为出发点和落脚点，着力构建充满活力、富有效率、更加开放、有利于文化科学发展的体制机制，繁荣发展社会主义文化，不断增强我国文化软实力和国际竞争力。"① 进一步明确了当前和今后一个时期的重点工作任务。

2002 年，党的十六大对深化文化体制改革作出战略部署。八年来，我国的文化体制改革由点到面逐步推开，取得明显成效。大力推进国有经营性文化单位转企改制，国有文化单位发展活力和市场竞争力不强的状况得到有力扭转；创新公共文化服务运行机制，覆盖城乡的公共文化服务体系初步形成；着力调整文化产业结构，培育骨干文化企业，文化产业规模和效益不断提升；加快构建统一开放竞争有序的现代文化市场体系，努力实现社会效益和经济效益的统一；推动文化发展和科技进步相结合，新兴文化业态不断涌现；推进政府职能转变，进一步加强和改进文化宏观管理；实施文化"走出去"工程，中华文化的国际竞争力和影响力进一步增强；不断加强队伍建设，各类文化人才竞相涌现、各尽其才、各展所长。在充分看到成绩的同时，也要清醒地看到，深入推进文化体制改革、着力构建有利于文化科学发展的体制机制、加快文化发展方式转变的任务还十分艰巨。在这样的背景下，2010 年党中央特别是胡锦涛总书记强调，"我们一定要从战略高度深刻认识文化的重要地位和作用，以高度的责任感和紧迫感，顺应时代发展要求，深入推进文化体制改革"。特别强调，当前和今后一个时期，要重点抓好四项工作："三个加快一个加强"——加快文化体制机制改革创新，加快构建公共文化服务体系，加快发展文化产业，加强对文化产品创作生产的引导。"按照创新体制、转换机制、面向市场、增强活力的要求，加快经营性文化单位转企改制，稳步推进公益性文化事业单位改革，构建统一开放竞争有序的现代文化市场体系，加快推进文化管理体制改革"。②

文化事业建设的新目标。发展公益性文化事业，保障人民的基本文化权益，

① 2010 年 7 月 24 日第 1 版《人民日报》。

② 2010 年 7 月 24 日第 1 版《人民日报》。

是社会主义文化建设的重要目的。2007 年 6 月，中共中央政治局召开会议，研究加强公共文化服务体系建设。会议认为，加强公共文化服务体系建设，是繁荣发展社会主义先进文化、构建社会主义和谐社会的必然要求，是实现好、维护好、发展好人民群众基本文化权益的主要途径，对于促进人的全面发展、提高全民族的思想道德和科学文化素质、建设富强民主文明和谐的社会主义现代化国家，具有重大意义。2007 年 8 月中央下发了《中共中央办公厅、国务院办公厅关于加强公共文化服务体系建设的若干意见》，强调“加强公共文化服务体系建设，是深入贯彻落实科学发展观、从中国特色社会主义事业总体布局和全面建设小康社会全局出发提出的一项重要任务，是繁荣发展社会主义先进文化、建设和谐文化、构建社会主义和谐社会的必然要求”，① 进一步明确了公共文化服务体系建设的指导思想和目标任务，提出了实施重大公共文化服务工程、增强公共文化产品的生产供给能力、创新公共文化服务运行机制、加强对公共文化服务体系建设的领导等具体举措。党的十七大报告提出“坚持把发展公益性文化事业作为保障人民基本文化权益的主要途径，加大投入力度，加强社区和乡村文化设施建设”。② 2010 年以来，党中央特别是胡锦涛总书记在讲话中进一步强调，“要加快构建公共文化服务体系，按照体现公益性、基本性、均等性、便利性的要求，坚持政府主导，加大投入力度，推进重点文化惠民工程，加强公共文化基础设施建设，促进基本公共文化服务均等化”。③ 为此，第一，需要政府主导，加大投入，确保政府对公益性文化事业的投入逐年有所增长。按照“扶持党和国家重要的新闻媒体和社会科学研究机构，扶持体现民族特色和国家水准的重大文化项目和艺术院团，扶持对重要文化遗产和优秀民间艺术的保护工作，扶持老少边穷地区和中西部地区的文化发展”的要求，制定和实施支持保障公益性文化事业发展的具体措施。同时，引导社会资金以多种方式投入文化公益事业，促进公共文化服务多元化、社会化。第二，推进全国文化信息资源共享工程、广播电视村村通工程、乡镇综合文化站和基层文化阵地建设工程、农村电影放映工程等重点文化惠民工程，着力解决人民群众最关心、最现实的基本文化权益问题。第三，

① 中共中央文献研究室：《十六大以来重要文献选编（下）》，中央文献出版社，2008，第 1132 页。
② 中共中央文献研究室：《十七大以来重要文献选编（上）》，中央文献出版社，2009，第 28 页。
③ 2010 年 7 月 24 日第 1 版《人民日报》。

加强公共文化基础设施建设，坚持把建设的重心放在基层和农村，加大农村文化基础设施建设投入，完善城市社区文化设施。充分利用现有设施，统筹规划、加大投入、因地制宜、分步实施，着力提高农村和基层的公共文化产品供给能力。第四，继续支持革命老区、民族地区、边疆地区、贫困地区建设和改造文化服务网络，继续开展文化对口支援活动，完善文化援助机制，促进基本公共文化服务均等化。第五，稳步推进公益性文化事业单位改革，推动形成责任明确、行为规范、富有效率、服务优良的公共文化服务运行机制。

文化产业发展的新举措。2000 年 10 月，中国共产党第十五届五中全会通过了《中共中央关于制定国民经济和社会发展第十个五年计划的建议》，第一次在中央正式文件中提出了“文化产业”这一概念，要求“引导文化娱乐、教育培训、体育健身、卫生保健等产业发展，满足服务性消费需求”，“完善文化产业政策，加强文化市场建设和管理，推动有关文化产业发展”。① 十年过去后，我国文化产业有了飞速发展，据统计，2004 年以来，我国文化产业年均增长速度在 15% 以上，比同期 GDP 增速高 6 个百分点。面对金融危机的冲击，文化产业逆势上扬，其促进消费、拉动内需、污染低、消耗少、附加值高等优势进一步显现，“口红效应”凸显。同时，从国际层面看，当今世界，文化产业日益成为经济发展新的增长点，日益成为国民经济的支柱产业。正是在实践的基础上，我们进一步认识到文化产业在经济社会发展中、在文化发展中的地位和作用。我们强调发展文化产业有利于优化经济结构和产业结构，有利于拉动居民消费结构升级，有利于扩大就业和创业；强调发展文化产业是社会主义市场经济条件下满足人民群众多样化、多层次、多方面精神文化需求的必然选择，也是加快经济发展方式转变的重要抓手。文化产业是“经济发展新的增长点”、是“支柱产业”、是“加快经济发展方式转变的重要抓手”，是我们党对文化特别是文化产业的地位作用作出的新判断，是对文化产业地位的新提升。

我们在总结十年文化产业快速发展的基础上，进一步提出了发展文化产业的新举措。第一，认真落实《文化产业振兴规划》，精心实施重大文化产业项目带动战略，加强文化产业基地和区域性特色文化产业群建设，增强文化产业的整体实力和竞争力。2009 年国务院颁布的《文化产业振兴规划》是我国为应对国际金融危机

---

① 中共中央文献研究室：《十五大以来重要文献选编（中）》，人民出版社，2001，第 1376、1395 页。

而出台的一个极具分量的产业振兴规划，确定了新形势下发展文化产业的指导思想、基本原则、目标任务、重点项目和扶持政策，标志着文化产业已经上升为国家战略产业。第二，加快经营性文化单位转企改制，推动已转制的文化企业建立现代企业制度、完善法人治理结构，培育自主经营、富有活力的文化市场主体，打造一批有实力、有竞争力、有影响力的国有或国有控股文化企业和企业集团。第三，推进文化产业结构调整，推进传统文化产业提升改造，积极培育发展新兴文化产业，提高文化产业规模化、集约化、专业化水平。第四，推进文化和科技融合，提高文化企业装备水平和科技含量，培育新的文化业态。第五，鼓励和引导文化企业面向资本市场融资，促进金融资本、社会资本和文化资源的对接。坚持以公有制为主体，鼓励和支持非公有制资本以多种形式进入文化产业领域，逐步形成以公有制为主体、多种所有制共同发展的文化产业格局。第六，繁荣城乡文化市场，培育各类文化产品市场和要素市场，完善现代流通体制，加强文化市场监管，推进文化市场综合执法改革，加快培育大众性文化消费市场，构建统一开放、竞争有序的现代文化市场体系。第七，开拓国际文化市场，拓展对外文化贸易和网络，精心打造中华民族文化品牌，提高我国文化产业的国际竞争力，推动中华文化走向世界。

文化建设领导的新要求。文化建设是我国社会主义现代化建设的重要组成部分，国家富强、民族振兴、人民生活幸福安康，需要强大的经济力量，也需要强大的文化力量。文化工作使命光荣，文化体制改革责任重大。因此，2010 年以来党中央特别是胡锦涛总书记强调要加强对文化建设和文化体制改革的领导，要求“各级党委和政府要把文化体制改革和文化建设摆在全局工作的重要位置，纳入经济社会发展总体规划，建立健全领导体制和工作机制，坚持一手抓繁荣、一手抓管理，牢牢把握文化发展主动权。要深入研究人民群众对文化建设的新要求新期待，深入研究文化发展的特点和规律，努力提高推动文化科学发展能力。加强文化战线领导班子建设，加强文化事业和文化产业人才培养，为深化文化体制改革和文化建设提供有力组织保证和人才保障。要充分调动广大文化工作者和各方面的积极性、主动性、创造性，确保文化体制改革和文化建设各项工作扎实推进、取得成效”。①第一，要抓住关键环节和重点工作。按照胡锦涛总书记的要求，摆上位置，纳入规划，纳入考评，健全领导，深入调研，完善配套，加强班子，培养人才。第

① 2010 年 7 月 24 日第 1 版《人民日报》。

二，加快推进文化管理体制改革，加快转变政府职能，形成科学有效的宏观文化管理体制。加强和改进文化领域的宏观管理，建立党委领导、政府管理、行业自律、企事业单位依法运营的文化管理体制，形成职责明确、反应灵敏、运转有序、统一高效的宏观调控体系。按照建设法治政府和服务型政府的要求，明确文化行政管理部门的职责，理顺文化行政管理部门与所属文化企事业单位的关系，推进政企分开、政资分开、政事分开、政府与市场中介组织分开，做到职能分开、机构分设、财务分离。强化政策调节、市场监管、社会管理和公共服务职能，推动文化行政管理部门逐步实现由办文化向管文化转变，由管微观向管宏观转变，由主要面向直属单位向面向全社会转变，由以行政管理手段为主向综合运用法律、经济、行政、技术等管理手段转变。第三，健全文化法律法规和政策体系。加快文化立法，立足我国国情，借鉴国外有益经验，及时总结文化领域改革发展的成功实践，做好有关法律法规的“立、改、废”工作，通过法定程序将党的文化政策逐步上升为法律法规，加快制定促进文化事业和文化产业发展、加强社会管理和市场监管、完善公共文化服务体系等方面的法律法规。积极推进文化市场综合执法改革，全面完成副省级以下城市文化市场综合执法改革任务。努力做到依法管理、科学管理、有效管理。第四，积极探索，努力完善国有文化资产管理体制。国有文化资产是文化事业的重要物质基础，对国有文化资产进行有效管理是加强党对意识形态领域宏观调控的重要途径。要按照权利、义务和责任相统一，管资产和管人、管事相结合的要求，切实加强对国有文化资产的监督管理，防止国有资产流失，实现国有资产保值增值。

Latest Achievements of Socialist Cultural Academic Innovation with Chinese Characteristics

—To Study the Central Party Committee's Series of Important Discussions about Cultural Construction Since 2010

Han Yongjin　Wang Lei

Abstract: The Central Party Committee with Hu Jintao as the core has made a series of important discussions and judgments about cultural construction since 2010; these are the most systematic, comprehensive, authoritative and cutting-edge discourse as to socialist cultural construction and innovation with Chinese characteristics which were put forward by the CPC according to the new features of the new century and new stage, the new changes in international and domestic situation, new practice of cultural construction and system innovation, standing from the strategic level of building a well-off society in an all-round way and bringing about a great rejuvenation of the Chinese nation. They are the newest developments of socialist cultural theory with Chinese characteristics, newest judgments and summaries about socialist cultural theory with Chinese characteristics, and the newest achievements about theoretical innovation of socialist culture with Chinese characteristics. They specifically embody the "six new": the new upgrade of the role of cultural status, the new co-ordination of scientific cultural development, the new tasks of cultural restructuring and innovation, the new targets of cultural undertakings construction, the new measures for the development of cultural industry, new requirements for the leadership of cultural construction.

Key Words: Cultural theory; Summary; Innovation; Development; Co-ordination

B.3
文化产品及其相关范畴摭论

于 平*

摘 要： 当代文化建设与文化发展，就其根本和核心意义而言，涉及的是文化产品及其相关的文化范畴。要抓好文化建设、促进文化发展，就必须认真对待、理解文化产品及相关文化范畴。本文在学习领会中央领导相关讲话、专论的基础上，系统论述了文化产品及与其相关的十八个文化范畴。

关键词： 文化产品　文化范畴

文化建设与文化发展，就其最根本、最实质、最核心的意义来说，涉及的是文化产品及与其相关的文化范畴。以文化产品为核心的文化范畴中，有许多是需要我们认真对待、认真思考并认真把握的。因此，结合学习胡锦涛总书记在十七届中央政治局第二十二次集体学习时的讲话和李长春同志《正确认识和处理文化建设发展中的若干重大关系，努力探索中国特色社会主义文化发展道路》的专论，我们对文化产品及其相关范畴有了如下思考。

1. 文化产品与文化需求

文化产品是文化需求或者说应当是文化需求的产物，这是毋庸置疑的。我们知道，文化需求是人的一种生存需求，是人的生活质量达到一定高度后追求更高幸福指数的一种需求。按照马斯洛的“需求层次”学说，人的需求层次自低而高可分为生理需求、归属和爱的需求、尊重的需求以及自我实现的需求。文化需求是在满足生理、安全需求之后的需求，它分别体现在归属与爱的需求、尊重的需求、自我实现的需求等不同层次上。在中国经济社会又好又快发展的进程中，人们的文化需求已经显得越来越迫切也越来越强烈。对人民群众的文化需求，我

---

* 于平，博士，文化部文化科技司司长，北京大学、北京师范大学兼职教授。

们注意到有三个提法：一是人民群众基本的文化需求，二是人民群众“三多”的文化需求（即“多样化、多层次、多方面”），三是人民群众增长的文化需求。其实，“三多”也可以简括为“多样”的文化需求。我们通常认为，人民群众的基本文化需求，是我们文化建设中必须加以保障的人民群众的基本文化权益。这是毫无疑义的。但如何理解“基本文化需求”从而保障“基本文化权益”，是需要我们认真加以思考的。我们知道，由于经济社会发展本身的区域差异、城乡差异和阶层差异，所谓“基本文化需求”并不是一个统一的需求。要满足各不相同的社会文化需求，我以为，强调满足基本文化需求从而保障基本文化权益，其实意在强调文化需求供给与消费的公平性，是为了避免总是一部分人对“阳春白雪”评头品足而更大的一部分人却对“下里巴人”如饥似渴。胡锦涛总书记在讲话中强调“加快构建公共文化服务体系”，其实就在强调实现文化消费的“公平性”。我们还知道，人民群众的文化需求，从来不是一个可以在静止状态中去评估的对象。不仅物质生活水平的高涨会推动其文化需求品位的提升，其文化需求实践的进步也会促进这一品位的提升。也就是说，“多样性”需求是基本需求的共时性呈现；而“增长性”需求是基本需求的历时性递增。关注人民群众的文化需求，实质在于保障其服务供给的“公平性”和“优质性”。胡锦涛总书记强调“加强对文化产品创作生产的引导”，强调“坚决抵制庸俗、低俗、媚俗之风”，就是强调要保障人民群众文化服务供给的“优质性”。可以说，“公平性”与“优质性”是我们思考满足人民群众文化需求的两个重要支点。

2. 文化产品与文化生产

文化生产是精神产品的生产，其生产的特点不仅在于它是“复杂劳动”，更在于它是“创意劳动”，它的复杂性主要体现为创意性。思考文化生产，也可以像思考物质产品的生产那样，去思考生产力诸要素和思考影响着生产力的生产关系。但在我看来，当下对于文化生产的思考，最重要的莫过于一个终极性问题和一个现实性问题。在经济社会，任何生产都应是一种“创价”生产，文化生产作为精神产品的生产，其“创价”生产首要的、主要的、重要的取向是“文化创意”的生产。正是在这个意义上，我们才说“创新不仅是文化生产的动力而且是其存在的理由”，我们才说“要始终把社会效益放在首位并努力实现‘两个效益’的有机统一”，我们才认识到要加大知识产权保护的力度从而使文化生产的“创价”得以实现。可以说，“文化创意”的生产就是文化生产的终极性课题。这一生产的出发点和目的地都是人民群众的社会实践，“三贴近”则是我们实现有效的文化创意生产的必由之径。与之相对应，文化生产的现实性课题是“文科融合”（也即“文化与科技融合”）。胡锦涛总书记在谈到当前我国文化建设面临的有利条件和严峻挑战时，强调“特别要看到，当今世界，文化产业日益成为经济发展新的增长点，日益成为国民经济的支柱产业”；而在论及“加快发展文化产业”时，胡锦涛总书记又特别强调“要推进文化与科技融合，提高文化企业装备水平和科技含量，培育新的文化业态。”事实上，我们只有“提高文化企业的装备水平和科技含量”，才能使文化产业真正成为“国民经济的支柱产业”。也就是说，关注“现实性课题”才能有效实现“终极性课题”的当代使命。在我看来，“文科融合”关涉的是文化生产的生产力发展，而“文化创意”关涉的是文化生产的核心价值追求。追求文化核心价值与发展文化生产力是文化生产的两个着力点。

3. 文化产品与文化产业

文化产业是工业化生产理念在文化生产中的体现，它以“同型批量”的产品生产为特征。这是工业化、都市化、信息化进程中文化生产的必然选择。“文化产业”观念的确立及其实践的迅速推进，是我国文化建设中最有意义也最有价值的文化创新。胡锦涛总书记把“加快发展文化产业”列入当前和今后一个时期要重点抓好的四项工作之一，认为这是“社会主义市场经济条件下满足人民群众多样化、多层次、多方面精神文化需求的必然选择，也是加快经济发展方式转变的重要抓手”。也就是说，正是“文化产业”观念的确立及其实践的推进，把文化与经济更紧密地联系起来了。在很长一个时期，我们的文化生产囿于传统文化业态的生产理念，拒绝这种具有“同型批量”生产特征的文化生产。因为人们认为这种生产方式有悖于精神产品生产的原创性、独创性、优创性本质。其实，只要仔细思索新兴文化业态产生的原因，就可以发现由大工业生产理念支撑着的“文化产业”，是文化生产对当代先进生产力的借鉴和应用，而这种先进生产方式在应用于文化生产时，不仅不排斥“文化创意”的生产，反倒是强化着“文化创意”的生产。它为精神产品的原创、独创和优创寻求更广大的文化市场并能满足人们更长期的文化需求。比如电影业当年作为新兴文化业态出现后，就一直坚持着高科技含量和工业化生产的理念，在实现由无声而有声、由无彩而有彩，直到进入“3D”影像并广泛运用“动漫”技术时，并没有削弱其

"创意",反而使其"文化创意"因其"视觉冲击力"和"放映便捷性"得到了最有力的表达和最有效的传播。而随着电视时代的来临、随着激光照排技术的出现、随着数字声像时代的到来,发展"文化产业"必然对传统文化业态产生巨大的冲击和深刻的影响。文化产业要保证其产品的广受众和长时效,就必须更加强化"文化创意"的原创性、独创性和优创性。为此,它要组成创意团队,要进行创意试验,要把既往"我眼中的世界"变成"世界中的我"。事实上,文化产业作为新兴文化概念,具有鲜明的时代性和大众性,时代的高新技术让这种生产理念的实现成为"可能",而大众"增长"的需求则为这种生产理念的实现提供了"可行途径"。最近,刘云山同志在全国文化体制改革工作会议的讲话中又提出"积极推进文化发展方式转变,努力实现文化又好又快发展",这正是对这一生产理念的有力推进。

4. 文化产品与文化产权

文化产权应属知识产权的范畴,是由知识产权引申出的理念。在以文化产品为核心的相关范畴中,文化产权是在文化产业意识得以确立后、文化市场体系开始构建中才可能萌生的理念。中国的文化,历来为载道之物、宣德之物、言志之物、抒怀之物;因此,如同"学术乃天下之公器"一样,文化也历来被视为"天下之公器"。虽然文化产品上凝结着生产者智慧和劳动,但极少生产者是抱着获利乃至牟利的愿望来从事文化生产的,也就更谈不上将文化产品作为"私产"而斤斤计较其"产权"。不过,即便在这种文化生产观念中,文化产品作为商品或者说具有商品属性,也是一个不争的事实。其实,文化产品的生产者,为自己的智慧和劳动的付出获取报酬,不仅是合理的而且是有益的。既往将稿酬唤作"润笔"就说明"为文取酬"也是文化生产的一种动力。当下提出"文化产权"的问题,关键有两点:其一,在许多文化生产中,创造者与经营者所获得的报酬与其所付出的"劳动量"不对等,强调"文化产权"是要防止经营者牟取暴利而保护创造者的权益。其二,文化生产,特别是新兴文化业态的生产,不仅需要"劳动"的投入而且需要"资本"的投入,不仅需要营销市场而且需要信贷市场,而没有"文化产权"就无法评估"文化产值",更无法启动文化生产的信贷市场。不过话说回来,在文化市场体系的建构中,"资产评估体系"的建构仍然是难点,特别是文化产品的内容评估更是如此——"软实力"难以折算为"硬资产",这使得文化产业的"投融资体系"不仅操作难而且风险大。十七届五中全会提出“推动文化产业成为国民经济支柱性产业”，其中一个关键的环节肯定是文化市场主体培育与文化市场体系建构的互动，而文化市场体系中“投融资体系”及其所依托的“资产评估体系”（似应包括文化产品的“预期产值评估”）的建构更是关键中的关键。也因此，“文化产权”就不能不成为我们讨论文化产品时的相关范畴。关注“文化产权”，不仅要关注产权评估而且要关注产权维护，产权维护的“维权”意识对于发展文化生产、壮大文化产业是不可或缺的。在我看来，对于真正有助于提升国家“软实力”的文化生产，国家应设立相应的项目资金，通过预期产值评估来给予支持，甚至可以通过产权赎买来予以促进。文化产权，是文化产业发展“成为国民经济支柱性产业”的过程中必然遭遇的概念；如果我们在文化产权价值评估与维护方面取得实质性进展，我们的文化产业将有更广阔的发展空间，我们的文化市场也将有更强劲的发展活力。

5. 文化产品与文化业态

文化业态是文化生产的行业状态，文化业态的共时性状态，其实是文化生产的历时性建构。我们注意到，以高科技为引擎、以产业化为路径的文化生产，催生了一批新兴文化业态，也因此我们把既往文化产品的生产称为传统文化业态。在传统文化业态中，演艺业、出版业、广电业呈鼎足之势。当然，这只是从部门管理视角的极其粗疏的分类。与出版业、广电业相比，演艺业是最古老或者说是最传统的文化业态，也因此它似乎是远离高科技支撑、产业化运行的文化业态。事实上也正是如此，出版业、广电业在文化与科技融合、促使业态转型和创生新兴业态方面步伐更快且目光更远。以出版业为例，在激光照排取代活字印刷这一具有划时代意义的革命后，电子出版、数字出版又在实现对纸质出版生产理念的大跨度超越。广电业更是不必多说，诸多“3D”技术、数字技术、高清技术、互动技术等，简直在驱动着文化消费方式更新换代。以至于有人用“铁打的文化内容流水的科技手段”来形容新兴文化业态的更新速度。新兴文化业态的出现及其不断更新中，如前所述，科技手段只提供“可能”，社会需求才是内在动力。在此境遇中反思我们的演艺业态，特别是历时悠久的舞台演艺业态后，发现一个令人必须警觉的现象是：业态的产业化程度不高却还呈现明显的产能过剩。我们当然不认为这个相对过剩的产能是落后的产能，但我们事实上的确不能不思考舞台演艺业态的当代建设问题，我们既要思考这一业态生产力的发展更要思考其生产关系的变革。稍加观察，我们可以看到演艺业态目前至少包括舞台演艺、影视演艺和实景演艺三大领域。用文化与科技融合的理念来审视，可以说影视演艺在一定时期本身就是由科技进步推动的新兴文化业态，科技是这一业态的载体。实景演艺是在旅游业大发展中演艺与旅游融合的产物，相对于舞台演艺而言，它的演艺技能较低但科技含量较高，科技是实景演艺的支柱。事实上，当代舞台演艺作为最传统的演艺形态，不能总是“两耳不闻新科技，一心只传老把式”，它必须正视新兴文化业态的时代需求，以及它们出现后所形成的业态格局。在我们看来，面对新兴文化业态的“新兴”，包括舞台演艺在内的传统文化业态至少在三个方面应当有所作为：一是借鉴新兴业态的生产手段，主要是高科技手段的集成创新，包括光效、音效、LED 显示屏和机械装置的舞台“景效”等，不要以所谓“维护本体”来“拒绝创新”。因为艺术发展的历史证明，“本体”是由历史进程中无数个“具体”不断建构起来的。二是采用新兴业态的生产方式，主要是分工专业化、生产流水化、运营连锁化等。三是借助新兴业态的生产平台，因为不断更新的电视业、网络业、手机业等文化传播业已经把我们带入电视屏、电脑屏、手机屏的“三屏时代”，我们具有很强传承力的传统业态必须认识到，只有借助新兴业态的传播力才能强化自身当下的生存力并实现其传承力。

6. 文化产品与文化生态

文化生态指的是文化产品生产、流通、消费的环境，也指文化生存、生长、生辉的境遇。在这里，“生态”虽不是指与经济、政治、文化、社会“四位一体”建设同行的“生态”，但也确实有催生之态、适生之态、养生之态和焕生之态的意味。一般意义上的生态文明建设，聚焦点在于人与自然的和谐——和谐共存、和谐共生并和谐共荣。谈文化生态，意在努力构建有利于、有助于文化发展与繁荣的环境；由于这个“环境”是社会环境而非自然环境，具有很大的“人为性”，因此需要政策、法规、体制、机制来构建。其实，关于文化生态的构成，我们从路线、方针、原则、策略方面都有过许多表述，比如“二为”方向、“双百”方针、“三贴近”原则、“主旋律多样化”的倡导等。而要构建一种社会环境，需要建构起与上述主张相一致、可操作、能保障的社会机制——包括法规层面、舆论层面、项目层面的种种机制。那么，为了实现党的十七大提出的“文化大发展大繁荣”的目标，我们需要建构什么样的“文化生态”呢？当然，这首先是有利于“科学发展”的文化生态。十七届五中全会强调“坚持发展是硬道理的本质要求，就是坚持科学发展，更加注重以人为本，更加注重全面协调可持续发展，更加注重统筹兼顾，更加注重保障和改善民主，促进社会公平正义”。这“四个注重”显然也是我们当下文化生态建构的本质要求。其次，我们文化生态的建构要有适合文化大发展大繁荣的理念和机制。在我看来，一是要有适合文化健康生长的机制，要有适合的土壤、养分和光照；二是要有适合文化多元共生的机制，而文化的多元共生本身就呈现为良好的文化生态；三是要有适合文化包容增长的机制，要注意文化增长中的“共享性”与“互惠性”；四是要有适合文化可持续发展的机制，要以创新来赓续传统，以繁荣来丰厚传统，以传播来弘扬传统。最后，我们要认识到文化生态的建构是“四位一体”建设中的建构，文化生态与经济生态、政治生态、社会生态是密不可分的，在许多方面甚至是“共体而生”的。而其实，文化生态的建构既不可避免地会受到经济生态、政治生态、社会生态的影响，也必然地会反作用于经济、政治、社会诸生态。事实上，我们当下置身于文化发展的最好境遇，这既与改革开放以来长时期的文化建设和文化积累分不开，也与当前加快转变经济发展方式的深刻变革分不开。十七届五中全会强调“文化是一个民族的精神和灵魂，是国家发展和民族振兴的强大力量”，这不仅使我们文化生态建构有了更高的立足点，也将使我们通过文化生态建构来发挥其对于经济、政治、社会生态建构的影响力。

7. 文化产品与文化资源

从文化产品的视角来审视文化资源，其焦点在于通过对资源的有机开发、综合利用和集成创新来丰富产品种类，提升产品品质。现在有不少省、区提出要把文化资源大省变成文化建设强省，其着眼点也正在于利用丰厚文化资源创造优质文化产品并提供优质文化服务。组织文化产品的生产时，能否有力地调动资源，能否合理地利用资源，必然关系到产品的品质及其效益的实现。因此，有力地调动资源与合理地利用资源，是我们组织文化产品生产的重要步骤甚至可以说是先决条件。对于文化生产而言，从大的方面来看离不开物的资源和人的资源。其中人的资源主要是文化人才资源，它包括从事文化产品生产和组织这一生产的人才，从产销一体化和供需一致性的要求来说也应包括文化产品营销和文化市场拓展的人才。关于物的资源，我们认为主要包括产品生产的材料资源和生产产品的工具资源，前者更多地关涉到产品的内涵而后者更多地关涉到产品的构成。我们既往在论及“文化资源”时，较多地关注“物的资源”而忽视“人的资源”，较多地关注历史积淀的文化资源而忽视文化生成的当代“力量”——特别是“工具”的力量。我们总是忽略“批判的武器”因而也更谈不上“武器的批判”。举例来说，在传承久远的舞台演艺（特别是话剧艺术）和方兴未艾的影视演艺之间，一直有个“文化养人，广电用人”的说法，这其实是我们文化产品生产在经济社会发展转型期的必然现象。一方面，它体现出影视演艺“不求所有，但求所用”的人才资源观；另一方面，它也要求我们舞台演艺尽快改变“只求所有，难求所用”的人事制度观。我们的文艺演出院团要深化体制机制改革，一个很重要的原因就是要建立新的文化产品生产的人才资源观。其实，舞台演艺与影视演艺的差别和差距，正在于“工具”的力量。而我们的舞台演艺至今仍以所谓的“艺术本体”抵抗着“科技力量”。关于“物的资源”，我们文化产品生产首先着眼的当然是材料资源，这主要是人类数千年的历史文明和文化积淀。需要说明的是，人类的历史文明和文化积淀，其实是彼时彼地人类的文化创造；在今天的文化产品生产中之所以要关注并采用这类资源，不仅在于这类文化资源中积淀着人类的生存智慧和生命灵性，而且在于今人的文化消费中不能没有文明的延续和文化的认同。费孝通先生强调“文化自觉”，既是强调文化发展进程中的自觉赓续，也是强调文化传承过程中的自觉转型。这就是说，我们关注和使用文化资源，是为了当代的文化建设和满足当代人的文化需求，对于我国“非遗”的“生产性保护”而非“保护性生产”也说明了这一点。因为这是令我们的历史文化资源真正富有生命力并焕发生命力的要义所在。但是，关于文化产品生产的工具资源或者说是“工具力量”，其实是在全球化视野中当代文化产品生产不可回避的方面。也就是说，文化产品生产不能不关注工具的进步，它不仅关系到文化产品的生产效率，更关系到文化产品的样式更新乃至形态转换。我们既要通过对资源的开发、综合利用和集成创新来丰富产品种类，提升产品品质，也要通过对资源的创意衍生、装备改善和产权保护来提高生产效率、生产效益。这其实才是我们关注资源、撷用资源并从而让历史文化资源获得时代文化精神的有效路径。

8. 文化产品与文化创意

在论及文化产品的生产之时，我们曾指出文化生产的终极性问题是“文化创意”的生产。也正是在这个意义上，有的学者乃至有的国家把文化产业称为“创意产业”。这其实说明，没有文化创意就没有真正意义上的文化产业。如果说，“产业文化”是指从产业中培育起的文化精神，那“文化产业”则是从文化中滋长出的产业力量。文化产业也好，创意产业也罢，在我看来，文化产业的文化生产和扩大再生产，本质上就是文化创意的生产和扩大再生产。没有“文化创意”的文化产业是不可思议的。关于文化创意，我们会想起物质产品生产中的一个理念，叫做“人无我有，人有我优，人优我特”。物质产品的生产尚且如此，文化产品作为精神产品，显然应有更高的“创意”含量也应有更高的“创意”追求。但毋庸讳言的是，我们当下许多自称为“文化产业”的产业，缺少文化创意或者说缺少有质量的文化创意，因而被人视为“产业利润高，文化含量低”。这种状况的存在当然有许多原因：比如过于关注文化产品的物质形态而忽略其精神内涵，比如过低估计人民群众的精神需求水平而一味“忽悠”，还比如创意团队揽活过多而造成其能力透支……大量山水实景演出由“印象”重复走向“印象”模糊就是一例，被人民群众尖锐批评的“先造谣后造庙”式的“文化创意”也是一例。以至于不少所谓的“文化创意”给人民群众的印象就如同那支不胫而走的歌，即“不要迷恋哥，哥只是个传说”。那么我们需要什么样的“文化创意”来充实我们的文化产品并支撑我们的文化产业呢？我想起毛泽东关于“人的正确思想是从哪里来的”那段至理名言，也就是说，我们需要的文化创意不是“天上掉下来的”也不是“自己头脑里固有的”，“人无我有，人有我优，人优我特”的文化创意只能来自人民群众在社会实践中的感悟及其凝结和升华。“三贴近”不仅是我们生产优秀文艺作品也是我们生产优质文化创意作品的必由之径。我一直认为，文化产业批量化、规范化、集约化生产文化产品，它在文化创意方面应该有几个基本的要求：首先当然是文化创意的创造性。在经贸市场化、传播网络化推动的全球化进程中，我们的文化创意有了更宽阔的视野和更前瞻的目光；我们当下物质产品的生产已经有了由“中国制造”向“中国创造”迈进的紧迫感，“文化创意”作为文化产业的灵魂和文化产品的内核，更应该加速完成由“仿创”向“原创”的转型。其次是文化创意的创价性。所谓“创价性”是指对文化创意的价值追求，这当然主要是对“精神创价”的追求。面对西方发达国家将自己的价值观念作为“普世价值”强势推行，我们文化创意的创价性要把守望我们的“核心价值”作为第一要义。最后是文化创意的创业性。这里的文化创意不同于一般的文化创新，作为文化产业的灵魂和文化产品的内核，文化创意的“创业性”指的是它有助于催生新兴文化业态也有助于既有文化业态的规模发展，从而使文化产业在经济发展方式转型中发挥重要作用，也让人民群众有更多参与文化产品生产的创业机会。

9. 文化产品与文化科技

文化科技关乎文化与科技融合的问题。文化科技事关世界文化发展的新趋势，事关文化产业未来发展的方向，事关综合国力竞争中文化发展和文化传播的主动权。正因为如此，李长春同志才格外强调“正确认识文化与科技的关系，把运用高新技术作为推动文化建设、提高文化创新能力和传播能力的新引擎”。要推进文化与科技的融合，当前的总体要求是密切关注与跟踪科技发展的前沿，加大传统行业的技术改造力度，努力提高文化产品和服务的科技含量和附加值，积极运用数字化和网络化技术，发展传输便捷、覆盖广泛的新业态。当前，信息技术及产业的发展已成为当代文化产业变革的主要驱动力，一些信息产业高度发达的国家和地区，已经逐步形成以网络服务产业、数字游戏产业、电脑动画产业、移动内容产业、数字影音应用产业等为主的数字内容产业群，这些以网络、数字技术为核心支撑的新兴文化产业，已成为当前最具潜力也最具前景的文化产业。或许可以说，正是这些高新科技推动的新兴文化业态，会在未来的综合国力竞争中，成为最具竞争力和影响力的文化力量。具体到我们当下的文化建设中：我们一是需要依靠科技进步改造传统文化产业，还要依靠其大力发展文化创意、数字出版、动漫游戏等新兴文化产业，拓展文化发展的新业态、新领域。二是需要依靠科技进步提升各类文化内容和艺术样式的表现力，要推动相关文化艺术领域装备制造技术和服务技术的发展，使我们的民族文化资源优势，转变为文化产业的生产资料优势和文化服务的产品供给优势。三是需要依靠科技进步特别是依靠数字技术、网络技术发展的最新成果，加快构建覆盖广泛、技术先进的文化传播体系和创新体系，切实增强文化传播力和文化感染力。四是需要依靠科技进步，全面推动文化生产力的解放和发展，使之与文化体制机制改革的不断深化一起，提高文化产业对加快经济发展方式转变的贡献。

10. 文化产品与文化工程

在战争年代形成的军事话语体系中，常用“战役”来喻示文化建设；在实现以经济工作为中心的战略转型后，以“工程”来比喻文化建设似乎也成为一种常态。文化工程，不仅是民心工程也是民生工程，它是提高人民群众生活质量和幸福指数的惠民工程。文化工程不能搞“形象工程”但要格外重视“工程形象”。文化工程，最初主要是指以文化设施建设为主体的“硬件”工程；后来也逐渐扩展到文化产品、文化产业、文化业态等“软件”生产工程。可以说，众多“文化工程”的实施，已成为当前文化建设的重要抓手和重要景观；并且，文化工程“软硬”兼施、双管齐下，已经改变了最初文化建设中“硬件”很硬、“软件”较软的状况。在我看来，文化工程的本质在于它是“惠民工程”，是提高人民群众生活质量和幸福指数的工程。为此，文化工程的实施应考虑以下要求：一，文化工程应是文化建设的基础性工程。比如由中央政府启动的“全国文化信息共享工程”就是这样一个基础性工程，它是信息时代文化内容传输的“道路”工程，是实现人民群众基本文化权益的“保障”工程。二，文化工程应是文化建设的系统性工程。文化工程的系统性，既包括文化建设系统内部的文化结构，也包括“四位一体”建设中的文化环境。近年来，文化产业的系统推进和全面振兴就体现出对文化工程建设的系统性思考。三，文化工程应是文化建设的示范性工程。在这方面，连续两个五年不间断实施的“国家舞台艺术精品工程”是一个典范。作为文化“软件”的建设工程，“精品工程”的示范性不仅体现在为我们打造、积累了一批舞台艺术精品，而且体现在通过“硬举措”提升了“软实力”。四，文化工程应是文化建设的标志性工程。我们注意到，许多地方的重大文化设施如博物馆、大剧院、图书馆及综合性的文化中心，已成为地方的标志性建筑。这标志着我们对文化建设的重视，标志着我们对人民群众文化需求的关注，更标志着我们这个时代的文化追求和文化风范。五，文化工程应是文化建设的引领性工程。比如“国家文化科技提升计划”在我国当代文化建设中就发挥着引领性的作用。按照中央领导关于文化建设的讲话精神，应尽快将这一工程命名为“国家文化与科技融合重大项目促进工程”并加以实施。这将是引领我国文化建设步入世界前沿并跻身于世界高端的重要举措。

11. 文化产品和文化品牌

文化品牌，质而言之这叫以“品”立“牌”，而这个“品”应是思想品质、艺术品格和观赏品味的有机统一。文化产品生产，不仅要适应人民群众的文化需求，而且要引领人民群众的文化需求。适应也好，引领也罢，人民群众的文化需求打造着文化产品的品牌形象，也强化着文化产品的品牌意识。也就是说，文化产品的品牌形象塑造靠的主要是“口碑”而非“奖杯”，打造文化品牌必须重视人民群众的文化需求，也必须重视对人民群众文化需求的积极引领。在我看来，文化产品的生产要追求品牌形象也要树立品牌意识，但这种对于文化品牌的追求要拒绝“炒作”和“作秀”。的确，在“泛漫化”的文化热浪涌过之后，人民群众的文化需求有了抵制“三俗”的自觉，这说明我们的文化建设需要再度张扬起诗以言志、文以载道的“以文化人”的品格。文化品牌，质而言之这叫做以“品”立“牌”，而这个“品”应是思想品质、艺术品格和观赏品味的有机统一。古人论文评艺常有“品鉴”之说，这是比今日“鉴宝”还要审慎严谨的事情。经过“品鉴”的审视和“品味”的咀嚼，能把我们统称为“精品”的品出神品、妙品、逸品等诸多品级来。当然，我们今日的文化建设旨在为人民群众提供高品位高格调的文化产品，这种文化产品能否发挥“引导社会、教育人民、推动发展”的功能，最终还要由人民群众来检验评价。那么，就从事文化生产的文化工作者而言，应该怎样去创造“文化品牌”呢？创造“文化品牌”作为文化产品生产的一个目标，首先应该追求较高的文化境界。在我看来，文化境界是人生境界的文化呈现，传达出人生的理想、信念、憧憬和追求。虽然市场经济条件下的文化产品不可避免地带有“商品”的属性，但我们更应强调这种“商品”特有的精神属性。我们说文化产品生产要把社会效益放在首位，就是说要让文化产品在社会的精神文明建设中发挥积极作用，就是要通过对文化境界的追求来提升整个社会的境界。其次，创造“文化品牌”还应追求较深的文化意味。我们常说“文化建设重在积累”，其实任何时代的文化建设都是在积累基础上的建设。对于文化意味的追求，主要在于传承历史文化精神和守望民族文化经典，是通过此举来坚持我们的文化身份并开启我们的文化自觉。最后，追求较浓的文化情趣也是创造“文化品牌”的题中应有之义。文化产品满足的是人的精神需求，这其中包括陶冶情操、抚慰情感、涤荡情怀，而文化之“以文化人”的作用，是在以情动人、以趣娱人的潜移默化中实现的。创造“文化品牌”是文化产品生产不变的追求。

12. 文化产品与文化市场

胡锦涛总书记在重要讲话中指出：“要繁荣城乡文化市场，培育各类文化产品市场和要素市场，完善现代流通体制，加强文化市场监管，加快培育大众性文化消费市场，构建统一开放竞争有序的现代文化市场体系”。文化市场关涉产品市场和要素市场、消费市场和流通市场，关涉市场服务和市场监管、市场主体和市场体系……就推动文化生产力的解放和发展而言，当前要特别关注文化市场主体的培育和文化市场体系的构建。文化市场体系的构建包括“建立文化资产评估体系、文化产权交易体系，发展以版权交易为核心的各类文化资产交易市场，以及文化经纪代理、评估鉴定、风险投资、保险、担保、拍卖等中介服务机构”

等，以上李长春同志的这段重要讲话指明了文化市场体系构建中的要点和难点。由于许多文化产品的价值难以准确评估，因而使得文化产权交易、文化风险投资、文化经营担保等市场体系构建还有待观念的突破和机制的转型。事实上，没有文化资产评估、文化产权交易、文化风险投资和文化经营担保的文化市场体系，我们很难培育文化市场主体，无论是存量主体的重塑还是增量主体的孕生都是如此。培育文化市场主体，我们当前尤为关注存量主体的重塑。正如李长春同志所强调的："对国有经营性文化单位……核心是紧紧抓住转企改制这个中心环节，重塑文化市场主体，推动国有经营性文化单位从行政附属物转变为自主经营、自我发展、自我创新、依法运营的文化产品生产经营者"。在我看来，市场主体的培育和市场体系的建构将是一个相互推动、双向建构的过程，国有经营性文化单位的"转企改制"，将是我们盘活存量、使存量在兼并重组中扩张，从而成为"文化市场的主导力量和文化产业的战略投资者"的重要举措。与之相关，我认为我们还要特别关注"时间性市场"向"空间性市场"的观念转换。所谓"市场"，基本的内涵是可"市"之"场"，也即可以进行商品交换的空间。但我们一些传统业态特别是舞台演艺业态的经营理念，主要是通过"办节"或参与"过节"来办市场，这种"时间性市场"不仅导致了市场在时间维度上存在的间歇性，我们传统的"过节"理念也使得市场有"场"无"市"。树立"空间性市场"理念，不仅是市场体系构建的本质要求也是市场主体培育的内在取向。相对于"办节"的时间性市场而言，空间性市场的特点是"办街"——纽约的百老汇、伦敦的西区都是这样的舞台演艺市场。"办街"作为空间性市场的培育方式，不仅消除了"办节"造成的间歇性缺憾，而且有利于市场主体的规模化、集约化经营。事实上，市场主体的培育（包括其发展进程中的兼并重组），也应强化"空间性"理念，继美国"好莱坞"、印度"宝莱坞"之后，我国江苏无锡正在培育的"华莱坞"就说明了这一理念的重要性。

13. 文化产品与文化服务

对于满足广大人民群众的文化需求而言，文化建设最主要的工作有两大方面，即提供让人民群众满意的文化产品和文化服务。而所谓文化服务，其实又是让人民群众享受或消费文化产品的过程。我们社会主义市场经济条件下的文化服务，就总体趋向而言可分为经营性文化服务和公益性文化服务，与西方一些国家的营利性和非营利性服务相似。对于经营性文化服务，我们通常直呼之为"文化经营”；因此，“文化服务”主要指的就是公益性文化服务。胡锦涛总书记在谈到当前和今后一个时期要重点抓好的几项工作时，特别强调要“加快构建公共文化服务体系”。他强调指出：“建立健全公共文化服务体系是人民群众基本文化权益的重要保障。要按照体现公益性、基本性、均等性、便利性要求……推进重点文化惠民工程，加强公共文化基础设施建设”。也就是说，公益性文化服务是面向全体社会公众的，是关系到人民群众基本文化权益的，它需要一个“文化服务体系”来支撑、来保障。关于公共文化服务体系建设的“四性”（公益、基本、均等、便利）要求，李长春同志的文章作了具体阐释，其中指出公共文化服务的“公益性”是免费或收费很少的服务，是以政府为主导、以公共财政为支撑的。结合文化产品的功能来看文化服务，我以为偏重于文化娱乐的服务应是有偿的，以文化欣赏为主的服务可以是补偿的，而偏重于文化教育的服务应是无偿（确切地说是公共财政“代偿”）的。昆曲“进校园”由政府“埋单”，在于它是历史文化教育；而在文化娱乐方面发挥重要作用的“二人转”，则无需“公益”去保障。对于公益性文化服务，服务的“均等性”或曰“均等化”是一个极其重要的要求，因为舍此就谈不上“公共文化服务”，而“文化服务体系”的建立健全也正是为着“均等”的实现。在公共文化服务体系的建设中，基础设施的建设和已建设施的开放是两个重要的方面，前者为“本”而后者为“用”，目的则在于通过保障人民群众的文化权益而体现文化引导社会、教育人民、推动发展的功能。

14. 文化产品与文化交流

从某种意义上来说，没有文化交流就没有文化产品的效益，因为“交流”的前提是“流通”，而文化产品的流通过程就是产品效益的实现过程。在当下的文化语境中，“文化交流”又特指不同文化之间的流通，这种不同文化之间的流通是“交融”和“交锋”并存的交流。从历史来看，“多元一体”的中华民族文化就是在不断“交锋”又不断“交融”的交流中生长和发展的；这种既交锋又交融的交流，其实就是文化生长的活力和文化发展的动力所在。在文化交流中，一种文化对于另一种文化而言是一种“可以攻玉”的“它山之石”，也是一种可以益智的“天方夜谭”。因而，在文化交流中不断生长和发展的中华民族文化，形成了“和而不同”的文化共处与共荣的理念。在我看来，文化交流是文化建设的一条重要路径，它不仅可以展示自身更可以强健自身。在我国深化改革、扩大开放的当代文化建设中，国家文化形象的建设特别是对外文化交流中的国家形象建设已成为当务之急。面对西方发达国家的先进传播手段，我们有了加强国际传播能力建设的紧迫感；而面对长期强势的“西方中心主义”宣扬的普世价值，如何通过“中国元素、世界表述”准确塑造我国国家形象也是我们颇感焦虑的事情。胡锦涛总书记强调“文化是民族凝聚力和创造力的重要源泉”，文化交流就是要让这个“源泉”更加丰沛涌流，我们在中国文化“走出去”中融入世界，我们也在融入世界中传递中国文化的核心价值观——传递我们的人文关怀、人我共荣、人天（自然）和谐的核心价值观。有鉴于此，我们的文化交流需要有一种自觉，这个“自觉”包括自信、自主、自强和自卫。所谓“自卫”涉及的是文化安全，而文化安全的实质是国家文化特质的保持和延续的问题。文化安全意味着一个国家能独立自主地选择政治制度和意识形态，能够通过反渗透、反入侵和反控制来保护本国人民的核心价值观、行为方式与文化利益。也就是说，我们对于文化安全的考虑是基于开放的文化交流境遇的考虑，对于文化保护和防御的举措，我们提倡的是积极防御、重点防御、联手防御和预警防御。也即开放、交流境遇中的积极防御，反渗透、反入侵、反控制的重点防御，与经济、政治、社会建设相配合的联手防御，以及在全球化进程加速推进中的预警防御。有了这种考虑，我们的文化交流才能做得更活更好。

15. 文化产品与文化功能

文化功能是文化在满足人们需求时产生的作用。从某种意义上说，是需求选择着产品的功能，而功能决定着产品的形态。比如在我们以“演艺业”为主体的诸多文化业态中，“游艺业”和“工艺业”在现时代得到了迅速提升。“动漫游业态”（动画、漫画、游戏）作为当代“游艺业”的主体，一方面由高新技术支撑，另一方面也是对文化功能的调整。在我们既往“认识、教育、审美”三合一的文化功能中，“娱乐”或者说“游戏”功能如今得到特别的关注，这其实反映出人们物质生活水平提升后的本能心理追求。“娱乐”或者“游戏”其实是必要的也是重要的文化功能：一者中国自古便有“乐者乐也”、“戏者嬉也”的主张，即便是主张“文以载道”也离不开“寓教于乐”；二者文化审美功能中本身也包含着从“滑稽”到“崇高”的诸多层级，“游戏”心态中也有着“游心纵欲”和“游目骋怀”的不同层次；三者“娱乐至上”和“游戏人生”毕竟只是部分人群在个别时期产生的特殊文化需求。正因为如此，胡锦涛总书记才要求

“最大限度发挥文化引导社会、教育人民、推动发展的功能”，要求“推出更多深受群众喜爱、思想性艺术性观赏性相统一的精品力作”。的确，思想性艺术性观赏性“三性统一”，取代了我们既往政治标准艺术标准的“两个标准”。对这新增加的“观赏性”有两种说法：一种基于文化需求，说是“领导重思想性、专家重艺术性、群众重观赏性”；另一种基于文化生产，说是“思想精深艺术精湛制作精良”才有“精品力作”。也就是说，观赏性从文化需求来说与人民群众需求的文化娱乐性有更深的关联，从文化生产来说则与高新科技推动的文化优质服务有更多的关联——高清观赏、虚拟观赏、互动观赏已成为人民群众日益增长的观赏需求。在论及文化功能的娱乐、观赏等的精神性之时，我们还应重视文化产品被人民群众日益认同甚至是追捧的有形的物质需求功能，比如在物质生产与精神生产结合处且既往更主要属于物质生产的“工艺业”回归为文化业态就是如此。“工艺业”成为当下重要的文化业态，基础在于人们重视绘画、书法等文化产品既可观赏又可珍藏的特性，而其当下的升温又显然受到盛世珍藏热的感染。我以为，当下讨论文化功能，一是既要关注其无形的“文心”功能又要关注其有形的“文物”功能，二是既要关注其引导“民心”的功能又要关注其丰富“民生”的功能。这样，我们文化建设的领域才会越来越大，我们文化建设的影响也才会越来越大。

16. 文化产品与文化评价

文化评价可以在文化建设和文化发展的许多方面、许多层面甚至许多界面上来进行。它可以有总体的评价也可以有局部的评价；就局部的评价而言，可以有文化产品评价也可以有文化服务评价；就文化服务的评价而言，又可以有公平服务的评价和优质服务的评价……我们这里要思考的主要是对文化产品的评价。对任何事物进行评价，都需要有一定的标准，当“标准”只能定性而无法定量时，那其实只能是赖以参照的“坐标”。我们当下评价文化产品的坐标，一是产品的构成，二是产品的效益。如胡锦涛总书记在谈到“加强对文化产品创作生产的引导”时说，要“推出更多深受群众喜爱、思想性艺术性观赏性相统一的精品力作”，要“始终把社会效益放在首位，坚决抵制庸俗、低俗、媚俗之风，努力实现社会效益和经济效益的有机统一。”一个“三性统一”，一个“两效统一”，就是我们对文化产品进行综合评价的“坐标”。但其实，“三性”、“两效”中，除“经济效益”可以量化外，其余评价标准都有一定的“模糊性”——正是这种“模糊性”导致了文化评价的“见仁见智”，也正因此而使文化批评和文化评奖有时让人觉得“可疑”起来。事实上，对优质文化产品评价，还没有一个可以量化的“标准”，而仅靠一种“坐标”来倡导和引导。比如我们提出要关注文化产品的经济效益时，我们就说不要只生产“贡品”、“奖品”而要注意其“商品”属性；又比如我们知道文化精品的创作生产不仅是一个“过程”而且是一种“选拔”，有的地方就对创作生产的产品排出新品、优品和精品的序列。这种排序其实是把生产“文化精品”作为文化生产应当树立的一种理念和应当追求的一种境界，它排出的序列一要“推陈出新”创“新品”，二要“汰次择优”创“优品”，三才能“去芜取精”创“精品”。胡锦涛总书记说：“人民群众是文化产品的创造者和享有者，文化精品来源于人民群众，服务于人民群众，最终应该由人民群众来评判。”人民群众是文化产品的创造者，是指他们的社会实践构成文化产品的表现对象；而人民群众是文化产品的享有者，是指他们的文化需求应成为文化产品生产的价值取向。胡锦涛总书记所说的“最终应该由人民群众来评判”，指的是“文化精品”需要经由时间的检验，它与一时的发行量、出票率、收视率和点击率无关。在这里，“人民群众”作为一个集合概念是人、空间和时间的“集合”，文化精品要“由人民群众来评判”说明它是“异地共享、异时共存”的文化产品。为我们的文化建设和文化发展殚精竭虑的智者，认为我们的社会需要逐渐培养与建立权威的、强有力的思想、学术、艺术评价体系；他们认为这个评价体系的权威性靠的是参与者的道德良心、学术良心和艺术良心，靠的是评价者对于历史、祖国、人民、人类的责任感与独立思考。这就是说，虽然“文化精品”最终应该由人民群众来评判，但人民群众可以有也应该有他们的代言人，这便是那些“对于历史、祖国、人民、人类”有责任感和独立思考的评价者，这些评价者将使我们的“文化精品”最大限度地发挥引导社会、教育人民、推动发展的功能……至此我们也可以说，文化评价应当把文化产品是否具有“引导社会、教育人民、推动发展”的功能作为一个重要“坐标”。只有这样，我们才有可能创作生产出“最终应该由人民群众来评判”的文化精品；也只有这样，我们由“文化产品”引发的种种思考才有了最实质的意义。

17. 文化产品与文化良知

文化产品是精神产品，对生产者的精神品质必然有相应的要求。自费孝通先生于20世纪末提出“文化自觉”后，文化界认为这是在全球化进程中文化建设者应具备的一种认知。我曾经认真想过，为什么我们需要这样一种“加强对文化转型的自主能力”的“文化自觉”，是因为我们需要传承一种“文化良知”。这种文化良知在屈原那里是“亦余心之所善兮，虽九死其犹未悔”（《离骚》）；在司马迁那里是“常思奋不顾身，以殉国家之急”（《报任少卿书》）；在杜甫那里是“穷年忧黎元，叹息肠内热。取笑同学翁，浩歌弥激烈”（《自京赴奉先县咏怀五百字》）；在范仲淹那里是“先天下之忧而忧，后天下之乐而乐”（《岳阳楼记》）；在文天祥那里是“生无以救国难，死犹为厉鬼以击贼”（《指南录后序》）；在袁宏道那里是“胸中有勃然不可磨灭之气，英雄失路托足无门之悲”（《徐文长传》）；在顾炎武那里则是“士而不先言耻，则为无本之人；非好古而多闻，则为空虚之学；以无本之人而讲空虚之学，吾见其日从事于圣人而去之弥远也”（《与友人论学书》）……论及文化良知，之所以引上述先贤之语，为说明“为文”与“为人”的内在关联，说明“文化经典”与“文化大师”的内在关联。胡锦涛总书记在谈到“加强对文化产品创作生产的引导”之时，特别强调“要引导广大文化工作者和文化单位自觉践行社会主义核心价值体系，坚持社会主义先进文化前进方向”，我对此的理解就是要我们的文化工作者开启自己的文化良知。套用既往“干革命事先做革命人”一语，当下尤需提倡“做文化事先做文化人”。抵制“三俗”之风之所以为当前文化建设所必需，正在于许多打着“文化牌”的“文化事”恰恰显示出做事人的“没文化”。是的，我们不少文化人也抱怨现在难出“经典”、少见“大师”，我以为与其对体制“说三”机制“道四”，莫如“三省吾身”，开启良知并张扬良知！

18. 文化产品与文化信仰

文化产品是作用于精神的东西，而作用于精神的东西最怕的是没有信仰。对于“信仰”，《辞海》的解释为“对某种宗教，或对某种主义极度信服和尊重，并以之为行动准则”。的确，“信仰”一词原本具有比较浓郁的宗教色彩；但我确信的是，“信仰”其实是作为灵长类动物的人固有的生命灵性和精神追求。20世纪初蔡元培先生倡导“以美育代宗教”，就在于让“信仰”走出蒙昧回归知性；一个时期一部分人步入虚无的“无信仰”，其实也可以理解为是信仰了“无信仰”。在我们由“以经济建设为中心”步入“四位一体”协调发展后，文化建设在我们的信仰重建中发挥着重要的作用。那句“金钱不是万能的，没有金钱是万万不能的”流行语，正在越来越大的范围内被一种社会共识所替代，这就是“文化不是万能的，没有文化是万万不能的”！的确，文化产业在当今世界日益成为经济发展新的增长点，日益成为国民经济的支柱产业。这说明文化既是凝聚人心的精神纽带又直接关系民生幸福。文化或民族凝聚力和创造力的重要源泉、综合国力的重要组成部分和经济社会发展的重要支撑之时，对于我们通过文化建设来重建精神信仰，或者说“以文化代宗教”来说，是一个重要的机遇。其实我们说“文化自觉”也好，说“文化良知”也好，或者常能听到的“文化坚守”或“文化守望”也好，都不能没有文化信仰。胡锦涛总书记说“国家富强、民族振兴、人民生活幸福安康，需要强大的经济力量，也需要强大的文化力量”。我以为，文化力量强大与否的一个重要的参照肯定是文化信仰力量的强大与否。在文化信仰的层面上谈文化产品，既是对文化产品功能的较高要求也是对文化工作者素质的较高要求。胡锦涛总书记谈到“加强对文化产品创作生产的引导”之时，一方面要求“最大限度发挥文化引导社会、教育人民、推动发展的功能”，另一方面要求“引导广大文化工作者和文化单位自觉践行社会主义核心价值体系”。我们深知，“妙手著文章”的目的是“铁肩担道义”，确立文化信仰并追求文化理想是文化人“以文化人”的先决条件。我们“四位一体”中的文化建设要想“有位”就要“有为”，而没有“文化信仰”就谈不上“有为”更谈不上“有位”。

Cultural Product and Brief Discussion of Related Categories

Yu Ping

Abstract: The contemporary cultural construction and development, considering their fundamental and core sense, mainly involve the cultural product and its related cultural categories. In order to do well in the cultural construction, and to promote cultural development, it must be taken seriously to understand the cultural product and related categories. This paper systematically discusses the cultural product and related eighteen categories with in-depth study of the central authorities leaders' discourses and monographs.

Key Words: Cultural Product; Cultural Categories

B.4
积极探索中国特色公共文化服务体系建设之路

于 群*

摘 要： 党的十七届五中全会提出要“逐步完善符合国情、比较完整、覆盖城乡、可持续的基本公共服务体系，提高政府保障能力，推进基本公共服务均等化”。本文旨在贯彻落实中央关于建设国家公共文化服务体系的若干意见，并从理论和实践的双重视角，系统梳理了我国公共文化建设从理论创新到实践创新的历史发展轨迹，着重讨论了建立中国特色公共文化服务体系的理论基础与政策路径。

关键词： 公共文化服务体系　文化服务　政策

党的十七届五中全会提出：“逐步完善符合国情、比较完整、覆盖城乡、可持续的基本公共服务体系，提高政府保障能力，推进基本公共服务均等化。”公共文化服务体系是我国基本公共服务体系的重要内容，构建覆盖城乡、结构合理、网络健全、运营有效、惠及全民的公共文化服务体系对于保障广大人民群众的基本文化权益，满足广大人民群众多样化、多层次、多方面的精神文化需求具有重要意义。改革开放以来，我国的文化发展理念不断创新，公共文化服务意识日益深入人心，公共文化服务体系建设成效显著，初步探索出了一条中国特色公共文化服务体系建设道路。

一 理论创新：从“文化事业”到“公共文化服务体系”

发展公益性文化事业，满足人民群众的精神文化生活需求，实现人民群众的

* 于群，法学硕士，文化部社会文化司司长，主要从事文化行政管理与公共文化政策研究。

文化权利，是社会主义国家的一项基本职能。加快建立覆盖全社会的公共文化服务体系，是实现好、发展好、维护好人民群众基本文化权益的主要途径。所谓“公共文化服务体系”，是指以各级政府为主体建立的，以保障公民的基本文化权益、满足公民基本文化需求为目的的一整套组织和制度体系的总称。“公共文化服务体系”这一概念的提出，是社会主义市场经济条件下政府职能转变的体现，深刻反映了我国文化体制改革理论和实践的变迁历程。

在计划经济时代，我国整个文化领域包括文学艺术、广播影视、新闻出版、文化遗产等被统称为“文化事业”。其组织构成，则是门类繁多的“文化事业单位”。作为由国有资金举办的社会公益性组织，文化事业单位的主要职能是为社会提供公益性文化服务。长期以来，各级文化事业单位对推动我国经济社会的全面发展和进步发挥了重要作用。但改革开放以来，尤其是社会主义市场经济体制改革以来，我国的经济社会环境发生了重大变化，“文化事业”这一概念过于笼统、内涵不够清晰的弱点逐渐显露。在改革开放之前，文化事业被单一归属为意识形态领域，文化事业单位承担着相当程度的社会组织、管理及意识形态传播功能，强调文化的政治属性，而忽视了文化的社会属性和经济属性，有些时期甚至出现了泛政治化倾向；改革开放之后，尤其是随着社会主义市场经济的发展，文化事业的社会属性和经济属性得到凸显，在文化市场逐步发展的同时，很多文化事业单位也参与到“创收”行列，为社会提供公共文化服务的职能则不同程度弱化，出现了泛市场化的倾向。20 世纪八九十年代，诸如“以文补文”、“文化搭台、经济唱戏”等口号和做法，就反映了市场经济大潮对传统计划经济体制下形成的文化事业理念和管理模式的冲击。

进入新世纪以来，随着社会主义市场经济体制改革和文化体制改革的不断深化，我国在文化发展理念和实践上不断创新。对文化属性的认识逐步深化，不仅强调文化具有意识形态属性，而且还提出文化具有经济属性，并按照这两个属性将传统的“文化事业”划分为公益性文化事业和经营性文化产业两个部分，确立了文化的经济属性和文化产业的地位。2000 年，党的十五届五中全会第一次提出了“文化产业”的概念，打破了传统计划经济体制下国家统包统管文化事业的模式，对于发挥市场在合理配置文化资源中的基础性作用具有重要意义。2002 年，党的十六大明确提出“要积极发展文化事业和文化产业”，分别就文化事业和文化产业的改革发展提出了具体目标和任务。公益性文化事业与经营性文化产业的分野日渐清晰；“两手抓，两加强”的文化发展的基本思路逐渐形成，并在全社会达成共识。

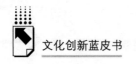

“公共文化服务体系”这个概念就是在不断深化对文化事业内涵和外延认识的基础上提出来的。2005 年 10 月，党的十六届五中全会第一次正式提出，要“加大政府对文化事业的投入，逐步形成覆盖全社会的比较完备的公共文化服务体系。”2006 年，十六届六中全会上《中共中央关于构建社会主义和谐社会若干重大问题的决定》要求，“加快建立覆盖全社会的公共文化服务体系”。2007 年 6 月，胡锦涛总书记主持召开中共中央政治局会议，强调要大力加强公共文化服务体系建设。8 月，中办、国办下发了指导我国公共文化服务体系建设的纲领性文件——《关于加强公共文化服务体系建设的若干意见》。党的十七大进一步把建设“覆盖全社会的公共文化服务体系”作为实现全面建设小康社会的重要目标之一，标志着公共文化服务体系建设已经成为国家文化发展的重要战略任务。2010 年以来，党中央、国务院对公共文化服务体系建设更加重视。7 月 23 日，胡锦涛总书记在中央政治局第 22 次集体学习的讲话中，把加强公共文化服务体系建设作为今后文化建设的四项重要任务之一。十七届五中全会《中共中央关于制定国民经济和社会发展第十二个五年规划的建议》明确提出了要在“十二五”时期“基本建成公共文化服务体系”，为未来五年的公共文化事业发展指明了方向。

构建公共文化服务体系这一战略任务的确立，体现了我国政府对自身职能的清晰定位、对公民文化权利的尊重和对文化民生的主动担当。目前，对公共文化服务体系内涵的理解都是以谁来提供公共文化服务、提供什么样的公共文化服务、怎样提供公共文化服务、如何对服务过程实施保障和监管等几个方面为逻辑起点的。具体而言，公共文化服务体系包含以下六个要素：公共文化服务理论、政策体系；公共文化服务生产和供给体系；公共文化服务资金、人才和技术保障体系；公共文化服务组织支撑体系；公共文化服务指标体系；公共文化服务评估、激励、监督体系。全面理解公共文化服务体系的概念，应重点把握三点：一是公共文化服务体系的核心在于“公共性”。公共文化服务体系由政府主导建立，公共文化服务不以营利为目的，具有非竞争性、非排他性、全民共享性。二是要重点保障基本公共文化服务。基本公共文化服务的目的是保障人民群众最基本的生存与发展需要，事关宪法规定的公民基本文化权利，它强调公共文化服务要立足于一定的经济社会发展水平，而不能超越国情。三是要加快推进基本公共文化服务的均等化。均等化强调全体公民不论地域、民族、性别、收入及身份差异如何，都能获得与经济社会发展水平相适应、结果大致均等的基本公共服务。它所强调的核心是机会和效果均等，而不是简单的平均化和无差异化。

加快构建覆盖全社会的公共文化服务体系，让全体人民共享文化发展成果，是从中国特色社会主义事业总体布局和全面建设小康社会全局出发提出的一项重要任务，是各级政府的重要职责，对保障人民群众基本文化权益、促进人的全面发展、提高民族的思想道德和科学文化素质，建设富强、民主、文明、和谐的社会主义现代化国家具有重大意义。

二　实践创新："十一五"时期我国公共文化服务体系建设的主要成果

我国的公共文化服务体系建设是在社会主义初级阶段的基本国情之上进行的，是在社会主义市场经济条件下进行的，是在实行全面的对外开放的条件下进行的，是在继承和弘扬我们民族优秀传统文化的基础上进行的。这是我们公共文化服务体系建设所处的"四维"环境。公共文化服务体系建设必须立足于这"四维"环境，与经济、政治、社会建设相协调，贯彻尽力而为、量力而行的方针，逐步建设符合中国国情、符合社会主义市场经济特点、符合文化自身发展规律的公共文化服务体系，推进基本公共文化服务均等化。"十一五"以来，各级党委、政府以高度的责任感和使命感，充分认识到加强公共文化服务体系建设的重要意义，研究制定和落实相关政策措施，公共文化服务体系建设投入力度不断加大，设施体系逐步完善，公共文化产品日益丰富，服务方式和手段不断创新，重大文化惠民工程稳步推进，文化活动有序开展，呈现出蓬勃发展、整体推进、重点突破的良好势头。

（一）文化事业经费投入大幅度增加，公共文化设施建设成效显著，覆盖城乡的公共文化服务设施网络初步形成

新世纪以来，随着我国公共财政体制的逐步建立，文化建设经费投入大幅度增加，为公共文化服务体系建设提供了有力保障。2009 年，全国文化事业费为

292.32 亿元，与 2005 年的 133.82 亿元相比，增幅达 118.44%。“十一五”前四年，全国文化事业费总计超过 900 亿元，年均增幅达 25.28%。“十一五”以来，国家对城市和农村地区文化建设的投入 5 年间的增幅分别达到 110.24% 和 140.98%，均已实现“翻一番”。人均文化事业费从 2005 年的 10.23 元增加到 2009 年的 21.9 亿元，增幅为 114.08%。中央对地方转移支付的力度也显著加大，仅 2009 年就达到 29 亿元，“十一五”前四年总计投入 63 亿元，是“十五”时期总和的 8 倍。

国家、省、市、县、乡、村六级公共文化设施网络正在形成。国家新建了一批大型重点公共文化设施，国家大剧院、国家图书馆二期暨数字图书馆工程、国家京剧院、梅兰芳大剧院、天桥剧场等相继建成投入使用，国家博物馆改扩建工程正在建设之中。在基层文化设施建设方面，国家发展和改革委员会在 2002 ~ 2005 年期间投资 4.8 亿元，用于扶持县级文化馆、图书馆设施建设，在“十五”末期，实现了县县有图书馆、文化馆的目标。“十一五”期间，乡镇综合文化站建设项目、县级图书馆文化馆修缮项目、城市社区文化中心（文化活动室）设备购置项目等一系列面向基层、面向农村的重大文化设施建设项目顺利实施，显著改善了基层文化设施的整体面貌。截至 2009 年，全国共有县级公共图书馆 2491 个，覆盖率达到 87.16%；县级文化馆 2862 个，覆盖率达到 100%；乡镇（街道）文化站 38736 个，覆盖率达到 94.8%，基本实现了“乡乡有综合文化站”的建设目标。除文化文物系统外，其他部门的图书馆、展览馆、科技馆、工人文化宫（俱乐部）、青少年宫等公共文化机构也有了快速发展，在公共文化服务体系中发挥了重要作用。

（二）重大文化惠民工程稳步推进，公共文化资源日益丰富

近几年，文化部和财政部联合实施了全国文化信息资源共享工程、送书下乡工程、流动舞台车工程、中华古籍保护计划等一系列具有重大影响的文化惠民工程，产生了很好的社会效益。一是全国文化信息资源共享工程。工程的主要内容是，应用现代科学技术，将优秀文化信息资源进行数字化加工和整合，通过共享工程服务网络体系，实现优秀文化信息资源在全国范围内的共建共享。工程自 2002 年实施以来，截至 2010 年，中央财政共下拨地方经费 26.04 亿元，为文化共享工程建设提供了强有力的经费保障。目前，文化共享工程已建成国家中心 1

个，省级分中心33个；县级支中心2814个，覆盖率达到96%；乡镇基层服务点15221个，覆盖率达到44%；配备文化共享工程设备的村级基层服务点45.7万个，覆盖率达75%。文化共享工程系统专兼职工作人员68万人，累计服务超过6.9亿人次。二是送书下乡工程。送书下乡工程是文化部、财政部为解决基层群众看书难问题而实施的文化工程，由中央财政统一购置图书，配送到全国592个国家级扶贫开发重点县和乡镇。2003～2008年累计安排资金1.2亿元，为国家级扶贫开发重点县和乡镇配送图书共1060万册。三是流动舞台车工程。从2007年到2010年，中央财政安排资金3亿元，为剧团和基层文化机构配备近1000辆流动舞台车，改善了剧团等文化机构的服务条件。四是中华古籍保护计划。自2007年该计划全面启动以来，国务院已经颁布三批9859部《国家珍贵古籍名录》及150家全国古籍重点保护单位；文化部批准设立了12家国家级古籍修复中心。

（三）群众文化活动蓬勃开展，群众文化生活日益丰富

各级文化部门积极组织具有示范性、导向性、带动性的文化活动，带动基层广泛开展群众文化活动。群星奖是文化部为繁荣群众文艺创作、促进社会文化事业发展而设立的全国社会文化艺术政府奖。自1991年设立以来，迄今已举办十五届，先后推出了近4000件获奖作品。2010年5月，在广州举办了第十五届“群星奖”评奖活动，在社会上引起了广泛反响。为弘扬民族民间文化艺术，繁荣农村文化生活，文化部于1987年开始在全国开展中国民间文化艺术之乡命名活动。目前，全国已有963个县（市、区）及乡镇获得“中国民间文化艺术之乡”称号。为加强对群众文化活动的指导，文化部2000年和2002年两次组织全国部分省市农村题材小戏进京演出。2010年文化部再次组织了“大地情深”——全国城乡基层群众小戏小品展演活动。各级文化部门还面向未成年人、老年人、农民工等社会特殊群体，开展文化活动。1999年，文化部设立了“永远的辉煌”中国老年合唱节，迄今已举办12届。2005年，实施了“中国少儿歌曲创作推广计划”，至今已举办3届中国少年儿童合唱节。根据少数民族文化发展的需要，文化部还为少数民族文化发展制定了文化设施建设、文艺人才培养、对外文化交流、文化遗产保护“四优先政策”，为保护少数民族文化权益起到了重要作用。

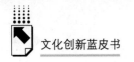

（四）公共文化服务体制机制改革不断深化，公共文化服务方式和手段不断创新，公共文化服务能力显著提高

2003 年中央召开文化体制改革试点工作会议，确立了“加大投入、转换机制、增强活力、改善服务”的公益性文化事业单位改革方针。近年来，我国公共文化服务体制机制改革不断深化，公共文化服务机构的活力不断增强，新的服务模式不断涌现。从 2004 年开始，我国各级各类国有博物馆、纪念馆、美术馆、有条件的爱国主义教育基地等公共文化设施逐步实行了免费或者优惠开放制度，最大限度地发挥了公共文化资源的社会效益。到 2009 年，全国各级文化文物部门归口管理的公共博物馆、纪念馆有 1444 座陆续向社会免费开放。浙江、广东、天津、吉林等地探索实行基层文化设施的合作联办、委托管理，积极发展流动图书馆、舞台车，使群众能够享受就近、便捷的公共文化服务。辽宁省依托广播电视“村村通”网络，传输文化共享工程信息资源，实现文化共享工程进村入户，让广大基层群众通过电视机就能享受文化共享信息。深圳自主研发“城市街区 24 小时自助图书馆系统”，使市民不用亲自到图书馆就能享受借书、还书、办证、预借等服务。这些举措的推行，使公共文化服务覆盖面进一步扩大，公共文化服务能力进一步提高，人民群众的基本文化权益得到更好保障。

（五）公共文化法律法规和政策建设取得突破

2007 年，中办、国办下发《关于进一步加强公共文化服务体系建设的意见》（中办发［2007］21 号），明确了公共文化服务体系建设的指导思想、基本原则、发展目标和政策措施。同时，《非物质文化遗产保护法》、《公共图书馆法》等公共文化相关法律立法工作启动，《乡镇综合文化站管理办法》、《公共图书馆建设用地指标》和《公共图书馆建设标准》等设施建设标准陆续出台。这些法律、法规和文件的出台为我国公共文化服务体系建设的有序推进提供了有力的制度保障。

“十一五”以来，我国公共文化服务建设虽然取得了显著成绩，但同时必须看到，由于特定历史条件下形成的思维惯性和发展思路，我国公共文化服务体系建设中仍然面临一些困难和问题。一是文化建设在地方党委政府考核指标体系中所占的比重过低，缺乏刚性的约束机制和有效的激励机制，一些地方党委政府文化自觉意识不强，等、要、靠思想严重。二是公共文化服务体系建设的资金、人才、技术保障机制尚不健全。文化事业经费在国家财政支出中所占比重过低，公共文化服务经费总量偏少，城乡、区域分配不平衡；基层公共文化队伍数量不足，结构不合理，专业素质偏低。三是基层公共文化服务设施总量不足、质量不高、配置不合理的问题依然突出，基层文化建设重硬件、轻软件，重建设、轻管理的现象比较严重，社会力量参与文化建设的自觉意识尚未形成。四是公共文化服务的内容、形式、方法与城乡居民的现实需求还不相适应，以群众需求为导向的公共文化服务模式尚未形成。五是文化管理体制和运行机制尚不健全，还存在多头管理、条块分割等问题，配套政策和法律法规不完善。从整体上看，公共文化服务体系建设同我国当前的经济社会发展水平还不相适应；与广大群众迫切的文化需求还不相适应；与实现文化大发展大繁荣的任务还不相适应。实现和保障人民群众基本文化权益的任务十分艰巨。

三　经验借鉴：国外公共文化服务的发展模式

公共文化服务是现代化进程中的产物，西方发达国家率先建立致力于维护公共利益的现代公共部门，并向社会公众提供普遍、均等的公共服务。从国际经验来看，发达国家比较重视公共文化服务体系建设，把文化权利作为公民的一项基本的宪法权利予以保障，制定各种公共文化政策，兴办博物馆、纪念馆、公共图书馆等公共文化机构，构建体现平等精神的公共文化服务平台，以维护公民的文化权益，推动公民素质的全面提高。尽管公共文化服务体系建设受各国历史传统、政治体制、经济发展水平、主流价值观念等国情的影响，具有不同的个性特征，但公共文化服务体系建设也有内在的共性和自身的客观规律，借鉴不同国家的公共文化服务经验对推动我国公共文化服务体系建设的理论和实践创新具有重要的作用。从世界经验来看，发达国家在公共文化服务体系建设上起步较早，形成了比较成熟的模式，大致有以下三种。

一是以法国为代表的“政府主导”模式。法国从中央到地方政府均设有文化行政管理部门，各级政府文化部门提供比较完善的公共文化服务。具体而言，有三个层次的文化机构：第一层次的管理机构是文化部，它是中央文化行政机构，通过向地方派驻代表，统一对法国的文化事业实行直接管理；第二层次是中央文化部的直属机构；第三个层次是地方各级文化机构。法国文化事业管理模式的鲜明特点是“政府一竿子插到底”，突出强调政府在公共文化服务中的主导地位。法国对文化事业的投入是典型的基于政府主导的公共财政模式，公共文化事业经费主要来自各级政府的投入，对市场和社会力量的依赖程度较低。法国的文化事业经费预算在国家财政总开支中约占1%，而地方政府投入的财政资金相当于国家预算资金的两倍。从具体的文化管理手段上看，法国主要采用行政手段和法律经济手段进行管理。需要注意的是，法国的行政手段不是单纯的行政命令，而是通过签订文化协定确保实现其管理目标，具有较强的契约特点。

二是以美国为代表的“社会主导”模式。美国的联邦政府和州政府均没有正规的文化行政主管部门，仅有四个政府代理机构（美国国家艺术基金会、国家人文基金会、国家博物馆图书馆委员会、联邦艺术和人文委员会）代替政府行使部分文化职能。这些机构虽属于联邦行政组织系列，但只有计划协调和财政资助权，无行政管理权，在联邦地方政府也无相应的对口分支机构。基于“对文化的干预越少越好”的理念，美国主要采取社会主导的文化管理模式，政府扮演的是“中介角色”，只提供宽松的外部环境和严格的法律保障。对文化事业的资助采用的是典型的基于市场导向的公共财政模式，政府采取开放性的市场策略，将文化艺术活动放置于市场经济和民间社会中成长，通过“非营利免税”等法律手段和经济手段引导社会力量投资文化事业。对于非营利性文化单位，政府一方面通过中介机构给予有限的资助，一方面通过综合运用多种融资工具和财税优惠政策，广泛吸引社会力量和产业资本进入公益性文化事业领域。政府对非营利性文化机构仅给予非常有限的财政支持，一般只占其全部收入的10%左右。

三是以英国为代表的政府与民间力量共同参与的“合作共建”模式。英国在文化管理机构设置上建立了统管全国文化事业的中央政府文化主管部门，并形成了比较完整的中央和地方三级文化管理体制。“文化、新闻和体育部”为中央文化管理机构，统管全国文化、新闻、体育事业，负责制定政策和划拨文化经费；非政府公共文化管理机构和地方政府负责执行文化政策和具体分配文化经费；各种行业性的文化组织比如电影协会、艺术协会等机构，发挥行业性的调控和管理职能。虽然三级管理机构相互独立，不存在直接的领导与被领导关系，但在整个文化管理流程中又紧密联系。英国的文化管理模式不同于法美，其理念是“不能不管，也不能多管”，一方面具备美国对文化管理的超脱，但又不是完全不管；另一方面学习法国对全国文化“一竿子插到底”的直接管理方式，但又避免过多行政干预，即所谓“一臂之距”（英国首创的一种文化管理模式：“Arms' Length Principle”。政府不直接管理各个文化机构或企业，而是在政府和文化机构/企业之间设立某种中介机构，这类机构负责向政府提供文化政策建议和咨询，并受政府委托，决定对被资助文化项目的财政拨款，并对拨款使用效果进行监督评估）。英国对文化事业的投入采取的是典型的国家干预与市场调节相结合的公共财政模式，其中文化彩票收入是弥补政府文化预算不足的重要来源。

尽管中国的历史传统、主流价值观念、政治体制、经济市场化程度、民间组织发育水平与西方国家不同，但西方国家的经验仍然能够对构建我国公共文化服务体系给予理念和实践上的启迪：①加快制定文化法律、法规和政策，为公共文化服务体系建设提供强有力的制度保障；②理顺公共文化服务的管理体制，建立不同层级政府和文化部门在公共文化服务体系建设中的责任分担机制；③正确处理政府、市场、社会三者在公共文化服务体系建设中的关系，充分发挥政府的主导作用，同时通过政策调动市场和社会力量参与公共文化服务体系建设的积极性，促进公共文化服务主体的多元化；④整合和优化配置公共文化资源，创新公共文化服务模式，建立以群众文化需求导向的公共文化服务供给机制。

四　发展前瞻：“十二五”时期基本建成公共文化服务体系

“十二五”时期是我国全面建设小康社会的关键时期，也是我国经济社会发展的重要转型期，文化发展处在大有作为的重要战略机遇期。党中央、国务院高度重视文化建设，为文化发展提供坚强的组织保障；经济平稳较快发展，综合国力日益增强，为公共文化服务体系建设提供坚实的物质基础；人民群众的文化需求呈现多样化、多层次、多方面的特点，为公共文化事业的快速发展提出了迫切要求和提供了强劲动力；科技进步日新月异、现代传播手段发展迅猛，为文化创新提供了强大的技术支撑。我们必须抓住这一难得的历史机遇，把加强公共文化服务体系建设摆在文化建设工作的突出位置，以保障人民群众基本文化需求为出发点和落脚点，按照体现公益性、基本性、均等性、便利性的要求，依循“保基本、强基层、建机制”的基本路径，以城乡基层为重点，以基础设施建设为依托，以改革创新为动力，以机制体制建设为保障，全面提升均等化水平，力争到2015年基本建成公共文化服务体系，实现“广覆盖、高效能、可持续”，保障广大人民群众的基本文化权益。

（一）继续提高城乡公共文化设施网络建设水平，实现公共文化设施的有效覆盖

公共文化设施网络是加强城乡基层公共文化服务体系建设的载体。在“十二五”时期，要坚持“巩固、充实、提高”的方针，进一步加大公共财政投入力度，努力完善以“两馆一站一室”为重点，以流动文化设施和数字文化阵地建设为补充的城乡基层文化设施网络。要以服务人口为依据，完善城乡基层公共文化设施建设标准，推进“两馆一站”设施规范化建设，支持改建和扩建未达标的馆站，县级图书馆、文化馆建设要全部达标。要继续支持革命老区、民族地区、边疆地区、贫困地区建设和改造文化服务设施网络。同时，要建立起灵活机动、方便群众的流动服务网络。大力发展数字文化阵地，加快数字图书馆、文化共享工程和公益性电子阅览室建设，推动数字文化资源向城乡基层延伸。要努力突破体制障碍，加大跨部门、跨领域、跨系统的文化项目的交流合作力度。以公共文化设施为依托，统筹推进村村通、文化共享工程、公共电子阅览室建设、国家数字图书馆推广计划、农家书屋、农村电影放映等各项文化惠民工程，实现公共文化资源的综合利用、共建共享，充分为广大基层群众服务。

（二）加强理论研究和制度设计，建立健全公共文化服务体系建设的法律法规体系，探索公共文化服务体系建设长效机制

一是从理论层面加强对公共文化服务体系建设的理论政策研究，重点研究建立群众文化需求动态反馈、公共文化服务经费保障、绩效评价和监督等机制，推动公共文化服务体系的良性运行和可持续发展。二是从制度层面加强对公共文化服务体系建设的科学设计，研究保障措施，探索推进公共文化服务体系建设的长效机制，形成一系列工作机制和抓手，达到决策参考、指导实践、推动立法的目的。三是推进国家公共文化服务体系示范区建设，建设一批符合中国国情、符合社会主义市场经济规律、符合文化自身发展特点的公共文化服务体系建设示范区，发挥典型的示范、影响和带动作用。四是积极推进文化立法，继续推进

《公共图书馆法》立法进程，修订《文化馆管理办法》、制定《城市社区文化设施管理办法》等规章，加快制定公共文化服务机构的服务标准和服务规范，推进公共文化服务体系建设的制度化、规范化和法制化。

（三）建立健全公共文化服务体系建设的资金、人才、技术保障机制，提高公共文化服务体系建设的保障水平

一要加大各级政府对公共文化服务体系建设的财政资金投入，建立文化服务财政资金投入的稳定增长机制，确保公共文化服务体系财政投入的增长速度不低于国家财政总支出的增长速度，实现财政资金在文化服务和其他公共服务之间的均衡分配。二要加强对公共文化服务机构人才的选拔、培养和使用，建立高素质的公共文化人才队伍体系。明确核定县图书馆和文化馆、乡镇综合文化站人员编制标准；进一步强化全国文化队伍培训工作，推进全国基层文化队伍培训项目，逐步建立文化从业人员资格认证制度；建立文化志愿者的选拔、培训、激励机制，鼓励和引导社会人员参与公益性文化服务。三要坚持以群众需求为导向，加强公共文化服务内容与现代信息技术的融合，充分利用现代科学技术快捷便利的特点，加快推进数字图书馆建设、电子阅览室建设，提高公共文化服务体系建设的技术保障水平。

（四）创新公共文化服务模式，增强公共文化产品的供给能力

服务创新是公共文化服务体系建设充分发挥作用的关键所在。在继续加强文化基础设施硬件建设的同时，要坚持软硬件并重，积极探索适合基层特点、适应群众需求的新的文化服务方式，提高服务能力。要充分发挥公益性文化单位在公共文化服务中的骨干作用，着力提高生产能力和服务水平，为广大人民群众提供优质高效、普遍均等的公共文化服务。要继续推动各公共博物馆、纪念馆、图书馆、文化馆、文化站和爱国主义教育基地向社会免费开放。完善公共文化服务的市场化提供机制，推广政府购买、集中配送、联网服务等新做法，把健康向上的文化产品和服务送到城乡基层。加强政策扶持，引导社会力量有序参与公共文化服务，把公共文化服务的供给从文化系统的“内循环”转变为市场的“大循环”。

（五）深化改革，增强公益文化单位的活力

当前，我国文化体制改革进入了攻坚克难的关键阶段。文化事业领域的重要目标之一，就是要推动形成责任明确、行为规范、富有效率、服务优良的公共文化服务运行机制。要实现“从办文化向管文化转变，从管微观向管宏观转变，从面向直属单位向面向全社会转变”。按照国家事业单位改革的要求，推进公益性文化单位人事、收入分配和社会保障制度改革，推行全员聘用制和岗位责任制，完善绩效考评机制。要探索建立事业单位法人治理结构，赋予公益性文化事业单位应有的自主管理权限，激发事业单位的发展活力。公益性文化事业单位作为独立法人单位，与企业和社会组织共同构成公共文化服务的生产和供给主体，平等接受文化行政部门的监管。

（六）加强管理，健全公共文化服务绩效评价和监督机制

发挥绩效评估对于引导政府行为的导向作用，抓紧建立科学刚性的公共文化服务绩效评估体系。要将公共文化服务指标纳入科学发展考核评价体系，纳入各级党委政府和党政领导干部的绩效考核体系，并增大权重。要建立健全考核、激励、问责和监督机制，形成层层监督、环环相扣、过程监控、结果考核的责任落实机制。建立健全公共文化机构、重大文化项目工作考核机制，形成科学合理的绩效评价指标体系。充分尊重人民群众在公共服务评价中的主体地位，以人民认可不认可、满意不满意作为评价的重要标准，建立和引入群众评价机制。

Exploring the Construction Road of Public Cultural Service System with Chinese Characteristics

Yu Qun

Abstract: The Fifth Plenum of the 17th Central Committee of the Communist Party of China proposes to "gradually perfect the basic public service system which is more comprehensive and sustainable, meets the national conditions, covers both urban and rural areas, improve the supportability of the government and promote the equalization of basic public services". This article aims to implement the central authorities' Several Viewpoints on building National Public Cultural Service System, and systematically sorts out the historical development trajectory of China's public cultural construction innovation from theory to practice, basing on the dual perspective of theory to practice, and focuses on the establishment of the theory basis and policy path of the public cultural service system with Chinese characteristics.

Key Words: Public Cultural Service System; Cultural Service; Policy

B.5 必须转变文化发展方式

金元浦*

摘　要： 本文认为文化发展是社会发展的终极目标之一，发展文化产业有助于推动经济转型，我国目前正处在推动发展方式转变的历史新阶段，必须借发展文化产业之机，大力推进文化体制改革，强化文化科技的示范应用，以及借鉴经济改革的成功经验等，转变文化发展方式和推进社会发展方式转型。

关键词： 文化　发展　文化产业　转变

2010年7月23日，胡锦涛同志在中央政治局第二十二次集体学习时指出，我国当前的文化发展，与人民群众日益增长的精神文化需求、快速发展的现代传播手段、不断扩大的对外开放、我国经济又好又快发展的新形势相比，还不完全适应。因此，我们必须进一步转变文化发展方式，努力实现文化的又好又快发展。这是一个重大的理论问题，更是一个重要的实践问题，是一场重要的思想革命，是文化理论的创新。

当前，在科学发展观的指引下，我国正处在转变发展方式的新阶段。转变发展方式，不仅是经济领域的问题，也是文化领域的问题。在这一转型中，文化理论和文化发展方式的创新具有极为重要的意义。这一创新既是观念的解放、产业的转型、新思路的开拓，又能为国家文化政策的创新提供思路，是对未来我国文化发展方向的引领，是一种总体的文化战略的部署与策划。

为什么要转变文化发展方式，转变文化发展方式的紧迫性和重要意义何在？

---

* 金元浦，中国人民大学文学院教授、博士生导师，中国人民大学文化创意产业研究所所长。主要从事文化创意产业、文化哲学研究。

一　文化作为发展的终极目标

长期以来，国际社会一直将发展主要视为经济的发展，GDP 的发展，物质力量的发展。而文化则被视为可有可无的附属物，与发展无关，或与主体经济无关。但 20 世纪 80 年代以来，文化与发展的关系日益引起世界各国的普遍关注。世界经济的一体化、高新科技特别是信息与媒体技术的发展，促使各国重新思考文化与发展，文化、经济、科技与发展的关系。越来越多的国家和民族认识到文化对于当代社会经济生活的巨大影响，认识到文化作为高端产业形态和先进生产力的发展趋势。尤其是发达国家率先调整、转型、升级、大力推动文化创意产业，并在这一领域进行规划、布局，抢占创意制高点。在这一全球性潮流的推动下，联合国教科文组织策划了“世界文化发展十年”（1988 ~ 1997）活动，并于 1992 年成立了以联合国前秘书长佩雷斯·德奎利亚尔为主席的世界文化与发展委员会。1995 年世界文化与发展委员会经过数年的调查、积累、撰写和修改，推出了题为“我们的创造的多样性”的报告，深入论述了文化在人类发展中的极其重要的作用。报告认为，脱离人或文化背景的发展是一种没有灵魂的发展，经济的发展应当被视为一个民族的文化的一部分。报告指出，发展不仅包括得到商品和服务，而且还包括过上充实的、令人满意的、有价值的和值得珍惜的共同生活，这使整个人类的生活多姿多彩。因此，文化尽管有时候可以作为发展的手段，但它最终不能降到仅是经济发展的手段或仆从这样一个次要的地位。发展中不仅包含经济的发展也包含文化的发展。发展是一种对个人和集体产生强大的思想和精神影响的现象，而经济、科技的发展，说到底还是一个民族文化的组成部分，是人类文明的组成部分。1998 年，联合国教科文组织在斯德哥尔摩召开了“文化政策促进发展”政府间会议。在这个会议上，提出了一份《文化政策促进发展行动计划》（草案）供大会讨论。这份计划（草案）指出，“发展可以最终以文化概念来定义，文化的繁荣是发展的最高目标”，“文化的创造性是人类进步的源泉。文化多样性是人类最宝贵的财富，对发展是至关重要的”。因此，“文化政策是发展政策的基本组成部分”，“未来世纪的文化政策必须面向和更加适应新的飞速发展的需要”。

随着经济结构的变化，文化越来越强烈地影响当代社会经济的发展。西方文化经济学家大卫·索罗斯比认为，文化影响经济结构的方式主要有三种。

其一，文化会影响经济效益。借由增进群体共有价值的方式，使群体成员得以进行经济的生产。其二，文化会影响公平。例如，透过不断灌输关怀他人这样的共有道德原则，建立使关怀得以表达的机制。如果为了后代着想的道德责任能被大家接受为一种文化价值的话，那么在社会一体化的情况下，我们从跨代平等里即可看到文化在这方面的重要性。一般而言，文化对公平的影响会体现在群体的资源配置决策上。其三，文化会影响甚至决定群体追求的经济或社会目标。在整体社会的层次上，追求文化价值有可能与追求物质进步完全一致，并可借此判定一个社会的总体经济成果为成功或失败。另外，不同社会的文化并不只追求物质成长，还追求非物质目标，例如生活品质。

二　文化产业也是转型经济的重要组成部分

科学发展观提出的转变发展方式、调整经济结构，不仅是经济领域的问题，也是文化领域的问题。这首先意味着由以前的单纯的以经济为中心、文化为仆从（经济搭台，文化唱戏），转变到现在党和国家提出的经济文化化、文化经济化、经济文化一体化的战略思路上来。

随着传播媒介的高速发展和信息时代的来临，文化生产已日益成为当代经济生活的一部分，成为复杂的现代化大生产的一部分。如电视、电影、出版、音像、文艺演出、工艺美术、体育比赛，乃至广告、信息、传播、娱乐等产业，已越来越发展为庞大的产业集团，成为经济结构中的重要组成部分，甚至成为许多国家国民经济的支柱产业。特别是文化创意产业推动并催生了当前在社会生活中越来越发生重要影响的新兴产业类别，即所谓数字新业态，如动漫、网游、互联网经济、数字设计、电子（数字）商务、网络电视台、手机电影、手机动漫、手机网游、手机音乐、手机报刊、手机阅读、手机娱乐等，并推动了传统文化产业的变革。

其次，文化创意产业已经成为经济中的高端产业，是当代服务经济中的高端形态。当前，我国产业结构要调整，要从低端制造业走向高端制造业，要从以制造业为主，逐渐向高端服务业特别是向生产型服务业转型，实现从中国制造到中国创造的提升。作为先进生产力，文化创意产业是产业发展的高端形态，又有低碳环保、生态型发展、增加就业岗位的优势。它将推动我国整体产业结构的升级、调整和重组。

文化创意产业的根本理念是通过“越界”促成不同行业、不同领域的重组与合作。这种“越界”主要是对第二产业的调整升级，第三产业即服务业的细分，打破了第二、三产业的原有界限，通过“越界”，寻找提升第二产业，融合第二、三产业的新的增长点，产业要创意化、高端化、增值服务化，以推动文化与经济融合发展。第二产业卖产品、卖机器，创意产业卖设计、卖理念、卖精神、卖心理享受、卖增值服务。自20世纪七八十年代以来，西方发达国家已经顺利完成了原有产业的转型、改造与提升，都把文化创意产业作为国家产业结构调整的重点，并将其作为国家的支柱产业来全力推动。

实际上，今天的文化产品与其他物质性产品在性质上和形态上是全然不同的。文化（文学、艺术、设计等）创意产品具有使用的多次性，尤其是精神产品的享用具有无穷性，而且越是使用，其价值就越高，越是使用得多，其增值速度也就越快；而物质性产品则会因使用和消费而价值递减，其最典型的例证便是那些一次性消费的产品。一栋房产，作为物质产品的它在使用中会逐渐破损直至被废弃，其价值会随其可用性减弱渐趋于零；而艺术性精神产品的价值反而会随着时间的延续而递增。

与汽车、牙膏、家用电器或纺织品不同，信息产品的消费并不会使其价值递减。相反，每一个产品都能为很多人重复使用，并且会随着使用次数的增多而变得更加具有价值。一件诸如轿车、冰箱或计算机之类的工业产品会因使用中的损耗而贬值，而某种信息或文化艺术产品则不然。一部电影、一本书、一个电视节目、一款游戏或一件软件产品使用的人数越多，越受人们欢迎，其价值反而会更大。

三　文化体制改革是转变文化发展方式的关键

文化发展方式转变包括众多内容，而文化体制改革是文化发展方式转变的关键。文化体制改革是我国国家体制改革的重要组成部分。按照中央“创新体制，转换机制、面向市场、增强活力”的要求，推进经营性文化单位转企改制，增强国有文化单位的发展活力和市场竞争力，培育骨干文化企业，打造一批走向世界的、有竞争力的大型企业集团，鼓励民营文化创意企业快速发展，鼓励非公资本以多种形式进入文化创意产业领域，优化文化产业结构，推动一批企业上规模、上档次、抓效益，努力构建统一开放、竞争有序的现代文化市场体系，这是转变文化发展方式的现实途径。说到底，只有通过文化体制改革才能实现文化发展方式转变，也只有文化发展方式转变了，文化体制才可能得到改革。

打破计划经济的文化发展模式，整合机构、转企改制，实行政事分开、管办分离，走向市场，特别是到国际市场上一竞高下，是当前文化体制改革的重中之重。不久前，中国东方演艺集团有限公司、中国文化传媒集团有限公司、中国动漫集团有限公司同日在京成立。文化部推动多家文化事业单位转企改制，使其加大力度、加快进度走向市场。三家集团有限公司转企改制，成为文化系统首批由经营性文化事业单位直接转制为国有独资公司的中央文化企业。国有电影事业单位转企改制的脚步明显加快，国有电影制片厂 2009 年底前没有按期完成转企改制且未出品新影片的，不再核发摄制电影许可证；目前，第一批 101 家中央各部门各单位出版单位转制工作按要求基本完成，103 家高校出版社和 268 家地方出版社体制改革工作全面完成。

与此同时，全国国有文艺演出院团体制改革也打响攻坚战。国有院团实施结构调整，切实整合资源、调整布局、优化结构、提高效益。报载，2009 年全年共有 58 家国有院团实现转企改制，区域性骨干演艺集团公司集中涌现。北京演艺集团公司、陕西省演艺集团公司、上海文广演艺集团公司等演艺集团公司相继成立，成为区域性龙头演艺企业。这是文化发展方式转变的先声。

文化体制改革全面解放了文化生产力，发展了先进的生产力。但是，我国文化体制改革历经多次反复，过去的小打小闹收效甚微，如何真刀真枪、动真格的？我们拭目以待。

四　文化与科技：两轮驱动、两翼起飞

坚持文化与科技相结合，实现文化与科技的两轮驱动，不断增强文化产业的自主创新能力，是文化发展方式转变的一项重要内容。一方面，传统的文化产业类别正在进行数字化高新科技改造，如数字电影、数字电视、数字出版等；另一方面，以数字化等高新科技为基础的文化创意产业新业态正在迅速涌现，如动漫、网游、数字音乐、网络视频、手机增值业务等。忽视当代数字高新科技的高端平台

建设、缺乏高科技引导的创新创意，是制约我国文化创意产业发展的因素之一。

文化创意产业是科技文化化和文化科技化的高端产业。我国跨越式发展的道路首先应以数字化信息化高新技术带动文化的产业化。我国作为发展中的大国，近年来在世界媒介革命浪潮中奋力拼搏，IT业高新技术获得高速发展，与世界先进水平之间的差距正日益缩小。从某种程度上说我国网络信息产业的发展，在技术与人才上，有着自身独特的优势，这就为中国文化产业跨越式发展奠定了科学基础、提供了技术保障和人才储备。

同时，当代信息革命已经由过去的硬件为王逐步走向软件为王、创意为王的新的发展阶段，正从技术为王时代走向内容为王时代。显然，在当今网络时代，信息产业只有与内容产业融合发展，才能如虎添翼，前程无量。正是在这个意义上，当代信息产业已不再是单纯的信息技术产业，而是信息技术产业与内容文化产业的高端融合的产业形态。同样，文化产业只有与信息产业相结合，以信息化带动内容产业化，以产业化促进内容信息化，走新型产业化道路，才有可能实现我国文化创意产业的跨越式发展。

所以，实施文化创新发展工程重要的不仅仅是在文化产业中提高高科技含量，更重要的是文化产业自身应具有的性质：当代文化日益具有主体筹划、投射、设计和创造的特征。也就是说，文化生产力的发展有赖于在文化领域的各个方面从观念、形式、体制、管理到操作实践全面实施文化创新—创意工程。文化领域必须积极参与国家知识创新体系，参考借鉴经济领域改革的成功经验，建设国家文化创新—创意体系，丰富、扩大和提升国家知识创新体系的内容与含量。

目前，我国IT业、互联网和信息传播业的发展正迫切需要内容文化产业的支持和推动。这就为我国发展文化创意产业的战略提供了跨越式发展的良好机遇。它应推动新兴数字技术支持的新媒体内容文化率先产业化，从新兴的创意内容产业等高端产业入手，以数字化等高新技术促进文化的产业化，改造传统文化生产流通方式，带动整个文化创意产业的全面发展和提升。

五　转变文化发展方式要借鉴经济改革的成功经验

从现实来看，我国文化产业发展的基础至今仍不是十分雄厚，市场化程度不高，体制弊端严重。但是，我国的经济改革和高科技产业的发展却是成就喜人，举世瞩目。所以，转变文化发展方式要借鉴和引进经济改革的成功经验。

我国经济改革三十余年来，从观念、形态、体制、管理到实践操作，均积累了丰富的经验，也不乏教训，特别是在建立现代企业制度、股份制改造、上市金融运营、投融资、产业管理、对外贸易、相关金融、会计、法律、咨询乃至广告运营和品牌构建等方面尤为显著。转变文化发展方式，就要全面学习我国经济改革的成功经验，把它运用到当前文化创意产业发展的实践中来。

转变文化发展方式，发展文化创意产业，充分借鉴和引进经济改革的成功经验，最重要的是要引进经济领域、科技领域的先进人才——战略策划人才、产业运营人才、企业管理人才、金融（上市）人才、投融资人才、科技创新人才，特别是原创设计人才，培养每一个专业的专门人才。由于历史原因，我国相关文化部门长期在计划经济的体制下工作，吃惯了大锅饭，市场意识和产业意识薄弱，这一领域的干部在思想观念、理论准备尤其是实践操作上，都缺乏准备、缺少经验。因此，要转变文化发展方式，要引进一批懂得市场，懂得产业经营的管理人才，以全面提高我国文化产业运营的水平，缩小与经济改革之间的差距。另外，文化产业、文化市场又有自己的产业的、行业的、企业的特点，又需要在实践中培养既懂经济运营，又精通文化产业的复合型专业人才。

最富创造性的高端创意人才是文化创意产业发展的核心。据统计，现代财富的创造更多集中在一些最优秀的创意人才中。这样，创意就成了当代产业组构中的一种特殊的因素，它决定了产业的性质，并由此决定了产业的管理与操作。第二产业的发展靠机器、厂房、资源和劳动力，创意产业不同于制造业中的汗水产业、劳动力密集产业，创意产业的发展靠创意阶层，靠创意群体的高文化、高技术、高管理和新经济的“杂交”优势。

最近，文化部《全国文化系统人才发展规划（2010～2020年）》出台。这是文化系统的第一部人才发展规划，也是《国家中长期人才发展规划纲要（2010～2020年）》颁布实施后，首个行业人才发展规划。规划呈现了开放的文化人才政策，提供了科学的人才培养方式，对于改变文化发展人才匮乏的现状具有重要意义。

六　转变文化发展方式更要注重以人为本

发展文化创意产业是发展模式的调整和增长范式的重要转变，是向内生性的经济增长方式的转变。其根本，是从 GDP 唯一模式向“以人为本”的科学发展转变。改革开放以来，我国的经济发展经历了以粗放型、资源型、投资型为主的阶段。随着我国经济的高速发展，人民收入的不断增加，社会文化需求不断升级，表现为收入函数变化带来的新的巨大需求要求增长方式的变革和供给结构的调整。发展文化创意产业是增长方式的中心环节转向内生性的创新模式的转变，是发展观念的转变，是发展模式的转换，它更关注人、热爱人、尊重人、提升人，有利于全面提高我国人民的生存质量和我国政府的服务质量，把经济社会发展切实转入以人为本、全面协调可持续发展的轨道。

文化创意产业是与艺术、文化、信息、休闲、娱乐等精神心理性服务活动相关，满足小康社会形态下人们精神文化娱乐需求的所谓“第五产业”，是城市精神消费与娱乐经济融合发展的新载体，是现代服务业的高端部分。在总体服务业的业态中，文化创意产业开拓艺术型、精神型、知识型、心理型、休闲型、体验型、娱乐型的新产业增长模式，培育新的文化消费市场、新一代创意消费群体，以推动新形态的文化经济的发展，并且通过在全社会推动创造性发展，来促进社会机制的改革创新。

现代科学技术已越来越广泛地渗透到文化领域，文化产品和文化服务的科技含量也越来越高。科技进一步文化化、人性化了，文化也进一步高科技化了，新的高科技的文化娱乐方式不断创生，文化全面渗透到高科技产品之中。一切高科技产品归根结底都是为人服务的，它们都离不开文化，离不开文化所昭示的生存的意义和人的生命本质。高科技产品也只有依赖人们对文化服务的越来越广泛全面的需要而获得日益广阔的市场。一种无关人和人的文化的高科技既没有必要发展，也不可能发展起来。

先进的文化生产力和先进文化的发展，说到底是以人为目的、服务于人，服务于最广大的人民群众的根本利益的。产业结构下游化源于需求结构的上游化、高档化。随着社会生产力的迅速发展，人们的收入水平不断提高，人们的社会需要也不断提高。在基本满足物质需要的基础上，人们更多地关注文化上的、精神上的、心理上的需要，注重个体的全面发展和人的生活质量。人们在生活中针对第一产业产品的支出在总体支出中的比重会相对下降，对文化产品的需求则会大大增加，人们对书籍、音像、影视、艺术产品的需求，对娱乐服务、旅游服务、信息与网络服务的需求会大大增加。甚至物质层次的衣、食、住、行需要也大大地文化化了。随着生活品质的日益提高，人的更高层次的需求便会优先增长，精神文化附加值的经济含量和财富含量也越来越高，因而文化产品与文化消费也会优先增长。

Cultural Development Mode Must be Transformed

Jin Yuanpu

Abstract: This paper considers that cultural development is one of the ultimate goals of social development; the development of cultural industry is an important force to promote economic transformation. China is now in the new historical stage of promoting the transformation of development mode, thus we must recur to the development of cultural industry, vigorously promote the reform of cultural system, strengthen the demonstration applications of cultural science and learn from the successful experience of economic reform, in order to promote the transformation of cultural development mode and social development mode.

Key Words: Culture; Development; Cultural industry; Transformation

B.6

大力发展文化创意产业，促进经济发展方式转变

黄发玉 任珺*

摘 要： 无论是从全球发展趋势来看，还是就推动经济发展方式转变的现实需求而言，发展文化创意产业都是我国优化产业结构、促进产业升级的一个必然选择，对经济发展方式的转变具有不可替代的作用，是我国未来经济社会发展特别是城市经济社会发展转型的重要突破口。而要加快发展文化创意产业的步伐，我国政府应注意从政策、规划、管理、服务等方面，逐步解决文化创意产业发展中面临的一些基本问题。

关键词： 文化创意产业 经济发展方式 转变

随着《文化产业振兴规划》以及《国务院关于加快培育和发展战略性新兴产业的决定》的颁布，国内一些地区开始把文化创意产业列为战略性新兴产业的重点。依据对未来市场需求变化和技术发展趋势的科学判断，文化创意产业将成为国际金融危机之后中国经济的新增长点，它是优化产业结构、促进产业升级的一个必然选择，对转变经济发展方式、消费方式以至社会发展模式等将产生持续性影响。

一 对文化创意产业全球发展趋势的基本判断

这里所说的文化创意产业，是以文化为内容、科技为支撑、创意为动力、产

* 黄发玉，深圳市社会科学院副院长，主要从事文化理论、文化产业研究；任珺，深圳市社会科学院文化研究所副研究员。

业为载体的一种新兴的产业形态，属于文化产业里的一个分支，它在国内被提出，更加突出强调了科技发展对文化、经济活动的影响。对于文化创意产业在国内的发展方向，《文化产业振兴规划》明确指出：文化创意产业要着重发展文化科技、音乐制作、艺术创作、动漫游戏等企业，增强影响力和带动力，拉动相关服务业和制造业的发展。

从全球经济发展脉络来看，创意产业①是西方发达国家进入后工业社会以后出现的，是发达国家和地区经济转型过程中的重要产物。由于（文化）创意产业附加值高、发展可持续，对转化产业资源、扩大消费市场、促进贸易、提高就业、增强社会凝聚力等具有重要意义，因此，这一新兴产业越来越为各国所重视，成为各地区域创新、产业升级、经济增长的带动力量。

譬如，最先以国家产业政策推动创意产业发展的英国，曾经是“世界工厂”，在20世纪90年代，因政府的产业政策未能刺激经济发展，制造业的发展面临危机。为了提升经济发展动力，英国政府借鉴澳大利亚等国家的经验，提出把创意产业作为英国振兴经济的着力点，并以此作为推动经济增长与降低失业率的有效策略。在一系列政策扶持下，经创意领域的包装，“英国制造”的产品又焕发出新的生机与活力。目前创意产业在英国国内生产总值中的比例已达8.2%，而且其增长速度是整个国民经济增长速度的2倍——1997～2004年间，创意产业的平均年增长率为5%。创意产业的出口增长更为迅速，平均年增长率达到11%，占英国海外销售总量的4.3%。现在全英国与创意产业相关的企业超过15万个，创意产业吸纳的就业人数占英国就业人口总数的8%以上。②

从全球发展趋势来看，带动世界各地（文化）创意产业迅速增长的主要动力来自技术和经济。通信技术的创新带来的数字革命及其发展的经济环境，为（文化）创意产业的发展创造了条件。③ 首先，技术的更新可以提供创新结

① 尽管在国外也有“文化创意产业”的提法，或被称为创意产业，但这一词语的运用在不同国家各有不同，涵盖的行业领域也不完全相同。在国内语境下，文化创意产业是文化产业中的一个子系统，是一个较为狭义的概念。为了区分广义和狭义的概念，这里我们把西方较为广义的概念称为创意产业，国内较为狭义的概念称为文化创意产业。

② 王亚宏：《英国：创意产业驱动经济增长》，2010年6月8日《经济参考报》。

③ 参见联合国贸发会议（UNCTAD）埃德娜·多斯桑托斯主编《2008创意经济报告——创意经济评估的挑战　面向科学合理的决策》，张晓明、周建钢等译，三辰影库音像出版社，2008。

构，带来整个社会的创新。科技创新的影响不仅反映到文化的物质层面，而且影响到文化的观念层面和制度层面。多媒体和信息技术的整合带来了创意内容制造、分配和消费手段的一体化，创意内容的发行渠道和销售平台也有了极大的拓展，并促进了艺术和创意表达新形式的产生。同时，各国为了应对技术所带来的媒介融合趋势，为了市场的有效竞争及产业的更加繁荣，纷纷制定、出台或修改广播及电信法规和政策，放宽了对广播电台、电视台所有制的限定，并打破对媒介种类的限制和隔绝。如美国《电信法》（1996）、欧盟《迈向信息社会之路》（1997）、英国《英国通信法》（2003）、韩国《广播法》（2004）等都放宽了本国（地区）媒体和电信产业政策，使私营部门在此领域获得大规模增长，并在产出和就业等方面产生了持续性影响。近年来，发达国家为了适应三网融合之趋势，更是从监管政策和管理体制上进行调整①，成立了整合的管制机构，打破了长期以来广播电视、电信和互联网分业监管的格局。

其次，经济快速发展，工业国家的实际收入提高，使得人们对休闲商业和服务的需求不断增长，对创意产品需求的增长已成为创意经济发展的重要引擎。同时不断变化的文化消费模式也刺激了人们的文化需求。新一代消费者开始使用网络、移动电话、数字媒体等，扩大了文化体验的范围，也将他们自己从文化信息的被动接受者变成了文化内容的创作者和文化体验的共享者。② 以伦敦为例来看，有研究表明：伦敦休闲产品与服务的消费占家庭总支出的比例从 1995 年的 11% 增加到了 2000 ~ 2001 年的 18% 。③ 最新的数据没有查到，但是根据近年来伦敦创意产业对经济贡献率的不断提高，可以推断这一比例也还在增长。伦敦各个领域的高级专业人员构成了城市的中产阶级，他们对个性化、奢侈特征的创意产品的需求，刺激了伦敦创意产品和服务的供求曲线向外移动，从而也使伦敦成为全球创意产品的市场中心。有调查显示：伦敦所有创

① 目前，美国的 FCC 统一监管电信、广电和互联网；英国已经将原来的 5 个监管机构合而为一，成立综合性的独立监管机构 Ofcom；韩国成立了新的广播通信委员会。

② 参见联合国贸发会议（UNCTAD）埃德娜·多斯桑托斯主编《2008 创意经济报告——创意经济评估的挑战　面向科学合理的决策》，张晓明、周建钢等译，三辰影库音像出版社，2008。

③ 钟婷：《创意产业：伦敦的核心产业》，www. istis. sh. cn。

意产品中，基于生活消费驱动的创意产品大约占57.9%；基于商业驱动的创意产品大约占42.1%。[①] 可见，文化消费和商业需求是创意产业的两个重要的驱动力。

从国内来看，文化创意产业作为文化产业的龙头，在最近几年获得迅速发展，尤其在2008～2009年金融危机时期，充分利用文化创意结合科技创新的新兴产业更是显示出卓越的发展潜能，在国内“保增长、扩内需、促就业”方面的作用非常明显，为经济形势企稳向好作出了重要贡献，成为扭转经济局势的重要力量。以北京为例来看，2009年北京文化创意产业逆势飘红，全年实现产业增加值1497.7亿元，占全市GDP的12.6%，现价增速达11.2%，吸纳就业人员超过百万人。在其涵盖的九大领域中，信息传输、计算机服务和软件业产值位居前列，骨干企业云集，表现出强劲的发展态势。其他国内发达地区，如上海、深圳、杭州等，文化与科技的产业融合也引领相应地区的新兴产业迅速崛起，成为当地文化经济日益突出的新增长点。我们再看以即时通信软件起家的腾讯集团，它以高新技术为产业基础，利用即时通信用户的黏性产生的衍生效应，拓展了其他网络增值服务。而这些网络增值服务对消费者而言都是小额消费，抗御金融海啸的能力相对较强。因此，即便在这场席卷全球的经济危机中，腾讯的营收仍突破100亿元，稳居全国互联网行业首位，330亿美元的市值更令其进入全球互联网行业前三名之列。[②] 可见，以高新技术为依托、数字内容为主体、自主知识产权为核心的创新型文化业态，已充分显现其高成长性，它们将成为我国新兴战略性产业的代表，引导中国未来经济社会发展。

二　发展文化创意产业是推动经济发展方式转变的现实需求

当前，从国内发展面临的挑战来看，日趋严峻的人口、资源、环境压力，粗放式发展的局限性、经济结构层次较低以及资源环境矛盾等问题越来越突出。从国际发展环境来看，金融危机后，无论是发达国家还是发展中国家，都在谋求新

① GLA Economics Unit (2007): London’s Creative Sector: 2007 Update, July 2007, page29, table5.

② 艾瑞网：《中国互联网企业市值大盘点》，http://news.iresearch.cn/Zt/106837.shtml。

的发展战略，调整发展思路，以抢占经济科技制高点，获取新优势。在这样的背景下，转变发展方式将成为未来一段时间我国经济发展的新主线和新任务，其中发展战略性新兴产业更是调整经济结构、引领未来经济社会可持续发展的重大战略选择，也是我国适应国际经济环境与发展趋势的必由之路。战略性新兴产业是以重大技术突破和重大发展需求为基础，对经济社会全局和长远发展具有重大引领带动作用，知识技术密集、物质资源消耗少、成长潜力大、综合效益好的产业。文化创意产业具有强融合性、高知识性、高附加值、低碳发展等特征，符合战略性新兴产业四大特征：对经济总量的带动作用大；对结构调整的贡献大；对创新能力的提升作用强；有市场需求。因此，对促进传统产业结构优化升级，推动区域经济发展方式转变具有重要意义。

1. 产业融合化的特征契合经济发展方式转变的需求

文化创意产业是文化、商业与技术的有机融合。这三个领域里的元素构成了以智力资本为主要投入要素的产品与服务创作、生产与销售的循环过程。文化创意产业是跨领域的经济部门，它涉及传统部门、技术密集型部门和服务导向型部门之间的结合与交互作用。其中，传统部门包括民间艺术、节庆、音乐、书籍、视觉艺术与表演艺术；电影、广播、新媒体、数字动画与视频游戏等则属于技术密集型里的分支领域；而服务导向型的领域，包括建筑设计、工业设计、广告服务和会展服务等。它的根本观念就是要破解产业融合联动的难题，通过“越界”促成不同行业、不同领域的重组与合作。文化创意产业这种很强的黏合性、渗透性和辐射力，有助于发展其他关联产业。此外，文化创意产业的融合性也不仅体现在跨部门之间，从产业内部来看，随着数字技术的迅猛发展，媒介融合发展趋势也必将促成有着巨大潜力的新媒体产业链的快速形成。这种融合消解了传统媒体——广播、电视、电影产业、信息通信产业、电子制造产业、出版产业等多个产业之间的边界，媒介走向即时和互动，全球传媒集团的发展已印证了这点。文化创意产业的这种融合化特征，不仅有利于产业内部以及产业之间形成新的业态、新的经济增长点，而且能够开辟新的消费市场，造就新的消费群体，这为经济发展方式的转变开辟了广阔的道路。

2. 增长知识化的特征契合经济发展方式转变的需要

20 世纪 80 年代中后期，随着从传统的工业化发展方式转向知识经济背景下的工业化、现代化发展方式，西方国家出现了“新经济增长理论”（代表人物为罗默、卢卡斯）。该理论的基本观点认为：推动一国经济保持长期增长的引擎是该国内在的技术创新机制，而形成内在技术创新机制的基础是对于科技教育的长期投入和人力资源水平的长期提升。这种内生经济增长理论将知识和人力资本因素引入经济增长模型，为各国研究经济增长方式的转变提供了理论基础。[①] 文化创意产业通过开发和利用特殊的、专业化的知识，成为高附加值产业，具有规模效益递增的特征，本质上具有一种知识密集型的内生型经济增长模式。它的价值源泉是文化资产以及具有产权的知识技能。文化资产既包括传统文化遗产：音乐、手工艺、表演、建筑、文化符号等文化表现形式和无形文化资产，也涵盖以前者为创作源泉的新的创意内容。任何创造性活动都是基于对专业知识的拓展和重新认识，生产出的新物质或精神产品需要产权制度予以法律保护，这样创意的成果才具有排他性，并能够成为商品进行定价交易，实现其经济价值。[②] 因此，英国著名文化经济学家霍金斯在《创意经济》一书中，把创意产业界定为其产品都在知识产权法保护范围内的经济部门。尽管学界依据各自的理论及分类原理提出过多种模式来理解创意产业的结构特征，但以知识为核心仍是对这一新兴产业的共识。文化创意产业的增长知识化特征，不仅能有效促进第二产业的升级调整，也有利于第三产业的高端化和增值化，为经济发展方式的转变提供强劲的动力。

3. 经济低碳化的特征契合经济发展方式转变的需要

当今世界围绕市场、资源、技术等方面的国际竞争更加激烈了，同时能源安全、资源安全、粮食安全、气候变化等全球性问题也更加凸显。这就要求经济发展方式必须向资源节约型、环境友好型、可持续发展方向转变。文化创意产业在产业价值链中的特殊位置决定了它对未来经济发展的积极作用。经济学中有一个著名的“微笑曲线”理论，产业的价值链中有三个主要环节，即研发设计、加工制造和市场营销，其中两头的附加值较高，中间环节的附加值最低，形成了一条两头高、中间低的“微笑曲线”。文化创意产业主要占据产业链的研发和销售服务环节，因此，它的发展主要依靠的不是物资资源的消耗，而是精神成果和智

---

① 《创意产业发展探索与思考》，载于张京成主编《中国创意产业发展报告（2009）》，中国经济出版社，2009，第391～392页。

② 唐勇、徐玉红：《创意产业、知识经济和创意城市》，《上海城市规划》2006年第3期。

力投入。文化创意产业开发模式也具有资源消耗低、环境污染少的特点，能够突破传统生产要素——资源和能源瓶颈的制约，成为未来的绿色低碳产业。大力发展文化创意产业有利于城市经济实现由单纯靠投资驱动的外延式经济发展模式，转变为依靠创意创新和消费增长的内涵式经济发展模式，促进城市从“高碳”时代向“低碳”时代跨越。文化创意产业通过对文化资源的充分利用、人的智力资源的充分发掘，减少了经济发展对自然资源的依赖和对环境的影响，这是经济发展方式转变的必由之路。

三　推动文化创意产业发展的基本思路

党的十七届五中全会明确提出，要坚持把科技进步和创新作为加快转变经济发展方式的重要支撑，推动文化创意战略性新兴产业发展是贯彻这一主导思想的重要途径。《国务院关于加快培育和发展战略性新兴产业的决定》在重点培育新一代信息技术产业中提出：“大力发展数字虚拟等技术，促进文化创意产业发展。”这也明确强调了科技对文化创意产业发展的重要作用。可见，今后的产业发展思路应尤其注重科技创新与文化创意相结合，加强政府在政策上的扶持与引导。

第一，在政策层面上，应该将文化创意产业与一般的文化产业区别开来。近年来，国内学界有关于文化产业、创意产业、文化创意产业的争论与辨析一直存在，但各地在概念使用上有些混乱。目前国家政策层面上的一般提法还是文化产业，而文化创意产业则被视为文化产业中的一个分支领域，属于文化产业中的新兴产业。地区层面，北京、上海、香港等地依据区域产业发展优势，较早开始以“文化创意产业”概念替代“文化产业”概念①。这就使得“文化创意产业”有了广义和狭义之分。狭义的文化创意产业更侧重强调新一代信息技术的影响，主要体现的是知识性、创造性和技术性。因此，在制定扶持政策时，要将其与一般的文化产业区别开来，需要明确具有阶段性战略地位的文化创意产业的内涵及发

① 地区层面所使用的文化创意产业概念是一个广义的理解，不同于国家政策中所提到的狭义的文化创意产业概念。香港早期采用的是英国创意产业的提法，后来顺应文化产业的提法，折中采用文化创意产业。三个城市文化创意产业所涵盖的行业领域也有所不同，北京、上海是依据地区发展特点来划分的，香港是依据英国创意产业理论模型归纳的。

展重点，同时对它的战略目标、投资力度、政策倾斜等也还要作出进一步的明确，尤其对于借助互联网、3G 技术、移动传媒等数字技术的科技型文化创意产业要重点突出政策的引导作用。

第二，在规划层面上，应该处理好文化创意产业与其他产业的关系。各地区在制定文化创意产业振兴规划前，要理清文化创意产业与传统文化产业之间的关系，注意做好新兴产业规划和其他相关产业规划、政策之间的统筹衔接，以及区域之间的衔接，以形成政策合力。譬如文化创意产业规划与现有的文化产业规划、科技产业规划、信息产业规划和信息化规划等，在政策扶持以及重大项目设置等方面，需要有政策的连贯性及协调性，要避免盲目低水平重复投资建设等问题。文化创意产业财政投入机制应建立在整合现有政策资源和利用现有资金渠道的基础之上，地区层面可以在现有的文化产业发展专项资金中划拨出一块单列使用。

第三，在产业发展机制层面上，要处理好市场与政府之间的关系。新兴文化创意产业虽然具有重大战略性地位，但我们仍需要把握好产业发展的客观规律，以充分发挥市场配置资源的基础性作用为主线，同时注重发挥政府的宏观引导作用。这当中要明确政府的职责主要是为企业创造良好的发展环境：如制定扶持政策、建立公共技术平台、完善知识产权制度等。对于创新型文化科技企业来说，资金和技术是最为核心的关键要素。政府可以通过完善财税金融投资政策，创新财税金融支持方式，有效鼓励企业成为技术创新的主体，引导和扶持有条件的企业大胆涉足具有战略性地位的文化创意产业，尤其是与新一代信息技术产业相结合的文化创意产业。新技术、新产品在市场导入期往往存在种种障碍，因此也需要政府以推动应用示范、标准制定和加快配套基础设施建设等方式培育市场，进一步发挥市场的拉动作用，引导社会消费，激励企业创新。政府要加大对文化创意产业公共技术服务平台建设的投入，譬如加强产学研合作，为新媒体及数字设计等偏重技术型的文化创意产业设立创意学习试验室，帮助创意企业接触新技术，规避技术风险，降低成本，缩短研发周期，提升创意产业资源品质，帮助企业努力掌握一批具有自主知识产权的核心技术和共性关键技术。知识产权保护对创新型企业的可持续发展尤为重要，政府部门应在完善知识产权制度、强化民众知识产权价值意识等外部环境方面提供保障。

第四，在产业发展的环境层面上，应该发挥政府与社会两方面的作用。对战略性新兴产业的扶持，不能单靠政府，应该发动社会力量参与各类服务的提供，政府可以通过采购的方式予以支持，从而建立起推动文化创意产业发展的高效的服务网络。譬如，伦敦的创意产业政策比较完善，它的经验可以为我们所借鉴：政府采用了与民间相关组织机构，或高校，或房地产商，基于伙伴关系，建立了许多从知识产权咨询到风险投资的机构，从柔性孵化器场地到提供全套服务的创意中心。它们为创意企业或个人提供全方位的、细致的“菜单式”的专业化服务，包括产业咨询、战略规划、市场支持、融资与筹款指导、培训指导等，在服务方式上也比较人性化，采用以各领域专业人士为顾问的一对一服务方式。

第五，要进一步加强配套的体制机制改革。要加快培育发展战略性文化创意产业，就必须着力推进重点领域和关键环节的改革。现阶段正在试点推进的电信网、广播电视网和互联网三网融合，就十分有利于文化创意产业发展环境的营造。尽管数字化和网络化带来信息业务属性的趋同，但目前的监管体制还不能与之相匹配，改革的途径是：承载与内容的管理相分离，即从传统的“纵向分业”管理，转为“横向分层”管理，实现更富效率的体制设计。① 推动三网融合及相关产业的发展，还需要工业和信息化部、广电总局等行政管理部门之间建立协调机制，以便于调配资源。当然，管理领域体制机制的改革步伐不可能一蹴而就，可以先在小范围内进行试点，通过试点总结经验，再将之上升到政策层面，这样可以稳步排除障碍，更好地协调各方利益，避免改革可能带来的风险，同时也能将改革落到实处。

文化创意产业在我国还是新生事物，对于它的界定和理解还没有完全达成共识。但有一点可以肯定，文化创意产业对经济发展方式的转变具有不可替代的作用，是我国未来经济社会发展特别是城市经济社会发展和转型的重要突破口。文化创意产业在我国方兴未艾，值得重视的是，相关部门应该有全国一盘棋的观念，统筹规划，分类指导，既不能一刀切，也不能一窝蜂，要从政策、规划、管理、服务等方面，逐步解决文化创意产业发展中面临的一些基本问题，推动我国文化创意产业进入一个健康、有序和可持续发展的轨道。

---

① 周宏仁：《改革进入深水区：三网融合的过去现在与未来》，2010 年 2 月 10 日《中国数字电视》。

Developing Cultural Creative Industry, Promoting the Transformation of Economic Development Mode

Huang Fayu Ren Jun

Abstract: The development of cultural creative industry, whose role in the transformation of economic development mode cannot be replaced, is an inevitable choice to optimize national industry structure and to promote industrial upgrading, whether from the viewpoint of global development trend or the actual needs of promoting the transformation of economic development mode. And it is an important breakthrough of China's future economic and social development, especially of the transition and transformation of urban economic and social development. While in order to accelerate the pace of developing cultural creative industry, our government should pay attention to policy, plan, management, service, etc. and gradually solve the basic issues in the development of cultural creative industry.

Key Words: Cultural Creative Industry; Economic Development Mode; Transformation

B.7

近年来我国文化产业发展模式创新研究

张立波　陈少峰*

摘　要： 文化产业是文化与经济相互融和的先导型产业，发展文化产业需综合考虑市场需求、政策推动、特色促进、集约经营、整合发展、活动经济、项目带动和企业主体等基本要素，探索适合我国的发展模式。近年来，我国文化产业在地域层面、产业集聚园层面和文化企业层面都涌现了一些成功案例，其发展模式及经验值得分析和总结。当前，我国文化产业发展面临管理体制滞后、市场观念模糊、人力资源短缺、缺乏核心竞争力等瓶颈制约，突破瓶颈首先要创新文化管理体制，转变政府职能，其次要适应市场化、全球化、数字化等发展趋势，不断提升企业的竞争力。

关键词： 文化产业　发展模式　创新

在经济与文化日益融和发展的时代，以文化产业为主要内容的“文化软实力”已经成为一个国家综合国力的重要组成部分。进入 21 世纪以来，随着产业结构的战略调整和改革的逐步深入，我国文化产业的发展已经从自发增长时期转入自主发展时期，由此文化产业发展模式也相应地在创新中不断提升，呈现多样化、立体化的生动景象。回顾和反思我国文化产业发展模式的变革与现状，总结其中的经验及得失，对于指引我国文化产业的未来发展方向以及提升我国文化产业的自主发展水平，具有重要的实践意义。

[illegible]立波，博士，中国海洋大学国家文化产业中心研究员，主要研究企业文化与文化产业；陈少[illegible]学哲学系教授，北京大学文化产业研究院副院长，主要研究伦理学、管理哲学与文

一　文化产业发展模式的基本要素

文化产业是文化与经济相互渗透、相互融和的先导型产业。作为世界上较早发展文化产业的国家或地区，美、欧、日、韩都根据自身特点走出了成功的路子，积累了一些可资借鉴的经验；近十年来，我国各地也依据各自的比较优势探索和选择了相应的文化产业发展模式。不管是国外还是国内，文化产业发展总有一些共性的支持性因素。概括说来，好的或成功的文化产业发展模式具有如下一些基本要素。

1. 市场需求

市场是文化产业发展的生命线。消费者的需求是拉动文化产业发展的火车头，也是文化产品生产与服务的根本依据。文化产业发展的关键在于对文化消费需求的准确把握：谁能准确地把握文化消费需求并满足这种需求，谁就能在市场竞争中获得先机和优势；谁能不断发掘和满足文化消费的潜在需求，谁就能在市场竞争中立于不败之地。

从世界范围来看，基于市场需求而自发形成的文化产业发展模式往往也是最有特色、最具活力的模式，相应地，因市场需求而自发形成的文化产业集聚区往往内生出一种市场生态的自我发展机制，因而成为文化产业发展壮大并具有持久生命力的标志性区域。因而，文化产业发展模式的第一位要素，就是要以最快的速度和最大的动作，了解和研究各类消费者的文化消费需求（包括现实的需求和潜在的需求），提供适销对路的文化产品和服务。

2. 政策推动

由于文化产业本身具有精神产品的属性甚至具有某种意识形态属性，在文化产业发展初期（特别是在有集权传统的国家或地区），政府作为“第一推动力”的作用非常重要。政府需要首先更新观念并有前瞻性的战略眼光，通过产业扶持政策和相应战略规划来促进产业的整合和升级，通过充分发挥文化企业的市场主体地位来实现项目带动、区域集聚和规模化发展。不管是在美国、英国这些市场经济非常成熟的国家，还是在法国、韩国、日本等比较倚重政府权威的国家，政策推动对于文化产业的快速发展都是不可或缺的。在国内，目前各地蓬勃兴起的文化产业集聚园建设大多是政策推动的例证。另外，政府的体制和机制

市场化发展的要求，不断改革与经济基础相矛盾的体制性障

样才能使文化产业逐步走上健康、可持续发展的轨道。

3. 特色促进

所谓特色促进，即在充分考察固有文化资源及要素优势的基础上，寻找最适合当地发展的文化产业，走差异化之路，做到扬长避短，通过强化其优势或长处来推动文化产业的整体发展。其一，可以有计划、有步骤地培育独具特色的文化产品，精心打造自己的文化品牌，以专项资金组织大型文化活动来促进文化消费，以自身特色来带动文化产业的发展。例如美国自 20 世纪 70 年代始，以高科技与摇滚乐的声响、图像相结合，创造出最佳摇滚乐效果，带动了文化产业的发展。年销售额达 600 亿美元的意大利时装业不仅造就了超过世界 1/3 的时装大师，而且为意大利 1/5 的从业人员创造了就业岗位①。其二，也可以通过培育特色活动来带动整个产业链条的发展。如河南郑州市充分发掘少林禅武文化，推出具有浓郁地方特色的实景演出《禅宗少林·音乐大典》，它是以演绎和谐中原文化为主题，以挖掘禅宗和少林武功资源为切入点而创作的大型山地实景演出剧目，吸收了当地 150 余位农民演员参与演出，也带动了当地文化旅游的整体发展。

特色促进，需要着力开发一批文化品位高，富有参与性、体验性的文化产品和特色鲜明的饮食、健身休闲及文化娱乐产品，发掘一批富有地方文化特色的演艺娱乐节目，创造一批具有自主知识产权的文化创意、动漫游戏产品，打造一批有较高知名度和较强市场竞争力的文化产业品牌，提升文化竞争力。例如本山传媒集团以演出东北二人转、喜剧小品、东北民间歌舞为主，“刘老根大舞台”已在北京、沈阳、哈尔滨、天津、长春、吉林市开办了多家连锁剧场，创造了骄人的经济效益和社会效益。

4. 集约经营

随着经济全球化的发展，文化产业的集约经营特点日益显现。当今世界的文化产业市场，绝大多数被以强大的经济实力为依托的文化产业集团所垄断。例如，目前世界上传播的国际新闻中大约 80% 来自美联社、路透社、法新社等大通讯社。现在覆盖全球、影响最大的卫星电视节目都来自发达国家，如美国的节目可传送到 128 个国家的 190 个城市的无线电视台和有线电视台。世界文化产业媒体巨头时代华纳、迪士尼、贝塔斯曼和日本广播公司等的集约经营模式特别突

① 花建：《软权利之争：全球化视野中的文化潮流》，上海社会科学院出版社、高等教育出版社，2001，第 98 页。

出。在这些文化巨头的引导下，全球50家媒体娱乐公司占据了当今世界上95%的文化市场①。通过集约经营，各家的文化资源包括信息、设备、基金、人才和销售网络实现了共享，减少了低水平文化产品的重复投资，减少了企业同质化现象，开辟了新的产业增长点。

要实现集约经营，需要形成产业集聚和集群联动。通过建立大的集群、发挥集群的整体实力，快速筹措资金，节约发展成本，树立统一品牌，以实现事半功倍的效果，同时避免重复建设和资源浪费。对于大多数地区来说，文化产业的集群模式将明显体现“1+1>2”的集聚效应，同时还可以有效避免产业发展的“短板”，短时期内迅速实现文化产业的快速发展。例如西安曲江先后建成了“大唐芙蓉园”、“大雁塔北广场”、“大唐不夜城”、“大唐文化艺术长廊”、“丝路风情园”等文化项目，致力于打造中国最大的唐文化展示区，使之成为一个包括旅游、娱乐、影视、动漫、出版、会展、广告等的文化产业集群，现在已初步显示了其良好的集聚效应和规模效益。

5. 整合发展

整合发展是通过合并或收购等方式，实现文化产业的快速集聚和规模效益，它可分为企业自身的产业链经营、行业内部整合、跨行业整合和跨国界整合等几个不同层次。第一，企业自身的产业链经营。文化企业在经营中，要想方设法延长产业链条，通过产业链延伸实现资源及要素的有效整合。比如动画电视，光靠播出收入是难以收回成本的，只有打造产业链才有可能盈利。故事是文化产业链构造的核心要素，产业链经营在很大程度上依赖于讲故事的能力，假如故事讲不好，形象塑造得不好，产业链经营就是“无本之木”。第二，行业内部的整合。产业或行业内部联盟、兼并或收购，不仅有助于优势互补、共享资源、提升市场竞争力，又有助于打破地方条块分割，避开政府对新企业在税收和许可等方面的限制，促进产业的快速发展。例如，2000年3月美国论坛公司并购时代镜报公司后拥有11家报社、12家杂志社、22家电视台和4家广播电台，一跃成为纽约、芝加哥、洛杉矶三个城市的第一大出版报业集团②。再如，上海分众传媒集

① 张政：《电视传播多维透视》，北京广播学院出版社，2001，第139页。

② 花建：《软权利之争：全球化视野中的文化潮流》，上海社会科学院出版社、高等教育出版社，2001，第95页。

团的业务覆盖商业楼宇视频媒体、卖场终端视频媒体、公寓电梯媒体（框架媒介）、户外大型LED彩屏媒体、电影院线广告媒体、网络广告媒体等多个媒体网络。2005年10月，它收购占据全国电梯平面媒体市场领先地位的框架媒介；2006年1月，合并中国楼宇视频媒体第二大运营商聚众传媒；2007年3月，并购中国领先的互联网广告及互动营销服务提供商好耶，从而成为全国最大的室外传媒集团。第三，跨行业或跨媒体整合。合并或收购其他关联产业，既可以规避行业内风险，又能寻得更大的发展空间、获得更大的利益。例如美国迪士尼用190亿美元买下ABC和资本城市，在网上与MSNBC全面开战。再如上海文广新闻传媒集团现有电视频道（模拟制式）11套，广播频率（模拟）10套，报社2家，杂志社2家，另外还有数字电视88套，还受委托管理上海广播交响乐团、上海民族乐团、上海京剧院等文艺院团，堪称我国跨媒体经营的典范。第四，跨国整合。在经济全球化时代，经济领域的跨国强强联合趋势凸显，集团跨国整合也在这一趋势中日渐凸显。例如默多克成为世界报业巨头之后，用4000万英镑建立了英国的“蓝天卫视”，“蓝天卫视”又与英国的BSB国际集团合并，同时，默多克筹划并购了美国、欧洲、亚洲等地的卫星广播系统，至此默多克建立了亚欧美联网的全球电视网络。跨国整合已成为适应国际化发展的有效方式，文化产业发展需充分考虑与其他国家和地区的相关文化企业进行整合，在顺应文化产业国际化趋势的基础上实现扩张式发展。

6. 活动经济

活动经济能通过创意活动来拉动规模文化消费，包括组织会议、展览、培训、选秀、节庆、庙会、体育竞赛、博览、主题公园、演出、商务交流等。活动经济是推广城市形象、塑造区域文化品牌、促进对外经贸合作、带动地方经济发展的重要载体。如亚洲博鳌论坛、2008年北京奥运会、湖南金鹰电视艺术节、曲阜国际孔子节、吴桥国际杂技节、青岛国际啤酒节、深圳和西部文博会、天津夏季达沃斯论坛、2010年上海世博会等，都是具有品牌效应和规模效益的活动经济形式。活动经济可以延长产业链，如《印象刘三姐》的夜间演出活动，可以吸引人留下来，解决当地旅游收入单一和产业链短的问题。当今，围绕活动经济形成具有知名度和美誉度的品牌，已经成为各地打造城市文化名片的重要方式。

7. 项目带动

项目带动，即以某些重大项目带动文化产业的整体发展。项目带动涵盖了文化创意、广告设计、文化地产、餐饮酒店、授权产品、音像影视、礼品玩具等诸多产业领域。各个地方都可以从实际情况出发，选择适合自身特点的大项目或好项目，并以大型项目为抓手来拉动区域文化产业的发展。如香港迪士尼乐园和兴建中的上海环球影城主题公园就是典型的项目带动型案例。

8. 企业主体

企业是文化产业经营的主体，文化产业战略的实施和文化产业项目的落地都离不开企业的主体性活动。龙头企业的带动作用对于各个地方文化产业的发展至关重要，必须非常重视培育有核心技术和自主知识产权并有良好品牌和声誉的企业或企业集团，并充分发挥大型企业集团对产业发展的引领和带动作用。例如三辰卡通集团是一家专门从事动画制作发行、电子音像出版、计算机软件开发、品牌构建延伸、儿童互动娱乐、特许专卖连锁、广告代理发布等业务的高科技文化集团，它凭借“蓝猫”等品牌效应带动了湖南数字娱乐业的繁荣，也为探索文化精品与市场的结合提供了宝贵的经验。

总之，在具体实践过程中，发展文化产业需综合考虑市场需求、政策推动、特色促进、集约经营、整合发展、活动经济、项目带动和企业主体等基本要素，然后根据自身的资源、背景、特点和相关优势来确定重点突破方向，探索适合的文化产业发展路径。

二　我国文化产业发展模式的创新案例

以上简要概括了文化产业成功发展模式中的基本要素，属于对普遍性或共性问题的探讨。而具体到我国，近几年来文化产业发展中不乏一些较好体现以上基本要素的发展模式，下面结合一些成功的案例，从宏观角度（地域层面）、中观角度（产业集聚园层面）和微观角度（文化企业层面）分别对文化产业发展模式的创新进行细部挖掘。

（一）地域层面

所谓地域层面，是从经济地理以及从政府作用的宏观角度对于文化产业发展模式的考察。我国发达地区以珠三角、长三角、环渤海三大城市圈为主，以北京、上海、深圳等一线城市为代表，因此京沪深模式较集中地体现了发达地区文化产业发展的特点和规律。与京沪深等发达地区相比，我国以东中部地区中的落后区域和广大西部地区为主的欠发达地区有自身的特点和优势，它们在特色发展方面走出了自己成功的路子，近几年涌现的“云南模式”和山东“沂水模式”堪称典型。

1. 发达地区的发展模式：京沪深模式

北京是我国的政治文化中心，各方面优势明显，具有深厚的历史文化积淀、密集和高端的人力资源、强劲的科技创新能力、旺盛的消费需求和强大的市场辐射力。同时，北京还汇聚了一大批中央级的文化机构，这在客观上给予了多样性产业经营主体巨大的成长空间。北京在培育多样性的文化产业经营主体方面的特点，最鲜明地体现在推动民营企业和民营文化中介机构参与文化市场的竞争上。北京既发展以政府为依托的国有文化企业和文化中介机构，也鼓励民营企业和民营文化中介机构进入文化产业领域，与国有文化企业和文化中介机构形成了一种同台竞争、优势互补的态势。

北京造就了一个适合多元经营主体参与的体制环境。在这样一种环境中，文化产业呈现出活跃发展态势，并创造出多样性的发展模式。第一，龙头企业带动的发展模式，如中央电视台等电视传媒龙头，带动了节目制作、广告经营、技术服务、演艺传播等相关行业发展，当前北京与电视直接相关联的节目策划、后期制作等公司有1000多家，间接相关联的公司有3800多家。第二，产业联动的发展模式，如动漫游戏的研发与电信、IT软件和硬件、出版和传媒等行业的联动发展。第三，科技支撑的发展模式，如北京数字音视频编解码技术标准、3D网络游戏引擎等一批具有自主知识产权的技术，为数字多媒体、动漫游戏等文化创意产业向更高层次发展提供了强有力的技术支撑。第四，体制转型的发展模式，如北京市儿艺、中国杂技团、中国出版集团等文化事业单位通过改制，整合了资源，激发了潜力，成为充满活力的文化企业。第五，公共平台支撑的发展模式，如北京数字娱乐产业示范基地以建设Dot man平台为重点，完善数字娱乐产业支撑体系，打造公共技术平台和公共服务平台。

上海作为长三角经济发展的龙头和全国经济、金融和贸易中心，具有良好的产业发展基础和商业文化特质。在文化产业发展方面，上海一直坚持“创意产业化，产业创意化”的理念，在发展路径上，形成了依靠高科技与创意驱动的发展模式，有形的高科技发展和无形的人才创意力量的发挥两大要素实现了文化产业的整体增长。近几年来，上海文化产业的发展呈现三个趋势：一是总量规模不断扩大；二是在全市经济总量中所占比重相对稳定；三是对全市经济增长的促进作用更趋明显。目前，上海已形成研发设计、建筑设计、文化传媒、咨询策划和时尚消费五大创意产业重点，其中，研发设计、文化传媒、咨询策划三个创意产业快速增长，成为引领上海创意产业发展的主导力量。在文化产业集约化经营、规模化发展方面，以 1996 年的“影视合流”为起点，上海进行了组建强势文化产业集团的资源大调整、大配置、大优化，通过强有力的政府推动，不断凝聚起新的集群优势，扩大规模效应。

与京沪两个城市比较，深圳的社会生态有其特殊性：一是它完全是一座新建的移民城市，城市文化正处于成长积累期，不受太多的传统框框的束缚和制约；二是它是中国改革开放的窗口和发展市场经济的“试点区”，并拥有中国第一个经济特区的各类政策优势。特殊的文化、体制背景为文化产业的体制机制创新开辟了一个广阔的空间。依托经济特区的新体制背景，深圳大胆进行文化产业的体制机制改革，以企业资本整合文化资源，将政府的“第一推动力”有效地转化为企业家的推动力，以制度创新保障文化产业的持续增长。

在体制机制改革的推动下，近年来深圳逐步探索出以“文化 + 科技”、“文化 + 旅游”、“文化 + 金融”为特征的发展模式①，被联合国教科文组织授予“创意设计之都”称号。“文化 + 科技”是深圳文化产业发展中的突出亮点，有着巨大的发展潜力和市场空间。深圳高科技产业发达，创新型业态不断涌现，腾讯、华强文化科技集团、A8 音乐集团等一批民营文化科技企业迅速崛起，其中腾讯公司市值进入全球互联网行业前三名，仅次于美国的谷歌和亚马逊公司。2009 年其收入突破 100 亿元，比上年增长 73.9%。A8 音乐集团专注于新媒体原创音乐，成功在香港主板上市；华强文化科技集团以自主创意、自有知识产权为先导，以数字影视、数字动漫、数字游戏、数字信息服务、文化产品等为核心内容，以文化产业主题公园、数字 4D 影院、数字网络、数字电视、发行出版为市场平台，开发出“方特欢乐世界”等主题公园品牌，申请中外专利 50 多项，其

① 陈晔华：《深圳：领跑文化发展新模式》，2010 年 09 月 03 日第 2 版《光明日报》。

核心技术在业界处于领先水平，构建了包括文化科技主题公园、影视娱乐、媒体网络、文化衍生品等在内的立体多元产业网络，形成了一个从创意到末端市场良性循环的优势互补产业链。“文化 + 旅游”是深圳重新配置文化资源的典范。1989 年华侨城集团创建了中国第一个文化主题公园——锦绣中华，此后又成功建设了民俗文化村、世界之窗、欢乐谷等主题公园，整合了深圳歌舞团演艺公司等文化企业，以特色文艺演出启动旅游文化消费市场。目前以深圳为总部，华侨城“文化 + 旅游”模式已被复制到全国其他七个省市，净资产达 64 亿元，连续多年作为唯一的亚洲企业跻身世界旅游景区集团前八强。“文化 + 金融”探索破解文化产业发展的投融资瓶颈问题。2009 年 11 月深圳文化产权交易所挂牌，成为中央重点支持的国家级文化产权交易机构。第六届文博会期间，深圳文交所与全国 20 多个省市宣传文化部门以及金融机构、国际买家签订系列战略合作协议，交易项目成交额达 85.69 亿元。此外，由中央财政注资引导、深圳市参与的中国文化产业投资基金目前已获国家发改委批复筹备，首期募集 60 亿元。这两个与文博会相配套的文化投融资平台的建设，将使深圳成为国内重要的文化产权交易、知识产权评估和投融资服务中心。另外，每年一度的文博会是深圳拥有的一个发展文化产业得天独厚的平台，经过连续七届的培育，文博会已成为我国文化领域最具实效和影响力的展会，吸引了大量资金、项目、技术、人才汇聚深圳，成为文化产业发展的助推器。

京沪深文化产业发展模式的共同特点是：首先，自改革开放以来，城市的综合经济实力增长迅速。2008 年北京和上海的人均 GDP 达到了 6000 ~ 8000 美元，深圳的人均 GDP 接近 1 万美元。在这种情况下，它与发达国家的大城市的竞争力相当，有充分的条件参与到文化产业的全球竞争之中。其次，京沪深产业结构已初步完成战略性转型，其第三产业的增长率在 1990 年代后期已超过第一、第二产业，为文化产业的发展创造了广阔的空间。如北京服务业的比重 2008 年已经达到 73% 以上，与世界发达国家城市相仿。最后，最重要的是，政府把发展文化产业置于重要战略地位。京沪深在全国率先提出“文化立市”战略，在政策、资金和人才引进等方面提供强有力的支持。例如深圳市“十一五”期间，市区两级财政共安排文化产业发展专项资金 8.5 亿元，为一批原创研发、高速成长型的文化企业和项目提供资助。借助于政府的“第一推动力”，是我国政治、经济、文化体制转型期的一个特定现象，也是京沪深文化产业发展模式的共性。

2. 欠发达地区的发展模式：云南模式与沂水模式

与京沪深等发达地区相比，我国以东中部地区中的落后区域和广大西部地区为主的欠发达地区有其自身的特点和优势，在文化产业发展方面显示出另一番图景。云南模式和山东沂水模式是其中的代表。

从“丽江模式”到大型原生态歌舞《云南映象》，从法国的“云南文化经济周”，到四天西部文博会签订文化产业开发项目资金157亿元，一桩桩文化与经济的联姻，铸就了日益被世人瞩目的文化产业发展的“云南现象”。现在云南已基本形成了以文化旅游为龙头，以广播影视、新闻出版、文艺演出、文化娱乐、体育、会展和乡村特色文化为骨干的多层次的文化产业发展格局。云南将民族文化与地方经济联姻，使文化产业在经济欠发达地区异军突起，进而在全国乃至国际上形成具有重大影响的发展态势，这在媒体界和学界上被称为“云南模式”。

2004年4月30日，《中国文化报·文化产业周刊》头条长篇报道《文化产业发展的“云南模式”》，把“云南模式”的基本实践形式概括为“发展有地方特色的区域文化产业”，并将“云南模式”的基本操作方法总结为“政府主导搭建文化资源转换平台”①。上海社会科学院研究员蒯大申认为，云南文化产业已经形成了自己独特的发展模式，即“1+X”模式②。“1”是指其龙头行业旅游业，“X”是指相关行业，如演艺业、民族民间工艺品业、文化娱乐业、会展业、出版业、医疗保健业等。他认为，云南模式的优越性表现在三个方面：一是能实现可持续发展。在文化产业发展过程中，云南的资源和环境的价值被大大发掘。与制造业相比，文化产业的增长方式是低资源消耗、低环境污染的，所以，云南模式是绿色的，符合可持续发展的要求。二是有利于在广大范围内组织生产要素。云南通过发展旅游业，集聚了大量消费人群，扩大了服务业的市场半径；云南拥有丰富多样的自然人文资源。因此，要跳出云南看问题，跳出云南谋发展，不断拓展云南旅游业的内涵，并预先搭建吸引国内外各种生产要素、文化要素的基础设施和体制机制大平台。三是具有很强的产业互动性。兼具服务业和文化产业特征的旅游业，与服务业和文化产业的许多行业之间有很强的产业互动性，直

---

① 参见《文化产业发展的“云南模式”》，《中国文化报·文化产业周刊》2004年4月30日第1版。

② 参见郭笑笙编《文化产业发展与“云南模式”探讨》，《社会主义论坛》2005年第10期。

接或间接带动的行业几乎遍及整个服务业领域。

“沂水现象”与“云南现象”一样，为欠发达地区文化产业的良性发展提供了某种样本。山东省沂水县地处沂蒙山腹地，70%以上为丘陵地貌，曾经是典型的经济欠发达地区，但这样一个传统产业占主导地位的地区仅仅用了三年多的时间，实现了旅游业从无到有、从弱到强的跨越式发展。其首倡的“旅游产业集群发展模式”被学界誉为“我国欠发达地区县域旅游经济发展的成功典范”。2003年，在资源相对贫乏、经济基础比较落后的情况下。沂水县率先突破传统的资源观和市场观，确立了“一大景区、十大景点、三大产品体系”的旅游产品集群发展的基本框架，通过综合采用旅游产品集群、投融资集群和营销集群模式，提高了旅游业的综合带动能力，实现了巨大的市场效益，为全县经济注入了活力。2006年沂水县共接待游客270万人次，实现旅游收入14亿元，同比增长84.2%，相当于全县GDP的10%，而2002年沂水县的旅游收入仅占全县GDP的0.95%①。同时，旅游业的规模效应也使沂水县的综合经济实力迅速提高，迅速摆脱了经济欠发达的境况。

“云南模式”和山东“沂水模式”表明，文化与经济呈现日益融合发展的趋势，文化产业的发展具有独立性和跨越性，欠发达地区通过自觉引导文化与经济的融合，同样可以成为文化产业发展的先进地区。因为以东中部地区中的落后区域和广大西部地区为主的欠发达地区有其自身的特点，它们有的是少数民族地区，有的是历史文化名城，并且大多是自然生态保存非常完好的地区，它们因为没有过度发展第二产业，所以今天仍然保留了蓝天、绿地和原生态文化奇景。在这种情况下，只要政府思路开阔，认识到位，高瞻远瞩，欠发达地区可以采取跨越式的发展模式②，依靠多彩民族风俗、秀丽自然景观以及独特民间艺术等原生态优势发展文化旅游，面向世界、面向未来，寻找一种新的不同于发达地区的跨越式发展路径。在某种程度上，文化产业在经济欠发达地区的发展壮大过程中担当了助推器的角色，文化产业发展带来的人流、物流、资金流、信息流等将迅速推动当地经济和社会的繁荣发展。

① 王蔚：《经济欠发达地区文化产业发展模式初探》，《科技信息》2008年第30期，第152页。

② 云南早在1998年就提出“文化立省”的宏图大略，创造了以文化旅游为龙头综合发展的跨越式发展模式。

（二）产业集聚园层面

产业集聚园是文化产业发展的重要载体，产业集聚是发展地域特色文化产业的基本形式。根据内容的不同，我们可以把当前国内文化产业集聚园的形态归纳为如下四类：第一类是文化艺术园，它基本属于自发性的艺术家集聚区，以原创艺术及艺术家群落为主，如北京 798 艺术区、北京宋庄原创艺术集聚区、上海田子坊创意园、深圳大芬油画村、青岛市达尼画家村等。第二类我们称之为文化地产园，其基本形态是文化创意和地产的结合、文化产业和房地产开发的结合，如深圳华侨城等。第三类是科技创意产业园，它以设计创意为中心，以科技和文化双驱动为主线，以与信息产业相关的动漫画及网络游戏的创意、设计、制作，高科技影视后期设计、制作，多媒体软硬件研发和制作，以及产品工业造型设计等作为主要内容。如上海多媒体产业园、北京石景山区数字娱乐基地、江苏数字文化产业基地等。第四类也是当前最为普遍的形态是文化旅游园，它以人文遗存和生态文化资源为依托打造旅游景点或景区，如西安曲江新区、曲阜新区、沈阳棋盘山、浙江横店影视城等。

近几年，比较具有特色和文化创意含量较大的文化产业集聚园是文化艺术园和科技创意产业园。北京 798 艺术区是典型的文化艺术园，它原为原国营 798 厂等电子工业的老厂区所在地。从 2002 年开始，由于受德国包豪斯建筑的影响及周围环境幽静、交通便利、房租低廉等特点的吸引，不同风格的艺术家纷至沓来，798 艺术区逐步成为雕塑、绘画、摄影等独立艺术工作室及画廊、艺术书店、时装店、广告设计、环境设计、精品家居设计等各种文化艺术机构的聚集区。目前入驻北京 798 的文化艺术类机构近 300 家，这里已成为中国当代艺术的重要集散地，成为国内外具有影响力的文化产业区。再如上海田子坊创意产业园是上海最早建立、知名度较高的创意产业基地，它是由英国女设计师克莱尔利用 20 世纪 30 年代位于市中心的 6 家典型弄堂工厂重新设计改建而成。如今这个都市工业楼宇汇集了许多公司的展厅、画家工作室、设计室、画廊、摄影室、演出中心、陶艺馆、时装展示厅等，每个展厅都是一个风格独特的艺术馆，吸引了澳大利亚、美国、法国、丹麦等 19 个国家和地区以及国内的 105 家中外创意企业入驻，其产品和样图源源不断地销往国内国际市场。

北京石景山区数字娱乐基地是较典型的科技创意产业园，它以数字媒体技术为载体，以多媒体文化产业为核心，重点发展网络文化应用、影视动画、新型传媒文化与多媒体展示等以数字文化内容为核心的文化产业。石景山数字娱乐基地依靠自主创新、以数字娱乐为特色的产业，正成为石景山产业转型的动力引擎。2007 年，北京银河长兴影视文化传播有限责任公司入驻石景山，开始了三维动画创作的探索之路。从技术研发到设计制作，银河长兴依靠自身力量，通过自主研发，不仅探索出一条生产三维动画的技术标准，还建立了国内规模最大、最权威的汉代之前的资料库。像北京银河长兴这样具有自主研发能力的企业在石景山已有近 600 家，具有知识产权的作品已达到 1000 余款。如拥有蓝光高清编辑中心的中国华录集团，其研发的 DRA 音频编解码器技术已达到国际先进水平，成为我国真正具有国际竞争力的核心技术。核心技术带动了产业链的延伸。石景山不仅要吸引一批龙头企业，凝聚一批高端人才，还要让一项核心技术带动一个产业链，形成以数字娱乐为特色的产业格局。核心技术的高端、高效、高辐射，可以产生强大的凝聚力。众多核心技术吸引了相关产业众多的上下游企业，由点及面形成的产业引力场，使得石景山以高新技术和数字娱乐为主的产业格局特色更加鲜明。到目前为止，石景山不仅云集了搜狐畅游、完美时空、炫耀天下、暴风网际等国内一半以上的一线网游企业，还形成了以华录文化、千橡互动等为代表的影视动漫和数字媒体等产业互相支撑的发展格局。截至目前，石景山已有文化创意企业 2500 余家，年收入超过 120 亿元。

总之，不管是哪一种形态的文化产业集聚园，其核心要素都是产业集聚。而产业集聚的基本形态是产业链，文化产业集聚园的发展要遵循文化产业发展的内在规律，形成多种产业链形态，并以价值链为基础，构建产业链组合。

（三）文化企业层面：以华谊兄弟与盛大网络为例

文化产业发展模式创新最终要落到文化产业的市场主体——文化企业的运营模式上。21 世纪以来，随着文化产业在全国范围内如火如荼的发展，涌现了许多赫赫有名的成功文化企业，其运营模式的创新值得总结和借鉴。下面以华谊兄弟与盛大网络为案例作一分析。

华谊兄弟的运营模式的特点可以归纳为如下几个方面：第一，持续并购。华谊兄弟的成长史其实是一部不断并购的历史。从获取战略机会来看，华谊兄弟购买了未来的发展机会，持续并购不仅可以使华谊兄弟获得正在经营的公司，节省时间成本，而且减少了竞争者，间接提升其在行业中的位次。在电影院线方面，华谊兄弟吸取与美国哥伦比亚公司合作的经验，在政策还没开放时便并购了西安电影制片厂，这使华谊兄弟拥有了独立的发行渠道。随后华谊兄弟并购了一家电影院大屏幕的公司，2008 年 9 月又并购老牌影视公司金泽太和。在艺人经纪方面，早在 2000 年，华谊兄弟便收购了当时只有 7 名艺人的演艺经纪公司。2008 年 9 月，华谊兄弟与经纪公司中乾龙德“闪婚”，这是近年来国内娱乐行业经纪公司间最大规模的并购案。在音乐方面，2004 年 11 月，华谊兄弟收购了战国音乐公司、成立华谊兄弟音乐有限公司，涉足唱片制作、发行、艺员经纪、新媒体技术的开发等音乐领域。在电视方面，2005 年 5 月，华谊兄弟以 3000 万元控股电视剧制作机构四川天音公司。2006 年，它又签下了张纪中等几名著名电视剧制作人①。第二，私募股权。华谊兄弟在十余年发展史上大致经历了三轮私募股权投资，从而成就了今天的业内领袖地位。2000 年 3 月，太合集团出资 2500 万元，对华谊兄弟广告公司进行增资扩股，并将公司变更为“华谊兄弟太合影视投资有限公司”，太合集团与王氏兄弟各持 50% 的股份。2004 年，华谊兄弟进行了第二轮私募，引入的战略投资者是 TOM 集团，太合集团获得 300% 的回报全身而退，“华谊兄弟太合影视投资有限公司”随即更名为“华谊兄弟传媒集团”。2007 年，华谊兄弟展开第三轮私募，分众传媒联合其他投资者向华谊兄弟注资 2000 万美元。从华谊兄弟的资本运作轨迹中可以发现，伴随着华谊兄弟的迅速成长，王氏兄弟不断引进投资者的股权投资，以满足华谊兄弟扩张的资金需求。与此同时，不断回购先前投资者的股权，不仅使投资者得以顺利退出，也使自身的控股地位得到巩固与强化。第三，产业链经营。华谊兄弟在业务上可以说是做到了产业链的无缝对接，从艺人经纪、电影、电视、音乐到营销、广告、活动等一环扣一环地将整个娱乐产业链全面覆盖。从运作特点来看，华谊兄弟已经完成了从编剧、导演、制作到市场推广、院线发行等基本完整的生产体系的构建。明星加盟华谊兄弟的重要因素就是这里既有影视剧拍摄机会，又有广告销售优势的构建，明星在华谊兄弟可以得到电影、电视、唱片、艺人经纪、新媒体等多领域的包装与推广。在华谊兄弟一部电影成本的回收中，票房仅是其中的一部分，例如《天下无贼》电影票房占不到这部电影收入的 30%，其他的 70% 多是电影后产品带来的，包括植入广告和贴片广告，以及电视、新媒体、DVD 版权收入等。

① 陈少峰、朱嘉：《中国文化产业十年》，金城出版社，2010，第 182 页。

第四，打造品牌。不论是电影营销还是其他业内活动，华谊兄弟都非常注重整体品牌价值，而不是单独项目的短期盈利。2004 年，华谊兄弟作为唯一的民营娱乐公司，以 12.25 亿元的品牌价值跻身“中国 500 最具价值品牌”排行榜第 359 位，居娱乐传媒业的第一名。2007 年，冯小刚的贺岁电影《集结号》上映前，如果注意的话，人们可以看到军号旁边很显眼的位置上“华谊兄弟敬献”的字样，华谊兄弟不放过任何一次宣传自己公司整体品牌价值的机会①。

上海盛大网络发展有限公司是集网络文化产品开发、运营、销售于一体，涉足周边产品、出版物等立体化品牌经营的集团化企业。旗下既有用户的自主研发产品，如《传奇》系列网游，也有众多优秀的代理产品，如《霸王》《龙与地下城》；既有大型网游，也有《泡泡堂》、《边锋》、《浩方平台》这样的休闲游戏和对战平台。公司不断探索手机网游领域市场，是中国网游业中涉足市场最为全面、综合实力最强的网游旗舰企业。

从华谊兄弟与盛大网络的案例可以看出，作为文化产业发展的主体，文化企业必须完全以市场为导向，凭借精美的创意、自主的知识产权、有影响力的品牌和良性拓展的产业链，在市场竞争中成长壮大，通过运营模式的不断完善成为文化产业发展创新的实践者和自主革新的领头羊。

三　制约文化产业发展的瓶颈及改进方向

近几年来，我国的文化产业刚步入自主发展阶段。但是，作为我国经济领域中的一种新兴产业，我国的文化产业总体上仍处于幼稚产业或弱小产业的阶段，与发达国家相比，在企业规模与资金实力、产品的科技含量与创作技术水平、创新能力与市场竞争能力等方面仍然存在着较大的差距。这些差距的存在，既有我国现实文化生产力滞后的原因，也有观念上和体制上的深层次原因。

（一）文化产业发展面临的瓶颈制约

1. 文化产业管理体制滞后

科学的管理体制是文化产业在新形势下可持续发展的根本性保障。如果管理

① 陈少峰、朱嘉：《中国文化产业十年》，金城出版社，2010，第 196 页。

体制不顺，文化产业发展的活力就不可能释放出来。例如，并购是提升企业发展水平的一个基本战略和运营模式，但是，由于存在资本市场发育不健全和政府对国有企业扶持等因素的制约，文化企业的上市融资和并购在短时间内难以实现，也难以通过并购来整合行业资源。

当前，我国发展文化产业面临着诸多体制性障碍：第一，事业与产业不分的情形还比较严重。如中央电视台等传媒机构不仅兼有事业与产业的双重身份，而且高度垄断了电视媒体资源。而实际上，电视媒体在文化产业发展中具有举足轻重的地位。第二，市场化进程刚刚开始，尚未形成以市场竞争为主的运行体系。一方面，从产权结构看，主要文化产业资源至今仍然由国有企业一统天下，国家最重要的投入基本上还没有进入市场；另一方面，从市场运行机制看，部门垄断、行业垄断和地区垄断现象依然相当严重，文化市场的规则远远滞后于市场的发展，没有形成统一开放竞争有序的市场体系。第三，管理上存在“围棋棋盘状”格局，严重妨碍企业的跨媒体发展和产业链经营。第四，从政府运作看，政府职能转变还不到位，对微观经济运行干预过多，软环境建设和公共服务仍比较薄弱。这些都从根本上制约着文化产业又好又快地发展。

2. 市场观念模糊

目前，政府和文化企业对市场需求的适应和开拓的观念还不够清晰，特别是有些文化企业的经营者不去细致地调查、研究大众的文化消费需求，无论是文化产品的生产还是文化服务的提供，都带有很大的盲目性，等客上门的计划经济思维定式仍然存在，这直接导致目前文化市场上的“怪现象”：一是相当多的文化产品和服务没有销路；二是广大消费者诸多方面的文化需求得不到满足。这种“怪现象”的存在在根本上是由市场观念滞后导致的。

3. 人力资源短缺

文化产品的生产与服务在一定程度上可以说是一种个性化的文化积累和知识创新的结果。因而，文化企业的一个基本特点是具有轻型化的资产结构，即固定资产规模不大，而主要依赖高级人力资本对文化资源进行效率配置，从而产生出新的创意、策划，以及文化产品或文化服务项目，进而以创意、策划和项目为依托来吸引和配置资金、管理、营销等其他要素，最终实现产业化经营。由此可见，文化产品和服务的生产与再生产过程在本质上是具有一定知识结构和创新能力的人才对文化资源的不断重新认识、挖掘的过程。有鉴于此，要营造一个让文化产业充分发展的环境就必须重建文化产业的人才链。这不仅需要拥有一流的创意人才，而且需要善于经营和管理品牌和无形资产的经营管理人才，以及精通文化和经济、熟悉国际文化市场的文化中介人才。当前，这些人才链的断裂和匮乏直接制约了我国文化产业发展。

4. 缺乏核心竞争力

核心竞争力是产业及企业的立身之本。当前，我国文化产业缺乏核心竞争力主要表现在：第一，文化制造业的比重偏高，微笑曲线两端（创意和文化营销）相对薄弱；第二，文化产业科技含量偏低，文化产品的市场竞争力不足；第三，特色不够突出，缺乏可持续发展的潜力。

近几年来，由于政府各级主管部门在组建各类国有或国有控股的文化企业集团的过程中，较多地采取了行政性的措施和手段，在实施集团统一的发展战略、管理体制和运行机制等方面与大型文化企业集团以资本为纽带、以母子公司为特征、实行集约经营和产业整合的运营模式相比还有较大的距离。文化企业的整体实力不强，特别是与国际同类企业相比，核心竞争力明显不足。由于企业核心竞争力不足，就难以通过整合资源和并购等形成规模经济。

5. 地域发展不平衡

文化产业发展的地域不平衡主要体现在：第一，发展的区域差别很大，经济发达地区的文化产业发展水平比较高，发展模式多样化，而经济欠发达地区的发展模式相对单一。第二，普遍存在从历史文化中寻找产业动力等错误观念，没有足够重视龙头企业的带动作用，以及政策不够配套等主观原因，导致同等经济发展水平城市或区域在文化产业发展中存在较大的差别。这两方面的地域发展不平衡，都直接或间接影响文化产业结构的优化和升级。

（二）创新体制，转变职能

发展文化产业作为国家软实力建设的核心，依靠政府的“第一推动力”依然重要，文化体制改革和政府的职能转变是突破文化产业发展瓶颈、推动文化产业持续健康发展的基本条件。

1. 确立经济效益与社会效益并重的观念

文化产业是以部分文化内容为载体的一种新经济产业形态，对文化产业的管理必须符合经济自身发展的内在规律。同时，文化产业有其自身的特殊性，在发展文化产业时要通过政策上的引导促进文化产品的生产符合社会的要求。可以说，文化产业既关系国家经济命脉，又有文化方面的属性，是相对于制度等敏感度高的一个特殊产业。但是，由此简单地认为文化产业“必须优先考虑社会效益”的主张也是武断的、不合时宜的。比较合理的观念是，在发展文化产业中必须坚持经济效益和社会效益并重。一方面，需要重视文化产业产品的特点和发展文化产业的规律，不要将文化产业等同于文化、历史文化和教育工具，另一方面，要创新经营理念和方法，切实做到按照产业规律办事。既然文化产业是以文化内容为载体的一种新经济产业形态，它本质上属于经济领域，就必然要求政府必须遵循经济规律的要求办事，按照市场运行的法则来推动文化产业的发展，以最大限度地解放和发展文化生产力，最大限度地释放文化体制的内在活力。

2. 合理定位政府的角色

根据党的十七大对“服务型政府”的基本定位，在文化产业管理中政府的角色就是服务者和指导者，对前者需要实施反向问责制，即由服务对象来考核政府服务的质量①，就后者而言，尽管政府在推动文化产业的发展中依然起着巨大的作用，但是应当避免行政化的命令式管理和过多的行政干预。政府对于宏观文化产业的协调、政策制定、扶持和奖励等措施，需要官产学的合作，而不是全部由宣传部门、行政部门甚至委托给发改委及其下属的研究机构来包办。

3. 进行管理体制创新

尽管我国在文化体制改革与文化市场化产业化进程方面取得了巨大的进展，但是，事业单位垄断文化资源等管理体制的问题依然没有解决，从而制约了其市场化的进程。文化产业管理体制创新要突破原有制度模式，以新的制度规范将产业的文化内涵和最重要的发展原则、组织架构、运作机制、管理模式等固定下来，使产业的发展更多地建立在制度化的基础上；同时以制度化的方式为产业未来的发展和优秀人才的脱颖而出打开一个上升通道。例如，媒体的垄断特别是事业性媒体的垄断是一个亟待解决的问题。国家全资广电传媒产业集团应剥离事业单位，并且在中央电视产业集团之外，成立人民广电传媒集团和新华广电传媒集团，其在经营业态上不受行业限制。在全国各省市自治区直辖市也成立两个以上

① 参见张立波、陈少峰《略论政府对文化产业的管理创新》，《福建论坛（人文社会科学版）》2009年第10期。

的广电传媒集团，促使国家和省级广电传媒集团之间进行合作和并购。允许这些广电传媒产业集团进军新媒体产业，也允许中国移动、中国电信和中国联通等企业进入广电领域，形成真正跨媒体的整合，促进竞争与发展。再如，文化企业的投融资问题是制约文化产业发展的难题。破解这一难题，一方面，国家应当制定文化企业上市指南，推动文化企业加快上市融资和并购发展；另一方面，各地政府应将政策性财政补贴用于成立国有股权投资公司，在资金的使用方面更加注重对有潜力的民营文化企业的扶持。

4. 完善文化产业的立法和政策体系

政府要加快文化艺术立法，并在制定《文化产业促进法》的同时完善上位法（如宪法相关条款）的制定。中央政府将在“十二五”文化产业发展规划中制定更加合理的指导性政策，各地政府也将制定文化产业的“十二五”规划和具体的扶持政策。其中，对于产品的文化属性的考虑，需要与制定限定性政策结合起来，以不与社会核心价值相对立作为底线，制定基本标准。同时，对文化事业提供公共文化产品和服务的标准作适当的提升要求，对于获得资助的对外文化出口产品和服务提出同样的提升标准的要求。

5. 解决区域发展不平衡的问题

根据城市的经济水平、消费水平、人口数量、媒体资源和人力资源状况，将国内城市的文化产业分为四个等级，各自有自身的侧重点和发展模式。第一个等级是北京、上海、天津、重庆以及广州、杭州、成都、昆明、长沙、南京、武汉、郑州等资源禀赋较好的省会城市和特区城市深圳等，该区域需要以传媒、设计和活动经济为核心来发展文化产业。第二个等级是资源禀赋较次一些的城市包括部分省会城市如福州、兰州、长春、海口、石家庄、南宁、哈尔滨、沈阳等和一些副省级城市如大连、青岛、苏州等，可以发展综合性娱乐性文化产业。第三个等级是旅游资源丰富的地区如三亚、无锡、常州、镇江、拉萨、桂林、西宁、丽江、东莞、厦门、泉州等可以发展旅游产业、娱乐业和活动经济相结合的文化产业。第四个等级是经济资源和人口资源较少的城市（含县城），可以发展特色旅游产业和专业化的文化产业①。

① 陈少峰、朱嘉：《中国文化产业十年》，金城出版社，2010，第294页。

6. 促进文化产业集聚发展

积极实施文化产业重组的集团化战略，在后续组建各类文化企业集团的过程中，要坚持市场化的原则，不失时机地把文化企业集团的规范工作提上日程，针对目前文化企业集团中存在的突出问题提出规范和改进完善的具体意见。一般竞争性文化行业的文化企业集团要通过进一步吸纳各类社会资本，调整和优化资本结构，形成一批具有市场竞争实力的混合所有制的文化企业集团，在企业体制、运行机制和管理制度方面率先与国际接轨。支持和鼓励目前少数已具实力的专业化的文化企业集团抓住当前有利时机，在规范和完善集团体制和运行机制的同时，向跨地区、跨媒体、跨行业的文化企业集团发展。

（三）把握趋势，顺势而为

我国文化产业市场规模不断扩大，需求持续旺盛。现在基本上已经解决温饱问题，而且很大部分人已经开始进入小康和富裕阶段。随着恩格尔系数的不断下降，人们的文化消费会越来越多，相应地其生活方式对文化产品和服务的依赖性也越来越强。当前，随着数字化、信息化、网络化等高科技的发展及其对于文化传播形式的强有力影响，随着政府《文化产业振兴规划》及其配套的具体政策的实施，文化产业将越来越呈现日新月异的发展态势，成为推动我国经济发展的新增长点，并且通过特殊的文化经济形态成为提升我国国际竞争力的有力杠杆。可以预期，我国文化产业将进入一个新的高速发展阶段，将迎来下一个黄金十年的增长期。

全球化成为当今文化产业发展的普遍趋势，并已部分成为现实，其重要表现为经济的文化化和文化的经济化。文化产业同高科技产业一样，是迄今世界上最有前景的产业。如美国的电影业和传媒业、日本的动漫产业、韩国的网络游戏业、德国的出版业、英国的音乐产业等都已成为国际文化产业的标志性品牌。文化产业在发展中要面对国外竞争，既面临着更大的风险和挑战，也面临着开拓市场、壮大自我的机遇。适应文化产业全球化发展的趋势，要鼓励具备条件的文化企业集团与产业资本、金融资本相互融合，壮大实力，积极实施“走出去”战略，参与国际竞争，打造跨国文化企业集团。随着提升文化软实力政策的落实和促进中国文化出口优惠政策的推动，文化企业要学会关注全球市场，注重提升内容产业的竞争力。

数字化新媒体将成为文化产业发展的主要方向。随着新媒体的发展和生活方式的变化，部分传统媒体产业和传统的曲艺表演艺术产业，包括报纸、图书、杂志、光盘、唱片、数码相机、地方戏曲等，都将受到不同程度的冲击。现在已经出现一个信息技术跟文化内容融合的趋势，即“四 C 合一”——文化内容产业、计算机、通信、消费者的融合。今后很多的 IT 硬件产品里都要内置娱乐内容，如美国的苹果公司，还有索尼、诺基亚、微软等，这几年都在融合电子技术和文化设计内容。当前，随着因特网和手机等媒体平台的完善，特别是视频内容产业的发展，定制内容服务以及广告等的收入将占领媒体产业一半以上的市场份额。我国今后十年中最大的媒体就是手机，手机会成为我们最大的媒体终端，也会成为我们在生活当中最大一个消费终端。所以，进军手机行业就是进军最有前途的多媒体行业。

数字化新媒体的发展要求专业化服务成为企业竞争力的来源。专业化服务有技术方面的要求，也包括文化内容提供的能力以及整合技术和文化内容的专门能力。例如，在制作动画电影方面，消费者不仅要求要有好的故事，还要求利用最先进的技术设计手段和多媒体进行展示等。专业化服务就要求文化企业不断创意并开发具有自主知识产权的核心技术，同时要重视营销渠道的建设，善于谋划和拓展将文化产品及服务送达消费者的“通路”。

参考文献

花建：《软权利之争：全球化视野中的文化潮流》，上海社会科学院出版社、高等教育出版社，2001。

张政：《电视传播多维透视》，北京广播学院出版社，2001。

游碧竹：《崛起的新兴产业》，湖南人民出版社，2002。

李峰峰、周意：《文化产业可持续发展与文化管理体制改革》，《重庆工商大学学报》2004 年第 2 期。

雷光华：《论西方国家文化产业发展模式与发展趋向探析》，《湘潭大学学报》2004 年第 2 期。

郭笑笙编《文化产业发展与“云南模式”探讨》，《社会主义论坛》2005 年第 10 期。

丹增：《文化产业发展论》，人民出版社，2005。

陈少峰：《文化产业战略与商业模式》，湖南文艺出版社，2006。

王蔚：《经济欠发达地区文化产业发展模式初探》，《科技信息》2008 年第 30 期。

陈少峰：《文化产业读本》，金城出版社，2009。

厉无畏：《创意改变中国》，新华出版社，2009。

张立波、陈少峰：《略论政府对文化产业的管理创新》，《福建论坛（人文社会科学版）》2009 年第 10 期。

陈少峰、朱嘉：《中国文化产业十年》，金城出版社，2010。

Innovation Research on the Development Mode of China's Cultural Industry

Zhang Libo Chen Shaofeng

Abstract: Cultural industry is a leading industry with the integration of culture and economy, and development of cultural industry needs to consider basics such as market demand, policy promotion, distinguishing feature promotion, intensive management, integrated development, activities economy, projects and enterprises, in order to explore the development mode suited for China. In recent years, some successful cases of cultural industry have emerged in China in the regional level, agglomerative zone of cultural industry level and cultural enterprises level, and their development mode and experience are worth analyzing and summarizing. At present time, development of China's cultural industry is facing bottlenecks such as management system lag, fuzzy concepts of market, human resource shortages, and lack of core competitiveness. In order to break through those bottlenecks, firstly we need to bring forth new ideas to culture management system, and transform the function of the government, then adapt to the trends of marketization, globalization and digitization, and gradually promote the competitive capacity of enterprises.

Key Words: Cultural industry; Development mode; Innovation

B.8

三十年来中国文化产业政策的演进*

傅才武**

摘　要： 本文旨在讨论1978年以来中国文化产业政策演进的过程及其背后的原因。本文认为，中国文化产业政策的演进始终与2000年前文化产业的“合法性”建构及2001年后文化产业的“合法性”发展过程相协同。作为中国文化体制改革进程的重要标识之一，文化产业政策的制订要受到国家文化产业发展的实际进程和经济社会整体改革发展程度的影响，因而在政策形态上体现出中国文化体制改革所特有的“政府主导”、“渐进变迁”、“效率导向”、“弹性管理”等特点。与西方发达国家文化产业政策相比，由于存在经济、文化和社会结构方面的差异，中国文化产业政策自成体系，是后发转型国家借助于国家力量实施的“战略性激励赶超型”政策系统。

关键词： 文化产业　政策　历史分期　结构与特征

一　本文关于文化产业政策的界定

本文以文化产业政策为题，有必要对“文化政策（Cultural Policy）”、“产业政策（Industrial Policy）”和“文化产业政策（Cultural Industries Policy）”进行区分。联合国教科文组织于2005年10月通过的《保护和促进文化表达多样性国际公约》中对“文化政策”进行了比较完整和权威的表述：“文化政策是与文化相关的政策和措施。这些政策和措施可分为多种层次，既可以是本地

* 本文为2009年度国家社科基金重大招标项目“我国文化产业投融资及财政政策研究”（09&ZD016）的前期成果。

** 傅才武，武汉大学国家文化创新研究中心主任，教授，博士生导师，主要从事文化产业、公共文化政策研究。

的、国家的，也可以是地域性或国际性的。这类政策与措施的共同点是专注于文化。[①]“文化政策”是国家实行文化管理的战略、目标与方式、手段的有机统一体，也是国家在文化艺术、文化遗产、广播电视、新闻出版、网络游戏和动漫产业领域实施的一系列战略规划、政策法规、管理条例的总和。

“产业政策”是国家根据国民经济发展的内在要求，调整产业结构和产业组织形式，从而提高供给总量的增长速度，并使供给结构能够有效地适应需求结构的政策与措施体系。产业政策是在国家发展战略目标指导下的一种有差别的“倾斜性政策”。政府通过干预市场经济的运行过程产生一种外部性，并以其来修补和校正市场机制的局限性。[②]

“文化产业政策”是指文化政策范畴内有关产业发展部分的政策、措施和相关的法律、法规，它隶属于文化政策范畴，叶南客认为文化产业政策是“各级政府为了实现社会经济目标、弥补修正市场机制缺陷而制定的带有特定导向性的文化生产、流通、消费等规章条款系统。”对于文化产业政策的内涵与外延，学界进行了较为深入的讨论。贾旭东认为，所谓“文化产业政策”即关于中国文化的产业政策，或者说是关于中国要发展文化产业的产业政策。[③] 张玉国认为，“文化产业政策”是规定文化领域内“所有权问题、内容管理问题和文化产品国际贸易问题”的政策体系。[④] 陈杰、闵锐武认为，“所谓文化产业政策，就是为了促进本国的经济繁荣和文化的可持续发展，综合运用经济手段、法律手段和必要的行政手段，调整文化产业关系，规范文化产业活动而制定的政策。”[⑤]

上述对文化产业政策概念的界定各有其合理性和侧重点，但亦有不足之处。本文认为，文化产业政策是政府基于市场经济结构、由政府制定并强制实施，为引导、规范、推动文化产业的可持续发展而采取的超越市场自然发展过程的外部干预力量的总和。

关于三者之间的关系，胡惠林教授认为，“文化产业政策是文化政策的一部

---

① 参见张玉国《文化产业与政策导论》，高等教育出版社，2006，第24页。

② 〔美〕约瑟夫·E. 斯蒂格利茨：《政府为什么干预经济——政府在市场经济中的角色》，郑秉文等译，中国物资出版社，2000，第72~74、215~218页。

③ 贾旭东：《全球化背景下的中国文化产业政策及其影响》，《同济大学学报》（社科版）2009年第3期。

④ 张玉国：《文化产业与政策导论》，高等教育出版社，2006，第25页。

⑤ 陈杰、闵锐武：《文化产业政策与法规》，中国海洋大学出版社，2006，第14~15页。

分，它与以往的文化经济政策不同，它要解决的是怎样扶持和引导文化产业稳定、持续发展的问题，是市场经济条件下政府对文化产业进行宏观调控的重要手段”①。本文认为，文化产业政策既是国家产业政策的一部分，又是国家文化政策的一部分，具有产业政策和文化政策的双重属性。其内容涵盖面比较广，它既涉及文化产业发展的总体性政策，又包括具体的文化产品生产、流通和消费政策，如技术政策、结构布局政策、市场准入及退出政策、财税政策与投融资政策以及与文化产业发展相关的法律法规。

二 文化产业发展的历史分期与文化产业政策的演进轨迹

与西方从市场经济结构中自然生长出来的政策体系不同，中国作为改革转型国家，文化产业政策的演进与定型与文化产业发展的进程关系密切，体现为一种政府主导下的政策研究和制度创设过程。中国文化产业发展又是一个与中国文化体制改革进程相互协同的过程，中国文化产业政策的演进与1978年以来中国的文化体制改革进程互为表里，前一阶段的政策成果是后一阶段文化产业改革与发展的基础，对前一阶段政策的科学评估是推进我国文化产业发展的必经之路。因此，对近年来中国文化产业政策的发展历程进行简要分期并总结各阶段的特征具有现实的意义。

（一）中国文化产业发展的历史分期

目前，中国大陆学界对于文化的发展和文化体制改革历程都有关于分期的讨论，如毛少莹将1949年以来的中国文化发展进程划分为“文化事业一体化”、“文化产业独立化”和“文化福利权益化”三个时期。韩永进将中国自1978年以来的文化体制改革进程划分为“计划经济体制时期的改革”（1978～1992）、“市场经济体制时期的改革探索”（1993～2002）和“深化文化体制改革时期”（2003年至今）三个阶段。曹普将20世纪70年代末以来的中国文化体制改革进

① 胡惠林：《文化产业学——现代文化产业理论与政策》，上海文艺出版社，2006，第301～302页。另参见胡惠林《文化产业学》，高等教育出版社，2006，第342页。

程划分为1978～1991年、1992～2001、2002年至今的三个阶段。[①] 傅才武、霍步刚等人则倾向于将1978年以来的我国文化体制改革过程分为“目标和路径探索阶段”（1978～2004）和“深化和拓展改革阶段”（2005年至今）这两个阶段。

中国的文化体制改革进程与文化产业发展进程相互映衬，文化体制改革是包含公共性文化建设和经营性文化发展的总体架构，文化体制改革的进程在一定程度上体现了文化产业发展的总体进程，但文化产业的发展也存在自身的逻辑。本文认为，1979年文化事业单位的“承包经营”是文化产业的历史起点，迄今中国文化产业走过了30余年的探索历程，大体上可以划分为以下几个阶段。

1. “文化经营”概念的确立与文化产业的探索期（1979～1991年）

1949年以后，文化被纳入国家公共事业的管理范畴。随着1978年国家“改革开放”的实施，中国内地文化市场开始逐步复苏。1979年，广州东方宾馆开设了国内第一家营业性音乐茶座，随后营业性舞厅、港台流行音乐、演艺业和卡带复制业开始兴起，具有现代初级形态的文化市场开始形成。1981年，戏曲电影《白蛇传》发行500多个拷贝，总观众人次达7亿。[②] 1980年10月，北京劳动人民文化宫第一届全国书市上，全国108家出版单位共展销1.3万多种图书，接待读者76万人次，发行图书400多万册，图书出版业进入规模化发展阶段，文化产业门类和格局逐步形成。但这一阶段的文化生产主要还属于文化事业范畴，还没有被赋予“产业”地位。

另外，从20世纪80年代中后期开始，国家分期分批减少对媒介的事业经费的投入，实行“独立核算、自负盈亏、照章纳税、财政不予补贴”的政策，逐步结束了报社、期刊社、出版社等事业单位依靠财政拨款吃饭的历史，促使它们走市场化经营之路，这对于广播电视报纸等领域中非核心业务（如广告、发行业务等）的市场化、产业化进程产生了深远的影响。

与此同时，“文化经济”作为一个学术概念进入一些学者的视野。如，钱学

---

① 参见韩永进《我国文化体制改革的历程与新进展》，载于《中国文化产业发展报告》，社会科学文献出版社，2006，第21～28页；韩永进：《文化体制改革的历程回顾》、《新的文化自觉》，文化艺术出版社，2008。曹普：《20世纪70年代末以来的中国文化体制改革》，《当代中国史研究》2007年第5期。

② 李向民：《中国文化产业史》，湖南文艺出版社，2006，第372～373页。

森先生从精神文明建设的角度提出了艺术市场的分类和文艺经济的主要原则，李向民提出“精神经济”概念，花建则从文化消费的角度研究文化经济问题。[①] 1988年，李建中的《论社会主义的文化产业》一文[②]，以我国文化领域中的经济关系和经济活动为背景，对我国文化产业作了初步探讨。

2. “文化经济”概念的确立与文化产业的初步发展期（1992～1997年）

1992年中国确立了社会主义市场经济体制，标志着中国经济与社会生活方式总体上由计划经济时代转入市场经济时代。与这种社会基础结构的转型相适应，我国文化领域日益确立了“文化经济”的观念。1992年6月16日，《中共中央国务院关于加快发展第三产业的决定》把“文化卫生事业”作为要加快发展的第三产业的重点。1992年10月，江泽民总书记在十四大报告中明确提出“发展文化经济、完善文化经济政策”；此后，基于加快发展第三产业的需要，文化经济被纳入国家重要经济行业的发展轨道。

这一时期的重要标识是：民营资本开始较大规模介入文化领域，文化市场快速成长，如在文艺演出和娱乐行业，中国对外演出集团在北京紫禁城演出的《图兰朵》大型歌剧和世界三大男高音演唱会以空前的高票价和高演出收入将商业性演出的产业特性提升到一个新高度；中央电视台依托其独有的资源优势推出了“同一首歌”演出品牌和运营模式；在图书发行领域，民营二渠道逐步壮大，席殊书屋形成自己的连锁经营品牌；在文物艺术品拍卖领域，中国本土艺术品拍卖公司也开始建立，并很快主导了内地艺术品市场，1992年10月，在北京举办了中国内地首次国际拍卖会，拍卖中国瓷器、金银铜器、珠宝玉器、木器钟表、书画邮品、纺织品、烟壶、汽车等八类计2189件（套）商品，拍卖会成交金额达235.1万美元，这标志着我国文化市场的发展进入了一个全新的阶段。[③]

3. “文化产业”概念的确立与文化产业的助跑发展期（1998～2002年）

1998年，文化部在机构改革、编制紧缩的情况下新设了“文化产业司”，这“标志着政府对于发展文化产业具有一定的前瞻性思考和积极探索的意识，也是我国政府对于发展文化产业所做出的第一个重大决策。”[④] 1999年1月，文化部

---

① 参见李向民《中国文化产业史》，湖南文艺出版社，2006，第374页。

② 李建中：《论社会主义的文化产业》，《人文杂志》1998年第3期。

③ 参见李向民《中国文化产业史》，湖南文艺出版社，2006，第375页。

④ 陈少峰、朱嘉：《中国文化发展十年（1999～2009）》，金城出版社，2010，第4页。

在大连召开了“全国文化产业发展工作会议”；同年4月，文化部与亚欧基金会共同举办了有20多个国家代表参加的高规格的“亚洲文化产业和文化发展国际会议”。同时，学界对文化产业的研究也进入了一个新阶段，1999年，上海交通大学成立了文化产业创新与发展研究基地，开始把文化产业作为专门的学科加以研究。

2000年10月11日，《中共中央关于制定国民经济和社会发展第十个五年计划的建议》中提出：“深化文化体制改革，建立科学合理、灵活高效的管理体制和文化产品生产经营机制……加强文物保护工作，完善文化产业政策，加强文化市场建设和管理，推动有关文化产业发展。”发展文化产业在国家发展战略安排中得到完整的阐述。时任上海交大校长、国家文化产业创新与发展研究基地主任谢绳武教授认为，这是“在国家战略需求层面上，第一次把先进生产力的发展要求、先进文化的前进方向和最广大人民的根本利益统一在一个具有广泛的产业关联性的产业战略形态上，这就使得这一决策在未来中国文化发展的历史进程中，具有里程碑式的重要意义。”① 2001年3月，发展文化产业正式被纳入全国“十五”规划纲要，“文化产业”成为国家国民经济和社会发展的重要产业门类。

4. “深化文化体制改革”与文化产业的加速发展期（2003~2010年）

2003年起，中央与各级政府开始把文化产业作为重点发展方向和新的经济增长点，并陆续出台了一系列促进文化产业发展的方针政策、法律法规，给予文化产业各项优惠政策支持，并建设了各类文化产业园区或文化产业示范基地。

2003年6月，国务院召开了全国文化体制改革试点工作会议，确定了以北京、上海、重庆、广东、浙江、深圳、沈阳、西安、丽江市作为综合性试点地区，35家新闻出版、公益性文化事业、文艺创作演出、文化企业单位具体承担试点任务，并以促进文化事业单位转企改制和国有文化企业自主发展作为改革的切入点，在文化产业发展较好的地区和重点文化事业和文化企业进行体制方面的试点改革。

文化体制作为文化产业发展的重要推动力量，深刻地影响文化产业的发展状况。2003年后，中国政府根据加入世贸组织的承诺和中国经济社会发展的需要，

---

① 参见魏然《完善我省文化产业政策支持系统》，2002年11月10日《福建日报》。

逐步向民营资本和外资开放文化产业领域，促进了文化市场上投资主体的多元化并激发了文化市场的活力。在演出、电影、电视、音乐、动漫、游戏和互联网等行业，投资主体多元化取得了重大进展。到2004年末，电影生产领域国有企业投资比例下降到50%以下，境外资本、民营资本联合拍摄的影片占全部影片的80%。2003年，民营资本参与拍摄的电影《英雄》，票房收入高达2.5亿元。

自2003年开始，中国文化产业作为国民经济发展的“最后一座金矿”，进入了高速发展轨道，国家统计局的数据显示，2004年以来，中国文化产业年增长率均在15%以上，均高于同期GDP的增长速度，平均年增加值达1000亿元左右。2008~2009年，国际金融危机打断了中国经济在惯性发展路径上的进程，在一片低迷之中，我国文化产业显示了旺盛的生命力。2009年，中国电影票房收入超过62亿元，比2008年增长42%；新闻出版业总产值突破万亿元大关，同比增长20%；网络游戏市场规模258亿元，同比增长39.5%。广东、上海、云南、深圳等省市文化产业发展尤其迅猛，增加值比重由20世纪90年代初的1%左右，增加到2009年的5%~7%。这一时期，中国文化产业发展呈现四个特点：文化产业投资和文化资源开发热情持续升温；新型文化产业迅速兴起；文化产业集群化、集约化发展趋势进一步凸显；以政府为主导的多元文化投资格局初步形成。以优结构、扩消费、增就业、促跨越、可持续发展为核心，以创新、创意、低耗、低碳为特点，文化产业正在成为中国经济发展的新引擎。

（二）中国文化产业政策演进的轨迹

中国文化产业政策的实践开始于改革开放初期，经历了一个持续的演进过程。“文化产业政策的实践走过了从不自觉到自觉、从被动到主动、从个别到系统的发展过程。”① 蔡尚伟、刘锐认为，近年来中国的文化产业政策，主要可以被分为“文化产业合法性的构建”（1998~2002年）、“文化产业的合法化发展”（2003~2008年）和“文化产业纵深发展时期的政策制定”（2009年至今）三个阶段。② 本文认为，文化产业政策经历了一个漫长的制度演

① 杨吉华：《文化产业政策研究》，中共中央党校博士论文，2007，第46页。

② 蔡尚伟、刘锐：《中国文化及传媒产业政策的演变》，《今传媒》2010年第1期。

进过程。

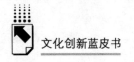

1. 事业体制内的“政策微调”：“以文补文”的不自觉阶段（1979～1991 年）

1979 年以后，随着文化市场在事业体制外的成长，1981 年后，一些基层文化单位开展了“以文补文”的文化生产经营活动，文化事业单位也开始由自发向自觉地从事业向产业转变。从 1983 年起，在全国文化事业单位中，开始借鉴经济体制改革经验，试行以承包经营责任制为主要形式的体制改革。1987 年初，文化部、财政部和国家工商局联合颁发的《文化事业单位开展有偿服务和经营活动的暂行办法》，成为推动事业体制内产业经营的重要文件。1988 年，文化部、国家工商局又联合发布了《关于加强文化市场管理的通知》，首次提出“文化市场”一词，标志着中国“文化市场”地位的正式确立。1991 年，国务院批转《文化部关于文化事业若干经济政策意见的报告》，在文化事业体制中引入“文化经济”的经营概念，使文化产业的理论和政策探索迈上了一个新的台阶。但从总体上看，这一时期的文化产业政策并没有突破事业体制的总体框架。

2. 事业与产业体制的“政策两分”：文化产业的分途发展阶段（1992～2002 年）

1992 年社会主义市场经济体制确立后，文化产业从国家宏观战略层面上开始了与文化事业在战略和制度上的分离过程。1992 年 6 月 16 日，《中共中央国务院关于加快发展第三产业的决定》明确提出要以产业化为方向，加快发展包括文化生产和服务在内的第三产业，这是我国政府首次对“文化”予以“产业”性质的认可。同年，国务院办公厅综合司编辑出版的《重大战略决策——加快发展第三产业》一书，提出“在改革开放中发展文化产业”，并全面阐述了对文化产业的政策性意见。[①] 1993 年 12 月 8 日，《中国文化报》整版篇幅发表文化部领导的讲话，提出“在改革开放中发展文化产业”，这是我国政府文化部门领导首次全面阐述发展文化产业的政策性意见。

1996 年，国务院出台了《国务院关于进一步完善文化经济政策的若干规定》，2000 年，国务院又颁布了《关于支持文化事业发展若干经济政策的通知》，出台了一系列发展我国文化产业的财政、税收和金融支持政策。

---

① 参见国务院办公厅综合司《重大战略决策——加快发展第三产业》，中国政法大学出版社，1992。

2000年10月，《中共中央关于制定国民经济和社会发展第十个五年计划的建议》提出，“深化文化体制改革，建立科学合理、灵活高效的管理体制和文化产品生产经营机制……完善文化产业政策，加强文化市场建设和管理，推动有关文化产业发展。”“要推动信息产业与文化产业的结合”。2001年3月，该建议被九届人大四次会议纳入全国“十五”规划纲要，中国文化产业的战略地位得以真正确立，同时文化产业作为战略性产业开始与文化事业分途发展。2002年11月，中共十六大报告明确提出，要“发展各类文化事业和文化产业”，坚持“一手抓繁荣、一手抓管理的方针”，第一次将文化发展分成文化事业和文化产业两个方面，强调要积极发展文化事业和文化产业，明确了整个文化体制改革的方向和目标，并对文化产业与文化事业的辩证关系作了论述，这标志着我国的文化产业由合法性论证进入合理性建设阶段。

3. 文化体制改革与文化产业的“政策链接”：文化产业的改革发展阶段（2003～2010年）

文化体制作为一个主权国家与政治、经济相联系的结构性制度体系，既包含了对文化事业体制的规定，也包含对文化产业的地位作用、发展目标、发展途径的原则规定。2003年以来，国家文化产业政策的基调是以“改革发展”为主，以一种高度主动和高度自觉的精神，通过深化文化体制改革，突破束缚文化产业发展的体制障碍，推动文化产业发展。

2003年6月，国务院召开了全国文化体制改革试点工作会议，紧接着出台了《中共中央宣传部、文化部、国家广电总局、新闻出版总署关于文化体制改革试点意见》。随后各主管部门制定出台了系列支持文化市场和文化产业发展的政策。如，2003年9月，国家新闻出版总署出台了新的《出版物市场管理规定》，首次规定具备一定资格的民营企业可以申请出版物国内总发行权、批发权，民营书店获得了和国营新华书店地位平等、公平竞争的权利。2003年，国家广电总局颁布了《电影制片、发行、放映经营资格准入暂行规定》20号令，这标志着电影制作、发行、放映环节向民营资本、社会资本开放，鼓励境内国有、非国有资本（不含外资）与现有国有电影制片单位合作、合资或单独成立制片公司。不久，又放宽中外合拍电影的条件，允许在中方控股51%的条件下，外资与境内民营电影公司成立合资公司。2005年7月，国务院颁布了新修订的《营业性演出管理条例》，进一步开放演出市场，允许外方与中方合资、合作经营演出经纪机构及演出场所；允许演员自办营业性演出，赋予个体演出经纪人法律地位；等等。

2005 年 8 月，中宣部、文化部等六部门联合下发《关于加强文化产品进口管理的办法》；8 月 4 日，文化部等五部委联合下发《关于文化领域引进外资的若干意见》；国务院颁布了《关于非公有资本进入文化产业的若干决定》；财政部、海关总署、国家税务总局联合出台了《经营性文化事业单位转制为企业的若干税收政策通知》和《支持文化产业发展若干税收政策问题的通知》，规定对转制的文化企业免征 5 年（2004 年 1 月 1 日至 2008 年 12 月 31 日）企业所得税，文化产品出口享受出口退税政策优惠，对政府鼓励新办的文化企业免征 3 年企业所得税等。

2009 年 4 月，财政部、海关总署、国家税务总局联合发布《关于文化体制改革中经营性文化事业单位转制为企业的若干税收政策问题的通知》、《关于支持文化企业发展若干税收政策问题的通知》，这些税收优惠政策的出台，为深化文化体制改革、大力扶持文化企业发展提供了新的政策保障。

2009 年 7 月 22 日，国务院常务会议审议并原则通过了《文化产业振兴规划》，9 月 26 日发布实施，这成为中国第十一个产业振兴规划，标志着文化产业已上升为国家战略产业。

2010 年 4 月，中宣部、中国人民银行、财政部等九部委联合发布了《关于金融支持文化产业振兴和发展繁荣的指导意见》。这是近年来第一个金融全面支持文化产业、文化产业与金融结合的指导性文件，旨在打破中国文化产业发展投融资瓶颈，从 2009 年发布《文化产业振兴规划》到 2010 年出台的指导意见，表明我国政府已将推动文化产业发展提高到国家战略的高度，更标志着在中国经济新一轮深刻变革中，资源消耗低、环境污染小、以创意为核心的文化产业，正在成为转变经济发展方式的新亮点（刘玉珠，2010）。

这一时期国家密集出台了鼓励文化产业发展的一系列政策，主要包括：一是重点出台了旨在鼓励非公有资本参与文化产业发展的产业准入政策。二是出台了文化产品和服务进出口的政策。主要包括《关于加强文化产品进口管理的办法》（中宣发（［2005］15 号）和《关于进一步加强和改进文化产品和服务出口工作的意见》（中办发［2005］20 号）。三是出台了支持文化单位改制的有关经济、金融和财政政策，为文化单位改制提供有力的政策支持。

表 1　2002～2009 年文化产业政策一览表

<table>
<tr><td colspan="3">元政策</td><td>1 部</td></tr>
<tr><td colspan="3">基本政策</td><td>6 部</td></tr>
<tr><td rowspan="7">具体政策</td><td colspan="2">文化产业类</td><td>17 部</td></tr>
<tr><td rowspan="6">具体行业类</td><td>广播影视类</td><td>17 部</td></tr>
<tr><td>新闻出版类</td><td>5 部</td></tr>
<tr><td>网络动漫类</td><td>8 部</td></tr>
<tr><td>旅游类</td><td>2 部</td></tr>
<tr><td>广告类</td><td>0 部</td></tr>
<tr><td>艺术类</td><td>10 部</td></tr>
</table>

注：本表转引自朱国辉、王欣欣撰《我国七年（2002～2009）来文化产业政策现状与问题浅析》，《四川省干部函授学院学报》2010 年第 1 期。作者认为，文化产业类政策包括文化产业结构升级的政策、文化市场的准入和退出政策、扶持文化产业发展的财税政策和投融资政策等。此表根据中国文化产业网（http：//www. cnci. gov. cn），《中国文化报》，张晓明、胡惠林、章建刚主编的《中国文化产业发展报告》（2003 年卷、2005 年卷、2008 年卷、2009 年卷，社会科学文献出版社），张绵厘等著《新时期文化政策与党的三代领导核心的文艺思想》（中央民族大学出版社），张玉国著《文化产业与政策导论》（高等教育出版社）整理而成。

表 2　2009 年我国文化产业政策

<table>
<tr><th>政策类型</th><th>颁布单位</th><th>政策名称</th><th>主要内容</th></tr>
<tr><td>指导文化产业发展的总体性政策</td><td>国务院</td><td>《文化产业振兴规划》，提出了降低准入门槛、加大政府投入、落实税收政策、加大金融支持力度、设立中国文化产业投资基金等政策措施</td><td>阐述了我国文化产业发展的指导思想、基本原则和规划目标，明确了当前和今后一个时期要着力做好的八个方面工作</td></tr>
<tr><td rowspan="5">文化体制改革政策</td><td rowspan="2">文化部</td><td>关于贯彻落实《关于深化国有文艺演出院团体制改革的若干意见》的通知</td><td rowspan="5">集中在国有文艺演出院团改革和新闻出版体制改革两个方面</td></tr>
<tr><td>《中共中央宣传部文化部关于深化国有文艺演出院团体制改革的若干意见》</td></tr>
<tr><td rowspan="3">新闻出版总署</td><td>《关于进一步推进新闻出版体制改革的指导意见》</td></tr>
<tr><td>《关于进一步加强和改进报刊出版管理工作的通知》</td></tr>
<tr><td>《关于下发音像（电子）出版业体制改革实施方案的通知》</td></tr>
</table>

续表

政策类型	颁布单位	政策名称	主要内容
支持文化产业发展的财税政策	国税总局	《关于支持文化企业发展若干税收政策问题的通知》	支持文化企业发展的优惠税收政策和支持文化体制改革的税收政策
		《关于文化体制改革中经营性文化事业单位转制为企业的若干税收优惠政策的通知》	
	财政部、国家税务总局	《关于扶持动漫产业发展有关税收政策问题的通知》	
		《关于继续实行宣传文化增值税和营业税优惠政策的通知》	
规范网络服务业有序发展的有关政策	文化部	《关于加强和改进网络音乐内容审查工作的通知》	网络内容监管、知识产权保护、信息安全等方面
	新闻出版总署	《关于加强对进口网络游戏审批管理的通知》	
	文化部、商务部	《关于加强网络游戏虚拟货币管理工作的通知》	
	信息产业部	《互联网网络安全信息通报实施办法》	
	文化部办公厅	《关于规范进口网络游戏产品内容审查申报工作的公告》	
	信息产业部	《电信网络运行监督管理办法》	
	广电总局	《关于加强互联网视听节目内容管理的通知》	
演出和娱乐场所管理政策	文化部	《营业性演出管理条例实施细则》	
		《关于进一步加强游艺娱乐场所管理的通知》	
扶持民营文化单位发展政策	文化部	《关于促进民营文艺表演团体发展的若干意见》	
文化贸易政策	商务部、文化部、广电总局、新闻出版总署、中国进出口银行	《关于金融支持文化出口的指导意见》	
规范文化市场秩序的政策，规范音像、动漫等行业的市场秩序	新闻出版总署	《关于促进我国音像业健康有序发展的若干意见》	
	新闻出版总署	《关于开展清缴整治低俗音像制品专项行动的紧急通知》	
	文化部、国家工商行政管理总局	《关于开展动漫市场专项整治行动的通知》	

续表

政策类型	颁布单位	政策名称	主要内容
少数民族、农村文化事业以及基层公共文化服务领域的政策	国务院	《关于进一步繁荣发展少数民族文化事业的若干意见》	
	文化部	《关于开展全国文化站长轮训工作的实施意见》	
	新闻出版总署	《关于进一步推动全民阅读活动的通知》	
	文化部	《关于认真贯彻中央决策部署切实做好基层公共文化服务工作的通知》	

资料来源：杨吉华撰《2009 年我国文化产业政策述评》，《长春市委党校学报》2010 年第 3 期。

三　中国文化产业政策内容及其特征

中国文化产业政策是在中国社会转型时期逐步发展起来的，社会转型推动了文化发展方式的转变，要求重新调整计划体制基础上确立的政府与文化机构、政府与文化市场的关系，建立市场体制基础上的政府与市场、政府与社会、政府与文化机构之间的新型关系。文化产业政策就围绕这三个基本关系进行政策设计和制度安排。

（一）中国文化产业政策的主要内容

凌金铸认为，近年以来中国文化产业政策的内容可被概括为确立文化产业的地位、组建大型文化企业、培育和规范文化市场、鼓励高科技文化产业发展、促进文化产品出口等十个方面。① 本文认为，中国文化产业政策体系是一个庞杂的政策体系，涉及政府管理体制改革、市场管理、产业激励等多个方面。

1. 建构文化产业在国家文化和经济发展体系中的合法性

“文化产业”在国家文化体系中的确立，必然要经历一个理论层面上的“合法性”建构的过程。从国家“七五”计划到“十五”计划，政府关于“文化建设”的不同表述，体现了在民族文化和国民经济体系中建构文化产业“合法性”的漫长过程。“七五”计划提出“进一步发展新闻出版、广播电视、文学艺术等各项文化事业”；“八五”计划提出要发挥“新闻出版、广播电视、文学艺术等各项文化

① 凌金铸：《文化产业政策创新的实践与体系》，《南京邮电大学学报》（社会科学版）2008 年第 1 期。

事业在社会主义现代化建设中的重要作用”；“九五”计划提出“大力发展各项文化教育和社会福利事业，加强公共文化和福利建设”及“加强新闻、出版、广播电视等方面的工作”；“十五”计划明确提出了完善文化产业政策，加强文化市场建设和管理，推动有关文化产业发展。2005 年中共中央、国务院制定颁布《关于深化文化体制改革的若干意见》，从战略高度明确了加快文化事业和文化产业发展的重大意义。2006 年中央办公厅、国务院办公厅转发《国家‘十一五’时期文化发展规划纲要》，认为当今世界文化、经济与政治相互交融，与科技的结合日益紧密，在综合国力竞争中的地位和作用日益突出，发展文化产业成为建设国家文化软实力的重要途径。1979～2006 年，中国文化领域经历了一个有关“文化产业”的合法性的构建过程。在这一过程中，借助于国家战略、规划和政策的引领，文化的产业属性迅速凸显，并在快速发展的文化市场的基础之上实现了产业化的快速发展。

2. 完善健全文化市场主体的建构

制约中国文化产业发展的因素首先来自文化企业自身，“散、小、弱”成为制约中国大陆提升文化企业竞争力的重大障碍。因此，通过政策激励引导企业组织结构的创新，一直是中国文化产业政策的重要内容。1999 年，国务院办公厅转发了信息产业部和国家广电总局《关于加强广播电视有线网络建设管理者意见的通知》，要求“在省、自治区、直辖市组建包括广播电台和电视台在内的广播电视集团”，随后“三台合一”的模式开始形成。2001 年，文化部下发《文化产业发展第十个五年计划纲要》，要求：“打破地区、部门分割，通过兼并、联合、重组等形式，形成一批跨地区、跨部门、跨所有制乃至跨国经营的大型文化企业集团。”这些政策的内容主要包括：提高文化产业规模化、集约化、专业化水平；培育和建设一批出版、电子音像、影视和动漫制作、演艺、会展、文化产品分销等产业基地；重点培育发展一批实力雄厚、具有较强竞争力和影响力的大型文化企业和企业集团；支持和鼓励大型国有文化企业和企业集团实行跨地区、跨行业兼并重组；鼓励同一地区媒体的下属经营性公司之间互相参股；支持中小型文化单位向“专、精、特、新”方向发展，形成富有活力的优势产业群。① 到 2003 年初，中国大陆已经批准成立 69 个传媒集团，其中包括 38 个报业集团、13 个广电集团、1 家期刊集团、9 个出版集团、5 个发行集团和 3 个电影集团。

① 参见杨吉华《文化产业政策研究》，中共中央党校博士论文，2007，第 50 页。

2005年出台的《关于深化文化体制改革的若干意见》中，明确提出了大力提高文化产业规模化、集约化、专业化水平，支持和鼓励大型国有文化企业和企业集团实行跨地区、跨行业兼并重组，有条件的可以组建“多媒体文化企业集团”。文化产业集团化、规模化发展获得了国家政策的强有力支持，规模效应渐趋明显。

3. 培育和规范文化市场

近20年来，政府和文化管理部门鉴于文化市场的弱小和无序，逐步培育、规范、完善文化市场，出台了一系列政策。国家文化产业政策体系中，有关规范和培育文化市场的通知、条例、法规等占相当比例。主要包括以下两大类。

（1）市场培育和规范

为规范市场竞争秩序，1993年9月，八届人大三次会议审议通过了《反不正当竞争法》，2007年8月，十届人大二十九次会议通过了《反垄断法》。这两部法律是规范我国各类市场竞争秩序的基本文件，也是规范文化市场竞争秩序的基本法律依据。

1988年，文化部、国家工商局联合发布的《关于加强文化市场管理的通知》，就文化市场的范围、管理原则和任务等作了明确的界定。2001年国务院办公厅下达了《关于进一步整顿和规范文化市场秩序的通知》，对互联网上网服务营业场所、电子游戏经营场所、歌舞娱乐服务场所、音像制品经营场所、出版物和计算机软件市场、印刷业及文物市场提出了具体的整顿和规范办法。

20世纪90年代，新闻出版、广播电视、文化等具体行业管理部门出台了一系列条例和规定，如：1994年国务院颁布《音像制品管理条例》，1996年颁布《电影管理条例》，1997年相继颁布《营业性演出管理条例》、《出版管理条例》、《印刷业管理条例》和《广播电视管理条例》，1999年颁布《娱乐场所管理条例》，2003年新闻出版总署出台了《出版物市场管理规定》，等等。《关于深化文化体制改革的若干意见》提出，要培育现代文化市场体系，加强资本、产权、人才、信息、技术等文化生产要素市场建设，重点培育书报刊、电子音像制品、演出娱乐、影视剧等文化产品市场。

（2）市场准入

在培育、规范文化市场的同时，降低文化市场准入门槛，文化市场向民营资本、外资和其他社会资本开放。2001年我国加入WTO后，国务院和有关部门开始修订有关文化产业的政策和行政法规。如修订后的《音像制品管理条例》、《电影管理条例》和《出版管理条例》规定，允许设立从事音像制品分销业务的中外合作经营企业；允许企业、事业单位和其他社会组织以及个人投资建设、改造电影院，允许中外合资和合作建设或改造电影院；允许设立从事图书、报纸、期刊分销业务的中外合资经营企业、中外合作经营企业和外资企业。2005 年 8 月，国务院发布《关于非公有资本进入文化产业的若干规定》，这是“我国关于文化产业准入政策改革的第一次系统阐述，标志着我国文化产业准入政策进入了一个新的制度创新时期。”① 规定分“鼓励、允许、限制和禁止”四种情况对文化企业及其资本的市场准入作了明确的规定。

4. 激励和引导文化产业调整结构和提升品质

产业政策从政策取向来看可分为两类，一种是“鼓励性”产业政策，另一种是“限制性”产业政策。中国文化产业政策是一种“鼓励性”的产业政策。中国政府把发展文化产业视为扩大内需、调整产业结构、满足人们精神文化需求的重要途径和维护国家文化安全的重要措施，将文化产业定位为“战略性产业”、最具有潜力的“新兴产业”和未来的“支柱产业”。因此，中国的文化产业政策是具有一定倾斜性的、扶持性的产业政策，是一种“战略性赶超型”的产业政策。

（1）文化产业领域中的产权制度创新和政策激励

通过产权变革和产权制度创新实现所有制结构创新，形成有效的激励、约束机制，建立起现代法人治理结构和现代企业制度，一直是政策的核心内容。2005 年国务院下发《关于鼓励、支持和引导个体私营等非公有制经济发展的若干意见》，明确了以公有制为主体，多种所有制经济共同发展是我国社会主义初级阶段的基本经济制度，提出了放宽非公有制经济市场准入的范围。随后国务院又下发《关于非公有资本进入文化产业的若干规定》，提出进一步引导和规范非公有资本进入文化产业，逐步形成以公有制为主体、多种所有制共同发展的文化产业格局。同年，文化部、财政部、人事部和国家税务总局联合下发了《关于鼓励发展民营文艺表演团体的意见》。《关于深化文化体制改革的若干意见》明确提出了按照现代企业制度的要求，加快推进国有文化企业的公司制改造，完善法人治理结构；加快产权制度改革，推动股份制改造，实现投资主体的多元化；对符合上市条件的，经批准可申请上市。同时提出了加快国有文化企业公司改造的政策目标是：以创新机制、转换机制、面向市场、壮大实力为重点，按照现代企业制度的要求，加快国有文化

① 胡惠林：《文化产业学——现代文化产业理论与政策》，上海文艺出版社，2006，第 321 页。

企业的公司制改造，完善法人治理结构，推进产权制度改革，实行投资主体多元化，使国有和国有控股的文化企业真正成为自主经营、自我约束、自我发展的市场主体。

（2）鼓励高科技文化产业发展

发展高科技文化产业是世界文化产业发展的趋势，鼓励高科技文化产业发展是中国文化产业的重要政策方向。《国家“十一五”时期文化发展规划纲要》提出发展重点文化产业，要求确定重点发展的文化产业门类，推动国家数字电影制作基地建设、国产动漫振兴工程、“中华字库”工程等一批具有战略性、引导性和带动性的重大文化产业项目的发展，在重点领域取得跨越式发展。2006 年国务院办公厅转发财政部等部门《关于推动我国动漫产业发展的若干意见》，提出了推动我国动漫产业发展的一系列措施，建立了由文化部牵头，相关 9 个部门参加的扶持动漫产业发展的部际联席会议制度。《国家“十一五”时期文化发展规划纲要》明确提出了加快发展民族动漫产业，大幅度提高国产动漫产品的数量与质量。广电总局还下发了《关于进一步规范电视动画片播出管理的通知》，保障国产动画片的播出，鼓励动画原创。2005 年文化部和信息产业部联合下发《关于网络游戏发展和管理的若干意见》，首次公布了中国政府的网络游戏政策等。

（3）促进文化产品出口

发展外向型文化产业，鼓励文化产品出口，是中国加入世贸组织之后文化产业发展的重要战略。文化部《文化产业发展第十个五年计划纲要》提出要鼓励文化产业单位面向国际市场，充分利用两个市场、两种资源发展外向型文化产业，出口优秀的、具有民族特色的文化艺术产品。2003 年在《文化部关于支持和促进文化产业发展的若干意见》中，明确提出了实施“走出去”的发展战略。2005 年文化部制定了《国家文化产品出口示范基地认定管理办法（暂行）》。同年中宣部、文化部、国家广播电视总局、新闻出版总署、商务部和海关总署联合下发了《关于加强文化产品进口管理的办法》，中央办公厅和国务院办公厅转发了《关于进一步加强和改进文化产品和服务出口工作的意见》。2006 年，国务院办公厅转发了文化部等八部门的《关于鼓励和支持文化产品和服务出口若干政策》。《国家“十一五”时期文化发展规划纲要》规定了培育外向型骨干文化企业和实施“走出去”重大工程项目的具体政策。2007 年，文化部、商务部等六部门又出台了《文化产品和服务出口指导目录》，并下发文件要求各地上报重点文化出口企业和重点文化项目。

（4）确立支持文化产业发展的金融、税收和财政措施

2001 年国务院办公厅转发了原国家计委《关于“十五”期间加快发展服务业若干政策措施的意见》，进一步对社会资本开放旅游、文化、体育等新兴服务业领域。2004 年国务院下发《关于推进资本市场改革开放和稳定发展的若干意见》和《关于投融资体系改革的决定》，进一步放宽了社会资本的准入范围。2005 年国务院下发《关于非公有资本进入文化产业的若干规定》和《关于鼓励、支持和引导个体私营等非公有制经济发展的若干意见》，提出加大信贷支持力度、拓宽直接融资渠道、鼓励金融服务创新和建立健全信用担保系统。

在由事业单位转变为文化企业的过程中，财政税收是最有效的调节手段。2003 年国务院办公厅下发《关于印发文化事业单位转制为企业的两个规定的通知》；2009 年 3 月，财政部、国家税务总局等部委联合发布了《关于支持文化企业若干税收政策问题的通知》和《关于文化体制改革中经营性文化事业单位转制为企业的若干税收优惠政策的通知》，明确了试点地区可安排文化产业发展专项资金，对企业所得税、营业税、增值税、进口关税和进口环节增值税、城镇土地使用税、房产税实行减免的优惠政策。

5. 改革创新文化行政管理体制

推进文化行政管理体制和机制的创新，是推进文化产业发展的重大举措。2003 年文化部下发了《关于支持文化产业发展的若干意见》，明确提出进一步转变政府职能、政企分开、建立符合现代行政制度和现代市场经济要求的新型政企关系的目标。2003 年 8 月，十届全国人大会四次会议通过了《中华人民共和国行政许可法》，该法规定了可以设定行政许可的具体事项，促进了文化行政管理方式的改革和行政管理水平的提高，如国家新闻出版总署就取消了“设立出版物批发市场的身体”等 28 个行政审批项目，向省市下放了 5 个审批项目。此外，对文化行政机构的设置也进行了尝试性调整。2004 年中共中央有关部门明确了在综合试点地区的省辖市、县级市和县的文化局、广播电视局和新闻出版局合并，设立文化广电新闻局，履行原三个部门的行政管理职能。

（二）中国文化产业政策的基本特征

1. 中国文化产业政策的总体特点

（1）政府主导。从系统的观点来看，文化产业政策的制订并非一个孤立的

文化经济现象，而是与经济体制、文化体制等社会制度紧密地联系在一起的。作为文化与经济整体转型发展的一个组成部分，它随着经济体制、文化体制的改革进程而不断得以完善。由于中国渐进式改革所走的特殊道路，中国的文化产业政策的制订一开始就必须在政府的主导下，借助于政府的强力手段推进。政府主导体现在：第一，中国文化产业政策的提出、政策目标的设计、政策路径的确定都是在主管部门的直接主持下进行的；第二，文化产业政策的制订与国家其他文化和经济政策具有配套协调关系，与中国文化的发展进程相联系，基层文化行业和文化机构在产业发展过程中保持与延续了其原有组织模式的最基本特征。

（2）效率目标。发展文化产业本身蕴含了政府引导文化机构面向市场进行文化生产的战略意图，体现了文化行业对效率的追求。文化产业政策的出发点，在于重建市场主体、激励文化机构适应市场体制的规律和要求。主要包括：第一，从理论上认同市场经济、市场机制的中性价值观，引导文化机构承认商品货币关系，承认价值规律，承认市场配置资源的基础性作用。第二，在管理方式上积极推进由行政型向法规型过渡，借助于政策法规的规范性、强制性营造一种相对稳定、不受非正当行政干预影响的相对稳定的文化市场环境。

（3）渐进变迁。按照“增量改革”的基本原则，在基本不触动原有文化体制的核心（国有产权制度、事业属性）的前提下，逐渐在文化行业引入市场因素，渐次完善文化市场的功能。这一过程进而渐渐改变了中国文化行业事业与产业、公益性与经营性的结构版图，形成“增量扩张”与“存量改革”并存的局面，并且，借助于事业体制外的文化产业发展所提供的制度示范，能最大限度地缩小阻力面，对前期启动和推动中国文化行业的改革发展起到了十分积极的作用。主要体现为：第一，文化产业政策的制定和出台并不是对原有秩序的一次性的彻底打破，而是使其与原有制度秩序相衔接，即每增加的一项新的制度安排都要在一个大框架内与原有的制度体系共存，形成了中国文化产业发展中“双轨运行”的特点；第二，中国政府对文化领域的放开采取了审慎的态度，设计了比较严密的程序，如“先外围再核心”、“先渠道后内容”、“先体制外后体制内”,① 逐步放开。

（4）弹性管理。中国内地有全国性的“文化产业政策”，但没有像韩国那样

① 杨吉华：《改革开放以来我国文化产业政策》，《上海行政学院学报》2006 年第 7 期。

制定一个全国性的“文化振兴法”。因为存在明显的区域发展水平和行业性质差异，中央政府在研究设计文化产业政策方面保持了一定的“制度弹性”。体现在目标选择上，就是文化产业发展目标因行业或地区不同具有可调整性；体现在路径的选择上，允许不同行业、不同地方政府立足于行业或地方实践，选择不同的产业发展模式；体现在中央与地方的关系上，中央政府鼓励地方发挥主动性，探索地方文化产业改革发展的经验。目前中国内地大概2/3的省市区提出建设文化大省的战略目标，为了实现这一目标，许多省市区都制定了地方性的文化产业政策。

2. 相比西方文化产业政策的特征

中国是后发转型国家，而欧美是先发资本主义国家，由于文化产业政策的形成路径、社会环境和社会性质不同，东西方在文化产业观念、文化产业战略、文化产业立法、资金技术支持、组织管理机构等方面存在差别，中国文化产业政策具有自身的特点并自成系统，如表3所示。

表3　中国与西方产业政策的特征比较*

分　类	中　国	西　方
产业观念	1980年随着市场经济的发展逐步在文化领域内形成，经历了一个较长的合法性建构的过程。关于文化产业的整体价值意识及全球发展观仍然在探索形成过程中	1920年代以来，随着产业革命和科技进步而自然成长，并在市场体制的平台上实现与文化、经济的交融互动；随着经济文化的全球化而具有全球眼光，并被赋予了促进民族国家政治、文化与经济发展的使命
政策主体	国家宣传文化部门直接领导和主导，非营利性组织的作用较弱	没有建立垂直政府职能管理系统，非营利组织发挥着重要的作用
政策形态	文化遗产保护和知识产权保护领域的部分立法，以条例和部门管理规章、办法为主	法律体系完善，覆盖面广，形成了系统、有效的法律保障体系
政策手段	行政、财政、税收、金融、规划、科技、人才等多种手段综合运用，以行政调控为主	税收、立法、财政、科技手段综合运用，行政管理与市场调节相结合，以立法和税收手段为主
政策客体	国有文化企业与政府及市场的制度边界不明晰，享有较多的机会；民营文化企业创新意识发展较快	少有政府直接管理的文化机构，不同类型的文化企业能够平等享有市场发展机会

*杨明亮：《我国文化产业发展政策研究—以美国文化产业发展为比较》，《法制与社会》2008年第9期。

四　简要结论

中国自改革开放以来，中央与各级地方政府陆续出台了一批文化产业政策法规。从30余年来的政策实践来看，这些文化产业政策极大地促进了文化事业的繁荣和文化产业的发展，推动了中国文化体制改革的不断深化。政府通过强有力的政策和制度安排，为文化建设提供了强劲的发展动力，文化产业政策成为影响中国文化行业发展面貌的重要变量。可以说，如果没有改革开放以来政府对发展文化产业的积极态度和一系列政策的出台，中国文化行业就难以有今天的发展局面。

但另外也应该看到，从计划体制转向市场体制、从单纯文化事业转向文化事业与文化产业双轨发展，以此来建立和完善与市场经济体制和各项事业自身发展规律相适应的现代文化体系，本身即是一项没有成熟经验可供借鉴的创新实践，需要理论创新；这一理论创新过程始终与中国文化发展的实践相伴随。当前，中国文化产业政策实践还有诸多不足，政策效果与政策预期之间还有相当大的差距，如政策力度不够、政策目标在实践中发生偏离、政策重点不突出、政策手段的诱导性体现得不够等，这对进一步研究和修订中国的文化产业政策提出了更高的要求。

The Evolvement of China's Culture Industry Policies in the Past Three Decades

Fu Caiwu

Abstract: This paper examines the evolution of china's cultural industries policy since 1978 and analyzed its root courses, arguing that the evolution was characterized by the construction of "legitimacy" for the cultural industries before 2000 and the development of "legitimacy" after 2001. As a significant marker for the overall cultural system reform, the development of cultural industries policy is influenced by both the actual progress of the industries and the level of the nation's economic-social reform, embodying the typical features of the overall cultural system reform, i. e. "government driven", "gradual change", "efficiency oriented", and "flexible management", etc. As different from western countries in aspects of economy, culture and social structure, the Chinese cultural industries policy has its own system, which is in fact a "Strategic Motivation Catching-up" policy system usually applied by late-developing and economic transition countries with government power.

Key Words: Cultural industries; Policy; Historic periodization; Structure and features

B.9
论文化预算的广度与深度

王列生*

摘　要： 在文化制度创新中，预算规范是重要的一环。这也就是说，必须建立一种适合中国国情的文化预算制度，并透过预算广度与预算深度的有效功能覆盖，确立对公共文化投入的制度保障。

关键词： 文化预算制度　预算广度　预算深度

对以追求公共利益最大目标值的现代政府而言，其治理结构的核心构件之一就是政府预算，它不仅具有政策工具意义，而且也是合法性政府在接受公民社会公权力授予后重要的民主承诺形式，所以阿尔伯特·C. 海迪在《现代预算之路》一书中，开宗明义地强调："在任何政府机构中，预算是且经常是首要的决策过程。预算本便是政府最重要的参考性文件。在增加的篇幅和复杂的形式中，预算同时记录了政策决定的结果，显示了政策优先权和项目目标。体现了政府总体服务的努力方向，并评估了它的执行、影响和整体效果"，[①] 而且在政府治理模式和治理结构不断改革的现代轨迹上，预算改革始终处于关键性位置，成为知识界的争议焦点以及公共行政领域的行动指向，因为非预算性政府甚至非规范性预算，容易导致对"政府支出的成本和收益很难进行准确定量分析；政府的支出计划常常在没有进行成本收益分析的情况下就推出了，因此，我们无法知道目前的政府规模是过大还是过小"[②]。

---

* 王列生，博士，中国艺术研究院研究员，博士生导师，主要从事文化哲学、文化产业、公共文化政策研究。

① 阿尔伯特·C. 海迪：《现代预算之路》，苟燕楠译，上海财经大学出版社，2006，第1页。

② 安塞尔·M. 夏普、查尔斯·A. 雷吉斯特、保罗·W. 格兰姆斯：《社会问题经济学》，郭庆旺译，中国人民大学出版社，2003，第319页。

之所以有这种问题，是因为预算规范远不止于人们通常为之焦虑的技术难度，而更在于它深层次地关乎政府治理的民主化程度，在中国特色社会主义条件下，则体现为深刻地关乎亿万人民群众是否真正当家作主以及如何把这种价值理念切实有效地落到实处。诚然，预算意义上的综合划拨也是效率政府所面临的高难度课题，按照米切尔·巴本内克斯（Michael Babunakis）描述的“近来，每一位美国总统都会提出经济和预算改革，同时也会强化技术分析以控制失业、失控的预算赤字、经济衰退、通货膨胀以及计划绩效”① 足见技术分析以及与之相关的预算技术系统，对政府的有效预算具有不可低估的支撑性功能，唯此所谓“CAMS”的“其逻辑乃是一种关涉超系统以及一系列预算分析的基本机构，既是内部管理，同时也是独立的计划监管”,② 才有可能在技术操作层面成为政府预算的基础力量，并在此基础上寻找到一系列实证性的政策工具。但这只是问题的表象，更深刻的根源在于，获得公民社会公共授权的政府，其公权力的重要表现形式之一就在于社会利益再分配，就在于政府何以进行公共支出以及如何进行公共支出，就在于所有这些支出的宏观目标及其微观环节是否充分体现公平正义原则，所有这一切，都将直接影响政府形象以及公民社会对特定政府的信任程度，其影响范围和影响程度绝不低于该社会结构中司法公正等社会主题。一个明显的知识案例就是，虽然计量型动态表述的是“$\triangle \log C_t = \triangle td + W_t\beta + X_{ty} + e_{1t}$”,③ 人们表层观察到的只是预测环节与“马尔科夫方法”（Markov Methods）相一致的技术路径，甚至只是觉得类似的技术路径至多不过是在政府预算实践中将会获得完全不同的操控效果，但实质上在每一个这样的技术陈述或者操作方案的后面，都隐存着更具社会结构意义的价值维度和影响张力。这些价值维度和影响张力直接与公权力存在形式如“努力应对协调三种事态的困难：‘经济效率，社会正义和个性自由’”④ 紧

① Michael Babunakis, Budget Reform for Government: A Comprehensive Allocation and Management System (CAMS), Quorum Books 1982, p. 1.

② Michael Babunakis, Budget Reform for Government: A Comprehensive Allocation and Management System (CAMS), Quorum Books 1982, p. 61.

③ Michael Babunakis, Budget Reform for Government: A Comprehensive Allocation and Management System (CAMS), Quorum Books 1982, p. 199.

④ Steinar Stjernф, Social Democratic Values in the European Welfare States, in Wim Van Oroschot, Michael Opieka and Birgit Pfau-Effinger (ed), Culture and Welfare State: Values and Social Policy in Comparative Perspective, Edward Elgar Publishing Limited 2008, p. 50.

密联系在一起，同时也间接性地与福利价值观念如“我们在何种程度看待‘陌生者’和‘局外人’如同我们自身”相关联，[①] 当然，其波及面远远不止于诸如此类的事态或社会意义维度。

在预算的效率诉求和公平诉求成为现代政府绩效测值的基本参照中，实际上也就意味着预算广度和预算深度相应成为现代政府制度建设的附加条件，一切预算改革之议，深究其理，莫不围绕这些附加条件的实现而展开。无论是发展中国家焦虑的所谓“继续进行将制度外支出纳入正式预算的改革，使全部支出都能受到更严格的预算编制、执行和问责约束。各级政府都必须有准确而全面的财政支出报告。随着时间的推移，如果条件允许，还应该对税收支出和或者债务（以及其他制度外支出）进行估算，作为正式公布的预算报告的一部分”，[②] 还是发达国家反思的所谓“立法机构能利用在机构、活动和产品之间分配经费的控制权，来影响行政机构的总体行为。这种影响能用来对抗那种更喜欢某些类型活动的官僚倾向”，[③] 都在向人们证明一个朴素的道理，那就是现代政府的运营成本已经不仅仅是一个单纯的经济核算技术问题，而更是一个政治实施有效性和合法性问题，因而无论在何种意识形态背景或者政治制度结构条件下，都面临着预算这一附加条件的严峻挑战。这种挑战在公共政府层面涉及政府行政的公平与效率，而在政党政府层面甚至更涉及执政能力及其执政过程中的利益取向，由此也就必然引申出关于预算广度和预算深度之思。

就预算广度而言，它主要关联着三种话题：其一，指预算意志的社会受控面。也就是说，尽管预算意志表面看来只是集中地体现为美国版本的诸如“管理与预算局（OMB）乃是总统所辖的机构，其首要责任就是对所有部门预算进行评估，以确保这些预算吻合于行政政策和行政程序”，[④] 但正如著名预算专家

① Tony Fitzpatrick, New Theories of Welfare, Palgrave Macmillan 2005, p. 137.

② 引自经济合作与发展组织经济部非成员国处（The Non-Member Economies Division of the OECD Economics Department）主任西尔瓦娜·马勒（Silvana Malle）领导下的中国小组（The China Desk）所撰写的一份研究报告，汉译本为《中国公共支出面临的调整：通往更有效和公平之路》，清华大学出版社，2006，第93页。

③ 穆雷·霍恩：《公共管理的政治经济学——公共部门的制度选择》，汤大华译，中国青年出版社，2004，第90页。

④ Michael E. Kraft and Scott R. Furlong, *Public Policy: Politics, Analysis and Alternatives*, CQ Press 2007, p. 200.

阿伦·威尔达夫斯基所指出的那样："预算编制的全过程就是不断地进行调整，在现有的官僚体制下，各利益集团的预算相互协调，将最终的预算汇集起来的总统预算的形式提交国会"①，这不仅意味着"提交国会"中隐含着代表利益各方的那些议员所携带的选民意愿及其这些所表征的投票事实的"Vote = pB + D > C"，② 而且还意味着"相互协调"的过程其实就是政府各部门作为特定利益体彼此之间权利博弈的那种"权利分置足以降低那些其他机构的重要性，甚至至于辅助性角色"。③ 总而言之，预算意志的受控面大小，直接决定着政府的预算广度以及它的合法化程度，而远非制度设计专家所一相情愿的"最大限度地远离派系化政策机构，并且很大程度上漠视建构和影响政策规划的集团这一广阔领域"。④ 其二，指预算范围的行政覆盖面。也就是说，并不是所有的政府都会共同拟定其预算范围，恰恰相反，不同的政府或者同一政府在不同的经济与社会条件下，总会根据一定的行政诉求动态性拟定其预算的行政覆盖面，例如庞大的环境治理公共财政支出预算，在发达国家的现代预算史上也只不过是最近几十年来才逐步给予支出编序，而对于某些极端贫穷国家，甚至不乏至今尚未列入预算范围的典型案例。造成预算的行政覆盖面不同的原因，一方面在于对公共行政边际和公共部门定义的理解往往有所不同，对于美国行政观念中的"联邦政府是一项巨大的事业，由不同的机构组成，为了确保立法的需要、结构性安排的需要或者操作性考虑的需要，其中每一个都从主要行政官员那里分享一定层级的自主权"，⑤ 北欧国家却大多不以为然，而且其福利国家模式所决定的小政府与大社会相结合的国家治理理念，更使其预算范围远远大于美国（尽管预算额度二者

---

① 阿伦·威尔达夫斯基：《预算：比较理论》，苟燕楠译，上海财经大学出版社，2009，第36页。

② David E. Campbell, *Why We Vote: How Schools and Communities Shape Our Civic Life*, Princeton University, Press 2006, p. 15.

③ Joel S. Migdal and Klaus Schlichte, Rettinking the state, in Klaus Schlichte (ed), *The Dynamic of State: The Formation and Crises of State Domination*, Ashgate Publishing Limited 2005, p. 6.

④ Val Burris, The Interlock Structure of the Policy-Planning Network and the Right Turn in U. S. state Policy, in Harland Prechel (ed), *Politics and Public Policy*, Emerald Group Publishing Limited 2008, p. 11.

⑤ Gerasimos A. Gianakis and Clifford P. McCue, Budget Theory for Public Administration and Public Administration, in Ainan Khan and W. and Bartley Hildreth (ed), *Budget Theory in the Public Sector*, Eurum Books 2002, p. 159.

间没有可比性）；另一方面也与经济发展水平和公共财政支付能力密切相关，亦即对所谓“‘什么应该纳入预算’以及一个相关性问题‘公共预算究竟至于何处’，必须从公共支出的经济政策角度加以考虑”。[①] 实际上，在相同或者相近政府治理理念下，各国中央政府或者各级地方政府都希望最大限度地扩大预算范围的行政覆盖面，这不仅可以提高社会福利的整体水平，而且可以加强政府在社会发展中的实际调控能力，但是在绝大多数情况下，力不从心往往是对扩大意愿的最大阻碍。这种阻碍不仅仅使得那些贫穷国家不得不安于“现存的政府预算进程不能覆盖整个政府运作。它要对中央政府机关的运作进行限制，同时也不能覆盖由别国托管的社会保障系统”，[②] 而且也迫使那些发达国家不得不回过头来重新审视“在整个欧洲努力实现预算盈余的短期影响是提高失业率，而且提高的幅度非常大；其长期影响是推动欧洲大陆朝‘黄金时代’的传统社会民主模式发展。在这种模式中，社会民主国家在整个经济周期中都保持着预算盈余，促进了这些国家实行的供方低利率政策。”[③] 很显然，预算范围行政覆盖面的大小，取决于一系列复合生成的政策理念和财政能力的内在条件，如何满足这些条件对任何一个国家而言都具有当代挑战意味。其三，指预算过程的公民知情面。也就是说，现代公共政府的重要存在特征之一，就是在确立政府主体性的前提下最大限度地使其行政行为公开化和透明化。公开化和透明化的强烈社会需求在于，就像政治学家们越来越清晰地意识到“治理概念较之政府概念，有着更加广阔的意义和指涉。政府关联着工具性的以及制度性的安排，为政治共同体的内在利益和外在利益提供服务并实施其宪政权利，而治理则意味着过程与结果具有同等地位，其中包括为社会利益提供权威性的决策”，[④] 那些受到全球化洗礼的同时又获得网络时代普惠的人们，越来越具有公民身份特征并表现出对“作为社会基

---

① Merl Hackbart and James R. Ramsey, The Theory of the Public Sector Budget: An Economic Perspective, in Aman Khan and W. Bartley Hildreth (ed), Budget Theory in the Public Sector, Qurum Books 2002, p. 173.

② Aziza Zemrani, Forecasting Pracices in Emerging Countries: The Morocco Experience, in Jinping Sun and Thomas D. Lynch (ed), *Government Budget Forecasting: Theory and Practice*, Taylor&Francis Group, CRC Press 2008, p. 603.

③ 保罗·皮尔逊：《福利制度的新政治学》，汪淳波译，商务印书馆，2004，第198页。

④ B. Venugopal, Globalization and Good Governance in a Democratic Society: The Indian Predicament, in T. M. Joseph (ed), *Governance Reforms: Chanllenges Ahead*, Kanishka Publishiers 2009, p. 217.

本结构的政治结构和经济结构，决定着公民的基本权利和自由”的认同，[①] 同时也越来越在公民身份特征的文化确立中表现出个体基本文化权益诉求的“服务分置关系嵌入个体作为独立的权利主体、作为一个人的形象建构之中”。[②] 正是诸如此类的复杂时代背景的制约，迫使政府的预算过程必须旗帜鲜明地追求阳光预算效果，必须将这一过程的核心和细节都在信息公开制度中最大限度地拓展公民知情面。这种拓展不仅有利于推进预算民主并“解决如何在一个群体社会中以将预算作为联系公民与发展中国家的新途径来维护可行的代议民主的问题”，[③] 而且更有利于确立预算的科学性并防止因预算权力膨胀而造成的那些本来就可以避免的失误。一句话，扩大公民知情面对有效保障预算广度而言，既是被动性结果亦是主动性使然。

就预算深度而言，所议则在隐性层面至少与如下维度密不可分：其一，寻求不同利益体与利益关系间的最佳均衡值。随着现代预算在公共行政中的深化，人们越来越认同一个朴素命题，那就是“由于二者皆集中地体现出系统化而且高智力的计划与控制，预算与管理具有同义性”。[④] 之所以会出现这样一种学理性命题认同，是因为公共社会结构本身始终处于非稳态利益博弈的被动起伏之中，各种类型和不同层次的利益体，作为社会存在的基本单元彼此间形成复杂而且变动不居的利益关系。就社会管理和社会控制角度而言，尊重这些利益体的存在并处置好其间变动不居的复杂利益关系，乃是一切现代政府都必须面临的基本课题，同时也是显示特定政府治理水平的一种浮标。在确定的公共财政支付能力条件下，选择什么样的预算方案并非一成不变的，也不是某一种方案或者具体模型就一定在行政操作过程中指向某种必然性社会反映后果，例如，赤字预算在西方发达国家长期被视为保持预算平衡的正常方式，结构性赤字在某种意义上甚至被视为积极财政政策的有效预算杠杆，所以我们就能用表1清晰地显示出比较分析谱系。[⑤]

---

① Joseph Grcic, *Ethics and Political Theory*, University Press of Americ Inc. 2000, p. 180.

② Anna Yeatman, *Individualization and the Delivery of Welfare Services: Contestation and Complexity*, Palgrave Macmillan 2009, p. 74.

③ 乔纳森·卡恩：《预算民主》，叶娟丽译，上海人民出版社，2009，第5页。

④ D. C. Grover, *Policies of Public Administration*, Mohit Publications 2007, p. 88.

⑤ 该资料整理自维托·坦齐与卢德格尔·舒克内西特合著《20世纪的公共支出》，胡家勇译，商务印书馆，2005，第78页。

表1 1960~1996年相关政府财政平衡状况（占GDP的百分比）

国别\年份	1960	1980	1990	1996	1997
英国	-2.3	-3.4	-1.2	-4.7	-1.7
意大利	-5.3	-8.6	-11.0	-6.7	-2.7
西班牙	-0.1	-2.0	-3.8	-4.7	-2.6
德国	2.8	-2.9	-2.1	-3.4	-2.6
美国	0.0	-1.4	-2.7	-1.1	0.0

并且从这一分析谱系中获得肯定性的赤字预算合理性支撑。但希腊主权债务危机导致整个欧元区的动荡以后，公共财政支出超重以及结构性赤字的积极功能等，开始受到人们的怀疑。由这种怀疑引出来的深刻矛盾，就是面对有限的公共财政资源，预算如何能努力做到既保持公共利益拓值态势中的社会普惠——“就仿佛敦克尔刻精神在战时所给予的稳定而目标明确的进步，扶危救困，凝聚社会，在一种新的意义上让社会恩惠至于其每一个成员”，① 同时又限制利益关系失衡中特殊利益体资源配置失重，并且因这种限制能力的制度化实现而确立现代政府功能——“公共利益建构实乃政策所为。政治制度所追求的，在于从聚集过程中揭示出的人民的‘愿望’得以确立”。② 解决问题的难点恰恰就在于，当这样一些理论目标需要通过预算这一社会利益调节杠杆来予以操作性实现时，我们实际上就给技术理性甚至技术过程施加了极大的社会责任压力，或者换句话说，所谓“最佳均衡值”的获得，对预算本体而言无疑是千斤压顶下的负重前行。

其二，寻求可能性与现实性之间的最佳转换结构。无论是选举授权制政府还是政党授权制政府，无论是发达国家还是发展中国家，它们都会在自身所具有的体制条件和治理模式下，寻求社会发展的可能性价值目标，这种寻求很大程度上直接成为其存在合法性的政治依据。因此，发展的可能性作为虚拟性预设价值指

① Maurice Bruce, *The Coming of the Welfare State*, B. T. Batsford Ltd 1961, p. 255.

② John Dixon, Alan Sanderson and Smita Tripathi, Ethics, Trust and the Public Intrest: The Contending Modes of Societed Governance, in Nada Kakabadse and Andrew Kakabadse (ed), *Governance, Strategy and Policy: Seven Critical Essays*, Palgrave Macmillan 2006, p. 8.

向，甚至作为想象力的政策智慧，对一切形态的政府治理都是一种严峻的拷问。但一个不可回避的答案是，任何发展都不得不受到各种现实性条件的制约，而且一切可能性在向现实性转化的过程中都必然要产生减值性的政策贴现。这一必然性事态由此也就成为政府预算的夹层效应，即一方面要被理想预算目标所牵引，另一方面又要被现实预算条件所拖累，从而也就意味着解决夹层效应的有效程度，某种意义上就代表了政府治理过程中的预算能力或预算智慧，代表了预算过程中政府主体对预算深度的一种深刻开掘。无论是重新规划还是转移支付，无论是渐进主义还是渐退主义，甚至无论是紧急赤字控制法还是类目预算否决权，所有诸如此类的预算调控手段，都可以看做政府意欲作为和探索作为的努力。所有这些努力，根本说来都在于寻求可能性与现实性之间的最佳转换结构，因为一方面这些结构中随机性地嵌满各种专款账户、项目要素乃至执行主体等预算构件，另一方面这些结构又被功能性地切分为诸如纵向执行结构、横向执行结构、宏观预测结构、微观操作结构、授权制结构以及合同制结构等结构模式，而每一种结构的功能发挥作用后，都会从不同的社会力点位置形成对预算理性的科学拷问。例如，预算频率的设定及其所产生的相应参数，就既对年度综合预算亦对这一预算的良好执行情况形成影响因子关系，如表2所反映的。①

表2　Frequency of Making Estimates (Percentage of States)

Frequency	Revenue Estimates(Percent)	Expenditure Estimates
Monthly	14	18
Quarterly	34	20
On ad hoc basis	45	55
No formal Updates	5	2

至少从统计学角度反映出的频率的稳定性和适当时间长度，在有效的转换结构中具有真值参数价值，从而也就会以或隐或显的方式在调整预算过程中产生力

① Katherine G. Willoughby and Hai Guo, The State of the Art: Revenue Forecating in U. S. State Governments, in Jingping Sun and Thomas D · Lynch (ed), *Government Budget Forecasting: The Theory and Practice*, CRC Press 2008, p. 37.

学作用。这一案例的引申叙事实际上也告诉我们，之所以最佳转换结构对动态性的预算过程而言构成深层问题拟设，是因为预算杠杆对现代政府的效力和效率具有决定性作用，是因为这些效力和效率的深层制衡将关乎一个地区乃至一个国家的发展速度与发展质量，是因为在控制发展速度和发展质量的过程中迫使预算因深度模式取向而抛弃那种教科书式规程的“在预算理论中，当执行预算呈现进一步的态势，它并未深入探究至政府的深层水准”,① 并且因为这样的抛弃而日益呈现“在区域性或地域性发展中，由于各种内在要素作用的不断增长，从而导致区域或地域发展策略的重要性亦不断增长”②，更引起我们关注的是，预算调节就是所有发展策略中重要的策略构件之一，它以其强大的内在制衡功能锁定那些变动不居的“各种内在要素”，从而进一步提供变可能性为现实性的功能化转换结构与工具化行动方案。

其三，寻求公共支出条件与公共政策能力之间的最佳支撑点。对一切卷入“服务型转向”的现代政府而言，由于其在政府治理目标的逻辑起点上互约设定所谓“个体作为福利主体”及其相应的“福利服务以及实现模式将被充分个体化”,③ 那么也就在遭遇社会福利总量急剧拓值的条件下不得不呼唤公共政策能力的同步拓值。拓值效果如何，将不仅牵系发达国家的社会稳定——“对欧洲公民而言……他们感到自身的公共利益处于危机之中”④，而且牵系发展中国家的现代进步——“良好的治理会唤起政策发展需求”⑤，所有这些牵系进而也就会在逆向力点位置形成对政策能力的强烈诉求，所有这些强烈诉求都会在预算规划中形成规模扩张压力。但是，通过预算规模扩张来提高政府政策能力不可能成为无限性事实，抵制力量来自公共支出能力与预算规模扩张之间的有条件博弈，由此导致的预算矛盾甚至宏观性社会利益紧张格局，将会在一系列的社会事业延

---

① Nicholas Henry, *Public Administration and Public Affairs*, Pearson Education, Inc. 2004, p. 218.

② Grzegorz Gorzelak, Methodological Dilimmas in Regional Strategy Building, in Jorge Martinez-Vazquez and Francois Vaillancourt (ed), *Public Policy for Regional Developmengt*, Routledge 2008, p. 215.

③ Anna Yeatman, *Individualization and the Delivery of Welfare Services: Contestation and Compleocity*, Palgvave Macmillan 2009, p. 71.

④ Feriel Kandil, Economic Efficiency and Social Justice: A Prudential Approach for Public Actions; in Christian Joerges, Bo Strath and Peter Wagner (ed), *The Economy as a Polity: The Political Constitution of Contemporary Capitalism*, UCL Press 2005, p. 209.

⑤ Ilan Kapoor, *The Postcolonial Politics of Development*, Routledge 2008, p. 29.

伸面衍生出负面价值的消解力量，并且这些消解有些可见有些不可见，有些直接有些则是间接的，有些损益于当下有些甚至会损益于长远。因此，走出这种困境的有效途径之一，就是在预算过程中努力寻求公共支出条件与公共政策能力之间的最佳支撑点，充分评估特定政府所处公共支出条件并采取在“细节性测算体制逐渐解除的同时，确立起财政管理原则，通过大宗预算和相关专项，努力扩大管理者在管理中的弹性……由此促进对年度合理支付的控制”① 等相应的积极措施，理性看待政府的责任范围及履约能力并尽可能避免出现消极性的“按照经济合作组织和欧盟的计算，今日欧洲的绝大多数政府，对于积极的社会保障政策和措施的重要性，往往流于空谈”②。确立最佳支撑点的困难在于，如何既做到力避入不敷出也做到有充分的政府作为，也就是在给定的公共财政支付条件下的公共政策能力最大化，这毫无疑问对一切预算涉身者都是一种考验，只有那些以高度预算智慧来驾驭复杂预算事态者，才有能力为政府编制出如此高要求的前瞻性科学预算方案，而非简单化地以统计技术跟进并编制诸如“年度增长及其每个就业者的实际国民生产总值”。

这当然没有轻易贬损统计技术跟进的意思③，而是说积极的预算政策其复杂性远不止于这类案例性的跟进状态，其预测精确度和预案准确度，将直接制约预算深度并继而制约预算的宏观把握与总量控制能力。

就中国目前的文化体制条件而言，在建构适合中国国情的文化预算制度过程中如何既确保预算广度亦确保预算深度，将不仅直接制约制度建构的效果本身，更会全面影响公共文化建设和保障公民基本文化权益的实际水平，影响政府文化责任履约力及其文化执政能力，甚至会影响“两大一新”的宏伟战略部署。从这个意义上说，对文化预算的广度与深度进行学理解读并为制度建构提供知识支持，就具有不可低估的现实意义与学术价值。

---

① Jonathan Boston, John Martin, June Pallot and Pat Walsh, *Public Management: The New Zealand Model*, Oxford University Press 1996, p. 261.

② Bjorn Hvinden, Cultures of Activation: The Shifting Relationship Between Income Maintenance and Employment Promotion in the Nordic Contest, in Wim Van Oorschot, Michael Opielka and Birgit Pfan-Effinger (ed), *Culture and Welfare State: Values and Social Policy in Comparative Perspective*, Edward Elgar Publishing Limited 2008, p. 207.

③ Michael Babunakis, Budget Reform for Government: A Comprehensive Allocation and Management System (CAMS), Euorum Books 1982, p. 104.

Breadth and Depth of Cultural Budget

Wang Liesheng

Abstract: Budget normalization is an important link in the innovation of cultural system, that is to say, we must establish a cultural budget system suitable for China, and establish the system guarantee to the investment of public culture with the effective covering of budget breadth and depth.

Key Words: Cultural Budget System; Budget Breadth; Budget Depth

B.10

我国文化企业的融资机制研究

王凡　陈波*

摘　要： 本文从我国文化企业融资问题出发，针对文化企业融资难的实际问题，从融资环境建设、资本市场与社会市场以及文化产业基金等角度优化设计我国文化企业融资方案，为文化产业的健康持续发展提供理论支持。

关键词： 文化企业　融资　机制设计

进入新世纪以来，文化产业越来越被世界各国所关注，成为全球经济中不可忽视的朝阳产业。我国文化产业的发展方兴未艾，尤其是在《文化产业振兴规划》出台之后，开始成为新时期拉动经济增长的主要引擎之一。但是，我国文化产业目前仍处于初级发展阶段，在国民经济中的比重只有3%①，与美国超过20%的比重比相差甚远，有着巨大的潜力和发展空间。

文化产业具有其自身特有的属性，相关企业要发展壮大必须依靠大量的融资来支持。但是，就我国实际发展状况而言，目前的投融资制度还相当不完善和不健全，大部分文化企业面临资金约束，影响着整体文化产业的实力提升和健康发展。因此，通过对文化企业融资机制的规划设计，解决制约我国文化企业发展的瓶颈问题，促进我国文化产业健康持续发展显得尤为重要。本文就文化企业融资难的实际，结合我国文化企业融资现状，对我国文化企业融资机制进行优化设计。

---

* 王凡（1975～），男，河南省鹤壁市人，中央财经大学金融学院博士研究生，主要研究领域为文化产业金融市场；陈波（1978～），男，湖北应城人，华中师范大学国家文化产业研究中心副教授，主要从事文化产业与公共文化事业方面的研究。

① 王家庭、张容：《我国文化产业发展影响因素及提升路径的区域分析》，《统计与决策》2010年第2期。

一　文化企业融资政策设计的思路

本文从四个角度构建和设计我国的文化企业融资政策体系，具体如图1所示。

首先，本文从加强我国文化企业融资外部环境建设的角度，分析我国文化产业的发展环境，从政策、法律、交易三个角度提出完善文化企业融资环境的政策建议。

其次，本文从资本市场和社会资本两个角度出发，构建资本市场融资平台和社会资本融资平台政策体系。针对资本市场融资平台，将着力点放在股票市场和债券市场两个方面，并重点提出机构投资者在资本市场投融资平台中应发挥的重要作用；针对社会资本融资市场，将重点设计保险市场和担保市场两个方面的政策体系，并重点说明促进民间资本进入文化产业融资平台的政策设计。

最后，本文将单独列出文化产业投资基金政策设计部分。从设立文化产业投资基金的原则、文化产业投资基金的类别以及文化产业投资基金的绩效评估等方面，系统说明文化产业投资基金在整个文化企业融资平台中所应发挥的重要作用。

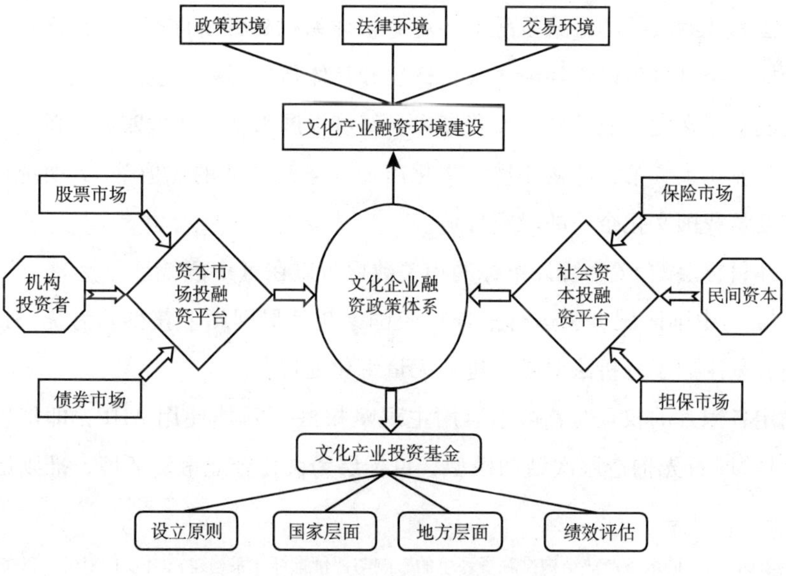

图1　我国文化产业融资政策体系

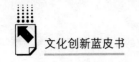

本文提出构建文化企业融资政策体系，旨在为文化企业融资创造一个良好的运行环境的前提下，尽可能调动社会各方面的资源，为文化企业的融资拓展渠道、吸引资金，更好更快地促进整个文化产业的创新和发展。

二　加强我国文化企业融资环境建设

文化企业融资环境，是指决定和影响文化企业融资活动的相互联系、相互影响、相互制约的外部因素和状况的组合。文化企业的融资环境是一定时期经济发展水平的综合反映，是决定文化企业投融资发展的基本条件。

总的来说，融资环境可以分为两类：一是硬环境，指自然地理环境、基础设施等物质基础等；二是软环境，主要指软件和非物质条件，包括政治、经济、文化、法律、社会价值体系、民风民俗、情报信息等。因此，融资环境是一个整体有序的、具有动态性、差异性和层次性的高度复杂的系统。

（一）我国文化企业融资环境现状分析

首先，笔者从三个层面对当前文化企业融资环境的现状进行评价，即总目标层、次目标层、具体指标层。设计评价指标体系时，笔者参考目前较为流行的层次分析法和较为成熟的区域投融资环境分析体系构建评价体系①。文化企业融资环境指标系统可分为融资环境次级目标层和具体指标层三个层次。其中次级目标层系统涵盖了文化产业结构、投资潜力、经济发展水平、环境四大子系统，分别从文化产业比重、第三产业比重、文化产业与第三产业的比值等 17 项统计指标描述和度量我国文化企业的融资环境。

具体目标层的 17 个统计指标的相关数据可以在《中国统计年鉴》、《中国统计摘要》、《中国区域金融运行报告》及国家统计局网站上获得。为统一比较口径，笔者采用因子分析法对数据进行无量纲化处理。

确定各因素的权重时，可以运用主观赋权法（具体使用 AHP，即层次分析法）。计算时首先构造层次结构模型，目标层为文化企业融资环境，准则层为五

① 李丽：《不同区域产业结构投融资环境的影响与评价指标体系构建》，《现代财经》2009 年第 6 期。

表 1　文化企业融资环境评价指标体系

目标层	次级目标层	具体指标层	单位
文化企业融资环境评价指标体系	文化产业结构子系统	文化产业比重	%
		第三产业比重	%
		文化产业与第三产业的比值	%
		文化企业个数	—
	投资潜力子系统	人均财政收入	万元
		银行业金融机构本外币各项存款余额	亿元
		文化产业投资额	亿元
		人均城乡居民存款余额	元
	经济发展水平子系统	人均 GDP	元
		城乡居民人均收入	元
		城市化率	%
		汽车销售量	台/年
		居民消费价格指数	%
	环境子系统	发电量	千瓦时
		人均日供水量	升
		森林覆盖率	%
		空气质量二级以上天数	天/年

个子系统，再构造判断矩阵，即成对比较矩阵。这里，笔者采用 1 ~9 标示法：1 表示两个因素相比，具有同样重要性；3 表示两个因素相比，一个因素比另一个因素稍微重要；5 表示两个因素相比，一个因素比另一个因素明显重要；7 表示两个因素相比，一个因素比另一个因素强烈重要；9 表示两个因素相比，一个因素比另一个因素极端重要；2、4、6、8 表示两相邻判断的中值。由于计算的过程过于复杂，此处不列出具体计算过程。四个子系统的权重分别为：0.17，0.29，0.44，0.10。确定权重后，可以据此得出：

综合得分 =0.17 × 文化产业结构 +0.29 × 投资潜力 +0.44 × 经济发展水平 + 0.10 × 环境。

根据原始数据得到标准化数据后，采用因子分析法，运用 SPSS 软件，可以计算出各指标变量正交旋转后的因子载荷矩阵及其所对应的特征值、贡献率、累计贡献率。

由于计算过程过于复杂，笔者以文化产业结构子系统为例，说明因子分析的过程。文化产业结构子系统可分解为 4 个指标：文化产业比重、第三产业比重、文化产业与第三产业的比值、文化企业个数。通过采集我国31个省、市、自治区的数据，并对原始数据进行处理形成产业结构调整子系统的标准化数据。如表2所示。

表2 文化产业结构子系统标准化数据

省市区	文化产业比重	第三产业比重	文化产业与第三产业的比值	文化企业个数
北 京	4.26231	4.18333	4.03341	5.66945
上 海	2.18395	1.43399	0.32356	2.28035
天 津	0.47465	0.03523	-0.50278	-0.13318
河 北	-0.41056	-0.81239	-0.65133	-0.66144
山 西	-0.17123	-0.48146	-0.68892	-1.11703
内蒙古	-0.67603	-0.29391	-0.32938	-1.09192
辽 宁	-0.26760	-0.23981	-0.39314	-0.51235
吉 林	-0.43920	-0.02126	-0.07035	-0.64250
黑龙江	-1.02391	-0.81102	-0.71288	-0.56819
江 苏	0.03294	-0.49312	-0.64564	0.31366
西 藏	-0.83233	2.03989	2.68129	0.15545
广 东	0.13903	0.36934	-0.19312	2.42145
浙 江	0.93544	0.01362	-0.41378	1.04642
重 庆	-0.10434	0.65313	0.32430	0.55742
福 建	-0.13228	-0.39023	-0.28355	1.30995
宁 夏	0.83307	-0.03433	-0.25233	-0.30347
云 南	0.15234	-0.13543	-0.02677	0.29783
贵 州	0.17939	-0.03412	0.03754	-0.03032

对表2的数据进行KMO和Bartlett检验，结果如表3所示。

表3 KMO和Bartlett检验结果

KMO检验	—	0.702	—	自由度	6
Bartlett球形检验	卡方值	106.327	—	显著性水平	0.00

根据表3的检验结果可知，KMO抽样适度测量值为0.702，Bartlett检验值为106.327，sig. =.000，表示原始数据适合进行因子分析。根据表3的标准化数据，采用因子分析法得出各变量正交旋转后的各因子所对应的特征值、贡献率、累计贡献率。其公共因子旋转前后的特征值及贡献率如表4所示。

表4　旋转前后公共因子的特征值和贡献率情况

因子	初始特征值和贡献率			旋转后的载荷		
	特征值	贡献率	累计贡献率	特征值	贡献率	累计贡献率
1	0.327	9.023	9.023			
2	3.159	72.332	81.355	1.792	45.871	45.871
3	0.624	15.714	97.069	1.757	45.175	91.046
4	0.057	2.931	100.000			

贡献率代表了公因子对原始数据反映的信息量的大小。从表4可以看出，因子2和3这两个公因子的贡献率已超过90%，即经过正交旋转的公因子代表了原来4个指标90%以上的信息量，可以作为原指标的转换体系来评价文化产业结构的水平。根据这两个主因子的载荷，可以进一步计算出各个因子的得分系数，然后得出各地区的因子得分，并以各个因子的贡献率作为权重，计算各地的综合测评得分。其他子系统的计算方法均与文化产业结构子系统一致。表5列出了综合得分前十位的省份的情况。

表5　文化企业融资环境综合得分前十位的省市

省份	文化产业结构子系统	投融资潜力子系统	经济发展水平子系统	资源与设施环境子系统	市场环境子系统	综合得分
北京	3.390231	2.933752	1.382642	1.135632	1.297334	2.283116
上海	1.219003	2.499512	2.563740	1.283055	1.228962	1.917386
天津	-0.023112	1.263923	1.400237	0.714640	0.639970	0.837694
浙江	0.392039	0.704677	0.811735	1.223902	-0.073240	0.626560
广东	0.663231	0.352530	0.794330	0.526524	-0.045638	0.528218
江苏	-0.187223	0.664790	0.573454	0.677964	1.172630	0.470420
辽宁	-0.280560	0.396558	0.260218	0.227140	0.938430	0.220134
山东	0.164473	0.005337	0.200193	-0.089567	-0.193832	0.067673
福建	-0.473396	0.173354	0.297624	0.301563	-0.034893	0.028339
吉林	-0.293746	-0.183993	-0.019775	-0.039002	0.516973	-0.081810

由计算结果可知，就整体而言，我国东部地区文化企业的融资环境明显好于西部地区，而且经济水平基本上与融资环境相一致。经济发展水平较高的地区，融资环境一般都较好。另外，融资潜力较大的地区，整体融资环境也较好。从分省情况来看，北京、上海、天津等直辖市融资环境较好，因为这些城市有大量的

金融机构，并且对外交往较为活跃。另外，浙江、广东、江苏等省份由于投融资潜力较大，民间资本实力较强，文化企业的融资环境仅次于直辖市，在全国名列前茅。还有一个值得注意的是，东部地区和西部地区的融资环境差距较大。这一方面与西部地区经济发展水平相对较低、资源与设施环境相对一般有关；另一方面由于计量的指标有些采用的是平均数据，这也可能在一定程度上导致了人口基数较大省份融资环境排名靠后的情况。

（二）我国文化企业融资环境方面存在的问题

根据以上对我国文化企业融资环境的分析，结合整个文化企业融资方面可能面临的困难，本文认为当前我国文化企业融资环境方面存在以下问题：一是文化企业融资政策协调不够，融资平台不易搭建。我国不同地区的文化企业融资政策差异较大，东部地区文化产业结构系统明显比西部地区完善，尤其是直辖市和沿海地区。相对而言，西部地区对文化企业融资政策的重视力度不够，文化产业比重和产值都相对偏低。同时，整体的融资潜力较小，融资平台的搭建显得很不完善，这一点亟待改进。二是市场交易不够规范，交易环境有待优化。通过对不同地区文化市场交易环境的分析可以看到，西部地区、内陆地区的文化市场环境明显不够完善，不论是文化产品的市场占有率还是出口额都低于东部沿海地区。这与当地的整体经济发展水平相关，但也从另一个侧面反映出当地在文化产品的交易和市场化开发方面做得还不够好，还有很多值得进一步加强的地方。三是相关法律制定较为滞后，法律环境亟待完善。当前我国在文化企业融资领域的相关法律还很少，关于文化产业投资基金设立的规定更是一片空白。就现有的法律制度而言，多是一些方向性的指令，如何具体执行的细则还很不完善，法律上的漏洞还很多。这些都对整体融资环境的完善有一定的阻碍作用。

（三）优化我国文化企业融资环境的建议

文化企业融资环境，是文化企业发展的基础和前提。融资环境的好坏，直接决定了能否吸引投资者投资和文化企业能否顺利实现融资，也决定了文化产业发展空间的大小和文化产业整体规模扩张速度的快慢。因此，加强我国文化企业融资环境的建设，是发展我国文化产业的重中之重。具体来说，加强文化产业投融资环境建设需要从政策环境、法律环境和交易环境等三个方面着手。

1. 营造良好的政策环境

（1）加强政策协调，保证政策合理衔接

地方政府部门需要根据当地的具体情况，制定加快文化企业融资发展的具体政策措施，加强文化产业政策与融资政策之间的协调，并为文化企业融资制定政策细则，保证各项政策之间能够无缝衔接，不会出现相互掣肘的情况，从而为投融资主体提供较为清晰明确的政策指引，提高政策的协调配合度和执行效率。

（2）建立定期沟通机制，搭建融资服务平台

主管部门需要加强部门之间的沟通协作，共同搭建文化企业融资服务平台，为融资开辟绿色通道。对投资文化产业的主体，在融资平台上开辟绿色通道，给予审批、税收等方面的各项优惠；对于需要融资的文化主体，监管部门在审批上予以优先和一定的专业指导，提供咨询服务和必要的支持。政府要建立文化企业融资优质项目数据库，加强对文化项目和金融产品的宣传，组织召开各种形式的洽谈会，促进金融机构和文化企业的双向对接；对纳入数据库并获得宣传文化部门推荐的优质项目，政府作为担保人，邀请金融机构重点支持。

（3）规范政策评估制度，保证政策有效执行

主管部门制定政策后，需加强对政策落实方面的监督检查。中国人民银行、银监会、证监会、保监会、财政部应会同宣传、文化部门一起，设立联合检查小组，具体检查指导各个地区落实完善文化企业融资政策的情况。统计部门应对政策实施后文化企业融资发展的具体数据进行收集分析，以便评估政策的执行效果。

2. 完善严格的法律环境

（1）创新文化产业风险投资法律制度

文化产业风险大、高回报和周期长等特点，决定了普通投资者将很难参与到文化产业发展的投资当中；可是这些特点完全符合风险投资的理念①。同时，创业板市场的推出为文化产业融资提供了一个新的平台。但是，我国的风投目前存在的问题较大，其中较为明显的缺憾就是，缺乏一部国家法律来具体规制风险投资，对文化产业风险投资更是没有明确规定。因此，对风险投资的定义、性质、组织形式、资金来源和退出机制等都缺乏立法规范。所以，国家应完善和创新文

① 花建：《中国文化产业投资战略的思考》，《上海社会科学院学术季刊》2002 年第 2 期。

化产业风险投资的法律制度，出台《风险投资法》，并处理好《风险投资法》与《公司法》等相关法律法规的关系，在此基础上，出台具体的《文化产业风险投资管理细则》，建立规范的风险投资法律制度体系，为风险投资进军文化产业创造良好的法律环境。

（2）放宽对文化企业上市融资和发行债券的法律限制

我国现行法律法规对企业上市有着严格的规定。当前，我国文化企业多数都是处于发展当中的中等规模企业，根本达不到规定的条件，无法实现上市融资。因此，应适当放宽文化企业在创业板上市的条件，提高文化企业上市融资的可能性，为文化企业发展提供条件。

另外，监管部门应采取多种措施加大对大型成熟文化企业主板上市的支持力度，同时丰富主板交易品种，提升企业融资能力，比如，加强大型文化企业上市辅导、增加可转债发行等。需要明确的是，可转债作为公司融资的一种灵活方式，在实践中的运用却十分有限。如有可能，监管部门可以考虑在试点的基础上强化可转债的功能，借此提高大型文化企业的融资能力。

（3）完善文化产业间接融资市场法律体系

由于我国的文化产业通过直接融资解决自己难题的比例并不高，所以大部分文化企业还是常常通过间接融资来解决自己的资金缺口问题，而间接融资中最主要的部分就是银行信贷。而文化产业高风险的特点，又决定了一般的文化企业从银行融资必定很困难；即使文化企业从银行得到信贷，成本也较为高昂。因此，国家应专门出台相应的法律政策，要求银行业设立一定数量的文化专项贷款，给有潜力的文化企业提供急需的资金支持。另外，国家需放宽对中小金融机构的限制和准入条件，让中小机构与文化企业相互配合，共同促进金融业和文化产业的发展。但这里需要强调的是，中小金融机构由于其自身资金实力的限制，本身就存在着较大的运营风险；如果它们进入文化产业领域，在拓宽了融资渠道的同时，文化产业自身的高风险性无意中会使得中小金融机构本身的风险被放大。因此，采取多种方式控制中小机构的金融风险，严管其资产比例，将是防止出现风险增大情况的必由之路。

3. 优化宽松的交易环境

从文化企业的角度来说，我国的文化产业存在着两大矛盾：一方面，文化企业有众多的文化资源，但因为资金问题难以将资源充分利用，比如众多演艺剧团无戏可演；另一方面，投资机构有足够的资金，并在寻找投资机会，但面对文化产业这个巨大的市场，却难以准确定位资金投向。这是我国文化产业融资面临的尴尬。所以，我国的文化产业交易环境亟待优化。

市场化交易是文化产业发展壮大的重要引擎。实践已经证明，文化产权交易平台的设立是一种历史性突破，极大促进了文化产业的发展。优化文化产权交易体系，让文化产权能有一个宽松的交易环境，提高文化产业资源配置的市场化程度，能够有效促进文化产业整体发展。

优化交易环境，主要是引导建立更多的文化产权交易市场，通过这个市场将文化产权的供给方和需求方的信息公开化，使得文化资源真正产业化，从而更好地为文化产业投融资服务。文化产权交易所将促成文化产业与资本的有效对接，从三个层面实现增值：一是提供良好的市场环境，恢复市场的本来面目；二是发掘品牌等一些无形价值；三是通过市场竞争创造价值。文化产权交易市场还使文化领域的偶然性交易变为一种常态的市场交易，各种要素集聚起来，产生规模集约效应。另外，建立文化产权交易市场，还使得文化资产能通过交易场所进行转让，加速文化行业重组及并购活动。

文化产权交易所还能使文化产业交易市场形成较为完善的回报和退出机制。要不断增加交易产品品种的种类，引导不同资本进行多层次、多样化的平衡投资，努力成为各类资本投资文化产业的风向标，同时成为引导政府文化产业投资的重要平台，吸引包括文化产业投资基金在内的各类社会资本向这一平台集聚。

三　资本市场融资平台建设

（一）促进文化企业上市融资平台建设

目前，我国文化企业在证券市场上市的还很少。据相关统计，在 A 股市场上文化产业的上市公司仅占 1% 的比例①，这与文化产业的发展和文化产业体制改革的要求不相适应，但同时也给未来文化企业上市留下了较大的空间。上市给文化企业带来的不仅仅是融资，更是对公司治理水平的一种提升，对文化企业建

① 《上海证券交易所支持文化企业上市》，《青年记者》2010 年第 4 期。

立现代企业制度和激励机制有巨大的推动作用。

另外，推动符合条件的文化企业上市融资，也符合国家的产业政策导向。对于文化企业而言，上市融资可以分为两种情况：处于成熟期、经营较为稳定的大型文化企业，应该在主板市场上市；一般的民营文化企业和中小文化企业，可以考虑选择在创业板市场或者境外市场上市。

1. 推动更多大型文化企业在主板上市融资

我国大型企业上市融资可以采取三种不同模式，即：借壳 A 股上市、以整体上市的方式在 A 股市场进行 IPO（Initial Public Offering，首次公开募股）以及港股市场的 IPO。其中借壳上市是间接入市，而 IPO 则为直接入市。而就当前文化企业而言，已有部分企业在 A 股市场上市，比如：在图书出版行业，有时代出版、出版传媒、鑫新股份、皖新传媒等；在影视娱乐行业，有华谊兄弟等（见表 6）。

表 6　A 股上市文化企业概况

类　别	公司	总市值（百万元）	P/E			P/B			EV		
			2009	2010E	2011E	2009	2010E	2011E	2009	2010E	2011E
有线网络	歌华有线	16965	51.4	69.8	106.8	3.8	3.6	3.6	22.0	21.9	20.0
	天威视讯	7150	91.5	84.7	62.9	5.8	5.5	5.2	20.1	20.0	18.6
	广电网络	5933	69.0	55.8	50.5	4.9	4.6	4.3	17.4	15.9	14.8
	电广传媒	8957	288.2	67.9	59.0	4.3	4.1	3.8	27.9	31.4	27.9
报纸经营	博瑞传播	11649	44.3	34.3	29.4	3.5	4.2	5.1	30.1	23.1	19.3
	新华传媒	12399	53.7	49.7	45.7	5.2	4.7	4.3	41.1	36.3	33.4
	华闻传媒	10323	62.9	55.9	50.3	4.5	4.3	4.0	22.5	22.2	18.6
图书出版	时代出版	8226	36.5	30.3	27.8	4.0	3.6	3.2	30.9	27.5	24.5
	出版传媒	8655	68.5	59.2	54.2	5.9	5.5	5.1	45.1	38.0	34.2
	鑫新股份	3246	44.2	40.6	—	3.4	3.2	—	—	—	—
	皖新传媒	15570	56.3	51.4	45.2	8.0	4.7	4.3	33.4	32.8	29.0
电视广告	中视传媒	5054	75.5	68.9	61.4	5.7	5.4	5.1	48.5	41.4	34.1
户外广告	北巴传媒	5479	46.5	30.2	22.6	5.5	4.7	3.9	15.7	16.6	13.1
动　漫	奥飞动漫	8400	82.6	61.4	47.7	7.0	6.4	5.8	63.3	51.2	37.7
影视娱乐	华谊兄弟	11088	131.1	82.2	58.2	7.5	7.1	6.3	73.8	55.7	36.7
综　合	中信国安	23488	38.4	70.8	59.4	4.1	4.0	3.8	72.2	68.0	59.8
	东方明珠	46616	100.7	91.5	86.5	7.2	6.7	6.2	63.1	56.3	52.2

资料来源：中金公司（CICC），数据截至 2010 年 8 月。

（1）文化企业在A股市场借壳上市

借壳上市，简言之就是母公司为了实现整体上市，以资产注入的方式，将整个集团公司的资产注入上市子公司当中。借壳上市的前提是，集团公司能够事先控制一家上市公司。而事先借壳的关键在于原上市公司的资产剥离和集团公司的新资产注入①。这种上市方式对不具备直接上市融资条件但又想短期内达到上市目的的文化企业十分合适。目前已在A股上市的新华传媒就是文化企业借壳上市的经典案例。

新华传媒的壳资源为1994年在上证所上市的上海时装股份有限公司。2006年，新华发行集团与华联超市的多个股东签署股权转让协议，累计受让45.06%的华联股份，成为该上市公司第一大股东②。随后新华发行集团用所持有的上海新华传媒股份有限公司100%的股权，对华联超市整体的超市商业类资产进行置换，将文化产业资产注入上市公司，华联超市的主营业务变更为以图书、报刊、音像制品、电子（网络出版物）、文教用品的批发和零售为核心的文化传媒业务，公司股票也更名为“新华传媒”。至此，新华发行集团完成整个借壳上市过程。

由此，可以得出文化企业借壳上市的优势：一是可以避免全部业务的法定信息披露义务，并且不需要经过漫长的审批、登记和公开发行手续，可在较短的时间内实现上市；二是所借壳资源通常业绩平淡或不佳，股本规模小并且股价较低，因而收购成本也较低，而文化企业的流动资金一般不是非常充裕，无法实现恶意收购，因此这种方式能够令文化企业在短期内实现低成本上市。

但文化企业通过这种方式上市也存在风险。一是壳公司股东对于文化企业主营业务的特殊性和其发展规划不了解，就会阻碍收购。二是由于文化企业的经营领域一般不宽泛，可能不了解壳公司所在行业的情况。文化企业为了得到有效的配股资格，必须保证上市的壳公司能够实现经营质量的根本性改善，只有如此才能保证借壳上市的成功。

（2）文化企业在A股市场IPO

A股市场IPO，就是指将企业的所有业务全部实现上市经营。由于我国股票

---

① 林艳：《浅谈我国民营企业借壳上市》，《经济论坛》2010年第6期。

② 徐建华：《现代出版业资本运营》，中国传媒大学出版社，2006。

市场上一般都会出现新股溢价现象，因此IPO一直是企业融资的最佳选择，文化企业也不例外。而IPO的关键在其定价，文化企业IPO定价最终将关系到该企业市场融资的效率。由于A股市场发育尚不成熟，IPO定价程序中受主观因素影响的成分更大，与相对成熟的市场相比，IPO价格确定的科学性、规范性要远为逊色，而在定价方法的运用上也存在着不少问题。长期以来，我国行政干预下的市盈率定价造成系统误差偏高的问题一直存在，隐含着巨大的风险。因此，文化企业A股市场IPO能否成功，取决于企业采取何种定价方式。笔者认为，在多种定价方式中，采用现金流贴现估价法将有效提高文化企业A股市场上市融资的效率。并且，根据文化企业自身的特点，笔者建议采用股利贴现模型来确定股票的发行价。

一些经营较为稳定的文化企业，比如出版类的文化企业，利润增长率相对于其他企业而言更容易测算。因此，可以假设文化上市企业的利润有个稳定的增长率。因为股票投资者最终的预期是公司终究会支付股利，而且未来的投资者将会收到股票投资的现金报酬，全部后续股票投资者的现金报酬总额等于公司各种现金分配之和，因此普通股估价的基础必定是股利。这里的股利是广义的，是指对股东的任何现金分配。据此可以得到如下公式：

$$\text{股票每股价值} = \sum_{t-1}^{n} \frac{DPS_t}{(1+r)^t}$$

其中，DPS_t = 每股预期股利，r = 股权资本成本。

假定某企业的股利预计在一段很长的时间内以某一固定的速度增长，并假设这一固定增长率为g，则可以得到：

$$P_0 = DPS_1/(r-g)$$

其中，DPS_1为下一年的预期股利，r是股权资本成本，g是稳定的股利增长率。

对文化企业来说，股权资本成本和股利增长率都是便于预测的数值，因此这一模型可以作为文化企业股票发行定价的依据之一。从实际看，这个模型的假设应该是可以成立的。因为如果能够达到在A股上市的标准，该企业应该是个处于成熟发展期的公司，也应有稳定的利润增长率。

在A股市场上发行股票，适用于比较大型的文化企业，它有较为成熟的运作机制和表现良好的利润报表，在领域内属于领军企业。一般的国有文化企业由于受到上市条件的限制，在 A 股融资并不容易。而港股市场则为它们提供了机遇。

（3）文化企业在港股市场 IPO

与在国内主板市场首次公开上市相比，在香港 H 股直接上市的审批程序较为简单。加之由于市场新股供求基本平衡，新股上市运作的周期较长，一般为 4 至 8 个月①。而证监会则要求公司在改制为股份公司后需要由保荐人辅导一年后才可以上市，这极大地限制了新股上市速度。同时由于顾忌二级市场的压力，证监会还会不时地暂停上市程序，从而延缓上市速度，因此一般国有企业在国内主板上市的周期至少是 2 年。

另外，由于在境外上市的企业被要求符合境外的有关法规和会计准则，企业在上市后将与国际接轨，这将有利于我国文化企业的管理现代化，并在国际化的技术、市场、管理和人才等方面获得更多的合作机会，利用香港这一国际金融中心，提升国际知名度，为文化企业向国际市场发展创造条件。

但是，在香港市场上市也存在很大的风险。一是内地和香港证券市场的运行机制有较大差异，成为 H 股公司的文化企业和内地证券中介机构对在港的上市融资制度和规范的认识有时还存在误差；二是 H 股占香港股市的比重小，其价格有时会随港股行情大势的起伏而起伏不定，股价稳定性不高。因此，选择在港股市场融资的国有文化企业需非常谨慎。

2. 促进中小民营文化企业在创业板和境外上市融资

（1）中小文化企业成长性衡量

笔者首先从理论上对决定中小文化企业成长性的主要因素进行分析，通过建立模型来用具体指标测度企业的成长性。笔者认为，中小文化企业的成长性受四个方面因素的制约和影响。

一是企业财务状况和潜力。资金是企业发展的根本。没有充足的资金流动性，企业连生存都难以保证，更谈不上进一步成长。因此，要衡量企业的成长性，首先就必须了解企业的财务状况。不仅要了解企业的资本流动性充足与否，还必须考量企业的资本回报率的高低，借此衡量企业进一步发展的财务潜力。但

① 胡继之：《海外主要证券市场发行制度》，中国金融出版社，2001。

是，与企业财务状况相关的指标很多，本文不能面面俱到。因此，笔者仅选取现金流动负债比率、流动资产周转率、资产负债率来标示企业资本的流动状况，并选取总资产报酬率、总资产增长率、净资产增长率、净利润增长率、经济增加值这五个指标来标示企业的财务发展潜力。

二是企业成员的基本素质。员工是企业快速成长的基本保证。没有优秀、高素质的人力资源，企业的发展必然陷入停滞。特别是对中小文化企业而言，由于这些企业规模小、产品少、资金紧缺，人力因素显得尤为重要。优秀的员工不仅能帮助企业渡过难关，解决发展中存在的困难，更能一步一步推动企业发展，实现企业的由小变大。因此，中小文化企业的人力因素的重要性不亚于资本。这个因素里，取四个测量值：劳动生产率值、管理者基本素质、公司法人结构、员工素质。

三是企业适应市场和社会关系能力。一般而言，只有市场驱动型的文化企业才有可能成为高成长型公司。创造和谐的发展环境，是顺利成长的环境保证。文化本身就是人们思想的体现，中小文化企业为了发展，必须时刻保持与社会的良好接触，了解人们的思想，了解社会发展的前沿，了解市场关注的热点。唯此，文化企业才能生存，才能发展，才能适应市场。所以，企业良好的市场和社会关系能力，能够有效提升企业发展质量，加快企业发展速度。对此，笔者采用营销和公共关系能力、营业收入增长率、目标市场持续增长率和市场占有率这四个指标表示中小文化企业适应市场和社会的能力。

四是企业技术创新和实际应用能力。这对传媒企业尤其重要。它不仅表现在拥有知识和技术，更重要的是创新能力，即推出新的文化产品的能力。创新能力来源于文化企业进行思考、研究和开发的智力资本。以知识产权垄断为基础的领先地位是中小文化企业保持长期增长的基础。

（2）中小文化企业上市地点的选择依据

一是衡量融资需求和整体战略规划何者为重。企业上市有两个基本目的，一个是实现企业融资，另一个就是实现企业发展战略，提升企业知名度。但实际情况是，企业往往并不能同时满足这两个需求。因此，当二者出现冲突时，企业需要权衡：实现融资和发展战略，哪一个更为重要和紧迫。如果企业急需资金支持，则需优先考虑市场融资效率和市场流动性对上市融资额度的影响；反之，则需要选择与企业发展战略相协调的市场。

二是根据不同证券市场的要求，调整资产配置。大多数证券市场对上市公司的资产实力有着十分明确的规定，但这些规定有高低之别。对文化企业而言，打算上市必须根据企业的实际情况，灵活进行相应的资产配置，将企业资产结构调整到符合证券市场的要求。除此之外，资产配置还有一个重要作用，就是吸引投资者。对理性投资者而言，企业的资产结构的优劣能直接关系到企业股票的价值高低。如果企业能够合理调整资产配置，不仅能提高企业自身的整体实力，而且能够吸引更多的投资者购买本公司的股票或债券，从而为公司获取更多的资金支持提供条件。

三是衡量企业所处的发展阶段。不同证券市场的制度设计适合不同发展阶段的企业。按照一般理论，企业生命周期可以划分为发展、成长、成熟、衰退几个阶段。处于不同阶段的企业，融资需求是不同的，对风险的承受能力也差别很大。因此，企业要上市就必须充分考虑企业所处发展阶段，并据此确定企业的融资需求和风险承受能力。

四是根据市场行业认同度选择合适地点。虽然世界上证券市场较多，但随着经济全球化的不断推进，证券市场运营模式趋同的现象十分明显。在资本流动限制越来越小的情况下，不同地点上市的影响已经减弱不少。但是不得不承认的是，不同证券市场的影响力差别逐渐拉大，呈现强者愈强之势，不同市场得到的行业认可度和融资规模都大相径庭。因此，为了提高融资质量和数量，文化企业必须在对自身有清晰定位的基础上，根据自身所处行业的市场认同度，合理选择上市地点，提高融资效率。

（二）完善文化企业债券市场融资平台建设

1. 上市文化公司可转换债券融资选择

相较于股票，可转换债券融资成本较低，对股权的稀释作用较小。笔者认为，上市文化公司在外部融资存在发行可转债和增发 A 股两种方式的选择时，控股股东为最大化其控制权收益，融资决策应更关注于公司财务成本的高低。如果可以在两种方式间作出选择，一般而言都会倾向于可转换债券。下面，先对可能影响公司的可转换债券融资选择的几个变量进行单因素分析，再综合考虑几个因素，进行多因素分析，以具体检验影响公司融资决策的因素。

设 y 是服从 0～1 分布的随机变量，x_i（$i=1$，…，k）是与 y 相关的确定性变量。而 y 与 x_i 之间的关系为：

$$E(y) = p = \beta_0 + \beta_1 x_1 + \cdots + \beta_k x_k$$

其中 p 是自变量为 x_i 时，$y=1$ 的概率。我们假定：$y=1$ 表示公司选择发行可转换债券。则上式表示变量 y 在变量 x_i（$i=1$，…，k）条件下的概率。则回归方程为：

$$f(p) = \frac{e^p}{1+e^p}，其中 p = \beta_0 + \beta_1 x_1 + \cdots + \beta_k x_k$$

将 Logistic 变换引入上式，得到：

$$g(p) = \text{logit}[f(p)] = \log \frac{f(p)}{1-f(p)}$$

通过变换后模型为：

$$g(p) = \log \frac{f(p)}{1-f(p)} = \beta_0 + \beta_1 x_1 + \cdots + \beta_k x_k + \varepsilon$$

此处，g（p）表示企业选择发行可转换债券的概率。

除金融系统按照巴塞尔协议有资本充足率要求，会直接影响其增发 A 股外，其他上市公司，包括文化企业在内，选择增发 A 股和可转债的依据基本是一致的。因此，本文采用唐康德博士比较上市公司发行可转债和增发 A 股选择依据的分析方法①，剔除其模型中会产生多重共线性可能的因素，采用最新的数据对模型进行验证。本文以 2007～2009 年间发行可转换债券和增发 A 股的上市公司作为研究对象。样本选取时需剔出三类公司：金融类公司、公开增发 A 股前 3 年内发生过重大资产重组的公司（补充资本会受限）、纯 B 股或纯 H 股类首次实施增发 A 股的公司（无研究意义）。因此，研究样本由 37 家发行可转债、70 家增发 A 股的公司组成，样本总量为 107 家上市公司。被解释变量为公司在发行可转债和增发 A 股之间选择可转债融资的概率。解释变量为：公司总负债率（反映企业的负债水平，LE）、净资产收益率（表示公司营利能力，ROE）、主营业务收入增长率（表示公司的成长性，Growth）、发行证券前 1 年末公司总资产的

① 唐康德：《我国上市公司可转换债券融资选择及绩效研究》，华中科技大学博士论文，第 70～71 页。

自然对数（度量公司规模的代理变量，LN）、发行证券所募集资金数量与发行前1年总资产的比率（表示公司发行规模，RP）。回归估计结果如表7所示。在不考虑行业因素的情况下，回归相关系数 R2 =0.316，表明回归方程的拟合程度较好，且在1%的水平下通过了回归显著性检验。检验结果表明回归模型的稳定性较好。

表7　回归分析结果

Variables	B	Sig	Variables	B	Sig
constant	-4.350	0.132	ROE	-0.100	0.210
LE	-6.730	0.001	LN	1.020	0.003
Growth	-0.001	0.690	RP	-2.630	0.102

由分析结果可以得出，上市企业具有明显的可转换债券融资选择倾向，低财务杠杆与资产规模大的企业可以选择使用可转换债券融资。

这一分析结果完全适用于上市文化企业。由分析可知，财务状况越好的企业越可能发行可转换债券；当然，这也与财务状况好容易通过监管部门发行审核密切相关。而公司规模与可转换债券融资选择倾向显著正相关较为容易理解：公司规模越大，财务状况越好，承受风险能力越强，越容易得到低成本融资。另外，公司营利能力与可转债融资选择倾向负相关。这也可以归因于财务状况。需要注意的是，我国监管部门目前对企业债券发行的限制十分严格，这也是公司选择发行可转债来实现融资的另一重要背景。某种意义上说，这也是无奈之举。

2. 债券融资的主体应是民营文化企业

从长期发展趋势来看，债券融资应该在民营文化企业的直接融资中发挥更加重要的作用。首先，债券融资的成本一般都低于权益资本，而且融资速度较快，因此，债券融资在整个资本结构中的比重提高有助于降低公司的整体成本，从一个侧面提升公司价值，提高整体效益①；其次，由于债券融资需要还本付息，因此公司在使用债务时必须考量到未来偿还利息的问题，由此不得不增加公司现金流量和加快现金流周转速度，因此债券融资可以有效提高公司资本的使用效率，这对于整体资金实力不强又常常被流动资金不足问题困扰的民营文化企业而言尤

① 安义宽：《中国公司债券功能与市场发展》，中国财政经济出版社，2006。

显重要；最后，债券融资一般期限较长，还本付息时间较为固定，这就有利于民营文化企业获取长期资金支持，解决自身资金方面面临的问题，增强民营文化企业的持续融资能力，优化公司的整体财务结构，促进公司的长远发展①。因此，民营文化企业可以通过公司债券融资来完善企业的融资结构，争取更大速度的发展和扩张。而推进我国民营文化企业债券融资可以从以下几个方面着手。

一是规范我国公司债券发行制度。从国际实践来看，债券可以分为两类：一类是政府债券，包括中央政府债券和地方政府债券；另一类就是公司债券。在发达资本主义国家，公司债券的市场相当庞大，它也为公司融资提供了巨大的帮助。但是，我国目前对公司债券的发行有着严格的制度规定②。相对于民营文化企业而言，一般能够符合相应条件的并不多。即使能够符合条件，也要面临相当严格的审核。现实情况是，目前我国文化产业处于基础发展阶段，大部分文化企业的规模还达不到法律所规定的条件，没有发行公司债券的资格。从某种程度上讲，这限制了民营文化企业的发展，也阻碍了整体文化产业的进步。因此，当前应该规范我国的公司债券发行制度，为民营文化企业的债券发行提供便利，在进行个别试点的基础上通过法律规范来确认民营文化企业发债的权利，甚至可以考虑先推出资产证券化债券等国际流行的先进的公司债券品种③。

二是要规范公司债券监督管理，转变观念，消除对民营文化企业的歧视。现行的债券管理制度采取计划规模管理，受政府部门的影响太大，大部分发债权留给了大型国企；而市场化的作用受到抑制，市场认可、企业又需要的债券往往难以获得审批，这在一定意义上是不公平竞争。另外，发行债券的目的也受到严格规制，不能根据企业实际情况作出调整，这使企业的灵活性受到了一定的限制。

三是大力发展信用评级机构。撇开政策因素不谈，民营文化企业难于进行债券融资，一个重要原因就是社会对民营文化企业的信用水平难以了解，而信用评级机构又不足以让社会完全信任。因此，要大力发展信用评级机构，强化这些机构在民营文化企业信用评估中的作用，强化社会对民营文化企业的监督。另外，

① 曹海珍：《中国债券市场发展的理论与实践》，中国金融出版社，2007。
② 万解秋：《企业融资结构研究》，复旦大学出版社，2001。
③ 彭韵程：《我国资产证券化存在的主要问题与对策探讨》，《中国证券期货》2010 年第6 期。

还需要提高承销商，特别是主承销商对企业运行情况、盈利情况和偿债能力等方面的准确分析和判断能力，使债券发售能够为社会所信任和了解，这不仅有利于公司树立良好的声誉，也有利于促进更快更好地销售债券。

四是要加快发展企业债券交易市场。目前，我国只有上海、深圳的两个企业债券交易场所。无论是品种数量还是资金数额，企业债券交易与国际资本市场甚至我国股票市场相比都存在太大的差距。债券交易市场的规模不够，限制了债券交易的发展，使公司债券的流动性大打折扣，这反过来又无法吸引更多的投资者关注，从而使债券的流通越来越缓慢，进一步阻碍投资者、公司和市场的共同发展。因此，需要有关部门尝试开设柜台交易市场，采取多种手段发展公司债券交易，加快推进企业债券交易市场建设。

（三）发挥机构投资者在文化产业投资市场上的重要作用

1. 鼓励风险投资基金进入文化产业领域

作为典型的以精神创造力为核心的文化产业，其创新性要求远远高于其他行业，其面临的风险也高于其他行业。而风险投资资金热衷于处于创业期的具有潜力的企业，尤其是具有创业性质的中小企业。选择风险投资方式发展文化产业，体现了文化与资本共担风险、共同发展的双赢价值诉求。

将风险投资基金引入我国文化产业，首先需要鼓励多渠道设立文化产业风险投资基金。在鼓励大型企业集团建立风险投资公司的同时，需要引导利用民间大量闲散资金，鼓励民间兴办风险投资共同基金，提高社会资金的配置效率。其次需要大力发展非营利性的社会中介机构，为风险投资提供其所需的各种信息和评估报告等。最后，需要加快相关立法进度，完善与风险资本形成、运作、退出等有关的法律法规，尽快制定和出台《文化产业风险投资管理暂行办法》，使文化产业风险投资的运作过程有法可依。最后要加快中小企业板块的改革，建立和完善国内统一的产权交易所，疏通风险资本的退出渠道。

2. 大力引导私募股权基金进入文化产业

自 2006 年以来，我国逐步放宽了对私募股权基金发行的限制，这使得私募股权基金出现了飞跃式发展。私募股权基金不仅有利于解决中小企业融资问题，而且能够优化产业结构，促进产业整合，在产业发展中起到催化剂的作用。我国首个专注于文化与传媒行业投融资的人民币私募股权基金——华人文化产业投资基金已于2010年6月完成首期20亿元人民币的资金募集，正式投入运营[1]。私募股权基金促进文化产业发展的大幕已经拉开，未来它必然会对文化产业结构的优化和文化企业的发展产生重大影响。

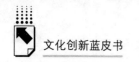

一方面，可以鼓励私募股权基金加大对文化企业收购、重组的支持力度，扩大企业规模和实力。近些年来，我国的私募股权基金发展迅速，私募投资机构掌握的资金存量越来越大，可这些资金往往难以找到合适的资金投向。同时，我国私募股权基金参与资本市场收购项目的并不多，而这恰恰应是私募股权投资基金最热衷的投资项目。究其原因，国外公司较为完善的公司治理结构为大宗并购交易提供了良好的平台[2]；而我国的文化企业多数治理结构不完善，投资风险较大，极大影响了私募入股的信心，再者由于退出机制不够完善，私募面对高风险的文化企业，更担心投资资金在适当时候无法收回的问题，凡此种种影响了私募投资文化企业的积极性。

另一方面，需要加强对我国私募股权基金投资文化产业的监督。尽管私募股权基金发展十分迅速，但其中存在的一些问题也应该引起监管部门的关注。具体而言，要加强私募股权基金信息披露制度建设，要求私募股权基金定期披露相关信息，并随时接受监管部门的核查，以此规避私募股权基金容易造成的信息不对称和内幕交易、暗箱操作等违法违规行为，尽可能降低风险。另外有一点需要注意，就是要加强对外资私募股权基金收购文化企业行为的监督审查。尽管私募股权基金对推动我国的文化产业整合有极大的作用，但收购以得到企业控股权为目标——文化企业有其特殊性，尤其是涉及宣传安全的媒体类企业的控股权对国家安全有着不可小视的作用。所以，对于涉及国家宣传的关键企业的外资私募股权基金的收购行为，应加大监审力度，随时跟进相关活动，在确保国家利益不受损害的前提下发展文化产业。

3. 积极培育公司债券方面的机构投资者

公司债券由于风险较高，更适合机构投资者投资。相对而言，普通投资者的风险承受能力相对较低，专业性不强；而机构投资者，不论是基金公司，还是信托投资公司，都有专门分析人员时刻了解公司的动态，保证债券的安全。因此，要提高公司债的流动性，培育专业机构投资者是必由之路。

---

① 《创业投资与私募股权》，《资本市场》2010年第6期。

② 宋莉：《我国私募股权基金问题研究》，《法制与经济》2010年第7期。

四　社会资本投融资平台建设

（一）鼓励保险资金进入文化产业投资市场

在国际市场上，保险投资逐步成为保险经营业的核心业务。发达国家保险业的主要特征就是承保业务与投资业务并重，保险公司逐渐成为既有补偿职能又有融资职能的金融服务企业。由于保险市场能够提供持续并且稳定增长的中长期资金，保险资金本身的特点与文化产业项目所需融资特点相匹配，作为一种商业性投资，保险资金投资与文化产业投资的高风险高收益相对应，能实现双赢的效果。通过保险投资，可把巨额资金投资于文化产业，为文化企业的发展提供长期稳定的资金支持，实现金融资本和产业资本的有效结合。我国保险业近几年发展十分迅速，雄厚的资本实力为其投资文化产业打下了坚实的基础。

表8　2001～2009年我国保险业发展情况

单位：亿元

年　度	2001	2002	2003	2004	2005	2006	2007	2008	2009
保费收入	2116	3048	3849	4323	4928	5640	7036	9784	11137
总资产	4591	6494	9123	11986	15226	19731	29003	33800	41000
资金运用余额	3703	5799	8739	11250	14316	17785	26722	30600	37000

资料来源：国研网，保监会网站。

但是，当前我国保险公司资金运用中存在投资渠道偏窄、结构性失调、收益率偏低以及资产负债不匹配等诸多问题。而文化产业振兴规划的出台则为保险资金拓宽投资渠道、优化投资结构、提高投资收益率提供了一个良好的机遇。保险资金与文化产业的结合，是实现双赢的必然选择。

引导保险资金进入文化产业，主要途径是在风险可控的前提下，鼓励保险公司投资文化企业的债权和股权，引导符合条件的保险公司参与文化产业投资基金。

保险资金投资文化企业股票与债券的具体操作方式可分为两种：直接在二级市场买卖股票债券和认购新发行的股票债券①。一般运用较多的是直接买卖股票

① 于世利：《浅析中国保险资金投资的风险防范》，《大众商务》2010年第16期。

和债券，即由保险公司内部资产管理部门根据对市场的分析直接在二级市场买卖股票或债券、获取收益。而认购新发行的股票或债券，一般而言利润较高。因为我国的股票发行制度不完善，新股一般收益较高风险较低，因此受到资金的热烈追捧。但是，近两年这一状况已经发生了一定的变化，打新资金收益率有时并不高。而且对于保险公司而言，打新有时有锁定期的限制，反而增加了保险公司的风险。因此，保险公司参与新股发行的热情受到一定的抑制。这一情况对文化企业的新股发行和企业债券的认购将会产生一定程度的影响。

由保险公司发起或参与设立文化产业投资基金，并由保险公司自己成立的基金管理公司来进行基金管理和运行是国外一种普遍的做法。目前，我国应重点加强这方面的工作。因为其优点不容忽视，主要体现在：通过组建文化产业投资基金，既能保证资金的安全性又可提高资金的收益水平。基金运行透明度高，运行机制和组织机构、法律框架都比较规范，权力约束机制科学规范，能较好地保证保险资金的安全性。同时基金管理公司具有科学的投资决策机制和程序，专业证券投资机构具有信息、知识、技术和人才优势，而且还可以享受国家支持基金发展的多种优惠政策，这些都为正确地投资决策提供了保证，进一步为提高保险资金的收益水平奠定基础。

对于保险机构设立文化产业投资基金的规模，可以通过对保险资金风险头寸的度量来估计。这里，笔者建议采用 VAR（Value at risk）风险测量方法来计算。考虑一个证券组合，假设 w_0 为投资组合的初始价值，r 为持有期内证券组合的收益率（r 为随机变量），则在持有期末，证券组合的价值可以表示为：$w = w_0(1+r)$。假定收益率 r 的期望回报和波动性分别为 μ 和 σ。如果在某一置信水平 c 下，投资组合的最低价值为 $w^* = w_0(1+r^*)$，其中 r^* 为最低投资回报率。则可以定义相对于投资组合价值均值（期望回报）的风险头寸，即相对 VAR 为：

$$VAR = E(w) - w^* = -w_0(r^* - \mu)$$

如果不以组合价值的均值（期望回报）为基准，则可以定义绝对 VAR 为：

$$VAR = w_0 - w^* = -w_0 r^*$$

通过计算 VAR，可以得出保险机构投资文化产业基金的基本规模。监管机构也可以通过对保险机构整体资金实力、投资收益的衡量，来确定保险资金进入文化产业市场的大致资金规模和风险敞口。

（二）发挥担保机构在文化产业投融资市场中的重要作用

1. 政府出资组建信用担保基金，由政策性信用再担保机构管理

这种方式是指政府作为担保基金的出资方，动用财政资金设立担保基金，并在需要时增加财政拨款以保证担保基金的正常运转，并尽可能提供免税等优惠政策，以支持政策性再担保机构的稳定发展。但是，政府只是担保基金的所有者，对基金的运营政府并不参与，而是按照市场化运作的方式，聘请专业基金经理和专业团队进行管理，政府不插手基金的具体运营。这样的资本构成方式决定了政策性担保机构只能投资于风险比较低的资产产品，比如银行存款和国债，而且对流动性资金的比例有着严格的规定，不能从事高风险的投资活动。对政策性信用再担保机构而言，资金安全是第一位的，营利不是其主要的运营目标（见图2）。

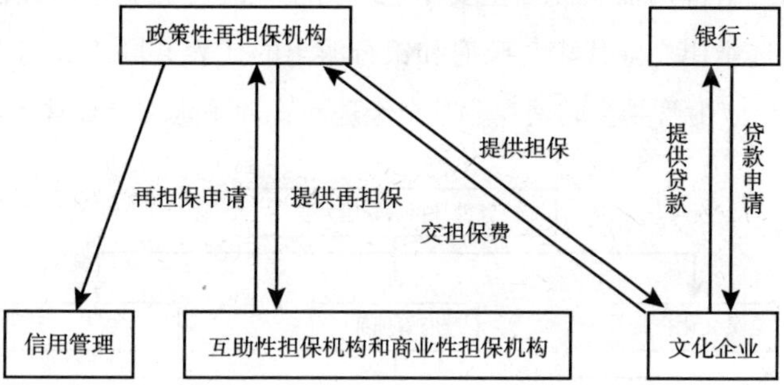

图2　政策性再担保机构运行方式

政策性担保机构由于是政府出资的，因此接受政府监督是理所应当的。政府管理机构有权力随时对公司财务状况进行检查。但为了提高政策性担保机构的运营效率，虽是政府出资也必须建立激励机制，以此提高管理人员的积极性和主动性，保证机构能够高效有序地运转。

2. 鼓励互助性文化担保机构的发展

由于中小文化企业受到资金实力、发展现状的限制，政策性担保机构出于资金安全的考虑很难把机会给这些企业。但是，商业类担保机构的费用又偏高，中小文化企业也无力承受。因此，互助性担保机构就成为中小文化企业的首选。由于在整个文化产业体系中，中小文化企业数量相当庞大，因而互助性文化担保机构的发展潜力也相当大。而鼓励互助性文化担保机构的发展则需要从三个方面着手。

第一，互助性文化担保机构应该不以盈利为目的，或者仅有微利，这是其基本性质。由此，互助性担保机构也同样需要获得政府部门的大力支持，比如，享受一部分的政府财政拨款、享受一定程度的免税等优惠政策等，以促进互助性文化担保机构的健康发展。

第二，政府需要出面牵头，建立一个中小文化企业互助性担保联盟，其发起人可根据实际情况确定。比如，联盟内的企业为同行业的中小文化企业，如同属出版或传媒行业，则可以由行业中具有权威的公司或个人发出组建担保联盟的公告，吸引尽可能多的业内中小文化企业报名加入。另外，也可以以地域为原则建立联盟。比如联盟内的企业同属一个区域，则可以考虑由政府相关管理部门的负责人作为发起人。

第三，互助性担保机构组建过程中需要有担保联盟大会，其构成应是全体会员企业、政府、银行，担保基金由三方共同出资组建。在此过程中，政府文化主管部门和金融主管部门需要充当重要角色。为了处理担保基金的经营管理和日常业务运作，应选举出企业代表与政府和银行派出的代表共同组成担保基金管理委员会。担保基金应由管委会聘请专业基金经理和管理团队负责日常运作（见图3）。

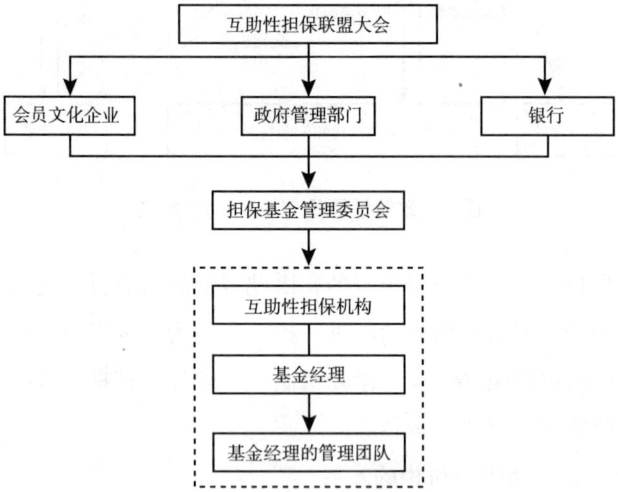

图3　互助性担保联盟组织结构

3. 引导商业性担保机构提高中小文化企业业务比重

商业性担保机构一般为经营规范且效益好的成熟文化企业提供服务。商业性担保机构一般都针对大型国有文化企业提供服务，因为它们效益良好而且能支付得起较高的担保费用，如图4所示。商业性担保机构是完全自负盈亏并自主经营的机构，属于营利性组织。因此，他们一般不享受政府补贴和优惠。商业性担保机构可以自主选择投资范围，不受太多约束，经营较为灵活。就监管而言，商业性担保机构也要接受政府的经营合法性监管，却不必提供财务报表等信息。需要注意的是，为了控制风险，商业性担保机构也需要对相关投资形式设定比例限额。但为了引导其提高对中小文化企业的业务比重，政府可以考虑给予其一定的减免税优惠政策，并降低中小文化企业的担保费用。可以设定一个比例浮动范围，将基金总额的一定比例规定为定向投放给中小文化企业。当然，这个比例不能过高，可以考虑控制在5%～15%之间。

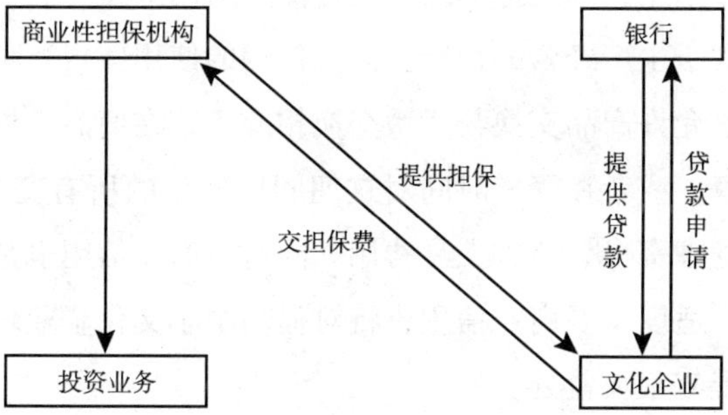

图4　商业性担保机构业务

（三）培育民间资本投融资平台

1. 适当放宽中小文化企业私募股权融资限制

中小文化企业私募股权融资主要是指中小文化企业通过组建股份合作公司、有限责任公司、股份有限公司的形式向特定投资者募集股本，以及面向管理层和职工以职工持股计划的形式募集生产经营资金。融资对象主要以管理层为主，内部职工适度参与。其持股资金来源主要是按社会圈层结构逐步向外扩散。一是在家属和亲友圈中筹款；二是在熟人圈中筹款；三是在生意圈中筹款。这种私募融资股份回报方式灵活且回报率高，分红主要根据企业盈利情况来定，同时参照同行业内同等盈利水平的其他企业的情况。

2. 适度发展民间商业信用

商业信用的信用关系主要以直接的商业关系为载体，信息不对称和道德风险程度大大降低，相应的信息成本以及为防止道德风险而产生的控制成本大大减少，所以是中小文化企业融资时的优先选择。但是，当前我国的商业信用却处于十分尴尬的境地。法律明文规定，信贷业务是一种需要国家特殊许可的金融业务，企业之间不得相互借贷。合同法十二章关于借款合同的规定不调整企业之间的借贷行为。同时最高法院作出的司法解释中，对借贷双方企业都有严格的处罚措施①。因此，大部分融资性的商业信贷活动不得不采取地下交易的形式进行，既不便于商业信用发展，也不利于监管。

中小文化企业愿意接受商业信用的原因是多方面的。其主要原因有二：一是他们得到贷款较为困难，即使他们愿意支付较高的贷款利息，也得不到贷款，因此不得不接受商业信用；二是他们之间通过商业信用来建立起一种长期的合作与信任关系，这有利于生产经营的稳定。商业信用的使用使得一种新的交易机制产生了，在交易中它允许商品交换与货币交换相分离，在商品交换完成之后的一段时间进行货币结算，或者在固定时间对这期间所发生的所有交易进行集中结算，从而更加有效地管理资金、节省交易费用。同时，商业信用也是对产品质量的担保和承诺。所以，适度发展商业信用，将对提高中小文化企业融资效率、促进中小文化企业的发展有很大益处。

3. 适时推进民间票据融资市场发展

民间票据是银行承兑汇票在非金融机构的经济主体之间进行转让和流通的一种融资形式。随着票据市场的发展，近年来民间票据市场的发展也日趋活跃。在浙江等民营经济较为发达的省份，民间票据市场已经形成一定规模。银行承兑票据数量的大幅增加，为民间票据市场的发展提供了充分的条件。因此，要适时推进民间票据融资市场的发展，为中小文化企业提供一条新的融资渠道。目前民间票据融资方式主要有四种，如图 5 所示。

就发展中的文化企业而言，由于票据市场灵活性较高、变现能力较强，对灵活调节企业资金结构、提高企业资金运行效率将有巨大作用。因此，可以在加强对其他行业票据交易的监管的同时，考虑在浙江或江苏试点设立文化企业票据融资交易平台。将票源企业限定在一定范围内，重点将票据交易对象设定为文化企业，尤其是中小文化企业。由文化和金融主管部门共同出面组建监管小组，明确

① 乔鹏：《我国中小企业信贷融资现状及对策研究》，《黑龙江金融》2010 年第 8 期。

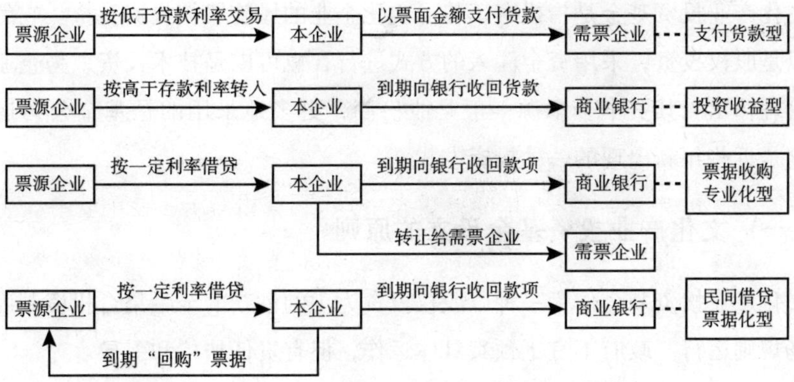

图5　民间票据融资的主要方式

票据交易的资金来源和去向、用途，在促进中小文化企业票据交易发展的同时，严控票据交易风险，保证票据市场能够起到提高文化企业融资效率的作用。

五　大力扶持设立文化产业投资基金

文化产业具有高投入、高产出、高风险、专业化等特点，而传统的财政投入和银行贷款很难适应这些特点，一般的社会资本又由于政策限制、专业经验缺乏等而无法介入，资金的供给和需求方的风险偏好存在差异，从而造成了文化产业融资的瓶颈。文化产业投资基金的出现正好能解决这一矛盾。文化产业投资基金不仅符合产业投资基金的经营原则，而且能很好地解决文化产业的融资困境，如图6所示。

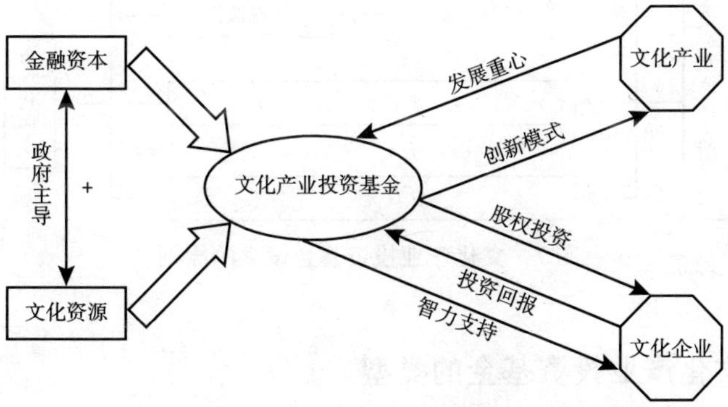

图6　文化产业投资基金

文化产业投资基金是指投资于普通文化企业的风险股权投资基金。它的投资既可以是股权投资，采用资金注入的方式进行；也可以是技术投资，为企业提供经营管理输出。其资本金来源一般是股份制，更多地采用的是基金公司运营方式，这是近些年新出现的一种投资方式。

（一）文化产业投资基金设立的原则

文化产业投资基金作为一种以股权投资为主的创新的金融集合投资制度，应按市场规则运行。政府不宜干预其具体运作，但有责任扶持和引导。

一是在文化产业投资基金发展初期，政府的科学引导管理至关重要。加强政府管理表现在三方面：确定文化产业投资基金额度、对文化产业投资基金的创立进行集中审批和监督产业投资基金设立及运行等关键环节。

二是在文化产业投资基金运行中，政府应扮演引导者而非投资决策者的角色。政府可以在文化产业投资基金投资方向上予以引导，但决不能以行政手段干涉基金运营。

三是要有健全的法规和科学的管理，这是文化产业投资基金的市场化运作的前提。无论采取哪种方式设立文化产业投资基金，都要依相应的法律发起、组织、运行、退出。要严格规范文化产业投资基金各方关系人的行为，令其明确各自的权利和职责，以增强基金运行的透明度，促进我国的文化产业投资基金依法良性健康成长。如图7所示。

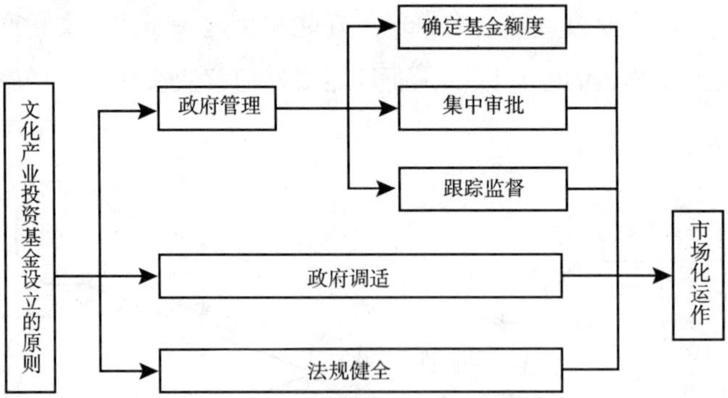

图7　文化产业投资基金设立的原则

（二）文化产业投资基金的类型

文化产业基金的设立，有以政府为主导的，也有以金融机构为主导的。由于文化产业的高风险性，而且当前我国文化产业投资基金还处于尝试阶段，配套的政策法规还在制定之中，因此以政府为主导的模式应该是比较适合我国的选择。

根据我国的实际情况，文化产业投资基金应有两类：一类是国家文化产业投资基金，以国家为主导，从全局出发，选择最优的文化投资项目，支持全国性的大型文化企业的发展；二是地方文化产业投资基金，以地方政府为主导，从地方的实际情况出发，更多地支持本地区文化企业的发展。我国不仅应该大力发展国家文化产业投资基金，同时也应该注重发展地方文化产业投资基金。

1. 国家文化产业投资基金

以国家为主导的文化产业投资基金，是为了发展全国的文化产业而设立的专项投资基金。相对而言，国家更能从全国大局出发考虑问题，更能够培育全国范围内的大型文化企业和扶持具有国际影响力的大型文化活动。国家文化产业投资基金应该是我国文化产业投资基金的主体。在发展国家文化产业投资基金的过程中，要注意以下几个问题。

（1）加强政府的主导作用

如前所述，我国的文化产业投资基金必须采用政府主导的发展模式。这样既有利于执行政府的产业政策，也有利于降低基金公司股东面临的风险、扩大基金的整体规模。按照目前国际上的一般做法，国家主导的文化产业投资基金按照财政资金所占比例及其投向，可以采取以下三种设立方式。

第一，设立国有独资公司，由国家全资设立基金管理公司，再由该公司设立投资基金；第二，设立国有控股公司，财政部门作为大股东，并吸引有管理经验的金融企业及文化企业加盟，共同组成股份公司，再由该公司设立投资基金；第三，国有专业公司投资文化产业基金公司，间接参与文化产业投资基金，提高投资的杠杆效率。三种投资方式各有利弊，具体采取何种方式，需要根据不同地区的实际发展情况和地方政府财力来决定。

在我国，常见的模式是：由中央财政注资引导，吸收国有骨干文化企业、大型国有企业和金融机构认购。基金由专门机构进行管理，实行市场化运作，通过股权投资等方式，推动资源重组和结构调整。

（2）吸纳多元投资主体

我国以前在文化产业领域实行的财政一元投资主体体制，这已经不适合当前经济发展的需要。拥有多元投资主体是当前文化产业基金的发展趋势。因为拥有多元投资主体有三个优势：一是能够有效降低投资风险，提高资产的增值能力，解决文化产业投资中的规模过小和经验不足问题；二是文化产业投资基金的各方都受到严格的制度约束，有利于建立科学的投资体制；三是文化产业投资基金筹措的多元化能够克服地区利益和部门利益的局限性。

（3）重点扶持数个具有国际影响力的大型文化项目

国家文化产业基金应该重点扶持数个具有国际影响力的大型文化项目，并能够支持数个实力较强的全国龙头型的文化企业。

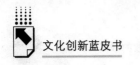

国家文化产业投资基金的规模虽然很大，但是也不能不论大小、不论实力地对文化企业一概进行支持。文化产业投资基金要发挥作用，主要在于充分发挥基金的专业优势，将资金集中到文化产业中具有发展前景的行业，从而减少基金的交易成本和投资风险，而不能靠规模取胜。因此，发展文化产业投资基金需要注意抓好投资方向和项目。大型的实力较强的文化企业，有了足够的资金支持，就能够迅速发展壮大；大型文化项目能产生较大的国际影响，投资产业基金对其也应予以大力支持，借活动的举办增大我国的国际影响力。

（4）加大产业基金对出口文化项目的支持力度

国家文化产业基金应大力扶持部分文化产品和服务的出口，尤其是重点扶持具有民族特色的文化艺术、展览、电影、音乐舞蹈和杂技等产品和服务的出口，加大对以出口为主的文化企业的扶持力度，给予相关企业在资金等各方面的必要支持。对通过各种方式在国外兴办文化实体或建立文化产品营销网点的我国大型文化企业，文化产业基金应给予大力支持，积极扩大文化产品和服务的出口，以此为载体不断提升我国的国际形象。

2. 地方文化产业投资基金

地方政府引导设立文化产业投资基金，因其更了解当地文化产业发展的实际情况，因此也更能够准确把握当地文化产业的发展方向，能够因地制宜地选择投资地方有发展前景的文化企业。

（1）保证地方财政的注资引导

由于文化产业的特殊性，地方文化企业一般都是中小企业，无论在资金实力、市场潜力，还是在管理上，都无法和大型文化企业相比。因此，投资地方文化企业的风险非常大。所以，地方财政资金的注资引导，就成为发展地方文化产业基金的必然前提。

（2）加大对地方中小文化企业的扶持力度

地方中小企业由于自身资金、技术、规模等条件的限制，想通过融资方式扩大规模、增强发展后劲一般都较为困难。与大型文化企业相比，它们缺乏有效的融资渠道。因此，地方文化产业基金的投资重点，应该放在有发展潜力的中小文化企业上，加大对这些企业的扶持力度，不仅要给予其资金上的支持，同时还要给予其政策上的优惠。

（3）吸收小额民间资本进入地方文化产业发展基金

我国地方的居民存款余额相当大。2009 年底，我国城乡居民储蓄存款余额已超过 26 万亿元。这些巨额的存款如果有良好的投资渠道，不仅可以提高民间资本的投资回报率，而且可以拓宽民间资本投资渠道，稳定整个市场。尤其在江浙等民间资本较为发达的地方，吸收小额资本进入地方文化产业基金，将有效解决基金资本来源不足的问题，为民间资本找到好的投资渠道，同时又能促进地方文化产业的发展，可谓一举两得。

（三）文化产业投资基金绩效评价方式的选择

绩效考核是为进一步反馈基金运作效果而必须采取的重要措施和步骤。笔者采用国际上通用的企业“532 绩效考核”模型。532 模型是当前较为流行的一种绩效考核模型。其基本假设是：设定销售提成总共为 10 个份额。这其中，个人获益部分为一半，即 50%；个人所在部门的获益为 30%；整个公司的获益为 20%。这个模型较多地用在对公司销售业绩的考核上。基金收益和销售提成是同一个道理。因此，基金收益考核也完全适用此模型。所不同的是，此处的大团体就是基金经理，小团体是风险调整的投资组合业绩，而整个基金的收益则为 20%。

因此，考评产业投资基金的绩效时，必须考量这三个因素。此处，假定绩效为 P，基金的投资收益为 β，风险调整后的收益为 α，而基金经理的管理水平为 γ。根据上述 532 模型，可得基金绩效为：

$$P = 0.5\alpha + 0.3\beta + 0.2\gamma$$

进一步来看：计算投资收益，以一年为计算周期，其收益是基金资产净增加值与分红收益之和，这从财务报表上可以直接得出；计算风险调整后的投资收益，可采用 VAR（value at risk）来估算；对基金经理管理水平则可以采用赋值法予以量化。

该模型是一种较为通用的模型，可以在一定程度上用来衡量文化产业投资基金的绩效。但是，该模型的缺陷也很明显：由于选择的指标较少，无法避免共线性问题的存在，数据之间的相互影响可能比较大，易造成计算结果的不准确。

六 结语

文化企业的融资难是阻碍我国文化产业整体发展和文化企业壮大的重要因素。当前我国的文化企业融资机制虽然较以前有了很大的进步，但是，需要解决的问题依然还很多。总的来说，国家出台文化产业振兴规划，使我国文化企业面临了一次前所未有的良好发展机遇。目前，对各地政府部门而言，重要的是如何抓住这一发展机遇，完善文化企业融资机制，引导和鼓励更多文化企业加快整合力度，做大做强核心业务。在所有这些工作当中，完善文化企业资本市场融资制度和大力扶持文化产业基金又是重中之重。文化产业融资水平的不断提升必然会给我国经济带来新一轮增长动力，推动我国经济平稳较快发展。

The Research of Our Cultural Enterprise Financing Mechanism

Wang Fan　Chen Bo

Abstract: In this paper, starting with the problem of cultural enterprise finance, for the practical issues, cutural enterprise financing has met several difficulties perspective varies from financing environment, capital markets to the cultural industries and the social market funds, the purpose is to optimal design a mechanism of cultural corporate finance to provide healthy and sustainable theoretical support for the industry of culture.

Key Words: Cultural enterprises; Financing; Mechanism design

B.11
文化遗产保护科技政策创新

周耀林　李 波　戴 旸*

摘　要：文化遗产作为人类文明的结晶和最宝贵的财富，是人类社会得以延续的文化命脉。中国是一个文化遗产资源丰富的国家，加强对文化遗产的保护责无旁贷。“十一五”期间，我国制定和修改了一系列文化遗产保护科技政策，在文化遗产保护科技发展规划、科技管理、科技成果等方面出现了很多创新。但在科技政策的执行力、科技投入、科技人才培育等方面仍存在着不足。“十二五”期间，仍需要坚持“改革·发展·创新”的理念，不断充实和完善文化遗产保护的科技政策，以指导文化遗产科技保护工作深入、全面发展。

关键词：“十一五”　文化遗产保护　科技政策　创新

一　引言

自20世纪50年代以来，世界各国都强烈意识到保护文化遗产的重要性，不遗余力地加强文化遗产保护工作。除了文化遗产保护的立法外，文化遗产保护标准、技术规范和政策法规不断出台，文化遗产保护走上了法制化、规范化的道路。

20世纪下半叶，尤其是在1972年11月16日联合国教科文组织在巴黎举行会议并通过了《保护世界文化和自然遗产公约》的推动下，各国开始形成和不断完善本国的文化遗产保护政策。至20世纪末，美国的“挽救美国的财富计

---

* 周耀林，武汉大学信息管理学院教授、博士生导师，主要从事文化遗产政策、信息管理研究；李波，湖北省文化厅社文处副处长；戴旸，安徽大学管理学院讲师，武汉大学信息管理学院博士生。

划”、日本和韩国的“文化立国”计划等，都是典型的文化遗产国家政策。在这个国家政策体系中，科技政策被逐渐纳入，且在发达国家引起了广泛的关注。例如，法国推出了“国家文化遗产（科技）研究计划”，涉及文物保护理论、基础科学研究、各种保护技术和保护工程领域；意大利组织了国家大学科研部文物研究三年计划（2003～2005），参加项目单位多达350个，其中有64个分布在国家研究委员会、大学和文化遗产部的主要研究机构里，计划内容涵盖了从文物研究到文物保护理念、文物保护科技基础研究、文物保护材料、文物保护方法和具体文物保护的诸多方面，以及文物保护技术转移、国际合作研究、国际交流、研究成果出版、人才培养、中央与地方的合作、吸引民间资金投入等诸多方面，预算总额达3亿欧元。①

在我国，2005年《国务院关于加强文化遗产保护的通知》和《国务院办公厅关于加强我国非物质文化遗产保护工作的意见》出台后，“文化遗产”这一概念被正式纳入文件和相关法规。我国的“文物事业”开始向“文化遗产事业”转变。“文化遗产”一词随之进入国家政策体系。

文化遗产保护科技政策是国家及地方保护文化遗产政策中与科技相关的方面，以确定文化遗产保护科技事业发展方向，指导文化遗产保护科技事业的战略和策略原则。我国文化遗产保护的科技政策体现在国家文化遗产保护战略科技政策的制定和执行、国家文物部门的科技发展政策及其对文物科技工作的监督和管理，以及科技经费政策、科技成果转化政策以及科技奖励政策等方面。文化遗产保护科技政策对于文化遗产保护技术有着重要的引导作用，只有坚持不断改革和完善文化遗产保护的科技政策，文化遗产科技保护的水平才能不断提高。本文拟对“十一五”时期我国文化遗产保护科技政策进行比较系统的梳理，总结该时期我国文化遗产保护科技政策的成绩和不足，为“十二五”期间我国文化遗产保护科技政策的发展提供科学参考。

二 “十一五”期间文化遗产保护科技政策创新概述

“十一五”时期，我国出台了许多文化遗产保护的发展规划、工作计划以

① 福建省文化厅：《文物保护科学技术的国际背景和动向》，[2010-9-23]. http://www.fjwh.gov.cn/html/10/47/20334_20091021250.html。

及法律法规和规章制度，其中均涉及了文化遗产的科技保护，现择要概述如下。

（一）文化遗产保护科技发展规划和工作计划

2006年国家文物局发布了《文化遗产保护科学和技术发展“十一五”规划》。[①] 该规划总结了“十五”文化遗产保护科技发展工作成绩之后，提出了“十一五”阶段文化遗产保护的主要任务，着重强调了应加强文化遗产科技保护，包括：应全力推进文化遗产资源科技调查和评估计划，关键技术攻关计划，传统工艺抢救、保护与科学化计划，科技成果推广应用计划，科技人才队伍建设计划，行业标准体系建设计划。重点实施指南针计划—中国古代发明创造的价值挖掘与展示专项、数字京杭大运河专项、中华文明安源综合研究专项、重大文化遗产地及大遗址综合保护研究与科技示范专项、文物保存环境综合研究专项。积极构建文化遗产保护科技基础条件平台，大力支持面上项目、支撑条件和措施，加大促进科技发展的政策保障力度、健全科技管理体制和运行机制、建立多渠道的科技投入体系、构建人才队伍建设的良好环境、扩大国际交流与合作、加强文化遗产保护科技的宣传和普及。

在上述规划基础上，各省纷纷结合实际，制定出富有地方特色的“十一五”发展规划，如2006年河南省制定的《河南省文物事业“十一五”发展规划》[②]、2007年湖南省制定的《湖南省文物事业“十一五”发展规划》[③]、2008年陕西省制定的《陕西省文物事业“十一五”发展规划》[④]、2008年安徽省制定的《安徽省文物事业“十一五”发展规划》[⑤]。上述省份文化遗产资源丰富，在发展规划中，各省一致提出应当将现代的保护技术应用到文化遗产保护中，建立起文物信

---

① 《文化遗产保护科学和技术发展“十一五”规划》，[2010-8-10]. http://www.zhuokearts.com/view.asp?keyno=80293。

② 《文物事业“十一五”发展规划》，[2010-9-23]. http://www.chnmus.net/html/20080327/847526.html。

③ 《湖南省文物事业“十一五”发展规划》，[2010-8-11]. http://law.baidu.com/pages/chinalawinfo/1696/35/0b5e97c9fba098f7a107135ec7080ae1_0.html。

④ 《陕西省文物事业“十一五”发展规划》，[2010-8-11]. http://www.shaanxi.gov.cn/0/xxgk/1/2/6/566/919/929/946/600.htm。

⑤ 《安徽省文物事业“十一五”发展规划》，[2010-8-12]. http://xxgk.luan.gov.cn/XxgkNewsHtml/NA022/200808/NA022010800200808004.html。

息数据库。此外，河南省将工作重点集中在土质遗址的保护、铁质文物的保护、青铜器保护修复等文物科技保护工作上；湖南省提出提升文物保护工作的科技含量，充分利用现代信息技术，初步实现文物保护、抢救、利用和管理工作信息化，建设湖南省文物数据管理系统，建立湖南文物遗产多媒体展示系统；陕西省则以大遗址的建设与保护为工作重点，建立完善大遗址综合信息库，建立汉唐帝王陵保护监测评估体系，做好“汉唐墓室壁画”、“古代纺织品”、“金属文物”及“复合材料”等文物保护修复及项目研究，并利用外来捐赠，做好唐乾陵、桥陵、顺陵的石刻保护项目；安徽省主张加强对石刻文物的保护，将现代科学技术运用于石刻（画像石）、摩崖造像、砖雕等防风化剥蚀和木（竹）雕防蛀蚀复试、防风化处理，加强馆藏文物科技保护及修复工作，制定青铜器、铁器、漆木器、纸质文物等科技保护修复方案，建立文物保护科技平台，提高科技水平。

各市、县也制定本地区的“十一五”发展规划。如晋中市制定了文物事业“十一五”发展规划①、长沙市制定了文物事业的“十一五”发展规划②等。

除了制定综合性的文化遗产保护发展规划，我国还制定了一些专门性的文化遗产保护发展规划，其中最为典型的就是《“十一五”国家重要大遗址保护规划纲要》③，这是我国第一次就国家重大文化遗产保护在总体规划层面作出整体策划，初步建构了国家重大遗址整体保护的规划体系，是我国文化遗产规划科技能力的第一次跨越式发展，为国家大遗址保护专项经费的开始决策和具体划拨提供了有效的技术支撑。④ 针对一些具体的文化遗产，国家和地方也有针对性地制定了保护规划，如《盘龙城遗址总体规划》⑤ 明确提出应遵照“保护为主、抢救第一、合理利用、加强管理”的方针展开保护工作。

---

① 《晋中市文物事业“十一五”发展规划》，［2010－8－12］. http://www.sxjz.gov.cn/jz/cms/web/preview1.jsp? TID=20071227173039797974150。

② 《长沙市文物事业“十一五”发展规划》，［2010－8－13］. http://law.baidu.com/pages/chinalawinfo/1692/14/09b44a72eda86795500b328a98d5e74f_0.html。

③ 《“十一五”国家重要大遗址保护规划纲要》，［2010－8－12］. http://www.360doc.com/content/10/0821/20/2471808_47763845.shtml。

④ 傅晶：《“十一五”国家重要大遗址保护规划创新成果》，《建筑历史》2006年第22期。

⑤ 《盘龙城遗址保护规划方案出台》，［2010－8－15］. http://news.sina.com.cn/c/2007－03－31/065111535524s.shtml。

“十一五”期间，各地区纷纷制定文化遗产保护工作计划，如浙江省文化厅印发的2007①、2010②年非物质文化遗产保护工作计划，黑龙江出台的《关于加强文化遗产保护工作的意见》③，这是该省首次制定有关文件遗产保护的规划，并建立起厅际联席会议制度。2010年，国家文物局制定了重点工作计划④，计划完成文物调查与数据库管理系统建设项目的综合评估和总结，实现基本廓清全国馆藏文物家底的预期目标，组织编制《文化遗产保护科学和技术“十二五”发展规划》，凝练重大科技专项，召开全国文物科技工作会议，积极探索文化遗产保护创新联盟的体制研究和建设。

（二）创新性文化遗产科技管理政策

除了文化遗产保护政策中对科技管理的规定外，“十一五”期间，国家还纷纷出台了一系列的文化遗产科技管理政策，包括科研基地的建设、科研课题管理、科技奖励、科研经费管理等方面的政策。

1. 文化遗产保护科研基地建设政策

“十一五”期间，国家文物局与其他单位合作，已在全国范围内建立起多个科研基地（见表1）。

表1 “十一五”期间国家文物局重点科研基地

科研基地	建成时间	合作单位
空间信息技术在文化遗产保护中的应用研究国家文物局重点科研基地	2008年	清华大学
金属与矿冶文化遗产研究国家文物局重点科研基地	2008年	北京科技大学
博物馆数字展示研究国家文物局重点科研基地	2008年	湖南省博物馆

① 《浙江省文化厅关于印发2007年非物质文化遗产保护工作计划安排的通知》，[2010-8-17]. http://law.baidu.com/pages/chinalawinfo/1692/95/1c8b09c6ea15a499fd2e8849321ea460_0.html。

② 《2010年浙江省非物质文化遗产保护工作计划》，[2010-8-23]. http://wenku.baidu.com/view/5d06ce0e7cd184254b353514.html。

③ 黑龙江出台《关于加强文化遗产保护工作的意见》，http://www.ccrnews.com.cn/100004/100006/2478.html。

④ 《国家文物局2010年重点工作计划》，[2010-8-25]. http://www.sach.gov.cn/tabid/312/InfoID/23331/Default.aspx。

续表

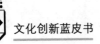

科研基地	建成时间	合作单位
馆藏文物保存环境国家文物局重点科研基地	2008 年	上海博物馆
文物建筑测绘研究国家文物局重点科研基地	2008 年	天津大学
陶质彩绘文物保护国家文物局重点科研基地	2009 年	秦始皇兵马俑博物馆
砖石质文物保护国家文物局重点科研基地	2009 年	西安文物保护修复中心
古陶瓷保护研究国家文物局重点科研基地	2009 年	故宫博物院
古陶瓷科学研究国家文物局重点科研基地	2009 年	中国科学院
中国国家水下文化遗产保护宁波基地	2010 年	浙江省文物局
中国国家水下文化遗产保护青岛基地	2010 年	青岛市文物局

数据来源于国家文物局网站．［2010－7－23］．http：//kj. sach. gov. cn/kyjg_ more2. asp？JJ_ id＝20。

这些科研基地结合所在地区文化遗产资源分布的特点，有所侧重地展开一系列文化遗产保护科研活动，充分发挥其科研创新、学术交流、成果试点、人才培养的作用。

为保证科研基地的科研质量，提高其科研水平，国家文物局在《国家文物局重点科研基地管理办法》（2004 年发布）的基础上，于 2007 年颁布了《国家文物局重点科研基地运行评估规则》，规定从科研基地的总体定位、发展潜力、研究水平和社会贡献、队伍建设、人才培养、开放交流与运行管理等方面对科研基地进行总体评估，贯彻“公平、公正、公开”的原则。①

2. 文化遗产保护课题研究政策

科研项目的研究工作直接影响文化遗产科技保护的水平及先进性。为保证科研项目的质量，提高科技工作的水平，国家文物局在《文物保护科学和技术研究课题管理办法》、《文物保护科学和技术研究课题招标评标暂行办法》（2003 年发布）等制度的基础上，于 2007 年发布了《文化遗产保护领域国家科技支撑计划课题管理暂行办法》②，对课题的立项、实施都作出了具体的规定，加强文化遗产保护领域国家科技支撑计划项目的规范化、科学化管理，保障支撑计划项

① 《国家文物局重点科研基地运行评估规则》，［2010－7－18］．http：//www. law-lib. com/law/law_ view. asp？id＝277874。

② 《文化遗产保护领域国家科技支撑计划课题管理暂行办法》，［2010－7－23］．http：//www. sach. gov. cn/tabid/134/ctl/InfoDetail/InfoID/13732/mid/1632/Default. aspx？ContainerSrc＝［G］Containers%2f_ default%2fNo＋Container。

目目标的完成。同年，国家文物局发布了《文化遗产保护领域国家科技支撑计划课题第三方机构评估咨询管理暂行办法》①，对受国家文物局委托、独立开展支撑计划评估咨询的工作机构进行规范管理，从而推动和保障支撑计划课题研究的顺利开展。

3. 文化遗产保护科研经费政策

科研经费是保障文化遗产保护科研工作得以顺利展开的基础。2006 年，国家文物局发布了《文化遗产保护科学和技术发展“十一五”规划》。② 该规划规定：建立多渠道的科技投入体系，充分发挥政府在文化遗产保护科技投入中的主导作用，并积极引导全社会的文化遗产保护科技投入和捐赠。各级文物行政部门要把促进文化遗产保护科技工作发展的投入，特别是要把提高自主创新能力的投入作为一项战略性投资，在本级经费预算中设立文化遗产保护科技专项经费，并逐年增加，增加的幅度要高于文化遗产保护经费的增长幅度。每年文化遗产保护科技投入比例不少于保护经费的 3.8%，对科技成果推广应用项目和科技示范项目的投入不少于文化遗产保护专项经费的 10%。继续加大对国家文物局重点科研基地的投入，通过科技成果推广与保护专项实施相结合的方式，调整和优化文化遗产保护科技经费的投入方式，增强政府投入调动社会科技资源的能力，形成多元化、多渠道、高效率的科技投入体系，提高科技经费的使用效益。

4. 文化遗产保护科技标准政策

依据《中华人民共和国标准化法》和《中华人民共和国标准化法实施条例》，2007 年国家文物局制定《文物保护行业标准管理办法》，用以加强对文物保护行业标准的管理。③ 2008 年国家文物局发布《全国文物保护标准化技术委员会章程》，用以贯彻落实科学发展观，促进文物、博物馆行业自主创新，规范文物保护与管理工作，推动文物保护科学技术的进步。④

---

① 《文化遗产保护领域国家科技支撑计划课题第三方机构评估咨询管理暂行办法》，[2010-7-24]. http://www.shanxigov.cn/n16/n8319541/n8319627/n8329045/n8329990/n8334071/8946782.html。

② 《文化遗产保护科学和技术发展“十一五”规划》，[2010-8-02]. http://www.zhuokearts.com/view.asp?keyno=80293。

③ 《文物保护行业标准管理办法（施行）》，[2010-8-03]. http://kj.sach.gov.cn/bzgf_detail.asp?t_id=2728。

④ 《全国文物保护标准化技术委员会章程》，[2010-8-05]. http://kj.sach.gov.cn/bzgf_detail.asp?t_id=4290。

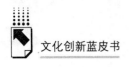

“十一五”期间，国家文物局还制定了一系列文化遗产保护方面的标准，用以规范文化遗产保护工作（见表2）。

表2　文化遗产保护相关行业标准摘录

标准号	标准名称	颁发时间
WW/T0001-2007	古代壁画病害与图示	2008年
WW/T0002-2007	石质文物病害分类与图示	2008年
WW/T0003-2007	馆藏出土竹木漆器类文物病害与图示	2008年
WW/T0004-2007	馆藏青铜器病害与图示	2008年
WW/T0005-2007	馆藏铁质文物病害与图示	2008年
WW/T0006-2007	古代壁画现状调查规范	2008年
WW/T0007-2007	石质文物保护修复方案编写规范	2008年
WW/T0008-2007	馆藏出土竹木漆器类文物保护修复方案编写规范	2008年
WW/T0009-2007	馆藏金属文物保护修复方案编写规范	2008年
GB/T 22527-2008	文物保护单位标志	2009年
GB/T 22528-2008	文物保护单位开放服务规范	2009年
WW/T 0010-2008	馆藏金属文物保护修复档案记录规范	2009年
WW/T 0011-2008	馆藏出土竹木漆器类文物保护修复档案记录规范	2009年
WW/T 0012-2008	石质文物保护修复档案记录规范	2009年
WW/T 0013-2008	馆藏丝织品病害与图示	2009年
WW/T 0014-2008	馆藏丝织品保护修复方案编写规范	2009年
WW/T 0015-2008	馆藏丝织品保护修复档案记录规范	2009年
WW/T 0016-2008	馆藏文物保存环境质量检测技术规范	2009年
WW/T 0017-2008	馆藏文物登录规范	2009年
WW/T 0018-2008	馆藏文物出入库规范	2009年
WW/T 0019-2008	馆藏文物展览点交规范	2009年
WW/T 0020-2008	文物藏品档案规范	2009年

数据来源于国家文物局网站.［2010-8-05］. http：//kj. sach. gov. cn/bzgf_ more. asp? JJ_ id=16。

（三）专门的文化遗产保护科技政策

1982年11月19日，第五届全国人民代表大会常务委员会第二十五次会议通过了《中华人民共和国文物保护法》①。文物保护方面终于有了一部正式的法律。

① 《中华人民共和国文物保护法》，［2010-8-05］. http：//baike. baidu. com/view/45407. htm。

迄今，这部法律历经了三次修改，文化遗产保护的观念有了质的提升，开始了真正意义上的文化遗产保护。“十一五”期间，我国还针对不同的文化遗产类型，制定了不同的科技保护政策。

1. 中国世界文化遗产保护科技政策

2006年，国家文化部颁布了《世界文化遗产保护管理方法》①。上述办法提出，应当建立全国性的世界文化遗产保护记录数据库，并利用高新技术建立世界文化遗产管理动态信息系统和预警系统。同年，《中国世界文化遗产专家咨询管理办法》②、《中国世界文化遗产监测巡视管理办法》③ 相继出台，国家文物局在《中国世界文化遗产专家咨询管理办法》中规定应从文物保护、规划、建筑、考古、历史、景观、法规等相关领域内遴选具有较高学术造诣的专家学者组成专家库，并实施开放式动态管理，可随时将具备条件的专家纳入专家库，还可依据需要，邀请少量外籍专家进入专家库。《中国世界文化遗产监测巡视管理办法》中规定对世界文化遗产实行国家、省、世界文化遗产地三级监测和国家、省两级巡视制度，具体包括日常监测、定期监测、反应性监测以及定期或不定期巡视。鼓励使用先进科学技术手段，对世界文化遗产开展多学科、多部门合作的监测。作为《世界文化遗产保护管理方法》的有益补充，两个办法进一步细化了我国的世界文化遗产保护政策，共同指导着中国的世界文化遗产科技保护。

2007年5月，中国国家文物局、国际文化财产保护与修复研究中心、国际古迹遗址理事会和联合国教科文组织世界遗产中心在北京联合举办了“东亚地区文物建筑保护理念与实践国际研讨会”，讨论了文物建筑保护和修复的理念与实践，尤其是北京的三处世界遗产的保护与修复工作，并通过了《北京文件——关于东亚地区文物建筑保护与修复》。④ 该文件指出，文物建筑维修与修复应以保持相关信息来源的真实性完好无损为目的，对于延续下来的传统保护方法，在当前仍然可行的情况下，应予以尊重，如对建筑物表面重新进行油饰彩

① 《世界文化遗产保护管理方法》，[2010-8-19]. http://baike.baidu.com/view/1224751.htm。

② 《中国世界文化遗产专家咨询管理办法》，[2010-8-15]. http://www.sach.gov.cn/tabid/314/InfoID/13730/Default.aspx。

③ 《中国世界文化遗产监测巡视管理办法》，[2010-9-23]. http://www.hhtt.cn/artshow.asp?id=770。

④ 《北京文件》，[2010-08-18]. http://www.sach.gov.cn/tabid/230/InfoID/7020/Default.aspx。

画。该文件还指出，对文物建筑应进行定期的防护保养，修复过程中材料和结构的替换或更新应保持在合理的最小的程度，以便尽可能多地保留历史材料。只有在需要采取相应的措施，替换腐朽或破损的构件或构件的某些部位，或需要修复时，方可进行更换。在维修木结构时，选用替换木材应适当尊重相关价值。新的构件或新构件的某些部分应用相应的树种制作，如果无法做到这一点，则应与被替换构件保持相似的特性，这一点至关重要。从现场拆移下来的任何重要材料均应予以保存，以供研究和教学之用。

各地将世界文化遗产保护政策具体化，制定了本地的世界文化遗产保护政策，如《“福建土楼”文化遗产保护管理办法》①，其中也含有科技保护的内容。

2. 中国国家文化遗产保护科技政策

中国国家文化遗产保护政策是与世界遗产保护直接接轨的政策之一。2007年，国务院批准了新中国成立以来第一个在国家层面上以遗产地（包括文化、自然和混合遗产地）为对象的专项保护规划纲要——《国家文化和自然遗产地保护“十一五”规划纲要》，体现了国家遗产管理体制的改革与发展。②

与此同时，各地区根据《中华人民共和国文物保护法》，纷纷制定本地区文化遗产保护政策，加强对本地区国家文化遗产的保护，如《陕西省文物保护条例》(2006)③、《吉林省文物保护条例》(2007)④、《江西省文物保护条例》(2007)⑤以及《成都市文物保护管理条例》(2006年修订)⑥、《沈阳市地上不可移动文物和地下文物保护条例》(2009)⑦，这一系列的保护政策，都对文化遗

① 《“福建土楼”文化遗产保护管理办法》，[2010-9-23]. http://baike.baidu.com/view/2726731.htm。

② 《国家文化和自然遗产地保护“十一五”规划纲要》，[2010-8-28]. http://www.sdpc.gov.cn/shfz/t20070611_140660.htm。

③ 《陕西省文物保护条例》，[2010-8-15]. http://www.china.com.cn/law/flfg/txt/2006-09/13/content_7157177.htm。

④ 《吉林省文物保护条例》，[2010-8-16]. http://law.baidu.com/pages/chinalawinfo/1693/93/90c1286d89b0f10a059a1937c0619773_0.html。

⑤ 《江西省文物保护条例》，[2010-8-23]. http://www.npc.gov.cn/npc/xinwen/dfrd/jiangxi/2007-01/25/content_357230.htm。

⑥ 《成都市文物保护条例》，[2010-9-12]. http://www.chinaacc.com/new/63%2F74%2F117%2F2007%2F1%2Fwa16201034131511700215480-0.htm。

⑦ 《沈阳市地上不可移动文物和地下文物保护条例》，[2010-9-13]. http://www.china.com.cn/law/flfg/txt/2006-08/09/content_7066261.htm。

产的科技保护提出了明确的要求，指出应当注重对文物、博物专业技术人才的培养，对不可移动文物实行原址保护原则，鼓励文物收藏单位研发相关文化产品，传播科学文化知识，开展社会教育服务活动，参与当地文化建设，鼓励境内外组织和个人通过捐赠等方式依法设立文物保护社会基金，文物收藏单位修复馆藏文物应当具有文物修复资质，并建立修复记录档案。

3. 中国非物质文化遗产保护科技政策

《关于加强我国非物质文化遗产保护工作的意见》是我国非物质文化遗产保护的主要政策依据。2006 年，国家文化部颁布了《国家级非物质文化遗产保护与管理暂行办法》①，国家级非物质文化遗产的保护，实行“保护为主、抢救第一、合理利用、传承发展”的方针，坚持真实性和整体性的保护原则。提出建立国家级非物质文化遗产数据库。2007 年，商务部、文化部发布《关于加强老字号非物质文化遗产保护工作的通知》以切实加强对老字号非物质文化遗产的保护。各市商业、文化主管部门要通力合作，并争取财政、建设、工商等部门的支持，把老字号著名商号、著名品牌②。2006 年，江苏省发布了《非物质文化保护条例》，提出建立非物质文化遗产档案及相关数据库，建立本省非物质文化遗产保护的专家咨询制度，坚持“保护为主、抢救第一、合理利用、传承发展”的方针，正确处理保护和利用的关系，坚持“政府主导、社会参与，明确职责、形成合力；长远规划、分步实施，点面结合、讲求实效”，建立集工作平台、宣传教育和检索服务等诸多功能于一体的非物质文化遗产保护工作网站。此外，浙江等地的非物质文化遗产科技保护工作也表现突出。

4. 中国历史文化名城名镇名村保护科技政策

2008 年，国务院公布施行了《历史文化名城名镇名村保护条例》③，是我国保护历史文化名城名镇名村的第一部国家法规，对历史文化名城名镇名村提出了整体性保护要求。在此基础上，各省、市纷纷制定了对本地区非物质文化遗产保

① 《国家级非物质文化遗产保护与管理暂行办法》，［2010 – 9 – 15］. http：//baike. baidu. com/view/2446531. htm。

② 《关于加强老字号非物质文化遗产保护工作的通知》，［2010 – 9 – 14］. http：//news. 9ask. cn/zclaw/zcf/200905/176855_ 2. html。

③ 《历史文化名城名镇名村保护条例》，［2010 – 8 – 23］. http：//www. gov. cn/zwgk/2008 – 04/29/content_ 957280. htm。

护的条例，如沈阳历史文化名城保护条例、哈尔滨市历史文化名城保护条例、江苏省泰州市《泰州历史文化名城保护规划》①、《梅州市历史文化名城保护管理办法》②，这些规定，注重保护历史文化名城的历史风貌、传统格局和环境，确定历史文化名城保护的总体目标、保护原则和保护内容，以及历史文化名城、历史文化街区、文物保护单位的保护范围和建设控制地道，划定地下文物埋藏区，提出保护措施和建设控制要求。一些名城名镇，如安徽省黟县宏村镇宏村、湖南省岳阳县张谷英镇张谷英村等地，在科学政策的指导下，纷纷身体力行，取得科技保护的显著成绩。

5. 中国大遗址保护科技政策

《“十一五”国家重要大遗址保护规划纲要》③ 是国家文物局为国家“十一五”期间36处国家重大遗址的保护和管理工作决策和项目经费提供的纲要性的规划咨询。2006年，陕西省通过了《陕西省文物保护条例》④，发布了《陕西省人民政府关于贯彻落实国务院加强文化遗产保护工作的实施意见》⑤。2008年，国家文物局在西安举办“大遗址保护高峰论坛”，发布《大遗址保护西安共识》⑥，呼吁各级政府及全社会“推动大遗址保护、推进城市和谐发展”。该西安宣言对历史建筑、古遗址和历史地区的环境提出了评估、管理和保护的方法，在此基础上，西安市制定了《西安市周丰镐京、秦阿房宫、汉长安城和唐大明宫遗址保护管理条例》⑦ 等法规，提出大遗址保护范围内不能安排大、中型基本建设项目和城市、村镇发展避开大遗址的原则，划定区域，加强对重点保护范围内

---

① 《泰州历史文化名城保护规划》，［2010－8－23］. http：//www. jiangsu. gov. cn/whjs/zcgh/201006/t20100602_ 460822. htm。

② 《梅州市历史文化名城保护管理办法》，［2010－9－23］. http：//www. cityup. org/policy/local/20090518/48619. shtml。

③ 《“十一五”国家重要大遗址保护规划纲要》，［2010－8－23］. http：//www. 360doc. com/content/10/0821/20/2471808_ 47763845. shtml。

④ 《陕西省文物保护条例》，［2010－8－13］. http：//www. china. com. cn/law/flfg/txt/2006－09/13/content_ 7157177. htm。

⑤ 《陕西省人民政府关于贯彻落实国务院加强文化遗产保护工作的实施意见》，［2010－8－14］. http：//www. shaanxi. gov. cn/0/103/4706. htm。

⑥ 《大遗址保护西安共识》，［2010－9－23］. http：//www. ccrnews. com. cn/100004/100005/20608. html。

⑦ 《西安市周丰镐京、秦阿房宫、汉长安城和唐大明宫遗址保护管理条例》，［2010－8－15］. http：//renju. net. cn/rjcs－xa. htm。

重点文物的保护，指出城墙、台基、建筑基址等应为大遗址保护的主要部位，① 这一条例通过立法手段将大遗址保护和利用纳入城市总体规划，保证了历史文化名城保护规划的顺利实施。河南省也制定了《河南省古代大型遗址保护管理暂行规定》②，提出大遗址保护涉及面广，需要多学科合作，要从思想、目的、规划、工程等方面综合考虑，除了本体保护外，自然环境和人文环境的保护同样重要。

（四）文化遗产保护科技成果

在文化遗产保护科技政策的指导，“十一五”期间，文化遗产保护科技成果丰硕，成绩显著。一系列课题顺利结项，通过验收（见表3）③。

表3　“十一五”期间文化遗产保护科技成果汇总

立项时间	结项时间	项目名称	项目类型
2007	2010	空间信息技术在大遗址保护中的应用研究（以京杭大运河为例）	“十一五”国家科技支撑计划
2006	2009	古代壁画脱盐关键技术研究	“十一五”国家科技支撑计划课题
2006	2009	土遗址保护关键技术研究	“十一五”国家科技支撑计划课题
2006	2009	古代建筑琉璃构件保护技术及传统工艺科学化研究	“十一五”国家科技支撑计划课题
2006	2009	铁质文物综合保护技术研究	“十一五”国家科技支撑计划课题
2006	2009	文物出土现场保护移动实验室研发	“十一五”国家科技支撑计划课题
2005	2009	动物骨骼图谱	国家文物局项目
2005	2009	重庆丰都炼锌遗址群的综合研究	国家文物局项目
2005	2009	微生物在石质文物加固保护中的应用	国家文物局项目
2005	2009	中国蓝和中国紫研究	国家文物局项目
2005	2009	青海柴达木地区年轮年表的建立与考古定年、古文化	国家文物局项目
2008	2008	大运河遗产保护规划第一阶段编制要求研究	国家文物局项目

① 《河南省古代大型遗址保护管理暂行规定》，［2010－9－13］．http：//www. people. com. cn/item/flfgk/dffg/1995/D122045199505. html。

② 和红星：《新形势下历史文化名城保护与拓展探索》，《中国名城》，2009。

③ 数据来源于国家文物局网站，［2010－9－25］．http：//kj. sach. gov. cn/news_ detail. asp？t_ id＝10943，http：//kj. sach. gov. cn/kykt_ more. asp？JJ_ id＝23。

“十一五”期间，我国文化遗产保护科技方面的成果也获得了很多的奖励。近日，联合国教科文组织公布了2010年亚太地区文化遗产保护奖评选结果，同济大学常青教授主持的浙江台州北新椒街（海门老街）保护与再生工程获得荣誉奖①。国际评选委员会对这一成果给予了高度评价，指出“该工程通过延续这个地区的物质和社会结构，使当地的局面获得福祉。通过基础设施改造提升了生活品质，以地方材料和手工技艺修复了历史街廓和内部空间，活化了传统风俗，使百年老街得到了复兴”。2009年，由北京师范大学、西北大学、陕西省考古研究院联合参与的“文物虚拟修复和数字化保护技术的研究与用”项目，获得了国家科学技术进步二等奖②。五年来，国家文物局定期组织文物保护科技创新奖的申报和评选活动，一系列优秀的文物保护科技成果获得了表彰。如上海交通大学、中国科学院武汉岩土力学研究所等参与的“白鹤梁题刻原址水下保护工程研究与实践”，敦煌研究院、国家博物馆、中国社会科学院考古研究所、清华大学联合参与的“文物出土现场保护移动实验室研发”项目以及广东省文物考古研究所、交通运输部广州打捞局参与的“‘南海1号’整体打捞及保护”项目同时获得2010年文物保护科学技术创新一等奖；③ 此外，“馆藏文物保存环境应用技术研究”、“古代建筑油饰彩画保护技术及传统工艺科学化研究”、“古代壁画脱盐关键技术研究”、“东周纺织织造技术挖掘与展示——以出土纺织品为例”、“马王堆古尸‘整体—细胞—分子’三级保护模式的建立与运用”、“云冈石窟凝结水防治研究”6个项目获得2010年文物保护科技创新二等奖。

三 “十一五”期间文化遗产保护科技政策创新评价

“十一五”期间，我国的文化遗产保护科技政策不断完善创新、动态发展，并得以全面落实，逐步走向法制化、制度化和系统化。文化遗产保护的相关部门

① 《同济大学科研项目获 UNESCO 文化遗产保护奖荣誉奖》，[2010-10-8]. http://www.edu.cn/cheng_guo_zhan_shi_1085/20101008/t20101008_526982.shtml。

② 国家科学技术部：《2009 年度国家科学技术进步奖目录》，[2010-9-12]. http://www.most.gov.cn/cxfw/kjjlcx/kjjl2009/201001/P020100113573600790206.pdf。

③ 《关于公示2010年度文物保护科学和技术创新奖拟奖励名单的通知》，[2010-9-28]. http://kj.sach.gov.cn/news_detail.asp?t_id=10943。

坚持科学发展观，广泛地参与文化遗产保护工作中，逐渐形成政府主导、社会参与的协作保护机制，政府部门在政策制定、经费投入、文化遗产抢救保护活动的组织、文化遗产日的设立以及文化遗产标志的设立与颁布中发挥着积极主导的作用。与此同时，民间组织、个人的保护力量得到强化，除国有文化事业机构外，民营、企业办、社会办等各种力量也开始关注文化遗产的保护，社会参与的积极性很高。我国的文化遗产保护科技政策，一方面紧随文化遗产保护国家化发展的态势，又注意突出本国的特色，初步形成了具有中国特色的文化遗产政策体系，这在我国的世界文化遗产保护科技政策、历史文化名城保护科技政策、大遗址保护科技政策、中国非物质文化遗产保护工程科技政策，文物与非物质文化遗产普查和分级管理政策中均有体现。

（一）文化遗产保护科技政策创新的优势

创新是科学研究的基本要求与本质特点。“十一五”期间，我国文化遗产保护的科技政策，从制定、颁布到执行，始终秉承“改革·发展·创新”的理念，紧跟时代发展的步伐，契合中国实际情况，收效显著，主要体现如下。

1. 推陈出新，文化遗产保护科技管理制度渐成体系

“十一五”期间，在原有基础上，我国出台了一系列文化遗产保护的科技管理政策，涉及科研基地的建设、科研课题管理、科技奖励、科研经费管理等方面。随着这些政策的不断出台和全面落实，我国的文化遗产保护科技管理政策正逐步走向法制化、专门化和系统化。

正如前文所叙述的那样，文化遗产保护科技政策已经基本覆盖世界文化遗产、中国国家文化遗产、历史文化名城、大遗址等各个领域，既吸收了国际文化遗产保护政策的优点，也开始形成自己的个性，尤其是在大遗址保护科技政策方面，形成了富有特色的科技制度创新。综合看来，“十一五”期间我国文化遗产科技政策既有普适性，又有专指性；既有国家层面的，也有地方性的。迄今，文化遗产保护科技政策得到了系统的梳理，文化遗产保护科技政策体系已基本形成。

2. 政府主导，文化遗产保护科技管理联动机制得到加强

“十一五”期间，在文化遗产保护科技政策的指导下，我国的文化遗产保护科技管理水平不断提高，管理形式有了进一步的创新。文化部及国家文物局和地方文化部门积极配合，摆脱过去各自为政、缺乏沟通的局面，初步建立起文化遗产科技保护的联动机制。文化部及国家文物局对全国的文化遗产科技保护工作实行统筹规划、政策方针上的指导，拟定文化遗产保护的发展策略，制定规章制度，地方各级各类文物部门积极配合行动，沿着文化部及国家文物局制定的发展路线，结合本地区实际情况，积极发展本地区文化遗产保护科技工作，共同促进我国文化遗产保护科技工作的进步。在实际保护工作中，国家和地方部门不断健全和完善科技管理的法规制度，实现对科技项目的全程管理，确保科技工作切实有效、有序地进行，不断完善科学技术评价体系、奖励机制，推进优秀科研成果应用、推广、转化等，对科技人才、科研经费和科研设备等科技资源进行合理配置，不断加大科研投入，开展科技攻关。以非物质文化遗产保护为例，文化部副部长王文章曾指出，近年来我国的非物质文化遗产保护领域不断拓展，中央和省级财政已累计投入 17.89 亿元用于非物质文化遗产保护，非物质文化遗产的科学保护体系正在逐步形成。①

3. 技术领先，文化遗产保护科技创新水平大幅提升

“十一五”期间，国家和地方各部门积极学习借鉴相关学科的知识，引进该领域先进的技术手段，不断实现着技术上的创新。以“十一五”期间国家文物局表彰的文化遗产保护科技创新项目为例，一系列先进的技术被成功地运用于文化遗产保护领域。空间信息技术在通信、物流管理、土地资源管理以及农业可持续发展等领域已得到广泛应用，但应用于文化遗产保护，尚属首例。我国将空间信息技术应用于京杭大运河的保护之中，充分发挥应用地理信息系统（GIS）、遥感（RS）、全球定位系统（GPS）、虚拟现实系统（VR）等先进技术的优势，极大提高了我国大遗址保护的水平。同时，生物技术也被很好地运用到文化遗产保护之中，如获得 2005 年文物保护科技创新一等奖的项目——“生物技术在文物保护领域的应用研究——出土丝织物加固处理”以及国家文物局支持的“微生物在石质文物加固保护中的应用”研究。此外，防霉技术也在文物保护中被进一步活化利用，如“秦俑土遗址及相关文物防霉保护研究”项目。“银器文物抗变色处理”研究则采用杂环缓蚀剂对银器文物进行复合缓释保护处理。诸如

① 王文章：《17.89 亿投入非物质文化遗产科学保护》，［2010－09－23］. http：//tech.sina.com.cn/d/2010－06－02/10394260877.shtml。

此类的保护案例非常多，充分说明了当前我国的文化遗产保护在立足传统保护技术和手段的基础上，积极借鉴其他行业领域的先进技术手段，不断强化保护能力，科学保护文化遗产的能力有了极大提高。

4. 立足实践，文化遗产保护科技创新平台不断拓展

“十一五”期间，随着文化遗产保护科技政策的创新、管理水平的提高、先进保护技术的引进和运用，我国的文化遗产保护科技成果也在数量、形式和内容上不断实现着创新。“十一五”时期的文化遗产保护科技成果，数量较“十五”时期有了很大的提高，其形式也多种多样，有的是网站建设，有的是数据库的建设，有的是新型技术的研发与运用，有的则已经付诸实践，并收到很好的效果。“十一五”期间，文化遗产保护科技创新平台基本搭建完成，初步实现了科技法规、标准、管理规范和科技成果的共享。一些文化遗产保护的技术手段和形式，已由简单的模仿跟踪转向创新性超越。其中最为典型的就是我国的水下考古技术，这一技术已在“南海 1 号”的水下整体打捞中得以体现。值得一提的是，“十一五”期间我国文化遗产保护的科研工作，逐渐改变了传统的为了研究而研究的状况，更注重加强与现实的联系，文化遗产的现状给保护工作提出了问题，而保护工作的开展以及保护技术的研发则是在实践中不断展开的，其研究成果的先进性也是在实践中不断得到印证的。

（二）文化遗产保护科技政策创新的不足

“十一五”时期，我国的文化遗产保护科技政策在制定、执行以及收效上都取得了重大进步，不断实现着创新，这是国家和地方各部门相互协作的结果，也是文物保护工作者和研究人员共同努力的成果，值得我们坚持并不断推进其发展。但是，我国的文化遗产保护科技政策体系刚刚建设起来，不可避免地会存在一些不足和缺陷，主要体现在如下几方面。

1. 文化遗产保护科技政策执行力不强

从当前的情况看，政府的作用还没有得到充分的发挥，政策的执行力度不够大，对于一些科技政策的制定和执行，尚有些流于形式，相关方面并没有真正认识到保护本地区文化遗产的重要性和紧迫性。科技管理部门普遍存在“重管理、轻科技、轻应用”的问题，忽视了科研后期工作，对科技成果推广和转化不够重视，缺乏专门的科技成果推广转化中介机构。同时，政府在调动当地企业参与文化遗产保护方面力度不够，企业参与文化遗产保护的积极性不高、意识不强，这直接影响到文化遗产保护工作的开展。

2. 文化遗产保护科技经费投入不够

“十一五”期间，用于文化遗产科技保护的经费投入已有很大增加，但占同期财政支出的比例未有明显提高。从经费途径上看，文化遗产科技保护目前主要依靠国家拨款，以中央和地方政府投入为主，这些经费目前只能用于抢救性的重要科技工作，用于先进技术的研发和试用的部分非常有限，对科技成果转化的支持力度明显不足，不利于文化遗产的保护。

3. 文化遗产保护科技创新人才不足

随着“科教兴国”战略的提出，“十一五”时期我国对文化遗产科技保护人才的培养有了一定程度的加强，目前，我国的文博系统已经形成一个高等教育、中等教育、在职干部继续教育和岗位培训相结合，能够培养从中专到博士的多层次、多形式的文博专业教育结构，培养了大批文博专业的保护人才，人才素质有了很大的提高，但与发达国家相比，从数量上看，我国科技人才在总量上占明显优势，但从其占劳动人口的比例上看，则还远远落后于诸多国家，且科技人才分布不均，从而造成科技发展区域失衡、部门失衡、层次失衡，同时，具有较高科技水平、能够进行高新技术创新的人才并不多。

4. 文化遗产保护科技成果转化不力

我国的科技产出每年都以一定的速度增长，但科技产出与成果转化之间存在严重脱节现象，不少技术不够成熟，配套性不强，工艺性差，无法直接用于生产；为科技成果转化服务的中介机构发展缓慢，作用不明显，功能不完善。同时，由于缺乏政策引导，科研机构、高等院校、文化遗产保护单位在科技成果的产出、转移和应用上只能依靠初级的自发的市场，效益不高。此外，科技成果转化组织体系不健全、科技成果信息不畅等因素都直接影响着科技成果转化的进度和效果。①

四 “十二五”期间文化遗产保护科技政策展望

“十二五”期间，我国文化遗产保护科技政策方面应重点做好以下工作。

---

① 刘建华：《我国历史文化遗产保护科技成果推广转化现状及对策研究》，《东南文化》2005 年第 4 期。

（一）强化文化遗产保护科技政策执行力

“十二五”期间，国家和地方政府部门要深刻认识到政策引导和政府促动是推进文化遗产保护科技工作的必要手段，要在本系统中广泛宣传文化遗产保护工作的重要性，切实贯彻执行文化遗产保护的科技政策，积极探索科技政策创新的目标方向，全力寻求政策创新的途径手段，打造一个起点较高、体系完备的政策环境，推动文化遗产保护工作有一个跨越式的发展。

各部门要坚持在工作中总结经验，及时跟踪评估和修改现有科技政策，加大科技政策制定过程的透明度，让更多的人参与到科技政策的制定过程中来，使科技政策能够更加符合我国的实际情况和适应社会环境，减少科技资源的浪费，防止盲目地制定不切实际的目标。“十二五”期间，应将制定一部文化遗产保护科技成果转化条例作为首要大事，用它来指导和促进文化遗产的保护工作。

各级政府应加强调研，完善管理，加大现有政策的执行力度，在全面指导技术创新工作的基础上，提高科技政策的前瞻性和主动性，鼓励和带动企业参与到文化遗产保护的技术创新中来，牢牢抓住技术创新的市场需求，不断提升科技管理部门的地位。同时，设立独立的科技政策评估机构，对政策的执行效果进行预测和评价，引入科技政策制定的“问责制”，将提高我国科技政策制定、执行、调整的科学性、系统性和稳定性，减少短视政策的产生，提高科技政策的执行力。①

（二）增加文化遗产保护科技投入

“十二五”期间，国家和地方文化遗产保护部门要进一步健全财政科技投入机制，增加文化遗产保护科技投入，应保证科技投入的增长高于 GDP 的增长，不仅要增加对基础研究的投入，增强原始创新能力，而且要引导企业增加科技投入，在保证科技经费投入以国家为主的基础上，加大企业对科技经费的投入力度，努力构建起文化遗产保护科研成果转化经费分级保障机制。一方面，文化部、国家文物局与财政部要对全国各地的物质文化遗产和非物质文化遗产保护现状、经费需求展开联合调查，按计划制定保护机制，并与文化遗产保护属地管理制度有机结合起来，修订相

① 周柏春：《中国科技政策发展的历程、战略重点、存在问题及其对策》，《科技管理研究》2010年第11期。

关政策法规，理顺文化遗产保护机制，确保各级文化遗产得到有效保护和合理利用。另一方面，发达地区省市要加快建立省级政府保障同级文化遗产保护经费的机制。

（三）推进文化遗产保护科技成果的应用转化

加强文化遗产保护科研成果的应用转化是“十二五”阶段要重点关注的问题。加强科研成果的转化，首要的是加强科技政策的引导。文化部及国家文物局应协同有关部门，尽快制定科技成果转化的相关法律规定，加强对文化遗产保护科技成果转化的法律保障。充分发挥国家各级文化部门、文物管理部门、文博单位在科技成果转化中的责任，加快建立其科技成果推广转化的组织体系，加大对科技成果推广转化的投资力度，完善文化遗产保护科技成果转化的运行机制，建立与完善文化遗产保护科技成果转化的激励机制，加强知识产权保护，实行科技成果的市场准入制度和专家论证制度，加强国内外文化遗产保护科技成果的交流，搭建科研成果转化的基础平台，为科研成果转化与推广工作查询提供便捷的工具和平台，真正实现科研成果的信息共享。

（四）培养文化遗产保护科技创新人才

“十二五”时期，国家及地方各级部门应加大科研奖励力度，重奖有突出贡献的发明人，结合多种科技创新奖励机制，制定能够吸引和留住一流人才的措施和政策，努力营造能令科技人才脱颖而出的环境。

树立“以人为本”的思想，结合保护工作的实际，依靠社会力量做好科技人才的培养工作，积极开展学历教育，培养创新人才，贴近实际，积极开展岗位培训和继续教育，重视各类文化遗产保护方面的教育培训工作，重视各类文化遗产保护的职业教育，采取措施，加强兼职教师队伍建设，积极吸引来自历史、考古、人文地理、城市规划、化学、生物、物理、地质、机械等不同专业、不同学科的专家学者参与到文化遗产保护的教育培训中来。①

此外，针对缺乏有效激励科技人员从事历史文化遗产保护科技工作的手段这一现实，考虑到他们是科技成果的创造者和推广者，要充分发挥科技人员的积极性，实现科技成果的转化。

---

① 单霁翔：《关注文化遗产保护人才培养》，《中国文物科学研究》2008 年第 4 期。

总　结

“十一五”期间，我国的文化遗产保护科技政策渐成体系，在指导和规范文化遗产保护科技工作方面发挥了积极的作用。这一时期，我国的文化遗产科技保护成绩显著，进步巨大，这一切，源于国家相关部门结合国内实际情况作出的科学决策、广大文化遗产保护工作者的积极探索。“十二五”期间，我们一方面要肯定成绩，总结经验，另一方面，更要积极地发现问题、解决问题。我们相信，下一个阶段，我国的文化遗产保护科技政策将进一步健全完善，科技管理水平将进一步提高，科学技术将不断进步，科技应用机制将更加健全，文化遗产保护科技工作将得到进一步发展。

The Innovation of Technology Policy of the Preservation of Cultural Heritage

Zhou Yaolin　Li Bo　Dai Yang

Abstract: As the human cultural crystallization and the most valued common asset, the cultural heritage is the cultural lifeline which perpetuate the human society. China is abundant in cultural heritage resources. Strengthening the protection of the cultural heritage is an inescapable historical mission. During the period of the 11th Five-Year Plan, a whole set of S&T policies of the cultural heritage protection have been formulated and adjusted. More innovation have been made in the aspects of S& T management, science and technology and so on. But there are still problems on the execute power of S&T policy, S&T investment, S&T talents training and so on. During the 12th Five-Year Plan, enrich and perfect the S&T policy of the cultural heritage, in order to guarantee the further development of the work of the cultural heritage preservation.

Key Words: The 11th Five-Year Plan; The preservation of cultural heritage; S&T policy; Innovation

B.12

何谓“文化发展”?

毛少莹*

摘　要：二战后，“发展”成为时代的主题；10余年来，“文化发展”成为国内外文化理论界和实务界在各种研究文章、政策文本中，出现频率最高的“热词”之一，但是，何谓“文化发展”，却少见界定或论述。本文结合发展/现代化理论、文化研究理论等，对什么是“文化”、什么是“发展”，什么是“文化发展”等基本问题进行分析，意在全面把握“文化发展”概念及其意义，以期明确和深化我们对“文化发展”的认识，更好地为促进我国文化的大发展、大繁荣作出贡献。

关键词：文化　发展　文化发展

引　言

文化在整个社会中起着至关重要的作用。从休闲娱乐活动到专业活动，人们生活的方方面面都在它的影响范围之内。近年来，文化在发展中的作用逐渐成为一个重要的政策问题，“文化发展”成为文化理论界和实务界使用频率非常高的“热词”。当然，在“文化发展”一词的一般使用中（如“少数民族文化发展”、“文化发展战略论坛”、“文化发展基金会”），它只是按照汉语的通用造词法，取“文化（领域）”的发展的一般意义，并不需要特别解释。但是，二战后，和平与发展成为时代的主题，专门研究“发展”问题的理论被建构出来，形成被称为“发展理论”的庞大体系。在“发展理论”中，“发展”被赋予了特定的内

* 毛少莹，博士，深圳市特区文化研究中心学术总监，研究员，主要从事公共文化政策、文化产业研究。

涵。而随着后工业社会的来临、全球化的推进、“文明的冲突”的彰显、文化创意经济的兴起，人们对“文化”意义的认识，也产生了新的变化。总之，随着发展理论和当代文化研究理论的发展，文化与发展的关系得到越来越多的关注，1995 年，世界文化和发展委员会（WCCD）①提出，“当文化被理解为发展的基础时，文化政策这一概念本身需要很大程度的拓宽”。1998 年联合国教科文组织专门制定了《文化政策促进发展行动计划》，该计划提出：“可持续发展和文化繁荣是相互依存的。人的发展的主要目的之一是使个人在社会和文化方面得到充分发展。”②此次会议标志着“文化发展”正式进入国际主流视野。我国十七大也提出，要“推动文化大发展、大繁荣”。那么，到底何谓“文化发展”？其内涵和外延是什么？如何处理“文化”与“发展”的关系？这些问题，显然值得系统探讨。本人在过去的一些文章中曾探究这一议题，但未能进行全面论述，借此机会再作探讨。③

一 “文化”与“发展”

众所周知，“文化”和“发展”都是属于内涵和外延不断丰富、拓展的“大概念”④——其本身“成长”的轨迹可以沿着某种堪称纵横交错的路网延伸到多个民族历史、多种相关理论的纵深处。比如追溯不同的地域、族群、历史背景、文明水平、学科理论等，都会找到解释这两个概念的诸多说法。所以，这里不打

---

① 世界文化与发展委员会（WCCD）于 1992 年由联合国和联合国教科文组织共同成立，在联合国前秘书长德奎利亚尔的主持下，委员会集中了国际社会一批一流的政治学家、经济学家、文化人类学家、历史学家、自然科学家、艺术家和政治家（其中不少人是诺贝尔奖获得者），在世界范围内进行了广泛的调查研究，起草了包括《文化多样性与人类全面发展》等里程碑式的报告。

② http：//www. ncac. gov. cn/servlet/servlet. info. InfoServlet? action = gblist&id = 219 UNESCO 于 1998 年 3 月 30 日至 4 月 2 日在瑞典斯德哥尔摩召开了政府间文化政策促进发展会议，与会者约 2400 人。149 个国家的政府、22 个国际政府间组织及 100 多个非政府组织、基金会、自愿组织和其他民间协会单位派出代表，与许多艺术家、学者和专家一起参加了会议。

③ 本人曾在 2002 年发表的《文化发展与可持续发展》（见《特区理论与实践》2004 年第 3 期）及 2009 年发表的《文化全球化与文化的全球政策的兴起》（见张晓明等主编《2009 中国文化产业发展报告》，第 87 页）等文及拙著《公共文化政策的理论与实践》一书（海天出版社，2008）中初步讨论过文化发展的问题。

④ 我认为，理论概念有大小之分，借用“大战略”的说法，我将一些概念视为“大概念”。

算专门梳理关于“文化”与“发展”概念的历史，而将“文化发展”作为主要的分析对象。

中国最早的“文化”概念是“文治和教化”的意思。在古汉语中，文化就是以伦理道德教导世人，使人“发乎情止于礼”。美国学者克罗伯和克拉克洪在《文化，概念和定义的批判回顾》中列举了欧美对“文化（culture）”的一百六十多种定义，认为“culture”主要有“耕种、养殖、驯化”等含义。中国科学院中国现代化研究中心在《中国现代化报告——文化现代化研究（2009）》中总结性地列举了文化的基本词义及理论含义（见表1）。

表1　文化的基本词义和理论含义

“文化”的基本词义		
编号	文化的词义	参考文献
1	耕作、耕耘、培养、教养	
2	智力和道德的培养	
3	专业训练	
4	通过智力和美学培训获得的教化;具有优良的艺术、人文和广泛的科学、职业技能的素养	
5	人类的知识、信仰和行为的综合模式,它依赖于学习和传承知识给后代的能力;民族、宗教和社会群体的习惯信仰、社会形态和物质特性;某时、某地人类共享的生活方式的特征;反映机构或组织特征的一套共享的态度、价值观、目标和实践;与某个特定领域、活动或社会特征相关的价值观、习俗或社会实践	
6	在培养基中培养活的材料的过程、活动和结果	
“文化”的理论含义		
1	文化或文明,就其广泛的民族学意义来说,是包括全部的知识、信仰、艺术、道德、法律、风俗以及作为社会成员的人所掌握和接受的任何其他才能和习惯的复合体	泰勒,2005
2	文化是一个组织起来的一体化的系统,它包括三个亚系统:技术系统、社会系统和思想意识系统	怀特,1988

注：本表根据《中国现代化报告——文化现代化研究（2009）》表1－2、表1－3合并而成。

资料来源于中国科学院中国现代化研究中心：《中国现代化报告——文化现代化研究（2009）》，北京大学出版社，2009，第7页。

1982年，联合国教科文组织（UNESCO）在墨西哥城举办的首次“世界文化政策会议”上，将“文化”界定为：“文化是一套体系，涵盖精神、物质、知识和情绪特征，使一个社会或社群得以自我认同。文化不仅包括文学艺术，也包括生活方式、基本人权观念、价值观念、传统和信仰。”2001年，联合国教科文组织《世界文化多样性宣言》中再次对文化作了类似的定义，即“应当把文化看作某一社会或社会群体所具有的一整套独特的精神、物质、智力和情感特征，除了艺术和文学以外，它还包括生活方式、聚居方式、价值体系、传统和信仰”。① 这可以看做是基于文化人类学对文化所作的一个权威界定。

研究比较世界各国不同的文化和文明类型时，学者们普遍指出，“文化”的核心内涵，在于价值观念，在于一种解答人生价值、生活意义等所谓终极关怀，关系到道德理想、审美体验等精神领域、心灵世界的“形而上”的、“超越”的思想、观念、态度和情感与心理系统。总之，文化需求是人类的基本需求之一，对文化娱乐日常需求的满足，形成了丰富多彩的日常文化娱乐生活，传统的文化服务（图书馆服务、博物馆服务等）正是以满足人们的基本文化需求为目标；文化为满足深层次的精神心理需求而与具体的艺术创作形式相结合，创造了艺术产品（文化艺术等）；与专门性的精神活动相结合，形成诸多专业领域（社会科学研究等）；而文化休闲娱乐等需求与市场的结合，成就了相关行业的发展，同时，文化也与众多经济行业相结合，创造经济价值。尤其是随着现代传播技术的发展，在经济转型、全球化等因素的影响下，现代文化产业大规模发展，极大地改变了文化的“势力范围”和发展格局。

“发展”（development）一词一般的中文语义指“事物由小变大，由简单到复杂、由低级向高级的变化。也指扩大（组织、规模）等，如发展重工业、发展党员”②。其英文 development 的一般含义亦与此相似。然而，二战后，“发展”逐渐成为一个专门的术语和全球性的主题，全球以“发展”为手段，致力于改变贫穷、愚昧和不公正状况，“发展”概念得到前所未有的重视，也引发了长期而复杂的争论。③ 经典现代化理论意义上的“发展”大致可被理解为从农业社会向工业社会的大过渡，人们以发展水平来衡量一个国家的文明进步程度，所有的国家都被定位在全球发展的坐标轴上，被称为发达国家（developed countries）或

---

① 参见 http：///www. unesco. org，2010－10－10。

② 中国社科院语言研究所词典编辑室：《现代汉语词典》，商务印书馆，1991，第295页。

③ 参见〔美〕杜德利·西尔斯《发展的含义》，载罗荣渠主编《现代化：理论与历史经验的再探讨》，上海译文出版社，1993，第46页。

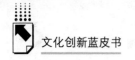

发展中国家（developing countries）（也因此划分出“第一世界、第二世界和第三世界”）。然而，作为一个特定的理论概念，“发展”的内涵具有一定的模糊性和成长性，其与时俱进的演变，经历了一个长时段并形成了庞大的“发展理论”、各类“发展战略”以及关于“发展权”的法律规定等。

关于“发展”内涵的确定，通常与对“发展的目的是什么”的不同理解相关。发展理论一般被认为是解决落后的第三世界国家问题的理论。然而，最初的发展理论与第三世界无关，而旨在解决欧洲工业化国家内部存在的贫穷与失业问题，即在所谓“低度发展”困境中提出的。二战后，鉴于现实问题的紧迫性、凯恩斯经济理论的影响等因素，发展理论呈现明显的实务取向，着重探讨如何以政策促进发展，而非停留于单纯理论的探讨。战后马歇尔计划的惊人成功和日本等地的迅速崛起，① 使得人们对发展充满信心。到20世纪下半叶，“发展”才主要被用来指称新兴的独立的第三世界国家由传统走向现代的变迁过程。发展理论认为，大量解除殖民依附关系的新型独立国家，进行改革开放，辅以适当措施（发展战略），必然能够推动“发展”的实现，“发展”的目的，也被集中指向“现代化”。随着发展问题研究和实践的推进，各种发展理论，包括（经典）现代化理论、依附理论、世界体系论等逐渐形成。

根据发展理论/广义现代化理论，“发展”也即实现现代化及之后持续完善的社会转型与变迁过程。据相关研究成果，在18～21世纪的大约400年里，全球经历了两次大的“发展”浪潮，或曰两次现代化浪潮，第一次现代化指从农业时代、农业经济、农业社会和农业文明向工业时代、工业经济、工业社会和工业文明的转变。第二次现代化指从工业时代、工业经济、工业社会和工业文明向知识时代、知识经济、知识社会和知识文明的转变。无疑，在现代化理论中，“发展”被赋予了涉及政治、经济、社会、文化等的十分宽泛的含义，这从表2中可以清晰看出。②

① 二战后，由美国时任国务卿马歇尔提出旨在帮助欧洲恢复战争创伤的“欧洲复兴计划”。前后约三年时间（1948～1951年），美国为欧洲提供经济援助125亿美元，这一巨大投资和欧洲的人力物力一起，使欧洲迅速复原，且生产力水平和生活水平超过了战前。

② 第二次现代化理论由我国学者何传启提出，关于两次现代化理论及广义现代化理论，参阅http：//www.modernization.com.cn/Smt051.jpg。

表2 现代化（发展）理论涉及的五个要素

要素	基本内容
定义	广义现代化指18世纪工业革命以来人类文明在各个方面所发生的一种深刻变化，它既是从传统社会向现代社会、传统经济向现代经济、传统政治向现代政治、传统文化向现代文化转变的历史过程及其变化，又是不同国家和地区追赶、达到和保持世界先进水平的历史过程及其变化
过程	在18～21世纪的约400年里，广义现代化被分为第一次现代化和第二次现代化两个阶段。它遵循进程不同步、分布不均衡、结构较稳定、地位可变迁、路径可选择和行为可预期等6个基本原理
结果	第一次现代化的结果是第一现代性的形成和扩散，第二次现代化的结果是第二现代性的形成和扩散。大约20%的国家属于相对现代化的国家，80%的国家属于相对非现代化的国家，两类国家动态平衡
动力	第一次现代化的动力是资本、技术和民主等，第二次现代化的动力是知识创新、制度创新和人力资本等
模式	具有路径和模式多样性，以及路径依赖性；综合现代化路径将是发展中国家的一种战略选择

资料来源：《中国现代化报告2006》。
http：//www. modernization. com. cn/smt08. htm.

发展理论在发展，发展战略也在不断进行调整，但是，进入新世纪，全球发展并没有取得预期的效果，相反，却遇到了巨大的困惑。除了少数国家或地区有较大发展外，[①] 大部分国家人民的生活状况并没有比半个世纪前有明显改善，有的甚至每况愈下。在当今全球约60亿人口中，生活在发达民主国家的人还不到10亿。按照世界银行的报告，直到今天，仍有生活在发展中国家的14亿人口人均日消费不足1.25美元。[②] 进入21世纪，世界仍比20世纪中期多数人预期的要贫穷得多，贫富差距日益扩大，不公平现象普遍存在，集权专制继续存在。此外，由于科技的盲目发展和各种经济文化政治冲突的不断出现，人类生活危机四伏。

一系列问题表明，大多数国家在具体实践中多半采用的还是西方传统的发展模式，实行短视的实用主义，过于注重经济增长而漠视其他。从世界范围来看，“（经济）增长第一”的发展战略实际上一直在发挥作用，片面追逐经济利益的现象广泛蔓延。消除贫困、促进公平分配、满足基本需要、保护自然资源、提高人的素质、实施可持续发展战略等，并没有得到充分的重视。发展中国家为缩小

① 如西班牙、葡萄牙、韩国、新加坡、中国台湾及香港等地。

② 参见 http：//web. worldbank. org/WBSITE/EXTERNAL/TOPICS/EXTPOVERTY/EXTPA /0，content MDK：20153855 ~ menuPK：435040 ~ pagePK：148956 ~ piPK：216618 ~ theSitePK：430367，00. html。

与发达国家之间的经济差距而推行各种“突击性”战略，其经济增长率虽然远远高于发达国家，但也带来了国民经济失调、债务危机、社会失序、环境破坏、城乡差距拉大等新问题，不同国家的特殊国情往往被忽视并因此造成种种隐患。与此同时，全球性的“经济增长热”和高速工业化，带来了不可再生性能源与资源的大耗费，生态环境遭到前所未有的大破坏，引发关于“增长的极限”的普遍忧虑。[①] 总之，世界“发展”到今天，其客观的结果是不同国家、不同阶级、不同种族与不同性别之间巨大的不平衡发展；一部分人剥夺了另一部分人的发展权利；人类社会普遍存在物质文明与精神文明、身与心、工具理性与价值理性、经济与政治和文化之间巨大的分裂与失衡。

二 “文化发展”

如前所述，在被称为“发展理论”的现代化理论被构建出来之前，“文化发展”并没有很特别的含义，不过是指某种文化（如彝族文化）、文化样式（如油画）或文化习惯（如“过春节”）等的发展。但是，“发展”概念的拓展，显然影响了人们对“文化发展”的理解。不过，至少在全球化理论出现之前，“文化发展”尚未被广泛作为一个理念加以使用，人们对文化发展的概念仍多按一般的字面意义来理解。

（一）“全球化”与“文化”及“发展”

全球化的现实及其理论的出现，是“文化发展”作为一种发展战略或发展理念得以确立的关键。

正如著名全球化专家罗兰·罗伯森所指出的“作为一个概念，全球化既指世界的压缩，又指认为世界是一个整体的意识的增强。全球化概念现在所指的那些过程和行动在多个世纪里一直在发生着，尽管存在某些间断。不过，这里关于全球化的讨论主要聚焦于相对晚近的时代。”[②] 进入 1990 年代，以东欧剧变和苏

① 参见梅多斯等著《增长的极限》，于树生译，商务印书馆，1984。

② 〔美〕罗兰·罗伯森：《全球化——社会理论和全球文化》，梁严光译，上海人民出版社，2000，第 12 页。

联解体为标志，冷战结束，世界政治由“两极对峙”向“一极主导”下的多极化趋势发展。这一历史性变革，大大加速了全球市场体系的形成，加速了“全球化”进程。全球化一般指20世纪六七十年代至今人类生活发生的巨大变化（包括发展——现代化）。[①] 最初，人们对全球化的理解主要集中指向“经济全球化”，即指“商品和生产要素的跨国界流动，国际贸易、跨国投资和国际金融的迅速发展，高新技术的广泛传播，跨国公司作用显赫，从而导致各国经济生活的高度相关，世界经济的整体性与一体化空前突出的经济现象与过程”。[②] 然而，交通、通信的高度发达，尤其是经济全球化追求生产要素的全球配置和经济利益的全球获取，导致人类全方位的交往、沟通与相互依赖达到了前所未有的程度，造成了广泛而深刻的影响。所谓“地球村”迅速从“概念”成为“现实”，全球生态系统的相互影响更带来不同民族、国家、社群成为命运共同体的种种切身体验。上述种种，无疑已将全球化迅速从经济扩大到政治、文化等领域。国际关系领域的全球主义、建构主义，文化领域的全球伦理、文化全球化等概念接踵而至，全球化成为席卷各个国家、各个生活领域的时代大潮。

就文化与发展领域来看，全球化建立的全球新视野，对传统的文化理论和发展理论都提出了具有历史转折意义的挑战，从“根本”上改变着人们关于“文化”与“发展”的观念，“文化发展”日益成为全球的“热词”。首先全球化彻底改变了人们思考“文化”与“发展”的立足点——传统上，人们通常以特定的民族国家或地区为主体（单位）思考“文化”、思考“发展”问题，各民族国家拥有自己的文化传统，推动自己的独立发展。这种思考在全球化出现之前似乎没有任何问题，而进入全球化时代后，对“文化”与“发展”的思考必须以“全人类”为主体（单位）了，相形之下，前者成为一种“纵向”的“孤立”的思考，后者则是一种“横向”的“整体”的思考。其次，全球化也改变了人们对文化的看法——传统上，不同民族有文明、野蛮之分，推动“先进文化”替代“落后文化”被视为必然的“文化现代化”过程。而在全球化视野下，文化多样性如同生物多样性一样受到重视，弱势文化成为值得保护的对象，否则，

---

① 关于“全球化”的发展历程参看〔美〕罗兰·罗伯森：《全球化——社会理论和全球文化》，第83～87页。

② 参见蔡拓《全球化认知的四大理论症结》，载庞中英主编《全球化、反全球化与中国——理解全球化的复杂性与多样性》，上海人民出版社，2002，第119页。

文化基因的单一将不利于全人类应对未来种种难以预知的挑战。再次，全球化还改变了人们对“发展”、发展模式的理解——传统上，发展被视为以西方的工业文明、市场经济、民主法治为典型代表的现代化。而在全球化视野下，这样的发展模式是唯一的吗？传统工业文明自然掠夺式的发展模式能普及吗？最后，由依附论到世界体系论，再到全球化理论，要如何处理国家与国家之间的关系？全球治理成为问题。换言之，全球化使得我们整个思考的出发点、路径、模式都发生了具有根本意义的改变。必须注意到，这种改变必然带来更多的改变——全球化彻底改变了人们对发展环境、条件及前景的认识。全球化更前所未有地带来了人类命运共同体意识的首次觉醒。不同族群文化、生活方式的交流与融合，不同意识、不同价值观的冲突与融合，使得文化发展战略成为全球化时代重要的发展战略之一。

全球化带来了“文化全球化”。所谓“文化全球化”，简单讲即世界各国、各民族各种不同的文化（观念、风俗习惯、审美爱好、文化符号、文化产品乃至生活方式等），以多样的方式，在全球范围内的流动、碰撞与融合。

文化全球化起源于全球化，尤其是经济全球化带来的文化产品的生产与流通，文化产品全球范围的大规模生产与流通，与“文化产业”的兴起有关，事实上，文化工业的产生和发展，提供了文化全球化过程的线索。① 正如很多学者所指出的，文化产业的产生和发展，带来了文化的全球流动，全球文化市场日渐形成，这一过程，其实就可以看做文化全球化的过程。法国学者尚－皮耶·瓦尼耶指出的：“‘文化全球化’一词意味着文化产品在全球层面的流通”，“工业的介入应当视为剖析文化全球化的重心。”② 马特拉也说，“文化界日益加剧的商业化和传播新技术的相应发展已经把文化设定为工业和政治的核心”。③

正在进行中的文化全球化的过程，改变着人们的文化体验，改变了我们时代的文化状况。假如说文化就是一种生活方式，一种体现为价值观、心理定式的思想观念、行为习惯，那么文化全球化带来的主要变化之一，就是推动了一种全球文化意识的形成，这种全球文化意识，涉及人们的衣食住行、日常生活，并潜移

---

① 参见本人《文化全球化与全球文化政策的兴起》，载张晓明等主编《中国文化产业发展报告2009》，社会科学文献出版社，2010。

② 尚－皮耶·瓦尼耶：《文化全球化》，吴锡德译，台湾麦田出版公司，2003，第18、23页。

③ 〔法〕阿芒·马特拉著《世界传播与文化霸权》，陈卫星译，中央编译出版社，2001，第5页。

默化地改变着人们的价值取向、消费习惯、审美主张乃至宗教信仰。文化全球化也带来了另外的影响，由于文化生产能力强大，以美国为代表的西方文化产品倾销全球，这种文化的“非领土扩张”，同样极大地改变着人们的文化实践、文化体验和文化认同。西方文化的“非领土扩张”，在推动全球“文化同化”的过程中，形成了所谓的“文化帝国主义”，[①] 激起了人们，特别是欠发达民族和国家保护民族文化、反对文化同化的“反抗”。总之，冷战后，随着全球文化市场的进一步形成，文化全球化程度的进一步加深，世界各国文化以前所未有的广度与深度相互交汇与碰撞，以美国和西方发达国家为代表的西方文化的扩张，促使第三世界国家和众多少数民族，纷纷开展不同形式的捍卫民族文化的独特性与自主性的斗争。也正因为这种状况的存在，亨廷顿提出了著名的“文明冲突论”，见表3。

表3　全球化与文化

文　化	全球化之前	全球化时代
民族生活习惯(生活方式)	东西方相对隔绝,各民族自行发展	文化习惯的相互了解、学习、互动
世界观、价值观(哲学、伦理学)	各行其是,价值一元	文明冲突论,冲突与融合并存,价值多元,寻找共同伦理
文学艺术	独具民族特色的审美取向、情感心理特征	相互欣赏、更多文化交流与融合,文化多样性
人文学科、社会科学、自然科学中的基础学科(如物理学)	学科分野清晰,各学科独立发展	跨学科研究成为趋势;文、理(艺术与科学)新的综合的需要;普遍的文化转向;“文化研究”的兴起
文化需求与消费	文化产品的“手工制作”;国内、区域市场,自给自足。	文化产品的工业化制作、传播与消费;全球文化市场的形成、全球时尚的风行。
文化的未来	各民族文化相对独立的繁荣发展,民族文化的传承与创新,走向进步、创造新的文明,文化民族主义。	文化竞争与淘汰、“文化认同的希望与文化同化的恐惧”(马特拉语);文化多样性,多元共存并寻找人类共同的价值认同;文化全球主义。

① 文化帝国主义（如同经济帝国主义一样）是相对于军事帝国主义而言的。著名学者摩根索在《国家间政治》一书中对经济帝国主义和文化帝国主义作了界定。根据他的观点，“文化帝国主义”，或曰意识形态帝国主义是微妙的，一国以其文化、意识形态，带着所有明确的帝国主义目标，征服了另一国一切决策人物的头脑，那么，这个国家所取得的胜利和建立霸权的基础，比军事征服或经济控制都要更显赫、更牢固。文化帝国主义对军事和经济帝国主义而言，通常是起配合作用的。第二次世界大战以来，经济和文化帝国主义在政府的各项国际活动中所起的作用已大大加强了。

全球化背景下对“发展”问题的重新思考，导致了发展战略的改变（见表4）。各种旨在推动发展的区域性援助计划或国家发展政策即所谓的“发展战略”（Development Strategy），以维护和促进发展为基本取向，进行系统性、长远性的决策与谋划。① 人们对“发展”概念认识的深化过程表现为发展战略在不同历史阶段的发展，从20世纪50年代开始，发展战略经历了一个从传统单一型向现代综合型转变的过程。这一过程大致可分为四个阶段：第一个阶段是1950～1960年代，某些独立的发展中国家实行以提高国民生产总值或人均收入为主要战略目标、推行工业化政策的“传统发展战略”。第二阶段是1970年代初，不少发展中国家和地区又提出了“满足基本需要”的“变通发展战略”。这一发展战略旨在克服传统发展战略所引起的问题，以减少贫困、提高收入、改善生活、保障就业等。第三阶段是1970年代中后期，一些国家开始注重经济社会的平衡发展，提出了“经济社会综合发展战略”。这一战略强调“以人为中心”，突破了以往发展战略的框架，力求使经济、科技和教育等方面协调发展。第四阶段是1980年代至今，世界各国相继提出了“可持续发展战略”。该战略基于人口、资源和环境的失衡及其对人类生存构成的威胁，提出必须确定人与自然长期和谐发展的新发展战略。这一战略思想主要反映在世界环境与发展委员会（WCED）于1987年发表的《我们的未来》研究报告中。② 可持续发展战略的重点在于，人类在发展中必须处理好人与自然的关系，人们在满足当前需求时不应牺牲后代的利益，倡导节约型社会，倡导环保等。可持续发展战略提出了注重处理社会发展与自然关系的全新发展理念，确立了一个全新的富有综合意义的发展框架，符合不

---

① 作为一个综合性范畴，发展战略包括“发展”与“战略”两个含义。对发展战略的研究也称为发展战略学。“发展”如前所述，可以专指一个社会现代化及之后的可持续完善的过程，在特定的语境下，也可以泛指一般的发展，如企业的发展等。“战略”（Strategy）最早是个军事用语，指适应战争目的的战略目标和战争计划，实现这一目标的行动措施、方案与部署。但随着时代的推移，发展战略也泛指重大的、带全局性的或决定全局的谋划。参阅《当代发展战略的理论与思考》，于光远：《经济、社会发展战略》，中国社会科学出版社，1984，第254页。关于发展战略的著作很多，大体来看，研究者往往因倾向于资本主义或社会主义而产生分野。保守派和自由派的社会科学家及发达国家的政策制定者宣称有必要向外扩散资本和技术，以推动欠发达地区的发展。第三世界的学者和政策制定者则倾向于认为资本与技术的扩散可能对落后地区产生消极的影响，因而主张局部开放或“走自己的路”。参见〔美〕西里尔·E. 布莱克：《比较现代化》，杨豫、陈祖洲译，上海译文出版社，1996年版等现代化研究书籍。

② 参见姚俭建、杨志明著《当代发展战略的理论与实践》，上海三联书店，1997，第8页。

同发展水平的国家和地区的长远利益，被普遍认为是解决当代人类发展危机的最佳战略选择。但是，如何实现可持续发展，仍然是一个复杂的问题。

表4　全球化与“发展”

发　展	传统(包括经典现代化理论、依附论、世界体系论中)的“发展”	全球化背景下的“发展”
主　体	特定的民族国家或地区(常特指落后的第三世界国家、地区)	全人类(既包括落后的第三世界国家,也包括已经现代化的第一、第二世界国家)
目　标	主要指经济发展(增长)	从经济发展到“可持续发展”
内　容	以经济(GDP)增长为主的发展	经济与政治、文化的协调发展
模式、手段(策略)	西方式发展、工业化市场化发展、依附式发展	可持续发展、文化发展

（二）“发展”的文化转向——文化发展与文化发展战略

文化发展概念的产生，其实是发展战略理念的一种新的发展，换言之，文化发展可视为发展的文化转向，文化发展可视为与可持续发展一样的发展战略——“文化发展战略”。

随着全球化的推进，文化对于发展的作用，在国际上引起越来越广泛的关注，文化发展开始成为一种重要的战略及政策取向。1998 年 3 月，联合国教科文组织在斯德哥尔摩召开“文化政策促进发展”政府间会议并发表的《文化政策促进发展行动计划》,① 《文化政策促进发展行动计划》高度评价文化在发展中的重要作用，并明确提出：

1. 可持续发展和文化繁荣是相互依存的。

2. 人的发展的主要目的之一是使个人在社会和文化方面得到充分发展。

3. 鉴于享受和参与文化生活是每个社区中所有人的一项固有权利，因此各国政府有义务创造一个有助于充分行使《世界人权宣言》第 27 条规定的这项权利的环境。

4. 文化政策的基本目的是确定目标，建立结构和争取得到适当的资源，以

① UNESCO 于 1998 年 3 月 30 日至 4 月 2 日在瑞典斯德哥尔摩召开了政府间文化政策促进发展会议，与会者约 2400 人。149 个国家的政府、22 个国际政府间组织及 100 多个非政府组织、基金会、自愿组织和其他民间协会单位派出代表与许多艺术家、学者和专家一起参加了会议。

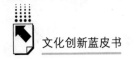

创造一个充分发展的人文环境。

5. 文化间对话可视为现代世界的主要文化和政治挑战之一，它是和平共处的一个必不可少的前提。

6. 文化创造力是人类进步的源泉，文化多样性则是人类的财富，因此对促进发展是一个不可缺少的因素。

……

（共12项原则）[①]

同年6月，19国文化部长在渥太华的国际文化政策会议上强调了在全球化和技术革新的时代中的文化多元化意识。9月，在里约热内卢召开了拉丁美洲和加勒比地区文化部长会议，主题也是文化与发展；在华盛顿召开了题为“对文化在可持续发展中的作用的理解——投资于文化和自然资源”的国际会议。10月，在罗马召开了题为“电视与全球文化多样化”第29届国际传播会议特别会议。[②] 这一系列紧锣密鼓的国际多边文化活动贯穿着一个核心主题，就是文化与发展。文化促进发展，文化代表发展，文化自身的发展标志着人类发展的最高目标等理念，成为重要的全球意识；制定文化政策以促进全面发展，也成为重要的发展战略——文化发展战略。就世界各国、各国际化大城市来看，国家与城市的发展战略亦在发生普遍的文化转向——美国长期重视对外文化战略，法国一直在实施“文化大国”战略，日本的“文化立国”、韩国以“振兴文化产业”走出发展的第三条道路，等等，文化发展正在成为重要的发展战略。[③]

综上所述，随着全球化语境下“文化”及“发展”概念的拓展，“文化发展”被提了出来，并在一定程度上可被视为“发展”的文化转向。由此观之，“文化发展”可以说经历了三个大的发展阶段。

第一阶段（大致时间为二战前）是“发展理论”出现之前的文化发展——即一般传统上的文化发展，可用来指某种文化样式（如音乐、民间工艺）等的发展。也可用来指某个地区的文化发展。“文化发展”的第二阶段（大致时间为二战结束至1980年代）是“发展理论”语境下的文化发展，可称为“现代文化

---

① http://www.ncac.gov.cn/servlet/servlet.info.InfoServlet?action=gblist&id=219.

② 参见洪永平《21世纪议程：文化发展与可持续发展》，www.ccmedu.com/bbs12_13687.html。

③ 参见毛少莹《公共文化政策的理论与实践》，第三章。

发展”。由于发展问题自身的复杂性，在发展理论的发展中，文化的定义得以拓展，文化发展的内涵亦得以丰富。这一阶段的标志之一是文化人类学的出现，改写了传统的对“文化”的定义，划分出“第三世界”。“文化发展”的第三阶段（大致时间为1980年代至今）是全球化理论语境下的文化发展，伴随后现代社会的来临，进入这一阶段，文化被作为一种发展战略看待。

“文化发展”就人类普遍意义（广义的文化）的发展而言主要包括如下内涵（这也正是《文化政策促进发展行动计划》向会员国建议的五大行动目标）：

1. 使文化政策成为发展战略的主要内容之一；

2. 促进创作和参与文化生活；

3. 强化维护、发展文化遗产（有形和无形的，可动和不动的）与促进文化产业的政策和实践；

4. 在信息社会的范围内并为信息社会促进文化和语言的多样性；

5. 为文化发展调拨更多的人力和财力。①

“文化发展”就狭义的文化概念而言，则可以分为如下四个维度的发展，这四个维度的发展有着不同的内容、原则、发展主体和目标（方向）。

表5　文化发展的主要内容、原则、主体和目标＊

维　度	内　容	主要原则	主　体	目　标
福利性质	提供基本公共文化服务	公平，保障公民文化权利	公共部门/公民	满足基本文化娱乐需求
产业性质	推动文化与经济结合、文化与市场结合	经济实用与文化价值“非实用”导向间的平衡，营利	文化企业/市场	创造经济价值，推动社会发展
精致文化、专业研究	推动文化艺术及人文学科、社会科学发展	自由，多样化，专业化	艺术家，学者，大学，研究机构	丰富精神生活，提升精神境界，提高人类认识水平
价值观、生活方式	统领人类对真、善、美的追求；增强文化底蕴；提供人类应对挑战与危机的能力	多元包容，价值融合	全社会	各美其美，美美与共，给予人们以生活的意义感，并培养高尚的心灵和超越的价值追求。构建尊重多元价值观前提下的共同价值认同及伦理道德规范

＊关于文化发展的四个主要维度的看法，本人之前在《公共文化政策的理论与实践》一书及《中国文化政策30年》等文章中已提出，这里力图进一步深化思考。

① http：//www. ncac. gov. cn/servlet/servlet. info. InfoServlet？ action = gblist&id = 219.

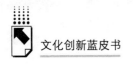

与可持续发展战略相比较，也有助于我们看清文化发展的意义。如果说可持续发展战略主要处理人类外部——人与自然的关系，那么，文化发展战略主要处理的是人类内部——人与人之间、族群与族群之间的关系。假如可持续发展（人与自然的和谐永续共存）是发展的最高目标，那么，只有人类内部和谐、族群（文化习惯）和谐才有望实现可持续发展。换言之，全球化背景下，文化发展是可持续发展的基础、前提。通过文化发展才能有力地推动可持续发展。

结　　语

如本文开头所述，对于“文化”、“发展”、“文化发展”这样的“大概念”，以一篇这样的短文并不容易分析清楚。然而，关注基本问题，或许可以让我们在今天一波又一波名为文化热，实为某种经济热、技术热甚至房地产热之中，保持一种基本的清醒。人类社会普遍存在的物质文明与精神文明、身与心、工具理性与价值理性之间巨大的分裂与失衡，是我们推动实施真正意义上的文化发展、文化战略的最好理由。而作为发展中国家，作为拥有五千年文明史的中国，于此全球化的严峻形势中要实现社会的进步与发展，文化的意义尤其应当获得足够的重视。

What is “Cultural Development”?

Mao Shaoying

Abstract: After World War II, “Development” became the theme of the times. In recent ten years, “Cultural Development” has become one of the hottest topics in the academic and policy articles in both theory and practice field of domestic and international research. However, what is “Cultural Development”? This is seldom defined. This article concludes development/modernization theory and cultural research theory, then analyzes some basic issues such as what “culture” is, what “development” is, what “cultural development” is, etc. This analysis intends to roundly grasp the concept and significance of “cultural development”, which is expected to clear and increase our awareness of “cultural development”, in order to contribute to promoting China's cultural development and prosperity.

Key Words: Culture; Development; Cultural Development

B.13
重新审视“文化创新”的意义和使命

闫贤良* 胡晓群

摘　要： 在经历了资本驱动和科技驱动后，20世纪末21世纪初，文化对经济的影响力和推动力被高度重视，文化经济初见端倪。当前，资本、科技和市场体制下的贪婪暴露出道德、伦理、审美价值缺失，未来经济社会的可持续发展迫切需要文化力量的支撑和引导。同时，文化产业、创意产业在部分国家正在创造新的经济增长点，并且，呈指数级或裂变式增长。文化创新体系能否成为国家创新体系新的战略内容？在新的国内外形势下，我们需要重新审视文化创新及文化创新体系建设的意义和使命。

关键词： 文化创新　文化创新体系　国家创新体系

我国确立国家文化创新战略以来，我国学界一直努力探索和研究文化创新的作用、意义，及其与国家创新体系的关系。作者认为“文化创新体系”应当是我国“国家创新体系”的组成部分。然而，就我国“国家创新体系”而言，直到目前正式明确的只有“科技创新体系”，国家创新体系实际上主要指科技创新体系。事实上，文化创新体系也从来没有被明确为“是国家创新体系的一部分”。

当前，文化的地位、作用发生了深刻变化，文化与国家综合实力、文化与经济社会之间关系也发生了重大变化。国际上，文化对国家创新发展的作用和意义也正在发生深刻变化。在当前国内外新形势下，从“国家创新体系”发展战略的角度，重新审视文化创新的意义和作用，我们发现，继科技创新体系建设之

* 闫贤良，中国艺术科技研究所文化标准研究中心主任，文化创新研究基地特聘研究员，主要研究方向：文化标准，文化科技，文化创新。

后，文化创新体系建设将对国家创新发展发挥日益重要的作用，在部分国家已经承担起推动国家创新发展的重要使命。当前世界经济呈现知识经济和文化经济并存的显著特征。在新的国内外形势下，我们有必要探究“文化创新体系”上升为“国家创新体系”的可能性，为创新理论研究的基点选择提供参考。

一 “国家创新体系”驱动模型

美国从二战期间通过科技创新提升国防竞争力之后，把科技创新应用于经济发展，20世纪初建立国家创新体系雏形。1945年总统科学顾问布什发表题为《科学：无止境的前沿》的政策报告，调整并推动了国家创新体系进一步发展。冷战结束后，美国再一次调整并加快国家创新体系建设步伐。2001年1月，美国兰德公司发表《增长的新基础：美国创新体系的今天和明天》①，进一步完善了国家创新体系，形成了一整套激励科技创新的国家创新体系，不仅使美国国防科技远远地领先于世界，也给美国经济快速发展带来新的生机。正是完善有效的美国国家创新体系孕育了影响整个人类世界的信息技术革命，不仅促进了美国政治、经济、文化、社会乃至整个国家体系的创新发展，也改变了世界各国；不仅使美国的知识经济获得丰厚回报，也给世界经济带来新的变革。这一启示促进了世界各国关于科技创新促进国家创新体系建设的战略构想。2005年我国正式建立以科技创新体系建设为主要内容的国家创新体系战略框架。科技创新体系进入国家创新体系战略位置，并成为很多国家创新体系的主体，这归功于一批学者关于国家创新体系和科技创新体系理论研究成果的指导。“国家体系”源于德国经济学家弗里德里希·李斯特1841年发表的《政治经济学的国家体系》，他认为国家经济发展受某些重要因素影响。“创新理论”源于奥地利经济学家熊彼得1912年发表的《经济发展理论》，他认为生产要素和生产条件构成的生产体系是一种生产函数，生产要素和生产条件的新组合能够建立一种新的生产功能，包括新的商品、新的组织形式、新的市场等。他认为创新是“执行新的组合”，“形成新的功能”，“引进新产品，采用新技术或新的生产方法与工艺，能够开辟新的市场，新的材料来源及新的组织形式”。熊彼得首先提出“创新是一种社会化

① 郑海琳：《中美国家创新体系比较研究》，青岛大学硕士学位论文，2005，第13页。

活动”，以此区别于个体的“创造”和“发明”。由此，熊彼特在1942年出版的《资本主义、社会主义和民主》中建立了大企业创新模型，直接反映出“经济的变革与增长归因于（社会化）创新活动”。“国家创新体系”的提出源于英国著名技术经济学家克里斯托夫·弗里曼于1987年从《技术和经济运行：来自日本的经验》中分析研究日本“技术立国”政策和技术创新机制时，发现创新必须考虑国家的职能和作用，在国家行为下公共和私营部门形成网状结构，相互之间的行为和作用才能创造、引入、改进和扩散新技术①。1992年，他进一步把国家创新系统定义为“涵盖了与科技活动直接相关的机构，包括大学实验室、产业的研究开发实验室、质量控制和检验、国家标准机构、国立研究机构和图书馆，科技协会和出版网络，以及支撑上述机构的、由教育系统和技术培训系统提供的高素质人才”②。至此，国家创新体系的雏形形成，内含两个要点：（1）推动经济变革和新增长的核心因素是社会化创新活动；（2）社会化创新活动离不开国家专有因素，能够推动国民经济变革和增长的社会化创新活动一定是国家行为的创新体系。引用熊彼得的生产函数理论可以清晰表达国家创新体系的意义：所谓经济变革和新增长是指生产功能创新，包括新的产品、新的组织形式、新的生产方法与工艺、新的材料来源和开辟新的市场。所谓国家行为的创新体系是指国家层面的生产要素和生产条件的新组合。即：

（经济发展）（生产要素，生产条件）（国家创新体系）

因此，国家创新体系是以国家为单元的创新活动社会化分工。理论研究表明，国家行为的科技创新体系是驱动国家创新发展最活跃最有效的因素，也是决定因素。四次科技革命引发四次工业革命的历史也充分证明，科技创新能有效促进产品创新、制度创新、消费形式创新等整个国家经济社会的整体创新。后来，经济学家对“国家创新体系”进行了进一步研究，认为政府、金融、法律、文化等因素也是影响经济创新发展的重要变量③。1993年，国际经济合作与发展组织明确提出，影响经济创新发展的因素“包括科学、技术、组织、金融和商业等一系列活动”④。

---

① 王春法：《国家创新体系理论的八个基本假定》，《科学学研究》2003年第10期。

② 罗伟、王春法：《国家创新系统与当代经济特征》，《科学学研究》1999年第6期。

③ 引自郑海琳《中美国家创新体系比较研究》，青岛大学硕士学位论文，2005。

④ 经济合作与发展组织编《技术创新手册》，国家统计局译，中国统计出版社，1993，第26～28页。

任何一个因素都有可能引发创新，只有那些对经济发展产生重大作用或深刻影响的才成为国家创新体系最为关注的战略内容。20 世纪末开始，一批学者关注并加入国家创新体系研究，包括一些诺贝尔获奖者，他们认为影响一国经济创新发展的因素很多，劳动力、自然资源、资本、科技等生产要素都曾经是影响经济发展的决定因素，未来，文化也是不可忽视的重要因素。按照熊彼得的生产函数理论，概括起来，国家创新体系的驱动模型可表述为：

（经济发展）（劳动力，自然资源，资本，科技，文化）

联合国教科文组织于 1994 年发表《世界科学报告》，指出发达国家与发展中国家的差距，实际上是“科技的差距”、“知识的差距”。之后，国际经济合作与发展组织于 1998 年发表《以知识为基础的经济》，提出了信息时代的“知识经济”特征：科学和技术的研究开发日益成为知识经济的重要基础；信息和通信技术在知识经济的发展过程中处于中心地位；服务业在知识经济中充当重要角色；人才的素质和技能成为实现知识经济的先决条件①。至此，信息时代知识经济背景下，高新科技能够推动一国经济创新发展成为世界共识。并且，“信息技术创新直接驱动整个知识经济变革和知识经济增长”，在国家创新体系驱动模型中反映得十分清晰。因而，科技创新体系在这一时期最终演变为国家创新体系的运行制度。

从 20 世纪 90 年代以来的知识经济历程来看，科技的力量远远超出了资本的力量。国家创新体系驱动模型也能够清晰表达这一时期“技术主义”代替“资本主义”的基本原理。同时，国家创新体系驱动模型所反映的科技创新活动在国家层面的社会化分工，也正好揭示了这一时期“第三条道路”为什么介于政府干预和市场调控之间经济发展模式的本质。由此说明，科技的力量也在促使市场经济体制与宏观调控体制结合。所以，国家创新体系驱动模型反映的不仅是经济变革和增长的规律，同时反映着政治受经济活动影响的变化规律。资本的力量促进市场经济体制形成，市场对资本的有效调控凸显了资本主义市场经济制度促进经济发展的效率；科技的力量促进了政府职能的作用，政府对科技创新社会化分工的参与凸显了社会主义宏观调控体制的优越性。历史上，劳动力、自然资源、资本、科技等影响经济发展的种种力量中，何种力量占据主导地位，便决定了这一时期的政治制度。这在很多国家的发展史中可以得到印证。

---

① 郑海琳：《中美国家创新体系比较研究》，青岛大学硕士学位论文，2005，第 3 页。

二　我国“国家创新体系”的形成与发展

近一个多世纪以来，我国一直致力于科学技术的引进消化吸收，对学习赶上超越西方科学技术付出了长期不懈的努力。1949 年以来，我国从国家安全出发，集中国力在国防科技上做出重大突破。1988 年邓小平提出“科学技术是第一生产力”，高度概括和揭示了科学技术在经济社会中的重要作用和重要地位。1996 年，《十年改革：中国科技政策》报告中，国际专家组提出，对中国而言，“确定某种国家技术创新体系的概念，并运用这种概念作为制定政策的基础目前看来是有用的”。[①] 1997 年中国科学院向中央提交了《面向知识经济挑战，建设国家创新体系》研究报告，江泽民于 1998 年 2 月 4 日批示：“知识经济、创新意识对于我们二十一世纪的发展至关重要……我认为可以支持他们搞些试点，先走一步[②]”，并同时批准将中国科学院建设成为中国国家创新体系的重要基础部分。从此，我国开始了以科技创新为主的国家创新体系研究和启动工作。2002 年“十六大”报告关于“经济建设走新型工业化道路，大力实施科教兴国战略和可持续发展战略”中提出，鼓励科技创新，在关键领域和若干科技发展前沿掌握核心技术和拥有一批自主知识产权。深化科技和教育体制改革，加强科技教育同经济的结合，完善科技服务体系，加速科技成果向现实生产力转化，推进国家创新体系建设。2003 年党的十六届三中全会《关于完善社会主义市场经济体制若干问题的决定》中明确指出：改革科技管理体制，加快国家创新体系建设，促进全社会科技资源高效配置和综合集成，提高科技创新能力，实现科技和经济社会发展紧密结合……真正建立起中国自己的国家创新体系，为增强中华民族科技创新能力提供体制保障。2005 年 6 月 27 日，中共中央政治局在研究部署国家中长期科学技术发展工作时指出：“必须更加坚定地把科技进步和科技创新作为经济社会发展的首要推动力量，把提高自主创新能力作为调整经济结构、转变增长模式、提高国家竞争力的中心环节，把建设创新型国家作为面向未来的重大战略。”至此，“科技创新体系”正式成为我国“国家创新体系”的战略内容。

---

① 石定寰、柳卸林：《国家创新体系建设的政策意义》，《中国科技论坛》1999 年第 3 期。

② 郑海琳：《中美国家创新体系比较研究》，青岛大学硕士学位论文，2005，第 20 页。

我国将“科技创新体系”作为“国家创新体系”的战略内容来建设，也经过一批专家学者的长期理论研究论证的。包括科技部的《中国国家创新系统的现状、问题与发展趋势》研究报告，中国社科院的《技术创新政策：理论基础与工具选择——美国和日本的比较研究》，中国科学院和中国社会科学院合编的《知识经济与国家创新体系》，中国科学学与科技政策研究会的《完善和发展中国国家创新系统》研究报告和《国家创新体系的理论与实践》专著，石定寰、柳卸林的专著《国家创新系统：现状与未来》等。

中科院院长路甬祥把国家创新体系定义为“与知识创新和技术创新相关的机构和组织构成的网络系统”，包括政府部门、企业（以大型企业集团和高技术企业为主）、科研机构、高等院校、培训机构、中介机构和科研基础设施。他认为国家创新体系的主要功能是知识创新、技术创新、知识传播和知识应用；国家创新体系可分为知识创新系统、技术创新系统、知识传播系统和知识应用系统。也有专家提出，中国的国家创新体系由创新资源、创新机构、创新机制和创新环境四个相互关联、相互协调的主要部分构成。国家创新体系可概括为“由政府和社会部门组成的、以推动技术创新为目的的机构和制度网络”等。

在创新理论指导下，我国构建了一套庞大的科技创新体系框架，涉及国家科技部、教育部、发改委、劳动人事部等众多政府部门。创新工程包括（1）面向经济建设，主动适应经济社会发展，立足国内培养高层次人才，解决经济建设和社会发展重大问题的“211”工程。（2）以生物技术、航天技术、信息技术、激光技术、自动化技术、能源技术和新材料7个领域15个主题为高技术研发重点的“863”计划。（3）为提高科技持续创新能力，保障国家重点基础研究的“973”计划。（4）有效运用科学基金，指导、协调、资助基础研究和应用基础研究的自然科学基金。（5）集合“研究实验基地和大型科学仪器设备共享平台”、“自然科技共享平台”、“科学数据共享平台”、“科技文献共享平台”、“科技成果转化公共服务平台”、“网络科技环境平台”六大共享平台的国家科技基础条件平台建设专项。（6）为了促进学术交流和相关学科、交叉学科、前沿学科发展，加快科研成果向生产力转化，设立博士后流动站。在全国310个高等学校和科研院所设立947个博士后科研流动站，在企业建立了256个博士后科研工作站，形成产学研博士后工作网络体系等。

三 国际经济发展新变化

科技创新给美国带来丰厚经济收益的同时，美国并没有停止国家创新体系的战略调整。从 1973 年开始，美国对本土的制造业、加工业开始结构性调整。2003 年一则报道称：“美国制造业的产业调整已经经历了 30 年，近期程度更加剧烈。在经济全球化进程中，美国传统制造业大量外移。”① 与此同时，信息技术、文化产业和其他服务业迅速发展。从 1995 年开始到 2005 年 10 年间，美国利维·施特劳斯（Levi Strauss）国际最大的牛仔服装公司关闭了在旧金山湾区等美国境内的八家加工厂，全部外迁到墨西哥等发展中国家。2008 年美国芝加哥联储公布，美国中西部地区制造业指数在一个月内下降 2.6%；2009 年 3 月之后，美国整个钢铁、机械和资源行业产出大幅度持续下降。CSSCI 学术论文（2010）《美国中西部城市的衰落及其对策》说，美国中西部城市是传统的老工业基地，传统老工业开始全面衰退，代之的美国对策是第三产业。

从 20 世纪 80 年代开始，美国调整了高新技术发展领域。硅谷退出的大批旧厂房、旧仓库，以低廉的租价被出让给软件业、信息业。自 1992 年以来硅谷创造了 20 多万个就业机会。1993 年克林顿在硅谷发表《技术为经济增长服务：建设经济实力的新方针》，提出“国家信息技术设施计划”，公开提出发展以信息技术为主的新经济战略方向。从此，美国信息业投资年增速近 30%，仅 1997 年硅谷新建公司 3500 家，1996 年美国信息技术和信息产业投资超过全球投资的 40%，1998 年其占美国企业固定资本总额近 40%。硅谷从业人员的年薪平均达 46 万美元，高出美国平均工资 50%。20 世纪 90 年代以来，美国经济出现了历史上最长的经济扩张期，出现高经济增长率、高生产增长率、低失业率、低通货膨胀率。1992 ~ 1997 年，美国的通货膨胀率从 2.9% 下降到 1.7%，失业率从 7.3% 下降到 4.7%，联邦预算财政赤字逐年减少。② 正如克林顿在演讲中所说的，信息技术“将引发一场永远改变人们工作、生活和相互联系方式的信息革命”。事实上，信息技术不仅对人们的工作和社会生活产生了重大影响，而且正

① 《美国中西部制造业研讨会的 3 个印象》，慧聪网，国外资讯，2003 年 10 月 13 日。

② 郑海琳：《中美国家创新体系比较研究》，青岛大学硕士学位论文，2005，第 1、2 页。

在改变政治、军事、商业和文化。

从2003年开始，美国在软件业的基础上加大版权产业战略性调整力度，形成了软件业、出版业、影视文化等庞大的版权产业，将文化创意和高新技术紧密结合起来。2003～2008年5年间，美国版权产业增加值13882亿美元，占GDP的比重为23.78%，每年以14%的速度递增，位居美国出口第一位。在20个大都市中就拥有文化创意企业29万家之多，总就业人数1132.56万人，占就业人口总数的6.4%，成为就业人数最多的一个产业。加州北部旧金山湾区是美国20世纪60年代的高新技术发源地，飞机制造业、服装加工业、电子仪器等高技术产业改变了该区域的产业结构。2008年含文化创意产业在内的版权业增加值占该区域GDP的86.5%。

1998年，英国首相布莱尔把“国家文化艺术发展战略”应用到英国“创造性的未来”，兴办了“创意产业特别工作组”，政府出台《英国创意产业路径文件》，明确提出了政府积极采取措施推动创意产业发展，包括组织管理、人才培养、资金支持等有关方面的建设。这造就了伦敦当今的核心产业，并由此掀起了整个英国的“创意工业”建设热潮。不到四年，英国兴起12.2万个不同类型的创意企业，产值1120亿英镑，占GDP的8.2%；出口值高达103亿英镑；就业人数195万，位居所有产业之首。创意产业以9%的成长率发展起来，并且每年以12%的速度递增，远远超过了2.8%的经济增长率，迅速成为英国增长最快的支柱产业。

从20世纪末开始，韩国、日本、新加坡、瑞典、丹麦、芬兰、加拿大、澳大利亚等，几乎全球性地实施文化产业发展战略。1997年韩国政府提出“设计韩国”战略，设立文化产业局，成立文化产业振兴院，1999年通过并颁布《文化产业促进法》，明确鼓励文化、娱乐、内容等产业发展。1998年新加坡政府明确把文化创意产业确定为21世纪国家战略产业，出台“创意新加坡”计划。2002年公布《创意产业发展战略》，提出新加坡“新亚洲创意中心”设想，把新加坡建设成为“一个文艺复兴城市”。2003年发布了《新加坡创意产业的经济贡献》。芬兰也相继成立文化产业委员会，出台《丹麦的创意潜力》等。“创意之父”约翰·霍金斯在《创意经济》一书中指出，进入21世纪，全世界的创意经济每天创造220亿美元，并以5%的速度递增。在一些国家，增长的速度更快，美国达14%，英国为12%。有机构估计，2020年文化创意市场可达6.1万亿美元。

我国从2003年的首钢搬迁开始，中心城市全面实施大规模“退二进三”产业结构调整和环境治理。2005年上海宝钢开始“环保搬迁”。广州称“2015年前搬迁关停295家企业”。同时，“退二进三”腾退的旧仓库、旧厂房也不约而同地进驻了创意产业。北京798厂充分利用原有厂房的德国包豪斯建筑风格，装修成为富有特色的艺术创作、展示和销售空间。北京首钢、上海宝钢旧址也都被规划为创意产业基地。

截至2009年，我国文化产业占GDP的比重超过5%的地区有北京市、上海市、广东省、云南省、湖南省。其中北京市超过12%。当前，我国有六个城市的文化产业已经成为城市的支柱产业。尤其是值国际金融危机之际，我国利用文化产业的反周期率逆势而上，创造了文化经济奇迹。2009年，我国整体经济增长8.7%，创意产业的增长率超过了17%。同年，我国颁布了《文化产业振兴规划》。

至此，我国正式接受了文化经济一体化的国际现代经济发展特征，把文化纳入我国经济社会“十二五”规划当中，并从战略上将其确定为解放和发展生产力的新动力。我国文化产业促进产业结构调整、参与经济增长方式转变在21世纪初，从自觉走向了政策引导。

四　对文化在经济社会发展中地位与作用的新认识

世界性文化产业广泛兴起意味着什么？从动力工业革命开始，四次技术革命推动了四次工业革命，不断地推进城市的工业化进程。城市现代化一直以工业化为目标，工业经济带动了城市的繁荣发展，最终以信息技术为核心的知识经济，把工业经济推到了顶峰。此时，旱涝地震、环境污染、资源枯竭、能源危机、生态破坏、温室效应、物种灭绝等威胁人类生存的问题日益突出，包括高新技术在内的工业化给城市带来了恐惧和焦虑，人们开始质疑工业经济劳动增长的城市发展理念。从20世纪70年代开始，关于增长模式、发展模式的讨论就始终没有停止，后工业时代、生态现代化模式理论研究热潮一直持续至今。

大英博物馆馆长尼尔·迈克乔治说：“我想提醒人们注意，文化扮演的角色越来越重要。”1994年，联合国教科文组织提出“将文化置于发展的中心位置”。

1998年，75位诺贝尔奖金获得者宣告“巴黎宣言”：21世纪能够拯救人类的还需要回到2500年前中国孔子那里寻找答案。马克斯·韦伯在《新教伦理与资本主义精神》中说：“任何一项伟大事业的背后都存在着一种支撑这一事业成败与否的无形的精神文化气质。”在资本、劳动力、自然资源、科技等重要生产要素普遍缺失道德伦理的时代，文化对未来国家经济社会创新发展的意义或许就在于此。在当今世界性资源、环境压力下，文化产业作为低消耗、高产出、无污染的新型产业，不仅有利于国家产业结构调整，更重要的是创意产业把“文化精神”和“文明价值”通过产业的形式带到其他产业中去，获得新的经济增长点。这一特点得到了许多国家的重视，也许国际性的文化自觉正在酝酿一个新的国家创新体系。

世纪交替的前后各十年，世界几乎不约而同地发生了同样的变化。1990～2010年，20年间整个世界在发生根本性主题迁移。从发达国家开始，从中心城市开始，首先迫于资源环境的压力，城市工业化正在转向生态现代化，经济发展的主题正在从知识经济向文化经济转移；城市发展正在从经济主题向文化主题转移。文化推动的创意似乎正在成为世界发展的主旋律，人类文明从经济竞争走向文化竞争。至此，以资源掠夺为目的的战争走向以经济竞争为目的的较量，从工业经济竞争走向以高新技术为主的知识经济竞争，今天，世界从物质竞争开始转向文化竞争，从财富掠夺转向灵魂争夺。创意产业在这一转换过程中成为有效的转换工具，把世界观、价值观、发展观、审美观附加在各种产品之中，各个国家销售的产品不再只具有单一物质功能，更有附加在物质功能之中的文化功能，即文化创意产业所称的“附加值”。文化创意产业把世界的物质财富竞争带入了精神财富竞争。文化不仅对国家的经济正在产生积极影响，而且，它正在改变世界竞争格局，改变城市发展模式，改变人们的消费观念和消费形式。正如白国庆等在“文化创意产业标准化导言”中所说的，创意产业正在孕育的是一场划时代的“创新”，信息时代已经过去，我们期待着创造性的未来。

五　文化创新体系建设的责任与使命

《国家“十一五”时期文化发展规划纲要》指出要“始终把文化创新作为文化发展的战略基点和前进动力”，我们把文化创新的意义定位在文化自身的发展繁荣上。在此意义上的文化创新只能停留在文化本体的内容形式创新、体制机制创新，甚至传播手段、创作手段、管理手段创新。所谓“文化创新体系”也是基于文化自身发展的各生产要素和生产环境之间的重新组合和融合，包括文化与经济的融合、文化与市场的融合、文化与科技的融合等。这时的文化创新体系并没有上升到国家层面，并没有成为“国家创新体系”的核心要素和重要力量。从系统的角度讲，文化创新体系属于文化系统内部的内生性创新，经济、科技、市场体制与文化的融合是系统环境向文化系统内部的融合，只对文化自身的发展繁荣起作用。

2010年7月23日，胡锦涛总书记在的中央政治局第二十二次集体学习时讲道：“国家富强，民族振兴，人民生活幸福安康，需要强大的经济力量，也需要强大的文化力量。”同时指出，就国家竞争力而言，文化“是综合国力竞争的重要因素”；就国家创新能力而言，“文化是民族凝聚力和创造力的重要源泉”；就国家发展能力而言，文化“是经济社会发展的重要支撑”。这一论述从根本上改变了文化的意义和作用，文化大发展大繁荣已经不再局限于文化自身的发展繁荣，文化创新发展不仅仅要满足广大人民群众日益增长的多样化、多层次、多方面精神需求，而且要满足经济社会发展的支撑力需求，满足中华民族伟大复兴所需要的民族凝聚力、创造力需求，满足国家富强的政治影响力和文化软实力需求。对文化创新能力的要求也从最初的“四个不适应”提高到“新的四个不适应”，从文化民生适应性、现代传播手段适应性、对外开放适应性和市场经济适应性，提高到与经济发展的文化需求是否适应，与社会文明进步的文化需求是否适应，与提高民族凝聚力创造力的文化需求是否适应，与国家软实力提升的文化要求是否适应。在这一要求下，对未来文化创新体系建设的价值和意义必须站在国际层面，从国家、民族、民生角度重新审视。因此，从胡锦涛总书记的讲话中可以认识到，文化创新体系具备了进入国家创新体系的政治条件。

2010年8月20日，蔡武部长在《中国文化报》发表题为“谨记使命与职责”的文章，文章指出，从2010年2月初胡锦涛总书记提出把文化建设作为全国全党要抓的重点任务之一，到3月温家宝总理在政府工作报告中，把“大力加强文化建设”作为要重点抓好的八个方面工作之一等，一系列重要讲话和报告把文化建设提升到前所未有的高度，同时也赋予文化建设很多新的任务，提出了更高的要求。蔡部长要求文化工作者“要理解和担荷起党赋予文化建设的时代使命”。

站在文化创新的角度，如何理解和担荷文化建设的时代使命？我们从党和国家领导人重要讲话中认识到文化对“综合国力、民族凝聚力、创造力、经济社会支撑力”承担的重要责任；我们也认识到满足“日益增长的民生需求”、“越来越迫切的政治、经济、社会需求”，必须建立在文化发展繁荣的基础上。同时，2010年文化创新理论研究也已经明确，文化创新是推动文化大发展大繁荣的内在动力，文化创新体系建设是提升文化创新能力的主要途径。这一逻辑关系直接导出，文化创新体系在决定着文化自身发展繁荣的同时，也决定着文化能否支撑政治、经济、社会协调发展的直接责任。从这一意义上讲，文化创新体系建设已经超出了我们曾经探求的范畴，能够承担起时代使命的文化创新体系已经不是系统内生性创新，而是国家层面的国家文化创新。一方面文化创新体系的建设力度需要支撑起文化系统内、系统外多方面文化需求；另一方面文化创新体系建设涉及的范围已经超过了文化行政主管部门和文化行业本身，直接指向整个社会对文化创新活动的参与。所以，就像科技创新体系进入国家创新体系的先导性理论研究一样，文化创新体系理论研究需要转向国家创新体系建设的角度。

科技创新体系之所以涵括国家创新体系的主要内容，使国家科技创新体系建设成为建设创新型国家的战略部署，主要是近一个多世纪来发达资本主义国家通过科技创新带动国力和整个国家经济社会发展得到充分证明，尤其是冷战以后美国基于国家创新体系理论着力推动信息技术革命在经济发展上获得巨大成功，为我国国家创新体系与科技创新体系相结合提供了实证案例。标志科技创新体系上升为国家创新体系的重要论述：“必须更加坚定地把科技进步和科技创新作为经济社会发展的首要推动力量，把提高自主创新能力作为调整经济结构、转变增长模式、提高国家竞争力的中心环节，把建设创新型国家作为面向未来的重大战略。”① 主要强调科技创新对经济社会发展的推动力，对产业结构调整、转变经济增长模式的重要作用，以及科技创新对提高国家竞争力的作用。

而当前文化对国家政治、经济、社会的作用和意义已经上升到不亚于科技当时的作用和意义。文化是综合国力竞争的重要因素，文化是民族凝聚力和创造力

① 《中共中央政治局研究部署国家中长期科学技术发展工作》，2005年6月28日第1版《人民日报》。

的重要源泉，文化是经济社会发展的重要支撑等，都反映出文化的作用和意义已经体现在国家政治、经济、社会等各领域。

文化部蔡武部长在讲话中指出，当今世界，文化产业日益成为经济发展新的增长点，日益成为国民经济新的支柱产业。文化产业低能耗、低污染、高产出，具有优结构、扩消费、增就业、促跨越、可持续发展特征。文化产业正在以朝阳的绿色产业促进国民经济产业结构调整。文化产业因其产值高，对国民经济的贡献率大，在整个国民经济结构中正在改变产业经济的增长方式。文化产业对转变我国经济增长方式具有优化经济结构、产业结构、需求结构的功能，具有扩大居民消费、拉动居民消费结构升级的功能，具有促进区域经济跨越式发展、促进传统产业跨越式发展的功能。

文化产业不仅承载着转变经济增长方式的使命，也承载着提高国人文化素质、调整市场需求的重任，它使一个国家的内需从物质需求向高品位的精神需求转型。尤其是文化产业的特殊类型——文化创意产业，正在推动“中国制造”向“中国创造”转变。创意产业是文化行业与各行各业的高度融合，是传统产业新的经济增长点，几乎涵括了各类产业链的创新高端。有报道称：创意产业可导致价值链核聚变，造就不可思议的财富神奇。

温家宝总理就文化与其他产业的关系指出，当一个国家的文化表现出比物质财富和货币资本更强大的力量的时候，当经济、产业和产品出现文化品格的时候，这个国家的经济才能进入更加文明的发展阶段，才能具有可持续发展和持续创造财富的能力。这一论述深刻地揭示了文化经济对整个国民经济的重要意义。同时，这一论述也表达了温家宝总理对以文化创新促进国家经济创新发展的期望。

在国际形势和国内形势发生如此巨变的时刻，文化创新体系建设的理论研究是否应当站在一个新的高度？以文化体制改革创新为例，正如科技体制改革之初，促进科技与经济相结合、使“科技体制与市场经济体制相适应”的制度改革创新，同样引起科技界的“内在焦虑”。基础科技研究和公益性科技研究作为科技本体同样面临着市场化生存问题和国家意志的可持续发展问题，科技本体解构意味着国家科技体系的解体。文化体制改革创新促进文化管理体制与日益完善的市场经济体制相适应，同样面临着市场化导向对文化艺术本体的国家意识形态所产生的解构威胁。正如王列生先生所言“内在焦虑”，文化结构的市场化可能导致对公共文化服务体系的毁灭性打击，文化内容的市场化可能导致文艺审美与意识形态的滑坡，这两方面都是不归之路，同样意味着国家意志的文化本体解体。1997 年中国科学院向中央提交《面向知识经济挑战，建设国家创新体系》研究报告时，同样心存“内在焦虑”。但面向知识经济时代，包括科技体制改革的科技创新体系建设的意义已经远远超出了科技本体。25 年的科技体制改革后，尽管科技体制市场化产业化过激带来某些弊端，但科技事业和高新技术产业双轨制从根本上完成了科学技术本体发展和科技促进经济发展的双重任务。今天，面对知识经济与文化经济的并存，面对文化产业纷纷进入国家的战略，包括文化体制改革创新的文化创新体系建设的意义也已经超出了文化本体。就实践探索和理论研究而言，我们可否站在国家创新体系的角度，重新审视包括文化体制改革创新在内的文化创新体系建设所承担的责任和使命？

“文化事业”和“文化产业”双轮论在文化体制改革之初就明确提出，且蔡武部长反复强调“文化体制改革不是文化产业化”，党和国家领导人也反复强调文化事业的基础地位不可动摇。无论怎样，“文化是经济社会的重要支撑”强烈表达了经济社会发展亟待文化的积极贡献，国际上众多国家将文化产业和文化创意产业纳入国家发展战略，一如 20 世纪初的高新科技，文化正在引起世界的普遍关注和我国的高度关注。后现代化进程中，知识经济是否在向文化经济过渡还不可知，但知识经济与文化经济并存的新现代化趋势已经在很多国家成为现实，并且正成为世界性现象。从国家创新体系模型看，文化创新对创新型国家建设已经开始显现重大作用或深刻影响。站在国家创新体系的角度，开展文化创新体系建设先导性理论研究的必要性和紧迫性也开始显现。因为文化创新开始承担更多推动文化大发展大繁荣的任务，文化创新工程同样需要类似科技创新工程一样的社会化合作与分工。

Reviewing Significance and Mission of “Cultural Innovation”

Yan Xianliang　Hu Xiaoqun

Abstract: From the late 20th Century to the early 21st Century, a reversal of economic innovation and development direction has started to take place in some developed countries. Influencing power and driving power of culture on the economy have attracted great attention. Cultural Economy has been on the horizon. At present, capital, science & technology and the greed in market system have revealed the obvious lack of moral, ethical and aesthetic value. The future sustainable development of economy and society is in urgent need for culture. Meanwhile, cultural industries and creative industries are creating new growth engines in some countries, which grow in an exponential or explosive manner. Can cultural innovation system become another national strategy for boosting the future economic and social innovation and development? In view of new domestic and international trends, we must review significance and mission of cultural innovation and the construction of cultural innovation system.

Key Words: Cultural innovation; Cultural innovation system; National innovation system

行业创新篇

Industry Innovation Reports

B.14

面向“十二五”，艺术科研管理工作将以创新促发展

文化部文化科技司社科处

摘　要：艺术科学是哲学社会科学的重要组成部分，艺术科研管理工作是推进艺术科学研究的重要保证。本文在回顾总结“十一五”艺术科研管理工作成就的基础上，认为“十二五”是艺术科研发展的重要时期，科研管理工作任重道远。为进一步推进“十二五”艺术科学研究的发展，艺术科学管理工作必须以创新促发展。其创新的具体措施包括强化责任意识，提高管理能力；夯实研究基础，为艺术科研创造良好的外部条件；鼓励团队攻关，多出精品力作；放宽视野，整合资源，形成合力；有机结合艺术科学学科建设与人才培养，打造艺术科研与管理队伍等。

关键词：“十二五”　艺术科研管理　创新

《中共中央关于制定国民经济和社会发展第十二个五年规划的建议》指出：

“当今和今后一个时期，世情、国情继续发生深刻变化，我国经济社会发展呈现新的阶段性特征，综合判断国际国内形势，我国发展仍处于可以大有作为的重要战略机遇期……”。胡锦涛同志指出：“各级党委和政府要把文化体制改革和文化建设摆在全局工作的重要位置，纳入经济社会发展总体规划，纳入科学发展考核评价体系，建立健全领导体制和工作机制，坚持一手抓繁荣、一手抓管理，牢牢把握文化发展主动权。”面向“十二五”，文化工作使命光荣，任重道远。

艺术科学研究是文化工作的一个重要方面，起着重要的基础性作用。艺术科学研究管理的水平，直接影响着艺术科研的发展。总结既往，展望未来，艺术科研管理工作在一个新的时代起点上，将以发展为目标，以服务为宗旨，以效率为准绳，创新思维、创新手段、创新方法，努力开创工作新局面，推动文化大发展大繁荣。

一 “十一五”艺术科研管理工作成就简要回顾

“十一五”期间，是我国哲学社会科学研究工作取得重大发展的五年。在党中央的重视和关心下，在有关方面的大力支持下，国家社会科学基金规模不断扩大，管理制度日益完善，为推出优秀成果创造了良好的条件。作为哲学社会科学的重要组成部分，艺术科学研究工作取得了长足的发展。

（一）制定《全国艺术科学研究“十一五”（2006～2010）规划》，规划目标如期实现

为大力推进我国艺术科学的健康发展和全面繁荣，更好地为新世纪新时期构建社会主义和谐社会、建设和谐文化，为我国改革开放和现代化事业服务，依据《中华人民共和国国民经济和社会发展第十一个五年规划纲要》和《国家“十一五”时期文化发展规划纲要》以及《文化建设“十一五”规划》，参照《国家哲学社会科学研究“十一五”（2006～2010）规划》，结合我国艺术科学研究工作的实际，研究制定了《全国艺术科学研究“十一五”（2006～2010）规划》。规划分析了“十一五”时期艺术科学研究工作面临的形势，提出“十一五”时期我国艺术科学研究必须坚持的指导思想、方针原则及主要任务，为这一时期艺术科学发展指明了方向。经过五年努力，规划目标如期实现。

（二）进一步规范全国艺术科学规划研究课题评审工作，相关工作稳步推进

根据全国哲学社会科学规划办公室关于进一步规范和加强艺术、教育、军事三个单列学科管理的意见，文化部教育科技司（后更名为文化科技司）暨全国艺术科学规划领导小组办公室自2007年起，将原“全国艺术科学规划课题”统一更名为“国家社会科学基金艺术学项目”，并将原来的评审立项周期由每两年一次改为一年一次，同时取消原自筹经费项目类别，设立重点项目、一般项目、青年项目和西部项目四大类，并专设文化部文化艺术科学研究项目。国家社会科学基金艺术学切块经费大幅提高，2010年达到1600万元，是“十五”期间最高年份的4倍。2006～2010年，立项课题数达到557个（其中，国家社会科学基金艺术学项目390个，文化部文化艺术科研项目167个）。“十一五”课题的平均资助力度比“十五”期间也有大幅度增长。2010年度全国艺术科学规划领导小组办公室共收到全国30个省、自治区、直辖市申报的课题1821项，在提高申报门槛的前提下，总量较上年略有减少，这表明国家社会科学基金艺术学项目进入一个良性调整及相对稳定的状态。经过评审，最终有113项课题获准立项，平均资助额度为11.8万元，是2005年的平均资助额度5.7万元的两倍有余。

（三）艺术科学研究成果丰硕，重大基础性研究进入收获期，现实性研究取得实质性突破

历经30年的宏伟的文化基础建设工程——10部“中国民族民间文艺集成志书”编纂出版工作圆满结束。该工程自1979年陆续开展以来，在党和政府的大力支持下，经过数十万文艺工作者30年的努力，全面反映我国各地各民族戏曲、音乐、舞蹈、民间文学状况的洋洋4.5亿字、近300部省卷（400册）的鸿篇巨制已全部出版。这是改革开放以来我国在民族民间文化抢救与保护方面所取得的最有代表性的成果，是文艺战线向新中国60年华诞奉献的一份厚礼。

立足于对各时代社会总貌和艺术发展的整体把握和宏观研究，着眼于概括和总结每个时代共同的发展规律的《中华艺术通史》历经十余载，终于问世了。全书文字700余万，图片3000余幅，作为包含美术、音乐、戏曲、舞蹈、曲艺等主要艺术门类的综合性的大型艺术通史，填补了我国综合性艺术类通史的空

白。《中国音乐文物大系》、《二十世纪中国油画》、《解放军音乐史》、《中国电影摄影艺术发展史》、《20世纪中国人物画史》等一批优秀成果陆续完成，丰富和完善了艺术学学科内容和体系。2008年，“中国艺术科学总论”立项为国家社会科学基金艺术学委托项目。这套关于中国艺术本质规律、原理及分学科知识体系的总体性、系统性和体系性的大型系列论著，作为中国艺术学集大成之作，在指导当代艺术学发展，为文化大发展大繁荣提供理论支持方面具有重要意义。

在重大现实问题研究方面，《中国文化发展战略研究》在中华民族核心价值观与构建社会主义和谐社会、中国文化“走出去”战略、构建公共文化服务体系、科学发展观与文化建设指导方针和文化创新战略等方面进行了深入研究并取得丰硕成果。2008年，“中国特色社会主义文化理论研究”立项为国家社会科学基金艺术学委托项目，对马克思主义文化理论、中国化的马克思主义文化理论、科学发展观统领文化建设、改革开放30年来的文化建设等问题进行研究。目前，课题研究工作正在有条不紊地开展。国家社会科学基金重大课题“中国文化软实力”研究的相关工作正在进行中。为加强哲学社会科学研究工作面对蓬勃发展的社会现实的快速反应能力，及时有效地引导社科界高水平科研人员和科研团队关注并深入研究重大现实问题，在为党和政府决策服务上作出快速响应，2010年，全国哲学社会科学规划办公室设立了决策咨询类项目。全国艺术科学规划办公室积极贯彻落实有关工作精神，组织了审慎的研究论证，经全国艺术科学规划领导小组批准，“弘扬节日文化研究”和“中国国家文化安全研究”获准立项为决策咨询类课题。

（四）建立健全艺术科研规划管理体系

“十一五”期间，艺术科研规划管理体系得到进一步完善。目前在全国艺术科研管理体制上，已经明确了全国艺术科学规划领导小组办公室、地方文化厅局科教处或艺术科研职能管理部门、课题承担人所在单位分级管理的艺术科研三级管理体制。按照《文化部关于加强全国艺术研究院所建设的意见》（文教科发［2002］52号）的要求，各省、自治区、直辖市文化厅（局）要建立健全省级艺术科学规划领导小组。经过努力，目前已经有福建、四川、浙江、黑龙江、天津、山东等12个地方成立了省级艺术科学规划领导小组。艺术科研管理外部条件逐步改善，为构建多层次、各具特色的艺术科研体系打下了坚实基础。

（五）系统梳理近年成果，科学总结艺术科研工作

为了进一步宣传、推广国家社会科学基金艺术学项目成果，促进艺术学项目研究成果的转化与应用，更好地为我国社会主义文化建设事业及艺术学学科建设与发展服务，文化部文化科技司暨全国艺术科学规划领导小组办公室计划编纂、出版《国家社会科学基金艺术学项目成果选介汇编》，有关工作已正式启动。相关人员已按学科分头着手编纂工作。这项工作将集中展示20多年来文化艺术科研成就，最大限度地发挥文化艺术科研理论的支撑作用。

为了更好地总结和梳理“十一五”艺术学发展状况，为研究制定艺术学“十二五”规划奠定基础，文化部文化科技司委托中国艺术研究院牵头，组织有关专家，共同完成了《全国艺术科学“十一五”研究状况及“十二五”发展趋势调研报告》的起草工作，经文化部文化科技司审定后报送全国哲学社会科学规划办公室。该调研报告系统总结了“十一五”时期艺术科学各学科研究状况，并对“十二五”时期的相关工作进行了展望。在此基础上，《全国艺术科学研究“十二五”（2011～2015）规划》起草和论证工作正在紧锣密鼓地进行。

二 “十二五”是艺术科研发展的重要时期，科研管理工作任重道远

我国正面临着进一步发展的重要战略期，“十二五”是繁荣发展包括艺术科学在内的哲学社会科学的重要时期。经济社会稳步发展，文化工作日新月异。我国文化赖以生存的经济基础、体制环境、社会条件发生了深刻变化。必须进一步强化文化自觉、树立文化自信，大力推进文化创新，更好地体现时代性、把握规律性、富于创造性，始终保持我国文化发展的蓬勃生机与旺盛活力。《中共中央关于制定国民经济和社会发展第十二个五年规划的建议》强调，要“推动文化大发展大繁荣，提升国家文化软实力”，要“推进学科体系、学术观点、科研方法创新，繁荣发展哲学社会科学”。艺术科学是哲学社会科学的重要组成部分，艺术科研管理工作是推进艺术科学研究的重要保证。面对“十二五”，艺术科学管理工作将以创新促发展，切实为推进文化创新，为繁荣发展哲学社会科学贡献力量。

（一）科学管理、注重导向，创新管理体制、机制

艺术科研管理工作，必须始终坚持马克思主义在我国意识形态领域的指导地位，牢牢把握正确的政治方向，以规划化、科学化管理为手段，使推出的成果能够经得起历史和实践的检验。努力进行艺术科研规划管理体制、机制的创新，进一步健全中级管理机构设置并强化其职能，加强制度化、科学化、规范化建设，逐步实现全国艺术科学规划课题申报、评审立项、年度（中期）检查、鉴定结项、评奖、成果转化推广、综合统计及信息资料库等计算机网络化管理与咨询服务。建立若干具有高水平、资源共享的艺术科学研究基地，创新评价机制，丰富评价手段。开展艺术科研成果评奖工作，向具有原创性、填补学科空白的高质量、高水平的研究成果倾斜。拓宽成果宣传渠道，使全国艺术科学研究成果更好地服务于社会，服务于文化大发展大繁荣。

（二）进一步健全规章，营造良好外部环境

进一步建立健全有关规章制度。“十二五”期间，全国艺术科学规划领导小组办公室将根据全国哲学社会科学规划领导小组及办公室的规定，结合新形势的现实要求，修订、重新颁布《全国艺术科学规划课题管理办法》，并遵照《国家社会科学基金项目经费管理办法》及《关于加强国家社科基金单列学科管理的意见》，参照《国家社会科学基金项目管理办法》及《关于加强和改进国家社会科学基金项目成果鉴定结项工作的意见》等系列管理规章和文件，根据实际需要，完善管理规章，进一步规范管理。

（三）坚持基础研究和应用对策研究并重，坚持在理论与实践结合方面努力创新，发挥艺术学研究为现实服务的作用

基础研究应着眼于艺术学理论体系建设；应用性研究应着眼于重大现实问题研究和急需的对策性研究。引导艺术科研进一步与文化艺术实践现实需求相结合，增强科研工作的快速反应能力。只有将社会发展的要求和人民群众的实践相结合，理论研究才能具有强大的生命力和影响力，才能更好地实现自身价值。当今时期，文化艺术事业繁荣发展，现实工作迫切需要理论支撑，迫切需要理论工作者做出前瞻性研究或紧跟实践前沿。在管理工作中，要加强引导，通过制定规

划和课题评审等，使研究工作更加贴近艺术学发展的需要，使契合当前火热的文化艺术建设现实需求的课题脱颖而出。通过招标课题、委托课题、决策咨询项目等方式，提高课题申报水平和课题研究水平。

（四）尊重知识、尊重人才，坚持以人为本，做好服务工作

艺术科研管理工作，必须牢固树立以人为本的思想，充分尊重科研工作者的创造性劳动。科研工作的主体是研究人员，是他们呕心沥血，全心投入，才创造出丰硕的艺术科研成果。要在坚持正确导向的前提下，鼓励不同风格和不同流派的创造，包容学术探索，鼓励学术争鸣，实行学术民主。科研管理工作没有止境，科研管理人员要树立服务的理念，全心全意为科研工作者做好保障工作；要积极思考、努力创新，不拘一格地为多出科研精品力作营造良好氛围和环境。

（五）加强学风和学术道德建设，坚持规范管理，推进学术诚信建设

科研管理工作，风气建设是一个重要方面。要在制度建设、措施建设方面想办法、求实效。坚持公开、公正、公平的原则，奖惩并举；弘扬不骄不躁、不计名利、科学严谨的学术风气，务求实效；提倡敢为人先、勇于实践、求真务实的探索精神，努力创新。遏制学术浮躁、摒弃学术不端行为，努力推进学术诚信建设。在管理中，要激励与约束并举，激励是动力，约束是保证。

三　创新理念，采取措施，实现艺术科研管理工作创新

（一）强化责任意识，提高管理能力，激发工作热情，提高管理效率

近年来，随着国家社会科学基金大幅增长和立项规模的不断扩大，国家社会科学基金艺术学项目的数量大幅增长、资助力度大幅提高，为艺术学研究的发展创造了良好的外部环境，文化部文化艺术研究项目也更加规范化、制度化，资助额度发生了喜人变化，这些都为艺术学发展创造了良好的硬件条件，对管理工作也将有更高的要求。

各级管理部门要进一步强化责任意识。责任意识，是做好管理工作的基础。要把管好、用好国家经费作为主要工作任务；要把规划好、谋划好本级管理范围的艺术科研工作作为重中之重；要把服务好科研人员作为自身的义务；想科研人员所想、急科研人员所急，加强工作的使命感、急迫感。

提高管理能力。科研管理，对人员素质的要求非常高，我们要想方设法，为科研管理人员创造条件，使他们成为有良好的基本素质、有坚定的政治立场、有开阔的学术视野、有公正无私的立场、有服务意识、有奉献精神的复合型人才。有了这样一支队伍，我们的管理工作才能够有所保障。各级领导，应下大力气，出新招、出实招，为培育、铸造这样一支队伍做实事。

激发工作热情。管理工作，要以人为本，不仅要以管理对象为本，也要以管理者为本。要尊重管理者本身，要想方设法，激发工作热情，要增强管理工作的荣誉感、使命感、自豪感，要让“为人做嫁衣”的同志也有成就感，这样，才能真正地激发管理热情，才能使工作有声有色地开展。

提高管理效率。如果说“十一五”之前，艺术科研工作着眼于建章立制，建立规范，打下了良好的基础的话，“十二五”时期，我们应该在前期工作稳步推进的基础上，着眼于提高效率。科技的发展日新月异，各项技术手段的应用为我们提高管理效率提供了物质保障。我们的管理工作，将以提高管理效率为核心，争取尽快看到成效。

（二）夯实研究基础，为艺术科研创造良好的外部条件

艺术科研是建立在大量资料基础上的，这些资料包括以往的艺术积累，包括正在进行的艺术创造，也包括我们在艺术积累和艺术创造过程中所形成的资料文献。因此我们说，艺术的积累在某种意义上也体现为艺术资料的积累。积累越多，我们占有的资源也就越多，我们研究的眼界也就越宽，我们研究的问题也就越深。

各地艺术研究院所在科研实践中积累了丰富的文艺基础资料。从内容上说，有戏曲、曲艺、音乐、舞蹈等各种艺术表现形式；从形态上看，有文本（包括一些珍贵的手抄本、油印本、老剧本等）、录音带、录像带、曲谱、舞谱等。这些基础资料，是我们研究院所的重要财富，是我们的立足之本，是艺术研究院所下一步发展的基础。

加强数据库类课题试点的推广，尝试多渠道合作方式，以适应艺术科学研究

工作的发展。鼓励运用科技含量高的科研手段，形成多种类、多形式的科研成果，提高艺术科研工作的生机与活力。在文化科技提升计划第一批项目中，“国家文化资源平台建设”是其中非常重要的项目之一。“国家文化资源平台建设”旨在在国家支持下，通过对文化资源信息分类体系及元数据的研究，为我国艺术科研院所搭建起一个按照国家统一标准的，对文化艺术基础资源进行抢救、保护、管理、共享的文化资源信息平台。

“十二五”期间，将以“政府主导、研究机构承担、资源共享、保护开发”为基本思路，进一步做好文化艺术基础资源保护开发的相关工作。特别是要充分使用数字技术，充分利用新的技术手段，紧紧抓住信息化深入发展的历史机遇，加快文化与科技的融合，夯实研究基础。进一步推进配套政策法律建设。其中一项重要工作是在后“集成”时代，研究和明确“十部文艺集成志书”及相关艺术基础资源的版权使用问题，细化相关规定，为“集成”资源的全面开发、利用打好基础。

（三）鼓励团队攻关，多出精品力作

经过多年的发展，艺术科研管理工作稳步推进，面向“十二五”，艺术科研呈现了一些新的时代特点，其中，较为明显的一个趋势是，集体攻关越来越成为必要的形式和手段。面对飞速发展的现代社会、面对纷繁复杂的艺术现象、面对鲜活多样的文化生活、面对新的文化业态，单一学者的科研工作显得越来越力不从心了。因此，我们不仅要保持学者个人的缜密的、深入的学术奉献，更要鼓励多种力量联合的，经过合理论证、科学管理的团队攻关，这是必需的，也是必需的。事实上，艺术实践中，很多成功的案例中，无不是靠集体攻关取得辉煌成绩的。要取得艺术科研的精品力作，特别是应用性强的对策性研究成果，团队攻关更是必由之路。

（四）放宽视野，整合资源，形成合力，共同发展

随着社会文化生活方方面面的交汇和融合，艺术科研管理工作应以开放的眼界，宽广的视野，既立足当代又继承民族优秀传统文化艺术，既立足本国又充分吸收世界文化艺术的优秀成果，使艺术科学研究始终面向现代化、面向世界、面向未来，具有鲜明的中国特色。同时要适应时代和社会的需要，高度重视自然科学技术、其他人文社会科学与艺术科学间的相互渗透、融合，既立足于艺术学各门类学

科又关注与其他学科间的交叉研究。充分发挥国家社会科学基金艺术学项目和文化部文化艺术科研项目的影响力，以项目为纽带，整合相关资源，构建科研平台。

（五）把艺术科学学科建设与人才培养有机结合，打造艺术科研与管理队伍

艺术科研人才和管理人才是艺术科研的基础。“十二五”期间，我们将采取有力措施，努力打造过硬的人才队伍。要将艺术科研人才、管理人才培养纳入文化艺术人才发展统一规划，目标明确，计划得当；要将人才培养纳入科研管理的全过程，在项目立项、中期管理、成果奖励、专家咨询等工作中，扶持和培养优秀科研人才和管理骨干；要加大培训力度、丰富培训方式，拓宽培训渠道，将人才培养可持续化、制度化。通过评建重点学科基地促进优势学科及科研队伍的建设，将选题规划、评审立项与学科建设、队伍建设、人才培养及文化艺术科研结构调整、合理布局结合起来。

历经三十年圆满完成的十部“中国民族民间文艺集成志书”编纂出版工作，为文化系统培养了一支艺术科学资料编纂、整理、研究队伍，为艺术创作打下了坚实的基础。“十二五”期间，我们将努力完成“集成”后艺术科研机构的职能定位和人才队伍培养工作，特别要重视对青年艺术科研人才的培养，形成一支老、中、青结合的专业人才梯队。加强专业艺术研究人才队伍建设工作，重视和抓紧后备科研人才力量培养，有计划地选送一批有发展潜力的年轻科研人员到中国艺术研究院、中国戏曲学院等国家级科研与教育机构进修深造，疏通委托培养、进修、考察交流等人才培养的多种渠道；以科研项目为中心，本着“开门办所，共同提高”的宗旨，面向社会吸纳、培养人才，广泛团结社会各界优秀专家、学者共同承担科研项目，互相学习，共同探讨。注重多学科复合人才的培养，顺应社会发展要求，掌握高科技应用知识，开展研究人才培养工作。

（六）创造条件，努力抓好落实工作

艺术科研管理工作中，抓好落实环节非常重要。随着艺术科研工作的繁荣发展，艺术科研管理队伍亟待充实和加强。“十二五”期间，管理工作量将大幅度增大，管理要求也必将上一个新台阶。各级艺术科研管理部门，都应努力创造条件，配备好必要的人员和物质条件，将科学管理、规划管理落到实处。

面向“十二五”，艺术科研管理工作面临良好机遇，前景广阔，使命神圣，责任重大。广大艺术科研管理工作者将锐意进取，以昂扬的士气和振奋的精神，开拓创新，努力开创文化建设繁荣发展新局面！

Confronting the "12th Five-Year Plan", the Administration of the Scientific Researches on Arts will Promote Development through Innovation

Social Science Department, Culture, Science, and Technology Division, Ministry of Culture

Abstract: Art Science is an important component of philosophy and other social sciences, and the administration of the scientific researches on arts is an essential guarantee to promote the scientific research on arts. This paper, based on the retrospect to and conclusion on the achievements in the administration of scientific researches on arts in the "11th Five-Year Plan" period, states that the "12th Five-Year Plan" is an important period for the development of the scientific researches on arts, and the administration work has a long way to go with heavy responsibility. To further promote the development of the scientific researches on arts, the administration work should promote development through innovation, which should cover the following specific measures: intensifying the consciousness of responsibility and improving the administrative competence of the administration team, consolidating the foundation of researches and providing a favorable external conditions for the scientific researches on arts, encouraging the administration team to make breakthrough and produce competitive products, broadening the teams horizons and integrating resources to bring into being composition of forces, and combining the construction of art science discipline and the fosterage of talents to build the scientific research team and administration team of art.

Key Words: The 12th Five-Year Plan; The administration of the scientific researches on arts; Innovation

B.15

艺术教育共建工作的回顾与展望

文化部文化科技司教育处

摘　要： 本文在回顾反思我国艺术教育共建工作十年来历程与成果的基础上，系统阐释了"十二五"艺术教育共建工作的指导思想、发展思路、基本定位与机制建构，进而提出了推动"十二五"艺术教育共建工作的八点具体举措。

关键词： 艺术教育　共建工作　回顾　展望

文化部艺术教育的共建工作已开展十年有余。在艺术教育管理领域实施共建，是教育管理体制改革的一个举措。总结十年来的共建工作，可以说，"共建"工作仍在经历一个漫长的探索过程，现在还缺乏科学统筹的机制，缺乏切实可行的项目。当前，艺术教育正处于一个前所未有的战略机遇期，如何在新的教育改革与发展的形势下，发挥文化部行业指导作用，为文化发展做好人才培养的基础性工作？我们不仅需要反思十年来文化部艺术教育的共建工作，而且更需要对共建战略工作进行新的思考和新的定位。

一　艺术教育共建工作的历史回顾

（一）直属艺术院校的划转与共建工作的启动

2000 年 4 月，根据国务院有关文件精神，文化部完成对所属 9 所高等艺术院校的管理体制调整，中央音乐学院、中央美术学院和中央戏剧学院"以独立建制划转教育部管理"；中国音乐学院、中国戏曲学院、北京舞蹈学院、上海音乐学院、上海戏剧学院和中国美术学院，实行"中央与地方共建、以地方管理为主”。院校划转后，文化部克服困难，积极转变工作思路，主动做好共建工作。2001 年文化部办公厅专函教育部办公厅，商讨共建问题，提出了在艺术人才培养、文化科技和艺术科学研究、学生艺术实践等方面开展共建的建议。2004 年，文化部组织对原部属艺术院校共建工作进行实地调查研究，重点了解其近年来的办学情况、存在的问题和对共建工作的要求，并分别与北京市、上海市、浙江省教育主管部门和教育部有关部门进行座谈，征求对文化部共建工作的意见。2004 年 9 月，文化部在深入调研的基础上会同教育部共同签发《教育部、文化部关于共建中央音乐学院、中央戏剧学院、中央美术学院的意见》，从此形成了文化部与教育部、文化部与地方政府共建原直属艺术院校的格局。

（二）艺术教育共建工作的成果与缺憾

十年来，文化部以加强行业管理职能为出发点，在专业艺术人才培养、文化科技和艺术科研项目的立项、本科教学评估、搭建教学成果展示平台、推动艺术硕士专业学位在我国的设置、提供文化交流项目、促进共建院校与艺术职业院校间的合作等方面开展了许多工作，并取得了一些成果。院校划转后，文化部积极支持中国戏曲学院承办中国京剧优秀青年演员研究班，并继续主办了第四、第五届中国京剧优秀青年演员研究班，五届研究生班取得了丰硕的成果，近 90% 优秀学员活跃在我国的戏曲舞台上；为了使我国的声乐教学尽快与国际接轨，教科司与上海音乐学院联合举办声乐大师班，在业务能力和学历层次上为优秀声乐艺术人才的培养搭建了平台；为了解决高等艺术院校在本科教学工作水平评估中遇到的困难，协调教育部召开“高等艺术院校共建工作——本科评估指标补充说明研究会议”，专题研究并制订了艺术、体育类院校评估指标补充说明；为了解决本科后艺术教育的瓶颈，满足我国艺术事业对高层次、应用性艺术人才的需求，完善了艺术教育体系。在文化部的努力下，中央音乐学院、中央戏剧学院、中央美术学院、中国戏曲学院、北京舞蹈学院、上海音乐学院、中国音乐学院、上海戏剧学院等共建院校在国务院学位委员会正式下发的《艺术硕士专业学位设置方案》中首批获得招生试点单位资格。此外，管理体制转变后，文化部在文化科技、艺术科研的研究规划和课题指南的制定、科技成果鉴定等方面最大限度地吸纳了原直属艺术院校专家参与，支持和鼓励原直属艺术院校参与文化部文化科技立项和艺术研究课题申报，并给予了项目咨询、技术指导以及课题经费的保证。在对外文化交流方面，文化部组织部分院校师生参加了在华沙举办的第三届国际戏剧学院艺术节、在德国举办的青年欧洲古典—欧洲夏季音乐节，不仅拉近了国内艺术院校与世界舞台的距离，而且进一步提高了学院在世界的知名度。2006 年、2008 年、2009 年由文化部人事司牵头，教育科技司、艺术司共同组织召开了三届艺术院校、艺术院团长座谈会。在充分尊重院校主管部门和教育部门的指导地位、院校依法自主办学权利的基础上，就如何充分发挥艺术院校在人才培养、艺术创新理论研究和科技进步上的优势，以促进共建院校的改革与发展为核心，加强文化部与艺术院校在专业建设、对外交流等方面的共建进行了较深入的研讨。应该说，共建格局形成以来，文化部努力做好服务工作，在一些方面促进了文化部与艺术院校的沟通，在一定程度上推进了共建工作，取得了一些成果。但由于对共建工作的认识比较单一，强调人才培养时忽视了人才走向，没有将共建工作置于艺术教育、文化产业、文化市场、文化遗产、公共文化服务体系、文化交流等整个文化建设体系中去思考，导致了共建工作的许多缺陷，比如没有更加深入研究共建工作如何建立优势互补、友好配合的部际协调机制，如何将艺术高校教学、科研、创作三大突出功能有机结合，如何创新科研组织模式并推进其与文化企业相互开放，如何建构文化部与高等艺术院校间的用人育人直通车机制，如何搭建文化资源与艺术教育相互融合的平台等，共建工作没有取得应有的更大的实质性进展。

二 “十二五”艺术教育共建工作展望

党的十七届五中全会提出，文化是一个民族的精神和灵魂，是促进国家发展和民族振兴的强大力量。要推动文化大发展大繁荣，提升国家文化软实力，坚持社会主义先进文化前进方向，提高全民族文化素质，推进文化创新，深化文化体制改革，增强文化发展活力，繁荣发展文化事业和文化产业，满足人民群众不断增长的文化需求。这是对艺术教育提出的未来发展要求，更是对艺术教育管理工作提出的新课题。我国艺术教育正处在一个关键性的历史发展阶段，面临前所未有的机遇和挑战，艺术教育管理需要适应这种变化的环境，面对我国社会发展的深刻变革，了解文化事业、文化产业发展的形势，研究预测未来的发展趋势。不仅要正视艺术教育尤其是基础性、早期性、适用性艺术教育中存在的问题，而且要重新审视过去艺术人才培养、艺术人才使用的模式和机制，要以科学发展观为引领，加快转变观念，抓住机遇而不可丧失机遇。艺术教育管理必须创造性地开展新时期新的“共建”工作，如此才能正确指导各类各级艺术院校的全面发展。

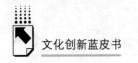

（一）“十二五”艺术教育共建工作的指导思想

近时期，党和国家颁布了一系列规划纲要和建议，《国家中长期教育改革和发展规划纲要（2010～2020）》、《中共中央关于制定国民经济和社会发展第十二个五年规划的建议》以及刘延东国务委员在教育部直属高校全体工作咨询委员会第十九次全体会议、第二十次全体会议上的讲话，特别是胡锦涛总书记在全国教育工作会议上的讲话，为我国经济发展方式的转变、教育改革与发展、文化体制改革以及文化发展走向作出了重大决策，当成为“十二五”艺术教育共建工作的指导思想。“十二五”艺术教育共建工作必须把握胡锦涛总书记讲话中提出的教育工作要求——“坚持改革创新，创新人才培养模式，加强管理体制改革，进一步消除制约教育发展和创新的体制机制障碍，全面形成与社会主义市场经济和全面建设小康社会目标相适应的充满活力、富有效率、更加开放、有利于科学发展的教育体制机制”，“建立以提高教育质量为导向的管理制度和工作机制，注重教育内涵发展，鼓励学校办出特色，办出水平和出名师、育英才”，“各级党委和政府要着力加强和改善对教育工作的领导，提出实施方案，加强领导，明确目标，制定措施，及时研究解决教育改革和发展的重大问题和群众关心的热点问题”，并将其作为艺术教育共建工作的方针，努力实现艺术教育共建工作的新气象。

（二）“十二五”艺术教育共建工作的促进思路

随着科学发展观的深入贯彻落实，随着文化大发展大繁荣掀起了社会主义文化建设新高潮，随着文化体制改革的不断深入，艺术教育共建工作在新的时期被赋予新的内容，要承担新的使命。刘延东国务委员曾指出：“一些原属中央部门管理的大学，行业背景突出，某些学科优势明显，长期以来在为行业服务中发挥了龙头作用。在我国走新型工业化道路和重点行业振兴的新形势下，这些学校完全能够发挥其独特作用。文化、艺术、医学等领域的大学也都是国家宝贵的高教资源，发展空间是很大的。要继续推动教育行政部门与行业部门共建学校，支持这些大学更好地为行业和地方及区域经济社会发展服务。”延东同志的讲话不仅肯定了共建工作的积极作用，同时也为我们今后的共建工作指明了方向。深入挖掘“共建”的功能，发挥“共建”所涵盖的院校、院团、文化企业在教育、科研、艺术创作及艺术实践、演艺等不同领域的优势，给予“共建”更多的关注，突出共建领域中的艺术院校、艺术院团、文化演艺企业在推动文化事业发展中的领军地位，从而逐步形成不同类艺术院校与艺术院团、艺术院校与文化演艺企业间资源共享、互惠互利、共同发展的良性机制，实现艺术院校新时期教育目的明确、人才培养功能突出、艺术作品丰富、办学特色鲜明的根本转型，实现艺术院团队伍优良、根基稳固、资源充足的根本转变，以此推动文化演艺企业演艺事业健康发展。

（三）“十二五”艺术教育共建工作的基本定位

新中国成立以来，特别是改革开放以来，经过几代人的不懈努力，我国基本形成了集研究生教育、本科教育、专科教育、高职教育、中等职业教育及艺术硕士教育为一体完整的艺术教育体系。但长期以来，得天独厚的艺术教育资源由于没有得到科学的整合和规划，全国艺术院校、艺术职业院校办学定位与目标的同质化现象突出，教学观念陈旧落后，专业设置相同，教学模式故步自封，不仅造成了资源浪费，而且使许多艺术院校所拥有的优势领先地位逐步丧失。出现了艺术教育规模盲目扩大、生源抢夺愈演愈烈、教学质量日益下滑、学科优势不明显、服务方向不明确、管理模式滞后、区域特色不鲜明、人才出口拥堵不畅等不良发展趋势。新时期的到来，文化发展形势、教育改革形势发生了根本转变。实施艺术院校共建工程，就是要实现面向市场、合理布局、资源共享、彼此互补、建立机制、共同促进的目标。因此，艺术教育共建的定位应该是：面向全国各级各类高中等艺术院校、艺术职业院校实施办学教学、艺术创作、艺术实践、理论研究、学术交流、人才培养、就业指导、服务社会等全方位共建，文化部贯彻党和国家教育方针政策、文艺方针政策，建立并完善政府推动与社会支持、文化企事业单位积极支持、符合社会发展需求的艺术人才培养体系。

（四）“十二五”艺术教育共建工作的机制建构

改革创新是时代精神的核心，共建工作必须以改革创新为动力，为共建工作注入新的活力，才能推进各项工作改革发展，实现重点领域和关键环节的突破。艺术教育共建工作要充分考虑艺术院校、艺术院团、文化演艺企业的条件和需求，也要考虑艺术门类的特点，有分类，有侧重，既要有共性的思考，又要有差异的区分。艺术教育共建工作的重点是通过共建，搭建文化部与地方人民政府间、不同类不同层次艺术院校间、艺术院校与艺术院团之间、艺术院校与文化演艺企业之间相互合作的桥梁，最大限度地实现优化组合。一是要继续实施文化部与教育部及全国地方省市高等艺术院校的共建；二是要建立文化部或文化科技司与全国部分艺术院校、艺术职业院校的共建机制；三是要通过文化部文化科技司建立艺术院校与艺术院校之间、高等艺术院校与高等艺术职业院校之间、艺术院团与艺术院校之间、艺术院团与艺术院校艺术团之间的共建机制；四是要建立文化部文化科技司与文化企业（包括文化演艺企业、文化媒体企业等）之间的共建机制。

（五）“十二五”艺术教育共建工作的具体举措

1. 完善文化部与原直属9所高等艺术院校的共建

原直属9所艺术院校具有人才培养、艺术创新、艺术创作、艺术科研方面的优势。在总结十年来共建工作经验教训的基础上，实质性地建立联席会议制度，加强艺术院校间的相互交流，以分主题、分课题、分项目等形式由9所艺术院校分别承办年度工作会议，不断丰富共建联席会的内容，共同研究9所艺术院校如何携手共享教学、研究、创作、交流、演出等资源；探讨我国艺术教育高端教育与国际社会的交流合作，合作参与建设一批国际联合艺术科研实验室、研究中心等事宜，充分调动高等艺术院校的人才、科研和创作优势参与重大文化项目，达到促进9所艺术院校协调发展的目的。

2. 建立文化部与综合性艺术院校之间的共建机制

地方综合性高等艺术院校具有地域优势、文化资源优势以及多学科融合的优势，并已成为区域文化建设的主力。文化事业和文化产业的发展离不开构建一支结构合理的文化人才队伍。充分发挥综合性艺术院校的教育资源，建立和完善适应区域文化事业、文化产业和对外文化交流的人才培养体系，探索立足区域、发掘区域本土文化、提升区域本土文化、坚持区域特色和民族特色办学是地方综合性艺术院校的发展之路。因此，文化科技司要分区域选择部分综合性艺术院校在其骨干学科、示范性专业、民族特色专业、传统工艺美术设计等项目上实施共建，逐步打造一批为文化事业、文化产业培养特色高级人才的文化系列的人才培养基地。

3. 建立文化部与地方政府共建戏曲类艺术职业院校机制

我国幅员辽阔，民族众多，文化遗产各具特色，戏曲艺术只有根植于区域特有的文化土壤，立足于传承、弘扬优秀传统文化的基石上求发展，使历史文化积淀形成的区域文化得以传承，并使之成为区域不同城市的灵魂，才能得到弘扬和发展。地方传统戏曲特色文化是地域文化发展不可剥离的最有根基的组成部分，在塑造区域特色、提升区域文化生活品质、维护文化传承、保持代际延续性、促进区域文化可持续发展等方面具有举足轻重的作用。不同区域的戏曲艺术学校拥有丰富的戏曲艺术文化遗产，传承和发展文化遗产的责任重大。实施文化部文化科技司与地方政府共建戏曲类艺术职业院校就是要从共建戏曲传承班入手，通过设立文化传承人培养教学基地等手段，逐步建设区域典型（特色）戏曲艺术职业院校，使其成为文化传承的品牌院校，在文化大发展大繁荣的历史进程中获得新的生命力。

4. 通过文化部或文化部文化科技司建立艺术职业院校与文化演艺企业之间的共建机制

随着文化体制改革的深入，文化企业的发展方兴未艾，在我国文化产业发展的历史进程中发挥着积极作用。文化产业振兴规划中提出要培育骨干文化企业。着力培育一批有实力、有竞争力的骨干文化企业，增强我国文化产业的整体实力和国际竞争力。坚持政府引导、市场运作、科学规划、合理布局，在重点文化产业中选择一批成长性好、竞争力强的文化企业或企业集团，加大政策扶持力度，推动跨地区、跨行业联合或重组，尽快壮大企业规模，提高集约化经营水平，促进文化领域资源整合和结构调整。艺术职业人才培养是文化产业发展的根基，我们要紧紧围绕文化产业振兴规划中的部分重点工作来建立共建机制，着力扶持一批有实力有特色有潜力的艺术职业院校，指导艺术职业院校的专业设置与文化产业振兴规划中的主要发展方向对接，比如文化创意、影视制作、出版发行、印刷复制、广告、演艺娱乐、文化会展、数字内容和动漫产业等。努力实现艺术职业院校人才培养的转型，为我国文化产业发展提供强有力的人才保障。

5. 建立文化科技司与艺术职业院校、演出剧场之间的共建机制

高等艺术院校和艺术职业院校是艺术生产的重要基地之一，拥有各个艺术品种创作生产的丰富资源，近年来艺术院校和艺术职业院校创作生产演出的优秀作品层出不穷，在社会上产生了积极的反响。然而，由于缺乏有效的集创作、生产、演出、宣传、展示为一体的共建机制，许多优秀艺术作品没有能产生更为广泛的社会效益和经济效益。发挥行业优势，以“共建”为纽带，加强实践教学的建设和改革，是提高技能型人才培养质量的关键环节。要高度重视艺术职业院校的创作、生产及实践教学，结合国家重大文艺项目，引导和指导艺术职业院校文艺作品的创作与生产，并把实践教学贯穿于人才培养的全过程，一方面要加强课堂教学与实践的结合，在课堂教学中反映经济社会发展中文化提升的需要和成果；另一方面就是要通过创作、生产和演出加强实训和实习。实训是艺术职业教育学生能力培养的起点，是学生由书本走向实习和就业的接口，是学生养成良好职业道德、严谨作风和提高素质的重要平台。加强职业教育实训基地建设，是提高职业教育质量和解决职业教育发展中诸多问题的突破口，更是贯彻党的教育方针，突出实践教学，注重理论联系实际，落实学用一致，培养学生尊重劳动、尊重实践的职业素养的重要举措和必然要求。因此，建立文化科技司与文化传媒企业、艺术职业院校、演出剧场之间的共建机制，目的是逐步建立全国不同区域风采各异的艺术职业院校艺术教育风采展示的专门演出场地，周期性进行艺术职业院校剧目展示和比赛活动，它既是艺术职业院校间相互交流的平台，也是对外宣传艺术职业教育成果的平台，更是加强实训基地建设的良好举措。

6. 由文化科技司牵头建立院校与院团合作共建机制

中宣部、文化部共同下发的《关于深化国有文艺演出院团体制改革的若干意见》，系统阐述了国有院团体制改革的指导思想、目标任务和基本原则，明确提出了国有院团体制改革的中心环节和主要内容，指明了国有院团体制改革在宏观环境建设、政策支持、组织保障等方面的要求。意见中强调，要切实加强对改革的组织领导，建立健全党委统一领导、政府大力支持、行政主管部门具体实施、有关部门密切配合的文化体制改革领导体制和工作机制。文化部直属艺术院团在体制改革的过程中面临着几大难题。其中，人的问题是制约改革的重要瓶颈。艺术院团不仅存在演艺人员艺术生命短，一些演员三四十岁就面临着转岗和再安排等问题，而且缺乏善于经营、善于策划、善于管理的管理人才。艺术院团急需以培训、再学习的方式对部分在职人员进行对口专业教育，从而最大限度妥善解决转制院团人员安置问题。实施艺术院校和艺术院团共建，目的就是打破艺术院团长期以来自我封闭办团办院的传统模式，在艺术教育领域寻找有机的结合点，鼓励各艺术院团结合实际、面对市场、大胆探索，采取灵活多样的办法，与艺术院校实施共建，在从业人员学历提升、学习深造、转岗培训及艺术作品生产共享等方面积极稳妥地推进合作，拓展艺术院团的生存发展空间，为艺术院团长远发展培植良好的人才基础。

7. 逐步与我国西部各省区形成共建高等艺术院校和艺术职业院校的机制

落实中央西部大开发战略、中央新疆工作会议精神，加快缩小同东部地区艺术教育水平的发展差距，加快与内地艺术职业教育的协调发展，加快建设有民族特色的艺术职业院校。针对西部艺术职业教育的现状，继续努力协调有关部门和高等艺术院校统筹规划西部地区艺术职业院校的师资培养计划，引导西部地区艺术职业院校面向市场、科学设置专业，并采取艺术院团与艺术职业院校共建的模式，集中全国中高职领域具有办学优势、办学特色、人才培养能力突出的院校和部直属艺术院团在岗、转岗专业人员，通过讲师团等有效方式培训西部地区艺术职业教育师资队伍，促进西部艺术职业院校双师型师资建设，帮助艺术职业院校加强专业建设、教材建设，使之成为培养文化艺术专业人才的基地，努力完成西部艺术职业特色院校建设的转型工作，构建符合西部特点的现代艺术职业教育体系。

8. 建立文化部文化科技司与文化传媒企业之间的共建机制

信息交流、相互学习、资源共享、科学规划是促进艺术院校发展的要素。长期以来，全国高等艺术院校、艺术职业院校自发组织了许多学术交流论坛。一些文化传媒企业积极参与并主导论坛不断升级。然而，由于缺乏政府主管部门的指导和引导，以致不同主题的论坛流于形式，没有起到应有的作用。建立政府主管部门与文化传媒企业之间的共建机制，共同组织有学术品位、有实质内容，又具导向性、权威性的高端艺术教育论坛既是广大艺术院校的要求，也是政府职能部门的职责。因此，整合现有高等艺术院校领域、区域综合性艺术院校领域、艺术职业教育领域不同类学术论坛，与文化传媒企业共同建设系列品牌论坛，为高等艺术院校、艺术职业院校搭建优质的学术平台。

总之，艺术教育共建工作应该成为文化部艺术教育管理职能中的重要工作。

艺术教育共建工作要立足艺术教育基本现状，把握艺术教育当前的阶段性特征；要遵循教育规律，坚持改革创新，创新管理模式，逐步消除制约艺术教育管理的机制障碍。艺术教育共建工作要围绕中央和文化部的重点工作，制定不同时期的艺术教育共建工作规划并分层次、分步骤、分地域与地方政府部门及有关院校进行合作，把艺术教育共建工作落到实处。通过艺术教育共建工作真正形成充满活力、富有效率的共建机制，提高管理水平，全面推动艺术教育事业科学发展。

（执笔：牛根富）

The Retrospect to and Prospect of the Collaborative Construction of Art Education

Education Department, Science, and Technology Division,
Ministry of Culture

Abstract: This paper, based on the retrospect to and reflection on the process and achievements of the collaborative construction of China's art education in the past decade, makes a systematical demonstration of the guidelines, promoting plans, basic position and mechanism-construction of the collaborative construction of art education in the "12th Five-Year Plan", and thereby puts forwards eight measures to promote the collaborative construction of art education in the "12th Five-Year Plan".

Key Words: Art education; Collaborative construction; Retrospect; Prospect

B.16

中国动漫产业创新研究报告

文化部文化产业司动漫处

摘　要： 本报告全面考察了近年来我国动漫产业的发展状况，对动漫产业的管理创新、传播媒体形式创新、商业文化模式创新等进行了系统阐述。

关键词： 动漫产业　创新研究　文化

一　前言

文化是一个国家综合国力的重要组成部分，是民族凝聚力和创造力的重要源泉。党的十七大报告指出："中华民族伟大复兴必然伴随着中华文化繁荣兴盛。要充分发挥人民在文化建设中的主体作用，调动广大文化工作者的积极性，更加自觉、更加主动地推动文化大发展大繁荣，在中国特色社会主义的伟大实践中进行文化创造，让人民共享文化发展成果。"

深入领会并切实贯彻执行党中央的方针，加强对文化产业创新性的研究并提出切实可行的政策建议，对于促进我国文化产业的发展具有重要意义：文化在交流的过程中传播，在继承的基础上发展，都包含着文化创新的意义。文化发展的实质，就在于文化创新。文化创新，是社会实践发展的必然要求，是文化自身发展的内在动力。

文化自身的继承与发展，是一个新陈代谢、不断创新的过程。着眼于文化的继承，"取其精华，去其糟粕"，"推陈出新，革故鼎新"，是文化创新必然要经历的过程。动漫是文化产业中最具活力的产业之一，也是文化产业中极具创新能力的产业，在继承中国传统文化以及创新中国文化上扮演着重要的角色。

中国的动漫产业根植于中国，从其诞生到其发展的整个过程，都被深深打上了中国烙印。因此，中国动漫产业创新，不能离开文化传统的继承；另一方面，动漫是视觉艺术，能超越国界，中国动漫产业的创新也要借鉴世界动漫产业的发展经验，不同民族文化之间的交流、借鉴与融合，也是动漫创新必然要经历的过程。

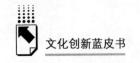

二　我国动漫产业发展概况

（一）动漫产业的含义

动漫是动画和漫画的一个缩略称谓。中国近些年提出的“动漫”产业的概念，是对西方国家近百年来发展起来的漫画、动画、游戏、电影动画等产业的整体的概括性描述，在英文中最接近的相对应单词是“animation industry”。

动漫产业是指以“创意”为核心，以动画、漫画为表现形式，包含动漫图书、报刊、电影、电视、音像制品、舞台剧和基于现代信息传播技术手段的动漫新品种等动漫直接产品的开发、生产、出版、播出、演出和销售，以及与动漫形象有关的服装、玩具、电子游戏等衍生产品的生产和经营的产业。动漫产业具有消费群体广，市场需求大，产品生命周期长，高成本，高投入，高附加值，高国际化程度等特点。其涉及的领域主要有以下方面：传统绘画艺术、雕塑艺术、手工动画、泥塑动画、影视制作、音效制作、广告策划、科学仿真、计算机模拟、计算机图形学、计算机游戏、科幻小说、神话小说、报刊连环画、动画短片、动漫教材、影视发行、音乐发行、玩具设计、礼品发行等。当代动漫产业是一个高技术含量的产业，它的研发与生产需要投入大量的最新技术设备与高素质技术与艺术创意人才。

（二）动漫产业现状

1. 漫画产品状况

近年来，我国漫画作品日益丰富，产业自主良性发展的能力显著提高，逐步形成了具有民族特色、时代特色的发展观念，步入了健康有序、可持续发展的产业化发展道路。在经过多年的积累发展后，漫画在整个动漫产业中的地位日益突出。

在优秀漫画期刊品牌的带动之下，漫画杂志数量激增，发行量一路走高。

根据2009年11~12月份对全国漫画期刊批发零售市场的调查，各地涌现出来的各类漫画期刊（其中不少以图书形态出现）达到50余种。目前我国已经有两本漫画期刊月度发行总量超过100万册。根据刊社自己提供的数字，截至2009年10月，《漫画世界》和《知音漫客》月均发行量分别为116万册和134万册，这两本期刊在年底相继变身为周刊之后月度发行量均超过150万册。

最近几年来，漫画期刊和图书逐步走上复兴之路，在书刊整体市场中所占的份额越来越大，逐步形成集群效应，正成为带动中国动漫产业崛起的先锋力量。日益强盛的漫画出版阵营正在成为中国出版业乃至文化产业的一支不可忽视的新锐力量。

2. 动画产品状况

国产电视动画片制作发行情况较为全面地反映了全国各地原创国产动画制作和播出的题材、内容、数量、趋势及发展情况，是全国各地动画产业发展状况的具体体现。2009年国产动画片保持了快速发展的势头，产量达到171816分钟，质量得到进一步提高，品牌影响力日益扩大，在版权输出和品牌授权、开发衍生产品方面取得了一定突破。

2009年，全国国产电视动画片产量达到17万分钟，相比2008年的13万分钟，增幅为31%。动画产量是中国动画产业不断发展和进步的一个标志，国产动画产量和交易数量的大幅增长，一方面进一步丰富了我国各级电视频道的节目资源，更好地满足了广大观众尤其是少年儿童的收看需求；另一方面也为动画企业树立动画品牌，完成资金、人才、知识和技术的积累提供了坚实基础。在产量迅猛增长的同时，国产动画片的创作水平和艺术质量也有所提高，一些优秀国产动画片受到观众欢迎，陆续出现了如《美猴王》、《西游记》、《孔子》、《郑和下西洋》等富有中国特色和中国风格的动画作品；《诺诺森林》、《月亮大马戏团》等构思精巧、制作精良的原创动画片也走入观众视野。此外，《福娃奥运漫游记》、《大耳朵图图》、《郑和下西洋》、《独脚乐园》、《喜羊羊与灰太狼》、《三国演义》6部动画片获第11届“五个一工程”奖；2009年共有52部优秀国产动画片被广电总局推荐播出。

2009年，全国国产电视动画片累计备案公示剧目数量达到460部、428879分钟，平均每月备案38部、3.6万分钟，同比增长19.79%和32.81%。按所占比例大小排名，备案公示的国产电视动画片题材依次为：童话（146部、133942

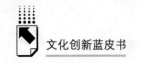

分钟)、教育(130 部、128210 分钟)、现实(49 部、41869 分钟)、其他(42 部、30652 分钟)、神话(31 部、26194 分钟)、科幻(31 部、27214 分钟)和历史题材(31 部、26679 分钟),题材选择仍然主要集中在童话、教育方面,这两类题材占了总体的 62%。

2009 年,共有 21 个省份以及中央电视台生产制作了国产电视动画完成片。34 家少儿频道和 4 家动画频道已成为推动国产动画健康发展的重要平台。中央电视台七个频道每天播出动画片约 12 个小时,四家动画专业频道平均每天播出国产动画片超过 12 小时,全国共有 300 多家电视台具有固定的时段播放国产动画片,是四年前的三倍。央视少儿频道前 11 个月收入达到 3 亿多元,2010 年广告招标达到 7.18 亿元。整个动画频道、少儿频道随着中国动画产业的迅猛发展,品质、效益发生了巨大的变化。

2009 年,国产动画电影达到 27 部,较 2008 年的 16 部增长了 68.75%。经广电总局批准立项制作的国产动画电影为 61 部,而 2008 年度仅有 31 部,足见国内投资动画电影的热情之高。2009 年涌现出不少创作新颖、技术精湛、形象生动的动画电影,《快乐奔跑》、《淘气包马小跳》、《喜羊羊与灰太郎之牛气冲天》和《麋鹿王》四部动画电影获得第十三届中国电影华表奖,《马兰花》获得了第十八届金鸡百花电影节最佳美术片奖。最令人瞩目的是《喜羊羊与灰太郎之牛气冲天》总票房超过 1 亿元,再次刷新了国产动画片的票房纪录,《麦兜响当当》、《马兰花》等影片也取得了较好的票房成绩。

3. 新媒体动漫状况

相关数据显示,国内新媒体动漫相关产业的市场规模已达 6.24 亿元,以手机动漫为主导的新媒体动漫正在中国呈现快速增长势头。具有代表性的是扶持动漫部际联席支持的北京新媒体动漫公共技术服务平台,该平台已经成功地与 55 家动漫企业、原创工作室及个人建立了合作关系,总计出品新媒体漫画作品 500 余部,新媒体动画作品 40 余部。数字化转换纸质动漫作品 500 余部,直接支持原创动漫作品 100 余部。发布作品 3000 余部,包括洋洋兔动漫机构《小布丁》、火狐动漫公司作品《孔子》、汇佳卡通作品《木瓜木瓜》等知名作品。同时,在北京地铁 4 号线上,传播地铁隧道新媒体动漫作品 40 余部,日受众百万人。

三 动漫产业的管理创新

中国动漫产业的情况与日、美等动漫强国的发展状况不同，不可完全照搬国外管理动漫的做法，这就需要中国动漫的相关主管部门根据国情制定切实可行的产业政策，进行有针对性的管理，进行产业管理的创新和探索。

国家将动漫产业作为新型产业给予了高度关注和大力扶持。在第十一届全国人大二次会议上，国务院总理温家宝首次在政府工作报告中提出积极发展网络、动漫等新型消费的工作任务，并在年内考察了一批动漫机构，极大地鼓舞了各地、各方发展动漫产业的信心。中共中央政治局常委李长春在参观了首届中国动漫艺术大展后，专门对动漫产业发展作出了重要指示。中央领导的指示充分体现了党和国家对动漫产业的重视与关心，可以说动漫产业正在受到前所未有的关注。国务院出台的《文化产业振兴规划》将动漫产业列入国家重点发展的八大文化产业门类之一，为动漫产业的发展提供了难得的机遇，将极大地促进和推动我国动漫产业的快速发展。

建立扶持动漫部际联席制度。动漫产业涉及面广、产业链长，扶持动漫产业发展的政策涉及多个部门，扶持动漫部际联席会议的成立有利于发挥部门协作的制度优势，形成推动动漫产业发展的合力。

举办中国动漫大展。文化部等多部委联合举办了首届中国动漫艺术大展，以展览、展播、展映、展演四位一体的方式全方位地展示我国动漫产业的发展状况。大展涉及幽默讽刺漫画、连环画、新时期漫画、动画电影、动画短片、电视动画系列片和新媒体动漫等多个艺术领域，如此大规模、系统性地梳理新中国成立以来并适当兼顾之前的各类动漫艺术作品，在中国尚属首次。

建立全国范围的动漫公共技术平台。为了扶持动漫技术的发展，减少企业的负担，在扶持动漫部际联席会议的领导下，在国家财政的支持下，建立了上海动漫公共技术服务平台、新媒体动漫公共技术服务平台、湖南手机动漫公共技术服务平台等各具特色的公共服务平台。动漫公共技术服务平台的出现，将为动漫产业提供良好的创业和成长环境。技术牵引和服务推动的模式，将有效地提高初创企业的成功率和推动内容精品的产生，同时也有利于面向动漫产业的具有自主创新的技术研发和应用产业的形成。动漫平台公共服务化的运作是动漫产业市场化发展的关键，是科学技术助力文化产业发展的具体显现，是中国动漫产业发展的原动力之一。各地的这些资源还可联成一个网络，实现为全国的企业提供服务，而不是为某一个或某一区域的企业服务，最大限度地发挥公共服务平台的投资效益。

文化部、财政部、税务总局积极推进动漫企业财税扶持工作，联合发布了《动漫企业认定管理办法》（试行），规定了动漫企业认定的标准和程序，获得认定的动漫企业将在增值税、企业所得税、营业税、进口关税、进口环节增值税等税种上切实受惠。

文化部连续实施“原创动漫扶持计划”和“中国原创动漫推广计划”。为我国动漫产业的发展推波助澜。“原创动漫扶持计划（2008）”共扶持了漫画、动漫演出（动漫舞台剧和Cosplay）、网络动漫和手机动漫四大类别共101个项目，资助总额为700万元。“原创动漫扶持计划（2009）”投入资金近1400万元，再次对原创作品和人才108个项目进行扶持。“中国原创动漫推广计划”由文化部开展，旨在广泛营造动漫文化氛围，宣传推介优秀原创动漫作品，倡导原创动漫文化，培育动漫市场，促进动漫文化消费，推动动漫产业发展。

大力培育动漫人才，助推产业发展。2008年以来，文化部组织举办了五届国家原创动漫高级研修班，研修班聘请国内外一流专家授课，先后培养了动漫剧作、动漫技术、动画导演、漫画创作、市场运营方面的高端人才400余名，良好的培训效果得到了业界人士的好评。为提高学校动漫类专业的人才培养质量，2009年教育部、文化部联合组建了高等学校动漫类教材建设专家委员会，在研制专业规范、制定教材建设规划、评审教材建设项目、推荐优秀教材等方面开展工作。

加强市场监管，保护动漫产权。2009年8月至11月，为规范动漫市场经营秩序，维护动漫市场文化安全，保护动漫产品知识产权，推动原创动漫产业发展，文化部、工商总局在全国范围内开展动漫市场专项整治行动。文化部还联合国家工商总局、国家知识产权局、国家版权局对我国动漫产业知识产权保护现状进行了专项研究，并着手研究制定相关措施以加强动漫知识产权保护。

地方政府加大扶持力度，创造良好的产业发展环境。北京市发布《关于支持影视动画产业发展的实施办法（试行）》；江苏省利用2009年度文化产业引导资金，对《诺诺森林》等十余个动漫项目给予重大资金扶持；湖南省召开“湖南动漫产业面临的形势与对策”座谈会，客观分析面临的严峻形势，提出一系列建设性意见和措施；湖北省发布《关于推动全省动漫产业发展的意见》；广州市认定 7 家本省重点动漫企业，并到动漫龙头企业召开市长现场办公会，切实帮助企业解决实际困难；杭州市召开加快动漫产业发展专题会议，明确了 2010 年杭州市政府为促进动漫产业发展将推出的八大举措；福州市出台《关于推动动漫产业发展的若干政策》；济南市和青岛市分别出台《关于扶持济南市动漫产业发展的若干意见》和《关于鼓励和扶持动漫创意产业发展的实施意见》……种种地方扶持政策、措施和相关工作对于促进本地动漫产业发展、提升企业竞争力、打造动漫精品和品牌等多个方面具有一定的积极推动作用。

四　动漫产业对传统文化的继承与创新

每一个历史时期的文化创造与文化传播，都必然会带来一些符合时代需求的文化表现语言与表现形式。比如唐代的七言、五言诗，宋代的词，明清的章回小说与戏剧，1949 年后红极一时的连环画，现今科技快速发展时期的电影电视，新媒介网络信息时代背景下的网络、动漫等，都是在某种特定社会、文化、科技等复杂因素下被创新性开创出来的文化表现语言与形式载体。

今天，动漫已经成为文化传播的重要途径之一，在世界发达国家，动漫甚至是一种普及的、有效的、主流的文化思想表达方式，它对于青少年有着强大的影响力，同时，其影响力又不仅仅限于青少年。中国五千年的传统文化积淀，为动漫产业提供了取之不尽的资源，比如皮影、剪纸、木偶、水墨、线描等传统工艺都能够为中国的现代动漫提供丰富的表现形式。

中华传统文化从内容上看，以文史哲为主。动漫体现出鲜明的人文属性和价值关怀，非常符合当今时代发展的需要，可以在注意适当弥补科学知识与精神的同时，大胆、全面地利用传统文化资源。我国的台湾、香港，在西方现代文明广泛介入的情况下，其对于传统文化的整理和利用都相当重视和执著。在这些地区，以传统文化中的经典内容和故事为素材进行的动漫演绎，采用新的动画表现形式和技术手段，其创新的中国元素动漫作品正获得广泛的欢迎。目前，在我国内地，许多取得成就的动漫作品在创作过程中，每个环节都能体现出基于本民族文化的原创。动漫的原创特点鲜明，加上创新性的表现手段，中国传统文化就可以在新的形式下获得新生。《美猴王》、《三国演义》、《郑和下西洋》等反映中国传统文化的动漫作品的热播就体现了这一点。

五　动漫产业技术的创新

动漫产业是一个资金密集型、科技密集型、知识密集型的新兴文化产业，具有知识经济的全部特征和诱人的市场前景。我国的动漫产业正处于发展阶段，自国家扶持动漫产业发展部际联席会议成立并有效运转以后，在各地国家级动漫公共技术服务平台的带动下，我国动漫产业取得了长足的发展。

近年来，通过不断学习国际领先技术，我国在具有自主知识产权的动漫制作设备的研发方面取得了一定的成果，但从总体来看，还没有掌握真正的主动权。在三维自动化建模即三维扫描系统方面，主流动漫企业或公共平台都采用国外inSpec的产品。值得一提的是，国内有不少工业设计领域的三维扫描系统产品，可适当延伸进入动漫领域。已有少数企业开始这方面的尝试，市场的接受度开始提升。

在三维动画自动采集即运动捕捉系统方面，主流动漫企业或公共平台都采用国外产品。但国内的自主研发已经开始，大连东锐软件有限公司开发成功了中国第一套具有自主知识产权的光学式三维运动捕捉系统，通过自行设计的硬件结构和独立开发的S/D三维空间标定算法，实现了中等精度实时三维运动捕捉。

在三维动画渲染方面，国内的曙光、联想、同方等PC生产企业都曾有过提供服务器建设渲染平台的成功案例，在硬件方面与国外产品已无根本性差异。但渲染器、渲染管理系统等在国内基本上属于空白，主流产品都是国外商业软件或开源软件。这种情况使国内各超算中心的计算能力没有在动漫领域得到充分利用，近期已有天津超算中心开始这方向的努力。

在二维动画技术和设备方面，核心制作软件全部为国外商业产品，国内没有对应的竞争产品。在相关的辅助设备方面，迪生通博等企业已开发出线拍系统，并在一些院校加以应用。

在新媒体动漫生产技术方面，核心网络动漫制作软件基本上由FLASH垄断，但在手机动漫应用领域中，国内企业与电信运营商结合紧密，基本上都采用自主研发的应用服务系统。国内如拓维信息、北京新媒体动漫公共技术服务平台。在与动漫有关的影视制作流程领域，主流的综合系统都是国外产品。国内在一些技术环节上进行了应用级的开发，并取得了一定的成果。

六 动漫传播媒体形式的创新

以互联网和手机为代表的新媒体，继承了原有媒体的特性，将文字、图画、图像、声音等多种载体有机合成，以图文并茂、声形辉映的信息刺激方式同时作用于受众的视觉和听觉神经。新媒体的出现，为漫画产业插上了腾飞的翅膀，使漫画传播如虎添翼，传播更广。在日韩，以手机动漫和互联网动漫为代表的新媒体动漫在商业上获得了巨大的成功，手机和互联网已经成为动漫的主流发行途径。

2006 年 4 月，国务院转发了财政部、文化部等十部委《关于推动我国动漫产业发展的若干意见》（32 号文件）；2008 年 8 月 13 日《文化部发布关于扶持我国动漫产业发展的若干意见》的第八条要求：大力发展网络动漫、手机动漫，运用高新技术创新生产方式，培育新兴动漫业态。

新媒体的出现促使动漫产业不再停留于传统的方式，整个产业的概念、结构都将发生质变，盈利模式、产业链也将随之巨变，出现全新的产业模式。在新媒体动漫中，手机动漫因为结合了动漫的娱乐性与手机的便捷性，收费渠道明确，经营模式相对清晰，得到较快发展。我国著名的漫画公司——天津神界漫画公司与中国移动合作，将其拥有自主知识产权的漫画作品《三国演义》在手机上运营，上线仅 3 个月，收益就达 11 万元，而且上线内容仅是整部作品中的很少一部分。

七 动漫产业对商业文化模式的创新

在政府的大力扶持下，目前我国已经形成了北到辽宁北京、南到广州深圳、东起沪宁杭、西至成都重庆的动漫产业大格局。如今的中国动漫产业已经逐步脱离了仅靠动画电影、动画电视打天下的单一格局，步入了以贺岁电影、电视专有频道、电脑电视游戏、手机动漫、漫画书籍杂志、周边饰品等产业链不断延伸、全面开花的崭新阶段。

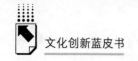

《美猴王》、《三国演义》、《喜羊羊与灰太狼》、《郑和下西洋》、《虹猫蓝兔光明剑》、《山猫和吉咪》等国产动画片在电视台播出后获得了良好的收视效果，图书、音像、玩具、文具、服饰等衍生产品市场出现了大量的国产动画品牌，彻底改变了五年前境外动画片主宰我国动画片播映市场和衍生产品市场的局面。借助电影创造的票房奇迹和知名度，喜羊羊品牌渗透到各个领域。喜羊羊的衍生品授权合作商目前已达到500多家，衍生产品涵盖主题音像图书、毛绒公仔、食品、日用品、MSN表情、手机桌面、屏保等。在《喜羊羊与灰太狼》的收入中，播出版权收益占30%，其余70%来自衍生产品的形象授权等方面。

为应对这种产业链延伸的大潮，多家国产动漫制作公司也逐步尝试把本身的业务拓展到新的动漫市场中。比如南京合谷科技，近年来采取了一系列重要的战略转型措施。首先放弃原有2D为主的动画模式，在“漫画鬼才”麦人杰老师的指导下以3D拟人化技术全新制作《快乐星猫3》动画电影，继续吸引观众眼球。在此基础上合谷科技勇于创新，不断延伸其动漫触角到新的业务中，推出动漫主题店“星猫手工坊”，以纸黏土DIY活动把喜欢动漫的人群吸引来店里玩乐，令人们在享受欢乐之余也避免了沉迷于电脑和电视动漫给小朋友们带来的副作用。

这说明在国家政策扶持下，国产动漫企业不仅在展示中国文化的精髓，而且正在把民族艺术与时代精神结合起来，不断创新经营模式和商业模式，以中国广大的动漫爱好者更易接触的形式提供服务。

八　动漫产业对外文化交流模式的创新

今天在中国的对外交往中，文化交流日益活跃，正成为加强中国人民与各国人民友好合作的重要纽带。开放的中国以更加开放的眼光看待世界，发展的中国将日新月异的面貌展现在世人面前。越来越多的外国人不仅对古老而神秘的中国文化，更对阔步前进的现代中国产生浓厚的兴趣。他们开始通过各种方式、各种渠道与中国历史和中国文化进行直接和间接的接触，而动漫、游戏等新兴的文化产品具有互动性强、形式多样等特点，比较容易让外国的观众、读者、玩家接受，从而避免了硬宣传带来的负面作用。

（一）动漫创新了对外文化交流方式

商务部、文化部等部门持续推进国家文化出口重点企业和重点项目评选工作。2009～2010年度共评选出211个文化出口重点企业和225个文化出口重点项目，其中包括动漫类企业36家，动漫类项目40个。下一步，有关部门将调整《文化产品和服务出口指导目录》，进一步加强文化贸易统计工作，出台相关政策，完善现有政策体系，进一步加大对文化出口重点企业和重点项目的支持力度，培育一批中国文化出口品牌企业和品牌项目，加快提升文化出口企业的国际竞争力，推动我国文化贸易实现跨越式发展。此外，近两年文化部先后组织中国动漫企业参加法国的昂古莱姆国际漫画节、东京国际动漫展、法国安纳西动画节等国外著名动漫节展，推动中国动漫走向世界。第八届东京国际动漫展期间，中日两国10家动漫企业就8个项目签订合作协议，签约金额与合作意向将近1亿元，2010法国安纳西动画节上，文化部组团中国动漫企业在法国大放异彩，中国展区吸引了大批欧洲动漫企业和媒体，签约额超过4亿元。我国动漫产业“走出去”的步伐逐步加快。

（二）动漫产业的出口模式不断创新

近年来，在“走出去”战略推动下，我国动画业在对外合作交流和版权贸易中得到了长足进步。2009年，全国影视动画片出口79部1490小时，占全国影视节目出口总时长的14%；出口额3056.6万美元，比2008年增长了150%，占出口总金额的51.9%。中东国家、非洲正逐渐成为我国动画出口的重要地区。一些民营动漫企业如湖南山猫卡通、宁波水木动画设计、江通动画等逐渐成为我国影视文化产品出口的重要力量。湖南山猫动画有限公司的山猫吉咪品牌系列衍生产品出口到美国、日本、韩国、俄罗斯等50多个国家和地区，累计出口创汇超过2000万美元。浙江中南集团卡通公司的作品进入63个国家和地区，海外销售额达到500多万美元。三辰卡通公司的蓝猫系列已出口美国、韩国、中东等20多个国家及地区五万分钟，版权收入超过300万美元。此外，国内动画机构在中外共同投资设立企业和合拍项目等方面也取得了一定进展。由北京辉煌动画公司与日本未来行星株式会社合作拍摄的52集大型高清动画电视连续剧《三国演义》在中央电视台电视剧频道首轮播映后，在全国多家电视台同步播放；上海电影集团与汤姆逊集团联手，共同出资成立面向影视、广告、动画等行业提供后期制作的上影 THOMSON 合资公司。

A Research Report on the Innovation of China's Animation Industry

Animation Department, Industry Division,
Ministry of Culture

Abstract: Culture is an essential constituent of the comprehensive national strength of a country, as well as an important source of a nation's cohesion and creativity. The report to the 17th National Congress of the CPC points out that the great rejuvenation of the Chinese nation will definitely be accompanied by the thriving of Chinese culture. This report makes an overall review on the development status of China's animation industry in recent years, and gives a systematical demonstration of the animation industry as regard to its innovation in management, forms of communication media and models of business culture.

Key Words: Animation industry; Innovation research; Culture

B.17

2010 年中国动漫产业的现状、问题和对策

郝振省　王飔　李建红*

摘　要： 本文在对2010年我国动漫产业的发展现状进行全面总结的基础上，集中分析了当下我国动漫产业面临的一些问题，并针对这些问题提出了我国动漫产业发展的基本战略思路与发展重点。

关键词： 动漫产业　现状　问题　对策

2010 年，我国动漫产业保持着迅猛发展的良好势头，国产动漫数量大幅度增长，质量进一步提升，一批优秀动漫企业和动漫品牌崭露头角，动漫产业链日益完善。原创漫画精品力作不断涌现，影响日益扩大，优秀漫画刊物月发行量上百万册；电视动画播映体系日益完善，动画片年产量达到 22 万分钟，投资主体日益多元化、社会化、市场化，民营企业成为主力军；动画电影投资升温，全年完成 16 部，票房收入取得重大突破；网络动漫、手机动漫、动漫演出蓬勃发展，充满活力；动漫衍生产业发展迅猛，创意频现，与动画、漫画互动发展，相得益彰，使动漫产业链日趋完善。

一　2010 年动漫产业迅猛发展

2010 年，我国动漫产业保持着迅猛发展的良好势头，中国动漫市场的规模高达 208 亿元。总体来看，我国动漫产业已经在从发展的成长期向成熟期过渡，从动漫大国向动漫强国迈进。

---

* 郝振省，研究员，博士生导师，中国新闻出版研究院院长；王飔，研究员，中国新闻出版研究院动漫研究中心主任；李建红，中国新闻出版研究院编辑，武汉大学信息管理学院 2009 级博士生。

（一）文化产业扶持机制进一步完善

“十一五”期间，政府发布了30余项文化产业政策，各级政府出台了一系列文件，从政策上明确了动漫的产业属性。动漫产业的发展目标、发展思路、管理职能、扶持机制和优惠政策得以完善，为力争在5～10年内使我国动漫产业的创作开发和生产能力跻身世界动漫大国和强国行列扫清了体制机制障碍。

2009年《文化产业振兴规划》通过并实施，标志着文化产业已经上升为国家的战略性产业。2010年，中宣部、新闻出版总署、文化部等部委共出台了十余项文化产业政策，具体包括2010年1月新闻出版总署发布的《关于进一步推动新闻出版产业发展的指导意见》、2010年3月九部委联合发布的《关于金融支持文化产业振兴和发展繁荣的指导意见》、2010年8月16号新闻出版总署发布的《关于加快我国数字出版产业发展的若干意见》等，这些政策和文件的实施必将提高创作水平，扩大市场影响，推动动漫产业的发展。

此外，根据文化部、财政部、国家税务总局三部门共同出台的《动漫企业认定管理办法》和相关的配套税收优惠政策，三部门在2009年共同认定首批100家动漫企业的基础上，2010年又共同认定了169家动漫企业、35款重点动漫产品和18家重点动漫企业，这些企业将享受到国家给予的营业税、增值税和所得税等方面的优惠政策，有利于企业减轻税负、增强盈利能力。

表1　2010年中国的主要文化产业政策

时　间	发布单位	具体内容
2010年1月	新闻出版总署	《关于进一步推动新闻出版产业发展的指导意见》
2010年2月	文化部	《关于动漫企业认定工作有关事项的通知》
2010年2月	商务部等十部门	《关于进一步推进国家文化出口重点企业和项目目录相关工作的指导意见》
2010年4月	中宣部、新闻出版总署等	《关于金融支持文化产业振兴和发展繁荣的指导意见》
2010年4月	广电总局	《互联网视听节目服务业务分类目录(试行)》
2010年6月	文化部	《关于加强动漫游戏会展交易节庆等活动管理的通知》
2010年6月	文化部	《网络游戏管理暂行办法》
2010年9月	新闻出版总署	《关于加快我国数字出版产业发展的若干意见》
2010年9月	文化部	《全国文化系统人才发展规划(2010～2020年)》
2010年11月	文化部	《全国文化市场知识产权保护专项执法行动方案》

（二）漫画期刊持续发力

中国动漫出版物市场已建立起以期刊和图书为主、音像制品为辅的文化产业链格局。2009 年中国动漫出版物市场规模为7.3 亿元，其中动漫书刊（含期刊）的市场规模为5.6 亿元，动漫音像制品的市场规模为1.7 亿元。预计在2012 年前，动漫书刊市场每年的增长率在5%左右，动漫书刊市场在2012 年将达到6.5 亿元的规模。

动漫杂志是漫画产业的基础环节，在产业链中发挥着重要的枢纽作用，实现漫画内容的集聚和分发，由此成为创作者和读者之间的交流和沟通平台。漫画杂志在期刊阵营中异军突起，涌现出《知音漫客》、《漫友》、《漫画世界》、《尚漫》等优秀品牌杂志。截至2009 年底，全国漫画期刊达50 余种，《知音漫客》、《漫画世界》均实现周刊化，月度发行总量超过100 万册。根据全国报刊市场调查，2010 年，《知音漫客》月销售达到260 万册，居中国动画杂志发行量榜首。在全国十大城市杂志零售市场单期发行量前30 强中，共有12 种漫画期刊。《漫友》等7 种优秀动漫期刊成为新闻出版总署2009 年向全国少年儿童推荐的优秀少儿期刊。

（三）漫画图书出版表现不俗

当连载漫画读者形成固定的读者群的时候，原创动漫杂志策划出版单行本图书就势在必行，而且更容易被市场接受，甚至成为畅销系列作品。《漫画世界》成功策划出品了《乌龙院》、《爆笑校园》等大量幽默漫画图书；《知音漫客》策划出品了《偷星九月天》等单行本；《飒漫画》策划出品了《嘻哈小天才》等图书。按照媒体上公开的数据，曾被誉为巅峰之作的《虹猫蓝兔七侠传》历时一年销售了80 万套，计1600 万册（20 册/套）；《喜羊羊与灰太狼》与《虹猫仗剑走天涯》目前的销量也都在200 万至400 万册之间；《乌龙院》系列漫画图书出版品种接近百种，总销量超过3000 万册，连续六年成为中国最畅销的漫画图书，作者敖幼祥更被人民网等媒体誉为“中国漫画之神”。2010 年8 月31 日，国内首家以动漫出版为主营业务的专业出版机构——高等教育出版社动漫分社在京挂牌，意在搭建一个动漫出版合作的平台，为北京的原创动漫公司提供出版发行渠道，扩大北京动漫游戏出版物的品牌影响力，吸引更多渠道和企业资源。

国内动漫出版产业正在加速融合发展，动画图书成为出版市场一大亮点。近几年来市场销量较好的作品主要有《虹猫蓝兔七侠传》、《福娃奥运漫游记》等。有数据显示，借2010年贺岁片《喜羊羊与灰太狼之虎虎生威》票房收入突破1.24亿元的东风，江苏少年儿童出版社推出的同名电影连环画图书的销售量仅在2010年第一季度就超过了40万册。

（四）动画片创作取得新突破

2010年，国产动画片在生产数量、艺术质量、制作技术、播映效果、市场环境、产业结构、教育教学等方面都取得了显著成绩。

1. 动画片产量持续增长

据统计，2010年全国制作完成的国产电视动画片共385部，220530分钟，比2009年增长28%。全国共有20个省份以及中央电视台生产制作了国产电视动画完成片。其中，全国动画片创作生产数量排在前六位的是江苏省、浙江省、广东省、辽宁省、中央电视台及其所属机构。国产电视动画片生产数量较2009年增幅较大的省区分别是：内蒙古、四川、河南、山东、辽宁。按国产动画片生产数量排序，我国原创动画片制作生产十大机构是：无锡亿唐动画设计有限公司、深圳华强数字动漫有限公司、杭州漫齐妙动漫制作有限公司、沈阳非凡创意动画制作有限公司、央视动画有限公司、浙江中南集团卡通影视有限公司、沈阳哈派动漫有限公司、宁波水木动画设计有限公司、杭州时空影视文化传播有限公司、杭州宏梦卡通发展有限公司。

2. 动画片质量不断提高

国产动画片的创作水平、艺术质量、技术水平也随着动画产量的增长而不断提高，一些优秀的国产动画片受到观众的欢迎。2009年广电总局向各级电视台推荐52部优秀动画片，《美猴王》、《小牛向前冲》、《郑和下西洋》等具有中国特色、采用中国题材的优秀作品相继出现，构思精巧、制作精良的原创动画片走入观众的视野，受到大家的欢迎。

3. 国产动画播出数量逐年上升

全国33家少儿频道和5家动画频道，已经成为推动动画健康发展的重要平台，中央电视台每天播出动画片约12个小时，5家动画频道平均每天播出动画片均超过12个小时。全国共有300多家电视台在固定时段播出动画片，还有一大批省级电视台开始播放国产动画片。国产动画生产和交易数量大幅增长，进一步丰富了我国各级电视频道的节目源，在一定程度上满足了广大观众尤其是青少年的收视需求，也为动画企业树立动画品牌，完成资金、人才、知识、技术的积累提供了坚实的基础。2010 年度，广电总局共向全国电视播出机构推荐播出 81 部优秀国产动画片。其中，江苏动画制作机构 16 部，浙江动画制作机构 10 部，中央电视台及其所属机构 9 部，广东动画制作机构 8 部，北京、辽宁、福建动画制作机构各 6 部，河南、重庆动画制作机构各 4 部，湖北动画制作机构 3 部，天津、河北、安徽、湖南动画制作机构各 2 部，云南动画制作机构 1 部。动画频道及少儿频道的收视份额逐步上升。

4. 动画电影取得新的突破

动画电影在整体电影市场中所占比重也呈现稳步快速增长态势，预计市场份额将由 2009 年的 10% 提升到 2012 年的 15.2% 。2009 年中国动画电影市场规模为 6.2 亿元，较上年增长 121.4% 。继 2009 年国产动画电影《喜羊羊与灰太狼之牛气冲天》的成功后，国产动画电影进入高速发展状态。2010 年，《喜羊羊与灰太狼之虎虎生威》继续创造国产动画电影亿元票房神话。截至 2010 年 8 月，国产动画电影票房达 16465 万元。2010 年盛世龙图动漫有限公司制作的国产动画电影《梦回金沙城》成功入围第 83 届奥斯卡最佳动画片奖候选名单，成为中国首部入围该奖的动画片。《梦回金沙城》带给中国动漫电影最主要的一条经验，便是摸索出了一条完整的制作技术标准，使得电影制作可以程序化、标准化。这部影片更被业内称为“中国动漫电影技术的破冰之作”。

5. 国产动画产业基地政策不断完善

2010 年，国务院以及各地政府出台的国产动漫产业优惠扶持政策收效显著，一些主要城市动画片生产积极性持续增长。国产动画片创作生产数量位居前列的十大城市分别是：杭州、无锡、沈阳、深圳、广州、苏州、宁波、北京、郑州、合肥。2010 年，国家影视动画产业基地的建设得到了各地党委和政府的高度重视，并获得了大力支持。目前，长三角地区、华南地区、华北地区、东北地区、西南地区以及中部地区都形成了若干个动画产业集群带。绝大多数动画产业基地积极落实总局、地方关于推动我国动画产业发展的举措，制定战略规划，完善服务设施，凝聚动画企业，培养动画人才，推进动画生产，取得了较好成绩。2010 年，国家动画产业基地自主制作完成国产动画片 269 部、172689 分钟，约占全国总产量的78.3%。生产数量排在全国前列的国家动画产业基地是：杭州高新技术开发区动画产业园、无锡国家动画产业基地、沈阳高新技术产业区动漫产业园、深圳市动画制作中心、南方动画节目联合制作中心。

（五）动漫新媒体积极探索赢利空间

近五年是动漫网站发展的黄金时期。目前国内比较有名的原创漫画网站有：I尚漫（http://www.ishangman.com）、有妖气（http://www.u17.com/）、纵横中文原创动漫网站（http://comic.zongheng.com）等。2010年10月中旬，国家新闻出版总署发布20条"电子书产业发展意见"，对电子书产业进行初步监管规范。随着电子书产业实施准入制度，加强资质审核，提高行业门槛，原创漫画开始通过互联网和手机漫画增值，动漫网站迎来发展机会。草根动漫开始通过网络平台免费走红，"包强"（Super Baozi）便是2009年7月由一段仅5分钟的网络视频免费"走红"的草根动漫形象。2010年1月，"贺岁版包强"面世，哼着小曲、耍着天津快板的包强登上了主流媒体央视的《新闻30分》，拥有了更加广泛的受众群。

"带体温的媒介"——手机以及无所不在的互联网，为动漫产业的发展开辟了全新的盈利空间。据统计，2011年我国3G用户数将达到1.5亿户，这必将为手机漫画业务提供强有力的市场支撑。据艺恩发布的《2010年中国动漫产业投资研究报告》，2012年中国手机动漫市场规模有望达到12亿元。以运营商为主导的服务模式及营销体系快速推动了手机动漫市场的发展，个人付费模式的成熟及支付的便利性也在很大程度了带动了该市场的发展。

手机漫画平台品类日渐丰富，与产业链相关的各方积极实践。目前的手机媒体漫画平台有"漫鱼"、Moscreen RichMedia、"漫逸"等，这些软件功能强大，为手机移动终端用户提供了专业化服务。拓维信息作为在该领域内的典型企业，手机动漫业务成为其核心产品，2009年该业务的营业额达到6005万元。2010年1月28日，我国首个手机动漫公共技术服务平台在长沙启动，致力于中国新媒体动漫内容生成关键技术支撑与服务体系建设，努力打造为手机动漫业务内容创作、内容集成与分发、服务运营等提供全方位服务的大型综合公共服务平台。金鹰卡通制作的《美丽人生》系列手机动画电影，下载量达到了60万次，创造经济效益30余万元；《三国演义》系列漫画作品，通过此平台转化成手机动漫电

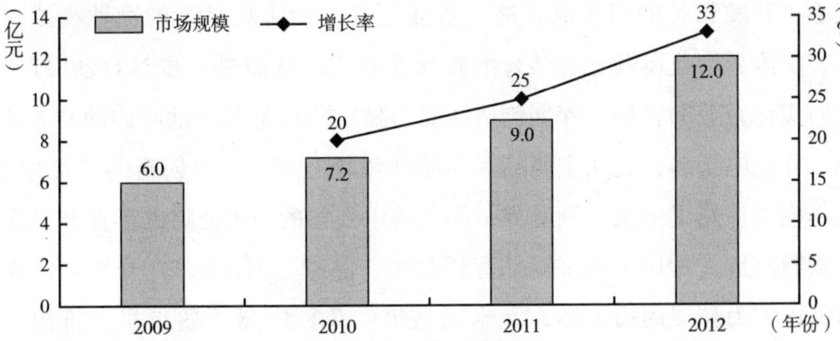

图1　2009～2012年中国手机动漫市场规模及增长率

资料来源：www. entgroup. cn。

子书后，至2010年底下载量达到近100万次，创造经济效益近50万元。中国电信动漫运营中心2010年11月18日在厦门正式揭牌，并投入运营，宣布正式推出“天翼动漫”业务，通过向视讯、阅读基地输送内容，通过试商用平台的承接整合国内外优秀的产品、作品，打造强大的、多方位的动漫基地。2010年11月1日，漫画人陈维东策划的国内首份手机漫画杂志《村人画趣》正式在全国上线，以其清新幽默的创意、犀利精彩的语言成为手机一族的新宠。

（六）国产动漫衍生品开发风生水起

2009年中国动漫衍生品市场规模总体达到128亿元。中国动漫衍生品市场规模年均增长率约30%，预计2012年中国动画衍生品市场规模将达到220亿元。

三毛、孙悟空、小破孩、猪八戒、虹猫蓝兔等都是当下的动画衍生品市场上广受欢迎的国产卡通形象。动画衍生产品占到动漫产业全部盈利的70%，这个现实让刚刚起步的中国动漫产业纷纷涌向衍生品的开发。《喜羊羊与灰太狼》前两部贺岁电影，票房分别过亿元，同名画册发行量已达50万册；喜羊羊、灰太狼的玩偶、文具、地板、墙纸、糖果等各种衍生产品已经达到上千种，品牌价值已达10亿元。2010年宏梦卡通正式向游戏产业进军，斥资1000万元与上海灵禅信息技术有限公司联合开发大型社区游戏——《虹猫蓝兔象王剑》。截至目前，宏梦卡通虹猫蓝兔精品店从2009年初的20余家迅速扩张至120余家，遍布全国各大中城市。奥飞动漫在成功上市后，2010年出资9000万元收购嘉佳卡通60%的股权，拥有30年频道经营权，并将更多的资金投入到动画片制作上，以动画片为核心，开发相关的衍生品，进一步强化“动画＋玩具”的商业模式，打造集内容、媒体、产业运营三者结合的新商业模式，从而进一步整合动漫产业链，实现其向文化企业的转型。深圳创造的魔力猫、憨八龟等一批原创动画形象也纷纷亮相，并在电子辞典、儿童药品等商品外包装上露脸，以创新的“形象授权”商业运作模式搅热了中国动画业界；深圳腾讯公司的QQ企鹅也正在开发多领域授权，试图打造“中国卡通文具体育用品第一品牌”。此外，广受年轻人欢迎的漫画形象也大力拓展周边市场，几米《微笑的鱼》限量主题手机已推出，香港珠宝品牌Just Gold还开发了几米系列首饰。

（七）动漫出口持续增长，国际影响力进一步扩大

近年来，在“走出去”战略推动下，我国动漫产业在对外合作交流和版权贸易中取得了长足进步。2009年，全国影视动画片出口79部、1490小时，占全国影视节目出口总时长的14%。在2009～2010年度评选出的211个文化出口重点企业和225个文化出口重点项目中，有动漫类企业36家、动漫类项目40个。“蓝猫”、“天眼”、“喜羊羊”、“炮炮兵”等一批民族动漫品牌成为弘扬中华民族传统文化、提升我国文化软实力的重要载体。2009年动画片出口3056.6万美元，占出口总金额的51.9%，增速明显加快，比2008年增长了150%，首次超过电视剧等节目类型，在影视节目出口中占据最大比重。一些民营动漫企业如湖南山猫卡通、宁波水木动画设计、江通动画等逐渐成为我国影视文化产品出口的重要力量。《喜洋洋与灰太狼》最新的100集动画，将通过迪士尼公司在亚太52个国家和地区播映；重庆多部动画片卖到了中东、北美、印度等地；黑龙江生产的大型系列三维动画《探索地球村》和网络游戏《万国争霸》成功出口30多个国家和地区。此外，美国卫视近日选择了第六届中国动漫游戏博览会暨2010卡通总动员评选出的中国精品动漫，涉及电视动画、动画电影、漫画出版、手机动漫、网络动画5大门类共20余部，进行为期90天的美国各地播出，包括《虹猫蓝兔》、《秦时明月》、《小破孩》、《风云决》等。这是中国动漫首次大规模在海外电视媒体上集中展映。

动漫类图书在中国图书对外推广计划办公室扶持的作品中，所占比例很小。近几年版权输出的动漫类图书主要有马小跳系列、蔡志忠系列等。《包拯传奇》经典漫画系列在版权输出方面带来不小的惊喜。《包拯传奇》第一册漫画书的版

权在第 37 届法国安古兰漫画节前被以 1.8 万欧元售给法国；在 2010 年 1 月的漫画节期间，又向意大利、德国、西班牙 3 国售出第一册版权共 1.2 万欧元；漫画节的展会上创造了 4 天售出 630 册的业绩。2010 年 1 月 22 日至 2 月 28 日，《包拯传奇》单月销售 8604 册，这是目前国内已知的在欧洲市场上单月销售最好的中国漫画，对欧洲本土漫画来说，这个数字也非常难得。现在，《包拯传奇》的德文版、意大利文版即将上市，全世界的 iPhone 手机用户都可以在 iTunes 上搜索“JugeBao”并支付 4.99 美元下载其英、法版本，该书的中文版和手机版已计划在国内出版发行。

二　机遇与挑战共存，从动漫大国走向动漫强国

我国动漫产业在实现跨越式发展的同时，也暴露出不少新的问题。第一，产业结构性矛盾突出，影视动画投资较热，漫画、新媒体动漫、应用动画等方面偏冷；针对低幼群体的作品较多，面向成年人的作品较少；在生产制作环节能力较强，创意策划和营销推广能力较弱。第二，影视动画产量有很大提高，主要依靠投资拉动，粗放式发展特征明显，高质量原创作品不多。第三，动画播出平台大量增加，但是制播矛盾一直比较突出，制作机构难以从播出环节获得合理的成本回收，主要依赖地方政府的播出补贴生存。第四，动漫企业大量增加，但小散弱问题比较严重，上规模、上水平的产业链完整的龙头企业较少，企业核心竞争力不足，效益普遍较差。第五，动漫教育培训发展迅猛，但是绝大多数学校缺少师资且教材质量偏低，以致大量学生面临就业难题，同时企业仍难以招到适用人才，特别是严重缺乏创意策划、营销型高端人才。

（一）动漫产业机遇与挑战并存

近几年来，我国动漫产业持续快速发展，产业实力与市场规模迅速壮大，产品数量大幅增长，质量有所提高，企业实力不断增强，产业链日益完善，我国正从动漫大国向动漫强国迈进。同时，也要清醒地看到，我国动漫产业仍处在初级发展阶段，整体发展水平还不高，与人民群众日益增长的精神文化需求还不相适应，与日趋完善的社会主义市场经济体制还不相适应，与现代科学技术的迅猛发展及广泛应用还不相适应，与我国对外开放不断扩大的新形势还不相适应，同时

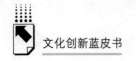

与动漫产业发达国家相比还有较大差距，要跻身世界动漫强国行列仍然任重道远。因而，我们要冷静对待产业发展中凸显的问题，切实采取有效的对策加以解决。总之，发展我国动漫产业机遇与挑战并存。

1. 产业发展相对滞后

刚刚起步的中国动漫产业基础相对薄弱，产业发展相对滞后。一方面，国际动漫发达国家的动漫产品及其衍生品长期以来一直占据我国市场，虽然在出版发行和影视播映市场已经收复失地，但国外动漫产品在网络等新媒体市场和衍生品市场仍旧风靡一时，以《火影忍者》为代表的国外动漫在“百度搜索”动漫排行榜上一直占有不低于80%的份额。另一方面，美日动漫经过长期的产业经营，已经在国际市场上形成强势，其强大的技术实力和高超的经营水准与制作水平不容忽视。中国动漫产业产值目前约为170亿元，仅仅相当于迪士尼公司2009财年361亿美元收入的7%。

2. 存在非理性盲目发展现象

一方面，部分地方政府不顾当地经济和文化产业现状，将发展动漫产业简单化、模式化、表面化，过多的政府干预行为可能起到相反的作用；另一方面，动漫企业数量突飞猛进，盲目投资生产，甚至带有很浓厚的投机冲动，难以形成有效的商业模式。相对于产业实践而言，产业政策和理论研究相对滞后，未能起到必要的指引作用，无论是政府还是企业都对于动漫产业发展的基本规律、国外经验、基础条件和风险认知估算不足。

3. 产业模式不够成熟

产业链开发是国际成熟动漫产业的重要内容。从内部产业链的角度分析，动漫产业有着“创意研发—生产制作—播出发行—衍生品开发”的内生型结构，从外部产业链来说，动漫作为一个完整的产业体系，漫画创作是产业的基础，影视动画是产业的主体，动漫舞台剧是产业的延展和提升，新媒体动漫是产业的前锋，此外，还有游戏、玩具等周边产品开发，各个环节相互依存、相互拉动。目前，国内产业链经营还处于初步摸索阶段，许多经营模式都不够成熟。一些动漫企业单纯依靠播出费与政府扶持资金来维持运营；许多企业把过多的精力放在创作与制作方面，对宣传推广、项目包装及衍生品经营与开发方面还缺少足够的认识。此外，我国动漫产业存在着“重动轻漫”的问题，对漫画的忽视导致整个产业缺少稳定而良好的创意基础。

4. 产业基地发展过热

与美国、日本等国家以一个城市/区域为动漫产业中心向周边辐射的发展模式相比，我国动漫产业却是“遍地开花”，且大多依托原有的科技园与软件园兴建动漫基地。目前社会普遍认为，动漫基地、园区过多过滥，一哄而上、重复建设、资源浪费等问题比较突出。一些动漫基地、园区没有发挥企业示范作用或产业集聚作用，长期名不副实，大量浪费土地资源和资金，直接影响和妨碍了动漫产业的健康发展、科学发展，迫切需要政府部门加强规范和引导，真正实现科学发展。

5. 教育体系尚不完备

创新型动漫人才是动漫产业实现可持续发展的关键性因素。从量的角度来说，目前全国已有 447 所大学设立动画专业，1234 所大学开办涉及动漫专业的院系，涉及动漫专业的大学毕业生达 6.4 万人，动漫人才需求旺盛，教育培训市场被普遍看好，动漫教育培训机构数量也呈现快速增长的趋势。然而，人才结构与人才质量的情况却不容乐观：动漫产业上游缺少高端的创意、编导、项目管理方面的人才，下游缺乏市场营销、国际授权和代理等方面的人才；与动漫相关的专业和院系发展速度过快，部分动漫教育机构师资水平和硬件水平都较低，造成毕业生数量剧增，但符合企业需要的人才却相对缺乏的现象，大部分毕业生的形象设计、编创能力较低，多处于模仿阶段，缺乏创意。在开设动漫相关专业的千余所院校（包括中专及中专以上）中，多数仍在培育制作人员，制作类人员过剩、创意及管理类人才缺乏的矛盾更加突出，人才整体结构失衡以及教育体系不完备的问题值得关注。

（二）我国动漫产业发展对策

1. 我国动漫产业发展的基本思路

面对未来，在实现从动漫大国到动漫强国的跨越式发展阶段，必须要有新的发展思路。2010 年是“十一五”时期的最后一年，各级政府已在酝酿调整动漫产业发展政策。在 2005 年就已出台首轮扶持政策的无锡和杭州等地在 2010 年已经推出了新的后续政策。新政策除了增加动漫产业发展专项资金外，着重加大对动画、漫画、游戏、卡通形象推广及其衍生产业的扶持力度，重点支持动漫原创作品、动漫产业研究以及对动漫企业和各类动漫平台建设的资助、奖励、贴息等，并把扶持资金与作品质量、企业效益相挂钩，充分发挥专项资金的作用，力促原创精品。扶持政策冀望以动漫形象为核心，强化动漫产业各环节的内在联系和互动关系，构建相互支撑的动漫产业链，完善自我良性发展的内生机制，实现动漫产业的全面协调可持续发展。

综合以上情况，我国动漫产业发展的基本战略思路是：以创意为核心，以动漫形象为基点，以漫画为基础，以影视动画为依托，以数字网络为平台，以版权和品牌为纽带，以衍生产品为支点，同步推进“动漫产业化”和“产业动漫化”，双管齐下，相互融合、相互促进、相互支持、相互补充，以“动漫网络化”作为重要着力点，优化产业结构，转变增长方式，培育一批创新能力强、人才集聚度高、市场开拓能力强、在国内外享有较高知名度的动漫产业战略投资者和大型龙头动漫企业，打造一批知名动漫品牌、精品动漫形象和优秀动漫作品，整体提升动漫产业的竞争力、影响力、辐射力和带动力。

2. 我国动漫产业发展的重点——“抓两头、带中间、立体化”

（1）大力发展漫画出版市场，以漫画出版物支撑专业创作团队和培育消费群体，同时有效缓解播出环节难以回收成本的问题。与国外动漫作品的艺术水准相比，中国动漫的形象设计和剧本创作都显得简单粗糙，而投资成本和风险较低的漫画具有强大的优势进行动漫项目的试验，通过这一市场筛选机制可以充分发掘动漫创意项目，设计出一流的动漫形象，创作出一流的动漫剧本。

（2）大力鼓励业外资本（生产玩具、文具、食品和饮料等大宗消费品的龙头企业）以及大型电讯企业应用和直接创作动漫形象，进一步有效转移动漫产品的开发和制造成本。通过引入外部战略投资者，可以有效解决动漫产业的投资问题，从而改变目前以动画制作企业单一投资制作动画片的投资模式，多方参与、联合制作、共享收益、共担风险的投资运营机制，大大降低和分担了投资风险。

（3）大力鼓励传统行政垄断性质的播出渠道行使其本来具有的公共职能：充分发挥国家垄断播映体系的强大宣传和传播功能，推出经过多环节市场化机制筛选的优良动漫作品。在这方面，仍需要进一步推进文化体制改革和实施制播分离制度，形成良性的产业分工协作体系。

（4）上述措施可以收到短期效果，而更为根本的措施是，大力推动广电、电信、网络部门汇流，建立数字内容服务平台，充分开发和利用民间自发的创意资源，并以此为中心构建新型中国动漫产业发展的立体战略。数字网络媒体利用其自身优势特性，能够成为原创动漫作品的测试平台、播出和交易平台，以及动漫产业的营销平台，从而解决目前中国动漫产业前端的漫画创作与出版环节缺位，在整个产业链中处于核心地位的动画制作公司承担最大风险，但又无法从电视播出和下游企业获得正常商业利益的结构性缺陷。

形象地说，这是一个“抓两头、带中间、立体化”的战略：通过鼓励漫画出版，从前端克服原创动画产品依赖于电视播出平台的“成本弊病”，通过衍生产品生产商的协同运作或者直接提前进入动漫产品创作，从后端克服“成本弊病”，这样就从两端打通目前阻滞不通的播映系统，解除在目前体制条件下不可能承受的动漫产品制作成本负担，发挥其行政化垄断优势。最后在数字技术基础上，实现整个动漫产业结构的立体化和网络化建构，实现全面良性的产业化运行。

The Current Situation and Problems of China's Animation Industry in 2010 and It's Strategies

Hao Zhensheng　Wang Biao　Li Jianhong

Abstract: This paper, on the grounds of concluding comprehensively the developmental situation of China's animation industry in 2010, focuses on the analysis of the problems that China's animation industry is facing now, and in the light of these problems, it also puts forwards the basic strategic plan and developing focus for China's animation industry.

Key Words: Animation industry; Current situation; Problems; Strategies

B.18

中国网络游戏文化创新研究报告

文化市场司网络文化处

摘　要： 网络游戏因具有信息技术与文化内容紧密配合的特征和巨大的商业价值，受到了政府和社会的高度关注。本报告对我国网络游戏市场发展概况进行了系统描述，并立足于网络游戏的技术特征，就网络游戏的出现对传统文化形式发展的影响与价值等作了比较全面的阐述。

关键词： 网络游戏　创新研究

一　网络游戏市场发展概况

（一）网络游戏的含义

网络游戏：缩写为 Online Game，又称“在线游戏”，简称“网游”。是指以互联网为传输媒介，以游戏运营商服务器和用户计算机为处理终端，以游戏客户端软件为信息交互窗口的旨在实现娱乐、休闲、交流和取得虚拟成就的具有相当可持续性的个体性多人在线游戏。

网络游戏是区别于单机游戏而言的，是指玩家必须通过互联网连接来进行多人游戏。一般指由多名玩家通过计算机网络在虚拟的环境下对人物角色及场景按照一定的规则进行操作以达到娱乐和互动目的的游戏产品集合。而单机游戏模式多为人机对战，因为其不能连入互联网而使玩家与玩家的互动性差了很多，但可以通过局域网的连接进行有限的多人对战。

网络游戏的诞生使命——通过互联网服务中的网络游戏服务，提升全球人类生活品质。网络游戏的诞生让人类的生活更丰富，从而促进全球人类社会的进步，并且丰富了人类的精神世界和物质世界，让人类的生活品质更高，让人类的生活更快乐。

（二）网络游戏的市场规模

2009 年，中国网络游戏市场保持了较好的运行态势，市场收入规模、用户规模均保持了较为稳定的增长，产品类型不断丰富，企业竞争较为激烈，但呈现公正、公平、有序的态势。

从市场规模来看，2009 年中国网络游戏市场规模为 258 亿元，同比 2008 年增长 39.5%。其中：国产网络游戏市场规模达到 157.8 亿元，同比 2008 年增长 41.9%，占总体市场规模的 61.2%。

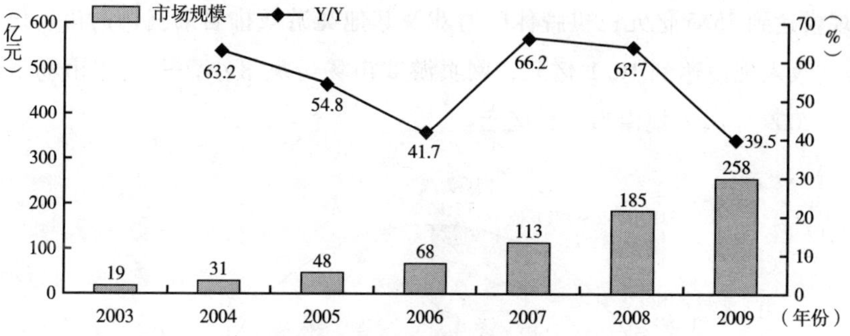

图 1　中国网络游戏市场规模及增速（2003～2009 年）

注：此处市场规模不包括海外市场获得的收入。

从用户规模来看，中国互联网络信息中心（CNNIC）的数据显示：2009 年中国大型网络游戏市场用户规模为 6931 万，同比去年增长约 24.8%。

从产品规模来看，截至 2009 年年底，中国市场上共有 361 款大型网络游戏处于开放测试或者商业化运营阶段，与 2008 年同期相比增加 68 款。2009 年全年共有 115 款大型网络游戏产品通过文化部的审查或备案，其中国产游戏 80 款，进口游戏 35 款；而 2008 年只有 48 款大型网络游戏通过文化部的审查或备案，其中国产游戏 19 款，进口网络游戏 29 款。

从市场竞争格局来看，截至 2009 年年底，全国共有 499 家网络游戏运营企业。据文睿研究数据：2009 年，国内网络游戏运营商市场份额排名发生调整，腾讯取代盛大成为第一名，市场占有率达到 21.7%；盛大和网易分居第二、三位，前三名总共占据 52.9% 的市场份额。排名前十二的企业依次为腾讯、盛大、网易、搜狐畅游、完美时空、巨人、久游、光宇华夏、九城、金山、网龙和世纪天成，总共占据中国网络游戏市场 87.7% 的市场份额。

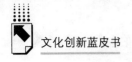

（三）市场结构

中国的网络游戏市场由大型多人同时在线角色扮演游戏（MMORPG）、高级休闲游戏（ACG）、网页游戏、棋牌休闲游戏和其他游戏组成。2009 年，我国网络游戏市场格局仍然呈现以 MMORPG 为主导，ACG、棋牌类休闲游戏、网页游戏为辅的局面。其中：

MMORPG 是中国网络游戏市场的主导力量，占中国网络游戏市场份额的 79.0%，收入规模达到 203.8 亿元；ACG 排在第二位，占市场份额的 13.8%，收入规模达到 35.5 亿元；棋牌休闲游戏及其他类游戏排名第三，占市场份额的 3.9%，收入规模达到 10.1 亿元；网页游戏市场份额最小，占整体市场份额的 3.3%，2009 年收入规模为 8.6 亿元。

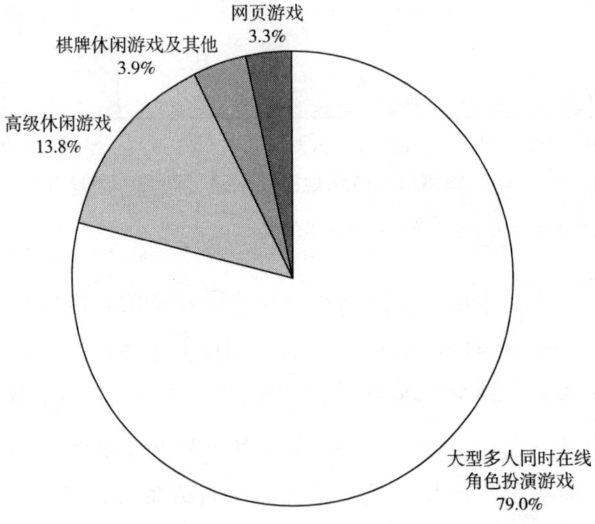

图 2　2009 年中国网络游戏不同细分市场收入份额

二　文化创新内涵

（一）文化创新的定义

文化，是非常重要的人类现象，是人类社会发展进步的一个重要内容和精神动力，也是这种发展进步在精神领域的一个重要标志。广义的文化概念，即所谓的大文化，是指人类改造客观世界和主观世界的活动及其成果的总和。它包括物质文化和精神文化两大类。物质文化是通过物质活动及其成果来体现的人类文化；精神文化是通过人的精神活动及其成果来体现的人类文化，包括思想道德和科学文化。

所谓“创新”，就是在求异的前提下，发现前所未闻的规律，发明前所未用的技术，实施前所未有的举措，创造前所未见的事物。创新，就是对某个或某些局部有着重大意义的现实问题，加以令人信服的理论阐释和说明，通过对实际生活及社会实践本身的深度观察与缜密思考，发前人之所未发之感慨，说前人之所未说之话语，论前人之所未论之论题。

文化在交流的过程中传播，在继承的基础上发展，都包含着文化创新的意义。文化发展的实质，就在于文化创新。文化创新，是社会实践发展的必然要求，是文化自身发展的内在动力。

文化自身的继承与发展，是一个新陈代谢、不断创新的过程。一方面，社会实践不断出现新情况，提出新问题，需要文化不断创新，以适应新情况、回答新问题；另一方面，社会实践的发展，为文化创新提供了更为丰富的资源，准备了更加充足的条件。所以，社会实践是文化创新的动力和基础。

（二）文化创新的作用和途径

文化创新可以推动社会实践的发展。文化源于社会实践，又引导、制约着社会实践的发展。推动社会实践的发展，促进人的全面发展，是文化创新的根本目的，也是检验文化创新的标准所在。

文化创新能够促进民族文化的繁荣。只有在实践中不断创新，传统文化才能焕发生机、历久弥新，民族文化才能充满活力、日益丰富。文化创新，是一个民族永葆生命力和富有凝聚力的重要保证。

社会实践是文化创作的源泉。所以，立足于社会实践，是文化创作的基本要求，也是文化创新的根本途径。

1. 继承传统、推陈出新

着眼于文化的继承，“取其精华，去其糟粕”，“推陈出新，革故鼎新”，是文化创新必然要经历的过程。一方面，不能离开文化传统，空谈文化创新，对于一个民族和国家来说，如果漠视对传统文化的批判性继承，其民族文化的创新，就会失去根基；另一方面，体现时代精神，是文化创新的重要追求。文化创新，表现在为传统文化注入时代精神的努力中。

2. 面向世界、博采众长

不同民族文化之间的交流、借鉴与融合，也是文化创新必然要经历的过程。实现文化创新，需要博采众长。文化的交流、借鉴和融合，是学习和吸收各民族优秀文化成果，以发展本民族文化的过程；是不同民族文化之间相互借鉴，以“取长补短”的过程；是在文化交流和文化借鉴的基础上，推出融汇各种文化特质的新文化的过程。由此可见，文化多样性是世界的基本特征，也是文化创新的重要基础。在文化交流、借鉴与融合的过程中，必须以世界优秀文化为营养，充分吸收外国文化的有益成果，同时要以我为主、为我所用。

三　网络游戏对传统文化形式的创新

2010 年 7 月 23 日，胡锦涛总书记在十七届中央政治局第二十二次集体学习时就文化体制改革等文化工作发表了重要讲话。7 月 27 日，中央宣传部发出通知，要求宣传思想文化战线把学习宣传贯彻胡锦涛总书记的重要讲话精神作为当前一项十分重要的政治任务，以讲话精神为指导努力开创文化改革发展新局面。

在谈到加快文化体制机制改革创新时，胡锦涛总书记强调“要繁荣城乡文化市场，培育各类文化产品市场和要素市场，完善现代流通体制，加强文化市场监管，加快培育大众性文化消费市场，构建统一开放竞争有序的现代文化市场体系”。

改革开放以来，我国经济社会快速发展。与此相适应，人民群众的精神文化需求日趋多元化和个性化，对精神文化服务提出了新的更高的要求。基于互联网发展起来的网络文化，利用网络存储海量信息以及兼具人际传播、群体传播、组织传播和大众传播的特点，采用低成本、多层次、有针对性和个性化的服务方式，成为满足人民群众多元化、个性化精神文化需求的重要途径。

目前，网络文化已成为大众性文化消费市场的重要组成部分。网络文化既具有技术性、工具性、产业性的商品属性，更具有思想价值、意识形态的文化属性，后者是其本质属性。它对人们的角色认知、个性情感和价值取向等产生潜移默化的影响。网络游戏，作为网络文化领域里最贴近用户特别是年轻群体的文化形式，与传统文化娱乐产业的融合不断加速，已成为当今社会的一个流行符号。

（一）网络游戏的使用形式和分类

1. 网络游戏的使用形式

网络游戏丰富了人们休闲娱乐的方式，繁荣了文化产品市场。网络游戏目前的使用形式可以分为以下两种。

（1）浏览器形式

基于浏览器的游戏，也就是我们通常说的网页游戏，又称为Web游戏，它是不用下载客户端，在任何地方任何时间任何一台能上网的电脑都可以玩的游戏，尤其适合上班族。其类型及题材也非常丰富，典型的类型有角色扮演（天书奇谭）、战争策略（热血三国）、社区养成（猫游记）、SNS（开心农场）等。

（2）客户端形式

这一类型是由公司所架设的服务器来提供游戏，而玩家们则是经由公司所提供的客户端来联结公司服务器以进行游戏，现在称之为网络游戏的大多属于此类型。此类游戏的特征是大多数玩家都会有一个专属于自已的角色（虚拟身份），而一切存盘以及游戏资讯均记录在服务端。此类游戏大部分来自欧美以及亚洲地区，这类游戏有World of Warcraft（魔兽世界）（美国）、战地之王（韩国）、EVE Online（冰岛）、战地（Battlefield）（瑞典）、信长之野望Online（日本）、天堂2（韩国）、梦幻西游（中国）等。

2. 网络游戏的种类

网络游戏的类型有以下三种。

（1）棋牌类休闲网络游戏：即登录网络服务商提供的游戏平台后，进行双人或多人对弈，如纸牌、象棋等，提供此类游戏的公司主要有腾讯、联众、新浪等。

（2）网络对战类游戏：即玩家通过安装市场上销售的支持局域网对战功能的游戏，通过网络中间服务器，实现对战，如CS、星际争霸、魔兽争霸等，主要的网络平台有盛大、腾讯、浩方等。

（3）角色扮演类大型网上游戏：即RPG类，通过扮演某一角色，通过任务的执行，提升其等级、得到宝物等，如大话西游、传奇等，提供此类平台的主要有盛大等。

（二）大型多人在线角色扮演游戏

1. MMORPG 是网游中主流的文化形式

MMORPG 是英文“Massive Multiplayer Online Role Playing Game”的缩写，意为“大型多人在线角色扮演游戏”，是网络游戏的一种。

此类游戏分为客户端和服务器端两部分。玩家从客户端通过互联网连接，登录服务器端后才能进行游戏。玩家的资料保存在服务器端。游戏的过程，是玩家扮演的角色和其他玩家控制的角色在网络虚拟空间中的实时互动，而非玩家扮演的角色（即 NPC）则往往是在游戏中提供特殊服务的人物，如销售虚拟物品、提供任务者等。

MMORPG 具有客户端—服务器结构，分为客户端和服务器端两部分。玩家透过客户端软件扮演虚拟世界中一名角色，而服务器端则负责主持玩家身处的虚拟世界。服务器端通常由游戏代理商提供，而玩家的资料则会被保存在服务器端。玩家从客户端通过互联网连接，登录服务器端后才能进行游戏。当一名玩家进入游戏中的世界，该名玩家便能与来自世界不同地方的玩家进行一连串不同的实时互动。在正常的情况下，MMORPG 的开发商需负责管理游戏中的虚拟世界，以及不断为游戏作出更新，以留住其顾客，即玩家，以及吸引其他人来玩该游戏。

MMORPG 是中国网络游戏市场最为重要的组成部分，占据总体网络游戏市场 79% 左右的份额。自 2005 年以来，MMORPG 收入规模一直保持相对稳定增长，2009 年中国市场 MMORPG 游戏收入规模达到 203.8 亿元，较 2008 年增长 35.2%，MMORPG 占整体网络游戏市场的比例略微下滑 1.5 个百分点至 79%。

2. 回合制 MMORPG 的文化形式大量涌现，但市场并不成熟

2006～2008 年是中国的网络游戏市场迅速发展的 3 年，这个阶段即时制 MMORPG 市场竞争异常激烈，而《梦幻西游》、《大话西游 2》、《问道》、《水浒 Q 传》等回合制游戏却异军突起，一直保持着不错的增长势头。这种状况使得不少游戏公司对回合制游戏的市场预期增高，并开始通过代理或者自主研发的方式储备回合制游戏，以 1 款游戏开发周期 18～30 个月计算，他们储备的游戏在

2008～2010 年集中推出市场。

2004～2007 年，每年中国市场新发布的回合制游戏不超过 3 款，到 2008 年这一数据膨胀到 5 款，而 2009 年新发布的回合制游戏则进一步增长到 8 款。回合制游戏市场竞争进一步加剧。据文睿研究数据：2009 年排名前十五的游戏厂商新增的 MMORPG 游戏中，回合制游戏占到 19.3%。

但是从目前市场的表现来看，2009 年新推出的回合制游戏仅有《梦幻诛仙》，这一款回合制游戏的在线人数超过了 10 万。出现这种情况的原因是：回合制游戏非常注重社区化，玩家在游戏中大多积淀了深厚的关系，他们去登录游戏已经不仅仅是为了玩游戏，也是为了和朋友交流。除非某个玩家的朋友都愿意离开游戏，否则单个玩家很难离开原来的游戏。因此新推出的回合制游戏如果没有较大的创新，难以吸引老游戏用户。

3. MMORPG 发展已经较为成熟，竞争进入细节和文化层面

MMORPG 是中国乃至全球最为成熟的网络游戏类型之一。大部分近两年发布的 MMORPG 在功能上都大同小异——“打怪”、“做任务”、“升级”、“下副本”、“PK”都是非常成熟的玩法，几乎所有的游戏都有自动寻路系统、宠物系统、社交系统、纸娃娃系统、装备锻造系统等成熟的功能系统，很多网络游戏的开发都是模仿一些成熟且成功的网络游戏。

正是因为网络游戏的功能逐渐成熟，目前领先的游戏公司在 MMORPG 的开发竞争上已经上升到细节和文化层面。所谓细节层面的竞争，指的是把 UI 及 UE 做得更为人性化、把场景及人物做得更漂亮、把升级的节奏做得更符合玩家需求、把任务和剧情做得更有趣味等。当前，业界普遍认为：一款好的网络游戏是需要花大量的人力、物力、财力和时间来精雕细琢的。而文化层面，指的则是世界观的构建、NPC 和场景的设置、网络游戏的机制设计等，总之，就是让网络游戏不仅仅是声音和图像的聚合物，更是具备灵魂的文化产品，网络游戏产品能很好地传递想要传递的文化是未来网络游戏产品的重要竞争力所在。

（三）高级休闲网络游戏

1. 休闲网络游戏的发展速度在加快

随着互联网的发展，人们生活的方方面面都与网络产生了千丝万缕的联系，互联网似乎已经成为生活中不可缺少的部分。对网络的依赖也促使越来越多的人倾向于在互联网上休闲娱乐，于是出现了休闲网络游戏。休闲网络游戏的出现丰富了人们的文化娱乐生活。近几年，休闲网络游戏的发展速度在加快。和MMORPG崇尚“团队、勇气、尊严”不同，休闲网络游戏的特点是“轻松、自由、快乐”，休闲游戏每局持续时间短，玩家在短时间内能够享受到游戏的乐趣，达到放松的效果，因而也受到了很多都市玩家的喜爱。

2009年中国休闲网络游戏市场规模达到35.5亿元，同比2008年增长49.7%，占总体网络游戏市场13.8%的份额，而2008年休闲网络游戏增长率仅为15%。

2. 赛车类、舞蹈类和射击类休闲游戏三足鼎立

目前国内的休闲游戏领域，赛车类、舞蹈类、射击类游戏呈三足鼎立态势，其中射击类游戏后来居上，目前具有最广泛的用户群。

赛车类游戏：《QQ飞车》、《跑跑卡丁车》两款游戏是赛车类游戏中的佼佼者，它们占据中国赛车类游戏市场80%以上的市场份额，这两款游戏的最高同时在线用户总和在70万~100万之间浮动。

舞蹈类游戏：《劲舞团》的成功吸引了大量工作室加入舞蹈类游戏的开发中，过去3年里，我国市场涌现了《超级舞者》、《劲舞世界》、《舞街区》、《热舞派对》、《QQ炫舞》等多款优秀的舞蹈类休闲游戏。目前，《QQ炫舞》和《劲舞团》两款游戏占中国舞蹈类游戏市场80%以上的份额，它们的最高同时在线人数约为120万~150万。舞蹈类游戏的一个发展趋势是“次时代”画面的舞蹈类游戏，此类游戏画面更逼真、更绚丽，一些开发公司已经采购了世界领先的引擎，正准备开发一些全新的舞蹈类游戏。

射击类游戏：射击类网游2007年年底、2008年年初才开始在中国出现，但此类游戏发展迅速。目前市场上两款领先的射击类网游《穿越火线》和《CS OL》的最高总在线人数在160万~200万之间浮动。早在射击类网络游戏在中国出现之前，《CS》（一款局域网对战FPS游戏）在过去的十年里一直是中国最受欢迎的局域网对战游戏，《CS》的风靡为射击类网络游戏培养了广泛的用户群。

（四）网页类网络游戏

1. 网页游戏市场正在迅猛发展

网页游戏又称Web Game、无端网游，是基于Web浏览器的网络在线多人互动游戏，任何地方任何时间通过任何一台能上网的电脑就可以快乐地游戏，不用下载庞大客户端，更不存在机器配置不够的问题。网页游戏尤其适合上班一族，只要花上几分钟去设定，游戏内的自动成长功能让玩家可关掉电脑心满意足地去工作；如果想随时了解游戏内的情况，还有短信提醒功能。

2009 年网页游戏市场规模占整体游戏市场规模的 3.3%，市场收入达到 8.6 亿元，同比 2008 年增长 91.1%。

游戏门户网站 17173.com 的不完全统计显示：截至 2008 年 6 月，市场上仅有 131 款网页游戏；2008 年 12 月底，市场上网页游戏迅速增长到 263 款；2009 年 6 月底，网页游戏数量和 2008 年年底相比又大幅增长 56.3%，达到 411 款；而 2009 年 12 月，网页游戏数量达到 516 款，较上半年增长了 25.6%，网页游戏推出的速度要远远高于 MMORPG 游戏。

2. 网页游戏内容多样化

网页游戏市场不再局限于体育游戏、策略游戏称霸的局面，各种类型的网页游戏纷纷获得市场的认可，宠物类、仙侠类、RPG 类、经营类游戏不断涌现。一改过去单调的市场结构，对于网页游戏市场健康持续的发展将会产生极大的影响。同时，本文作者在这里也呼吁：各大厂商，不要只把目光盯在那些可以快速盈利的产品类型之上，不断推陈出新、开拓创新，将对企业的长期发展有巨大的帮助。

（五）社交游戏及其他新兴网络游戏

1. 社交游戏发展迅猛，用户群非常广泛

2008 年下半年以来，开心网的崛起带动了中国社交网站的爆发性增长。2008 年 4 月才推出的开心网在推出 6 个月后网站流量已经进入 Alexa 全球排名前 100 位。截至 2009 年 12 月上旬，人人网（原校内网）的应用排行中前三名分别是《开心农场》、《阳光牧场》和《人人餐厅》，其中《开心农场》的总用户数达到 2700 万，活跃用户数达到 358 万。预计到 2011 年中国社交网站用户规模有望超过 5 亿人。

社交游戏具备广泛的用户群体，而且这些用户群体和互联网及传统网络游戏群体的特征区别较大。CNNIC 的数据显示：截至 2008 年年底，中国社交网站的用户规模达到了 5700 万，而中国网络游戏用户规模则达到 1.25 亿；2009 年，中国社交网站用户数达到1.24亿，在社交网站用户中，以玩游戏为使用社交网站目的的用户比例达到27.4%。

而社交网站用户又具有区别于整体互联网用户的特征：从性别上看，女性网民更为内敛的特性使得她们愿意在网络上装饰个人空间、通过社交网站表现自我，而男性则倾向于在现实生活中交友。因此在社交网站群体中女性比例要高于其他网络游戏中的女性比例；从年龄上看，社交游戏由于其简单、易上手，很多中老年网民使用起来不会再有障碍感；从收入上看，社交游戏的花费非常低廉，各个收入阶层的人均可以进行社交游戏。综上所述，社交游戏用户的群体覆盖了其他类型网络游戏的用户群体，具有广泛的发展空间。

2. 儿童虚拟社区是网络游戏的新亮点

国内互联网的发展变化和国际市场中儿童虚拟社区的成功引导和刺激了我国儿童虚拟社区市场的发展。与其他类型游戏相比，儿童虚拟社区发展时间较短，但是其不俗的表现已经引起人们的关注。从2008年下半年开始，在中国市场中以《摩尔庄园》为代表的儿童虚拟世界在国内开始快速的发展。到2009年年初，《摩尔庄园》和《奥比岛》两个儿童虚拟世界的名称已成为网络游戏热门词。市场对儿童虚拟社区的热烈反应迅速引发了产业界和资本界对这类产品的关注，目前《摩尔庄园》已经拿到了启明创投500万美金的投资，《奥比岛》也获得了红杉资本数千万元的投资。另外目前国内还有上十家企业在从事虚拟世界的开发和运营，更多的资本正在寻求市场的投资机会。

四　网络游戏对商业文化模式的创新

（一）网络游戏虚拟物品交易丰富了商业文化

2009年中国网游市场规模高达258亿，网络游戏正以一种锐不可当的态势迅速席卷中国这片广袤的土地，同时也带动了相关行业快速成长和迅猛发展，形成了高度繁荣的网游虚拟物品交易市场。

中国网游虚拟交易经过近10年的发展已经占据庞大的市场份额，巨大的交易量刺激了网游虚拟交易平台的发展。目前国内的网游虚拟交易平台主要有淘宝、5173等，此外，许多新型的虚拟交易平台不断涌现，其中最具代表性的就是92虚拟交易平台。网游虚拟物品交易所带来的巨大经济价值已无可置疑，然而网游虚拟交易市场还有待完善。网游虚拟物品交易平台所依赖的技术和服务日趋成熟，再加上即将出台的虚拟交易法规，网游虚拟交易市场这一新兴经济形态必将迎来更加明朗的未来！

1. 网络游戏虚拟交易的一级市场和二级市场

网络游戏虚拟物品交易是指对依托于电脑技术和网络游戏存在的游戏中的虚拟道具、游戏币、游戏账号和游戏预付费卡等的交易。目前，网络游戏虚拟物品交易逐渐形成完整的市场结构。根据网络游戏虚拟物品的交易主体和过程，可以将网络游戏虚拟物品交易市场划分为一级市场和二级市场。

网络游戏虚拟物品交易一级市场：指网络游戏运营商发行、提供依托于电脑技术存在的网络游戏相关产品和服务的市场，是网络游戏相关的产品和服务首次进行交易的市场，这些产品和服务包括游戏预付费卡、游戏虚拟道具、游戏账号等。

网络游戏虚拟物品交易二级市场：指网络游戏玩家按游戏规则获得运营商提供的产品和服务后，通过虚拟物品第三方专业交易平台、可交易虚拟物品的第三方综合交易平台以及其他非一级市场渠道与他人交易相关产品和服务的市场，此处的产品和服务包括游戏虚拟道具、游戏账号等，但不包括游戏预付费卡。

从以上定义不难看出，所谓网络游戏虚拟物品交易一级市场，指的就是网络游戏运营商和网络游戏用户之间通过网络游戏虚拟货币交易建立起的市场。此处的网络游戏虚拟货币表现为网络游戏的预付充值卡、预付金额或点数等形式，玩家购买虚拟货币后可用于兑换发行企业所提供的指定范围、指定时间内的网络游戏服务。而网络游戏的二级市场指的是玩家之间交易虚拟物品形成的市场。

所以，网络游戏虚拟物品交易一级市场的市场规模即为游戏运营商的游戏运营收入规模，2008年网络游戏一级市场交易规模约为185亿元，2009年该市场规模达到258亿元。2008年网络游戏虚拟物品交易二级市场交易规模约为70亿元，2009年该交易规模达到93亿元。

在中国的网络游戏虚拟物品交易二级市场，玩家和玩家之间的交易大致分为两种方式，一种是通过第三方的交易平台进行交易，交易平台提供交易信息资讯、交易担保服务等。另外一种方式是玩家之间直接交易。目前，通过第三方的交易平台交易是交易的主要模式。

2009 年中国网络游戏虚拟物品交易二级市场的交易规模约为 93 亿元，同比 2008 年增长 32.9%。其中，来自网络游戏虚拟物品交易平台的交易规模约为 75 亿元，同比 2007 年增长约 41.5%，占总交易规模的 80.6%。

据 CNNIC 的数据显示，2009 年中国网络游戏用户数为 6931 万人，其中付费用户数为 2765.5 万人，占到网络游戏用户数的 39.9%。而在网络游戏付费用户中，有 24.9% 的用户有过线下虚拟物品交易的行为，达到 688.6 万人。

2009 年，来自虚拟交易平台的交易规模增速超过了玩家之间直接交易规模增速，通过专业虚拟物品交易平台交易是玩家首选的交易模式。调研显示：59.6% 的游戏玩家在一级市场中购买游戏虚拟道具，38.7% 的游戏玩家通过虚拟道具交易平台找其他玩家购买游戏虚拟道具。

2. 主要虚拟物品交易平台介绍

目前中国虚拟物品交易平台的市场格局主要以专业性第三方交易服务商为主、以综合性第三方交易服务商为补充。

5173（www.5173.com）是目前中国规模最大的专业化电子游戏商务平台。该平台的主要业务包括游戏 C2C 交易服务、游戏安全服务、游戏资讯服务、游戏社区服务、B2C 数字商城等专业服务。截至 2009 年底，5173 拥有注册会员 2400 多万名，日均页面浏览量 2000 万次，日均独立访问 IP 数 550 万个，日均新增会员 3 万人。公司先后获得了 IDGVC 和华登国际 1000 万美元的风险投资。

淘宝网、拍拍网等多家综合性第三方交易平台作为中国虚拟物品交易平台市场的重要补充，各自具有不同的优势。

其中，淘宝网作为市场整体占有率排名第一的综合类第三方交易平台，游戏虚拟物品在其总交易量中占有重要比例，其特有的“支付宝”支付模式因其安全性、便捷性和广大的用户基础，受到游戏玩家欢迎。

拍拍网依靠腾讯庞大的互联网用户基础，获得了一定的游戏虚拟物品交易平台市场份额，其自有的在线支付平台“财付通”与淘宝网的“支付宝”一样都为个人用户提供免费服务。

（二）网络游戏内置广告市场创新了商业文化

1. 游戏内置广告市场尚处在起步期

游戏内置广告（IGA）是一种全新的依托于网络游戏呈现的广告类型，这种广告可以嵌入网络游戏中，结合游戏的场景、情节来进行广告传播。IGA 是网络游戏一种全新的盈利模式，以往游戏的盈利模式是面向玩家收费，而游戏内置广告则是面向广告客户收费。

根据中国互联网数据中心的数据 DCCI 显示，中国网络游戏内置广告市场规模在 2008 年达到了 2.3 亿元，比 2007 年增加了近 2 倍，2009 年网络游戏内置广告市场规模将达到 4.5 亿元。由于网络游戏内置广告具有与广告结合度高、广告展示时间长、广告针对性强等特点，正在成为继传统广告媒体之后一个新兴优质的广告平台，引起众多广告投放者的注意。

2. 游戏内置广告的分类和特点

游戏内置广告的类型很多，按照广告出现的时间不同，网络游戏内置广告可以分为游戏登录广告、游戏进行时广告、场景切换广告、游戏退出广告等；按照广告的形式不同，网络游戏内置广告又可以分为以游戏中 3D 立体物件、特制场景为主的游戏场景，游戏道具赞助，游戏内文字广播，游戏官方网站广告和游戏形象授权等形式。当前，IGA 主要具备如下特点。

其一，网络游戏内置广告中广告与游戏结合紧密，结合程度高。

区别于传统媒体上的广告，网络游戏内置广告通过策划往往可以与游戏中的场景或者游戏内容相结合，因而其用户对于广告的接受程度较高。比如游戏中设定与广告相关的任务，在玩家玩游戏的同时就熟悉了广告的内容。开心网中的开心农场与中粮公司之间的合作就是一个成功的网络游戏内置广告案例：在农场中通过种植有悦活标签的水果，让玩家熟悉悦活的果汁品牌。

其二，网络游戏内置广告展示时间更长。

传统媒体的广告对于用户的展示时间往往很短，如电视电影中的广告往往以秒来计算，而平面媒体的广告则不能引起人们长时间的关注。网络游戏内置广告由于游戏与广告的紧密结合，使得玩家在玩游戏的同时接受了广告信息，广告得以长时间对用户展示。

其三，网络游戏内置广告针对性强。

网络游戏的细分市场具有多样性，其用户也千差万别。与传统媒体不同，网络游戏可以很轻松地明确各个细分市场中的主要用户群体，这就为广告投放者提供了极大的便利，可以将广告精准地投放在目标客户中。

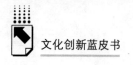

五　网络游戏在对外文化交流上的创新

今天在中国的对外交往中，文化交流日益活跃，正成为加强中国人民与各国人民友好合作的重要纽带。开放的中国以更加开放的眼光看待世界，发展的中国将日新月异的面貌展现在世人面前。越来越多的外国人不仅对古老而神秘的中国文化，更对阔步前进的现代中国产生了浓厚的兴趣。他们开始通过各种方式、各种渠道与中国历史和中国文化进行直接和间接的接触。

（一）国产网游出口创新了文化交流方式

近年来，国产游戏产品出口取得了很大突破，出口产品数量大大增加，出口收入快速增长，一批国产游戏产品通过市场渠道进入国际社会，部分游戏企业通过海外投资参与国际资本循环。

据统计：2009 年中国网络游戏海外市场收入达到 1.06 亿美元，较 2008 年增长 47.2%，而 2008 年海外出口收入同比增速仅为 30.9%。在结束了 2006、2007 年海外市场收入爆发式增长后，2008 年与 2009 年网络游戏海外市场收入增长较为平缓，保持在 30% ~50% 之间。

从海外出口企业市场占有份额来看，2009 年完美时空、网龙、金山分别位于第一、二、三位，其中完美时空海外市场收入达到 2.64 亿元，占中国网络游戏产品海外出口规模的 36.7%，网龙和金山分居第二、三位，市场份额分别为 18.9% 和 8.3%。海外出口规模排名第四到第八位的游戏企业依次是搜狐畅游、盛大、游戏蜗牛、久游和大承网络，它们的出口规模在 3000 万元到 6000 万元之间。

（二）国产网络游戏的出口模式

在网络游戏出口方面，根据不同公司的策略及出口国当地的实际情况，主要采用如下三种出口方式。

1. 在海外设立子公司独立运营

目前只有少数公司（网龙、完美时空）选择在海外设立子公司独立运营，通过这种运营方式可以完全掌握海外市场的各种数据，及时了解客户需要，并且独享海外收益，对于以后针对国际市场的研发有很大的作用。目前采用这种方式进行出口的公司主要集中在欧美。这主要是因为欧美和东南亚等地相比竞争程度高，没有政策限制，且线上支付手段完善，不需要花费大量的资源建设渠道。

2. 版权贸易

版权贸易是目前游戏主要的出口方式，这种形式是和国外的游戏运营商签署代理合作协议，游戏出口方提供开发好的游戏产品，并参与后期的技术层面运营维护和版本升级，而收益可以包括一次性版权购买，以及后期运营的提成。这种方式对于游戏出口方来说，可以提供比较稳定的收入，并且在海外营销和运营方面，研发公司也不需要追加很多成本，充分利用海外代理商在海外的资源，可以说是一种比较节约资金的出口方式。但是，因为游戏运营由其他公司负责，国内的游戏企业不能同国外用户直接对话、了解客户的直接需求，在其游戏开发中，不利于直接针对客户需求对游戏作调整。

3. 联合运营

联合运营就是除了版权交易，游戏出口方参与游戏运营工作。这也是目前较多公司的选择之一，这种方式可以使自己直接了解国外客户的需求、国外市场的发展情况，并针对客户的问题迅速作出反应，同时也可以充分利用海外合作伙伴在当地的资源。但是这种方式采用收入分成办法，收益取决于游戏的运营情况，受当地市场影响比较大，很难提供非常稳定的收益。

附录：相关定义和专业名词解释

名　词	解释/定义
网络游戏	广义的网络游戏指：需要借助于互联网或移动互联网进行数据传输和交互，同时借助于服务器及客户终端进行数据处理，利用电脑、手机或者其他客户终端进行操作及显示的电子游戏，包括电脑网络游戏、手机网络游戏、电视联网游戏等。在中国，目前网络游戏一般指电脑网络游戏，也就是必须借助于互联网运营、可供多人同时参与的电脑游戏。本文研究的对象即为电脑网络游戏。
MMORPG	Massive Multiplayer Online Role-Playing Game，大型多人同时在线角色扮演游戏。支持多人同时在线的大型游戏，该类游戏一般具有故事背景和故事情节，并且随着玩家游戏过程的进行，情节可以持续发展；玩家在游戏中扮演一个游戏角色，在整个具有故事情节和背景的虚拟游戏世界中与其他玩家扮演的游戏角色进行互动。较典型的如《梦幻西游》、《魔兽世界》等。

续表

名　词	解释/定义
ACG	高级休闲游戏（Advanced Casual Game），此类游戏的一般画面风格为卡通风格，游戏内容轻松且持续性弱，玩家在游戏中着重体验游戏玩法及与其他玩家之间的竞技过程。较典型的如《跑跑卡丁车》、《劲舞团》等。
社交游戏	Social Game，基于社交网站的联网小游戏，此类游戏一般玩法较为简单，不需要下载客户端，并且基于一个社交网站存在，游戏的玩法和内容强调玩家与玩家之间的社交性，游戏互动性强。如《开心农场》、《争车位》等。
棋牌休闲游戏平台	此种平台是以对战性、竞技性强的棋牌类游戏为主要内容，一个平台往往包含多种游戏，游戏玩家通过平台与其他玩家在棋牌游戏中对战、竞技。此类游戏平台如联众世界、QQ 对战平台等。
网页游戏	Web Game，又称无端网游，是基于网络浏览器的多人在线互动游戏，用户无需下载客户端，只要打开网页就可以玩网页游戏。目前国内的网页游戏以战争策略类的为主，例如《纵横天下》、《部落战争》等。
网络游戏虚拟货币	网络游戏虚拟货币是指由网络游戏运营企业发行，游戏用户使用法定货币按一定比例直接或间接购买，存在于游戏程序之外，以电磁记录方式存储于游戏企业提供的服务器内，并以特定数字单位表现的一种虚拟兑换工具。网络游戏虚拟货币用于兑换发行企业所提供的指定范围、指定时间内的网络游戏服务，表现为网络游戏的预付充值卡、预付金额或点数等形式，但不包括游戏活动中获得的游戏道具。
IGA	In Game Advertising，游戏内置广告是一种全新的依托网络游戏呈现的广告类型，这种广告可以嵌入网络游戏中，结合游戏的场景、情节来进行广告传播。
网络游戏市场规模	本文中网络游戏市场规模如无特殊说明，均指网络游戏运营商面向玩家的游戏运营收入总和，包括通过各种渠道出售游戏预付费充值卡、在线充值序列号等的收入。不包括游戏运营商海外出口的初始版权金、保底费用和分成收入，也不包括游戏运营商通过其他营利模式获得的收入。

A Research Report on the Creativity of China's Internet Game Culture

Internet Culture Department, Culture Market Division

Abstract: Internet games have received great attention from the governments and the society because of their enormous commercial value and their characteristic of combining information technologies and cultural elements. This report makes a systematic description of the market development of China's internet games, and gives a relatively comprehensive representation of how the emergence of internet games influences the forms of traditional culture and the value of this emergence on the basis of the technical features of internet games.

Key Words: Internet games; Creativity research

B.19

2009～2010 年我国数字出版进展综述*

徐丽芳　丛　挺　方　卿**

摘　要：随着互联网技术与移动通信技术的广泛应用，中国数字出版业正处于高速发展与持续演进之中。本文从数字出版相关政策、电子书、数字报刊、博客出版、手机出版和数字版权保护等方面，较为全面地回顾近两年来我国数字出版领域的实践进展，并指出不同领域的基本发展态势与焦点问题。

关键词：数字出版　电子书　数字期刊　数字版权

随着以互联网技术与移动通信技术为代表的数字技术的广泛应用，数字出版已成为世界出版业未来发展的大势所趋。一系列数据显示，中国数字出版业迎来了历史性的转折点。据统计，2009 年我国数字出版产业的产值已达 799.4 亿元，较 2008 年增长 50.6%，是 2006 年产值的 3.75 倍，首度超过传统书报刊出版物的生产总值。① 必须指出的是，尽管数字出版整体发展势头十分强劲，但是与传统出版直接相关的数字化书报刊收入为 23.1 亿元，② 规模仅为总产值的 2.89%。这说明我国数字出版发展是不平衡的，其中传统出版商参与度还不高。

---

* 本项研究得到了国家自然科学基金项目“开放存取数字期刊学术质量评价与控制研究”(70873094) 的资助。

** 徐丽芳，博士，武汉大学信息管理学院教授，主要研究方向为数字出版、杂志出版业研究；方卿，博士，武汉大学信息管理学院教授、博士生导师，主要研究方向为数字出版、出版营销。

① 程晓龙、李淼：《2009 年数字出版产业收入达 799 亿元》，2010 年 7 月 21 日《中国新闻出版报》。

② 程晓龙、李淼：《2009 年数字出版产业收入达 799 亿元》，2010 年 7 月 21 日《中国新闻出版报》。

本报告将从数字出版的相关政策、电子书、数字报刊、移动出版和数字版权等方面，较为全面地回顾近两年来我国数字出版领域的实践进展。

一　政府扶持

政策激励一直是推动我国数字出版产业快速发展的重要动力之一。2009年，由国务院审议通过的我国第一部文化产业专项规划——《文化产业振兴规划》（以下简称《规划》）明确提出："要推动产业结构调整和升级，加快从主要依赖传统纸介质出版物向多种介质形态出版物的数字出版产业转型。"随后，在新闻出版系统落实《规划》的报告中，又将"大力发展数字出版等非纸介质新兴出版产业"列为新闻出版产业振兴的主攻方向。面对数字出版产业强劲的增长势头，新闻出版总署通过制定部门规章和规范性文件，为数字出版实现跨越式发展提供保障。2010年8月16日，总署颁布了《关于加快我国数字出版产业发展的若干意见》，提出了加快数字出版产业发展的总体目标、主要任务以及保障措施。该文件不但具有较强的产业针对性，而且在发展目标上进行了指标量化，包括"到'十二五'末，我国数字出版总产值力争达到新闻出版产业总产值25%，整体规模居于世界领先水平。在全国形成8～10家各具特色、年产值超百亿的国家数字出版基地或国家数字出版产业园区，形成20家左右年主营业务收入超过10亿元的具有国际竞争力的数字出版骨干企业。"①

依据以上宏观政策与目标，新闻出版总署与各地方政府紧密合作，不断推出优惠的产业政策和措施，大力扶持地方数字出版产业发展。2008年7月，总署和上海市政府通过部市合作方式共同打造全国首个国家级数字出版基地——张江国家数字出版基地。此后，总署与上海市政府多次视察并举行联席会议，讨论数字出版基地建设与上海出版产业转型发展等战略事宜。截至2009年年底，数字出版基地已经聚集140余家数字出版及相关企业②，吸引了包括盛大文学、中文在线、"九久读书人"在内的一大批优秀数字出版企业入驻，实现了网络文学、

① 中华人民共和国新闻出版总署：《关于加快我国数字出版产业发展的若干意见》，http://www.gapp.gov.cn/cms/html/21/508/201009/702978.html，2010-09-30。

② 金鑫、李淼：《国内最大数字出版技术企业落户上海》，2009年12月11日《中国新闻出版报》。

互动教育、网络游戏、艺术典藏、手机出版等特色产业的聚集，初步形成了健康有序的产业链结构。2009 年上海数字出版产业总产值达到 185 亿元，比上年增长 50.41%，约占全国数字出版市场 1/4 的份额①。2010 年 4 月 27 日，在新闻出版总署与重庆市委市政府的支持下，全国第二个国家级数字出版基地落户重庆北部新区，标志着重庆数字出版产业发展进入新的历史阶段。成立伊始，维普资讯、享弘数字影视等 39 家企业即入驻该国家数字出版基地。这些企业 2009 年共实现营业收入约 10 亿元，从业人员达 5000 人，数字出版产业集群粗具规模。②

截至 2010 年 9 月，国内有 4 家国家级数字出版基地获批成立，分处东部、西部与中部地区。在产业布局方面，上海张江国家数字出版基地主要在网络文学、网络游戏、电子图书、互动教育、数据库等方面发挥集聚效应；重庆北部新区数字出版基地突出数字出版产业“无线移动、交互性、个性化、跨媒体”的发展方向，重点打造数字报刊、手机出版、数据库出版、按需出版和数字印刷等产业门类；杭州则借助国际动漫节所形成的动漫产业优势，与上海错位发展；华中数字出版基地除了发挥已有的 11 家网络出版机构、10 万余家网站所形成的集群效应，还肩负着提升中部地区数字出版发展水平的战略使命。以上四家国家级数字出版基地基本覆盖了我国数字出版产业的各个方面，为数字出版企业实现跨越式发展提供全方位的战略支持。在政策方面，上海政府专门制定了《上海数字出版业发展引导目录》，明确公布八条优惠措施，包括对数字出版基地的公共服务平台建设提供不超过 50% 的配套资助，单个项目资助总额最高可达 300 万元；对大型数据库建设或改建给予不超过 50% 的一次性配套资助，最高资助额度可达 200 万元；鼓励数字出版企业技术研发和内容原创；对创新性强的数字出版和文化创意产业项目取得的产业化成果（销售收入）给予一次性奖励，奖金最高数额可达 300 万元；对入驻企业的产业化贷款项目给予贷款贴息支持，每个项目贴息期限最高 2 年，贴息数额可达 200 万元；支持数字出版企业进行国内外市场推广以及入驻企业享受房租补贴等。③ 重庆方面也出

---

① 金鑫：《上海新闻出版业总产值达 844.8 亿元》，2010 年 6 月 3 日《中国新闻出版报》。

② 《全国第二个国家级数字出版基地落户北部新区》，http://www.cq.xinhuanet.com/news/2010-04/27/content_19631997.htm，2010-9-30。

③ 刘铭志：《上海推出优惠政策鼓励数字出版业发展》，2009 年 3 月 16 日《中国高新技术产业导报》。

台相应优惠措施，2010 年与 2011 年落实每年 5000 万元专项资金打造国家级重庆数字出版基地及监控平台，企业入驻基地免 3 年房租等。当然，近两年国内各种主体投建的数字出版基地也出现了过热局面，正如总署科技与数字出版司数字出版处处长王强所言："国家级数字出版基地要真正做大做强，必须建立产业与产业之间的桥梁，让产业之间深度融合和充分合作"①，如果各地区只是一味盲目地建设数字出版产业园与数字出版基地，而没有真正聚合数字出版产业链各方优势，并尝试打破地方市场封闭的格局，内容商、技术商、运营商之间利益分享不平衡的态势，版权合理使用等根本性难题，基地的产业拉动效应依然有待估量。

近几年，广东省在文化强省的战略目标指引下，将大力发展数字出版产业作为加快经济发展方式转变的重要突破口，用高科技和新机制推动新闻出版产业的整体转型升级。2009 年，广东省委省政府出台《关于加快提升文化软实力的实施意见》，提出"数字出版是广东文化强省建设的关键性产业"。2010 年 2 月，全国第一个数字出版行业组织——广东数字出版产业联合会挂牌成立，由广东数字内容的生产制作、技术研发、产业运营、教学科研等相关企事业单位组成。②该机构旨在探索数字出版"跨地区、跨行业、跨媒体、跨所有制"战略合作的机制创新之路，为加快构建广东地区的数字出版优势产业群提供支持，同时也为数字出版区域产业发展方式提供可资参考之范例。

把握出版产业升级换代的时代机遇，引导构建和谐产业链，打造创新性商业模式，培养数字出版专业人才已成为当前管理层关注的焦点。隶属于新闻出版总署的国家级出版研究所——中国出版科学研究所与相关硬件厂商和网络服务提供商合作，力图在三网融合等具有良好发展前景的应用领域发挥关键主导作用。2010 年 8 月，研究所主持建立的"电子出版物网络集成发行平台"在京立项，吸引、联合了长虹集团、TCL 集团等硬件终端企业及中国出版集团、中南出版传媒集团等内容企业共同参与。该项目拟建成以内容集成为特征、以数字出版发行为运营方式的资源数据库平台，从音像制品切入，慢慢推广至书报刊领

① 马莹：《数字出版基地热建　产业拉动效应待估》，2010 年 9 月 10 日《中国图书商报》。

② 苏毅：《数字出版：广东文化强省的关键性产业》，http：//wm. zt. oeeee. com/masses/culture/detail. aspx？aid＝2193，2010－09－30。

域，最终构建一个将上游新闻出版机构的丰富内容通过电视等传播平台送达终端用户的完整产业链。① 该项目的核心技术已经实现，未来该平台将采用“内容点击付费＋广告”的商业模式运营。

二　各类数字出版物的发展

近两年，随着数字出版相关技术的发展，形成了较为稳定的数字出版物形态，主要包括电子书、数字报刊、手机出版物、博客等；但各类数字出版物内部却发生着深刻的变化。如电子书领域，平台商的崛起为长期不振的大众阅读市场提供了强劲的增长动力；博客领域，微博的发展呈现完全不同于传统出版物的传播影响力；等等。这种内在的变化既体现了数字出版产业发展的阶段性特征，也预示着产业未来的发展方向。

（一）电子书

一直以来，电子书是带有鲜明纸书痕迹的数字出版物形态，甚至习惯性地沿用了传统图书市场的销售册数、图书单价等度量标准。但是以上特征并不能掩盖电子书市场日趋火热的局面，无论电子书整体收入还是用户数量都呈现爆炸性增长态势，以下主要从内容销售与平台运营两方面勾勒当前我国电子书出版的基本状况。

2009 年，我国电子书读者总数首次破亿，达到 1.01 亿人，比上年增长 27.8%。② 尽管增长速度较 2008 年有所放缓，但仍处于快速增长时期（见表 1）。从销售收入状况来看，数字图书馆仍然是电子书最大的销售渠道。但是数据显示，该市场的销售收入已连续几年维持在 1.22 亿元左右，且市场份额占比逐年下降。2009 年，收费阅读与手机阅读的市场份额总和首次超过数字图书馆。另外，受 3G 发牌，智能手机普及，手机屏幕变大、性能增强、价格降低以及手机收费市场成熟等一系列利好消息的影响，预计 2010 年手机阅读市场产值将出现大幅增长，手机阅读将逐步成为电子书阅读的主流方式。

---

① 程晓龙、李淼：《中国出版科学研究所探索数字内容新出口》，2010 年 8 月 11 日《中国新闻出版报》。

② 中国图书商报社、读吧网：《2009～2010 年度中国电子图书发展趋势报告》，http://news.du8.com/? action-viewnews-itemid－88799。

表 1　2006～2010 年我国电子书业务

电子书业务类型	2006 年		2007 年		2008 年		2009 年		2010 年	
	销售收入（万元）	百分比（%）	销售收入（万元）	百分比（%）	销售收入（万元）	百分比（%）	销售收入（万元）	百分比（%）	销售收入（万元）	百分比（%）
数字图书馆	11000	74.3	12100	71.4	12200	53.9	12250	42.7	12100	20.1
收费阅读	3000	20.3	3700	21.8	6900	30.5	9700	33.8	13700	22.8
手机阅读	300	2.0	650	3.8	3030	13.4	5760	20.1	33000	54.8
专用手持终端阅读	500	3.4	490	2.9	500	2.2	700	2.4	1400	0.23
其他							300	1	—	—
合　计	14800	100.0	16940	100.0	22630	100.0	28710	100	60200	100

注：鉴于《2009～2010 年度中国电子图书发展趋势报告》截至 2010 年 4 月，因此 2010 年统计数据来自报告中的预测数据。

数据来源：中国图书商报社、读吧网：《2009～2010 年度中国电子图书发展趋势报告》，http：//news.du8.com/? action-viewnews-itemid－88799。

随着电子图书馆市场日趋饱和、个人付费阅读习惯的养成，电子书产业的增长动力将逐步由大众阅读市场所取代。然而从目前来看，大众付费市场仍处在粗放型的发展阶段，主要依靠扩大销售种数来带动。2009 年，电子书总量为 97 万种，比 2008 年增长 16 万种①；与之相比，平均每种电子书的销量则呈现持续下降趋势，生产能力强于销售能力的局面没有得到改变（见表 2）。因此，未来在发展个人电子书消费市场的过程中，如何提振销售能力，打造具有畅销实力的优秀电子书，将成为产业可持续发展的关键。

表 2　2006～2010 年中国电子书市场概况

年份	销售种类（万种）	销售册数（百万册）	销售总额（百万元）	平均每种销量（册）	平均每种销售价格(元)
2006	53	38	148	72	3.89
2007	66	43	158	65	3.67
2008	81	49.5	226	61	4.57
2009	97	53.7	287	55	5.38
2010	—	58	598	—	—

注：鉴于《2009～2010 年度中国电子图书发展趋势报告》截至 2010 年 4 月，因此 2010 年统计数据来自于报告中的预测数据。

数据来源：中国图书商报社、读吧网：《2009～2010 年度中国电子图书发展趋势报告》，http：//news.du8.com/? action-viewnews-itemid－88799。

① 中国图书商报社、读吧网：《2009～2010 年度中国电子图书发展趋势报告》，http：//news.du8.com/? action-viewnews-itemid－88799。

在电子书产业向大众消费市场转型的关键时期，连接内容与读者资源的平台商将发挥愈加重要的作用，其中盛大文学与番薯网是近几年国内涌现的最具有影响力的电子书平台运营商。从2008年成立以来，盛大文学一直在网络文学领域进行扎实的战略布局，随着2009年12月24日完成对“榕树下”的收购，盛大文学已经实现网络原创文学90%以上的市场份额，旗下作者队伍将近110万人，注册用户超过6100万人。[①] 2010年3月，盛大文学正式发布电子书战略，推出以云中图书馆为平台的“一人一书”计划，向旗下原创文学网站及报纸、杂志、论坛、博客等内容商提供内容接入服务，开放1亿活跃用户、1100万付费用户、30多万销售终端及覆盖全国的营销体系等，同时还向所有硬件厂商开放电子书解决方案。[②] 这一计划将盛大文学作为电子书平台运营商所掌握的上下游资源进行了有效整合，实现了打通网络文学产业链的战略布局。

内容资源瓶颈是长期以来困扰电子书产业发展的一个重要因素，其背后的核心问题是传统出版社对遭遇盗版和贱卖版权资源的担忧。尽管盛大文学开辟了原创文学这一领域，但在主流出版物的电子书资源开发上仍然存在市场空白。基于此，方正在2009年7月成立了数字图书门户网站番薯网，并在2010年3月推出面向数字图书领域的云阅读平台。该平台从出版社最为关切的版权保护问题入手，建立起一套集数字权利保护（DRM）技术、电子书与移动阅读格式技术、电子书定价标准、销售数据监测等于一身的运行机制，提高了出版社参与合作的积极性。目前，已有包括中信出版社等在内的500多家出版社入驻番薯网，共计提供40万部电子图书的版权。

（二）数字期刊

根据中国出版科学研究所《2010中国数字出版产业年度报告》的统计，2009年数字期刊收入为6亿元，较2007年下降1.6亿元，是数字出版产业中为数不多的出现市场萎缩的领域。[③] 其中，清华同方、万方、龙源期刊、维普四家

---

① 盛大文学官网：《公司概况》，http：//www.sd-wx.com.cn/introduce.html。

② 腾讯网：《盛大文学发布电子书战略　推“一人一书”计划》，http：//tech.qq.com/a/20100310/000351.htm，2010-09-30。

③ 程晓龙、李淼：《2009年数字出版产业收入达799亿元》，2010年7月21日《中国新闻出版报》。

企业几乎垄断了整个互联网期刊市场，而身处产业另一端的 ZCOM、Xplus 等电子杂志商则面临严峻的生存危机。

截至 2009 年 11 月，我国有 90% 的科技期刊已经通过互联网进行全文服务，形成大规模集群上网的格局。同时，据不完全统计，已有 200 多种科技期刊采用在线编辑审稿系统，100 多种期刊实现网上同步开放存取。当然，目前学术期刊最普遍的数字化方式仍然是加入中国知网、万方、维普等大型数据库，并形成了由这几家信息服务公司主导的学术期刊网络出版格局。因此，尽管学术期刊在互联网期刊市场中占据主要份额，但是学术期刊出版商从中获取的收益则微乎其微。从国外网络学术期刊发展的进程来看，内容数字化仅仅是学术期刊数字出版的初级形态，在随后的发展过程中更需要出版商结合期刊自身特点对内容进行加工整理、元数据标引，并融合多媒体图像、声音、视频等元素，为用户提供更具有竞争力的增值服务。除此之外，针对学术期刊专业性强的特点，搭建垂直型数字出版网络营销平台不失为出版商切入数字出版的可行方式。具体做法是通过整合本行业内的权威期刊，完善相关知识库与专家库的建设，采取合理的利益分成方式，从而提高行业内期刊参与数字出版的积极性。

大众类的电子杂志业从 2003 年开始兴起，在 2006 年达到高峰。当时全行业吸收了 1 亿美元的风险投资，但随后几年，主流企业纷纷倒闭或者走到了破产边缘。2010 年腾讯策划的中国互联网死亡样本调查《大败局》中，电子杂志行业以 100% 的死亡率高居榜首（见表 3）。这类企业以 ZCOM 为代表，其主要的商业模式是通过为用户免费提供具有多媒体效果的电子杂志获取注意力，然后以此为基础赚取广告收益。但由于这类电子杂志在内容上主要以网友原创为主，并不能像传统杂志那样精准、有效地聚焦目标读者，因此无论是在杂志销售还是在广告销售上都无法实现可持续收益。另外，虽然这类产品具备多媒体的绚丽效果，但在本质上并不符合开放分享的互联网精神。其做法是将原创内容打包制作到一份电子杂志中，读者需要下载阅读器才能阅读，在内容价值不高的情况下使用的时间成本过高，极大地限制了发行量的扩大。因此，从某种角度来说，这一波电子杂志业的衰落是其行业本身定位的失败所致，它既没有大量吸收传统期刊内容以实现优质资源传播，也没有坚持开放互享精神以培养泛社区用户，因此走入效益不佳的尴尬困境。

表3　电子杂志业“死亡”样本调查分析

现　　状	曾吸引上亿美元投资，无一成功，热门行业蜕变成媒体衍生小产品	
原　　因	收费模式不受欢迎，产品违反互联网精神，用户使用时间成本太高	
代表企业	ZCOM	创始人出局并裁员，网站低成本运营
	Xplus	裁员并低成本运作
	Zbox	已倒闭，域名做其他用途
	澜 Lan	2009 年 11 月停刊
	YOKA 时尚网	2007 年停止电子杂志项目
	POCO	已转型做图片兴趣互动分享社区

数据来源：胡祥宝：《电子杂志行业全军覆没　上亿美元风投全打水漂》，http：//tech. qq. com/a/20100804/000162. htm。

与 ZCOM 等相反，龙源期刊网却在坚持中文期刊网络传播的道路上越走越顺。截至 2010 年 7 月，龙源期刊网的注册用户较 2009 年增长了 200%，每天在线阅读龙源数字期刊的用户数量达 15 万余人次，比上年同期增长 180%。与此同时，各传统期刊社作为龙源期刊网的合作伙伴，其数字阅读收益也逐年提高，最高的增幅为 50%。① 龙源的成功首先与其一直以来倡导的“知识有价，付费阅读”的发展理念有着直接关系，在满足读者个性化阅读需求的同时，更好地照顾到传统期刊社数字化传播的利益诉求，每季度向各期刊社免费提供《季度龙源期刊报告》，为其选题策划提供科学依据。另外，2009 年 11 月 24 日，龙源期刊网创新性地提出“网络发行量”概念②，打破了期刊的发行量只限于传统纸质版形式的局限，首次将杂志电子版内容在网络上的传播数量也统计进来，不仅为刊社的广告营收和品牌拓展提供科学支持，更对数字期刊业的健康发展产生积极影响。

根据 2009 年龙源期刊网发布的报告，当前中文期刊网络传播有几大重要发展③：（1）期刊网络阅读量节节攀升，2009 年度 Top100④ 期刊国内阅读的访问

① 《创新出版模式　推动期刊数字阅读繁荣》，http：//news. xinhuanet. com/tech/2010 - 07/26/c_12372581. htm，2010 - 09 - 30。

② 《龙源期刊网推出网络发行量概念》，http：//tech. sina. com. cn/i/2009 - 11 - 24/12213619597. shtml，2010 - 09 - 30。

③ 龙源期刊网络课题研究组：《2009 期刊网络传播：媒体变局中的期刊蓝海》，《传媒》2009 年第 12 期。

④ 自 2005 年岁末，龙源期刊网对其合作期刊的网络传播排名前 100 的数据进行统计并发布，目前发布内容包括 TOP 期刊、TOP 类别、TOP 文章、TOP 项目和 TOP 活跃用户。

量超过1616.4万次，较2006年增长351%；（2）品牌阵容正在形成，演绎出“好文章催生好栏目，好栏目成就好期刊”的良性循环关系；（3）用户的阅读手段趋向成熟，TOP100关键词的检索次数与2007年相比增长迅速，是2007年的2.3倍多，其中刊名的检索次数增长10倍多。

综上所述，随着网络期刊用户价值的提升，网络期刊平台的作用得到凸显。对于网络期刊的平台商而言，则需要更多着力于行业发展的基础建设，如跟踪网络发行量、明确各方权利义务分担机制及产品定价原则等，从而促进健康共赢的网络期刊传播产业链的形成。

（三）数字报纸

报业是传统出版产业中遭受数字化冲击最强烈的领域之一。早在2006年，新闻出版总署在《全国报业出版业“十一五”发展纲要》中就提出要“大力发展数字报业”。但是，《2010中国数字出版产业年度报告》的统计显示，数字报（网络版）收入仅为3.1亿元，依旧与成熟产业的规模相去甚远。截至2008年年底，全国总共有数字报纸697份，300家报社开展了数字报业务。[①] 但从形态上看，大多仍处在初级摸索阶段，仅是传统报纸简单的数字化；从运营情况看，大部分报业集团尚没有树立整体转型的发展意识，更多地停留在局部数字化尝试的阶段。

当然，由于面临数字化的持续冲击，近几年一些报业集团已逐步从运行机制、部门架构、内容生产、平台建设等方面对集团资源进行整合以适应数字报业发展的要求。2007年10月29日，烟台日报报业集团启动全媒体数字复合出版系统的研发，实现了用户管理、内容管理、线索管理、选题管理、任务管理和数据库管理的统一，经过一年多的运行，内容生产模式发生改变，新闻产品不再需要认为排列；媒体质量提高，集团所有内容向网站全面开放，流量明显提升；生产成本降低，新闻中心的记者从90人变成70人。[②] 2009年4月，广州日报新媒体传媒公司成立，该公司引进包括年薪制在内的社会化管理体制，吸引人才加入。[③] 2009年6月，宁波日报报业集团投资3000万元的数字报业技术平台项目

① 陈华胜：《数字报业当前亟待突破的五大问题》，《传媒》2009年第9期。

② 郑强：《从传统报业到全媒体的探索——烟台日报传媒集团的全媒体战略与实践》，http://www.100xwcb.com/HP/20100512/OTD126167.shtml，2010－09－30。

③ 牛春颖：《试水数字报业　探路者各展所长》，2009年7月2日《中国新闻出版报》。

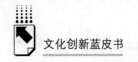

开发完成并投入使用。[①] 该项目将集团的内容生产、经营、管理等业务进行整合后统一纳入技术平台，打通了集团原来各部门间的信息孤岛状态。

另外，一些都市报开始有意识地探索报业网站的运营规律并形成了独特的功能定位。2009 年 11 月，《北京晚报》建立了一家新闻图片网站——北晚新视觉网。[②] 该网站的发展并没有沿用传统报纸数字化的惯性思维，而是首先分析自身的资源禀赋，即北京市区 50 余年的历史图片资源，其次明确自身所要服务的对象，即关注北京历史文化、倾向于视觉阅读的互联网用户，最终通过设计网站产品以满足这类用户的特殊需求，形成自身的核心竞争力。该网站对外是以都市特色为主的视觉网站，对内则打造在线图片库，方便编辑寻找图片资料，节省到商业图片网站购买图片的费用和时间。从 2009 年图片网建立至今，它一共为《北京晚报》节省了 30 万元资金。

尽管经过十几年的艰难探索，报业数字化整体上仍然没有形成一套成熟的运作模式，但是转型升级的共识已达成，并且在局部领域取得了内容生产与经营模式的创新成果。未来的数字化发展道路，依然充满挑战，将更多地考量报业出版人在新媒体环境下创新性的发展思路与数字资源的运作能力。

（四）其他类型数字出版物

相比数字书报刊，以手机出版为代表的全新数字出版物是当前数字出版产业的重要领域，同时它也引领数字出版向着更高层次发展，体现出 web2.0 背景下用户参与、交互、分享等出版特征。以下主要介绍近两年来手机出版与博客出版的进展情况。

1. 手机出版

随着移动通信技术的完善、用户付费模式的成熟，2009 年手机出版（包括手机音乐、手机游戏、手机动漫、手机阅读）已成为我国规模最大的数字出版类型，产值达到 314 亿元。易观国际报告显示，截至 2010 年上半年，中国手机阅读市场活跃用户规模达到 2.3 亿人次，同 2009 年下半年相比增长 26.60%。[③]

---

① 《宁报集团数字报业技术平台投入使用》，http://media.sohu.com/20090612/n264495699.shtml，2010-09-30。

② 陈国权：《新媒体需要新思维——北京报纸网站发展思维解析》，《中国记者》2010 年第 8 期。

③ 文婧：《手机阅读悄然走红　利益分成掣肘市场发展》，2010 年 8 月 24 日《经济参考报》。

艾媒市场咨询发布的《2009～2010中国移动互联网阅读市场状况调查》显示，2009年中国手机阅读市场的规模将达30亿元并且将保持较快增长，2010年将达46亿元，2013年突破百亿大关。①

基于手机阅读的良好商业前景，各大运营商都积极投身手机阅读市场。初期最先兴起的是彩信手机报业务，它主要由具备新闻采编资格的传统媒体提供内容；在营销和发行方面，则依赖于电信运营商的推广。随着3G时代的到来，彩信容量增加数倍。2009年11月，国内首份视频手机报《新闻周刊——每日聚焦》诞生②，该报由中国移动与中央电视台合作推出，以央视特有的深度报道和视频体现为亮点，满足人们对突发事件视频的需求。截至2010年上半年，手机报在手机网民中的渗透率仍然很高，达到了56%③，活跃用户持续增长。

尽管如此，由于手机报采用套餐捆绑的商业模式，因此市场空间有限。目前，运营商已将更多精力投入面向图书、动漫、杂志等综合内容的手机阅读基地建设上。2009年3月，中国移动宣布未来5年计划在浙江投资5亿元建设移动阅读基地，通过与上下游企业建立合作关系打造传统读物的新型数字发行渠道。截至2010年5月，移动阅读基地已经跟包括中国作家出版集团、湖北长江出版集团、中信出版社、盛大文学在内的35家出版社、网站和版权公司建立了合作关系，积累了6万种图书。其中93种书的下载和点击量超过1000万次，最畅销的一本书达到了2.3亿次。④ 2010年9月8日，中国电信数字阅读基地——“天翼阅读”正式发布，与中国移动确立的六四分成相比，中国电信提高了内容商的分成比例，二者按55∶45的比例进行利益分配。⑤

由于移动运营商在国内手机出版产业链中所占据的强势地位，一直以来传统出版社等内容提供商在合作过程中处于被动局面，但随着手机阅读对优质内容的

---

① 尹晓宇：《“手机阅读”悄然升温　运营商终端商圈地如火如荼》，2009年12月18日《人民日报（海外版）》。

② 吴卫群：《手机报能看视频新闻》，2009年11月4日《解放日报》。

③ 吴凡：《手机阅读族达2.3亿》，http：//www.chuban.cc/sz/sj/201008/t20100824_76103.html，2010－9－30。

④ 马晓芳：《中移动手机阅读业务正式上市　计划烧钱三年》，2010年5月6日《第一财经日报》。

⑤ 《天翼分成比例出炉　中国电信占55%》，http：//tech.xinmin.cn/3c/2010/09/06/6677876.html，2010－9－30。

需求不断增长，后者的议价能力有所提升。如何有效平衡产业链上下游，尤其是运营商与内容商之间的利益分配，直接影响未来手机阅读产业的发展前景。

2. 博客出版

《2008～2009中国博客市场及博客行为研究报告》显示，2008～2009年6月，国内博客用户规模持续快速扩大，截至2009年6月底，我国博客用户规模已经达到1.81亿人，博客空间超过3亿个。[①]

博客从2002年开始在国内兴起，2004～2006年间经历了一个快速发展时期。其间网民对博客的认知程度明显提高，博客用户数量和活跃博客作者数量发展势头良好。2007年，随着各大门户网站对博客频道的重视，用户群开始向主流门户转移，并逐步形成较为固定的博客群落。2008年，国内博客发展进入了新的阶段，随着校内网、开心网等一大批社交网站（Social Network Site，SNS）的崛起，用户之间的互动交流更为便捷，这也使得众多网站用户转型成为活跃的博客用户。2008年博客用户规模激增245%，活跃博客更是增长了413%（见表4）。[②]其间，汶川地震、北京奥运会等重大事件进一步促发了博客用户的写作积极性。2009年数据显示，在博客作者中保持每天更新的达到19.7%，与2007年相比超出10.7个百分点。[③]

表4　2007～2009年6月中国博客发展概况

项目 年份	用户规模（万人）	用户规模增长率（%）	活跃博客数（万人）	活跃博客增长率（%）
2007	4700	37	1701	84
2008	16200	245	8732	413
2009.6	18100	12	11348	30

数据来源于CNNIC《2008～2009中国博客市场及博客行为研究报告（2009年7月）》，http://www.cnnic.cn/uploadfiles/pdf/2009/10/10/105733.pdf。

① CNNIC：《2008～2009中国博客市场及博客行为研究报告（2009年7月）》，http://www.cnnic.cn/uploadfiles/pdf/2009/10/10/105733.pdf，2010-9-30。

② CNNIC：《2008～2009中国博客市场及博客行为研究报告（2009年7月）》，http://www.cnnic.cn/uploadfiles/pdf/2009/10/10/105733.pdf，2010-9-30。

③ CNNIC：《2008～2009中国博客市场及博客行为研究报告（2009年7月）》，http://www.cnnic.cn/uploadfiles/pdf/2009/10/10/105733.pdf，2010-9-30。

2009 年 8 月，新浪推出“新浪微博”内测版，成为门户网站中第一家提供微博服务的网站，同时也将这一“非正式博客”带入主流人群。随着互联网由提供信息服务向提供平台服务延伸，强调即时传播、互动分享的播客、微博客等 web2.0 服务模式将成为博客发展的新趋势。与此同时，博客也逐步进入了健康发展的良性轨道。83.6%①的博客作者认同网络世界与现实生活有着相同的道德价值观，认为博客作者发布在网上的言论同样要受现实生活中道德与法律制度的规范。由于博客愈加表现出网络世界与现实生活的交互延伸特征，用户对于彼此间身份真实性的客观需求将为国内博客的健康发展乃至商业应用奠定良好基础。

三 数字出版技术与标准

技术是数字出版发展的根本动力，如电子纸技术的成熟极大地促进了电子阅读器的繁兴，继而深刻地影响了广大用户的阅读习惯；标准则是产业发展的基础前提，近几年随着数字出版相关标准的制定和出台，产业正逐步朝着健康可持续的方向发展。以下主要从电子阅读器、语义出版技术、电子书标准、手机出版标准等方面概述数字出版技术与标准的发展状况。

（一）数字出版技术

近几年，数字技术的发展愈加深刻地影响着出版业的发展走向，一方面是以电子纸技术为代表的硬件技术，另一方面则是以语义网络技术为代表的内容组织层面的技术，而有效地将先进的技术转化为生产力，继而推进出版产业的转型升级，是两者共同的价值目标。

1. 电子书阅读器

2010 年，电子书延续了 2009 年的火热发展态势。据预测，2010 年我国的电子书阅读器销量将从 2009 年的 80 万台跃升至 300 万台，达到全球市场的 20%。② 根据《2009～2010 年度中国电子图书发展趋势报告》的判断，国内终端

---

① CNNIC：《2008～2009 中国博客市场及博客行为研究报告（2009 年 7 月）》，http://www.cnnic.cn/uploadfiles/pdf/2009/10/10/105733.pdf，2010－9－30。

② 姜晓云：《风头正劲　2010 是电子书之年》，2010 年 5 月 5 日《北京日报》。

市场的引爆有三方面原因：一是电子纸技术的成熟；二是国际市场上 Kindle 的成功示范及引领潮流作用；三是国内大量电子书阅读器广告的投入。

当下主流的显示屏技术是 E-ink 电子墨水技术，通过对带正负电的颗粒施加电场作用，阅读器可以在无电和微电状态下维持显示，并且无论从任何角度或在强光照射下都能达到较好的显示效果。传统的 E-ink 技术只能实现单色显示，但是随着技术的升级，彩色电子纸也已研发成功。汉王将在 2010 年 11 月首发 E-ink 彩色电纸书，成本方面比普通电子纸增加约 30%。[①] 终端技术的发展，尤其是显示技术的成熟为电子书市场带来了崭新的活力。

目前，我国电子书市场处于群雄割据的局面。各方力量都积极介入这一新兴领域（见表 5），并且不一定固守产业链的某一环节。基于庞大的内容与用户资源，盛大文学于 2010 年 8 月宣布推出电子书“锦书”（Bambook），正式进军阅读器市场，力图构建贯穿内容、渠道与终端的电子书产业链。由于其 999 元的售价远低于市面上同类产品的价格，势必将引发电子书市场新一轮消费热潮。

表 5　电子书主导模式

主导模式	代表企业
电子书门户	盛大文学、方正番薯网、中文在线 17k
出版商主导模式	上海世纪出版集团、中国出版集团、读者集团
运营商主导模式	中国移动手机阅读基地、中国联通、中国电信
终端商主导模式	汉王、翰林

以汉王为代表的终端制造商则在推出更多功能强大的电子书阅读器的同时，积极谋求与内容商的深层次合作，甚至提出照顾内容商利益的二八分成方案，以实现向产业链上游延伸的战略目标。2010 年 8 月 23 日，汉王科技与天津日报传媒集团、天津出版集团发起成立天津数字出版战略联盟[②]，为优秀书籍进驻汉王书城奠定版权合作基础。

作为内容提供商的传统出版社对此并非无所作为。2006 年以后，传统出版

① 刘迎建：《首款彩色 E-ink 电纸书 11 月发布》，http：//www.dayoo.com/roll/201009/01/10000307_103427280.htm，2010 -09 -30。

② 《汉王科技助力天津数字出版战略联盟成立》，http：//www.chuban.cc/sz/bk/201008/t20100831_76428.html，2010 -09 -30。

社对自身内容版权的重视程度不断提高，除了谨慎地与技术提供商签订合作协议，更是加快了自主布局数字出版蓝图的步伐，同时部分出版机构还积极切入硬件制造领域。2010 年 3 月 31 日，上海世纪出版集团发布了全球首款由出版机构出品的阅读器——辞海阅读器，该阅读器整合了世纪集团旗下 17 家出版机构、44 种期刊、5 种报纸等优秀书报刊资源。① 除此之外，中国出版集团于 2010 年 4 月 24 日推出了大佳阅读器，该阅读器预装了来自其旗下 16 家出版社的 108 种畅销、常销精品图书，同时内置的 TD 模块可提供 3G 高速下载，通过与中国移动合作，出版集团为读者提供为期 3 年的免费上网服务。以上举措，彰显了当下国内一些优秀出版社主动参与数字出版市场竞争的决心，但是希图凭借自身相对有限的内容资源统摄数字出版产业链的做法，迄今为止仍然是值得商榷的。

针对当下愈演愈烈的“全产业链”行为，新闻出版总署已经在研究对参与数字出版与数字传播的企业采取分类管理的办法，将数字内容出版企业、数字化内容加工企业、数字化内容投送及传播企业区分开来，分别授予资质。通过授予不同资质，电子书市场的准入门槛将再次提高，出版社或许将放弃硬件业务，产业链各方的利益格局或有出现重大调整的可能。

2. 语义出版技术

无论国内外，语义出版已逐步由早期关于理想化数字出版模型的研究过渡到如何改进和提升出版流程，实现信息内容增值等实践层面的探索。在语义网技术向数字出版领域不断渗透的过程中，数字内容的结构化成为产业发展的大势所趋。

2008 年，作为广东省新闻出版局“出版流程再造工程”的试点单位，汕头出版社将主要精力集中于语义编辑技术的研发，对数字内容进行自动化分析、分类、整理、概括等工作，最终将语言文献中的知识结构和关系展示出来，在词、篇章、内容等三个逻辑结构层面上达到对语言文献精确、完整的分析，使内容商所提供的信息内容能够被读者以快速、准确、结构化的方式获取。2010 年 7 月，人民出版社在语义自动识别技术方面取得初步成果②，研发的语义识别工具除了

① 《“辞海悦读器”突破电子书行业瓶颈》，2010 年 4 月 1 日《文汇报》。

② 《人民出版社探索语义自动识别技术获得可喜成果》，http：//www. keyin. cn/news/zhhd/201007/21 －310120. shtml，2010 －09 －30。

采用先进的计算机检索技术外，还深入分析和巧妙运用了人们思维、语言以及阅读查询等方面的规律、规则和习惯，形成准确率较高的知识关联与语义识别，是一种技术与内容有机结合的产物。除此之外，全国还有其他一些出版机构也在进行相同或类似的探索，以语义自动识别为标志的知识资源开发产业正在逐步形成。

但是必须看到的是，与发达国家相比，我国在语义出版技术的实践上还有很大的差距。在国外，一些通讯社、报纸网站主动研发或者采用先进的语义出版技术，并积极推广商用。如世界著名的路透社（Reuters）在2008年就推出了Calais语义网服务[①]，该服务使各类发布者、博客和网站能够自动在其内容中为人物、地点、事件等设定元标签（metatag），以增强搜索的相关性。华盛顿邮报旗下的石板杂志（Slate Magazine）借助Calais服务，为其扫描的文章加注标签，并且建立关系，从而形成一个由无数标签构成的"语义社区"，实现新闻内容的价值增值与可视化。对于身处信息爆炸时代的数字出版业来说，其核心的使命在于帮助用户更加及时地找到更贴合其需求的知识和内容，这不仅需要技术手段的升级，更需要出版理念的更新。唯有如此，历来作为信息传播中介的出版商才有可能在web2.0向3.0过渡的数字化时代保证自身的生存与繁荣。

（二）数字出版标准

近几年随着数字出版产业的不断发展，相关领域的标准缺失与滞后已成为制约产业发展的关键瓶颈。为此，新闻出版总署署长柳斌杰在2010年初提出"要加快推动新闻出版标准体系，特别是新业态标准体系建设"。[②] 8月16日公布的《关于加快我国数字出版产业发展的若干意见》更是提出要"坚持'基础、急用'标准先行的原则，尽快制定各种数字出版相关的内容标准、格式标准、技术标准、产品标准、管理和服务标准"。

其中电子书标准受到格外关注。早在2005年，为解决不同格式电子文档的互联互通问题，北京书生公司就联合中文2000、TRS、汉王、中标等近十家业界

---

① 刘继中：《路透社1日发布Calais网络服务开放式API》，http://news.xinhuanet.com/newmedia/2008-02/02/content_7553852.htm，2010-09-30。

② 金霞、马莹：《三问数字出版标准之"乱象"》，2010年6月26日《中国图书商报》。

同行共同推出了非结构化操作标记语言（UMOL）。作为全球第一个能够解决电子文档之间互操作难题的解决方案，UMOL 标准已于 2008 年 11 月成为国际开放标准组织开放存取 SIS 的标准。2010 年 4 月全国信息技术标准化技术委员会宣布电子书标准工作组成立，根据电子书产业实际的标准需求，工作组分为三个小组分别开展工作：（1）终端标准制定组，主要负责产品相关标准的拟定；（2）内容格式标准制定组，包括图片、文档等内容格式的制定；（3）标准体系制定小组，主要负责基础标准框架的拟定。值得注意的是，电子书标准的制定工作不仅有方正、汉王等技术厂商的参与，更受到外语教学与研究社等出版企业的重视。这无疑有助于保障内容提供商在电子书产业发展中的利益。

手机出版标准的制定同样受到各方重视。2009 年 4 月 21 日，国家新闻出版总署开始启动《手机出版标准体系》等行业标准的制定工作，首批启动的手机出版标准包括《手机出版标准体系》、《手机出版内容监管》、《手机出版呈现格式》三种。《手机出版标准体系》是总体规划，指导手机出版标准制定工作有计划、有步骤、长期、持续地开展；《手机出版内容监管》和《手机出版呈现格式》则分别侧重于规范手机出版的内容和规定手机出版作为出版物的格式要求。目前，中国出版科学研究所承担全国新闻出版技术标准委员会的工作，主要从三个方面推动手机出版标准的制定：第一，制定一套手机出版的标准体系；第二，使用手机出版的成像格式标准；第三，制定手机出版的监管标准。

行业标准方面，现阶段比较合理的做法是由政府部门牵头，引导组织出版领域的企业和研发机构参与数字出版相关标准的制定，其目的是充分表达和体现包括出版商、技术服务商、运营商在内的各市场主体的利益诉求，从而形成一套相对合理的利益分享机制，减缓行业内部由于利益分享不平衡所导致的标准恶性竞争。在此基础上，充分借鉴国外成熟标准，如 EPUB 格式标准，同时兼容国内现有的优质标准，在全行业共同协商的前提下尽快推出基础性的系列标准。

四　数字版权

数字出版运作的核心是内容资源的版权，数字版权因此成为管理部门与业界各方共同关注的焦点。其中管理部门主要在保护数字版权、打击网络侵权方面采取相关措施，而这方面的工作也得到了各种相关行业协会的大力支持。2010 年初，国家版权局联合中国版权协会、中国互联网协会和北京市版权局，组织 100 余家互联网企业共同发布《中国互联网企业版权自律宣言》，支持推动手机媒体开展行业自律活动，并依托中国版权协会等行业中介组织开展版权纠纷调解服务。根据当前网络侵权盗版逐步呈现集团化、专业化、高技术化的特点，2010 打击网络侵权盗版专项治理“剑网行动”从 7 月 21 日开始在全国启动[①]，针对手机移动媒体和技术服务网站专门采取教育与打击相结合原则，一方面，加大对手机移动媒体和技术服务网站的主动监管，严厉打击手机移动媒体领域的侵权盗版行为，查处和曝光典型案件；另一方面，继续推进《中国互联网企业版权自律宣言》活动，依托手机移动媒体行业协会、中介组织和运营商，组织引导手机移动媒体加强行业自律。2010 年 5 月，中国文字著作权协会（以下简称“文著协”)、“数字版权认证中心”在北京揭牌[②]。该认证中心通过建立专业、科学、高效的数字版权认证机制，对数字版权资质的真实性、有效性进行认证。同时，文著协与汉王科技签订合作协议，双方将在维护作者权益、保护正版、版权使用等方面进行合作。

尽管如此，近两年来不断出现的有关数字版权的热门事件依旧提醒业界，要真正实现数字版权合理使用与有效管理任重而道远。2009 年 10 月 13 日，据央视《朝闻天下》报道，谷歌数字图书馆涉嫌大范围侵权中文图书，570 位权利人的 17922 部作品未经授权被谷歌扫描上网。[③] 此举顿时引发了国内作家的强烈不满。随后，谷歌公司发出每人每本书 60 美元的赔偿声明，但是遭到著作权人的集体抗议。此后，中国文字著作权协会代表中国著作权人与谷歌进行多次谈判，但在是否“侵权”问题上仍存在分歧。事实上，针对谷歌数字图书馆的争议由来已久，一方面，数字图书馆打破了时间和空间的限制，实现人类知识的广泛传播，似有满足公众需求之利；但另一方面，如果未经著作权人允许就通过互联网将作品提供给用户，显然有违著作权法的基本准则，也将从根本上阻碍优秀文化产品

① 璩静:《版权局打击网络侵权盗版治理“剑网行动”答问》，http：//www. gov. cn/jrzg/2010 - 07/21/content_ 1660717. htm，2010 - 09 - 30。

② 《数字版权认证中心成立》，2010 年 5 月 11 日《人民日报》。

③ 《谷歌涉嫌侵权　中国著作权人集体维权战一触即发》，http：//book. people. com. cn/GB/69839/171374/，2010 - 09 - 30。

的生产动力。该案并非孤案，2010年5月27日，龙源期刊网法人代表汤潮拒绝支付总额两万多元的罚款①，主动接受行政拘留惩罚一案引起业内的普遍关注。其争议焦点在于：一方面，尽管龙源逐一与合作期刊社签署了授权协议，明确规定了期刊社的收入中作者著作权权益的比例，但并没有履行作家授权这一前提步骤，因此无法实质性保障作家和期刊出版社的利益；另一方面，对于数字运营商来说，要严格按照《著作权法》、《信息网络传播权保护条例》所规定的“先授权，后传播”方式从作者那里一一获取数字版权确实存在很大的操作难度。基于此，2010年6月11日中国期刊协会召开“网络环境下期刊信息网络传播权问题”研讨会，探讨的核心问题正是在网络传播的大潮中如何形成符合各方利益诉求并有利于数字出版发展的版权保护机制。

可以说，当下层出不穷的作者状告数字内容运营商案件凸显了数字出版领域的授权困局。由于国内纸质版权与数字版权相分离，并且大部分数字版权掌握在作者手中，因此授权效率低下而且成本过高。因此，今后应探索一种新的商业模式和机制来解决授权难题，例如在合理协商作者版权价值的条件下，由从前的点对点授权转变为面对点授权，由集体协会或出版社在其中充当版权代理人的角色以提高授权效率，等等。

五 结语

近几年，随着数字技术与出版业的快速融合，我国数字出版业表现出更为强劲的发展势头，并且呈现新的发展特点：首先，是产业融合加剧，在出版、传媒、网络、电子、电信等行业界限不断消解的同时，创新性商业模式逐步形成，如盛大的“内容+终端”模式，方正的数字图书B2C模式，等等；其次，是数字化转型升级加快，传统出版商正在从抱怨数字化冲击转变为主动迎接挑战，从运行体制、资源整合等方面重塑自身的核心竞争力，其中报业集团在此番探索中取得了初步进展；最后，是跨媒体发展加速，手机、阅读器等移动终端掀起移动化出版浪潮，真正将出版业带入全媒体出版的新境界，优质内容在获得更为宽广的输出渠道的同时，也有望获得持续性的商业回报。与此同时，数字出版的宏观

① 《“龙源案”引爆数字版权困境》，2010年6月23日《中国图书商报》。

管理方式、产业相关技术标准的建立、数字版权保护与利用等问题又鲜明地摆在这个日新月异的产业面前。因此，唯有政府管理部门与内容提供商、技术服务商、移动运营商等产业链各方积极携手，合力共赢，才可能突破制约产业发展的种种瓶颈问题。

An Review on China's Digital Publishing from 2009 to 2010

Xu Lifang　Cong Ting　Fang Qing

Abstract: With ICT's penetration into almost every section of publishing industry, digital publishing is experiencing a great growth and is during a continued transition stage. The article reviews the practice situation in the areas such as eBooks, online journals and newspapers, blog publication, mobile publishing and digital copyright protection etc., and then points out the current situation and the most focused problems in above-mentioned fields.

Key Words: Digital publishing; EBook; Online journal; Digital copyright

B.20

文化创意产业与中国传媒的融合与发展

张卓　石义彬*

摘　要： 面对全球文化创意产业的勃兴，中国传媒兼具双重任务：其一可谓“本体性”任务，在各个国家有关创意产业的纲领性文件中，广播电视等传统媒体，以及互联网等新兴传媒都从属于创意产业的大范畴，是其重要组成部分，也是其发展的中坚力量；其二是“工具性”任务，文化创意产业理念与意义、成果与产品的传播扩散有赖于与中国传媒的融合发展。本文将围绕这两大任务，探讨本年度文化创意产业与中国传媒在政策引导与实践表达层面的融合发展，以及由其引发的传媒理论思考。

关键词： 文化创意产业　传媒　网络　融合

2010 年 10 月 31 日，为期 6 个月的上海世博会，以累积参观人数 7308.44 万①的成绩刷新多项世博纪录。继 5 月 20 日上海被联合国教科文组织授予“创意城市网络——设计之都”② 的称号之后，上海再次吸引世人眼球，成为全球各国展示创意的绚丽舞台，世博会让更多人身临其境地感受文化创意产业的魅力与美丽。或许是一种巧合，更或许是一种必然，现代意义上的首届世博会于 1851

* 张卓，博士，武汉大学新闻与传播学院副教授，主要从事广播电视研究；石义彬，博士，武汉大学新闻与传播学院教授，博士生导师，主要从事传播学研究。

① 数据来源：http://www.expo2010.cn/yqkl/indexn.htm。

② “创意城市网络”（The Creative Cities Network）是全球创意产业领域最高级别的非政府组织，旨在通过创意产业促进城市经济以及社会文化的发展，加入其中的城市被分别授予 7 种称号——文学之都、电影之都、音乐之都、设计之都、媒体艺术之都、民间艺术之都和烹饪美食之都。2008 年 11 月，深圳被正式批准为第 6 个“设计之都”；2010 年 2 月，中国成都被授予“美食之都”称号。上海是全球第 7 个以设计为主题的创意城市，也是世界第 21 个加入“创意城市网络”的城市。

年5月1日在英国伦敦举办，如今的英国已成为世界创意产业的标杆国家。上海市经济和信息化委员会的数据显示，申博成功以来，上海创意产业增加值从2004年的493亿元增至2009年的1148亿元，占全市GDP比重从5.8%提高到7.7%以上；2009年上海创意产业总产出3900亿元，增加值比2008年增长17.6%，从业人员95万人。[①] 世博会给予上海以及中国的是创意产业的新起点。面对全球文化创意产业的勃兴，中国传媒兼具双重任务：其一可谓“本体性”任务，在各个国家有关创意产业的纲领性文件中，广播电视等传统媒体，以及互联网等新兴传媒都从属于创意产业的大范畴，是其重要组成部分，也是其发展的中坚力量；其二是“工具性”任务，文化创意产业理念与意义、成果与产品的传播扩散有赖于与中国传媒的融合发展。本文将围绕这两大任务，探讨本年度文化创意产业[②]与中国传媒在政策引导与实践表达层面的融合发展，以及由其引发的传媒理论思考。

一　作为文化创意产业“本身”的中国传媒

20世纪90年代，随着我国由计划经济体制向市场经济体制的转型，新闻媒体具有了“事业性单位，企业化运作”的双重属性。“中国新闻媒体双重属性的确立为新闻媒体走向市场提供了理论支撑，并由此引发媒体经济的起飞。……传媒业不但成为中国国民经济的一个支柱产业，而且，无论从产值看，还是从社会影响力看，传媒业已经成为中国文化产业的龙头老大。”[③] 文化部文化产业司司长王永章曾撰文指出：“创意产业与文化产业的绝大部分内容是交叉的。严格地说，如果剥离了目前我国所涉及的文化产业的内容，创意产业的内容所剩无几。”[④] 因此，将具有了文化产业属性的中国传媒纳入当今文化创意产业的研究视野便是顺理成章之举。在这个意义上，中国传媒成为文化创意产业的构成部分

---

① 数据来源：http://www.creativecity.sh.cn/creativeshanghai1.aspx。

② 我国官方文件、学术研究和媒体报道的概念表述中，既有“文化产业”，又有“创意产业”，还有“文化创意产业”，三者常常相互替代、混淆使用。基于与国际接轨并兼顾中国特殊文化属性的双重需要，除原文引用外，本文采用“文化创意产业”作为一个相对周全的表达。

③ 李良荣：《论中国新闻媒体的双轨制》，《现代传播》2003年第4期。

④ 王永章：《“文化产业”与“创意产业”探析》，2007年3月29日《中国文化报》。

之一得益于体制改革。

2009年7月22日，国务院讨论并原则通过《文化产业振兴规划》。作为新中国成立60年来首次对文化产业作出的规划，它明确指出要“结合当前应对国际金融危机的新形势和文化领域改革发展的迫切需要”，“将文化产业培育成国民经济新的增长点”，重点发展文化创意、影视制作、出版发行、印刷复制、广告、演艺娱乐、文化会展、数字内容和动漫等产业，积极推进广电网络的区域整合和跨地区经营，鼓励非公有资本进入文化创意、影视制作、演艺娱乐、动漫等领域，同时强调发展新兴文化业态，采用数字、网络等高新技术，大力推动文化产业升级，加快广播电视传播和电影放映数字化进程，推进三网融合。这一方面提升了文化产业在国民经济中的重要性，另一方面还强化了传媒业在文化产业中的作用与地位，给予其新的发展机遇。2009年中国传媒产业的总产值为4907.96亿元，其中报纸为617.36亿元，占12.6%；广播为71.87亿元，占1.5%；电视为893.6亿元，占18.2%；网络为477亿元，占9.7%。预计2010年中国传媒产业的总产值将达到5620亿元。[①] 中国传媒的经济效益和产业价值已得到充分彰显。

2010年“制播分离”、“三网融合”等相关媒体政策的出台，使“全媒体、全国化”成为中国传媒现实发展的关键词。

（一）政策：“制播分离”、“三网融合”

2009年8月27日，国家广播电影电视总局发布了首部专门针对制播分离改革的指导性政策文件——《关于认真做好广播电视制播分离改革的意见》，终于使制播分离摘掉了欲说还休的面纱[②]，新一轮的制播分离改革以官方姿态迅速全面铺开。其中最具示范效应的是，2009年10月21日，上海广播电视台、上海东方传媒集团有限公司正式揭牌，成为全国第一家获得广电总局正式批准的推进制

① 崔保国：《2010年：中国传媒产业发展报告》，社会科学文献出版社，2010，第4、17页。

② 在中国，“制播分离”是一个实践先行的概念。20世纪80年代末、90年代初，制播分离现象即出现于传媒业界，但学界对此的讨论直到2001年前后才逐渐兴盛。其时研究的焦点侧重于概念的界定、影响及可行性模式的探讨，由于“有人将‘制播分离’理解为电视制作机构和电视播出机构相剥离，并由此派生出实施‘制播分离’的种种设想……这一得到普遍公认的定义还是具有含糊而不精确的缺陷”（王洪、李蔚：《我国制播分离研究文献的综述》，《现代传播》2004年第6期）。

播分离改革的单位；2010 年 6 月 28 日，湖南广播电视台暨芒果传媒有限公司正式挂牌。“新一轮的制播分离的推动因素是希望通过新一轮的体制改革来整合电视传媒产业，建立以市场为导向的大型综合传媒集团”①。这一次“制播分离政策的推出，让众多体制内的广电机构看到了实现产业资本和金融资本融合的可能性，进而推动产业升级发展。”②

如果说新一轮制播分离意味着行业内产业意识的觉醒，那么三网融合则意味着跨行业的外力推动。2010 年 1 月 13 日，国务院常务会议通过《推进三网融合的总体方案》（1 月 21 日印发），明确指出要推进电信网、广播电视网和互联网融合发展，实现三网互联互通、资源共享，并将“加快产业发展”作为五大重点工作之一，要求“充分利用三网融合的有利条件，创新产业形态，推动移动多媒体广播电视、手机电视、数字电视宽带上网等业务的应用，促进文化产业、信息产业和其他现代服务业发展。”6 月 6 日国务院三网融合协调小组讨论通过三网融合试点方案，6 月 30 日公布北京、大连、哈尔滨、上海、南京、杭州、厦门、青岛、武汉、湖南省长株潭地区、深圳和绵阳等 12 地为第一批三网融合试点地区（城市）。广播电视媒体由此提出了升级到下一代广播电视网③（NGB，Next Generation Broadcasting network）的战略，扩大业务范围、提升产业价值是其核心诉求。8 月 6 日广电总局科技司发布《有线电视网络三网融合试点总体技术要求和框架》，将三网融合中有线电视网络的主要任务归纳为七个方面：（1）加快有线网络数字化双向化改造和整体转换；（2）创新服务业态，满足人们多层次、多样化的需求；（3）按照试点方案开展电信业务；（4）提高业务运营支撑水平，增强服务能力；（5）实现网络互联互通；（6）保障有线电视网络安全；（7）完成有线电视网络整合，组建国家级有线电视网络公司。10 月 18 日国务院办公厅公布的《国务院关于加快培育和发展战略性新兴产业的决定》进一步提

① 王佳、赵正：《制播分离　二次浪潮来袭?》，2009 年 12 月 14 日《中国经营报》。

② 李岚：《2009 广电媒体：构建可持续发展新格局》，《传媒》2009 年第 12 期。

③ 2009 年 7 月 31 日，科技部、国家广电总局和上海市政府签署《中国下一代广播电视网（NGB）启动暨上海示范网合作协议》，计划于 2010 年底前在上海地区率先完成 50 万户 NGB 示范网络建设。此举标志着我国 NGB 建议进入实质性推进阶段。2010 年 10 月 14 日上海 NGB 互动点播业务启动，目前已完成 50 万户 NGB 示范网络的建设，并计划在今年年底前完成上海中心城区 250 万户有线电视数字化整体转换，其中至少 100 万户将采用 3TNet 技术建设下一代广播电视网，开发面向数字家庭的多重增值服务内容。

出将“建立促进三网融合高效有序开展的政策和机制”作为“深化重点领域改革”的一部分。

至此，“制播分离”和“三网融合”让作为文化创意产业“本身”的中国传媒拥有了从国家政府到行业主管部门的全方位政策支持，跨区域、跨行业的产业布局成为可能。

（二）实践：“全媒体、全国化”

在国家广电总局的牵线搭桥下，宁夏卫视和青海卫视 2010 年以全新面貌呈现：2 月 8 日上海广播电视台下属的“第一财经”频道，通过宁夏卫视面向全国播出，实现了“借壳上星”；3 月 27 日，青海电视台与湖南广播电视台签约，以 51∶49 的持股比例组建新公司合作运营青海卫视，开了广电媒体跨区域深度合作的先河。“这种模式更有利于强势媒体的跨区域拓展，有利于电视内容的市场化、产业化和促进电视内容交易市场的形成。”[①] 2010 年 1～5 月，湖南广播电视台总收入同比增长 54%，媒体广告收入同比增长 74.3%，其中湖南卫视单频道广告收入同比增长 96.3%，全台产业收入同比增长 39.2%。[②]

与此同时，广播电视领域的新媒体、新业务呈加速发展态势。2009 年 12 月 28 日中国网络电视台 CNTV 正式上线，并于 2010 年 3 月 13 日与盛大网络组建联合运营公司，进行全面战略合作；上海百视通[③] IP 电视用户达到 300 万户，推出电脑、电视、手机三屏融合服务；北京、上海、深圳等广电部门开办的公交车载电视、地铁电视、城市（楼宇）电视、户外大屏等公共视听载体业务进入良性运转轨道；移动多媒体广播电视（CMMB）在 300 多个城市开通信号，全国统一的运营体系初步建立。预计 2010 年中国广播电视收入将首次突破 2000 亿元大关。[④]

相对于电子媒体发展的如火如荼，全球金融危机带给中国报业以严峻的挑

---

① 黄海：《湘青卫视如何“深度合作”》，2010 年 1 月 15 日《中国文化报》。

② 资料来源：http://www.gbs.cn/Article/gbsnews/hdhy/201006/20100628165711.html。

③ 百视通公司（BesTV）由上海文广新闻传媒集团（SMG）和清华同方股份公司合资组建，是 IPTV 新媒体视听业务运营商、服务商。

④ 国家广播电影电视总局发展研究中心：《2010 年中国广播电影电视发展报告》，新华出版社，2010，第 3 页。

战。2009 年，“广告市场整体达到 13.7% 的增长率，而报业的增长为 9.4%”，全国有 188 种报刊以调整、兼并、重组、停办等方式退出市场；2010 年上半年，“报纸广告刊登额比上年同期增长 21.9%”，但“这仅仅是一种恢复性增长，如果对增长进行结构性分析……包含着显著的不确定因素，下半年的增长令人担忧。”在此危机背景下，“全媒体”① 越来越频繁地与“数字化出版”、“报网合一”等并行出现。互联网的发展让传统报业看到了突破困境的一线生机。2008 年 7 月 1 日烟台日报传媒集团的“全媒体数字采编发布系统”正式上线，2009 年 1 月，宁波日报报业集团全媒体新闻部成立，创建“全媒体数字技术平台”，《杭州日报》创造“报即是网、网即是报”模式，与杭州日报网同用一个编辑部，同用一批采编人员，同时运行两种媒体形态，成为报业“全媒体”发展中的先行者。此外，新华通讯社与中国移动通信集团公司于 2010 年 8 月 12 日签署框架协议，双方将合作成立搜索引擎新媒体国际传播公司。

在一定意义上，“全媒体”是媒介融合的产物，互联网、手机等新兴媒体是其产生的触媒和结点。中国传媒在完成其“本体性”任务的过程中，呈现“传统”与“新兴”相结合的明晰态势，这其中既包含传统行业与新兴行业的整合，更不乏传统媒体与新兴媒体的融合。在体制改革与技术激励的双重力量下，互联网新媒体带动传统媒体一起跨越形态壁垒和政策边界，以产业的形态，形成跨媒体和跨地区的竞争优势。

二　作为文化创意产业“工具”的中国传媒

2006 年 1 月 19 日英国《经济学人》（*The Economist*）杂志的封面标题为《内容为王：媒介巨头与数字世界的抗争》（King Content：Big Media's Struggle with the Digital World），文章认为，在这个数字化的世界中，“如何提供”远没有“提供什么”来得重要，数字媒介无法取代传统媒体“内容生产者”的优势地

① “全媒体”是指综合运用多种媒介表现形式，如文、图、声、光、电，来全方位、立体化地展示传播内容，同时通过文字、声像、网络、通信等传播手段来传输的一种新的传播形态……主要指传统媒体的工作者出于对传统媒介形式衰落走势的主动应对，通过媒体流程再造，实现不同媒介间的交融和媒体发布通道的多样性。（新华社新闻研究所课题组：《中国传媒全媒体发展研究报告》，《科技传播》2010 年第 2 期）

位。但随着新兴媒介与传统媒介的深入融合，“内容”与“渠道”之间的界限越来越难以分辨，在创意产业领域，二者更有合二为一之势。当然，如若细究，作为文化创意产业“本身”的传媒侧重于担当内容制造商的角色，而作为文化创意产业“工具”的传媒则更多承担“渠道”的重任。大众传播学中，“渠道”这一概念的产生可以追溯到拉斯韦尔，他提出的5W模式（who says what to whom in what channel with what effect）将传播解释为单向的、效果导向的说服过程，一度“成为限定美国传播研究的范围和问题的占有统治地位的范式”①。在文化创意产业中，中国传媒作为“渠道”的工具性则体现在内外两个层面：向内充当“聚合渠道”，利用大众传媒的公信力将各种社会力量与资本汇集至文化创意产业；向外充当“输出渠道”，运用大众传媒的传播优势和手段，为文化创意产品构建展示与流通平台，推动中国文化创意产业“走出去”。

（一）聚合渠道：资源与资金

第六届中国文化产业博览交易会（文博会）② 2010年5月14日至17日在深圳举办，总成交额达1088.56亿元，其中合同成交额达到351.03亿元，文化产品出口交易额达到114.06亿元。③

技术的推陈出新让大众传媒的社会影响力愈加深远。“媒介事件”的垄断性和权威性是其他社会活动无法比拟的。它“具有非常规性”，“都是经过提前策划、宣布和广告宣传的”，“以集体的心声凝聚着社会”，“使巨大的观众群心驰神往”。④ 这个在1992年针对电视媒体提出的讨论如今已蔓延到各个传统媒体与新兴媒体领域，如今在文化创意产业的背景下，大众传媒不再满足于充当“交际性角色”，而是积极与公共机构合作、成为事件的策划者与组织者。

---

① 罗杰斯：《传播学史》，殷晓蓉译，上海译文出版社，2001，第231页。

② 中国（深圳）国际文化产业博览交易会是唯一国家级文化产业博览交易盛会，由文化部、商务部、国家广播电影电视总局、新闻出版总署、中国国际贸易促进委员会、广东省人民政府和深圳市人民政府联合主办，由深圳报业集团、深圳广播电影电视集团、深圳出版发行集团公司、深圳国际文化产业博览交易会有限公司承办。

③ 数据来源：http://www.gd.xinhuanet.com/newscenter/2010-05/19/content_19830154.htm。

④ 丹尼尔·戴扬、伊莱休·卡茨：《媒介事件》，麻争旗译，北京广播学院出版社，2000，第5、7、9、13页。

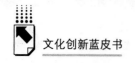

"媒介的威力不仅可以给社会网络插入信息，而且可以自己创造网络"。[①] 大众传媒在汇聚各种社会力量与资源制造媒介事件、将受众商品化的同时，还可以成为资本的聚集点，创造"注意力经济"。

《文化产业振兴规划》明确提出要"鼓励和引导有条件的文化企业面向资本市场融资，培育一批文化领域战略投资者，实现低成本扩张，进一步做大做强"，并鼓励银行业金融机构加大对文化企业的金融支持力度。2010 年 3 月 19 日，中国人民银行会同中宣部、财政部、文化部、广电总局、新闻出版总署、银监会、证监会和保监会联合发布配套文件《关于金融支持文化产业振兴和发展繁荣的指导意见》，这是文化产业与金融业对接的第一个政策文件。中国文化创意产业的融资渠道日渐畅通与多元。"截至 2010 年 6 月末，文化、体育和娱乐业类各项贷款余额达 916 亿元，同比增长23.58%"[②]，2010 年上半年国内互联网行业的投资案例数量和投资金额分别为 44 起和 2.09 亿美元。[③] 拥有体制优势的新兴媒体在资本运作上依然一路领先，而传统媒体则借助政策推力，力求传媒自身摆脱对广告收入的过度依赖，扩展新的资本运营模式。仅以 2010 年 8 月为例：

8 月 9 日，上海东方传媒集团有限公司（SMG）旗下的华人文化产业投资基金（CMC）与新闻集团正式签署协议，CMC 将投资控股原属新闻集团全资拥有的星空卫视普通话频道、星空国际频道、Channel ［V］ 音乐频道，以及星空华语电影片库（FortuneStar）业务。

8 月 15 日，深市上市公司粤传媒发布公告称，粤传媒拟向实际控制人广州日报社的下属全资子公司广州传媒控股发行股份购买其持有的广州日报报业经营公司、广州大洋传媒公司及广州日报新媒体公司各 100% 股权，这意味着广州日报社的经营性资产借此实现了整体上市。

8 月 17 日，上市公司华友世纪宣布，该公司已经更名为"酷 6"传媒有限公司，并正式在美国纳斯达克挂牌。[④]

在一定程度上，文化创意产业在中国传媒领域找到了"资源"与"资本"

---

① 丹尼尔·戴扬、伊莱休·卡茨：《媒介事件》，麻争旗译，北京广播学院出版社，2000，第 16 页。

② 杨浩鹏：《"创意贷"能带来什么》，2010 年 9 月 1 日《中国文化报》。

③ 周志军：《互联网业上半年融资 2.09 亿美元》，2010 年 8 月 6 日《中国文化报》。

④ 杨浩鹏：《文化产业出现资本运作潮?》，2010 年 8 月 25 日《中国文化报》。

的结合点。一方面，作为传媒主管部门的广电总局、新闻出版总署成为政策的制定者，另一方面，相对于文化创意产业领域中其他的新行业和新企业，传媒集团无疑具有更高的信誉度和更强的执行力，从而更容易得到资本市场的青睐。

（二）输出渠道：交流与贸易

中国传媒是传播中华文化的重要载体。文化部部长蔡武曾指出，中华文化“走出去”必须坚持“两条腿走路”，要坚持文化交流和文化贸易两个渠道并重的方针。[①] 中国传媒可谓“一个载体，两个渠道”，通过输出具有中华文化特质的传媒产品可以将“文化交流”与“文化贸易”有机融合。

中国传媒的生产能力已居世界前列。2009 年中国电视剧年产量超过 1.3 万集，居世界第一；电影故事片产量达到 456 部，居世界第三位；影视动画片产量超过 17 万分钟。印刷媒体方面，中国新闻出版全行业实现总产出 10668.9 亿元，其中出版图书 30.2 万种，总印数 70.4 亿册，居世界第一位；出版报纸 1937 种，总印数 439.1 亿份，日报出版规模已连续 9 年居世界第一位；出版期刊 9851 种，总印数 31.5 亿册；出版电子出版物 10708 种，出版数量 2.3 亿张。[②] 出口贸易方面，2009 年中国影视节目出口总时长约 10617.2 小时，影视文化产品和服务出口总金额约达 8604.2 万美元，其中影视节目出口 5889 万美元，影视服务出口（包括电视节目境外落地、播出、对外工程、劳务承包、影视器材出口等）2715.2 万美元。较 2008 逆势上扬 44.2%。[③]

普华永道公司（PricewaterhouseCoopers）最新公布的《全球娱乐和媒体业展望 2010～2014》（Global Entertainment and Media Outlook：2010－2014）报告认为，在 2009 年的娱乐及媒体行业收入中，美国以 4280 亿美元居首位，日本以 1640 亿美元位居第二，紧随其后的是德国、中国和英国。在这些排名领先的国家中，预计中国的增长速度将远超其他国家，达到年均复合增长率 12%。未来五年中国的卫星电视和网络电视市场将飞速增长。卫星电视和免费数字电视会占

---

① 刘修兵、王立元：《加大政策扶持力度　推动中华文化“走出去”》，2010 年 8 月 25 日《中国文化报》。

② 数据来源：http：//www.chinadaily.com.cn/dfpd/whtzgg/2010－08/26/content_ 11207240.htm。

③ 国家广电总局网站：《广电总局新闻发言人朱虹就 2009 年度我国影视文化产品和服务出口情况答记者问》，见 http：//www.sarft.gov.cn/articles/2010/03/11/20100311162434240485.html。

领部分有线电视的市场份额。2009 年数字电视用户达 280 万，这一数字高于其他任何国家，占全球数字电视市场的 45%。至 2014 年，中国内地的娱乐及媒体行业将增长至 1330 亿美元，年均复合增长率达到 12%，远高于全球 5% 的增长率。①

2010 年 8 月 26 日，国家广电总局与中国进出口银行签订《关于扶持培育广播影视出口重点企业、重点项目的合作协议》，在 5 年合作期内，中国进出口银行计划向广播影视重点企业和项目提供不低于 200 亿元人民币或等值外汇融资支持。这在一定程度上让作为文化创意产业"工具"的中国传媒实现了政策引导、资金聚合、产品输出和渠道建设等多重功能的融合发展。

三 融合与超越：创意·产业·传媒

工业革命促进了机械制造业的产业化，让资本主义生产完成了从工场手工业向机器大工业的过渡；互联网的兴起推动了信息产业化，让信息产品走向市场，并带动其他基础行业的发展；文化创意的产业化则使"创新"成为当今世界经济增长的最大驱动力，文化、社会和商业之间的交织与结合比以往更为紧密。作为社会可持续发展的关键词，创新并非仅仅涉及技术层面，它必然包括相应的社会安排及文化氛围的支持，在社会不同部门及其成员之间的相互作用和知识共享的基础上，形成"创新生态系统"，系统中各专业领域、各参与者之间的互动与联系越来越多。传媒业在创新系统中不是观察者，而是重要参与者，有责任通过设定创新议题、报道创新信息、提供创新知识等方式，在社会参与者之间达成创新共识，提升创新质量，推动创新进程。基于此，传媒业提出的新概念"创新新闻学"（innovation journalism）②"旨在促进经济与技术的结合，其最终目的是

① PWC：Global Entertainment and Media Outlook：2010－2014，2010.

② 这一概念最早出现于大卫·努德福什（David Nordfors）2003 年发表的文章《创新新闻学的概念及其发展规划》（The Concept of Innovation Journalism and a Programme for Developing It）。物理学博士努德福什在瑞典最大的 IT 杂志工作两年之际，产生了将科技与新闻事业相结合的想法。2003 年 6 月他获得瑞典创新署（VINNOVA）的支持，设立创新新闻学基金并出任项目主任。从 2004 年起，每年在斯坦福大学学习创新中心（Stanford Center for Innovations in Learning）举办创新新闻学年会。

促进新技术的商品化与市场化。同时也是新闻学自身的一次革新，将当代新闻学的理念与使命置于了总的科技新生态或新环境之中"①。这从一个侧面勾勒出文化创意产业中技术、经济与媒介的融合发展，"因为正是文化活动的参与者的数量增长在引导参与活动的转变，信息传播技术本身成为参与现代性的一个重要变量"②。

在英文中，"文化工业"（cultural industry）和"文化产业"（cultural industries）字面上虽然只有单复数的差别，但内涵上相去甚远。在批判性的视野中，前者是工业化和产业化在文化领域的负面表现，机械复制造成的产品单一化和文化标准化影响了多样性的发展策略；而后者则以文化为主导，以创意为核心，通过整合社会资源产生跨行业、创意性、多样化的产业与产品，传媒是其最大的信息来源和传递通道。"两者的区别具有启发性，而且这种区别极为重要。法国'文化产业'社会学家反对阿多诺和霍克海默采用单数形式的'Cultural Industry'一词，因为它被局限在一种'单一领域'之中，这样一来，现代生活中共存的各种不同形式的文化生产，都被假设遵循着同一种逻辑。他们不仅想要指出文化产业的复杂程度，还想辨别不同类型文化生产所遵循的不同逻辑。"③ 进入 20 世纪 90 年代之后，"复数的'文化产业'是一个描述性的术语，其生产和流通的产品首先是有意义的商品；如今在官方的话语中，'文化产业'这一术语已经被'创意产业'取代，包括广告和信息技术"④。

体制改革是推手，技术革新是动力，资金投入是保证，在全球文化创意产业蓬勃发展的宏大背景下，中国传媒日渐明晰地呈现出跨区域、跨行业的融合发展之势。语词与概念的变化并非单纯的文字游戏，而折射出对现实的深层学术思考和政策考量。创意、产业与传媒在"文化"的主导下超越机械复制时代的单向度发展，转向追求创新与多元。

---

① 石义彬、张卓：《创新新闻学的概念辨析与理论溯源》，《新闻与传播评论（2007）》，武汉出版社，2007。

② 陈卫星：《从"文化工业"到"文化产业"——关于传播政治经济学的一种概念转型》，《国际新闻界》2009 年第 8 期。

③ 大卫·赫斯蒙德夫：《文化产业》，张菲娜译，中国人民大学出版社，2007。

④ 吉姆·麦圭根：《重新思考文化政策》，何道宽译，中国人民大学出版社，2010，第 3 页。

参考文献

陈卫星：《从“文化工业”到“文化产业”——关于传播政治经济学的一种概念转型》，《国际新闻界》2009年第8期。

崔保国：《2010年：中国传媒产业发展报告》，社会科学文献出版社，2010。

大卫·赫斯蒙德夫：《文化产业》，张菲娜译，中国人民大学出版社，2007。

丹尼尔·戴扬、伊莱休·卡茨：《媒介事件》，麻争旗译，北京广播学院出版社，2000。

国家广播电影电视总局发展研究中心：《2010年中国广播电影电视发展报告》，新华出版社，2010。

黄海：《湘青卫视如何“深度合作”》，2010年1月15日《中国文化报》。

黄升民、管倩：《2010：报业经营怎么办?》，《中国报业》2010年第1期。

黄升民：《三网融合：构建中国式“媒·信产业”新业态》，《现代传播》2010年第4期。

吉姆·麦圭根：《重新思考文化政策》，何道宽译，中国人民大学出版社，2010。

李岚：《2009广电媒体：构建可持续发展新格局》，《传媒》2009年第12期。

李良荣：《论中国新闻媒体的双轨制》，《现代传播》2003年第4期。

刘修兵、王立元：《加大政策扶持力度　推动中华文化“走出去”》，2010年8月25日《中国文化报》。

罗杰斯：《传播学史》，殷晓蓉译，上海译文出版社，2001。

牛春颖：《报业广告：下半年不容乐观》，2010年9月16日《中国新闻出版报》。

牛春颖：《去年或成今年预演》，2010年2月2日《中国新闻出版报》。

石义彬、张卓：《创新新闻学的概念辨析与理论溯源》，《新闻与传播评论（2007）》，武汉出版社，2007。

王洪、李蔚：《我国制播分离研究文献的综述》，《现代传播》2004年第6期。

王佳、赵正：《制播分离　二次浪潮来袭?》，2009年12月14日《中国经营报》。

王永章：《“文化产业”与“创意产业”探析》，2007年3月29日《中国文化报》。

新华社新闻研究所课题组：《中国传媒全媒体发展研究报告》，《科技传播》2010年第2期。

杨浩鹏：《“创意贷”能带来什么》，2010年9月1日《中国文化报》。

杨浩鹏：《文化产业出现资本运作潮?》，2010年8月25日《中国文化报》。

周志军：《互联网业上半年融资2.09亿美元》，2010年8月6日《中国文化报》。

Nordfors, D. (2004). The Concept of Innovation Journalism and a Programme for Developing It. *Innovation Journalism*, 1 (1), from http://www.innovationjournalism.org/

PWC: Global Entertainment and Media Outlook: 2010 - 2014, 2010.

Barkeman, E. (2006). How to Integrate Innovation Journalism into Traditional Journalism. *Innovation Journalism*, 3 (4), from http: //www. innovationjournalism. org/

The Integration and Development of Cultural Creative Industry and China's Media

Zhang Zhuo Shi Yibin

Abstract: Facing the global upsurge of cultural creative industry, China's media now shoulder dual tasks: the first one is "noumenon" task—in each country's programmatic documents concerning cultural creative industry, radiated television, other traditional media, internet and other new media are all included in the broad concept of creative industry, serving as important components and core forces for the development of creative industry; the second one is an "instrument" task—the spread and expansion of the concept, significance, achievements and products of cultural creative industry relies heavily on the integrated development of China's media. This paper, focusing on these two tasks, is going to explore and discuss the integrated development of this year's cultural creative industry and China's media in respect to the policy-guiding aspect and practice aspect, so as to lead the readers to think about media theories.

Key Words: Cultural creative industry; Media; Internet; Integration

B.21

剧院联盟的美国经验与促进我国演出业联盟经营的对策建议*

陈　庚**

摘　要： 联盟式经营是当前国际演出业实行市场化经营的一种业态。在美国，剧院联盟已经形成成熟的运作机制和管理体制，在演出市场中发挥着重要的平台性作用。我国演出业中的联盟式经营也开始成为近年来的一种新业态和新趋势，但同时也面临着种种发展瓶颈。借鉴美国经验，解析联盟经营的中国特点与现实困境，大力推进体制机制改革，是推动我国演出业联盟式发展的重要路径。

关键词： 联盟式经营　剧院联盟　院线　演出市场

在我国，演出市场实行的是剧院和剧团双主体独立运行的运营模式。剧院与剧团之间没有实际的利益纽带关系，只是在剧团进行演出时建立一种临时性的合同关系。这种剧院与剧团运行的分拆所导致的一个矛盾现象是：大量剧院闲置或使用率极低，而许多的艺术表演团体难以找到合适的演出场所。

我国目前有近3000家剧场，除北京、上海及少部分地区的几家大剧院外，大部分使用率都很低，“国内90%以上的剧场使用率在5%左右。”① 北京有关部门的调查统计显示，2006年左右，北京依靠演出赢利的剧场不超过10家，经常

---

* 本文为国家社科基金艺术学青年项目“我国艺术表演团体改革的政策与路径研究”（10CG102）的前期成果。中国艺术科技研究所闫贤良工程师为本文的写作提供了许多宝贵的建设性意见。

** 陈庚，武汉大学中国传统文化研究中心博士生，武汉大学国家文化创新研究中心研究人员，主要从事文化体制、文化产业研究。

① 《我国九成剧场常年闲置》，2005年12月8日《黑龙江日报》。

有演出的剧场不超过30家，而北京具备或基本具备演出能力的剧场则有将近1700家，北京大多数的剧场处于闲置状态。① 但与此同时，演出团体却又存在着找剧场难的问题。对演出市场而言，剧场是一种“稀缺资源”，著名的一线剧场如国家大剧院、保利剧院、首都剧场等通常早已排满了租期。而一些二三线的剧场却因为设备、技术条件、座位等问题难以满足大型演出的市场要求，另外一些则因为场租高而难以为中小型的演出团体所接受。此外，一些机关、企事业单位的附属剧场，已形成一种“对内不对外”的潜在制度，更是加深了剧团寻找剧场的难度。

面对当前演出市场中的这种结构性矛盾，探索新型的经营运作模式，加速剧院行业的改革，促进剧院与剧团之间的市场合作与衔接，成为近年来演出界关注的一个焦点。联盟式经营是近年来演出业探索市场化经营的一种新路向，它为突破演出市场的发展瓶颈提供了新的思路。在美国，剧院联盟已经形成成熟的运作机制和管理体制，在演出市场中发挥着重要的平台性作用。通过对美国剧院联盟发展经验的解析和对我国联盟式经营的现状特点与困境的分析，探索中国演出业联盟式经营的路径，有利于促进我国演出业的大发展大繁荣。

一　美国剧院联盟的基本经验

在美国的演出业中，实行联盟式经营已经是一种常态。除百老汇具有十分成熟的产业运作和经营模式外，在美国的各个地区，都有剧院联盟式的组织牵引着区域演出业的发展，成为推动整个国家演出市场发展的主要引擎。剧院联盟在美国已有几十年的运作经验，对美国剧院联盟经营管理模式和特点的管窥，可以为我国剧院联盟的发展提供基本的启示。

（一）剧院联盟具有明确的区域性和类别性分类，联盟功能和作用定位准确

美国的剧院联盟具有明确的地区分类和内容分类，并由此形成了准确的联盟功能和作用定位，易于发挥剧院联盟的专门化、专业化优势。

---

① 汪涛、陈刚：《北京剧场闲置状况调查令人深思》，http：//www. ccdy. cn/，2006－10－8。

在美国，不仅每个州几乎都有区域性的剧院联盟，如俄亥俄州剧院联盟（Ohio Theatre Alliance）、密歇根州剧院联盟（Theatre Alliance of Michigan）、明尼苏达州剧院联盟（Minnesota Theater Alliance）、新泽西剧院联盟（The New Jersey Theatre Alliance），而且地方城市大多也有剧院联盟，如杰克逊维尔剧院联盟（Theatre Alliance of Greater Jacksonville）、巴尔的摩剧院联盟（Baltimore Theatre Alliance）、波特兰区域剧院联盟（Portland Area Theatre Alliance）、斯普林菲尔德剧院联盟（Springfield Theatre Alliance）、布法罗剧院联盟（The Theatre Alliance of Buffalo）、费城区域剧院联盟（Theatre Alliance of Greater Philadelphia）、芝加哥剧院联盟（The League of Chicago Theatres）、温斯顿塞勒姆剧院联盟（the Winston-Salem Theatre Alliance）。同时，美国同样拥有大量基于专业性分类的剧院联盟，如塔尔萨社区剧院联盟（Tulsa Area Community Theatre Alliance）、波士顿小剧院联盟（Small Theatre Alliance of Boston）、芝加哥妇女剧院联盟（Womens Theatre Alliance of Chicago）、威斯康星州中央教育剧场联盟（Central Wisconsin Educational Theatre Alliance）、儿童剧院联盟（Alliance Children's Theatre）等。区域性剧院联盟的建立扩大了美国剧院经营服务的覆盖面，构建了一个全国性的剧院联盟网络，而专业性的剧院联盟则为不同的消费人群提供了多样化的选择。

（二）剧院联盟是一个纵贯演出产业链的综合性产业联盟

由于实行院团合一的演出体制，美国剧院联盟是一个包括剧院、艺术公司、艺术家和管理者，甚至一些商店和文化中心的综合性产业联盟。如成立于1990年的费城区域剧院联盟，是由大费城地区的非营利性专业剧院、独立的戏剧艺术家和一些戏剧相关组织所组成的。[①] 成立于1979年的芝加哥剧院联盟也是如此，该联盟为200多个剧院服务，除剧院外，成员还包括一些小型的商店和店面，以及一些产值数百万美元的文化中心。[②]

（三）基于剧院联盟的类别和属性，设置明确的加盟标准和不同的会员等级

美国剧院联盟按照联盟的属性和类别，设置明确的成员加盟标准和不同的会

---

① http://www.theatrealliance.org，2010-10-12.

② http://www.chicagoplays.com/，2010-10-13.

员级别，在坚持剧院联盟同类归并的原则上，有助于推动剧院联盟的精深化发展。如波士顿剧场艺术营销联盟的入会标准为：是波士顿区域的专业性非营利剧院；成立时间至少三年以上；年度业务预算低于 120 万美元。①

加入联盟的会员有着不同的类别，承担不同的职责并享受不同的会员服务。如多伦多表演艺术联盟（TAPA），它的会员类型分为：专业会员，必须是多伦多市的剧院、舞蹈或歌剧公司；省区会员，是安大略省中除多伦多市以外的剧院、舞蹈或歌剧公司；准会员，可以是一切与多伦多剧院、舞蹈或歌剧公司相关联的商业伙伴，如艺术管理公司、艺术设备生产商、服务型组织、舞蹈工作室或音乐制作人等；非生产性会员，是一些希望在一定时期内保留会员身份的表演艺术公司；社区剧院会员，是安大略省具有代表性的非专业性的剧院公司。②

表 1　多伦多表演艺术联盟不同类型的会员所享受的不同权益

会员权益 \ 会员类型	专业会员	省区会员	准会员	非生产性会员	社区剧院会员
访问 goliveto. ca 演出列表网站	√	√	√	√	√
hipTIX 青年倡议方案	√	√	√	√	√
在剧院指南上免费刊登广告和提供折扣	√	√	√	√	√
广告合作的折扣	√	√	√	√	√
参与五星级体验	√	√	√	√	√
免费使用 T. O. TIX(多伦多官方一站式票务店)	√	√	√	√	√
具有获得 Dora Mavor Moore 奖的资格	√	—	—	√	—
每个公司一张免费参与 Dora Mavor Moore 评奖的票	√	√	—	—	—
年度会员大会上的投票权	√	√	√	√	—
具备成为联盟董事会成员的资格	√	√	√	√	—
具备成为 PAIS 董事会成员的资格	√	√	—	—	—
访问联盟会员网	√	√	√	√	√
免费列入联盟的博客清单	√	√	√	√	√
收到每月公报和通讯	√	√	√	√	√
各种传媒广告费用的折扣	√	√	√	—	√
TAPA 讲习班和研讨会的折扣	√	√	√	√	√
享受 TAPA 出版折扣	√	√	√	√	√
获得多伦多酒店的优惠价格	√	√	√	—	—
获得多伦多旅游业的市场机会	√	√	√	—	—
可能邀请到 TAPA 的国际客席演出系列	√	√	—	√	
出席并参与 TAPA SPARKS 讨论	√	√		√	√
如果资格符合,可以申请商业剧院发展基金	√	√	√	√	—
获得任何 TAPA 阅读和研究材料	√	√	√	√	√

资料来源：http：//www. tapa. ca，2010 - 10 - 15。

① http：//tamaboston. org，2010 - 10 - 15.

② http：//www. tapa. ca，2010 - 10 - 15.

会员由于类别的差异，所缴纳的会费也各不相同。多伦多表演艺术联盟会员费根据申请的类型分类，费率依据是当年经审计的财务报表中报告的总收入。如果没有经审计的财务报表，会员费根据当前的财政预算来确定（财政年度从每年的9月1日至下年的8月31日）。

表2　不同类别会员的会费等级

会员类别	总计（美元）	会员类别	总计（美元）
专业会员[收入:一千万美元以上]	1599.05	专业会员[收入:1.00~150000美元]	329.37
专业会员[收入:一百万美元以上]	1272.58	省区会员	342.19
专业会员[收入:750001~1000000美元]	820.85	准会员	319.81
专业会员[收入:450001~750000美元]	740.94	非生产性会员	170.56
专业会员[收入:150001~450000美元]	533.90	社区剧院会员	170.56

资料来源：http：//www.tapa.ca，2010-10-16。

纽约居民剧院联盟（the Alliance of Resident Theatres/New York）同样也设置会员的类别差异，主要分为完全会员和准会员两类。

表3　纽约居民剧院联盟会员类型及其权益、职责

<table>
<tr><th>会员类型</th><th>入会要求</th><th>会费(美元)</th><th>额外权益</th><th>基本权益</th></tr>
<tr><td>完全会员</td><td>1. 在纽约市进行生产,并已成立最少两个季度;
2. 是一个专业的文艺表演生产组织并向公众开放;
3. 对参与戏剧作品生产的演员和导演不收取费用</td><td>年度预算低于10万:150;
年度预算10万~50万:200;
年度预算50万~100万:450;
年度预算100万~500万:450;
年度预算超过500万:850</td><td>南希奎恩基金(The Nancy Quinn Fund)、小剧院摩根大通基金(The JPMorgan Chase Fund for Small Theatres)、伊迪丝·鲁特恩斯和诺曼·贝尔·盖迪斯基金(The Edith Lutyens and Norman Bel Geddes Fund)的资格</td><td rowspan="3">访问纽约剧院网站;
倡导;
网络交流机会;
实习连接;
贷款;
本地英雄奖;
公证;
一对一协商;
剧院管理研讨会;
每周会员电子通讯</td></tr>
<tr><td>准会员</td><td>1. 不符合完全会员资格的剧院;
2. 在纽约市生产制作时间不到两季;
3. 对参与戏剧作品生产的演员和导演不收取费用。</td><td>无预算限制,每年150</td><td>只能申请南希奎恩基金(The Nancy Quinn Fund)</td></tr>
<tr><td>职业附属成员</td><td>不具备成为会员的资格</td><td>每年200</td><td></td></tr>
</table>

资料来源：http：//www.art-newyork.org，2010-10-20。

（四）剧院联盟为成员提供多种管理培训和金融服务，保障剧院会员的成长和发展

纽约居民剧院联盟为会员提供管理培训服务和金融服务。管理培训服务包括南希奎恩技术援助计划（The Nancy Quinn Technical Assistance Program）、哈罗德和咪咪斯坦伯格剧院领导能力训练（Harold and Mimi Steinberg Theatre Leadership Institute）和圆桌会议计划（The Roundtable Program）。南希奎恩技术援助计划是为预算低于10万美元以下的小剧场服务的，培训他们具备基本的财务管理、市场营销、筹资和组织开发的知识。通过一系列的研讨、圆桌会议和单对单的磋商，参与计划的剧院将会更加有效地管理他们的组织和建立自己的观众。哈罗德和咪咪斯坦伯格剧院领导能力训练提供专业的艺术剧院管理顾问，帮助剧院应对及解决所面临的挑战和困难。基本做法是：每个顾问参与一个剧院的长期管理，并对剧院的核心领导进行一对一的指导。此计划可以使剧院变得更为强大和集中，并奠定未来增长的基础。圆桌会议计划是将相似规模的剧院的演出者、艺术总监、管理人员、技术总监和市场总监汇集起来，在一个非竞争性的环境中探讨大家共同关心的问题。①

纽约居民剧院联盟的金融服务包括三个授权计划和两个借贷基金，即南希奎恩基金（The Nancy Quinn Fund）、小剧院摩根大通基金（The JPMorgan Chase Fund for Small Theatres）、伊迪丝·鲁特恩斯和诺曼·贝尔·盖迪斯基金（The Edith Lutyens and Norman Bel Geddes Fund）和伊丽莎白施坦威蔡平房地产贷款基金（The Elizabeth Steinway Chapin Real Estate Loan Fund）、桥梁基金贷款计划（The Bridge Fund Loan Program）。另外联盟还提供“紧急基金”（The Emergency Fund），以解决剧院成员因遭遇突发事件而导致的财政困难。②

其他一些剧院联盟也有类似的不同形式的为联盟成员提供的培训和服务。如新泽西剧院联盟，该联盟为其会员提供了观众拓展、推广艺术教育、公共信息服务、技术援助服务、管理指导、就业服务等。③

---

① http：//www.art-newyork.org，2010－10－20.

② http：//www.art-newyork.org，2010－10－22.

③ http：//www.njtheatrealliance.com，2010－10－22.

（五）推行常规性活动与特色项目相结合的运作模式

在运作体制和机制上，美国剧院联盟推行剧目运作、整体宣传、票务优惠、为艺术家提供奖励和赞助等常规性活动，使参与联盟的会员能够从联盟中得到切实收益。此外，剧院联盟还举办和实行一些特别的项目和计划，如免费戏剧之夜等。

例如，新泽西剧院联盟推行的特色活动有“大学展示”、“鼓掌欢迎奖”、“剧院家庭周”、“艺术课程”、“管理圆桌会议”等。[①] 芝加哥剧院联盟的运作活动包括“剧院星期四”、“芝加哥生产集约化”、“免费戏剧之夜”等。2005年芝加哥剧院联盟开始举办“剧院星期四”活动，即在每周四，整晚上演芝加哥最热门的舞台剧，吸引年轻观众走进剧院，并在戏剧上演之前或结束后提供鸡尾酒、开胃食物。观众除了欣赏演出外，还有机会与舞台艺术家当面交流或是走入后台。“芝加哥生产集约化”，是与商业戏剧学院协会合作的项目。它向任何一个有志于生产、合作生产和投资剧院的人开放，范围不局限于芝加哥，可以是百老汇、外百老汇、百老汇巡演和其他地方。这一方案的主要目的是为了在一个剧院项目中探讨营利部门和非营利部门的关联，为未来的生产者、管理者、投资者提供有用的实际信息，向芝加哥以及纽约等全国各地的董事、总经理们提供典型案例，说明发展舞台制作的各种手段。“免费戏剧之夜”，在整个2010年10月，新的戏剧观众可以在剧院免费观看一出他们从未看过的戏剧。[②]

（六）形成多元化的资金来源渠道，提升剧院联盟的抗风险能力

在经费来源上，美国剧院联盟的资金来自州和地方政府的资助，基金会的捐赠、企业和个人的捐赠，此外就是来自联盟的运营收入。

如纽约居民剧院联盟，2008年财政年度（截至6月30日）该联盟总计获得赞助和其他收入3584265美元，主要分为两部分，一是来自政府、基金会、企业的赞助、捐助等七个项目的支持，共计2076994美元；另外一部分来自联盟的经

① http://www.njtheatrealliance.com，2010-10-22.

② http://www.chicagoplays.com/component/eventlist/eventlanding/57.html，2010-10-22.

营、租赁、会费等收入，共计1507271美元。多元化的资金来源为联盟提供了足够的资金支持和保障，有利于联盟项目的推广和剧院的长期发展。

表4　纽约居民剧院联盟2008财政年度的收益来源

来源项目	金额(美元)	来源项目	金额(美元)
政府的拨款	296400	小计	2076994
基金会	383747	投资收入	155044
企业	338558	会费	65394
董事会及个人	214379	租赁收入	1093837
Gala(网站)	254618	承租偿还费用	172346
捐助服务	89457	其他	20650
解除限制的网络资产	499834	公共支持与其他收益合计	3584265

资料来源：2008 Annual Report，http：//www. art-newyork. org/index. php，2010－10－22.

二　我国演出业联盟式经营的现状特征

21世纪初始时期，文化产业快速发展、文化市场体系的逐渐形成和完备对演出市场的产业升级提出了新的要求，规范化、规模化、集约化成为新的趋势。在这一背景下，借鉴电影等其他行业的发展经验，联盟式经营①的思路开始在业界铺展开来。从2003年起，保利院线、北方剧院联盟、西部演出联盟、东部演出联盟、长三角演艺联盟、珠三角演艺联盟、安徽演出联盟、江西演出院线联盟、湖北鄂西演出联盟等相继成立，使我国的联盟式经营模式从零星之火迅速发展为燎原之势。

在剧院联盟或演出院线陆续成立的过程中，实施和运作了一系列的演出项目和计划，并取得了较好的市场效益和社会效益。当前，我国的剧院联盟或演出院线表现出以下几个特点。

① 美国场团一体制的市场主体结构使剧院联盟成为一个涵盖整个演出产业链的综合型概念。而在我国，由于长期实行的是场团分离的二元主体制，所以演出业中的联盟经营并不局限于剧院联盟一种形式，还包括演艺联盟和演出院线等形式。故就中国演出业中的联盟情况采用“联盟式经营”的概念。

（一）从当前我国联盟式经营的情况来看，基本构建了一个覆盖全国的联盟和院线体系网络

在当前的剧院联盟中，加入剧院联盟或原先的剧场几乎遍布了全国各个省份及其主要大中城市，在区域范围上的布局结构已经初成，并且涌现出多类型、多形制的结盟特点。表现为：既有全国范围内的保利院线、中演院线，也有跨省区的北方剧院联盟、东部剧院联盟、西部演出联盟，还有省区范围内的安徽演出联盟、江西演出院线联盟、四川剧院联盟；从联盟的成员结构和组合方式来看，既有单纯性的剧院之间的联盟合作，如北方剧院联盟、东部剧院联盟、四川剧院联盟，也有整合剧院、剧团和演出经纪机构三方资源，建立在完整产业链基础上的结盟，如西部演出联盟、长三角演艺联盟、珠三角演艺联盟等；从联盟成员性质来看，既有国有制的保利院线、中演院线，也有国有与民营剧院单位共存的西部演出联盟等。此外，基于行业分类的专业性剧院联盟也初露端倪，如话剧行业的国话演出院线剧场联盟、大隐院线等，基于音乐厅的“赏心乐事”音乐联盟等。

（二）剧院联盟式经营的类型呈现多样化特点

当前，我国演出业的经营模式除一般的单独经营外，主要有三种类型：规模式、连锁式、联盟式经营方式。第一种是全部由剧院加盟组成的纯剧院联盟形式。当前，这种类型主要有北方剧院联盟、东部剧院联盟，以及四川剧院联盟、辽宁剧院联盟。第二种是整合剧院、表演团体、演出经纪机构而形成演出产业链上的联盟。目前，我国主要的演出产业链式联盟有西部演出联盟、“赏心乐事”音乐联盟、长三角演艺联盟、珠三角演艺联盟、江西演出院线联盟、安徽演出联盟等。第三种是连锁式的联盟经营形式，主要有保利院线、中演演出院线联盟、国话演出院线剧场联盟等。

三种类型的联盟式经营模式各有所长。剧院联盟是全部由剧院（场）组成的联盟，主要以运作剧巡演为目的，是建立在一种协商基础上的集体行动模式，优势在于能够集中体现剧院在演出市场中的利益诉求，易于形成合力，提高剧院在演出产业中的地位。产业链式联盟的形成涉及演出产业链上游的艺术表演团体、中游的演出经纪机构和下游终端的演出场所，是一种纵向产业链上的整合和联结，其优势在于能够有效衔接演出业从生产到销售的整个流程，因此在合作上

比剧院联盟更能实现优势互补，有助于演出团体与演出场所之间的对接。院线式经营的特点是以运营管理为核心，对于加盟的剧院实行统一的垂直经营管理，进行人力物力的重新分配，在院线之内统一调配剧目演出，共享资源。与剧院联盟、演艺联盟的松散型结构相比，院线制是一种紧密型的结构方式。

（三）不断探索联盟的机制体制模式，促进了演艺资源的有机整合

剧场联盟的成立，实现了不同地域、不同类型的剧院的联合，并初步形成了以演出项目、资本和管理为纽带进行统一排期、统一策划的运营模式。根据组合方式的不同，当前我国剧院联盟的运作模式主要有两种。

一是剧院联盟的松散型结盟方式。单纯的剧院联盟和产业链上各方结成的演出联盟，实质上都是一种基于共同利益之上的结盟，各成员之间是一种独立的实体关系，各成员的经营管理方式独立运作，而只是在演出项目上实行资源共享，也就是以项目为中心建立基本的节目运作体系，简而言之，即以演出项目为纽带，统一运作、独立经营。

二是以保利院线为代表的院线式连锁经营模式。保利院线采取连锁式经营方式，加入保利院线的剧院不仅在节目上共享院线的资源，而且在日常管理和运作中也由北京保利剧院统一管理。保利模式利用其庞大的资本优势和剧场网络，实现节目购买和运作的一条龙管理。

不管是松散型的联盟还是紧密型垂直管理的院线制，虽然在经营运作上不尽相同，但都基本实行了剧目的资源共享、统一安排，有助于演出行业的资源有效利用和整合分配。

（四）剧院经营管理水平得到一定提升，部分剧院联盟已初步彰显市场效益能力

北方剧院联盟采取剧院联合运作、票房分账的方式，不仅降低了成本，增加了票房收入，而且进一步整合了北方地区的演出市场。2006 年的中国北方剧院联盟成功运作了《云南映象》和上海芭蕾舞团的北方巡演。除此之外，北方剧院联盟分别与意大利驻华使馆、韩国文化机构合作，引进意大利米沙现代舞、现代爵士乐团、首尔交响乐团等的巡演活动。2007 年还与西部演出联盟合作，选取国家舞台艺术精品工程获奖剧目——广西柳州市歌舞团舞剧《八桂大歌》来

北方巡演，取得较好的效果。① 在项目运作中，北方剧院联盟的票房分账模式作用明显。票房分账式的做法体现了共担风险、共享利益的原则。如在《云南映像》的运作中，双方按4:6分成，剧场占总票房收入的40%，《云南映象》演出团体占总票房收入的60%。规范的商业化运作不仅有利于观众群的培育，而且在长春、沈阳创造了单日出票高达11万元的纪录。②

保利院线从2003年成立以来，总结和探索出一整套先进的专业化、市场化管理理念和标准化的管理规范。保利院线以“专业水平高、管理标准高、服务品位高、经营水平高、社会形象高”为管理目标，成立了以北京、上海、广东为基地的专业化人才培训中心，充分利用保利演出业务资源优势及院线平台优势，开展演出剧目原创制作、大型演出与场馆文化活动承办以及优秀剧目的世界巡演等业务。③ 先进的管理与运作方式使保利院线取得了良好的效益。2008年，保利演出院线共在各地组织演出1500余场，接待观众超过120万人次。④ 2009年，保利院线全年总收入1.9亿多元，共演出1800多场。尤其演出发达地区，如北京保利剧院演出280多场、上海演出450场。⑤ 2010年上半年，院线下属剧院调派演出项目72个、441场，完成全年要求演出场次的53%，上半年已落实1~12月135个演出项目、共计895场，推出了以“打开艺术之门”、“市民音乐会”、“名家名剧月”、“未来大师”、“戏剧舞蹈季”为代表的多个系列演出项目，并对广东、湖北、武汉等多个省市的优秀地方特色演出剧目进行了推广和展示。⑥

中国西部演出联盟从2006年7月到2007年9月，一年多的时间里共合作完成演出剧目68个，演出场次490场，其中由公司和剧场运作的演出277场，由剧团演出213场，初步激活了沉寂多年的西部演出市场。⑦

---

① 李长青：《剧院（场）联盟谋求演出场所资源整合助推市场繁荣》，http://as.zgycw.net/200808/F23T45939A3036，2008-07-02。

② 《剧场院线：演出产业终端行进》，http://www.sdwhkj.org/web/news/2006/6/24/20060624090236.htm，2006-06-24。

③ http://www.polytheatre.com/theatre_intro，2010-10-10.

④ 《行进在演出院线建设的大道上》，2009年10月16日《中国文化报》。

⑤ 郑洁：《演艺院线制火热背后的冷思考》，2010年5月17日《北京商报》。

⑥ 《剧院公司1~7月份院线工作会议顺利召开》，http://www.polytheatre.com/docs/info/170，2010-08-19。

⑦ 《中国西部演出联盟：以合作共赢培育市场》，中国文化产业网，2007-09-03。

（五）演出成本有望得到控制，剧院竞争力将会不断增强，有助于国外优秀演出项目的引入

联盟成立后，实行统一的剧目资源配置，可以在最大限度内降低成本。同时，院线联盟还有利于提升议价能力，以规模化优势吸引国际演出商，采取集中采购、统一宣传的方式降低成本，从而达到降低票价的目的。① 如，长三角演艺联盟旗下有32家演艺机构，一年演出2000多场。联盟理事长吴顺顺称联盟可以实行“团购砍价”，能把演出费砍下10%～30%。合理规划巡演线路，巡演路费也能有效降低。长三角演艺联盟接洽荷兰皇家菲利浦交响乐团2009年10月来华演出，乐团要求必须演出1周，往返国际旅费需要60万元。如果只在上海演1场，仅消化国际旅费一项，每张演出票就要加价500元，而由5座城市来分担，票价就能得到大幅降低。②

三　推动我国演出业联盟经营的对策建议

（一）我国演出业联盟式经营的困境

尽快在短短几年间我国剧院联盟就已迅速崛起，但不可否认的是，不管在体制层面还是在市场经营层面，剧院联盟的发展都面临着严峻的考验，剧院联盟的发展仍然困难重重。

第一，剧院体制改革滞后导致了剧院联盟从经营理念设计到实际操作层面的愿景差距，使剧院联盟整体效益的发挥受限。剧院在我国有着特殊的历史背景，在意识形态上被赋予强烈的政治宣传色彩，不仅承载对普通市民公共文化服务中的演出任务，而且也是各地方政府接待性、交流性政治演出的主要载体和平台。虽然文化体制改革已经进入深化阶段，但长期以来形成的计划性剧场管理体制传统并未得到根本性改变，大多数的剧场依然依赖于国家财政补助的供养，并以行政性演出计划和安排为主要的日常运营任务，缺乏独立运营的体制和机制环境，因而也就

① 《中演院线联盟浮出水面》，http://www.cpaa.cn/caeg/2/1/1193.html，2009－10－12。

② 祁建：《“演出院线”能否引发“多米诺骨牌效应”》，2009年10月27日《中国商报》。

没有面向市场、参与竞争的动力。因此，尽管诸多的剧院加入了剧院联盟，但仍旧未能完全转变经营管理观念，同时，“剧院的归属复杂，门当户对条件不匹配，经营者自主权有限，对联盟信心不足都制约剧场联盟或院线有效发挥作用”①。

第二，区域文化结构的差异和文化消费偏好的差异制约了剧院联盟实际效果的发挥。表演艺术的消费具有较大的地域性特点，除京剧、话剧以及一些综艺性文艺晚会是流行于全国外的，大部分的地方剧种一般而言只在特定的文化区域空间内具有消费市场。如川剧的市场主要在四川、重庆地区，越剧主要流行于江浙沪地区，粤剧的市场集中于广东等华南地区。因此，地方性的演出市场必然需要地方性的剧场联盟来推广，但目前地方性剧院联盟的发展还较为有限，不足以承担此等任务，而要在现有的有一定运作经验的跨区域剧院联盟内推广地方性剧目，就必然面临区域文化结构和消费结构的制约，从而导致地方性表演艺术的运作困难。目前，剧院联盟运作较为成功的项目主要是《云南印象》等已经具有较高知名度和水准的节目，以及一些国外引进的演出项目，罕有一些地方性的、处在成长中的剧（节）目。

第三，行政性的整合方式在一定程度上影响了部分剧院联盟作为联盟的本体价值意义和功能作用的发挥。部分剧院联盟，尤其是一些省区性的剧院联盟，是在行政力量推动下成立的，政府力量起到了重要的结盟作用。虽然大部分的剧院有结盟的愿景，但“加盟模式不外乎‘安插’和‘承包’：剧院不是自由加盟，而多是通过竞标和上层运作达成”②。在此基础上建立起来的剧院联盟具有明显的行政运作色彩，容易导致成员之间利益不一致并引起摩擦。以行政力量整合起来的联盟连接纽带脆弱，只存在形式上的利益合作关系，缺乏有效的利益驱动和利益纽带作为衔接，从而容易导致联盟的协议形同虚设或名存实亡。

第四，剧院联盟自身体制机制建设的不足，制约了联盟作用的彰显。由于剧院联盟的发展时间短，缺乏历史经验，加之宏观上的剧院管理体制改革的不到位，使剧院联盟在体制机制建设上存在诸多不足。如大部分的剧院联盟只是一个“虚体”，联盟治理机制呈现虚化状态，联盟的治理结构也形同虚设，仅在有项目运作时发挥一定的联结和配送功能，而平时难以发挥“实际作用”；联盟领导

---

① 胡月明：《关于剧场联盟（院线）的思考》，中国文化产业网，2008-09-23。

② 《剧院院线制还有多远》，2010年6月17日《人民日报》。

管理成员由剧院推选产生，缺乏第三方的监督和制约机制，容易导致对联盟公平性的质疑；联盟或院线的协调能力没有坚实基础，建立在经济利益基础上的协作组织很难实现协调的强势局面，组织章程比起经济法律关系显得苍白无力；剧院联盟缺乏资金来源，除一般性的联盟会费和盈利提成外，没有其他性的经费收入[①]等。种种问题的解决尚有待于国家宏观体制改革的推进和剧院联盟自身发展模式的进一步探索。

第五，作为大部分城市的地标性建筑，剧院在硬件上的建设力度远远超越其在软件上的更新和配套程度，因此在参与市场竞争、承担各类演出时也存在着与市场产品内容的不对位情况，制约了联盟演出剧目的铺展。

（二）推动我国演出业联盟式经营的几点建议

通过对美国剧院联盟运作特点的简析以及对我国当前联盟式经营的现状特点和基本困境的分析可以看出，联盟式经营是演出行业发展的一种基本趋势，也是一种有效的发展方式。基于我国的文化体制环境和演出业发展现状，必须进一步给予联盟式经营模式支持和鼓励，使其成为深化演出业体制改革、推动演出繁荣发展的重要利器。

第一，进一步推进文化体制改革，尤其是剧院体制改革。我国演出业存在的最大的体制性、结构性矛盾是剧院体制改革远远滞后于艺术表演团体改革。演出业的改革首先在艺术表演团体内展开，经过 30 年来的改革，体制内的国有艺术表演团体通过一系列的内部机制改革，已初步焕发出生机和活力，开始部分性地参与市场竞争，而体制外的民营艺术表演团体则经历了井喷式的增长，成为活跃于我国演出市场尤其是基层市场的主力军。相反，剧场的改革却相对滞后，体制内的剧场因未能获得改革的制度支撑也就未能形成向市场开放的机制和体制，而体制外民营剧场的增长情况也不甚理想[②]。改革进程的快慢不一加剧了剧场与剧团之间进行市场对位的不平衡性。尤其是在市场经济体制中，剧院作为经营主体的地位不能得到确立，制约了整个行业的发展进程。因此，演出行业的体制改革应当尽快

① 胡月明：《关于剧场联盟（院线）的思考》，中国文化市场网，2008－09－23。

② 北京、上海是民营剧场发展较好的两个城市，但受制于高税率以及由此带来的高场租等问题的困扰，民营剧场发展仍旧举步维艰。

向剧院领域倾斜，在政策和制度上尽早明确市场经济中剧院的属性和功能定位。

第二，加强剧院内部经营体制和机制改革，培育剧院这一市场主体。作为事业单位的剧院，长期以来缺乏经营性理念，也缺乏对外经营的动力。在推进剧院联盟发展的过程中，剧院必须进一步转变观念，强化经营理念，参与市场竞争。同时，在建立完善文化市场体系、演出市场体系的过程中，必须重视和加大对剧院的培育力度，一方面要鼓励剧院通过内部改革不断增强自身发展活力，另一方面也要与社会接轨，寻求与社会资本、民营资本的合作。

第三，加大对联盟式经营的政策支持力度，创造联盟式经营的良好发展环境。在联盟发展的初期，良好的产业政策是推动联盟式经营的重要力量。由于联盟式经营是演出业的新业态，有关的支持和扶持政策尚不配套，应尽快制定和出台有关政策，给予联盟式经营大力支持。同时，在强调联盟的区域布局的同时，必须加快专业性联盟的发展，实现演出资源的同类归并和整合开发。

第四，加强联盟自身的体制机制建设，强化联盟在演出业中的作用。对联盟的运作方式、组织结构、权责利分配等内容必须以制度化的方式确立下来，进行实体化运作。除加大联盟引进剧目、运作项目的力度外，有条件的联盟还应涉足剧（节）目的制作环节，进一步拓展联盟的功能范围。同时，在常规性的剧（节）目运作之外，应当参考美国经验，设立观众发展计划、宣传计划、艺术教育计划、管理培训计划等项目，促进联盟功能机制的完善。

第五，拓展演艺联盟的筹资渠道。演艺联盟应该是一个非营利性组织，借鉴西方国家非营利组织的经费筹集方式，改变我国演艺联盟经费来源单一的现状，鼓励企业、个人捐助，拓展多元化的筹资和赞助方式。

On the Experience of American Theatre Alliance and the Suggestions for Promoting the Performance Industry in China

Chen Geng

Abstract: Operating in alliance is a common business format in the current international market sector. In the United States, Theatre Alliance has formed a mature operation mechanism and management system, and played an important platforming role in the performance market. At the same time, operating in alliance is a new try in China to explore market-oriented development of the performing market, and also facing many bottlenecks. Analyzing the experience of the theater alliance in American, discussing the features and practical difficulties in China, and promoting the reform of institutional mechanisms, is a main means to promote the development of performing market.

Key Words: Alliance Running; Theatre Alliance; Theaters; The performing market

B.22

休闲和旅游规划：国外的理论与实践*

吴承忠**

摘　要： 国外目前形成了与旅游规划在功能、方法等方面有明显差异的新型规划：休闲和旅游规划。休闲和旅游规划分为总体规划和专项规划两种类型，其理论和路径各有差异。休闲和旅游规划在规划内容上由旅游需求、供给配置扩展到休闲需求与供给配置，在规划路径上强调社区休闲需求的调研，充分满足本地居民和外地游客各类型休闲需求，是基于休闲科学系统上的规划类型。本文首次在国内介绍了法国和荷兰在休闲和游憩规划实践领域的探索。

关键词： 休闲规划　总体规划　专项规划　休闲需求

一　国外休闲和旅游规划的理论和方法

在休闲和旅游服务业中，“规划是一个管理功能”①，规划在西方休闲服务业的发展过程中起到了控制和科学利用、组织一定尺度地理区域内的休闲资源、休闲设施以满足市场和全社会所有公民休闲需求，保护自然、文化资源和环境的作用。国外的休闲和旅游规划可分为两大类别：总体规划和专项规划。

（一）总体规划

总体规划又可分为：总体战略规划、土地利用总体规划、游憩服务的公共规

* 本文是对外经济贸易大学“211”工程三期重点学科建设项目（73100040）、北京市哲学社会科学“十一五”规划基金项目（09BeJG274）、团中央课题（2008GH025）阶段成果。

** 吴承忠，对外经济贸易大学公共管理学院副教授，硕士生导师，文化与休闲产业研究中心执行主任，北京大学博士，清华大学管理学出站博士后，主要研究方向为文化与休闲经济管理。

① Richard G. Kraus, Joseph E. Curtis. *Creative Management in Recreation, Parks and Leisure Service*. Mc Graw Hill, 2000: 71.

划三种类别。以下分别介绍这三种规划的特点。

1. 总体战略规划

西方国家的休闲和旅游总体战略规划中目前十分常见的规划类型是地方文化战略规划和户外游憩和空间规划两种类型。

（1）地方文化战略规划

对于休闲和旅游组织来说，作战略规划实际上是作一种关于中长期阶段发展有关问题的决定，明显不同于该组织每天所要作出的日常工作决定。休闲组织所作的战略性决定可能需要成千上万人参与到制定过程中，也会有大量人口受到该战略决定的影响。

1999 年英国文化、媒体和运动部为地方权力机关制定了《地方文化战略指南》[①]，极力鼓励地方当局发展一个包括艺术、运动、图书馆、儿童玩耍、公园、旅游和乡村游憩的战略计划。指南的范围很广，但并不是一个详尽的操作手册。指南首先确定了发展英国地方文化的基本原则：依据“需要、需求和地方官方所服务的社区的渴望”；被该地区文化的想象所引导；保证所有人的公平；采用一个跨部门和跨机构的路径；和资金持有者进行有意义的对话；放在更广的中央和地方政府框架内；为中央政府的关键目标作贡献；是战略性的，包括优先权、面向未来的规划、贯彻、监管和评价的机制。指南的内容包括几个方面：一是阐释文化活动对社会和政治目标的贡献；二是分析文化发展的背景；三是要解决的关键文化问题；四是建立广泛的文化政策体系；五是战略实施的行动计划。

（2）户外游憩和空间规划

澳大利亚新南威尔士州政府顾问曼迪斯·罗伯特向政府提交的“户外游憩和公共空间：地方政府规划指南”充分体现了两大特点。一是详细的需求—供应分析；二是广泛的咨询和调查工作，包括对居民、社团、组织、使用者的调查等。（见图 1）

（3）战略规划制定的详细过程

维尔对休闲和旅游规划的详细制定过程进行了研究，提出了一个具体的可操作的战略规划流程设计模式。[②]（见图 2）

① A. J. Veal. *Leisure and Tourism Policy and Planning*. CABI Publishing，2002，p. 91.

② A. J. Veal. *Leisure and Tourism Policy and Planning*. CABI Publishing，2002，pp. 91 – 114.

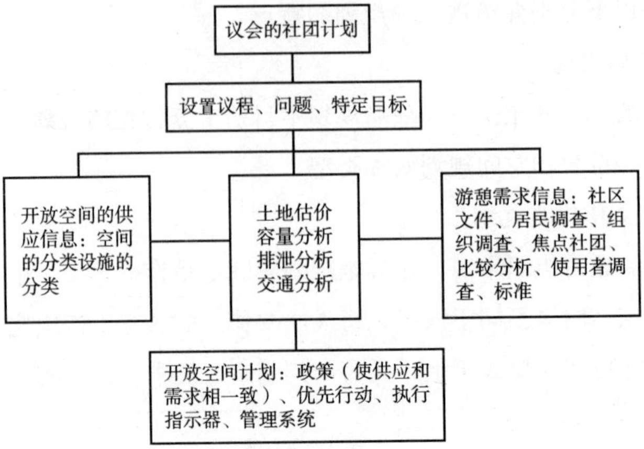

图 1　户外游憩和开放空间规划过程

资料来源：A. J. Veal. *Leisure and Tourism Policy and Planning*. CABI Publishing，2002，p. 92。

涉及的条款：主要是要简单说明本规划要解决的任务，主要包括：一是所服务社区的人们在规划期限内对休闲和旅游的需求，二是确定满足这种需求的战略，此外还有营销等。

环境的评价：包括各种与任务有关的信息的收集和判断。这些信息包括政治、已经存在的政策、法律、已存在的设施和服务、访问者和游客、邻近地区的情况、人口趋势、需求和社会趋势、已存在的资源和资源需求信息、休闲商品销售额、公园使用者的数字和游客数字等。

使命和目标：可分为使命（mission）、目标（goal）、目的（objective）三级。各类别均可有自己的分级目标。如休闲中心、游客委员会和国家公园等。以国家公园为例，它的一级使命是：在为访问者提供完整的游憩经历时，保护公园区域的生态、地质等资源和自然环境。二级目标是：保护濒危物种，减少腐蚀的影响，为游客改善教育方面的服务。三级目标是：恢复物种 A、B、C 等 5 年以上的生存能力；在随后几年加速进行已被腐蚀地区的重新居住能力恢复的项目；随后 3 年每年建设一个新的访问者解说中心。同时，我们还要注意到不同意识形态和政治价值观念对休闲规划目标的影响。如保护主义者强调：维持和促进对休闲喜好的供应；自由主义者主张减少国家的干预；民主社会主义者主张减少国家的供应；马克思主义者反对休闲设施和机会的商业化；彻底的女性主义者反对设

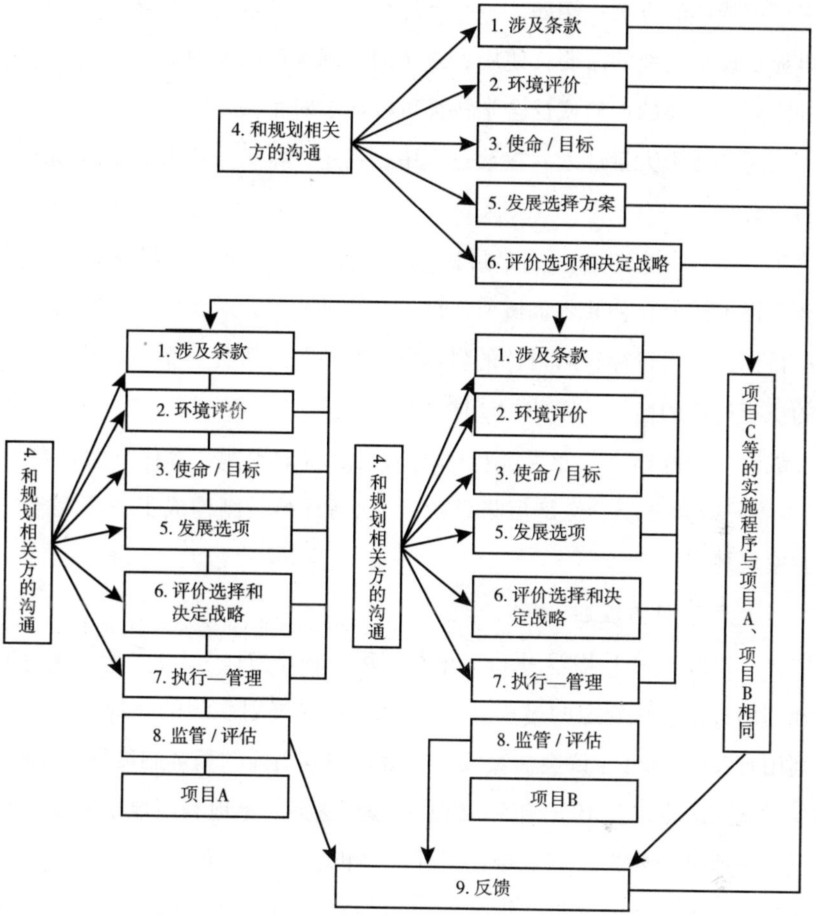

图 2　复杂的战略规划制定过程

资料来源：A. J. Veal. *Leisure and Tourism Policy and Planning*，CABI Publishing，2002，p. 90。

施和机会中的父权制现象；改革主义者强调保障妇女进入休闲设施的权利，关爱对儿童的休闲供应；环境保护主义者强调促进对环境友好的活动，保护自然环境。

和规划相关方的沟通：在以前旧的规划模型中，往往以技术手段为主来预测社区休闲需求，而新的规划模型则强调用咨询、调查等沟通方法，通过与规划各方：政府部门、非营利组织、当事人、社区居民等进行接触，来了解真正的需求情况。

发展可选择的方案：例如，一些已经存在的政策可能还要继续贯彻；设施评估可以显示设施更新的需要；使用者或访问者调查可以反映对设施或服务的一些清晰的需要；主要的人口或社会学特征可以显示对于额外供应的需要等；沟通过程将不可避免产生大量计划。在该过程中，利用SWOT分析方法也有利于对信息和资料的分析。

决定战略：一个典型的战略目标包括以下几个方面——使命声明，目标声明，环境评价概要，公共咨询概要，可代替物的概要，政策、项目和程序，个体项目的目标，执行目标和对目标的显示器，对执行有责任的个人和部门，对战略目标的执行过程的监管、评估与反馈。

在战略规划基础上，如再进行休闲和旅游需求预测、具体项目的经济评价（包括成本—效益分析、经济后果评价）、执行评价，则构成了一个完整的休闲和旅游发展规划。

2. 土地利用总体规划

库林·悟斯和纳丁1997年将土地利用规划解释为：“以一个法律文件的形式对土地利用决定进行规定的过程。”① 这是法定的规划系统的一部分，如英国与土地利用有关的1990年议会法案或环境规划。其当前的基本制度属于1968年国家和乡村规划法令以及1990年和1991年修订法案。土地利用规划的核心是地带的思想。土地可划分为以下地带：居住、零售、工业、交通、酒店接待、办公、教育或公共空间用途的地带。规划中也包括建筑高度限制和停车控制。1968年法案建立了结构规划的思想。在该思想中，将地带放在城区和乡村的社会、经济和环境结构下进行考虑。这就意味着，除了交通、住宅和工业外，休闲和旅游的角色也必须被考虑到结构规划中来。土地利用规划涉及许多特定领域，包括人口规划、交通规划、住宅规划。休闲和旅游领域特别重要的部分是遗产和自然区保护。西方有一个关于古代纪念物和历史建筑和范围的制度，即使它们属于私人所有。西方强调对世界遗产地、国家公园和自然保护区的指定，澳大利亚的土著遗产地都受到法定的保护。英国的户外游憩中很重视道路权网络，因为有些私人土地上的公共道路有几百年的历史。

---

① A. J. Veal. *Leisure and Tourism Policy and Planning*. CABI Publishing, 2002, p. 114.

3. 游憩服务的公共规划

西福尔提出了游憩系统的功能规划模式。该规划以为社区提供健康、教育和游憩服务为出发点。他对规划的基本概念、特定的规划因素、规划团队、规划的参与性、规划职员、土地活动的过程均做了深入研究。他的功能规划包括依赖土地和水体而发生的休闲活动项目规划、休闲设施建设标准规划、社区因素调查规划等特别详细的内容。① 可能是出于规划服务对象界定的原因，该规划更多是为本地人休闲考虑，对外地游客的休闲功能尤其是旅游服务功能明显缺乏考虑，特别是很少涉及旅游吸引物和旅游接待设施的建设。该规划对运动和户外游憩、艺术的活动项目和设施的安排考虑很多。

在几种专门的休闲和游憩规划著作中，由弗莱德·罗森主编的《旅游和游憩的规划和设计手册》是一本操作性很强、内容丰富的著作。它所构建的旅游和游憩规划框架和前面几种相比，在城市和区域休闲和游憩功能的规划上要更全面，充分考虑了本地休闲者的游憩需求，也充分考虑了外地游客的旅游需求。在活动项目和设施的设计和规划方面相对更全面一些②，不足之处在于：对理论和方法的探讨部分稍显薄弱。

（二）专项规划

1. 商业部门和公共部门的休闲规划

（1）商业部门的休闲规划：安·亨利（Ian Henry）和约翰·斯宾克（John Spink）合作进行了一项关于商业休闲机构和公共休闲服务机构规划的研究。研究探讨了商业休闲机构的组织目标和规划，认为休闲商品的生命周期也可划分为萌芽、增长或上升、成熟和衰落期，运用产品—市场开发矩阵方法分析了产品的开发问题，采用 SWOT 分析方法对私人商业休闲组织的政治环境、经济环境、技术环境和社会环境、竞争性环境做了预测研究。③

---

① Jay S. Shivers. *Introduction to Recreational Service Administration*. Lea &Febiger, 1987, pp. 64 – 77, 253 – 267.

② Edited by Fred Lawson. *Tourism and Recreation Handbook of Planning and Design*. Architectural Press, 1998, pp. 158 – 176.

③ Edited by Ian Henry. *Management and Planning in the Leisure Industries*. Macmillan Education Ltd, 1990, pp. 33 – 53.

（2）公共部门的休闲规划：他们认为公共部门的休闲规划可分为两种类型，一种是国家和大区（州、省）层面的结构规划，一般规划期限为10到20年。另一种就是地方规划，它实际上是详尽的地方土地利用规划，是对私人开发进行控制的框架。公共部门的休闲规划方法自20世纪60年代以后有了很大变化。除了以前常常使用的调查分析计划方法以外，还采用了商业和管理理论中的一些方法，如规划控制预算系统（PPBS，Planning Programming Budgeting Systems）和详细的成本—收益分析方法、环境影响分析方法。此外，还采用了关键要素的计算机模型动力系统、精确的城区系统量化模型、可替代的决定成本—利益分析、偶然性理论、混合扫描法、推理方法论等。①

他们还比较了三种不同基础下的休闲规划技术的差异（见表1）。

表1　三种不同基础下的休闲规划技术差异

规划类型	特　点	规划技术
以职业为基础的休闲规划	客观 理性 科学	调查—分析—计划 休闲地标准 需求预测 成本—收益分析 规划平衡 社会显示器 环境影响 混合扫描 渐进主义
以公共为基础的休闲规划	供人分享的	公共参与、社区发展、市场研究、宣传规划
以私人为基础的休闲规划	市场主导的	规划收益、设计大纲、私人趋势、管理合同

资料来源：Edited by Ian Henry. *Management and Planning in the Leisure Industries*. Macmillan Education Ltd，1990：63。

2. 运动、生理教育和游憩设施规划

由美国健康、生理教育和游憩协会主编的《规划运动、生理教育和游憩设施》是一部专业性和指导性很强的文件。该文件分析了室内设施、运动设施、

① Edited by Ian Henry. *Management and Planning in the Leisure Industries*. Macmillan Education Ltd，1990，pp. 57 –63.

游憩和公园地区设施、室内和室外游泳池的建设标准和规划等问题。①

3. 乡村游憩地规划

乡村游憩地规划是在地域上具有独特指向性的规划。它的实施主体多为地方政府。地方政府的规划功能对游憩是很关键的。作为规划官方，他们能够获得土地和资源。官方对开发计划作决定，有权同意由其他办事处或机构提供游憩设施。规划官方需要在广泛的、长期的和总体的政策背景下考虑规划的内容。乡村游憩地的规划近年迅速发展与大都市居民对乡村休闲和旅游需求急剧上升有关。“城市边缘的休闲和游憩正变得越来越重要，不仅因为更高的期待，而且是因为旅行的成本”②。乡村游憩地规划内容包括乡村以陆地和水体为依托的休闲和游憩地的开发规划、乡村游憩地接待设施和管理的开发与规划、乡村游憩地的等级评定、市场营销规划以及相关支持系统规划。

总体来看，国外的休闲与旅游规划与区域旅游规划在功能、方法等方面都有很大差异，是一种新的规划类型。休闲和旅游规划在规划内容上由旅游供给、需求配置扩展到休闲供给与需求配置，在规划路径上强调社区需求的调研，充分考虑对本地和外地人各类型休闲需求的满足，是基于休闲科学系统的规划类型。

二　国外休闲和旅游规划的案例分析

（一）法国的旅游和游憩规划：一种新的视野

1. 背景

法国一直在世界十大旅游目的国中占有重要地位，已经成为旅游强国。休闲活动的思想和领域早已超越旅游范畴。因为几十年来法国不仅旅游业发展快，以当日休闲活动为主的周末游憩等短期休闲活动和产业也已经具有很大规模。法国旅游优势突出：多样化的海岸线、欧洲著名山峰、特别多的历史纪念物和文化遗产地，包括古代城堡、村庄、古镇、古代宫殿、郊区别墅和名胜、多样化的物

① American Association For Health, Physcial Education, and Recreation, and The Athletic Institute of America. *Planning Facilities for Athletics, Physical Education and Recreation*. Washinton, 1974, pp. 10 – 185.

② George Torkildsen. *Leisure and recreation management*. Chapman & Hall, 1992, p. 186.

种、大型港口、多样化的气候、地形等。人口密集，城市化程度高。乡村游憩和休闲需求增长迅速。这些要求旅游规划的实践和思想发生变革。

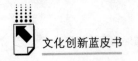

2. 法国的旅游和游憩规划发展历程

（1）规划历程

法国政府从二战以后就开始了对休闲和旅游的实际干预，这种干预主要体现在规划手段的使用上。第一次国家规划（1948～1952 年），主要侧重于对交通设施、酒店设施的现代化。第二次国家规划主要是处理野营和生活水平低下的人口的社会旅游问题。第五次国家规划（1966～1970 年）强调了冬季度假地的扩张与加速建设、航行的发展、南部郎格多克·鲁西永大区（Languedoc-Roussillon）海岸线的休闲开发规划（见图 3）、第一个国家自然公园的形成这几方面的工作。第六次国家规划（1971～1975 年）主要是针对阿基坦海岸（The Aquitaine Coast）的休闲开发（见图 5），首次显示了中央政府对环境保护问题的重视。国家规划的干预成为海岸长期无序开发的解决之道。

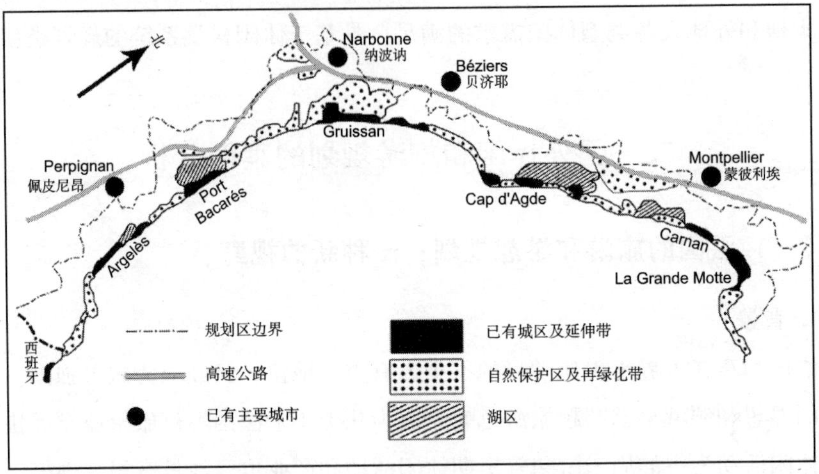

图 3　郎格多克·鲁西永大区海岸线休闲规划

资料来源：Edited by Hubert N. Van Lier. *New Challenges in Recreation and Tourism Planning*. Elsevier，1993，p. 46。

这些规划注重环境保护，促进地区经济发展、创造就业。规划中分出了休闲区、别墅区、自然保护区、休闲港等区域（见图 4），强调对休闲度假资源的保护和科学利用。从经济的角度看，这些规划取得了成功。如郎格多克·鲁西永大

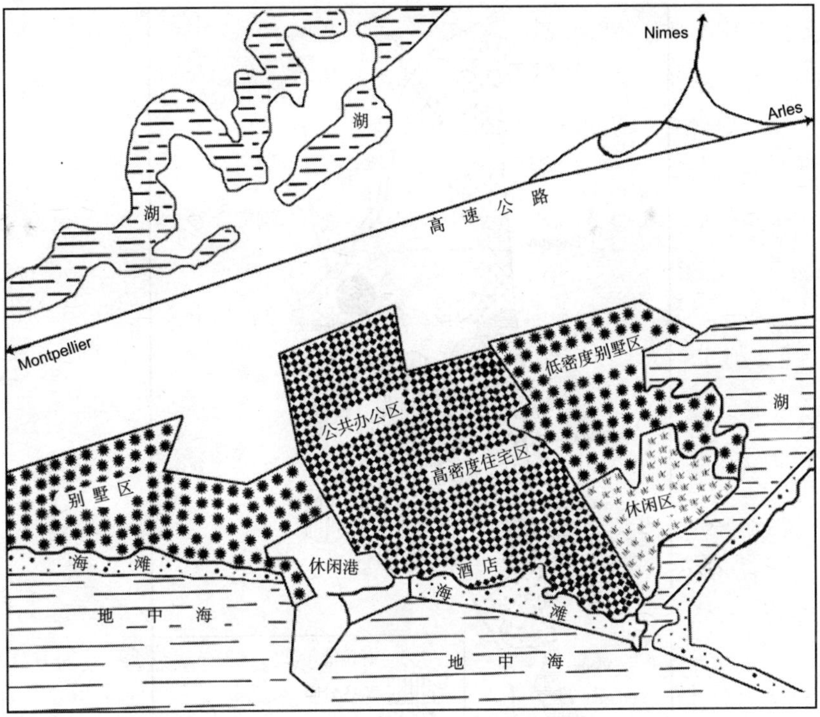

图4 郎格多克·鲁西永大区海岸所属格兰德地区休闲规划

资料来源：Edited by Hubert N. Van Lier. *New Challenges in Recreation and Tourism Planning*. Elsevier，1993，p.46。

区海岸线规划取得了成功。20世纪80年代该旅游区平均每年接待300万游客。①

自1980年以来，法国不再启动新的大型规划项目。然而，政府采用了新的干预手段，如组织、保护、立法、开发计划和地区咨询方面的努力。法国著名的土地利用规划和水资源管理专家詹尼·塔立特（Jean Tarlet）认为还应该通过加强与规划有关领域的学术研究来更好地提升规划和管理水平，以解决开发、规划和管理中出现的有关问题。② 有学者提出要用“生态规划”的方法，结合当地发展，考虑规划项目的环境、社会、经济、文化方面的影响。

① Edited by Hubert N. Van Lier. *New Challenges in Recreation and Tourism Planning*. Elsevier，1993，pp. 46－48.

② Edited by Hubert N. Van Lier. *New Challenges in Recreation and Tourism Planning*. Elsevier，1993，pp. 59－60.

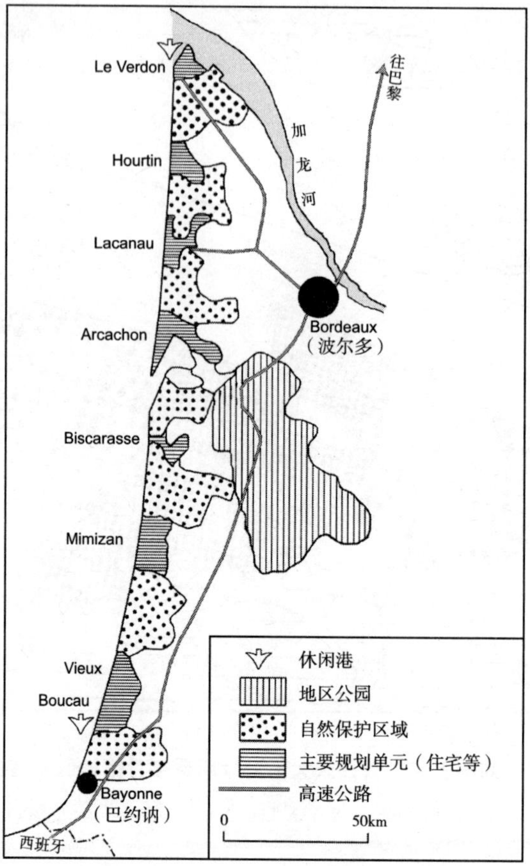

图5 阿基坦海岸休闲规划

资料来源：Edited by Hubert N. Van Lier. *New Challenges in Recreation and Tourism Planning*. Elsevier，1993，p. 48。

（2）规划的革新

“一体化度假地”：近来，法国出现了一种小规模的度假地。它能将适当的娱乐设施、食宿设施和各种有吸引力的运动和项目组合在一起，形成一个多功能的度假地。这体现了“一体化度假地”或“多功能休闲中心”的休闲哲学。最典型的例子是“地中海俱乐部”。它主要为中等收入者服务。

“村庄型度假地”：阿尔卑斯山南部的山地开发了一种“村庄型度假地”。度假地没有很特殊的设施，而是强调设施与景观的成功一体化。度假村开发由当地社区控制，控制过程中要协调土地所有者、居民参与，使度假地和当地生活一体化。

“乡村湖泊型度假中心”：乡村所在地的政府通过发展该地区的旅游休闲业来吸引城市人口来此就业，控制该地区的人口降低趋势。开发形式主要是小度假中心（见图4～10）。这些项目以一个小湖（从4英亩到10英亩不等）为中心向周围展开布局，在附近安排食宿设施（野营地、帐篷地、带走廊的平房、酒店和餐馆）、各种服务、活动、运动和游戏。实际上是为游客提供的滨水度假中心。游客可以参与水上运动、骑马、儿童游戏、网球、保龄球、乒乓球、箭术、空手道、小高尔夫和其他游憩活动。但由于它们赢利状况不好，这些中心需要国家和地方政府的资金援助。1993年法国农村的150个度假中心中的多数往往需要来自地方政府、国家甚至欧洲的基金资助。国家也通过办公共公司进行干预。该类项目成功的关键是市场分析。

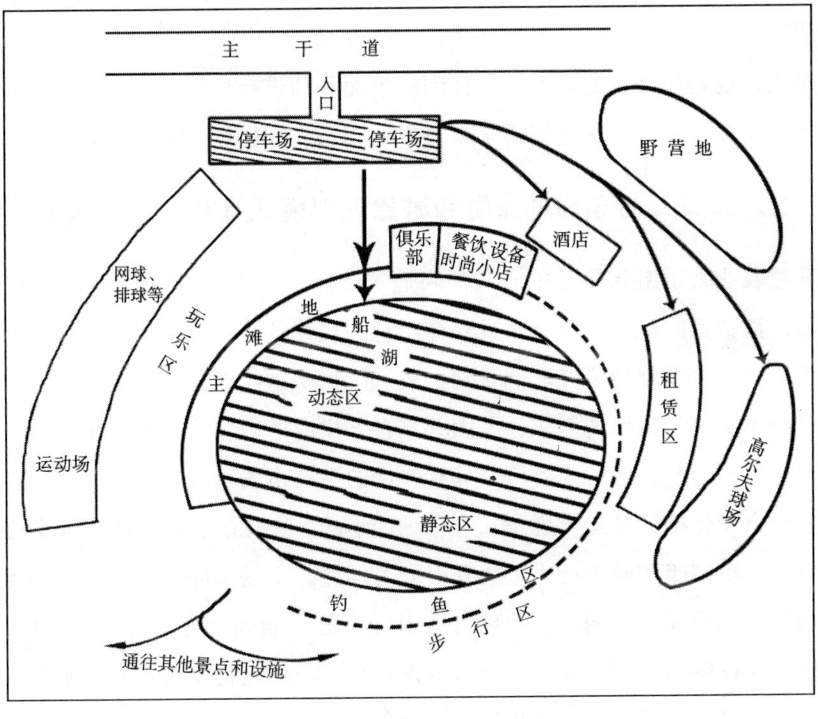

图6　休闲度假地模型

资料来源：Edited by Hubert N. Van Lier. *New Challenges in Recreation and Tourism Planning*. Elsevier, 1993, p. 64。

郊区活动的组织：郊区的休闲设施包括玩耍地、体育馆、网球场、公园。现在也组织了大型的人造活动来吸引周末和星期三下午的休闲者。郊区休闲活动要把握三个原则：配备了新型运动，如空手道和高尔夫；主题公园；其他多样化的游憩中心，如迷幻世界等。

城镇休闲活动的组织：重视城镇中心的恢复，利用纪念物和建筑遗产，开发节庆活动。近年来城市滨水区由于休闲功能的补充和开发有一个复活的趋势。许多法国贫穷的镇中心建立了步行街，开设奢侈品商店、餐馆或陈列馆。城镇中心被宣布进入了“步行者时代”。很多建筑也受这种概念的影响，如在家中建设小花园。

詹尼·塔立特认为规划和开发应强调：灵活的假期制度；与资源、健康规划和生态分析有关的研究；市场分析；管理；新的产品和服务的选择，设施和商业组织的质量；在欧洲国家之间的研究的协调性；国家和当地社团角色的重要性。

总之，规划和开发要随着公共休闲需求而不断进行变化。在乡村地区，要大力发展人造度假中心，而这需要来自官方的相当大的援助、支持和管理。

（二）以市场为导向的旅游和游憩规划模式（以荷兰为例）

荷兰农业大学游憩研究中心主任阿迪·地渥斯（Adi Dietvorst）强调研究休闲和游憩消费者的社会特性，重视对休闲行为规律的研究，主张利用社会学的理论和方法进行游憩规划研究。他看到自20世纪80年代以来，现有的旅游和游憩供应已经不能满足人们的需求，原因并不在于供应的数量上，而在于市场具有弹性和变化性。因此，他认为要研究具有弹性的更有市场基础的规划。他发现：最惊人的社会变化特征是差异现象。人口统计学的、文化的、技术的、社会经济的变化导致了在游憩和旅游行为上具有很大多样性。市场供应方必须与不同使用者团体的不同愿望和期待相对应。现代休闲行为是“蝴蝶行为”，是一个对于兴奋和挑战不知疲倦的愿望。社会差异的过程只有在空间上将旅游和游憩服务混合在一个服务体中才能被满足。这些复合体的形成内含在刺激性规划的过程中。[1] 他

---

① Edited by Hubert N. Van Lier. *New Challenges in Recreation and Tourism Planning*. Elsevier, 1993, p. 122.

认为实际访问者的潜在经历是确定复合体背景和更多个体休闲体验之间关系的关键。他还运用战略管理的技术分析了游憩和旅游复合体的优势和劣势。地理信息系统的使用对这种类型的规划也是极其有用的。

阿迪·地渥斯从分析人口统计学规律入手，分析了不同特征的人口往往形成不同的群体，这也影响了游憩方式差异的形成。而这种差异也造成了空间上的差别，由此需要创造旅游和游憩复合体。在这种情形下，刺激性的规划模型也应该产生。复合体规划特别强调市场细分的准确性。他将一个旅游和游憩复合体的要素按重要性分成了三个类别：一是基本要素，主要包括各种类型的休闲和游憩资源和吸引物，如自然保护区、国家公园、纪念物、运河、港口、文化娱乐活动、博物馆、剧院、电影院、节日、社会与文化的因素、一个地方的活力、地区文化、民间传说、地标等。第二类要素主要是各种接待和商业服务设施，如酒店、野营地、市场、餐馆、购物设施、小屋、平房公园、出租设施、野餐地等。第三类要素是其他的服务设施和物品，如停车设施、游客设施、信息、办公室、路标、指南书、地图等。

阿迪·地渥斯还以荷兰东部的格尔德兰省的一个自治市艾德市为例，分析了六种不同的休闲和度假偏好人群对不同等级的休闲资源和游憩设施的选择规律问题。研究发现：这些人群和不同的休闲资源和游憩设施进行组合后形成了一个个独立的休闲和游憩的空间束（或串、群）。这些休闲空间集合之间在功能上因组合要素和参与主体类型的不同而呈现明显的差异性。他归纳出了6种不同类型的度假和游憩人群，并分析了各自特点。一是冒险型和活动型度假者。他们总是冒险寻找新体验和未知的东西，总是制订新计划，喜欢走自己的路。二是观光和博物馆爱好者。他们对名胜古迹很感兴趣，喜欢访问博物馆和老教堂，对民间传说和当地文化有兴趣。三是社交型度假者。他们喜欢团体出行，喜欢在度假期间结交更多的人。四是懒惰型度假者。他们喜欢独处，偶然涉足运动。第五类是从家到家的度假者。喜欢家庭环境，与家庭成员一起出行，多走路或骑自行车，寻找特定类型的食宿设施（如平房）。第六类是周末和短期度假者。阿迪·地渥斯关于艾德市的休闲和游憩复合体研究成果如图7所示。图7清晰显示了不同休闲和游憩人群在选择休闲场所类型上的差异以及这种差异在地理上的特征。

以上国外对于休闲和旅游规划的理论和实践方面的探索值得我国规划学界和

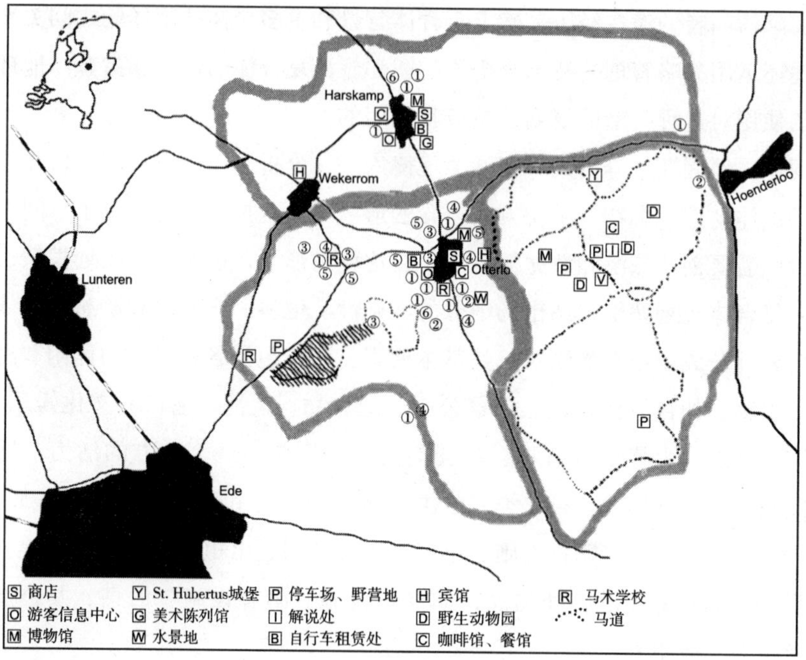

图7　艾德市的休闲和游憩复合体

资料来源：Edited by Hubert N. Van Lier. *New Challenges in Recreation and Tourism Planning*. Elsevier，1993，p. 106。

休闲学界给予足够关注。希望此文对促进我国一个新的规划研究领域——休闲规划学科的兴起和繁荣起到抛砖引玉的作用。

Recreation and Tourism Planning: Foreign Theories and Practice

Wu Chengzhong

Abstract: New planning that differs greatly from tourism planning in functions and methods has been formed in foreign countries, that is, recreation and tourism planning, which can be further divided into two categories: general planning and special planning. These two categories differ from each other in theory and methods.

The contents of the recreation and tourism planning have expanded from tourism needs and supply deployment to recreation needs and supply deployment; and the planning routes emphasize the investigation into the community recreation needs and the full satisfaction of all types of recreation needs of local residents and non-native tourists. This planning is a planning based on the leisure science system. This paper, for the first time, introduce the exploration by France and Netherland in the field of recreation and tourism planning practice to domestic readers.

Key Words: Recreation planning; General planning; Special planning; Recreation needs

区域创新篇

Regional Innovation Reports

B.23

文化与经济结合的商业模式研究

——以四川文化产业为例

李明泉* 赵志立 罗勤辉

摘 要： 本文以四川文化产业为例，具体分析了文化产业中文化与经济结合的三种商业模式，包括文化产业核心层的商业模式——以大集团化模式为主，文化产业外围层的商业模式——包装特色文化资源模式，文化产业相关层的商业模式——承接文化产业核心层、外围层的产业链模式，进而对四川文化产业的商业模式创新进行了全面总结。

关键词： 四川 文化产业 文化 经济 商业模式

一 文化产业与商业模式

党中央在2000年10月十五届五中全会《中共中央关于制定国民经济和社会

---

* 李明泉，四川省社会科学院副院长、研究员，主要从事文化产业、文化经济政策研究。

发展第十个五年计划的建议》中首次明确提出要积极发展“文化产业”，并先后出台多部专门针对文化产业发展的政策法规，以指导我国文化产业的发展。

对“商业模式”的具体定义，学术界一直存在着争论，比较公认的看法认为：“商业模式是一种包含了一系列要素及其关系的概念性工具，用以阐明某个特定实体的商业逻辑。它描述了公司所能为客户提供的价值以及公司的内部结构、合作伙伴网络和关系资本等用以实现（创造、营销和交付）这一价值并产生可持续、可盈利性收入的要素。”① 这“一系列要素”是一个完整的产品、服务和信息流体系，包括每一个参与者和其在其中起到的作用，以及每一个参与者的潜在利益和相应的收益来源和方式。其中的商业逻辑就是：企业根据不同目标市场的特性整合各营销要素实现盈利的方法，即侧重于在经营中具体的可执行的业务和企业、商品价值实现的方式。重点是企业在市场中与用户、供应商、其他合作伙伴的关系，尤其是彼此间的物流、信息流和资金流。包括企业资源开发、研发模式、制造方式、营销体系、市场流通等各个环节，也就是说在企业经营的每一个环节上的创新都可能变成一种成功的商业模式。

商业模式是一个整体的、系统的概念，而不仅仅是一个单一的组成因素。它可以细分为 9 个要素：价值主张、消费者目标群体、分销渠道、客户关系、价值配置、核心能力、合作伙伴网络、成本结构、收入模型。各组成部分之间必须有内在联系，这个内在联系把各组成部分有机地关联起来，使它们互相支持，共同作用，形成一个良性的循环。商业模式总的来说可分为如下几种。

资源管理模式：对流入企业或者说被企业占用的资源进行管理。主要是取得并维护企业赖以生存和发展的核心资源（资本、核心团队及无形资产等），以公司的核心竞争力为卖点向资本市场融资。

战略规划模式：相当于企业的神经中枢。在充分把握行业发展趋势的基础上根据可运用的资源，制订企业中长期战略规划及确定相应的企业治理结构。例如分众传媒等。

专业化模式：把企业掌握的核心资源转化或配置成一个专业化体系，使企业具备向市场提供产品或服务的能力，同时尽可能地控制成本。

① 商业模式是 Osterwalder，Pigneur 和 Tucci 在 2005 年发表的《厘清商业模式：这个概念的起源、现状和未来》一文中提出的定义。

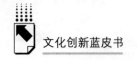

价值创造模式：运用专业化体系为社会提供产品（有形产品及科研成果、文学、艺术）和服务，同时尽可能地提高劳动生产率及产品质量，是企业为社会创造价值的核心。例如空中网、华旗资讯等。

市场营销模式：向市场推介公司的产品或服务；维护与客户的关系并收集市场信息；企业的营业收入在这个模块实现，回笼资金，取得利润，还获取市场占有率、客观忠诚度、品牌影响力等无形的“资产”。例如超级女声、太合麦田等。

文化产业的商业模式部分与其他产业具有相似之处，但也有自身不同的特点：更加关注品牌、明星经纪、内容创作、产业链经营、消费主体、展示平台。国内外文化产业的最著名的商业模式都借助了新技术和整合了新资源，开拓了新的盈利模式，同时模式具有可持续性，具有良好的业绩，模式能给其他行业很好的启发，并带动各行业模仿和创新。

一是大众消费、娱乐经济新模式。其代表有湖南卫视“超级女声”、上海东方台“加油好男儿”、北京电视台“红楼梦中人”等，涵盖了：娱乐营销、整合营销和事件营销。其中最具代表性的超级女声构筑了独特的价值链条和品牌内涵。从2004年起，超级女声通过全国海选的方式吸引能歌善舞、渴望创新的女孩子参赛，突破了原有电视节目单纯依靠收视率和广告赢利的商业模式，植入了网络投票、短信、声讯台电话投票等多个赢利点，并整合了大量媒体资源，以调动消费者的情感与参与度。在栏目运营之初，寻求企业赞助，以最大限度降低自身投入和运营风险；赞助商、电信厂商和组织机构成为最大赢家。栏目进行过程中尽可能深挖卖点吸引大众眼球，随后尽量号召广大社会民众参与到节目的评选活动中来，通过短信参与等方式将以往只是被动收看的电视观众带入与电视栏目甚至是自己喜爱的选手互动的氛围中来，以尽可能多的方式使普通电视观众参与到节目中来；而在节目结束后，电视台所属的经纪公司又开始对超女进行一系列的包装、运作，进行品牌延伸营销，组织获奖选手参加巡演、唱片销售等一系列的后续商业运作，使社会大众可以持续关注自己喜欢的选手动态，延伸品牌效益。超级女声的涉及面之广、参与人数之众、节目收视率之高、社会反响之强烈，可以说都是前所未有的，其成功真正显示了大众参与强大的影响力。其示范效应使海选节目在中国遍地开花，各家电视台和影视制作机构纷纷“克隆”，比较成功的有上海东方台“加油好男儿”和北京电视台“红楼梦中人”。这类模式面临的难题如同所有的电视节目一样——海选节目很容易进入瓶颈期。消费者喜好的转移、市场的千变万化以及竞争者的模仿跟进，是这类商业模式的“死穴”。

二是网络游戏、娱乐模式。代表公司有盛大公司、网易、第九城市，通过免费模式互动娱乐影响了互联网和网络游戏。盛大独自开创了在线游戏的商业模式。在2005年12月，盛大主动宣布转变商业模式，将自己创造的按时间收费的点卡收费模式，改为实施道具增值服务的计费模式。盛大希望以一种有效的运转模式发现和满足用户需求，延长游戏的生命期，并为公司的互动娱乐战略提供更持久的现金流。经历一段低迷期后，由于免费模式的推行，盛大的在线游戏的核心竞争力不断增强，收入得到了快速恢复和增长。盛大游戏转型免费前，国内在线游戏还没流行免费，而现在越来越多的在线游戏运营商摈弃按时间扣点的单一收费模式。久游网也是一家摒弃了单纯的按时间收费的模式，而为用户提供一站式服务的网游公司。当然无论收费还是免费，只有依靠好的游戏产品，才能在市场上长期立足。

三是细分市场，以内容创意为核心的模式。代表公司有迪士尼公司。通过打造“快乐消费”这一核心概念和品牌战略，以动画制作、主题公园、相关产品的专卖店销售等营销手段获取利润。在迪士尼公司的“利润乘数”模式中，“快乐”这一核心概念是其取得成功的关键所在。只要提到迪士尼三个字，消费者马上联想到的就会是幽默搞笑的各色卡通形象，充满欢声笑语的主题乐园。在全世界青少年心目中，“迪士尼”就是“快乐”的代名词。事实上，这种“快乐”的核心概念，正是迪士尼公司在准确把握儿童消费者甚至是成人消费者对于文化产业产品的消费需求后，致力于满足消费者的这一需求而提出的。

四是全方位整合社会资源的模式，其代表是韩国文化产业中由政府扶持的“官产学”多种资源整合发展模式。主要是政府通过一定的组织形式，将政府部门、企业、高校及研究所的力量联合起来，发挥其各自在某一产业领域的优势，有效利用资源，促进科技、创意等研究成果向生产力转化的产业商业模式，这一模式强调了政府在学院研究成果向现实生产力转化过程中所发挥的主导作用，由“官”来带动“产”、“学”共同创造产业利润是其最重要的特征。在“官产学”模式中，“官”是模式的灵魂，“产”是模式的主体，“学”是模式的源泉。

五是产业链发展模式——日本动漫产业。动漫产业是“动画和漫画产业”，指以“创意”为核心，以动画、漫画为表现形式，包含动漫图书、报刊、电影、电视、音像制品、舞台剧和基于现代信息传播技术手段的动漫新品种等动漫直接产品的开发、生产、出版、播出、演出和销售，以及与动漫形象有关的服装、玩具、电子游戏等衍生产品的生产和经营的产业。动漫产业链涉及创作、发行、播出、授权和产品开发等环节，包括影视动画片的制作生产——电视台和电影院的播出和放映——动漫图书出版发行——音像制品的发行——形成版权的授权代理——衍生产品开发和营销。日本素有“动漫王国”之称，是世界上最大的动漫制作和输出国之一。目前，世界上人们观看的动漫产品大约有60%是日本制作的，日本动漫产品占领了欧洲80%的动漫市场。① 日本动漫产业能够获得成功，其主要原因就在于善于挖掘产品——即动漫形象的潜在商业价值，通过产业链形式不断开发产品市场，从而获得高额利润。

六是以品牌结合展示平台全方位整合产业资源的模式。2007年，湖南卫视品牌价值已达到45.94亿元，排名于“中国品牌500强”的第133位，位居传媒业第8位、电视媒体第3位。在全球范围内，湖南卫视已进入日本和澳大利亚的普通家庭，更是唯一一个进入美国主流电视网的中国省级卫视。2006年举办的“超级女声”栏目创收3亿元人民币，创造了中国国内单一电视活动营销的最高纪录。近年来，湖南卫视凭借其高度的娱乐性、时尚性和参与性以及一系列的品牌栏目，确立了其强势的娱乐品牌和省级卫视领头羊地位。大众参与性是电视产业的重要砝码。湖南电视产业以大众参与为其产业模式核心。“快乐大本营”以其自身轻松、搞笑的栏目风格和娱乐性、参与性而成为湖南卫视的明星栏目，至今长盛不衰。“智勇大冲关”倡导全民健身、全民参与的理念，尽可能挖掘每一个潜在参与者加入到这个完全平民化、大众化的节目中来，努力打造社会上个人与个人、个人与群体、群体与群体之间的互动性，对互动性的强调与关注，也成为湖南卫视收视率一路领先的原因之一。

二　四川文化产业的商业模式

（一）文化产业核心层的商业模式——以大集团化模式为主

四川省文化产业“核心层”发展概况。根据《四川省文化产业发展研究报

① 动漫产业链的发展模式。

告》统计，截至2006年，四川省文化产业核心层共有从业人员21.1万人，拥有资产217.2亿元，全年营业收入达到了215.8亿元，实现增加值64.9亿元。

表1　2006年四川省文化产业核心层基本情况

文化产业行业分类	从业人员(人)	资产总计(千元)	营业收入(千元)	增加值(千元)
新闻服务	631	141599	71474	53096
出版发行和版权服务	123262	16250059	17045976	4036292
广播、电视、电影服务	30269	5010597	2295533	1267707
文化艺术服务	34325	317632	2169392	1132889
核心层合计	188487	21719887	21582375	6489984
核心层所占文化产业总产值比重(%)	32.59	26.83	32.80	37.16

四川省一直是我国西部地区出版业大省，统计数据表明，到2006年，在四川省文化产业“核心层”和“外围层”中，规模最大的行业类别就是出版发行和版权服务业，其从业人员有12.3万人，占文化产业从业人员的21.3%；拥有资产162.5亿元，占20.1%；实现增加值40.4亿元，占23.1%；全年营业收入170.5亿元，占25.9%。新闻服务业、广播电视电影服务业在文化产业“核心层”中占有重要的地位，且与出版发行和版权服务业联系紧密，因此，这三类产业的共同发展成为四川省文化产业发展的基础。而这三类产业同样也是政府的一种战略性资源，是公认的“社会公器”，具有极强的公共性，但同时又具有产业化的特点，能够通过市场化、产业化运营，产生巨大的经济效益，这已被国际经验所证明。近年来，随着经济全球化和信息技术的迅速发展，世界传媒产业形成了专业化、集团化、国际化和跨媒体运营的发展趋势。①

四川省新闻服务业、出版发行和版权服务业以及广播、电视、电影服务业实力雄厚，发展潜力巨大，《成都日报》报业集团总资产达到23.3亿元，《成都商报》2003年是中国西部唯一进入全国广告收入前七强的媒体，成都电视台2001年收益1.2亿元，居省会城市电视台第4名。②

实力、潜力以及产业间紧密的联系，构成了四川省文化产业“核心层”规模

① 齐勇锋：《传媒文化产业集团的发展趋势和改革创新》，《青年记者》2006年第5期。

② 张立伟：《成都文化产业的必然抉择》，《四川党的建设（城市版）》2005年第10期。

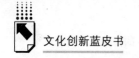

化、集群化发展的基本要素，使其走上了一条以大集团化商业模式为主的发展道路。

随着四川省文化产业的逐步发展，全省共陆续成立组建了包括四川日报报业集团、四川广播电视集团、四川新华发行集团、四川出版集团、四川党建期刊集团等在内的八大文化集团。8个集团资产总计、年总收入超过100亿元。其中四川日报报业集团、四川广播电视集团、四川新华发行集团、四川出版集团、成都日报报业集团等5个集团资产均超过10亿元。四川新华发行集团、四川出版集团、成都日报报业集团等3个集团年纳税额超过亿元。① 2000～2004年，四川新华发行集团总资产从19亿元增至36.7亿元，年均增长17.89%；净资产从10亿元增至15亿元，年均增长10.67%；利润从7470万元增至1.6亿元，年均增长20.98%。成都日报报业集团经过整合《成都日报》、《成都商报》和《成都晚报》，并兼营其他实业，总资产增至25亿元，净资产增至12.7亿元，年收入12.25亿元，是西部最早拥有上市公司，也是中国西部地区唯一进入报业十强的报业集团。四川广播电视集团总资产增至17.48亿元，四川出版集团总资产增至14.5亿元，四川日报报业集团总资产增至10.7亿元。② 这些大型产业集团的设立，标志着以它们为主力的四川省传媒战略布局基本完成。

为进一步加快四川省文化产业体制改革，带动四川省文化产业核心层“集团化”商业模式的发展，2009年11月，四川党建期刊集团和四川新华文轩连锁股份有限公司共同发起设立了四川期刊传媒（集团）股份有限公司。这也是我国新闻出版总署正式批准的第一家股份制期刊集团，其目标在于打造“中国期刊第一股”。这样的改革，为新闻出版发行业等产业搭建起了优势互补、发展共赢的更为广阔的平台，也为“核心层”产业发展的投融资提供了更大的便利。

四川省文化产业“核心层”的集团化发展，不仅可以推动新闻传媒业的快速发展，从产业链角度来看，其上游产业可以推动四川省印刷产业的进一步发展，其下游产业可以充分发挥成都书刊销售终端市场的优势，提高发行业的服务水平和扩大销售规模。同时，集团化的商业模式，可以最大限度地加强核心层各产业间的联系，产生规模经济效益，以集中化的整合实现经营的多样化。

---

① 曹丽娟：《将体制改革推向纵深，促进四川文化产业集团大发展》，2007年12月《经理日报》。

② 李旸：《四川文化产业发展概要》，四川新闻网，2009－8－3。

“核心层”产业的集团化发展，使其在原有资源禀赋和市场体系的基础上，通过新闻、出版、发行以及信息产业的不断整合和发展，围绕将四川省文化产业“做大做强”的经营目标，形成了跨产业部门和产业技术的规模化经营，甚至把资源传播的主要使用者也拉入了组织结构，呈现出产权的集中化和组织结构的规模化等明显特征。把集团当做一个平台，将集团旗下的人、财、物以及产、供、销进行有机整合，实行资源共享，人才合理配置，打造集团的核心竞争力，真正实现做强。这种规模化、集团化的产业组织形式，产生了四川省文化产业“核心层”的规模经济和集群化发展，在有效地降低文化产品生产成本和产业组织运营成本的同时，加强了产业间的融合和高新技术在产业间的运用，既能兼顾原产业的基础，又能满足产业升级和结构调整的需要，实现了四川省文化产业发展规划中“大集团带动大产业”的发展目标，并带动了整个四川省文化产业链中的“外围层”和“相关层”的发展。

（二）文化产业外围层的商业模式——包装特色文化资源模式

四川省文化产业“外围层”发展概况。根据《四川省文化产业发展研究报告》统计，截至2006年，四川省文化产业“外围层”共有从业人员12万人，拥有资产211.5亿元，全年营业收入118.4亿元，实现增加值42.6亿元。在“核心层”和“外围层”中，文化休闲娱乐服务业是规模排在第2的行业，有从业人员7.6万人，资产97.6亿元，增加值22.9亿元，营业收入62.9亿元。

表2　2006年四川省文化产业外围层基本情况

文化产业行业分类	从业人员(人)	资产总计(千元)	营业收入(千元)	增加值(千元)
网络文化服务	24890	749408	289535	125022
文化休闲娱乐服务	75957	9756407	6294159	2293236
其他文化服务	41916	10644567	5256538	1839336
外围层合计	142603	21150382	11840232	4257594
外围层所占文化产业总产值比重(%)	24.66	26.12	18.00	24.38

从世界范围来看，上文阐述的以大集团化为主的文化产业核心层的商业模式，属于以传播内容产品为核心的第二代文化产业发展策略。这种发展模式和发

展策略，突出的是文化产业的外向型输出特征。正是科技的发展以及产业的创新融合使文化产业核心层发展出该种商业模式。文化产业外围层，是包括网络文化服务、文化休闲娱乐服务以及其他文化服务在内的以消费者休闲娱乐为主的文化产业。

四川省作为旅游大省，也是著名的休闲城市，在以休闲娱乐为主的文化产业的发展方面有着良好的基础和适时的规划。四川省在文化产业外围层的发展上，根据《2009～2012年四川省文化产业发展规划》，主要采用的是包装特色文化资源的商业模式，分别构建了川西北民族文化产业发展区、川南民俗文化产业发展区、川中历史文化产业发展区、川东北红色文化产业发展区这四个特色发展区和成都武侯祠锦里旅游文化经营管理公司、三星堆文化产业园、成都洛带客家文化产业开发有限责任公司等国家级的文化产业示范基地。这些特色发展区和国家文化产业示范基地的建立都是以四川省特有的文化资源为基础的，在其上加以产业化的包装营销，使之成为带动四川省文化产业外围层发展的主要动力。这种以当地特色文化资源为基础的文化产业发展模式，可以被看做以地方营销和文化遗产的开发和利用为特点的第一代城市文化发展策略。这种发展策略偏向于城市物质环境和形象的营造、营销，以及不可移动的文化经济（即必须在产地消费的文化产品，如旅游观光产业的发展）。因此，地方形象营销、文化遗产项目开发、艺术基金项目，以及节庆、嘉年华、体育盛会、其他各种轰动性活动项目，成为城市发展文化产业的主要项目。①

四川省作为一座历史悠久的文化名城，沉积了丰厚的文化资源，包括著名的古蜀文化资源、三国文化资源、名人文化资源等。将这些丰厚的文化资源，转变为带动经济发展的文化产业，是四川省文化产业发展过程中的一个重要步骤。因此，四川省在文化产业外围层，特别是休闲娱乐服务业的发展过程中，一直致力于发展以包装四川省特色文化资源为主的文化产业商业模式。

以成都市锦里民俗文化一条街为例。锦里属于三国故里武侯祠的一部分，但又相对独立，经过三年的打造，于2004年正式开始对外营业。锦里虽然是一条仿古步行街，但由于其紧邻武侯祠，以三国文化为依托，以明清时代川西民居为

① 李怀亮、罗霆：《城市传媒集团在文化产业发展中的定位与经营管理创新》，《现代传播》2010年第1期。

特色，体现了川西地区特有的民风民俗，再现了蜀地文化风貌，充分挖掘了本地文化资源优势，最大限度地满足了现代消费者体验式、休闲式、互动式的消费需求，呈现出历史文化资源与现代文化产业的完美结合。在致力于包装特色文化资源的同时，锦里步行街在管理上采取完全的市场化运作方式，利用股份制经营形式，将经营权和所有权分离，组建了锦里旅游文化经营管理有限公司，保证了它的可持续发展。在2004年10月，锦里被文化部命名为全国“文化产业示范基地”。锦里步行街由于其良好的社会效应和可观的经济效益，已经成为成都市乃至四川省的一张文化旅游名片。

除了开发锦里这类特色历史文化资源外，四川省在开发各个地区的节庆、民俗文化资源上同样做足了工夫。从2004年开始恢复举办的一年一度的“成都大庙会”，以博物馆为平台、依托三国文化，以四川独特的文化资源为背景，成为四川文化的一个缩影。在六年时间内，“成都大庙会”就成为与北京的地坛庙会、泰山东岳庙会、沈阳皇寺庙会等全国著名庙会齐名的中国传统庙会品牌之一。2009年，“成都大庙会”接待游客约100余万人次，同比增长了25%。① 四川省在对特色文化资源的挖掘上，采取了多种形式。神秘、浪漫的古蜀文化的发掘，极大地丰富了四川省文化资源。因此，在对古蜀文化特别是位于成都市的金沙文化的包装过程中，呈现了更多的形式。金沙遗址中的标志性出土文物太阳神鸟金箔不仅成为中国文化遗产保护标志，也是成都市电视台乃至整个成都市的标志；金沙博物馆是四川旅游项目中不可或缺的一项，也是人们了解古蜀文化的最好“课堂”；根据金沙文化改编的音乐剧金沙，不仅创造了极高的知名度，有利于更多的人了解金沙文化，同时在2007年获得了国家文化部的奖励。

地区特有的文化，只有在与异域文化的交流融合中才能得到更好的发展。作为文化产业重要资本的文化资源，只有通过区际流通，才能为区域文化产业的发展提供更广阔的市场。包装特色文化资源的商业模式，为四川省文化产业“走出去”提供了极大的契机。例如，上海世博会期间，四川的皮影戏和川剧变脸入选了世博会表演项目，为这两项四川特有的文艺表现形式提供了向全世界观众展示的契机。汶川地震后，虽然地震灾区遭受了巨大的损失，但是在各地援建的

① 蔡宇：《成都大庙会成“中国狂欢节”名牌》，2010年1月28日《华西都市报》。

过程中，被援建方当地特有的文化资源也受到了援建方的文化影响。河南省在援建江油市地震中被破坏的李白纪念馆新馆时，就让川籍诗仙李白与豫籍诗圣杜甫在此处“重逢”，融合了两地的特色文化资源。

（三）文化产业相关层的商业模式——承接文化产业核心层、外围层的产业链模式

四川省文化产业“相关层”发展概况。文化产业“相关层”包括了文化用品、设备及相关文化产品的生产和销售活动。在2006年，四川省文化产业“相关层”共有从业人员24.7万人，资产380.9亿元，全年营业收入323.7亿元，实现了增加值67.2亿元。

表3　2006年四川省文化产业相关层基本情况

文化产业行业分类	从业人员(人)	资产总计(千元)	营业收入(千元)	增加值(千元)
文化用品、设备及相关文化产品的生产	91386	28332354	19532511	6022995
文化用品、设备及相关文化产品的销售	155899	9759100	12836426	692423
相关层合计	247285	38091454	32368937	6715418
相关层所占文化产业总产值比重(%)	42.76	47.05	49.20	38.46

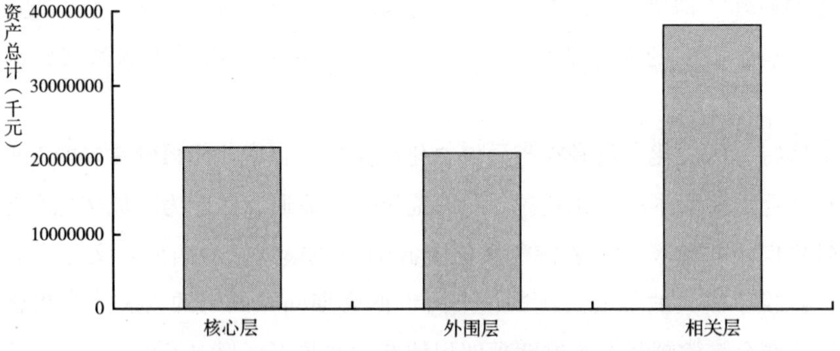

图1　2006年四川省文化产业三层级资产总量

从图2中可以看到，四川省文化产业中相关层的资产总量占到了整个产业资产总量的近一半。

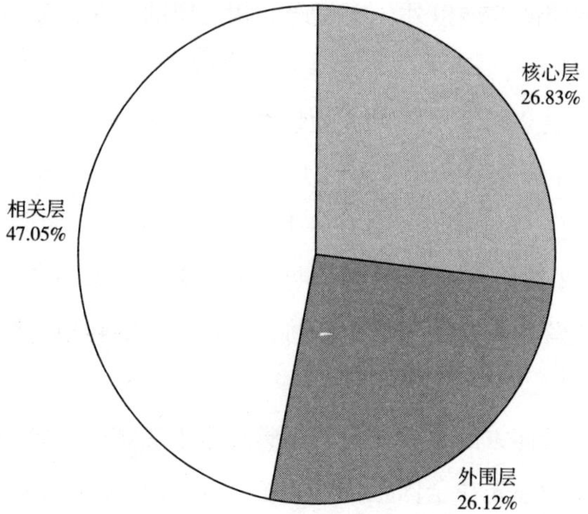

图 2　2006 年四川省文化产业三层级资产总量占比

从表 4 中可以发现，核心层以最少的人均资产 115230 元创造了最多的人均增加值 34430 元，而相关层却以最多的人均资产 154040 元创造了最少的人均增加值 27160 元。

表 4　2006 年四川省文化产业人均概况

单位：千元

	人均资产	人均营业收入	人均创造增加值
核心层	115.23	114.5	34.43
外围层	148.32	83.03	29.86
相关层	154.04	130.9	27.16

文化产业相关层以文化用品、设备及相关产品的制造业和销售业为主，它的产业链上游主要是由一批具有自主品牌、核心技术、核心专长、销售网络的制造业所组成的。按照文化产业链的普遍规律，没有自主知识产权的研究开发，没有大批量的文化产品制造业和销售业，产业链下游的产品附加值就难以增加，总体的文化产业贡献值就不能做大做强。因此，一个区域的文化产业要获得大批量、高附加值、可持续的发展，并在满足本区域或本国消费的基础上顺利进入国际市场，就一定要进入文化产品的研发、制造和销售领域，尽可能地打造一个较长的产业链。表 4 的数据进一步揭示了，要想更好地发展四川省文化产业，除了继续

加强核心层和外围层的发展以外，文化产业相关层的产业链创新和延伸也是必不可少的。

四川省文化产业“相关层”的商业模式，是以延伸“核心层”及“外围层”的文化产业链为主的。以四川省新华书店集团公司的产业链延伸发展为例。据统计，在2000年以前，全国新华书店的平均主营业务收入的80%来源于计划发行的教材、教辅，[①] 在长期由新华书店垄断经营的教材、教辅发行试行招标制后，新华书店的传统主营业务受到了严重威胁，商业模式的转换及产业链的延伸已经不可避免。

在产业链纵向延伸方面，首先，四川省新华书店集团已经不再将其产业发展局限于发行业，而是率先在全国范围内设立了大型的现代化书城——西南书城，在其他省级新华书店还将业务局限于批发时就开始涉足零售市场，由此进一步建立了自己的连锁营销网络，集成出版物供应链上各环节业务流程，以物流配送系统、信息系统和电子商务平台为支撑，建立起了完整、高效的集商流、物流、资金流和信息流于一体的出版物物流配送网络。出版物供应链的建立与完善，使四川省新华书店集团公司实现了从批发企业向批零一体化的出版物流通企业的转变。其次，新华书店集团成立了全国新华书店系统首家出版选题策划、经营公司，打破了出版业与发行业的传统分工模式，将这两个产业通过产业链模式有机地结合在了一起，使其产业链有了进一步的延伸。最后，新华书店集团通过组建第三方物流公司、控股西南地区印刷技术先进且规模最大的彩色印务公司等一系列举措，形成了编排、印刷、发行、物资供应的完整产业链。

在产业链横向延伸方面，新华书店集团积极扩张面向终端市场的零售连锁网络体系，重点发展涵盖读者俱乐部、网上书店等的专业渠道体系，其下辖的西南书城和成都购书中心，占据了成都市书业零售市场60%以上的份额。[②] 同时，新华书店集团充分认识到了网络的重要性，通过组建新华在线公司，拓展以网上销售为核心的无店铺销售体系，实现了产业链由传统有形市场向新兴无形市场的延伸。另外，新华书店集团也逐步将其产业链延伸至相关文化产业，寻求传统出版

---

① 中共四川省委宣传部、四川新华书店集团公司联合课题组：《自强创新与文化产业的发展壮大——四川新华书店集团化建设的实践与思考》，《经济体制改革》2002年第2期。

② 中共四川省委宣传部、四川新华书店集团公司联合课题组：《自强创新与文化产业的发展壮大——四川新华书店集团化建设的实践与思考》，《经济体制改革》2002年第2期。

流通业与文化产业其他业态如影视娱乐业、文化旅游业之间的产业联系，进而拓展新兴媒体市场，实现多种媒体间的协同发展（见图3）。

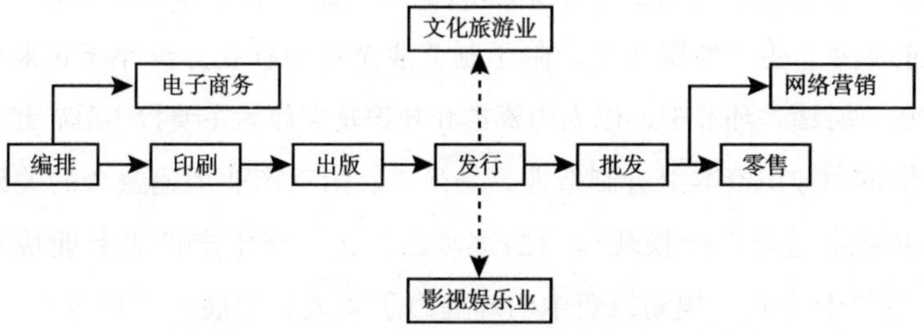

图3　四川省新华书店集团公司产业链延伸

四川省新华书店集团公司打造的这样一条既有长度又有宽度的产业链，以四川省文化产业核心层和外围层为核心，带动相关层产业的发展，文化用品、设备及相关文化产品的生产和销售在这条产业链中发挥着基础性的作用。

三　四川文化产业的商业模式创新

（一）文化产业结构调整与商业模式创新

1. 文化产业结构调整

产业结构调整包括产业结构合理化和高级化两个方面。产业结构合理化是指各产业之间相互协调，有较强的产业结构转换能力和良好的适应性，能适应市场需求的变化，并带来最佳效益的产业结构，具体地表现为产业之间的数量比例关系、经济技术联系和相互作用关系趋向协调平衡的过程；产业结构高级化，又称为产业结构升级，是指产业结构系统从较低级形式向较高级形式的转化过程。产业结构的高级化一般遵循产业结构演变规律，由低级到高级演进。

2. 四川省文化产业结构调整与商业模式创新

（1）产品结构调整与商业模式创新

调整文化产业产品结构，旨在加强区域文化产业的生产性服务功能，也就是要大力发展文化产业中的生产性服务业，使区域文化产业在最终消费品和中间产品之间有一个稳定合理的比例，为其有序发展奠定基础。所谓生产性服务业（Producer

Services)，是指被作为中间性投入提供给其他企业的促进生产活动的服务。[①] 按照我国学者的普遍理解，生产性服务业是与制造业直接相关的配套服务业，是从制造业内部生产服务部门中独立发展起来的新兴产业，本身并不向消费者提供直接的、独立的服务。生产性服务业依附于制造业企业而存在，贯穿于企业生产的上游、中游和下游诸多环节中，以人力资本和知识资本作为主要投入品，把日益专业化的人力资本和知识资本引进制造业，是第二、第三产业加速融合的关键环节。[②] 随着我国传统制造业升级换代压力的逐步增大，发展生产性服务业成为必然趋势。我国在“十一五”规划纲要中明确提出了要大力发展的六种生产性服务业：现代物流业、国际贸易业、信息服务业、金融保险业、现代会展业、中介服务业。

在这六种生产性服务业中，就有信息服务业、现代会展业和中介服务业三种产业属于文化产业。在这三种产业中，现代会展业作为区域经济的“晴雨表”、国际公认的朝阳产业，在引导基础产业和主导产业发展、促进生产要素流动、优化资源配置、提升城市形象、推动区域经济发展等方面发挥着越来越重要的作用。四川省现代会展业近年来发展迅速，创新了自己的商业模式，总结出了“政府、会展场馆、会展公司”三方联动的现代会展业发展运作模式，即政府主办、场馆承办、公司筹划运作。

在这种商业模式中，政府作为会展的主办方发挥着至关重要的作用。为此，四川省和成都市两级政府均成立了专门的会展行业发展机构，这也在全国开了先河。在两级政府的带动下，四川省成功举办了2006年中国—欧盟投资贸易合作洽谈会、有“中华第一会”美誉的全国糖酒商品交易会、中国国际美食旅游节等一系列知名会展。在这些大型成功会展的背后，会展场馆以策划、招展、展场出租等方式作为会展的承办方，为会展的顺利进行提供了良好的平台，并从中获取了巨大的商业利润。据计算，四川95%的会展都在成都举办[③]，而2009年成

① 国际合作经济发展组织：Producer Services are Intermediate Inputs to Further Production Activities that are Sold to Other Firms。

② 李凝：《生产性服务业定义与分类》，http：//www. iiso. org. cn/YanJiuBaoGao/ShowDetail_ Research2_ 10190. html。

③ 黄杉：《成都会展业现状及发展问题探析》，《成都大学学报（社科版）》2009年第2期。

都会展业收入达到了25.52亿元，同比增长35.2%，拉动消费215.2亿元①。与此同时，会展（策划）公司为会展的运作提供策划服务。三方联动的商业模式，为四川省的现代会展业优势资源的配置及融合提供了更为广阔的平台，而这个运作良好的广阔平台也进一步促进了现代会展业的发展，并带动相关产业如通信、交通、金融、房地产等的迅速发展。同时，政府在发展四川省现代会展业过程中也注重了其与文化产业中其他相关产业的进一步互动和融合，在这种三方联动的商业模式下，突出了四川文化特色。

（2）组织结构调整与商业模式创新

调整组织结构，旨在进一步开放文化产业市场，鼓励多元化的资金进入市场，形成有竞争活力的市场组织结构，从而促进文化产业市场上的良性竞争。这需要政府出台政策鼓励创建中小型文化企业，增强文化产业市场活力。

在四川省文化产业发展过程中，针对组织结构调整，政府出台了多项相关政策，用以进一步开放和完善文化产业市场。这些政策和措施的实行，起到了良好的推动作用，使得四川省文化产业市场得到了良好的发展。但是，针对四川省文化产业的组织结构调整，到目前为止并没有在四川省文化产业市场上形成一种具有一定影响力的较为有效的商业模式。

四川省在构建自身文化产业市场组织结构上，提出的是“大集团大品牌”、“大投入大项目”战略，这些战略对于四川省文化产业市场上资本、技术等要素的集聚和流动、增强我省文化产业的整体实力和国际竞争力具有重要的作用。但是，随着文化产业的发展，我们还需要配套出台对中小型文化企业和个体经营户进入文化产业的鼓励优惠政策以支持其发展壮大，中小型文化企业和个体经营户，对于活跃文化产业市场、完善文化产业的组织结构、从整体上提升文化产业组织化程度等都有着极为重要的作用。四川省中小型企业和个体经营户，目前主要集中于网络文化业、音像业、娱乐业、演艺业等，但普遍存在着小规模分散问题，水平低、科技含量低、竞争力差。以个体经营户为例，据统计，2006年四川省文化产业单位及个体户构成（按单位类别分）中，个体经营户的数量占到了74.9%，而其同年创造的产业增加值仅占到17.1%②。但是，中小企业和个体

① 葛红林：《去年全市会展业收入超25亿》，网易财经，2010-3-21。

② 四川省统计局、中共四川省委宣传部：《四川省文化产业研究报告》，2007-10。

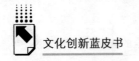

经营户在文化产业市场中有着相当的活跃性、灵活性和创造性，发展潜力巨大，加大其发展力度，对于文化产业市场组织结构调整、增强市场活力，将起到巨大的推动作用。

“锦里”仿古旅游街是四川省运作非常成功的一种文化旅游模式，在“锦里”一个重要的特色项目就是民间艺人摊位。这种将独特的民间技艺与民间风俗同个体经营相结合的方式，不仅能够很好地起到保护非物质文化遗产的作用，同时能够吸引大量的游客，从中获得巨大收益。四川省有着众多独特的非物质文化遗产，将这些独特的旅游资源以商业运作方式进行进一步开发，达到产业集聚效果，形成产业规模，可能使其发展成为四川省在文化产业组织结构调整上创新性的商业模式。

（3）所有制结构调整与商业模式创新

调整所有制结构，意味着扩大文化产业市场准入领域，扩大准入空间，放宽准入条件，由此将释放出大量的产业发展空间，增强市场因素在文化产业发展中的作用，为文化产业发展注入活力。

文化产业在历史发展过程中，不可避免地带上了“事业”的色彩。然而，随着文化产业的逐步发展，以公有制为主体、多种所有制共同发展的文化产业格局正在逐渐形成。四川省政府部门针对这一现象，在2004年即出台了关于文化体制改革和发展文化产业的实施意见，开始允许非公有资本进入文化产业市场。在2006年，四川文化产业进一步向非公有资本开放，初步形成了多种所有制经济共同发展文化产业的格局。在近几年的发展中，四川省文化产业开始积极向外融资，以扩大文化产业市场规模，向市场注入更多活力。在2010年5月结束的第六届深圳文博会上，四川省文化产业借助“文化产业投融资公共服务平台”向市场融资，共有162个项目入选融资手册，近一半项目的融资额都高达千万元。[①] 2010年5月19日，成都文化产权交易所挂牌开市，它是西南地区第一家以文化物权、债权、股权、知识产权等为交易对象的专业化市场平台，成都也成为继上海、深圳之后全国第三个设立文化产权交易所的城市。

四川省文化产业这种：扩大准入空间，放宽准入条件，通过鼓励国内外两个市场资金的进入，特别是积极“走出去”向外融资的战略，逐步系列化地打造

① 舒张惠：《四川178个文化产业项目　面向全国寻融资》，2010年5月19日《华西都市报》。

产业发展的国际平台来促进自身文化产业发展的商业模式，为文化产业发展创造了更为广阔和活跃的市场。

（4）技术结构调整与商业模式创新

调整技术结构，就是要形成区域文化产业市场上多层次的技术结构，通过技术的引进和使用，既提高了文化产业自身发展的水平、文化产品的质量和文化产品传播的技术手段；也促进了文化产业与其他产业交融的深度、广度和迅捷度，创造出新的传播模式；文化产业技术手段的提升还加深和加速了文化产业对社会发展的引导作用，满足了区域现有文化产业和经济及社会发展的需要。四川省在进行文化产业技术结构调整的过程中，重点突出文化产业高新技术的发展，推动文化产业升级与融合，以此带动文化产业内部及文化产业与区域主导产业、支柱产业等的融合，并推动未来文化产业同经济社会的发展。

高新技术和网络技术的发展，打破了传统文化产业的发展格局。最典型的例子，就是新兴网络媒体对传统媒体的挑战。网络媒体的兴起，促进了信息的交流与沟通，有助于提高文化传播的效率以及资源共享程度。传统传媒业积极应对新兴传播媒体的挑战，通过网络信息技术，搭建网络报纸、网络出版、数字电视等传播平台，实现了高新技术与传统传媒的融合，带动产业升级与创新。四川在线就是由四川报业集团所创办的门户网站，其中包含了 12 种报纸杂志的电子版。四川在线经过多年的发展，已经从最开始简单的新闻转载发展到共同的新闻策划，从配合传统媒体运作发展到作为主导媒体形式进行新闻策划和举办活动。在政府的政策主导下，四川高新技术与文化产业的融合获得了长足的进步，成为四川省文化产业迅速发展的主要助推力。

（5）区域布局结构调整与商业模式创新

文化产业在区域布局上的空间结构调整，是为了合理配置区域内文化产业发展要素，推动资源要素的合理流动与集聚，更好地发展区域文化产业。四川省在文化产业布局中，根据不同区域的文化资源和发展要素特色，构建了“一个集中发展区、四个特色发展区、若干产业基地和园区”的区域布局。集中发展区指成都市区。特色发展区指川西北民族文化产业发展区、川南民俗文化产业发展区、川中历史文化产业发展区、川东北红色文化产业发展区。这五个发展区，因为其先天区位的不同，导致其在文化资源集聚，文化产品形成中劳动力等要素形成和流通，以及传播方式、消费需求等方面的不同，也正是这些不同，构成了四川省文化产业独具特色的区域空间形态。文化产业基地和园区指省内国家、省、市（州）三级基地和园区。[①] 这样的区域文化产业布局方式，突出了四川省文化产业资源特色，也为四川省文化产业集聚发展提供了条件，有利于壮大产业规模。

文化资源、要素的集聚，是产业集聚效应推动下区域文化产业布局结构调整的一种模式，比如文化产业园区建设；而它们的跨区域流动又是产业扩散效应下区域文化产业发展的另一种模式，是以产业链为纽带，拓展和带动文化产业在空间结构上的调整。成都金沙院线农村数字电影有限公司通过与广安、资阳、宜宾等8个城市的合作，组成农村电影放映的联盟体系，在农村地区积极布局电影放映市场，抢占农村和社区电影这个潜力巨大的市场。作为四川省文化产业旗帜之一的新华文轩，通过几年的跨区域联合，逐步在重庆、贵州、云南等地建立了服务中心，覆盖了全国市场，并开始在全球招揽战略伙伴。这些区域布局结构的调整策略，构成了四川省文化产业跨区域整合农村、城市资源以推动文化产业发展的商业模式，为四川省文化产业后续发展打造了一个更为广阔的平台。

（二）文化消费市场培育与商业模式创新

文化消费市场主要由三个方面决定其市场容量大小，一是消费者的消费能力，二是消费者的闲暇时间，三是消费者的消费需求。随着四川省 GDP 的不断增长和人均可支配收入的不断提高，消费者拥有了一定的文化产品消费能力，而节假日特别是国庆长假等假日制的推行，也为消费者提供了大量的闲暇时间，这也是支撑近年来文化产业蓬勃发展的一个重要基础。因此，在文化市场消费能力、消费时间、消费需求三因素中，如何提升消费者的消费需求；在文化产品与消费市场之间，如何创新出更加合适的商业模式，使文化产品能尽快地被传播给消费者，被消费者所接受，以满足不断增长的文化消费需求，也成为进一步培育文化消费市场的关键。

经历过汶川地震之后，四川省旅游业受到重大打击，虽然在此之后政府提出将旅游业作为四川省经济发展的支柱产业和主导产业，但是如何发展四川省旅游业这一文化产业中的重要组成部分，进一步开发旅游市场、吸引游客，成为亟待

---

① 《2009～2012 年四川省文化产业发展规划》。

解决的问题。为解决这一难题，成都市于2009年向其他城市的居民发行熊猫金卡（这一模式通过以政府发行的旅游优惠卡，来吸引外地游客来蓉旅游），起到了巨大的作用。据统计，2009年熊猫金卡共发行450万张，政府为门票费用支出1.5亿元，但是拉动了50亿元的消费市场。2009年全年，成都市共接待旅游者5570.43万人次，同比2008年增长34.05%，比震前的2007年增长28.58%，旅游收入更是达到了501.30亿元，比2008年增长33.53%，比2007年增长20.74%。[①] 熊猫金卡的发行对成都乃至四川震后整个旅游产业的带动作用，拉动区域市场需求迅速增加，促进了消费增长，这一积极培育旅游消费市场的商业模式成为2009年全国旅游的一大创新亮点，并被入选2009年的“中国年度十大旅游事件”。有了2009年的成功经验，2010年，成都市政府开始推出针对入境游市场的熊猫金卡，以实现资源共享、市场共育、客源互送、利益共享、服务最佳的目标，真正向国际旅游市场叫响“最佳旅游城市”这张成都旅游的国际品牌，使应急性的营销模式与“品牌营销”战略相结合，形成促进可持续发展的常态优势。

在培育文化消费市场的商业模式中，除了发行熊猫金卡这种政府直接刺激旅游消费市场的模式外，成都另一独特的商业模式则是“农家乐旅游”模式。随着城市生活压力的日益增加，在探寻舒缓压力的生活方式的过程中，四川以其独有的“休闲精神”，开创了“农家乐”旅游休闲模式。利用周末的短暂假期，到城市周边的近郊享受休闲的生活方式和自然田园风光——农家乐的旅游方式，消费水准不高、耗时较短，而且可以很好地满足都市人休闲放松的消费需求，因此成为四川省旅游业中最为独特的一种文化产品消费模式。同时，农家乐的旅游模式，对于开发四川省农村文化市场，加强消费者的农村文化体验，延伸农业产业链，提高农产品附加值，起到了积极的作用。2008年，虽然受到“5·12”汶川大地震影响，但四川省农家乐全年共接待游客仍高达2.4亿人，实现经济收入86.6亿元。[②] 在2009年举办的为期一个月的四川首届农家乐旅游节上，仅举办地西昌就接待游客117.24万人次，实现旅游收入6.26亿元。[③] 四川省计划进一

---

① 陶玲：《去年500万人持熊猫卡游成都》，2010年1月11日《华西都市报》。

② 姚西、黄欢：《捧金86.6亿四川“农家乐”蓄势新突破》，2009年3月30日《四川经济日报》。

③ 《四川首届农家乐旅游文化节落幕实现收入6.26亿》，中国网，2009-6-3。

步按照一镇一主题一村一品的方式，在乡村旅游带、旅游廊道沿线，打造100个旅游特色村，进一步发挥这种具有区域特色的商业模式优势，来带动农村社会各产业的融合互动发展。

随着近年来的发展和其他城市对这种商业模式的不断复制和效仿，为增强自身的区域竞争力，四川省农家乐也在不断创新经济增长模式。一方面，以“农家乐发源地”——郫县为首的农家乐，积极探索在城市化进程中不断提升自身的档次，开始塑造富有特色的农家乐庄园，发展城市商务酒店和乡间度假村相结合的新型商业模式，努力开拓更高层级的旅游消费市场。另一方面，四川省农家乐针对自身山清水秀且基础设施发展较为完善等条件，积极打造宜居市场和“银发市场”，为周边城市甚至全国范围内的候鸟式旅游市场提供服务。这两个方面的消费市场，都是近年来发展极为迅速、前景广阔的旅游消费市场，积极培育农家乐这种商业模式与这两个市场的对接，对于提升四川省旅游消费市场发展潜力，具有不可忽视的作用。

（三）文化产业价值链延伸与商业模式创新

价值链的概念，是由迈克尔·波特（Michael Porter）1985年在《竞争优势》（*Competitive Advantage*）一书中提出的。他认为，“每一个企业都是在设计、生产、销售、发送和辅助其产品的过程中进行种种活动的集合体。所有这些活动可以用一个价值链来表明”。也就是说，价值链描述的是厂商内部和厂商之间为生产最终交易的产品或服务所经历的增加价值的活动过程，它涵盖商品或服务在创造过程中所经历的从原材料到最终消费品的所有阶段。由于文化产品的消费很多都是与产品生产的最后阶段密不可分的，产品生产成型之时也是产品消费之时，因此，文化产品的价值链还延伸到了营销阶段和消费阶段。

文化产业的核心是内容性和创造性，当核心创意产品被开发出来之后，无论是对核心创意进行数量的扩张，还是将核心创意用于其他的传播媒介或者进行元素萃取的成本都较低。因此，文化产业的发展需要很强的规模经济效应和范围经济效应，否则就难以产业化。分属于产业价值链上的不同环节的文化产业企业，资源能力要求、战略重要性和利润分布等都具有一定的差异性，但又并不完全独立，而是基于整个产业价值链进行资源的优化组合，发挥自己的比较优势，达到满足消费者不同消费需求的最终目的。为更好地延伸四川省文化产业价值链，四川省采取了产业园区的商业模式，以达到文化产业在特定区域的集聚目的，以实现规模经济。在产业园区中，文化产业企业能够发挥产业集聚的互惠共生性、知识资源互补和共享性、竞争协同性、生产成本外部性等优势，降低交易成本，实现规模经济；另一方面可以充分利用区域文化资源和智力资源，提升区域竞争优势，实现产业价值链的延伸，产生产业关联效应，带动周边相关产业，实现文化产业的规模化和专业化。

在《2009～2012年四川省文化产业发展规划》中，四川省政府明确提出了要发展包括国家、省、市（州）三级在内的文化产业基地和园区。近年来，国家动漫游戏产业基地、成都红星路传媒创意产业街等四川省文化产业园区不断发展壮大，吸引着众多的知名企业入驻园区，为四川省相关文化产业的发展作出了巨大的贡献，同时创造了良好的经济和社会效益。2009年，四川省国家动漫游戏产业（四川）振兴基地、国家数字媒体技术产业化基地、国家网络游戏动漫产业发展基地内，共聚集了59家动漫、网络、游戏企业，实现了16亿元的销售收入，并且在原创动漫、动漫剧节目、动漫综合开发和动漫衍生产品生产领域得到了长足的发展，获得了诸多的荣誉，不断地完善着四川动漫产业链。① 但同时，在发展这种园区经济商业模式的同时，我们也应该意识到，作为产业基地和园区所处的行政区域和其产业发展市场应如何融合。这种融合不仅是简单的地域重叠和相加，更应该是消除行政区划壁垒的融合，是体制和市场的有机结合。只有这样，才能进一步促进产业发展要素的流动以及市场供需的拓展，也才能进一步促进园区经济商业模式的产业链延伸和扩展。

（四）文化产业的区域特征与商业模式创新

四川省拥有着丰厚的文化资源，这种文化资源优势随着历史和社会经济的发展，成为四川省独有的区域文化特征。随着近年来四川省文化产业“走出去”战略的成功实施，这种区域文化特征也得到了广泛的传播。但是，这种丰富的文化资源仅仅是一种发展具有区域特征的文化产业的“先天”优势，要想突出这种优势，需要的是产业基础、技术支撑、市场环境以及政策等方面所表现出来的

① 《我省动漫游戏产业影响力日益增强》，2010－2－25. http：//www. sc. gov. cn/zwgk/zwdt/bmdt/201002/t20100225_ 910817. shtml。

有利条件，打造区域文化产业品牌。四川省在文化产业发展过程中，已经明确提出大创意大品牌引领战略，将品牌战略提到了一个新的高度，不仅注重引进外部具有高知名度的成熟文化产业品牌，也十分注重培育区域内部自己的文化产业品牌。

四川省以自身独特丰富的自然资源、文化资源、文化传统和文化习俗、区内消费者消费习惯为基础，通过打造多种区域要素相结合的具有地方特色的“节庆经济”的商业模式，发展具有四川区域特征的文化产业。如在中国传统节日——春节期间，四川在中华民族共同习俗的基础上，融合了许多具有地方特色的文化庆祝活动，在带动区域消费上发挥着巨大的作用。据四川省商务厅发布的《四川省2010年春节市场监测情况》显示，各市州商务部门初步监测统计，全省2010年春节期间社会消费品零售总额达175亿元，同比增长了20%。[①]

四川各地区市郊县，根据自己的地方文化特色，结合假日节庆活动，发展特色旅游业，不仅吸引了大量游客旅游观光，展示了当地的风土人情和文化底蕴，也极大地提升了当地的知名度，促进了招商引资和经济的发展。作为四川最具有知名度的“节庆经济”范例，龙泉驿国际桃花节每年吸引大量游客，创造了巨大的经济和社会效益。2010年龙泉驿桃花节共接待游客546.09万人次，旅游收入达14.1985亿元。[②] 除了直接旅游收入以外，凭借龙泉驿桃花节的知名度，龙泉驿的汽车产业集群也吸引了众多投资。在2010年桃花节举办期间，成都经开区（龙泉驿区）汽车主导产业、现代服务业和成资工业区投资说明会暨项目签约仪式也同时举行，现场签订了36个项目，协议总投资290亿元，其中12个重大产业化项目的投资额都在10亿元以上。[③] 龙泉驿国际桃花节已经跳出了“节庆经济”商业模式单纯的节庆日短途旅游的单一格局，开始借桃花节这一文化名片，提振区域品牌，带动区域贸易业、娱乐业、总部经济、研发创意、科技孵化、服务外包、酒店会务和旅游度假产业综合发展，在产业链延伸和扩展上迅猛发展，已逐步形成了现代制造业与现代服务业“双引擎”牵动经济发展的格局。

---

① 江玮：《逛商场下馆子　全省春节消费175个亿》，2010年2月20日《华西都市报》。

② 《2010年桃花节统计情况》，龙泉驿旅游门户网，2010-7-1。

③ 彭江：《借桃花节做“汽车文章”龙泉引资381亿》，2010年3月17日《天府早报》。

A Study on the Commercial Mode of Culture-economy Integration

—A Case Study of the Culture Industry of Sichuan Province

Li Mingquan Zhao Zhili Luo Qinhui

Abstract: This paper is a case study of the culture industry of Sichuan province, and it makes a detailed analysis of three commercial modes that happen when culture and economy is integrated together in the culture industry. The three modes include: the commercial mode of the core layer of the culture industry, which puts emphasis on giant group, the commercial mode of the external layer of culture industry which emphasizes the packaging of featured culture resources, and the commercial mode of relevant layer of the culture industry which connects the core layer mode and the external layer mode, and the paper thereby seeks to make a comprehensive conclusion on the creative commercial modes of the culture industry of Sichuan province.

Key Words: Sichuan; Culture industry; Culture; Economy; Commercial mode

B.24
山东省文化产业发展政策支撑体系探究

张胜冰　张 欣*

摘　要： 近年来，山东省把发展文化产业作为加快建设经济文化强省的重大举措，通过加快推进文化体制改革，加大政策资金扶持力度等方式，大力促进文化产业发展并取得显著成效。在文化产业发展过程中，山东省逐步建立并不断完善具有自身特色的文化产业发展政策支撑体系，在政府的统一规划指导下，依靠一系列符合山东文化产业发展实际需求的政策措施，有效地推动了山东文化产业的跨越式发展。

关键词： 山东省　文化产业发展　政策支撑体系

自从山东省第九次党代会提出建设文化强省战略以来，山东文化产业步入了快速发展时期。山东作为我国经济大省，在发展中意识到应主动适应全球范围内的产业升级规律，转变单纯依靠传统工业的发展模式，加大加快新兴产业的发展规模和速度，不断增强区域竞争实力，实现社会经济可持续发展的目标。大力发展文化产业正是在这样的背景下受到重视的，它对于促进今后山东社会经济的可持续发展，具有重要的战略意义。

山东是中华文化的重要发祥地之一，悠久灿烂的齐鲁文化在海内外具有重要影响，为山东文化产业的发展提供了丰厚的资源。此外，作为中央确定的最早一批综合改革试点省份之一，山东始终把文化体制改革作为改革的重要内容，把大力发展文化产业作为推动山东经济社会发展的重要举措，增加文化发展的活力和创造力。山东以传统文化资源为土壤，以政策支持为依据，通过实施文化强省战

* 张胜冰，中国海洋大学国家文化产业研究中心副主任，教授，博士，主要研究领域为文化产业、城市文化等；张欣，中国海洋大学文学与新闻传播学院文化产业方向硕士研究生。

略促进传统文化资源的开发利用。在这个过程中，山东文化产业发展的政策支撑体系的建立和完善，其特色和效用的发挥，以及未来的政策走向等问题值得深入探究。

一　影响山东文化产业发展政策支撑体系的外部因素

按照国际通行的看法，文化产业的发展在很大程度上受政策因素的驱动，政策是“政府根据文化和国民经济发展的要求，以及一定时期内文化产业发展的现状和变动趋势，以市场机制为基础，规划、引导和干预文化产业形成和发展的文化主张体系”。[①]文化政策是政府在文化艺术、新闻出版、广播电视等相关领域实行的意识形态和行政管理上的一整套规范，这种规范具有制度性和原则性，由此来指导和调节文化活动和经济利益之间的关系。各地政治经济发展状况不平衡、文化资源方面存在差异等因素，导致各地政府制定的文化产业政策也有所不同。综观山东省现有的各项文化产业政策，主要是由经济、政治和资源三大因素影响而形成的。

（一）经济因素

全球范围内“新经济”的出现，对社会经济发展的影响越来越大，其表现形式和特征也逐渐明晰。早在20世纪90年代末，“新经济”就被定义为“这是一个人们用头脑替代双手进行劳动的世界，是通信技术创造出国际竞争力的世界，是技术革新重于批量生产的世界，是投资流向新概念及其创造手段而非新设备的世界”①。由此可见，新经济的核心在于知识经济或智慧经济，而文化作为一种催生无限创造的元素已经广泛渗透到社会生产领域，成为新经济的重要特征，它促使现代生产与文化的密切结合，文化产业正是在这一背景下成为发展趋势的。作为经济大省和人口大省的山东省，按生产总值计算排在全国第3位，但产业结构中传统产业所占比重较大，新兴产业发展较为缓慢，尤其是文化消费不足，呈现低端化趋势，制约着山东社会经济的发展。山东重视文化产业发展，也是为了进一步活跃消费市场、加速消费结构升级、促进社会经济的协调发展。

① 《“文化力”推动新经济》，2004年10月7日《参考消息》。

（二）政治因素

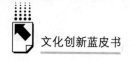

文化具有极强的意识形态属性，与其他产业相比，文化产业与政治的联系更加紧密，因此对政策的依赖程度更高，文化产业发展也是由社会发展变化所决定的。在2000年召开的中共第十五届中央委员第五次全体会议上，通过了《中共中央关于制定公众经济和社会发展第十个五年计划的建议》，明确提出了“文化产业”这一概念，并指出要完善文化产业政策，加强文化市场建设和管理，推动有关文化产业发展。至此，全国文化产业的发展有了统一的政策指导。从2003年开始，山东省响应中央号召，开始着手进行文化体制改革工作，并于2006年颁布实施了《山东省深化文化体制改革工作方案》，围绕重塑市场主体、完善市场体系、改善宏观管理、转变政府职能等关键环节，着力破除制约发展的瓶颈和体制机制性障碍，营造有利于文化产业发展的体制环境、政策环境和市场环境。2007年年底，山东省出台了首个文化产业发展专项规划——《山东省文化产业发展专项规划（2007～2015）》，山东文化产业政策体系框架初步形成。

（三）资源因素

文化产业并不是简单的文化工业，它的特点不是大批量地生产复制规格化的文化产品，而是充分挖掘利用文化资源的内涵和价值，形成具有创意性的文化内容产业。山东是华夏文化的重要发源地，齐鲁文化积淀深厚，具有独特的资源优势。儒家文化、海岱文化、泉水文化、泰山文化、琅琊文化、仙道文化、红色文化、黄河文化、运河文化等传统文化影响深远；海尔、海信、浪潮等现代科技文化引领时尚潮流。山东拥有2处世界文化遗产（泰山为世界自然与文化双遗产），6座国家历史文化名城，24项国家级非物质文化遗产，29个全国文化先进县，23个中国民间艺术之乡，还有数量众多的全国重点文物保护单位等，是名副其实的文化大省，文化资源的数量和影响力位居国内前列。基于文化资源上的巨大优势，山东把文化产业发展纳入全省工作的重中之重，文化产业发展政策支撑体系的搭建也随之成为关系全省文化产业发展的关键环节。

二　山东文化产业发展政策支撑体系的形成与概况

（一）形成过程

作为首批改革试点省份之一，山东省已进行了七年文化体制改革工作。从2003年探索试点开始，山东文化体制改革由点到面，逐步推进。2007年6月，山东省第九次党代会提出由文化大省向文化强省跨越的战略目标，随后又作出建设经济文化强省的战略部署，文化体制改革工作全面推开。至2009年，山东文化产业增加值已实现1040亿元，同比增长15%，高于同期GDP增幅，成为继广东、北京之后，全国第三个文化产业增加值突破千亿元大关的省。全省文化产业投资达到1196亿元，同比增长38.7%，文化产业施工项目3500多个，其中当年新开工项目近2000个。

伴随文化体制改革的不断深入，山东文化产业的发展势头迅猛。山东率先建立起了一套全面、机动、符合自身特色且行之有效的政策支撑体系，并已成为助推文化产业发展的有力杠杆。近年来，山东先后出台了20多个支持文化产业发展、鼓励文化创新的政策文件，成为文化产业发展的有效政策支撑，同时积极协调工商、财政、国土、税务、规划等部门，对文化企业在注册登记、基础设施建设、土地使用、税收政策、信贷等方面给予大力扶持。在这些政策的支持和引导下，山东文化产业发展取得了显著成效。首先，文化产业结构不断优化：出版发行单位改革全部到位，文化市场综合执法改革全面完成，电影公司、电影院及影视中心转企改制基本完成，省级广电网络整合进入实质推进阶段，重点新闻网站和非时政类报刊改革加快推进，国有文艺院团全部转企。其次，知名文化品牌大量涌现：《闯关东》等“鲁剧”享誉全国；《笑猫日记》系列童书目前已出版11种，累计发行550万册，销售额8250万元；山东电视台齐鲁频道综合实力位居全国省级电视频道之首，“好客山东”文化旅游品牌在全国叫响，山东文博会、孔子国际文化节、潍坊国际风筝节、青岛国际啤酒节等文化节会品牌在国内外产生较大影响。可以说，文化产业政策支撑体系在推动山东文化产业发展上起到了积极的作用。

（二）宏观政策的出台

早在2005年，山东省就由文化厅等部门出台了《山东省2005～2015文化市场发展纲要》等政策性文件，这些政策在指导山东文化发展建设方面发挥着巨大的作用。但是这些政策仍然较少涉及文化产业方面的内容，从 2006 年起，随着全省文化体制改革工作的不断深入，文化产业政策也逐渐增加且逐步明确。其中，既有对于具体行业发展规划、具体政策规则实施的微观政策规定，又有旨在加速、引导、规范、提升全省文化产业发展，配合全局的宏观政策内容，如《关于深化文化体制改革　加快文化产业发展的若干政策》（2007 年 12 月）、《山东省文化产业发展专项规划（2007～2015）》（2007 年 12 月）、《关于推动文化大发展大繁荣的意见》（2008 年 1 月）、《山东实施国家“十一五”文化发展规划纲要的意见》（2008 年 1 月）、《关于加快文化产业发展若干规定的通知》（2009 年 8 月）、《山东半岛蓝色经济区文化产业发展专项规划》（2009 年 10 月）、《2010 年山东文化体制改革和文化产业发展工作要点》（2010 年 3 月），以及 2010 年 7 月 26 日颁布的《关于促进文化产业振兴的意见》及 4 个与其配套实施的文件。这些宏观政策为山东文化产业的发展提供了强有力的保障。下面，选取几个有代表性的宏观政策文件加以深入解读。

1.《关于深化文化体制改革　加快文化产业发展的若干政策》

2007 年 12 月 12 日由山东省人民政府下发的《关于深化文化体制改革　加快文化产业发展的若干政策》，是为了贯彻落实党的“十七大”精神和省第九次党代会精神，深化文化体制改革，促进文化产业发展，加快文化强省建设，构建社会主义和谐社会。山东省根据国家有关政策规定，结合本省实际情况制定了 8 个方面的文化产业政策，具体包括：财政扶持政策，税收优惠政策，投资融资政策，工商管理和价格政策，资产管理和经营政策，土地扶持政策，人员安置、收入分配和社会保障政策以及人才政策。这 8 个方面的政策为山东文化产业的起步和发展扫除了障碍、规范了操作，是山东文化产业发展的基础性政策文件。山东省后续的文化产业发展政策都是在此基础上的进一步发展和深化。

在财政扶持政策中，山东提出“2008 年起，省财政每年统筹安排 5000 万元，设立文化产业发展专项资金，并制定资金使用管理办法，采取贴息、奖励、资助等形式，支持文化产业发展”。这一政策有效缓解了山东文化企业发展急需资金的难题。从 2008 年起，山东各级政府在这一政策的指导下，纷纷设立文化产业发展专项资金，总额近 3 亿元，2010 年的文化产业专项资金额度又增至 7000 万元。在投入方式上，采取项目补贴、股权投资、贷款贴息及奖励等形式，并探索实行资金有偿使用办法，变“口粮”为“种子”，有效提高扶持资金的使用效益。建立了上述基本的财政扶持政策后，2009 年又出台了《山东省文化产业发展专项资金管理办法》，进一步明确和规范扶持资金的各项指标和用途。除设置专项资金支持文化产业发展外，财政扶持政策中还明确了文化事业单位转企改制过程所需的各项费用由谁负担，转企改制后离退休（退养）人员生活待遇、医疗待遇等所需费用如何解决等问题，为文化产业的发展解决了后顾之忧。

在税收政策方面，山东省给予文化企业极大的优惠，例如：对政府鼓励的新办文化企业，自注册登记之日起，免征 3 年企业所得税；经营性文化事业单位改制为企业后，按规定免征企业所得税；文化产品出口按规定享受出口退税政策；图书馆、博物馆、文化馆（站）、纪念馆、美术馆、展览馆、书画院、文物保护单位等举办文化活动的门票收入和宗教场所举办文化、宗教活动的门票收入免征营业税；对各地承办的国际性、全国性会展，文艺、体育等重大节庆活动，承办单位取得的广告收入，依法缴纳营业税，由税收入库地政府按一定比例给予补贴。2009 年 8 月，为了从税收政策上鼓励和支持动漫产业这一新兴文化产业的发展，山东省又下发了《关于扶持动漫产业发展有关税收政策问题的通知》，通过政府税收调控，有效地推进和保证了动漫产业的发展。

而在投融资政策上，山东省更是敢为人先。不仅鼓励、支持、引导社会资本以股份制、民营等形式，兴办影视制作、放映、演艺、娱乐、发行、会展、中介服务等文化企业，并享受同国有文化企业同等待遇，同时还鼓励、支持社会资本在国家政策允许范围内，通过参股、控股、兼并、重组、收购等方式参与文化企业的改制。此外，鼓励金融机构加大对文化企业的信贷支持。2009 年 8 月，山东省文化厅、中国农业银行山东省分行共同推出了《关于搭建融资平台　支持文化产业发展的实施意见》，积极构建金融支持文化产业发展的融资平台，由政府“搭桥”，推动中国农业银行、建设银行、民生银行等金融机构与文化企业签订战略合作协议，2009～2011 年授信额度达 1000 亿元。山东省还积极发布社会资本投资文化产业指导目录，降低非公资本进入文化产业的门槛，使非公有制文化企业在项目审批、资质认定、投融资等方面，与国有文化企业享受同等待遇。通过广泛吸引金融资本、社会资本、外来资本投资兴建文化产业项目，逐渐形成促进文化产业发展的多元投入机制。

针对文化产业发展中的工商管理、资产管理和经营等环节，也制定了相关的政策以保证产业的通畅运行。如对来山东省投资创办生产性文化企业的，规定其注册资本可按法定最低限额执行；投资文化企业，设立有限责任公司的，允许其注册资本在2年内分期注入等。在资产管理方面则规定由财政部门履行对国有文化资产的监管职责。文化行政主管部门在党委宣传部门的指导下，按照部门职责对所属企事业单位的国有文化资产实施具体管理。党委宣传部门负责做好宣传文化企事业单位主要领导干部的监督管理、文化体制改革的组织协调和宣传业务的指导工作，以及重大国有文化资产变动事项（比如，经营性文化事业单位转制为企业后的企业重组和股份制改造中涉及的重大资产变动等）的审查把关。财政部门、文化行政主管部门和党委宣传部门等加强沟通和协调，共同做好国有文化资产管理工作。

除了上述与文化产业发展直接相关的政策支撑外，在土地扶持、社会保障，以及人才培养等方面，也都制定了详细的办法和规定以促进文化产业的发展。例如设立省级文化产业发展突出贡献奖，对发展文化产业作出贡献的集体和个人给予表彰和奖励。

2.《2010年山东省文化体制改革和文化产业发展工作要点》

2010年3月22日，山东省文化体制改革和文化产业发展工作领导小组办公室又下发了《2010年山东省文化体制改革和文化产业发展工作要点》。其中把“加强规划指导，加快文化产业振兴”作为八大工作要点之一。另外还提出要在全省范围内实施“七大工程”，推动文化资源整合和跨越式发展。①

文件中涉及的七项重点实施工程为：一是实施文化产业项目带动工程。要求建立健全文化产业项目管理推动长效机制，完善重点文化产业项目的征集、推介、实施机制，组织实施一批成熟度高、成长性好、具有显著示范效应和产业拉动作用的重大文化产业项目，引导资源资金向文化产业基地和园区倾斜，提高产业聚集度和规模化、集约化水平。二是实施文化产业品牌培育工程。建立健全文化产业品牌评价和激励机制，围绕孔子、孟子、孙子等文化名人，山东影视、鲁版图书、旅游演艺、民营书业等重点领域，齐文化、鲁文化、红色文化、黄河文

① 《2010年山东省文化体制改革和文化产业发展工作要点》，参见山东省文化体制改革和文化产业发展工作领导小组办公室印发的《山东省文化体制改革和文化产业发展工作简报》，2010年3月22日。

化、运河文化、滨海文化等特色文化，打造一批具有较高知名度和影响力的文化产品品牌、文化企业品牌、文化产业区域品牌。精心举办好第三届山东文化产业博览会，进一步打响山东文博会品牌。三是实施文化旅游融合发展工程。推动文化与旅游产业融合发展，引导各类文化资源进入旅游市场，统筹规划建设一批特色文化旅游区，打造一批大型文化旅游孵化工程。研究制定民间文化产业整体发展规划，科学开发、合理利用民间文化资源，加强工艺品生产基地和交易市场建设，培植一批独具特色、辐射全国、面向海外的民间民俗文化企业。五是实施重点区域产业带动工程。以黄河三角洲高效生态经济区、山东半岛蓝色经济区和胶东半岛高端产业集聚区建设为契机，大力发展高端、高质、高效文化产业。推动文化与科技结合，支持企业技术改造，促进文化产业升级和转型。推动文化产业与工业、现代农业融合发展，促进文化产业与海洋产业、生态经济融合发展，打造新型产业业态，形成文化引领经济、经济支持文化、文化经济互动的发展格局。六是实施创意山东建设工程。组织开展创意山东建设，培育创意理念、培养创意人才、发展创意业态、扶持创意企业，逐步形成有利于文化创意群体、企业创业发展的市场环境和政策环境。七是实施文化产业人才培养工程。加大人才培养培训力度，完善人才选拔、聘用、激励机制，建立文化产业经营管理人才库，分期分批选拔宣传文化系统业务骨干到文化企业挂职或到著名高校脱产学习，逐步建立起多层次、多渠道的文化人才培养体系。实施文化体制改革和举办文化产业经营管理人才培训班。山东省拟通过这“七大工程”的实施，使2010年真正成为山东文化产业的大发展之年。

3.《关于促进文化产业振兴的意见》

为了贯彻落实国家《文化产业振兴规划》的相关要求，应对文化产业发展过程出现的新情况、新问题，进一步推动文化产业大发展大繁荣，山东省于2010年7月出台了《关于促进文化产业振兴的意见》及4个配套文件（配套文件包括《关于促进文化产业发展的若干政策》、《关于促进重点文化产业园区（基地）建设的实施方案》、《关于打造山东文化产业品牌的实施方案》、《关于推进山东省重点文化产业项目建设的实施方案》），这也是地方的首个文化产业振兴意见。

《关于促进文化产业发展的若干政策》中共计34条扶持政策，涉及财政税收、工商登记、土地使用、融资信贷、信息服务、市场开拓、人才引进与培养等方面，为山东文化产业的发展与振兴提供了更加完善的政策保障。根据《关于促进文化产业发展的若干政策》，山东省将设立山东文化产业投资基金，成立文化产业投融资公司，作为文化领域的战略投资者，对重点领域的文化企业进行股权投资，提升骨干文化企业整体竞争实力。未来几年，山东还将采取贴息、补助、奖励和股权投资等方式，逐步加大省级文化产业发展专项资金投入，支持文化产业重点项目建设及跨区域整合，支持文化产业园区（基地）建设，支持大宗文化产品和服务的出口。此外，四个配套文件还对文化产业发展出台了多项优惠措施，例如把文化产业发展用地纳入土地利用总体规划和城市规划，优先安排用地计划指标；省级主要媒体对重点文化产业项目所做的广告给予30%的价格优惠；符合规定的文化产业企业，将按照15%的税率缴纳企业所得税等。可以说，资金的到位和政策的保障使得强势崛起的山东文化产业有望成为支柱产业，从而使山东的发展实现经济文化的双轮驱动。

三　山东文化产业发展政策支撑体系特点分析

（一）宏观指导与微观规定相结合，政策体系具有统一性

山东在建立健全文化产业发展调控机制，加强对文化产业发展方向、总量、结构和质量的宏观调控，增强工作预见性、主动性和实效性，促进文化管理科学化、制度化、规范化，对文化产业的预见、引导、奖惩、监督、保障、应对机制等方面都有相关的宏观政策支持。同时，在每一项宏观政策的指导下，各个文化产业领域又相应派生出一系列的具体发展政策和意见建议。这些具体政策和意见建议是以全省的宏观政策为基础形成的，原则上不能违背宏观政策的相关规定。而针对文化产业发展的各个环节和领域，不同文化行业所制定的微观政策，恰恰是对宏观政策的具体落实与深入实践。微观的文化产业政策可以更细致、更明确地规范和解决文化产业发展过程中遇到的具体问题，如在宏观政策中有鼓励文化创新和建设文化产业基地的相关政策，那么为了进一步完善这两项政策，使工作落到实处，山东还分别制定了《山东省文化创新奖励办法》及《山东省文化产业示范基地评选命名管理办法》等相关具体政策办法。可见，山东省在建立文化产业发展政策支撑体系时，兼顾了宏观和微观两个维度，使二者相辅相成，共同推进山东文化产业的快速发展。

（二）上承中央总体部署，下启各市具体措施，政策体系具有承接性

山东文化产业发展各项政策的制定是在贯彻落实中央精神的基础上，结合自身实际制定的，它上承中央对我国文化产业发展的总体部署，同时又为山东省内各地市制定下一级的具体政策条例提供了依据。正是依靠这种承上启下的承接性，山东的文化产业发展才既能融入全国文化产业整体发展的进程中，又在本省范围内有重点、有步骤、有特色地稳步前进，在合力打造文化强省的过程中也不断涌现出一些文化强市。值得一提的是，山东省及其各地市对于上级文化产业政策的落实不仅有效，而且迅速。2009 年国家出台了《文化产业振兴规划》，时隔不久，山东很快就出台了《关于促进文化产业振兴的意见》，而作为山东省文化产业发展的龙头城市，青岛则在 2010 年启动了“文化产业振兴年”活动，发布了《关于开展“文化产业振兴年”活动的意见》。济南、滨州、临沂等城市也纷纷出台了具体的政策规划，以发展本地的文化产业。

（三）在现行政策的基础上不断深化创新，政策体系具有沿革性

从 2007 年《关于深化文化体制改革　加快文化产业发展的若干政策》到 2009 年《关于加快文化产业发展若干规定的通知》，再到 2010 年《关于促进文化产业振兴的意见》。山东省的文化产业政策支撑体系坚持了在继承的基础上大胆创新的原则，每一个新的政策都是对已有政策的进一步深化或补充。正是这种政策体系的沿革性，才使得处在不断发展中的山东文化产业能够不断适应新的社会局面，满足人们新的文化需求。也正是由于这种在继承基础上的突破创新，促使山东文化产业在其发展过程中既具有一以贯之的终极目标，又具有重点突出的时段特色。从某种程度上说，只有具备沿革性的政策体系才是稳固、持久、有效的政策支撑体系。

（四）文化产业配套机制健全有效，政策体系具有完备性

为了搭建全面完整的文化产业政策支撑体系，除了制定直接针对产业发展的政策外，山东省还不忘建立健全文化产业的各项配套机制。首先，制定和完善文化法律法规，如《山东省文化市场管理条例》、《山东省出版管理条例》、《山东

省音像制品管理条例》等法规，使文化管理走向法制化轨道，形成文化发展的良好法制环境。其次，加强文化市场综合执法队伍建设，如2008年2月下发了《关于切实加强全省文化市场行政执法队伍建设的意见》等文件。最后就是组建文化执法局，开展文化执法教育，建设一支廉洁公正、业务精通、素质过硬的文化执法队伍。此外，不断完善文化激励机制，对文化领域取得卓越成就的单位、集体和个人以及有重大影响的优秀成果和重大项目进行奖励。山东设置了一批省级文化奖，如山东省精神文明建设“精品工程奖”、齐鲁艺术创作奖、山东省社会文化“星光奖”、齐鲁文学奖、山东文化产业发展突出贡献奖、泰山新闻奖、山东省优秀图书奖等，并制定和实施了具体奖励办法。

（五）文化产业和文化事业齐头并进，政策体系具有均衡性

在推动文化产业大发展的同时，山东把公益性文化事业的发展作为社会事业发展的重点，着力推进公共文化资源和扶持政策向基层和农村倾斜。山东已建成文化信息资源共享工程省级规范化站点100个。到2009年年底，全省建设农家书屋的投入已达4亿元，建成农家书屋2.5万多家，居全国第一；已建成乡镇综合文化站1291个，完成“十一五”规划目标的93%；广播电视村村通工程已覆盖全部建制村和20户以上自然村，提前实现“村村通”目标。全省国家二级以上图书馆86个，居全国第1位；免费开放的公共博物馆达115个，接待观众1400多万人次。目前，山东正在积极筹办2013年第十届中国艺术节。以此为契机，山东将深入实施文化惠民工程，计划到2012年底，全省市级艺术馆、图书馆、博物馆全部达到国家一级馆标准，县级文化馆、图书馆全部达到国家二级馆标准，今年全面完成乡镇综合文化站建设任务，2013年实现村村有文化大院的目标。由此可见，山东省在文化事业上的投入力度丝毫不亚于文化产业，在政策支撑体系中既强调对文化产业的支持，同时又兼顾对文化事业的帮扶。

（六）文化产业政策推动经济、社会、文化共同繁荣，政策体系具有覆盖性

山东省在制定实施文化产业发展相关政策时，不单考虑文化产业自身的发展，更多的是考虑如何在依靠政策扶持文化产业发展的同时，带动周边一系列产业的联动发展，从而实现经济、社会、文化的全面发展。发展文化产业是现代城

市产业升级、经济结构调整、资源整合的必要手段，同时又关系到城市历史文脉的保护和延续、社会的和谐和健康发展。因此，文化产业政策支撑体系是带动社会全面发展的最有力的政策措施。

四　文化产业发展政策支撑体系的创新思考

从全国范围来看，2010～2020 年既是我国全面实现小康社会的重要时期，也是我国文化产业发展的关键时期。随着“十一五”的结束，各地都在着手编制“十二五”发展规划，山东省也与其他省一样，在总结现有文化产业政策支撑体系的得失利弊外，还必须深入研究如何适应今后文化产业的发展需求，使整个文化产业政策支撑体系具有适应“十二五”发展需要的创新内容。

就山东目前的情况来看，实现文化产业发展政策支撑体系的创新可通过以下途径来实现：第一，在客观评估已有产业政策体系的前提下，放眼未来，锐意改革创新，出台新的政策。随着文化产业的不断发展，有些已有政策可能已经不足以支撑当前的文化产业实现新的跨越，仅仅维持原有的政策支撑显然不能满足今后的需要，这就要求对原有政策进行调整，特别是那些滞后于文化产业发展实际的政策，使整个政策支撑体系始终能够支持和促进文化产业的发展。第二，在立足山东自身文化产业发展状况的基础上，学习借鉴国内其他省市甚至国际文化产业强国在政策支撑方面的经验。山东要想建设成为文化强省，使文化产业发展水平在全国位居前列，就必须学习文化产业发达地区和国家的经验和做法，在学习中不断完善自身的文化产业发展政策支撑体系。第三，在保证文化主导产业政策顺利实施的同时，积极建构、重点支持新兴文化行业发展与管理并重的产业政策支撑体系。山东省现有的针对文化产业具体行业的政策，大多集中在影视、艺术院团、出版等传统文化行业，这些行业在多年发展的基础上已形成相对成熟的政策支撑。而对于文化产业发展进程中出现的一些新兴的行业，如动漫产业、文化科技、文化服务业以及文化创意产业等则存在明显的政策空缺，亟待填补。第四，需进一步提高文化产业各项政策的科学性、透明度和法律有效性。只有制定一系列科学、透明、受法律保护的文化产业发展政策，才能构建起既具有公信力和强制力，又能切实指导规范文化产业发展的政策支撑体系。

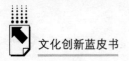

Research on Policy Support System of Cultural Industries in Shandong Province

Zhang Shengbing　Zhang Xin

Abstract: In the recent years, Shandong province takes developing cultural industries as an important measure to promote the economic and cultural development. Through system reform and policy-and-fund support system, Shandong province has achieved remarkable cultural results. In the development process, Shandong has gradually set up and improved distinctive policy support system of cultural industries. Under the guidance of the government's planning, relying on a series of preferential policy which meets the demands of cultural industries development and with related management mechanism, the policy support system has been effectively promoting the development of cultural industries in Shandong.

Key Words: Shandong province; Cultural industries development; The policy support system

B.25

山西文化产业发展研究*

——基于第二次经济普查数据的分析

焦斌龙　侯晓远　王建功**

摘　要： 国际金融危机对山西单一产业的经济造成了重大打击，也吹响了山西转型发展的号角。文化产业在山西转型发展过程中具有重要的作用，本文利用第二次经济普查核算的文化产业数据，对山西文化产业发展进行统计分析，在全面剖析山西文化产业的发展现状、结构特点和问题的基础上，对山西文化产业发展促进经济转型机制进行分析，并对促进文化产业发展进行了理性思考。

关键词： 山西　文化产业　经济普查

一　山西文化产业的发展水平与结构特征

（一）山西文化产业加速发展，产业规模不断扩大

据第二次全国经济普查数据，2008 年山西文化及相关产业实现增加值 207.75 亿元，比 2004 年增加 124.39 亿元，年均增长 25.6%，超过同期 GDP 的增速。文化产业增加值占 GDP 的比重由 2004 年的 2.33% 提高到 2008 年的 2.84%。2008 年文化产业对全省经济增长的贡献率为 3.1%，拉动全省经济增长 0.7 个百分点。

---

* 本文为山西省第二次经济普查课题“山西文化产业发展研究”的阶段性成果。

** 焦斌龙，山西财经大学经济学院院长、山西省文化产业研究中心副主任、教授、博士生导师；侯晓远，山西省统计局社会处处长；王建功，山西财经大学经济学院博士。

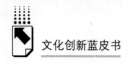

表1　2004～2008 年文化及相关产业增加值及占 GDP 的比重情况

指　　标	2004 年	2005 年	2006 年	2007 年	2008 年
文化及相关产业增加值(亿元)	83.36	106.02	127.79	168.16	207.75
文化及相关产业增加值占 GDP 的比重(%)	2.33	2.51	2.62	2.79	2.84

注：2005～2007 年文化及相关产业增加值及其占 GDP 的比重根据第二次全国经济普查结果作了相应调整。

截至2008 年年底，全省共有文化及相关产业法人单位 8939 个，比 2004 年增加 2804 个，增长 45.7%；产业活动单位 10583 个，比 2004 年增加 3340 个，增长 46.1%，均超过同期经济普查法人单位和产业活动单位数的增速。从业人员 25.47 万人，比 2004 年增加 2.28 万人，占第二、第三产业全部从业人员（838.24 万人）的 3.04%。个体经营户 23010 户，个体经营从业人员 9.39 万人。2008 年，全省文化产业法人及产业活动单位营业收入达 270.39 亿元，比 2004 年增加 61.68 亿元。

（二）行业结构逐步优化

2008 年，全省文化及相关产业中，直接从事文化活动的“文化服务”各行业实现增加值 151.89 亿元，占 GDP 的 2.08%。提供文化用品、设备及相关文化产品的生产和销售活动的“相关文化服务”各行业实现增加值 55.86 亿元，占 GDP 的 0.76%。在文化及相关产业的 9 大分类中，实现增加值最高的行业是“文化休闲娱乐服务”（64.17 亿元），其次为“文化用品、设备及相关文化产品的销售”（39.27 亿元），再次为“其他文化服务”（32.57 亿元），实现增加值最低的是“新闻服务”（0.80 亿元）。

分层看，“核心层”实现增加值 50.99 亿元；“外围层”实现增加值 100.90 亿元；“相关层”实现增加值 55.86 亿元。核心层、外围层和相关层的增加值之比为 24.54∶48.57∶26.89。（详见表 2）

2004～2008 年 4 年间，文化产业年均增长速度达 25.6%。其中，文化服务达到 28.1%。文化服务中，新闻服务达到 39.6%，出版发行和版权服务达到 29.4%，广播、电视、电影服务达到 13.3%，文化艺术服务达到 18.3%，网络文化服务达到 79.9%，文化休闲娱乐服务达到 35.2%。相关文化服务年均增长速度达 19.9%。从文化产业内部产值结构来看，文化休闲娱乐服务占到了全部文化产业增加值的31%，而2008年上海市这一指标是18.3%，这说明山西消费性的文化服务占比较大，文化消费对产业发展的支撑作用明显。

表2　2008年全省文化及相关产业分行业增加值及构成情况

	行业类别	增加值(亿元)	构成(%)
	合　计	207.75	100.00
核心层	文化服务	151.89	73.11
	新闻服务	0.80	0.38
	出版发行和版权服务	32.10	15.45
	广播、电视、电影服务	8.60	4.14
	文化艺术服务	9.49	4.57
	核心层小计	50.99	24.54
外围层	网络文化服务	4.16	2.00
	文化休闲娱乐服务	64.17	30.89
	其他文化服务	32.57	15.68
	外围层小计	100.90	48.57
相关层	相关文化服务	55.86	26.89
	文化用品、设备及相关文化产品的生产	16.59	7.99
	文化用品、设备及相关文化产品的销售	39.27	18.90
	相关层小计	55.86	26.89

（三）空间集聚效应逐步显现

全省形成以太原市为中心的文化产业空间格局，这充分说明文化产业存在显著的集聚效应。比较山西各个地市的情况，太原和晋中两地的文化产业发展较快，在当地GDP中所占比例较高。太原作为省会，是全省文化产品生产中心、集散中心和消费中心。晋中发展以晋商为特色的大院文化以及平遥古城，在地理单元和文化相似性方面，其文化产业与太原市的基本上属于一个板块。

山西文化产业存在地理上的走势。无论是文化多样性的分布，还是交通便利程度，山西都是南北走向，而东西走向是辅要的。吕梁、阳泉文化产业比例仅仅占地区生产总值的1%左右，明显低于其他地市。这一现象也说明，文化产业不但有集聚效应，发展文化产业也需要地区之间的互联互动。它实质上是包括文化资源在内的各种要素在空间上不断流动集结，以充分发挥各地潜在的文化生产力。

表3 2008年分市文化及相关产业增加值情况

地 市	增加值（亿元）	占地区生产总值的比重（%）	地 市	增加值（亿元）	占地区生产总值的比重（%）
太原市	72.49	4.75	晋中市	26.26	4.27
大同市	12.90	2.11	运城市	21.89	3.17
阳泉市	3.70	1.12	忻州市	7.13	2.03
长治市	20.14	2.89	临汾市	18.49	2.39
晋城市	11.01	1.95	吕梁市	6.26	0.95
朔州市	7.43	1.46	合 计	207.75	2.84

一般说来，文化产业与城市化紧密相关，随着城市化的进行，会有较高的服务业比例，从而文化产业的发展空间会比较大。2006年阳泉市城镇人口比例为56%，城镇化率仅次于太原市，但是文化产业在全省最为薄弱。这与阳泉市缺乏有实力的文化企业有关，与阳泉的资源禀赋、产业结构及其地理位置有关。2006年，阳泉市第二产业在地区生产总值中的比例为59.4%，所占的比例也是全省11地市中最高的，由于完全是山地，第一产业薄弱，只占1.6%，第三产业比例为39%。人均GDP也仅次于太原市，属于省内较为发达的城市型经济。它反映出一个地区产业升级，有不同的路径、方向和空间，工业化快速发展，其结果未必是服务业的发展。而在产业结构单极化的情况下，文化产业的充分发展会遇到较大阻力。资源型经济如何大力发展文化产业，阳泉的情况值得深入探讨。

（四）就业人员不断增加，劳动生产率成倍提高

2008年末，全省文化及相关产业有从业人员25.47万人，比2004年增加2.28万人，占第二、第三产业全部从业人员（838.24万人）的3.04%，比2004年增加0.19个百分点。其中，各类单位从业人员16.08万人，比2004年增加1.91万人；个体经营人员9.39万人，比2004年增加0.37万人（详见表4）。

表4 2008年全省文化及相关产业从业人员情况

类 别	从业人员（万人）	比重（%）
各类单位	16.08	63.13
个体经营户	9.39	36.87
合 计	25.47	100.00

在各类单位从业人员中，内资单位15.87万人，比2004年增加1.81万人，占98.69%；港、澳、台商投资单位0.05万人，占0.31%；外商投资单位0.16万人，占1%。国有单位6.47万人，占40.24%；集体单位0.74万人，占4.60%；私营单位4.91万人，比2004年增加1.82万人，占30.54%；国有单位吸纳了近一半的从业人员，近年来私营单位从业人员也有所增长（详见表5）。

表5　2008年全省按登记注册类型分组的各类文化产业单位从业人员

注册类型	从业人员（万人）	比重（%）	注册类型	从业人员（万人）	比重（%）
内资	15.87	98.69	国有独资公司	0.06	0.38
国有	6.47	40.24	其他有限责任公司	1.76	10.95
集体	0.74	4.60	股份有限公司	0.59	3.67
股份合作	0.15	0.93	私营	4.91	30.54
国有联营	0.02	0.12	其他内资	1.15	7.15
集体联营	0.006	0.04	港、澳、台商投资	0.05	0.31
国有与集体联营	0.001	0.006	外商投资	0.16	1.00
其他联营	0.009	0.06	合　计	16.08	100.00

文化产业劳动生产率大幅提高。2008年，全省文化及相关产业从业人员人均创造增加值8.16万元。其中，各类单位人均8.20万元，而2004年仅为3.07万元，增长1.66倍。个体经营户人均8.08万元，比2004年的4.41万元增长83%。人均增加值或者说劳动生产率的大幅提高，与规模效应的发挥以及人均资本投入的增加有关（详见表6）。

表6　2008年全省文化及相关产业增加值和人均增加值

类　别	增加值(亿元)	人均增加值(万元/人、年)
各类单位	131.86	8.20
个体经营户	75.89	8.08
合　计	207.75	8.16

（五）所有制结构显现积极变化

在各类单位中，内资10537个，比2004年增加3310个，占99.56%；港、澳、台商投资24个，比2004年增加15个，占0.23%；外商投资22个，比2004年增加15个，占0.21%。登记注册的各类内资单位中，最多的是私营独资（4965个），比2004年增加2398个，占46.91%，其次是国有单位（3075个），比2004年增加305个，占29.06%（详见表7）。

表7　2008年全省按登记注册类型分组的各类文化产业单位数

注册类型	单位数（个）	比重（%）	注册类型	单位数（个）	比重（%）
内资	10537	99.56	国有独资公司	16	0.15
国有	3075	29.06	其他有限责任公司	811	7.66
集体	404	3.82	股份有限公司	369	3.49
股份合作	84	0.79	私营	4965	46.91
国有联营	6	0.06	其他	793	7.49
集体联营	3	0.03	港、澳、台商投资	24	0.23
国有与集体联营	1	0.01	外商投资	22	0.21
其他联营	10	0.09	合　计	10583	100.00

所有制结构的变化反映了文化体制改革的进展。文化企业的增加，一方面缘于文化事业单位的企业化，另一方面缘于企业资本结构的多样化和社会化。私营企业单位数的大幅增长，一方面说明文化产业是充满活力的朝阳产业，有着巨大的社会需求，另一方面也说明私营企业适应市场能力强，把握市场机遇准。

海外文化企业的引进，对于引进海外文化企业的先进管理模式有直接作用，充分吸收外资进入文化领域，应当是外资政策的一个重点。这里不仅仅是资本引进，更多的是一流文化人才的引进、先进文化行业运作模式的移植和嫁接。比如，我国国产电影近年来的强大，即是在充分吸收海外力量的前提下实现的。而随着全球化趋势的深入，文化旅游与国外企业深化合作，应当是文化产业自身发展的必然要求。但外资企业在山西文化产业中比例很小。

（六）文化产业与相关产业的关联效应逐步增强

文化产业一方面有其独立性，另一方面有其依存性。独立性源自文化生产和消费的特殊规律，依存性则因文化产业离不开经济发展的阶段性。从文化产业与其他产业之间的关联来看，如果文化产业过度依附于传统产业，只是传统产业下游传导而来的消费作用，那么文化产业的发展就很被动。反之，如果文化产业作为生产服务业的主要组成部分，成为传统产业的输入性要素，进一步成为传统产业升级的关键要素，那么文化产业就具有了主导产业升级的力量，它的发展就会是可持续的、先导性的。在文化产业内部的结构中，消费性的娱乐服务业属于下游产业，而信息服务、版权服务、文化创意等属于上游产业，这意味着，应当强化文化产业中的上游部分，使得文化产业与传统产业之间形成良性互动的关联结构。

2004~2008 年 4 年来，新闻服务年均增长速度达 39.6%，出版发行和版权服务达 29.4%，广播、电视、电影服务达 13.3%，文化艺术服务达 18.3%，核心层的大幅增长说明传统文化产业得到加强。网络文化服务年均增长速度最快，为 79.9%，说明文化产业与网络信息产业的紧密结合带来了强大的联动效应。文化休闲娱乐服务年均增长速度达 35.2%，体现了文化产业与旅游、餐饮、住宿等生活性服务业紧密结合，文化产业借服务业发展之力获得快速增长的同时也带动服务业快速增长。虽然相关文化服务增幅低于文化产业平均增加幅度，但也达到 19.9%，充分说明文化产业与相关产业的联动效应正在形成。

二　山西文化产业发展中存在的不足

山西文化产业取得了快速的发展，增长速度迅猛，产业规模快速扩张，结构趋于优化和提升，但是，与文化产业发达省份相比，山西文化产业的不足也是非常明显的。具体体现为以下 8 个方面。

（一）产业规模小

2008 年全省文化产业增加值达到 207.75 亿元，占 GDP 的比重达到 2.84%。从占全省 GDP 的比重看，山西文化产业处于全国中游水平，但是，就产业规模而言，则要小得多，处于全国下游水平。在市场竞争中，产业规模是市场影响力最重要的体现，也是决定山西文化产业在全国文化产业分工格局中地位的重要因素。这样小的规模很难在全国文化市场上占据有利的竞争地位。

（二）产业链条短

迂回生产方式是社会分工的结果，也是产业发展的必然要求。生产的迂回程度越高，说明分工越细，产业链条越长，专业化水平越高，产业规模也越大，生产能力也越强。山西文化产业还基本停留在简单生产阶段，要么是产供销全部在一个企业完成；要么是产供销基本分离，但各个环节又仅由一家企业完成；要么是只满足于完成一种产品，缺乏对相关衍生商品的生产。这种状况导致产业链条短，缺乏中间产品和衍生产品，专业化水平低，产业规模难以大幅度提高。

（三）产业合作少

产业间有紧密的经济、技术联系，一个产业的发展既需要产业内部各行业之间的合作，又需要相关产业的合作，还需要一个行业内部区域间的合作，这样才能够建立起一个完整的产业体系，才能够最大化配置产业发展资源。山西文化产业的产业合作严重缺乏：受体制束缚，文化产业内部的广电、出版、文化、工艺美术、旅游等相对独立，相互之间的合作较少；文化产业缺乏来自信息、制造、教育、商业等相关行业的支持；文化产业及其内部行业与国内相关地区同类行业的合作严重不足，难以借外力发展。这样导致山西省文化产业的行业内部资源、行业与相关行业的资源以及地区内外部资源难以整合，难以有效配置，产业链难以延伸，产业层次难以提高，产业规模难以扩大。

（四）产业层次低

产业层次一方面体现在整个产业结构的层次，另一方面体现在单个产业的层次。尽管我省已经形成了以传统文化产业为基础、新兴文化服务业为核心的文化产业结构——以旅游、休闲娱乐、网络、经纪代理、广告会展为主的新兴文化产业占全省文化产业增加值的48.57%，以新闻出版、广播影视、文化艺术为主的传统文化产业占全省文化产业增加值的24.54%——但体现山西省文化产业发展优势的文化休闲服务业，仅仅停留在初级层次，处于消费者自娱自乐的水平，技术含量、文化含量较低。如旅游业吃、住、行、游、购、娱六大产业要素还不完备，仍然处于“白天看庙，晚上睡觉”的阶段等。山西省文化产业的第二龙头——其他文化服务业，内部种类较多，单个文化服务业规模小、水平较低，还达不到可以独立出来的水平。

（五）产业集聚度低

产业集聚度是能否形成产业增长极的重要标志。山西省文化产业虽然从地区来看，太原、晋中两市集中了全省约一半的文化产业增加值，区域的集聚度较好，但是严重缺乏具有影响力的集聚点。旅游景点之间距离较远，难以连成片；文化单位和企业分布于各地，难以相互呼应——即使在同一城市，也分布于城市的各个角落，没有一个整体的规划，难以形成集聚效应。产业集聚度低，集聚效应难以形成，单个文化企业难以做大做强，整个产业的效益较低。

（六）要素支持弱

要素的支持是产业发展的基础。山西文化产业面临要素支持不足的困境。第一，文化资源的产业化开发严重不足，尤其在探索国有文化资源增值的技术实现手段方面仍然有限。对历史文化资源的当代阐释及其与现代技术的融合做得不够，严重欠缺符合现代市场需求的文化资源创新能力。第二，近年来虽然出现了一批民间资本进入文化产业，但是，由于体制的约束和缺乏政策的支持，还没有形成一个有效的机制。第三，人才严重短缺。文化圈内的人才往往不懂经营，而懂经济的人又缺少文化艺术方面的素养，二者兼备的全才十分奇缺。同时，文化创意、内容开发、文化经纪、文化营销等高级专业人才依然奇缺，如何加强本地培养与外来引进以补充人才成为政府与企业必须认真面对的问题。

（七）具备竞争力的市场主体少

产业主体是产业发展的关键，2008 年全省共有各类文化产业单位 8939 个，文化个体户 23010 个，但山西省真正意义上的文化产业主体还不多。在现阶段，由本土文化企业的文化产品供给乏力，主要原因是文化企业成长不够，导致生产能力距离市场需求差距较大，企业总体竞争力不足。另外，虽然山西省有一些在全国具有一定竞争力的产业主体，但这些有竞争力的文化产业主体未形成群体力量，相互之间互补性不强，个体规模小，没能更好地服务于产业链的完善与壮大。总体而言，就全国来比较，我省文化产业中，专业性企业不够强，现代性文化企业比较少，综合性文化企业很少见，迫切呼唤能够充分借助现代光电科技，依靠现代资本市场实现文化资本、人力资本与金融资本有效对接的全国知名文化企业。

（八）政策扶持力度小

山西省经过艰难的思想解放过程，将文化产业确立为新兴支柱产业，并将其置于影响山西省由文化资源大省向文化强省跨越的战略地位和引领服务业发展的战略高度，应该得到政策的强有力支持，省委省政府也制定出台了一些促进文化产业发展的政策措施。但是，一方面，国家出台的一些政策在山西省还缺乏具体的实施办法；另一方面，山西省自身的政策措施不够具体，难以实际操作。这种状况导致山西省一些文化企业对相关政策并不知晓，也就不可能享受。

三　促进山西文化产业发展的理性思考

近年来，山西文化产业的快速发展有效地推动了山西的转型发展，特别是在受到国际金融危机冲击之时，文化产业以其特有的反周期特性，极大地鼓舞了人们的士气。但是，随着我国和山西经济逐步走出国际金融危机，煤炭价格的回升，工业经济元气的恢复，如何更好地发挥文化产业对山西转型发展的推动作用，成为我们必须思考的问题。我们认为，应该重视以下环节的改革与发展。

（一）明确供给引领的基本方向

与其他产业一样，山西文化产业的发展既需要需求的强有力支持，也需要供给的大力引领。现在需要判断的是，山西当前文化产业的发展，主要取决于需求端还是供给端，是消费驱动还是生产驱动。我们认为，在当前及今后一段时期，文化产业的生产和供给是决定性的。这与多年来文化服务的滞后有关系。相对于国民收入水平，服务业在国民经济中的比例偏低。这并不是消费不足，而是供给滞后所致，而供给滞后缘于其特定的生产制度和产业结构。文化产业的滞后恰是这一结构性问题的产物。

山西文化产业存在的第一问题是产业规模小，生产能力不足。现阶段迫切要进行的是大众文化产品的规模化生产，扩大文化产品的供给，填补市场缺口。文化要产业化首先是文化产品要成为商品。要进行规模性的生产和营销文化商品的先决条件就是要有大的消费需求。随着人们生活水平的提高，文化消费占总的家庭消费支出的比重会越来越大，而生活必需品所占比重越来越小，根据国际经验，人均 GDP 超过 1000 美元，人们的消费结构会发生剧烈的变化，恩格尔系数急剧下降，家庭文化娱乐消费会占到总消费支出的 18%；人均 GDP 超过 3000 美元，家庭文化娱乐消费会占到总消费支出的 23%。如此，文化市场空间十分巨大。

主动改变文化产业的供给不足，离不开工业化和经济发展的大趋势。在我国工业化的快速发展阶段，第二产业产值比例相对稳定，但是其结构应逐渐高端化、精细化，第三产业产值比例稳步上升。文化产业恰好是在第三产业上升的空间里实现快速发展的。

世界著名咨询机构德勤公司发布的《文化娱乐产业报告》指出，2009年，中国电影平均票价为36.38元，中国城镇居民支付的每张电影票价相当于月可支配收入的2.5%，与发达国家只占0.5%的数字相比明显偏高。从供需理论来解释，这一现象正好说明了需求旺盛和供给不足从而形成高价的市场局面。回到山西，在短短几年之内，仅太原市小店区高级影院就增加了好几处，如王村北街美特好超市星美影城、亲贤街王府井百货横店影城、长风大街沃尔玛超市中影影视城，企业创造性地融购物餐饮娱乐于一体，丰富了文化产业的业态。而周末以及大片档期，往往是一票难求。由此一点看出，市场对文化精品的需求是旺盛的。

产业体系的分工通常由市场扩充、技术更新等因素引起，具体到企业层面则体现为某一产品平均成本的下降，独立工序产品化并且具备规模经济效应时就会加速发展。在整个产业体系里面，不同产业的需求弹性不同，技术更新速度不同，在需求弹性大、技术上升速度较快的产业里面也往往容易有新的产业独立出来。短期内改变产业内部供需均衡，正是这一力量催生了新的产业，这同时是资源优化配置的过程。新的产业地位上升，创造出增量市场，进一步促进分工，而旧的产业未必意味着衰落，这时传统产业往往从新产业里吸收新的要素方面的供给支持以及市场需求，在绝对量上继续保持增长。现实经济就是在这种供需、不断失衡、不断调整的过程中重归于均衡的，这也正是经济增长的源泉，增长通过分工、规模经济、范围经济得以实现。尤其是在技术、人力资本、文化资本等新型要素介入之后，经济增长的方式以及企业的组织方式都发生了革命性变化。

一方面随着山西经济快速发展，文化产业会有一个趋势性的增长；另一方面，文化产业在山西经济中的地位会发生质的变化，等到它在地区GDP中的比例达到5%以上时，就具有了巨大影响，其战略性价值和改造产业结构的功能也就实现了。

（二）加快文化体制改革

发展文化生产力是包括文化资源在内的要素投入效率的提高。文化产品供给的方式是由市场还是政府确定值得探讨。对文化事业与文化产业进行合理的分工，文化事业提供公益性、具有公共品性质的文化产品，在全社范围内对文化消费进行适当的平衡与产品再分配。文化企业则遵循市场竞争原则，通过满足市场个性化需求，创造经济价值。产业之短为事业之长，二者相互补充、交融，是文化活动理想的分工结构。作为具体的文化机构，二者目标不同，文化事业单位追求社会利益的最大，并且受到财政预算的约束；文化企业自负盈亏，追求利润最大，并接受市场的种种考验。当然随着文化体制改革不断深入，文化产业与文化事业二者之间的关系也在相互缠绕、不断变化，经济与文化体制改革过程中二者的界限变动，由影响分工的因素决定，比如体制约束、经济发展程度、市场范围、技术与成本等。

山西文化产业长期受制于体制僵化的约束，且整体改革严重滞后于全国其他省份。2009 年，山西加大了文化体制改革的力度，通过实施“四轮驱动”战略，即领导决策驱动、舆论造势驱动、政策保障驱动和督导检查驱动，大大加快了文化体制改革的进程。全省市、县两级文化、广电、新闻出版三局合一，局台分离，文化综合执法大队组建任务全面完成。出版发行、电影放映、文艺演出等 182 家文化事业单位转为企业，成为新型的市场主体。全省县级文艺院团积极参与改革，100 多个院团自主走向市场。全省不仅全面完成了太原市等 4 个试点市的改革任务，而且提前一年完成了其余 7 个市的改革任务。山西文化体制改革的突破性进展，一举扭转了改革滞后的局面，改革后的全省新闻出版、广播影视、文艺院团等机构，呈现出强劲的生机与活力。但是，文化体制改革才刚刚起步，还远没有达到文化产业发展的要求，我们必须进一步扩大文化体制改革的范围，拓展改革的深度，加大改革的力度。文化体制改革仍然是山西文化产业发展的重要动力。

（三）培育文化企业家

供给能力影响文化产业的发展，而要有效提高文化产品的供给，离不开劳动要素市场、企业家市场、资本市场的完善以及出口方面的政策支持。文化产业是一个以创意为核心的产业，一大批创新的企业家是这一产业最宝贵的资源。只有文化资源是不够的，人才、资本、技术、品牌等缺一不可，而把这些要素综合在一起创造价值的是文化企业家。

文化产业作为新兴产业，其发展离不开体制改革提供的动力，这需要政府官员的创新精神，而文化产业内在的创意特征离不开人才的创新，文化产业的强大离不开文化企业家对资本、技术、文化要素的集结和产品化。当然，随着文化产业的发展，文化产业的创新主体不断变化。从分工的角度看，文化产业的成熟度伴随着文化产业内部分工的逐渐细密，由外而内，从依靠外源力量到依靠内部力量。换言之，文化产业要经历制度体制创新、产业资本进入、金融资本进入这三阶段，而创新主角分别是政治企业家、文化企业家、金融资本家。

中国文化产业的发展是诸如政治企业家、文化企业家、金融资本家不断发挥创新主体作用，依次推动文化产业快速发展的结果，这些不同角色的替换可以折射出文化产业不断成熟的轨迹。这一规律对山西同样适用。山西文化产业在近几年颇有起色，引起了国内的注意，从山西文化产业的动力来看，现阶段主要依靠政府推动，尤其是依靠对文化产业情有独钟的政府官员发起、号召，从而打开省内红红火火的局面。现阶段稀缺的是文化企业家，由于文化产业自身的特性，除了在经营方面对企业家有一定的要求之外，还要求企业家具备相当的文化修养与文化追求，这一点对于现代文化企业，确实难能可贵。文化产业进入快速发展阶段以后，必然面临金融资本的瓶颈，这时整个产业主要由控制着金融资本的企业家推动，比如通过大量引进外部金融资本，通过企业并购组建文化企业集团，通过国际间合作组建跨国公司。

（四）加强文化产业与其他产业的融合

正如前文所述，山西文化产业对经济转型的推动是以文化为主线展开的，通过文化的传播来实现渗透、转换和提升。但是，这个过程并不仅仅靠文化产业自身的崛起就能够完成，在当前的产业环境下，实现文化产业与休闲产业、旅游产业等相关产业的融合至关重要。

一方面，文化产业借助融合可以获得其他产业的相关资源，弥补自身的不足，实现快速发展。比如，文化与旅游的融合中，文化是灵魂，旅游是载体，在目前的消费需求环境中，文化只有借助旅游这个大的平台和载体，才能够获得发展。同样，山西的旅游多数为文化旅游，如果不能够很好地开发文化资源，形成具有更强影响力和辐射力的文化产品，旅游也很难取得发展。

另一方面，文化产业对经济转型的推动，就是通过产业融合实现的。文化产业的发展使得山西经济的各个层面都有了文化的烙印，文化渗透到经济生活的方方面面。日常生活中的餐饮、住房、衣着等均要追求一种文化品位，城市建筑、风格设计、交通运输等都体现着文化的味道。进一步推动大量传统产业资本进入文化产业，在推动文化产业发展中，实现传统产业与文化产业的融合，改变经济结构。不仅如此，文化的作用会使各产业、各地区的文化魅力得到彰显，提升整体竞争力。

（五）优化文化产业组织

制约山西文化产业发展的主要因素中最为核心的就是山西严重缺乏具有竞争力的文化市场主体，产业组织结构难以支撑整个产业的发展。根据普查数据，可以看出 2008 年山西文化单位中，国有、国有联营、国有独资公司共 3097 个，比 2004 年增加 303 个；集体、集体联营、股份合作公司共 491 个；其他有限责任公司、股份有限公司共 1180 个，比 2004 年增加 409 个；私营 4965 个，比 2004 年增加 2398 个；国有与集体联营、其他联营、其他 804 个，比 2004 年增加 434 个。山西文化单位数量有较大的增长，但是大型文化集团和文化企业还很少，距离以国有文化企业集团为龙头、民营文化企业为主力、行业协会为中介，立足本省、积极开放的文化产业组织结构还有较大的差距。这就要求山西下一步必须加快文化企业的培育步伐，优化文化产业组织结构。

设立文化产业园区和文化产业基地是一个培育文化企业的有效方式，它们不仅仅是文化旅游区，更是以文化创意为特征的企业集群。产业园区和基地的功能主要有两项：一是要发挥集聚效应，二是发挥孵化功能。积极培育新兴业态。通过采用数字、网络等高新技术，大力推动文化产业升级。发展广播电视方面的新业态，比如移动多媒体广播电视（CMMB）、网络广播电视、数字广播电视、手机广播电视；也包括对传统产业的改造和升级，比如有线电视网络方面的下一代广播电视项目（NGB）现在已经启动。还有一些出版方面的新兴业态，同时在音乐、电影、流动演出等方面都要求加快关键技术设备的改造更新，研发核心技术。确立重大文化项目，打造文化精品，塑造地方文化品牌。处理好传统文化和现代文化的关系，就是怎样把传统文化资源、文化积累转变成产业元素，转变成文化的创造力。一方面要重视现代的网络文化、动漫等形式，另一方面对传统的文化形态也要传承、保护、推广、发展。发展文艺演出院线，推进有线电视网络、电影院线、数字电影院线和出版物发行的跨地区整合。坚持以结构调整为主线，要推动文化资源的整合和结构调整，特别是推动跨地区、跨行业、跨所有制的发展。

参考文献

［1］冯子标、焦斌龙著《分工、比较优势与文化产业发展》，商务印书馆，2006。

［2］冯子标、焦斌龙等著《大趋势：文化产业解构传统产业》，社会科学文献出版社，2006。

［3］冯子标：《文化的产业属性》，2003 年 9 月《山西日报》。

［4］申维辰主编《评价文化》，山西教育出版社，2004。

［5］世界银行：《中国：深化事业单位改革，改善公共服务提供》，《经济研究》2005 年第 5 期。

［6］H. 钱纳里等：《工业化和经济增长的比较研究》，上海三联书店，1995。

［7］W. W. Rostow：《经济增长的阶段》，中国社会科学出版社，2001。

［8］杨小凯：《经济学原理》，中国社会科学出版社，1998。

［9］花建：《文化金矿：全球文化产业投资成功之谜》，海天出版社，2003。

［10］叶朗主编《中国文化产业年度发展报告》，湖南人民出版社，2003、2004。

［11］江蓝生、谢绳武主编《中国文化产业发展报告》（2001～2005），社会科学文献出版社。

［12］艾尔文·托夫勒：《财富的革命》，中信出版社，2006。

［13］冯久玲：《文化是个好生意》，南海出版公司，2003。

A Study on the Development of the Culture Industry of Shanxi Province

—Based on the Analysis of the Statistics of the 2nd Economic Census

Jiao Binlong　Hou Xiaoyuan　Wang Jiangong

Abstract: The international financial crisis had exerted a great impact on the economy of Shanxi Province which was characterized by a single-industry structure, and also blown the clarion for the transformation of Shanxi's development. The culture industry played an important role in the transformation of Shanxi's development. This paper, through the use of the statistics of the culture industry in the 2nd economic census, goes to make a systematical analysis of the development of Shanxi's culture industry, and based on the comprehensive study of the current developmental situation, structural features and existing problems of Shanxi's culture industry, this paper is also going to analyze the mechanism through which the development of culture industry promoted the economic transformation, and make a rational thinking on promoting the development of culture industry.

Key Words: Shanxi; Culture industry; Economic census

B.26

河南省文化资源研究报告

王玉印* 张德水 李立新 张 锦

摘 要： 本文以河南省文化资源为研究对象，在摸清河南文化资源家底、弄清哪些是河南优势文化资源的基础上，集中对河南文化资源开发利用现状进行全面的梳理，总结了以往开发利用的经验与不足，进而为实现河南从文化资源大省向文化强省的跨越，提出了新的开发利用路径。

关键词： 河南 文化资源 开发利用 路径

河南地处中原，历史悠久。就存量来说，是文化资源大省，这是毋庸置疑的。就文化的影响力、美誉度以至上升到软实力的高度来说，河南还不是文化强省，或者说河南离文化强省还有一定的距离，这也是没有疑问的。这说明文化资源优势并不能自然地转化为文化建设和发展的优势。要实现从文化资源大省向文化强省的跨越，我们还有很多工作要做。尤其是要用科学的态度来分析和认识河南的文化资源，真正摸清自己的家底，弄清楚哪些是优势文化资源、哪些是可直接转化为现实生产力的文化资源，并用新的理念审视文化资源的保护和开发利用，使河南优势文化资源的综合效益得到有效发挥，进而加快文化产业发展和文化强省建设步伐。

一 河南文化资源概况

胡锦涛总书记在参加十一届全国人大三次会议河南代表团的审议时说："河

* 王玉印，河南省文化产业发展和体制改革办公室处长，主要从事文化体制改革与公共文化政策研究。

南是中华民族和华夏文明的重要发祥地，是全国重要的历史文化资源大省，历史底蕴深厚，文化资源丰富，要充分发挥这一优势，推动文化发展繁荣。”下面我们对河南的优势文化资源进行必要的分析。

文化资源相对于其他资源来讲是一种特殊的资源，其内容比较宽泛，概念暂无定论。我们比较认同的文化资源概念为：人类在漫长历史发展过程中所积淀的，通过文化创造、积累和延续所构建的，能够为社会经济发展提供对象、环境、条件、智能与创意的文化要素的综合。我们结合资源的概念（生产资料或生活资料的天然来源）来理解，对文化资源的概念可作两个层面的解释：从浅层面讲，文化资源就是人类发展过程中所积累下来的“物质文化遗产”和“非物质文化遗产”；从深层面来讲，文化资源就是可以作为生产资料而进入市场流通领域，进行生产再生产、创造再创造的一切存量文化形态，包括物质的、非物质的甚至虚拟的等。

文化资源有两个显著特性使其在开发利用方面大显强势。其一，文化资源具有共享性，所以文化建设发达不发达与文化资源的丰厚与否关联性并不很大。取得巨大成功的美国动画片《花木兰》、《宝莲灯》、《功夫熊猫》就是对中国巾帼英雄、神话故事以及特有的中国功夫这些文化资源的再创造。其二，文化资源还有着开发的永续性，严格地说任何文化资源只要有完美的创意和充裕的资金都可以得到持续的开发。三国故事可以被写成小说，拍成电视剧、电影，改成动漫、动画、电子游戏、网络游戏等，并没有因为某一方面的利用而减少什么。

河南是中华民族历史文化的重要发祥地。早在数十万年前，中原地区便已有了人类活动的足迹。史前文化谱系不断，“裴李岗文化”、“仰韶文化”、“河南龙山文化”等构成了早期农业文明的基本框架。“三皇五帝”等人文始祖与河南密切相关。自夏代开始、至元代以前近 3500 年间，共有 200 多位帝王建都或迁都在河南，夏商、东周、东汉、三国、北宋、金等朝代，均以河南为政治中心。中国八大古都，郑州、安阳、洛阳、开封名列其中。河南是中华姓氏的主要发源地，其中起源于河南的古今姓氏达 1500 个之多，在当今 100 大姓中，有 78 个姓氏起源于或部分起源于河南。河南名人辈出，群星璀璨，在“二十四史”中立传者 5700 余人，仅汉、唐、宋、明几个朝代河南籍名人即达 912 人，占总人数的 15.8%，名列第一。道圣老子、谋圣姜太公、墨圣墨子、商圣范蠡、画圣吴道子、字圣许慎、医圣张仲景、科圣许衡、诗圣杜甫、律圣朱载堉等名人在中国历史上均占有重要地位。在元代以前，绝大多数历史名人，即使不是河南人，也在河南长期活动过并保留有大量的遗迹与传说。

目前，已查明的河南各类文物景点共28168处，文化资源单体总量为25323个。其中龙门石窟、殷墟已被正式列为世界文化遗产（嵩山古建筑群、大运河河南段正在申报世界文化遗产）。另外还有全国重点文物保护单位189处（198项），河南省重点文物保护单位1044处，市、县级文物保护单位5518处。河南地上文物数量居全国第二，地下文物数量居全国第一，并且这些文物还以数量多、时间跨度长、品类齐全、价值高、分布地域广而著称于世。河南现有国家历史文化名城8个，中国历史文化名镇（村）8个，34个省级历史文化名城（镇、村）。馆藏文物达140万余件。河南有省级非物质文化遗产项目277个，有国家级非物质文化遗产项目82个。

河南文化旅游内涵丰富。以少林武术和太极拳为代表的功夫修学游，已成为在国内外叫响的知名品牌。以黄河小浪底水利枢纽工程为龙头的“大黄河游”与文化、民俗、风光等交相辉映，也成了河南文化旅游的精品。河南现有中国优秀旅游城市13个，国家级风景名胜区11个，省级风景名胜区24个，国家5A级旅游景区3个，国家4A级旅游景区（点）47个，国家级森林公园19个，省级森林公园46个。此外，中岳嵩山还被列为世界地质遗产，云台山、嵩山、伏牛山、王屋山、黛眉山被评定为首批世界地质公园，内乡宝天曼被列入联合国人与生物圈保护区名录。

河南文化资源博大精深，丰富多样，大体分为遗址遗存类文化资源、建筑遗存类文化资源、馆藏博物类文化资源、节会庆典类文化资源、民间民俗类文化资源5个大类。在每个大类下又分为若干分类。

遗址遗存类文化资源。全省该类资源单体共有3745个，可分为史前聚落遗址、古代城址、手工业遗址、历史事件发生地等。

建筑遗存类文化资源。全省该类资源单体共有14555个，可分为官衙建筑、宗教建筑、工程建筑、教育文化建筑、商贸文化建筑、科技文化建筑、陵园墓群建筑等。

馆藏博物类文化资源。全省馆藏文物达140万余件，其中经鉴定为国家一级文物的有1800多件，二、三级文物的有25万多件。可分为石器类、青铜器类、陶瓷类、玉器类、金银器类、石刻造像类等。馆藏文物还可分为铁器类、骨器类、书画类、钱币类等不同的类别。

节会庆典类文化资源。全省该类资源共有99个，其中体育节类有16个，商贸农事节类有27个，旅游节类有56个，著名的有安阳殷商文化旅游节、中国郑州国际少林武术节、炎黄文化旅游节、洛阳河洛文化节、周口“中华姓氏文化节”、洛阳牡丹花会、开封菊花会、南阳玉雕节、信阳茶叶节、三门峡国际黄河旅游节等。

民间民俗类文化资源。全省该类资源十分丰富。全省有“全国民间艺术之乡”16个，“河南省民间艺术之乡”47个。可分为戏剧类、演艺类、功夫类、表演类、工艺类、庙会类、精神榜样类等。

另外，还有很多现代文化资源，河南省的文学艺术资源丰富，“文学豫军”叫响全国；河南省的书法艺术实力雄厚，书法艺术家数量在国内名列前茅；河南省的出版传媒也实力不俗，拥有众多知名品牌，如《大河报》、《销售与市场》、《梨园春》、《华豫之门》等。河南省有各类博物馆、纪念馆140余座，其中文化文物系统112座，行业博物馆17座；有图书出版社12家；有省辖市以上电视台共18座；有公共图书馆136个，有群众艺术馆和文化馆204个，农村文化站1423个；有报纸出版单位123家、期刊出版单位243家；还有大批文化娱乐设施。

二　优势文化资源分析

河南丰厚的文化资源，是在数千年历史文化的积淀中形成的，是与长期以来处于中国政治、经济、文化中心的地位，以及得天独厚的地理位置密切相关的。与国内其他省相比，河南省最大的优势资源是历史文化，最核心的是根文化资源。河南作为华夏文明的重要发祥地，是中华传统文化的核心区域，既是华夏文明之根，又是中华民族之根，“根在河洛”、“根在中原”得到了海内外炎黄子孙的普遍认同。因此，河南具有独特的根文化资源优势，这也是国内其他地区所无法比拟的。

（一）河南是华夏文明之根

地处中原腹地的河南，是华夏文明多元一体的核心。上古时期以华夏、东夷、苗蛮三大部落为代表的各部族间的文化交流与融合，在河南便形成了华夏族的核心。中国第一个奴隶制封建王朝——夏，建立于中原，中华文明即发端于此。河洛地区是夏商周三代王朝的核心区，是中华传统文化的根基所在，也正是在夏商周三代，形成了中华传统文化的价值观、典章制度、道德规范、思想体系和人文精神等。秦汉以后，中原文化更以强大的融合力和创新力，吸收四方文化精华，不断丰富中华传统文化的内核，使中华文化获得了持续的生命力和创造力。河南是华夏文明之根，主要表现在以下几个方面。

1. 河南是中华农耕文化的源头

中国自古以来即以农业为本，中原地区为中华民族孕育了灿烂辉煌的农耕文明。三皇之首的伏羲教人“作网”，开启了渔猎经济时代；炎帝号称“神农氏”，教人们播种收获，开创了农业时代。考古资料表明，早在距今七八千年以前，在中原地区已经有农耕文明的足迹。裴李岗文化、仰韶文化、龙山文化等史前文化，是河南作为中国农耕文化发源地的重要见证。

2. 河南还是中国礼制文化、思想文化的源头和核心

伏羲画八卦，“河出图”，“洛出书”，发生在河南，并产生了被称为中国传统文化重要源头的《周易》，其核心是和合思想，代表了上古贤哲的社会政治思想，它不仅深刻地展现了中国古代的政治、经济和文化，而且渗透到中国人的生活方式、伦理道德、风俗习惯、价值观念中，构成了古代中华民族的精神支柱、文化载体和思想灵魂，从此开启了道家、儒家、墨家等中国主流思想各种流派；周公在洛邑制礼作乐，建立典章制度，教化人伦，奠定了中华礼制文化的基础；春秋时期的诸子百家，儒家文化的源头在中原，儒家的代表人物孔子，祖籍河南商丘；道、法、墨、纵横、杂家等诸文化，其创立者为河南人，有的代表作也完成于河南。诸子文化的相互激荡与融汇，构成了中华传统文化的重要精神内核。

3. 河南是中国道教、佛教等宗教文化的起源地与发展地

道教是中国的本土宗教，被奉为鼻祖的老子李聃是河南鹿邑人。登封中岳庙是历代皇帝祭祀中岳神的地方，是我国现存最早、规模最大的道教建筑群之一。济源的王屋山为道教“十二洞天”之一，是唐代著名道长司马承祯携玉真公主出家修道的地方。佛教传入中国后，第一座佛寺白马寺就在河南洛阳。洛阳的龙门石窟是佛教三大艺术宝库之一，已被列入世界文化遗产名录。推动佛教信仰大众化的净土宗祖庭就在开封相国寺。标志着佛教文化中国化初步完成的“禅宗”，其祖庭就在嵩山少林寺。在佛教文化史和中外文化交流史上鼎鼎大名的玄奘法师，是河南偃师人，也是唯识宗创始人、中国佛教史上四大翻译家之一。

儒、释、道三教合流的典型代表也在登封嵩山脚下。

4. 河南是汉字的起源地与发展地

汉字是传承和弘扬中华文化的重要载体，是中华民族的基本标识，也是中华文明的显著标志，并对朝鲜、韩国、日本等国文字文化有巨大而深远的影响。连续4000多年的汉字文化史，可以说就是一部中原汉字史，汉字的产生及其每一个重要发展阶段几乎都发生在中原大地上。中国迄今发现的最早的契刻符号在河南；传说中黄帝时代的仓颉造字在河南；第一套完善的汉文字系统甲骨文出土在河南；帮助秦始皇“书同文”、制定规范书写“小篆”的李斯，是河南上蔡人；编写世界第一部字典《说文解字》、归纳汉字生成规律、统一字义解析的文字学家许慎是河南郾城人；至今我们还在使用的规范性字体“宋体”字产生在河南开封，著名的活字印刷术也产生在这里。

5. 河南是中国科技、教育文化的重要源头

早在五六千年前的仰韶文化时期，人们已经开始观测和记录天象；濮阳西水坡遗址出土的蚌塑龙虎图案，是中国最早的天象图；东汉科学家南阳人张衡发明地动仪、浑天仪，创世界之最，被称为科圣；唐代河南人僧一行，不仅发明了世界上最早的自动计时器，而且比英国天文学家哈雷早1000年提出了“恒星自行”的观点，他与同行们进行了世界上首次子午线实测活动，因此而成为古代天文学发展的里程碑。元代郭守敬设计的登封观星台，是我国最早的天文台。河南还是冶铸文化之乡，“世界冶金史中心在中国，中国冶金史中心在河南”。二里头青铜冶铸遗址是我国目前最早的青铜器铸造遗址。在陶瓷的发展史上，最早的原始瓷器发现于河南，宋代五大名窑中的汝窑、钧窑、官窑均产生在河南，堪称我国陶瓷文化的圣地。在医学的发展中，东汉南阳人、医圣张仲景所著《伤寒杂病论》是我国第一部理、法、方、药完备的经典著作。尤其是代表中国古代杰出科学成就的“四大发明”，均发轫于中原。河南的教育，在东汉、西晋、隋、北宋等朝代都处于全国中心地位。东汉洛阳太学，是中国古代规模最大的大学；中国古代四大书院，河南占其二（嵩阳书院、应天书院）。在河南教育史上，涌现出一批诸如程颢、程熙、许衡等著名的教育家。

另外，河南是中国都城文化的源头。郑州西山发现的五千多年前的仰韶文化城址，是中国城市的滥觞。河南是中华民族商人、商业、商业文化的发源地。在河南涌现了许多著名商人和商业理论家，如弦高、范蠡、子贡、白圭、吕不韦等。

（二）河南是中华民族之根

河南是中华人文始祖的主要活动区域。传说时代的三皇五帝，是中华民族的精神文化符号，成为民族血脉和文化的木本水源，深深地保留在民族的记忆中。盘古是中国古史传说中开天辟地的祖先。位于豫南桐柏山系的盘古山，是传说盘古开天地的地方。桐柏、泌阳二县，分别被誉为“中国盘古文化之乡”和“中国盘古文化圣地”，如今仍保存有盘古庙、盘古磨、盘古井等大量人文景观，每年农历三月初三的盘古庙会，已成为当代人们祭祀先祖和进行物质、文化交流的盛会。位于豫东平原的周口，被誉为三皇故都，有伏羲太昊陵、女娲城、神农五谷台等人文景观。淮阳太昊陵，传说是“人祖”伏羲氏的陵墓，每年的淮阳人祖庙会，以其历史悠久、影响巨大而吸引数百万游客。周口市依托太昊陵举办的中国姓氏文化节，以姓氏为纽带，以寻根为主题，成为连接祖根地与世界华人的桥梁，极大地推动了文化旅游产业的发展。黄帝是中华文明之祖。黄帝故里故都在河南新郑。现新郑、新密一带存留有众多的黄帝遗迹。五帝之中的颛顼、帝喾，其主要事迹也发生在河南。今位于内黄县的二帝陵，是历代皇帝钦定的颛顼、帝喾二帝公祭之处。

河南是中华姓氏的主要发源地之一。河南淮阳，是伏羲氏“正姓氏”的地方，公认为万姓同根，根在淮阳。更由于中华人文始祖炎黄二帝活动的区域在河南，其后代枝繁时茂，派生出许多姓氏。据统计，中国从古至今产生过上万姓氏，其中源于河南的有1500个姓，占古今姓氏总数的13%。当今排名前300位的大姓中，源于河南的有171个。其中前5大姓中，李、张、陈均源于河南，王姓和刘姓最早的一支也是在河南形成的。宋代成书的启蒙读物《百家姓》中收录有438个姓，明代《增广百家姓》中所收姓达到504个，其中郡望在河南的有115个姓，居各省之首。源于河南或部分源于河南的姓不断向外播迁，形成了中华姓氏的活水源头。尤其是河南固始，是东南沿海和台湾等省人民心中的“大槐树”，固始与闽台有着直接的渊源关系，而客家人的根源则是晋末以来南迁的河南地区的中原汉族。

特殊的历史地位，决定了河南是一个名人辈出的地区。西汉时期，河南籍名人39人，占全国总数的19%，名列各省第二；东汉时期，河南籍名人为170人，占全国总数的37%，名列第一；唐代，河南籍名人219人，占17%，名列第三；

北宋时期，河南籍名人为 324 人，占全国总数的 22%，名列第一；南宋时期，河南籍名人为 37 人，占 6%，名列第四；明代，河南籍名人为 123 人，占全国总数的 7%，名列第四。河南历史文化名人不仅数量多，而且在中国历史中享有较高的知名度。如老子、庄子、墨子、韩非子等先秦诸子等。他们犹如一颗颗璀璨的明珠，照耀着历史的星空。

河南丰富并具有独特优势的根文化资源，是历史遗留给河南人民的财富，更是中华民族的共同财富。胡锦涛同志在党的十七大报告中明确要求："弘扬中华文化，建设中华民族共有精神家园。"一个国家，只有坚守共有精神家园，才会具有向心力、凝聚力和创造力，才会不断地产生和强化民族自豪感与自信心，才会以巨大的合力创造时代的辉煌与人间的奇迹。继承和弘扬中华传统文化，是凝聚中华民族力量的客观要求，是建设有中国特色的社会主义物质文明和精神文明的现实需要。对河南根文化资源全面、系统地挖掘、整理和保护利用，是河南文化强省建设中义不容辞的光荣使命。

河南除了独特的根文化资源之外，在国内有一定影响力、具有相当竞争力的优势文化资源还有武术杂技、工艺美术等。

——武术杂技优势

中原武术文化技冠天下，德播神州。"天下功夫出少林"之说，形象地表明了少林武术在中国武术文化中的重要地位。"十三棍僧救唐王"的历史传奇，帮助戚继光抗倭立功的光辉业绩，使少林寺闻名遐迩，成为中华武术的荟萃之所、流播之处、发扬光大之地，使"少林"成为中国武术的品牌，成为中原文化乃至中华文化的品牌。河南温县陈家沟人创立的太极拳，是中国武术文化的又一重要流派，以刚柔并济为特征，以强身健体、修身养性为主旨，已推广到五大洲，成为上亿民众生活中的重要组成部分。据统计，全国共有 129 个武术拳种，而河南流行的就有 40 余种。除少林拳、陈氏太极拳，还有形意拳、八极拳、八卦拳等。所有这些，都是中原武术文化的宝贵资源。中原武术不仅仅是搏击术，更不是单纯的拳脚运动，也不是力气与技法的简单结合，它饱含着哲理，深蕴着先哲们对生命和宇宙的参悟，以一种近乎完美的运动形式诠释着古老的东方哲学思想，追求完美而和谐的人生境界。

河南还是我国杂技艺术的重要发祥地之一，早在春秋时期，就有众多民间艺人以杂耍技艺谋生。河南周口、濮阳素来被称为河南的"杂技之乡"。据不完全统计，在周口目前有专业杂技团体100多个，业余杂技团体201个，从业人员近1.5万人。濮阳杂技以功力深厚、技艺精湛著称于世。濮阳东北庄与河北吴桥并称为中国杂技“南北两故里”，全市共有各类杂技团体300多个，杂技从业人员超过1万人，演出足迹遍布全国27个省市及朝鲜、日本、德国等20多个国家，年经营收入1亿多元，在各种大赛中获奖300多项。市杂技艺术中心和华晨杂技集团有限公司是濮阳市两大民营杂技艺术团体，也是近年来崛起、发展最快的杂技团体。

——工艺美术优势

在河南的广大地域，至今还遗留和传承着许多古老的民间习俗和富有地方特色的乡土工艺，被专家、学者称为“活化石”、“活文物”。如朱仙镇木版年画，黄河澄泥砚，伊川、汝阳杜康酿酒工艺，镇平玉雕工艺，淮阳泥泥狗，浚县泥咕咕，西平棠溪宝剑铸造工艺，以及源于唐宋时期的开封汴绣、唐三彩、汝瓷、钧瓷、皮影艺术、民间剪纸等，都有着深厚的传承发展基础，并且涌现出一大批工艺美术大师。近年来，河南书法在历史的浸润下迅速崛起，以雄强豪放为特征的书风在全国独树一帜，被理论界推为“中原书风”。

三　开发利用现状

近年来我们在文化资源保护和利用方面也取得了一些成绩。

（一）文化资源的软实力作用得到较好的发挥

需要明确的是，并不是所有的优势文化资源都可以转化为现实生产力，有些文化资源只能是而且永远只是软实力，它们的存在就是其价值所在，保护好它们就是对它们最好的利用。

积极申报世界文化遗产，为河南打造国际文化品牌。2000年、2006年，洛阳龙门石窟和安阳殷墟先后成功申报世界文化遗产，极大地增强了河南的国际影响力。目前，河南省的登封“天地之中”历史建筑群、丝绸之路河南段、大运河河南段和新乡潞简王墓等4项文化遗产被正式列入《中国申报世界文化遗产预备名单》，各项申报准备工作正在积极进行。大运河河南段申报世界文化遗产工作涉及郑州、开封、洛阳、商丘、新乡、焦作、鹤壁、安阳等8市、20余县，目前正按照统一部署，进行申遗点的遴选和保护规划编制工作。若申报成功，对河南省文化地位的提高与文化强省建设意义重大。

河南近几年成功举办的黄帝拜祖大典、世界客属第十八届恳亲大会、第十届亚洲艺术节，以及众多姓氏世界性的宗亲恳亲大会等活动，搭建了一个广阔的经济、文化交流平台，让国内外华人亲临领略河南历史的源远流长，感受中原文化的博大精深，以文会友、以文引客，很好地宣传了中原文化，为中原文化走向世界打下了坚实的基础。这对于提升河南形象、扩大河南的对外开放、增强中华民族凝聚力起到了积极作用。在促进河南招商引资、对外开放等方面也起到了巨大的作用。

河南文物充分发挥“文化大使”的作用，已赴日本、美国、英国、南非、澳大利亚等22国家和地区举办或参加了75个文物展览。文物对外展览为宣传博大厚重的中原文化、提高河南的国际知名度作出了积极贡献。

文化资源还为河南省旅游产业提供了巨大的文化支撑。在全省3家国家5A级景区中，文物景点占2家；全省47家国家4A级景区中，文物景区占22个。河南利用独特的文化资源已经打造出“少林寺”、“龙门石窟”、“云台山”等世界知名品牌，相信对曹操墓的利用将会成为下一个亮点。

中国文字博物馆落户河南使河南博物馆体系更加健全，河南已开放各类博物馆、纪念馆140余座，年均举办陈列展览500余个，接待观众近900万人次。在保障人民文化权益和爱国主义教育、提高公民素质方面作出了应有的贡献。

（二）文物资源在促进经济社会发展中的作用日趋显著

河南文化资源是极具价值的旅游资源。以龙门石窟、少林寺为例，目前二者的年门票收入已分别突破1亿元、1.5亿元。精心打造的《禅宗少林·音乐大典》自2006年开演以来，累计接待游客40多万人次，实现门票年收入3800多万元。古都开封依托宋文化，打造宋都古城文化产业园区，努力做强文化旅游业、文艺演出业、工艺美术业、饮食文化业、休闲娱乐业、传媒出版业、会议展览业、收藏文化业、文化培训业、新兴文化业等十大产业；古都洛阳建设占地1万平方米的洛阳文化旅游礼品城，拥有旅游礼品商户300多家，旅游商品1200多个品种，成为河南规模最大、品种最全的旅游商品市场。清明上河园实景演出《大宋·东京梦华》自2008年演出以来，直接收入已超过1000万元，且据有关统计，自演出以来，开封综合旅游消费额提升了15%。

文化资源在有效拉长产业链方面优势明显。少林寺凭借电影《少林寺》由旅游业起步，1998 年成立了“少林寺事业发展有限公司”，经营少林素饼和少林禅茶；2004 年 6 月“少林药局”重新挂牌；2005 年 7 月，少林寺又筹建了英文网站，突破了少林文化发展的语言瓶颈。少林寺首次授权台湾中影公司电视动画《少林传奇》制作和玩酷科技关于少林题材的网络游戏《少林传奇》制作，第一次将少林文化做成 3D 网络游戏；2008 年一部投资高达 2500 万美元的少林武僧传奇故事《少林武僧传奇》电影上映。少林寺还在新密、巩义、云南、天津、山东、江苏，甚至德国、意大利等地建立下院和分院。每两年一届的郑州国际少林武术节、舞剧《风中少林》、大型实景演出《禅宗少林》等，已使少林成为河南的文化名片，甚至中国的文化名片。围绕河南的武术文化，衍生出了武术竞技、武术旅游、武术演艺、武术影视、武术学校、武术器械、武术服装等产业，形成了一个武术产业链。

因为有了文化底蕴的有效支撑，河南旅游业发展强势。自 2005 年以来，全省旅游经济保持了年均 25% 以上的增速。2008 年，尽管受到自然灾害、金融危机等多种不利因素影响，全省仍实现旅游总收入 1591.96 亿元，同比增长 17.73%。2009 年，在金融危机持续蔓延的不利形势下，全省旅游业仍然保持了强劲的发展势头，累计接待海内外游客 2.3 亿人次，旅游总收入 1985 亿元，同比分别增长 25%。

实施大遗址保护工程，为下一步的大遗址公园建设打下了良好基础。“十一五”期间，国家公布实施保护的 100 处大遗址名单中，河南省占 14 处，位居全国第一，主要分布在洛阳、郑州、安阳等地。大遗址保护工程不仅改善了遗址周边的保护环境，有效地保护了文物本体，展示了文物的内涵，还会为经济发展和精神文明建设起到极大的推动作用。

特别是作为中华文化之根和中华民族之根，河南形成了寻根文化、寻根旅游和寻根经济，不仅每年都有络绎不绝的海外侨胞和港澳台同胞来河南省寻根谒祖，成为河南境外游客的主要组成部分，而且这些前来寻根的各姓宗亲还纷纷在祖地家乡捐资建设、投资兴业，如著名菲律宾华侨慈善家黄如论，不仅捐资于黄姓祖根地黄国故城的保护开发建设、固始根亲博物馆，还捐资 3 亿元筹建中原文化艺术学院。河南固始在寻根文化活动中，积极开展经贸合作，培育出全国独有的寻根经济，成为县域经济又一新的经济增长点。目前，累计投融资 2 亿多元对国家级和省级文物保护单位进行了保护性开发和利用，初步形成了以九华山千年古刹妙高寺为亮点，以寻根文化、佛教文化和茶文化为主题的黄金旅游线路，年实现旅游收入 1.65 亿元。

（三）存在的问题

河南省正在以文化资源开发利用为先导，着力推进文化强省建设。但我们在认真审视各地的文化资源开发实践之后，却发现由于总量规模偏小、总体效益不高、结构不合理，还远不能满足由文化资源大省向文化资源强省发展的需要，影响了文化资源的开发利用成效。

1. 资源开发认识的麻木性

文化资源优势并不会天然地转变为产业优势和市场竞争力，这个转化过程需要创意和科技的支撑。如果我们不能把握住文化资源的非独占性特点，一味强调资源优势，而不采取积极有效的方式加以整合和开发，这种优势就极容易被别人利用，并且会随着宣传力度的加大而更加一览无遗地呈现在世人面前，为别人的异地开发提供更多的机会和可能，从而造成资源的严重流失，最终使优势变成劣势。在这方面河南省有惨痛的教训，如姓氏名人资源的开发，由于以前的忽视，许多河南的名人纷纷“搬家”，如庄子、墨子等成为外地发展文化产业的品牌。虽然河南省后来奋起直追，但付出的代价已是人家的好几倍甚至十几倍。

2. 资源发掘过程中的盲目性

河南省文化资源丰富多彩，在面对文化资源开发问题的时候，我们一定要清醒地认识到，并不是所有的文化资源都可开发为文化产品或文化服务。比如，部分宗教文化、一些概念性的地域文化以及部分历史名人等，它们所承载的更多是一种形象价值、宣传价值、教化价值，难以转化为具体的包含着经济价值的文化产品。但是在文化产业发展热潮的鼓舞之下，有些地市却丧失了应有的清醒，似乎恨不得在一夜之间把一切与文化沾边的东西都弄成能够立足市场的拳头产品，于是就不惜人力、财力，忙于做一些不切实际的规划，盲目上一些很难看到市场前景的项目。其结果是得不偿失，不但造成了人力、物力、财力的浪费，而且在很大程度上对文化资源造成了破坏，更为严重的是大大挫伤了人们发展文化产业的积极性。如几年前少林寺文化资源的开发、龙门石窟资源的开发中，由于没有对这些文化资源做深入谨慎的研究，没有把握文化资源的底蕴，结果把少林寺、龙门石窟弄得面目全非，极大地挫伤了当地的积极性。再比如前几年的拜祖热潮盲目蔓延，全省上下到处都有拜祖活动，造成了很不好的影响，到最后，省委不得不专门发文（豫办〔2007〕17 号）加以制止，要求规范民间组织“拜祖”活动。

3. 资源开发经营的粗犷性

中原地区无疑是我国文化资源的富矿区，尤其是多姿多彩的历史文化资源令人艳羡，但与东南沿海地区相比，中原地区文化资源开发过于粗犷。一，由于经济社会发展水平相对较低，发展现代文化产业的条件和基础尚不够坚实，目前只能走资源依赖型的老路。在缺乏现代化生产技术和手段、创意能力不足的条件下，生产出来的文化产品多属附加值较低的初级产品，必然要浪费、埋没一些市场潜质极高的文化资源，并且还很有可能失去再度开发的机会。如果这一局面不改变，中原地区文化产业发展的总体实力就难有实质性的提升。因此，对一些市场价值较高的文化资源，宁可等机会和条件成熟时再加以开发，也决不能贪图一时的蝇头小利而急于求成、粗放式开发。尤其是具有丰富历史内涵而需要高科技支撑的产品，更应该待机而发。二，市场机制不健全，也是制约河南省文化资源开发的瓶颈。就整体而言，缺少市场观念，竞争力弱，依赖性强，始终处于低水平、小规模、粗放型经营状态，在提高产业层次和规模上，有一定局限性和难度，造成了资源开发利用的拉动力小，产业链无法形成。而产业链没有形成，导致文化产业生存空间变窄，生存能力和发展能力受限，因此缺乏市场竞争能力。三，投入少、起点低，文化资源开发先天不足。与文化产业发展较快的省市相比，目前河南省对历史文化资源项目开发投入的资金较少，开发的一些项目规模小，特色不鲜明，包装策划档次低，开发视角缺少美誉度，各种文化资源要素得不到市场确认，项目之间关联度低，资源整合困难，无法形成规模效应。从近几年我省对历史文化资源开发的现状看，不论在资金的投入上、对历史文化资源的开发起点上，还是对历史文化资源的开发力度上都缺少像《清明上河园》、《禅宗少林》那样的大手笔。

拜祖大典也存在局限于新郑一地、经济效益不明显等缺憾。因为河南是中华姓氏的主要起源地，省内各地市均分布着不同姓氏的祖根地，以后黄帝故里拜祖大典可以让各地姓氏联谊会以有偿寻根旅游形式，对本姓的海内外宗亲发出邀请，组团参加新郑黄帝故里拜祖大典，在大典之前或者大典结束后，各姓氏组织邀请的拜祖团可以到各个姓氏的祖地寻根祭祖，这样，既能使新郑黄帝故里拜祖大典由局限于新郑而扩展到全省，又解决了资金问题。

4. 资源开发过程中的破坏性

在文化产业发展中，河南省普遍存在着文化资源开发的短期行为，从而对文化资源造成不同程度的破坏。如许多古迹、文物被改头换面，重新包装，失去了古迹文物的原貌；许多民间舞蹈、仪式、风俗习惯被庸俗化、简单化，失去了原有的神韵；在部分地方，一些古迹、文物和建筑在开发名义下遭到严重破坏，有些甚至是毁灭性的破坏。而有些地方随意进行的历史文化炒作、仿古建筑的建设，既是财力的浪费，也是对文化资源的破坏。这是在开发过程中必须从根本上加以杜绝的。没有保护的掠夺式开发，无异于竭泽而渔，最终必然会导致资源的枯竭。

四　开发利用路径思考

省委书记卢展工同志提出："文化到底怎么强省？河南文化有独特优势，但是怎么和经济结合，推动、支撑经济的发展？"这是需要我们认真回答的问题。

文化资源已经成为文化产业发展的重要条件和基础，丰富多彩的文化资源不仅能够为文化产业的发展提供最直接的保证，而且还能使文化产业的发展获得最坚实而深厚的文化根基，为文化产业的可持续发展提供更大的可能性。河南省开发利用优势文化资源，可以以丰富安阳殷墟、洛阳龙门石窟等世界文化遗产的精神内涵为重点，全面展示完整系统的中原文化遗产体系，努力打造世界文化遗产品牌；以加强对始祖文化、姓氏文化、名人文化等寻根文化资源的创意为重点，积极吸引人们寻根、育根、扎根，努力打造寻根文化品牌；以创新机制体制、内容形式和展陈手段为重点，不断加强对外文化交流，努力打造文物外展品牌；以整合拉长少林、太极武术产业链，濮阳、周口杂技产业链为重点，努力打造武术杂技品牌；以建设禹州钧瓷、洛阳三彩、镇平玉雕、开封汴绣等工艺品生产网络为重点，积极培育和扶持相关销售市场，努力打造工艺美术品牌。

具体项目上，积极利用河南省文化资源优势，建设中华文化保护核心区，并力争使之上升为国家战略，逐步建设一批大遗址公园，打造并尽快形成驰名中外的文化旅游目的地。

要实现以上目标，需要推动资源与创意结合、与资本结合、与科技结合、与旅游结合。

（一）推动资源与创意结合

微软创始人比尔·盖茨说："创意具有裂变效应，一盎司创意能够带来无以计数的商业利益，商业奇迹。"丰富的文化资源是一笔巨大财富，而面对这样的文化资源，唯有注入新的文化元素，赋予能让这些资源裂变的特定创意，才能打造出有价值、有活力、有竞争力的文化产品，进而形成相关文化产业的"经济链"。推动资源与创意结合，需要把握历史方位，清醒地认识到文化创意产业是21世纪全球最有发展前途的产业，随着我国文化体制改革的快速推进和《文化产业振兴规划》的实施，河南文化创意经济必将迎来新一轮的重大发展机遇。推动资源与创意结合，需要尊重发展规律，积极顺应文化要素、文化活动和文化空间集聚化发展特征，借鉴欧美等创意产业发展较为成熟国家的经验，建设文化创意产业集聚区，使各种文化企业、非营利机构和个体艺术家集聚，形成规模化经营，使创意成为加快文化跨越发展、助推中原崛起的一股重要力量。推动资源与创意结合，需要突出主攻重点，找准特定中原文化的特定吸引力，运用高端文化创意，加大培育主体力度，着力打造具有中原特色和时代特点的河南文化品牌，把资源优势转化为产业优势。

（二）推动资源与资本结合

资本是现代文化发展的血液，没有资本就推动不了传统文化的现代化。河南省的优势文化资源中传统文化居多，又由于长期以来受经济发展水平和人口因素制约，文化投入严重不足，实现由文化资源大省到文化强省跨越，尤其需要探索引进资本的途径，取人之财，为我所用，改善河南省文化实体的资本结构和产业结构，使闲置的文化资源与优质的资本相结合，形成强大的文化竞争力，从而进一步增强河南省的综合实力。推动资源与资本结合，需要重新确定国有资本对文化事业、文化产业的投资范围，推动国有资本投资机制的改革和转变，探索公共财政支持公共文化服务事业发展的新型投资机制。推动资源与资本结合，需要进一步拓宽文化投融资渠道，降低投资准入门槛，扩大文化市场准入，鼓励各类社会资本对文化产业进行投资经营。推动资源与资本结合，需要加大直接融资比例，疏通间接融资渠道，强化资本市场和银行对文化产业发展的支持力度。推动资源与资本结合，需要鼓励国内外社会法人和各界人士捐资兴建各类非营利的公益性文化项目等。通过建立新型的投融资机制，实行投资主体多元化的投融资模式，为推动文化大发展大繁荣不断注入新的活力。

（三）推动资源与科技结合

科学技术是第一生产力。“中国创意产业之父”厉无畏最近作了一个生动的比喻：“科技创新和文化创意在山脚下分手，到山顶再汇合，就占领了经济的制高点。”现代科技不仅是文化资源向文化产品转化的重要手段，而且是提高文化产品附加值、实现文化产品最大效益的关键因素。美国好莱坞电影产业之所以能够傲视全球，就在于充分利用了高科技提供的便利，创造了美轮美奂、令人惊诧的影像世界，不断刷新国际电影舞台的票房纪录。因此，积极推动科技与文化的有机结合，以现代科技推动文化发展，是河南省发挥后发优势、实现文化跨越的一个重要筹码。推动资源与科技结合，需要大力发展现代科技，积极推动文化科技的创新发展，用现代科技开发文化资源、进行文化产品生产、提供文化服务、提升文化产品竞争力，实现河南文化资源的有效利用。推动资源与科技结合，需要重点扶持科技型文化单位，在关注内容产业的同时提高文化产品的科技含量，全面利用数字、声、光、电等先进技术对历史文化资源进行升级改造，积极培育新兴文化业态，不断增强文化的表现力和吸引力。推动资源与科技结合，需要贯彻落实科技推动战略，积极引进、培养文化科技人才，加快推进文化科技园区和文化产业基地建设，促进文化科技成果向文化产品转变，推动河南内容产业的长远发展。

（四）推动资源与旅游结合

文化是旅游的灵魂，旅游是文化的载体。两者结合，既能有利于放大旅游的载体作用，又能拓展文化的传播渠道。河南是全国的历史文化资源大省，也是重要的旅游资源大省，曾被国家旅游局课题组定位为“中国历史文化观光旅游的重要一极”，文化与旅游结合基础良好、前景可观。推动资源与旅游结合，需要以中原历史文化为主线，整合文化旅游资源，推出跨越行政区划的系列化、精品化、特色化的文化旅游产品与线路，打造特色突出、优势互补的产品链，形成旅游文化化、文化旅游化、文化旅游一体化的“规模效应”。推动资源与旅游结合，需要以“中国旅游看三南”为卖点，把文化因素注入旅游产业，发展“寻根游”、“考古游”、“休闲游”等新的旅游形式，在让游客感知历史、领略文化、体验民俗的同时形成特色文化旅游品牌。推动资源与旅游结合，需要以河南工艺品为载体，对文化性很强的旅游商品进行技术工艺包装，对非文化旅游商品进行文化包装，体现旅游产品中的文化内涵和文化特色，把文化产品转化为旅游商品和旅游纪念品，以满足人们消费文化、享受文化的内在需求。

实现四个结合将使河南的文化资源大放异彩，文化资源开放利用的“云南现象”和陕西西安的“曲江模式”就是明证。西安大唐芙蓉园的成功自不必说，以杭州宋城为例，可以看出河南省在这方面的差距。北宋是我国文化繁荣、科技昌盛的时代，首都在今天河南开封；北宋为金朝所灭后，宋皇室南迁，偏安江南，建立南宋，首都临安，即今浙江杭州。然而，同样是开发宋文化，开封和杭州旅游业的差距不可以道里记，在挖掘深度、利用程度上发达的北宋文化与偏安的南宋文化相去甚远。杭州的做法无外乎大投入、大制作、高回报，在此理念下，建成了中国最大最成功的宋文化主题公园“杭州宋城”，形成了中国最大的民营旅游投资集团宋城集团。

借鉴成功的经验加上自身的努力，河南利用文化资源建设文化强省的目标还会远吗?

A Research Report on the Culture Resources of Henan Province

Wang Yuyin Zhang Deshui Li Lixin Zhang Jin

Abstract: This paper studies the culture resources of Henan province, and based on making certain the background of the culture resources of Henan province and the contents of its preponderant culture resources, this paper focuses on combing out the exploiting situation of the culture resources in Henan, makes a conclusion on the experience and deficiencies of the exploitation in the past, and thereby brings forth new approaches to exploit these resources so as to achieve the transformation of Henan from a culture resource province to a culture power.

Key Words: Henan; Culture resources; Exploitation; Approaches

文化创新案例篇

Case Studies

B.27

我国农村公共文化服务体系现状调研报告*

——以湖北省为例

宋文玉**

摘　要：农村公共文化服务体系既是我国公共文化服务体系建设的一个重要组成部分，也是当前我国社会主义新农村建设的重要内容。本文通过对湖北的实地调研发现，目前我国农村公共文化服务体系建设尽管已取得一些成效，但仍存在农民参与度不高，公共文化供给不足、效率较低，基层农村文化设施设备老旧、人才不足等问题，这些现象背后蕴含着深刻的体制转型原因，需要进行有针对性的政策和制度创新。立足于我国农村文化建设现状，并结合“十二五”深化文化体制改革的大趋势，本文提出，要通过采

* 本调研报告为“财政支持农村公共文化服务体系建设调研课题”的成果之一。本课题负责人：宋文玉、傅才武，课题组成员：曹兴国、王凡、龚经海、陈波、纪东东、余川、陈庚等。

** 宋文玉，财政部教科文司文化处处长，主要从事文化财政管理、公共文化财政政策研究。

取扶持民间力量参与、推进公共文化供给者与公共文化生产者的分离、建立健全“以钱养事”为基础的激励约束机制等措施，进一步完善我国农村文化服务体系建设。

关键词：农村　公共文化服务体系　湖北　新农村建设

自党的十六大提出要转变政府职能、构建服务型政府后，从中央到地方都加快了公共文化服务体系建设的步伐。而农村一直是我国公共文化服务体系中的薄弱环节。近年，随着我国社会主义新农村建设的开展，各级党委和政府对农村公共文化服务体系的构建日益重视，不仅出台了一系列相应的政策法规，而且在实践层面不断摸索、创新，初步建立起县、乡、村基层农村公共文化服务网络体系。

但当前的农村公共文化服务体系是否完善？对于农村的文化服务供给是否充足？作为农村公共文化服务体系的最终服务对象——农民，他们希望得到的公共文化服务又有哪些？他们对于农村公共文化服务体系建设的参与、直观感受又如何？为解答这些问题，2009 年 6 月至 8 月，财政部公共文化服务体系财政保障机制研究课题组对湖北省农村公共文化服务体系的现状、实施基础、财政保障情况进行了调查。本次调查共选取了湖北省域内的 76 个农业类县（市、区）进行问卷调查，并深入到湖北省应城市杨河镇、东宝区仙居乡、长阳土家族自治县资丘镇等 3 个乡镇进行实地问卷调查和访谈。通过问卷调查和实地考察试图从不同层面反映湖北省农村公共文化服务供给与农民参与的情况。因为湖北地处中部，且无论是经济状况还是综合实力都在全国处于适中位置，所以以湖北为个案进行调研，具有一定的典型性与代表性。

一　湖北省农村公共文化服务现状评估

（一）农村居民参与文化活动情况

1. “看电视”是农村居民的主要文化活动方式

调查显示，农民群众在农闲时，主要是：看电视（83.4%），聊天

(58.6%)，读书看报（51.2%），体育健身（40.3%），看电影（34.4%），上网（31.8%），打牌打麻将（29.1%）；较少参加乡镇、村里组织的文艺活动（24.0%），也较少“看戏”（22.0%）、“听广播”（20.6%）和“下棋”（18.1%）。随着湖北广播电视“村村通”工程的实施，电视机和电视传播网络在农村基本普及，现代文化消费方式得以在农村快速普及。农民由过去的听广播、读报、看戏等文化消费形式逐步转向看电视、读书看报等一些方便、快捷、信息量大、娱乐功能强的文化消费形式；同时，访谈发现，农民群众大多对“政府送电影”不感兴趣。在农村地区，文化娱乐形式是不是经济、便利和符合个人的兴趣成为影响群众参与积极性的重要因素。

2. 农民群众乐于参与集体性文化体育活动

根据农民对文化活动的喜好程度排名，农民喜欢的文体活动除“看电视”（83.4%）之外很重视“锻炼身体”。而“参加乡镇、村组织的文化活动，参加农业技术培训”作为农村的文化需求分别排在第6、第7位。通过实地访谈得知，如果政府能够免费提供一些农业培训或群体性的文体活动，大多数接受调查者表示乐于参加。课题组访谈发现，当代农村居民群体中，老中青各个年龄层次的人都表示出对体育锻炼的偏好。18岁以下的受访者中，有24人表示很喜欢体育锻炼，占18岁以下年龄段受访者的35.82%，19~35岁、35~45岁、45~65岁的青壮年喜欢体育锻炼的人数均占该年龄层次人数的一半以上，“富而求健康”成为仅次于看电视的共同文化需求。

3. 农村重要节日、婚丧文化活动是农村社区主要的公共文化形态，民间艺人群体具有独特的作用

调查显示，当前农村地区在重要节日、婚丧等红白喜事期间，会实现社区居民的“文化聚集”，届时当事人家里一般会邀请“戏班子”或者是“民间乐队”演出，丧礼期间可能会请一支民间的“和尚”或“道士”团队前来“做法事”。数据显示，农村“办喜事”时有75.9%的家庭会邀请戏班或乐队等凑兴，即使是“丧礼”期间也有超过一半的家庭邀请戏班或举办其他形式的文化活动以示纪念。而过年过节村里请人看电影的情况（22.6%），有“喜事”时看电影（22.1%）的习惯也较多见。

民间艺人是农村文化传播的重要载体。调查表明，86.9%的受访者表示看过当地艺人的表演，89.6%的群众表示当地艺人的表演给他们带来了精神享受。民间艺人平时务农，节庆时演出，是一支“不走”的民间文化队伍，79.8%的民间艺人表示自己是兼业的。农村民间艺人的主要演出地点是本村、本乡镇和本县内。88.9%的民间艺人主要在本行政村内演出；66.7%的主要在本乡镇内演出；51.1%的主要在相邻乡镇演出；46.7%的主要在本县演出；还有一部分回答在邻县（13人）和外省（4人）演出。

其中，民间艺人在春节、端午、升学、祝寿等喜日时演出频率最高；其次是元旦、五一、十一等长假期间；再次是本地丧事期间；本地人家结婚、生子的庆典也是民间艺人的演出机会；还有一部分是受当地政府邀请进行计划生育、法制宣传等。

4. 民间力量参与基层公共文化建设具有独特的价值和作用

武汉市洪山区青菱文化艺术中心是一家民营文化艺术机构，也是当地文化艺术活动的组织中心、策划中心和活动中心。2000年，洪山区政府以土地划拨的方式予以支持，武汉市棉纺厂的一位女工童爱武及其丈夫筹资300万元在洪山区青菱乡长征村创办了青菱文农艺术沙龙（后更名为青菱文化艺术中心）。中心建筑面积2000多平方米（现已达6100多平方米），内设画室、图书阅览室、健身房、歌舞排练厅、室内游泳池等设施。中心成立后，童爱武利用晨练、到居民家门口表演、上门宣传动员等方式，逐步获取当地民众的认同，并随后成功开办文艺培训班。经过近一年不懈的努力，村里的文化活动从无到有，渐成气候，在青菱乡的18个村分别物色舞蹈骨干，到中心集中进行培训，并投资组织专场比赛，组建起了农民艺术团。随后，健身舞、拉丁舞、扇子舞、腰鼓、舞龙等各类文体活动在村里推开，参与者上千人。中心立足青菱乡，辐射整个洪山区，共推动成立了18个各具特色的文化艺术队伍。

该中心成立10多年来，童爱武带领农民艺术团走遍洪山区20多个乡村和武汉部分边远地区，20多万农民免费观看了演出。中心艺术团每年到社区、军营、学校和企业开展文艺宣传活动以及参加省市区和街镇乡的调演活动（年均可达40~50场）。此外，中心还组织承办了武汉市“文农杯”文艺大赛、青菱乡“文农杯”趣味体育大赛。在迎接全国第六届城市运动会、武汉创建全国文明城市、迎接北京奥运会等活动中，中心创办的农民健身队也参与其中。2002年，洪山区被评为“全国文化先进区”；2006年，青菱乡也被评为“全省繁荣农村文化市场优秀乡镇”。中心编创的反映农村生活、农民精神风貌的节目屡屡在各级各类比赛中荣获大奖。如《醉金秋》在湖北省第六届农村金秋文艺调演和武汉市第六届农村金秋艺术节大赛中获特等奖。2005 年 11 月，在新加坡第五届国际老年文化艺术节上，该节目亦获金奖第一名。2007 年 11 月，在武汉市举办的“第八届中国艺术节”的复赛、决赛中，中心创作的舞蹈《妹娃儿要过河》，获得了“楚天群星奖金奖”，并参加了第八届中国艺术节开幕式。

（二）政府公共文化供给情况

1. 政府供给仍然处于一个较低的水平，民众的参与程度不高

调查显示，当被问及乡镇、村里是否经常组织一些文体活动时，在有效作答的 587 名农民中，回答偶尔组织过的占 38.8%，没有组织过的占 24.4%，不知道、没听说过的占 16.2%，只有 20.6% 的农村居民认为政府经常组织文化活动。

在访谈中课题组了解到，村民普遍认为“政府”只是在过年过节时才会偶尔组织文艺表演等活动，甚至很多人认为政府从来都未组织过文化活动，但同时又表示即使政府组织了“送文化”活动他们也不感兴趣。广大民众大多知道乡镇综合文化站、村文化室的所在，但是很少到乡镇文化站和村文化室去，更不用说前去看书或参加文化站组织的文体活动了。这种情况表明，一方面当前政府对于农村公共文化服务产品的供给“量少质差”，不能吸引群众；另一方面又显示出广大农民群众自身的文化权利意识还较模糊，对于自身的文化需求缺乏充分的表达能力。

2. 政府“送文化”的公共供给模式收到一定成效，但政府公共文化的供给效率较低

课题组设计了“您去年观看过乡镇、村里组织的哪些文艺活动和体育活动”的调查项目，大多数人（52.6%）表示看过“政府送电影”，还有一些知道政府送戏、送书、组织的农业科技培训和开展的各类文体活动（见表 1）。农村居民获得的这些公共服务大多出自县级文化部门组织的“送文化活动”，但农民对这些活动并没有表现出积极参与的热情，总体上政府“送文化”的方式不能完全满足农民文化参与和文化体验的过程要求，因此政府供给的效率较低。

表1　2008年农民参与过的文艺活动与体育活动

您去年观看过乡镇、村里组织的哪些文艺活动和体育活动?	排序	人数	比例(%)
政府送电影	1	316	52.6
没看过	2	178	29.6
过年过节,村里组织的文艺活动	3	163	27.2
政府送戏	4	148	24.6
乡镇、村里举行的农业科技培训	5	127	21.1
政府送书	6	120	20.0
乡镇、村里文化站、文化室组织的读书活动	7	109	18.1
乡镇、村里组织的篮球、乒乓球等体育比赛	8	107	17.8

（三）乡镇文化站公共文化服务情况

乡镇综合文化站建设作为农村文化建设的突破口，在国家文化建设中具有重要的地位。课题组为掌握当前乡镇综合文化站的建设情况，对乡镇文化站的公共财政投入、公共文化活动、人员工资待遇等各方面情况进行了问卷调查和统计。

1. 乡镇文化站基础设施建设稳步推进，硬件水平快速提高

近年来，为建设集多种功能于一体的综合型乡镇文化站，湖北省出台了乡镇综合文化站建设管理办法，规定列入建设规划项目的文化站，补助标准为每个项目16万元（贫困县为20万元）。根据93位乡镇文化站长（总样本数106个）的有效回答，目前湖北省农村乡镇文化站基础设施面积迅速扩大，档次提高。统计表明，全省乡镇文化站站房面积在100平方米以下的有4个，面积在101~300平方米之间的乡镇文化站有29个，300平方米以上的60个，76.56%的受访者认为其站舍能够满足需要。

2. 乡镇文化站设备配置落后，活动经费不足、人才不足、内容不足影响到功能发挥

对106位乡镇文化站站长的调查表明，大多数乡镇都配备了一定数量的设备。其中，30个乡镇有演出服装，33个乡镇拥有乐器，30个乡镇有篮球场，29个乡镇有投影仪，但站藏图书不多，大多数文化站所拥有的图书在3000册以下，还有近1/3的乡镇文化站图书量在1000册以下。此外，调查显示，很多乡镇文化站由于文化设施长期得不到有效补充，其固有的公共文化服务功能正逐步丧失。以湖北为例，32%的乡镇文化站由于经费不足导致基本活动停滞，79%的乡镇文化站存在着设施老化、人才不足等问题。

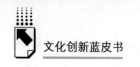

当被问及"您所在乡镇文化站2008年'以钱养事'经费（包括人员经费和活动经费两个部分）是多少"时，回答在1万元以下的乡镇文化站有4个，1万~2万元的31个，3万~5万元的45个，5万~10万的17个，10万元以上的有3个，平均每个乡镇文化站的"以钱养事"经费为3.8万元。据调查，一个乡镇文化站的工作人员有1~2人，政府拨付的"以钱养事"经费既要保障人员工资，又要支付文化活动的经费，仅靠3.8万元是远远不够的。调查显示，99%的文化站长表示经费困难；69.5%的文化站长则认为文化设施落后，难以满足基本需求；同时，61%的文化站长也表示当地政府不够重视农村文化建设也是导致农村文化建设举步维艰的重要因素，也有接近一半的受访者认为当地缺乏文艺人才，文化活动"搞不起来"，经费不足是难以满足农民文化生活需要的最重要因素。

3. 乡镇基层文化工作者收入低，影响到工作积极性

乡镇文化站站长的收入情况是影响其工作积极性的重要因素。课题组通过调查和访谈发现，乡镇文化站站长的收入较低，除由乡镇领导（行政编制人员）兼任文化站站长的这一部分外，大部分退出事业编制后的"聘任人员"人均年收入在1.5万元左右（保险金另外由政府部门代为购买），与公务员和事业编制人员（如教师）相比存在较大的差别。

课题组调查了乡镇文化站站长对年收入（含福利）的期待值，共有98位文化站站长对这一问题作了有效回答。其中，期望年收入3万元的最多，共42人；期望2万元的12人，期望4万元的12人。将98位文化站站长的回答数额进行加权平均，得出乡镇文化站站长们期待的年收入平均值为3.04万元。

（四）基层文化部门对文化活动经费的期望与实际支出差别较大

课题组选择湖北76个农业县（市）农村公共文化建设的基层文化单位作为调查对象，以期获取基层文化建设经费需求的相关数据。这些被调查者均是来自剧团、图书馆、文化馆、乡镇文化站以及广电、体育和文物部门的工作人员。调查统计结果显示：基层文化单位认为送戏下乡流动舞台车每年的经费需求最高为18.78万元，中等水平需要12.7万元，而低等需求则为9.23万元，与此相对应的2008年湖北省平均每个县的送戏下乡舞台流动车实际支出（包括上级财政转移支付）仅为5.63万元，比最低需求少39%；2008年平均每个县级图书馆活动经费实际支出5.14万元，大大低于文化系统最低期望值（9.74万元）；同样，平均每个县文化馆（三项服务）2008年实际支出18.26万元，比文化系统最低期望值低71.3%；在民间乡土艺人保护经费上，2008年湖北省76个被调查县平均每县实际支出10.43万元，同样大大低于文化系统40.9万元的最低期望值，这样的情况在农村文化建设涉及的广电、体育等部门同样存在。农村文化建设经费的严重不足阻碍了相关职能的发挥，相关活动难以组织，弱化了文化系统的基本功能。

二　当前农村公共文化服务体系建设现状分析及其对策

（一）现状分析

尽管本次调研只是针对湖北这一省域，但通过这一区域研究基本能折射出当下我国农村公共服务体系建设中面临的一些问题。

1. 原有的农村文化供给体系已不能满足当前农村社会的文化需求

新中国成立后，农村建立了一整套与计划体制相适应的文化供给体系，形成了一套在集体主义结构下自上而下的活动模式。现代科技的快速发展，推动了农村基层公共文化结构的转变，在推动技术消费方式普遍化的同时导致了传统文化形式的边缘化。在原来的农村集体主义的文化结构加速瓦解，而与现代市场经济管理体制相适应的农村文化结构还没有完全建立起来的特殊时期，农村公共文化建设被历史赋予了培养健康、文明的生活方式，维护改革、发展、稳定大局，促进经济发展和社会文明进步的时代使命，因此国家要承担对农村公共文化的发展的主导责任，在这一文化转型过程起到引导和促进作用。

2. 农村居民文化需求具有多样性，要求政府为基层丰富多样的文化需求提供可靠和有效的制度安排

通过调查发现，不同年龄层次和不同地域的“小众群体”在文化消费上具有不同的偏好，而农村基层这种不同的文化消费偏好正符合公共文化产品的本质性特征，政府的公共供给体系必须要考虑基层这种特殊的消费偏好，否则就可能是无效供给。这种情况要求政府实施“弹性管理”，必须建立以“需求引导供给”的服务型管理体制。

3. 农村公共文化产品集合中存在内在的秩序安排，要求政府对公共文化产品进行分类管理

理论上凡是不具备排他性的文化品都能够列入公共保障的范围，但在公共投入相对稳定的环境下，不加区别地予以全额保障将无法保障公共投入的效率。因此有必要按照公共服务的受益范围和公共性程度，区分基本公共文化服务、一般性公共文化服务和扩展性公共文化服务。例如，“看电视”、“体育健身”等日益成为农村居民共同的文化消费需求，须列入政府的基本保障范围；“公共文化信息共享工程内容资源建设（数据库等）”、“公共文化信息共享工程——数据终端设备建设”等符合公共文化发展方向，满足了居民的发展性要求，宜列入政府的一般性保障范围；“看戏”、“上网”等“小众群体”的需求，宜列入政府的拓展保障范围。

4. 农村公共文化建设中的“软硬件”不配套已影响到公共投入的效率，要求政府加大对软件投入的力度，发挥公共投入的综合效益

在国家的主导下，农村基础设施建设进展顺利，相应的公共活动、人才和技术方面，投入较小，力度不足，对公共活动和人才、技术的保障成为社会对政府部门的诉求。

5. 相比于国有文化机构，民营文化组织根植于社会之中，与基层社会有着天然的联系，容易得到社区的认同，并有着比国有文化机构更高的投入与产出效率

国有文化机构因为无法在农村基层“扎根”，其在推动农村文化建设方面往往只能采取“文化下乡”（俗称“送文化”）的方式。而民营文化中心本身扎根在基层社区，其文化生活方式与物质生活方式融为一体，代表了社区文化的内生式发展（俗称“种文化”）的基本方向，如果得到政府的扶持将能够在农村公共文化建设的过程中发挥重要的作用。

（二）对策与建议

1. 扶持发展民间替代性生产主体，以体制外的增量改革引导体制内的存量改革

几十年来文化行业系统内的“体制积弊”使国家增加公共投入要面临“效率黑洞”，因为缺乏替代性竞争约束，国有体制内的文化机构普遍存在效率不足的问题。因此，应该在现有公共文化单位之外扶持建立社会性文化产品生产机构，赋予民间文化机构平等国民待遇和机会，吸引民间力量参与农村基层公共文化建设。可以考虑在国有文化系统之外，扶持建立社会性和替代性文化生产主体以形成对体制内公有文化单位的竞争压力，以体制外的制度示范诱导体制内的改革，是解决国有文化机构效率不足的可行选择。这样，基于体制外社会力量的增长和替代性生产主体的出现，形成国有单位与民间文化组织的契约竞争结构，有利于让沉淀在基层文化单位中的国有文化资源发挥应有的效益，最终实现通过增量改革引导体制内的存量改革的目标。

2. 健全完善法律和制度安排，推进公共文化供给者与公共文化生产者的制度性分离

针对传统文化事业体制“管办不分”、“政事不分”、“供给与生产不分”的特征，应该考虑从政策和制度上区分公共提供者与公共生产者。将提供者与生产者分开，使得公共文化服务的参与主体由国有机构“一极”向政府与社会“多极”发展成为可能；提供者与生产者的制度性分离，为政府（供给者）与社会组织（生产者）之间建立契约关系而不是行政命令体系提供了体制性的基础，这一政策和制度安排即意味着传统政事不分、政企不分的公共生产体制被撕开了一个“缺口”，政府和国有事业单位垄断供给局面被打破，国有单位之外的各种民间组织和个人有资格参加到公共文化生产过程中，这就在由行政命令组织起来的庞大文化事业科层体系中打入了一个市场化的“楔子”，客观上突破了文化事业体制中纵向层面上的保护——依附关系，从横向层面引入了契约交易和契约竞争，有利于打破公共供给的部门垄断，提高公共供给效率。

契约服务体系相对于文化事业体制，其创新性在于以契约关系以及与此相关的供给与生产的制度性分离，提供了包容和尊重公共文化活动各主体的意志和利益的有效技术支持结构，有利于实现各个利益相关者的激励兼容，即借助于供给者、生产者和消费者之间的服务合同，可以形成一种供需之间的相互调适机制，消费者可以选择签约或不签约来表达自己的偏好和评价，从而形成一种替代性选择约束，形成“多主体生产”与“多元化供给”，符合公共文化需求的多样性特征。

3. 改革公共经费投入方式，建立健全“以钱养事”为基础的激励约束机制

湖北“以钱养事”机制为农村公共文化服务体系建设提供了一种切实可行的制度示范。湖北省公共文化服务“以钱养事”模式是在乡镇体制综合改革背景下出现的。2003 年 11 月，在全国乡镇体制改革的大背景下，湖北省委省政府出台了《关于推进乡镇综合配套改革的意见（试行）》，从 2006 年开始，逐步形成了包括公共文化服务在内的政府公共服务管理模式。湖北省乡镇文化站作为乡镇“七站八所”之一，被纳入乡镇综合配套改革的范围。2006 年以来，湖北省开始对农村文化站实行“以钱养事”新机制，具体内容是，工作转换机制（实行“以钱养事”）、单位转变性质（由事业单位转变为“非企业单位”）、人员改变身份（由文化干部转为“社会人”）。原来的乡镇文化站全部转制为非企业单位，成为自主经营、自负盈亏的社会中介机构，走上市场化、社会化的路子，不再与乡镇行政机关保持行政隶属关系；转制后文化站人员全部退出事业单位编制和财政供养序列，与各乡镇的人事权属关系自行解除，档案移交市人才交流中心或劳动就业局进行管理。

在“以钱养事”机制改革前，政府对农村公共文化服务的供给实行的是计划配给机制，公共文化服务供给通过“养机构、养人员”来实现，在农村公共文化设施建设薄弱、竞争机制和评价激励机制缺位的情况下，农村文化供给效率不足。改革后，公共文化服务供给过程实现了社会化，引入了竞争机制。政府对乡镇公共文化产品的供给按照“量化服务、招标采购、合同管理、农民签单、政府买单”的原则，完全是根据“市场化、社会化、契约化”的要求，面向社会，把农村的公共文化服务项目发包给相应的实体和个人。从政府“包打天下”到政府拿钱买服务，由“钱随人走”到“钱随事走”，从“以钱养人”到“以钱养事”，由此建立了农村公益事业的新竞争和激励约束机制，这种改革模式代表了现阶段农村公共文化服务改革的基本方向。

参考文献

［1］申维辰：《构建公共文化服务体系发展社会主义先进文化》，2005 年 12 月 30 日第 8 版《光明日报》。
［2］陈威：《公共文化服务体系研究》，深圳报业集团出版社，2006。
［3］陈坚良：《新农村建设中公共文化服务的若干思考》，《科学社会主义》2007 年第 1 期。
［4］刘玉堂、黄南珊、刘保昌：《构建新农村公共文化服务体系研究——以湖北省为

个案》，《学习与实践》2007 年第 4 期。
[5] 阳信生：《政府创新与农村公共服务体系的构建》，《湖南农业大学学报（社会科学版）》2007 年第 3 期。
[6] 闫平：《关于农村公共文化建设若干问题的思考——以山东地区农村公共文化服务体系建设为例》，《中共青岛市委党校　青岛行政学院学报》2009 年第 10 期。
[7] 郑建辉：《新公共服务理论下农村公共文化服务体系构建的路径——以福建省为例》，《郑州航空工业管理学院学报（社会科学版）》2010 年第 1 期。
[8] 王畅：《对农村公共文化服务体系建设的调查与思考——以武汉市新洲区莲花塘村为例》，《农业图书情报学刊》2010 年第 8 期。

The Investigation Report of China's Rural Public Cultural Service System of Hubei Province

Song Wenyu

Abstract: Rural public cultural service system is considered as an important part of public cultural service system and building new socialist countryside. The paper argues through field research in Hubei that rural public cultural service system still exist some problems, for example, low participation of farmers, short supply and inefficiency of government culture. What's more, grassroots rural cultural sector faces aging equipment, lacking funds and talents shortage, etc. In view of current situation, the government can take some measure to improve rural service system, such as supporting alternative production subject, promoting institutional separation of provider and producer, establishing incentive and restraint system of "money to support".

Key Words: Rural; Public cultural service system; Hubei; New socialist countryside

B.28

第九届中国艺术节对区域文化经济社会发展影响力的调研报告*

纪东东　李 蓉**

摘　要： 中国艺术节迄今已成功举办了9届，被称为中国文艺界的“全运会”。中国艺术节不仅反映了我国文化乃至社会事业的发展进步，也蕴含着文化体制改革及公共文化服务体系建设的内在理路，它在政治、经济、文化、社会层面的影响力日益深远。但学界少有人从学理层面上对这一领域进行综合性的深入研究。本文以大量调查数据和第一手资料，以第九届中国艺术节为例，就艺术节对区域文化建设和社会发展所产生的影响和作用进行研讨。

关键词： 中国艺术节　区域文化　调查

发端于1987年的中国艺术节是国家级艺术盛会，迄今已经举办九届。20多年来，中国艺术节作为文化艺术展示平台，努力推动专业艺术的进步、社会的发展与民众文化需求的结合，促进了我国文化艺术的繁荣和发展。为深入了解第九届艺术节对我国经济、文化、社会的影响，2010年3月至8月，武汉大学国家文化创新研究中心组织课题组，对第九届中国艺术节节前、节后的情况进行问卷调查，以期深入了解第九届中国艺术节的实际效用，总结经验，寻找问题，推动中国艺术节持续良好发展。

---

* 本报告为2010年武汉大学自主科研项目“第九届中国艺术节对区域文化建设的影响与作用实证研究”的成果之一，课题组组长：傅才武教授；课题组成员：纪东东、张军、李朝晖、李蓉。

** 纪东东，经济学学士学位，华中师范大学国家文化产业研究中心，副教授，研究方向为文化统计；李蓉，华中师范大学出版社副编审。

一 调查的缘起与经过

自 2005 年以来，本课题组的核心人员开始研究中国艺术节对区域经济文化建设的影响，对第一至第八届中国艺术节进行了系统深入的研究，尤其对第六至第八届艺术节，不仅作了文献研究，还进行了问卷调查和实地访谈，详细掌握了近几届艺术节的第一手资料，理清了中国艺术节的发展历程。

第九届中国艺术节（以下称“九艺节”）的调查地域，既包括主分会场所在城市（主会场广州市及分会场深圳市、佛山市、中山市、东莞市），也包括上届中国艺术节主会场所在地武汉市，此外，还选择了河南省郑州市作为调查地域。同时，在方法上作了调整和优化，既兼顾对中国艺术节的纵向和横向比较，也保证样本的覆盖面、均衡性和有效性。问卷分布情况见表 1。

表 1　九艺节观众调查问卷发放范围及数量

单位：份

调查地区	广东(省内)						省外			总计
	广州	深圳	中山	佛山	东莞	小计	武汉	郑州	小计	
节前问卷数量(2010.3~4月)	300	100	100	100	—	600	300	300	600	1200
节后问卷数量(2010.6~7月)	300	80	60	—	60	500	300	300	600	1100

在对 2300 人的问卷调查中，被调查者男性占 49%，女性占 51%；被调查者年龄段主要集中在 19~50 岁，结构合理；职业分布广泛，涉及社会各行各业；被调查者 7 成以上为城市居民，其余为农村与城市郊区居住者；被调查者学历以大专和本科学历为主，占 60% 以上；被调查者中 84.26% 的月均收入在 5000 元以下，其中 49.43% 的月均收入在 2000 元以下，高收入者所占比例不高。

总体来看，不论是节前还是节后，也不论是广东省内还是湖北、河南等广东省外，本次调查所选取的有效样本，在性别、年龄层次、职业范围、兴趣爱好等方面具有代表性。

二　社会公众对艺术节的总体性评价

关于广州第九届中国艺术节，媒体评价为：这一文化盛事惠及整个珠三角的社会公众，中国艺术节从组织、筹备到举办的3年中，广州切实提升了文化软实力，如深化艺术院团改革，兴建文化艺术场馆，提升公众艺术品位，它给这座历史悠久的城市留下了永恒的财富。本次调查表明，社会公众从活动组织、宣传、特色、门票价格及参与活动的方便程度等方面对中国艺术节进行了客观的评价。

（一）对艺术节组织管理的总体性评价

艺术节是一项系统工程，涉及旅游、交通、商贸等方方面面的工作，需要承办地各单位、各部门和各有关地方大力支持和配合，活动协调和组织管理工作艰巨而重要。节后对省内外公众的调查显示，公众对艺术节活动组织管理、活动场地、规模和活动持续时间的总体评价较好。详见表2。

表2　省内外民众对艺术节组织管理的评价

单位：%

项目＼评价		非常好	比较好	一般	比较差	非常差	说不清
组织管理	省内	10.3	45.7	28.3	2.1	0.2	13.3
	省外	20.3	48.9	25.1	1.3	—	5.6
活动场地	省内	9.6	47.1	31.1	2.6	—	9.6
	省外	17.9	47.6	29.3	—	—	5.2
活动规模	省内	12.76	42.0	32.6	2.6	0.2	9.4
	省外	15.3	45.0	33.2	—	—	6.6
持续时间	省内	7.5	34.9	38.4	4.9	1.9	12.4
	省外	10.9	40.9	40.9	—	—	7.3

总体来看，公众对艺术节的组织管理工作表示了理解和支持，好评多于差评。相对而言，公众对活动持续时间的满意度较低，“差评”比例相对较高。这说明对艺术节的举办时间长短还需做进一步的研究。

调查发现，不同职业公众对艺术节的活动组织管理评价有差异，国家机关、党群组织、企事业单位负责人（70.2%），商业工作人员（63.1%）、办事人员和有关人员（60.4%），其他劳动者（59.0%），农牧渔业劳动者（57.2%），专业、技术人员（55.5%），生产工作、运输工作和部分体力劳动者（41.6%），服务性工作人员（39.2%），均表示“好”；4.8%的专业、技术人员和4.5%的下岗工人认为组织管理“比较差”。

（二）对艺术节宣传工作的总体性评价

“九艺节”筹委会按照广角度、多层次、全方位加强宣传工作的要求，在加强地方媒体宣传工作的基础上，争取中央电视台等中央主流媒体的支持，并利用公益广告载体、网络等各种社会宣传渠道，向广大人民群众宣传“九艺节”。

节前对省内外公众的调查结果显示，大多数公众认为九艺节的宣传效果一般，但是，节后省内公众认为宣传效果“很好”的从节前的5.7%下降到1.9%，认为“比较好”的公众从节前的20.5%上升到38.9%，认为宣传效果“比较差”的公众从节前的14.3%下降到11.8%，认为宣传效果“很差”的公众从节前的3.1%下降到2.6%；省外公众认为宣传效果“很好”的从节前的7.9%上升到10.2%，认为比较好的从节前的16.2%上升到31.4%，认为宣传效果“比较差”的从节前的14.3%下降到6.8%，认为宣传效果“很差”的从节前的3.8%下降到1.6%。由此可见，省内外公众对宣传效果的评价节后好于节前，这说明开展艺术节活动是对艺术节最好的宣传。

（三）对艺术节特色的总体性评价

“九艺节”期间艺术活动丰富多彩，精彩纷呈——开、闭幕式，“文华奖”、“群星奖”，“演交会”，全国美展，艺术家小分队下基层演出活动，群众文化活动等，公众对艺术特色的总结也是多种多样的。具体来看，33.3%的省内公众和39.7%的省外公众认为艺术节的特色是“群众文化活动丰富”，22.5%的省内公众和16.2%的省外公众认为艺术节的特色是“节目精彩”，6.1%的省内公众和7.7%的省外公众认为艺术节的特色是“举办舞台艺术交易会”，5.9%的省内公众和4.3%的省外公众认为艺术节的特色是“组织出色”，还有高达32.2%的省内公众和32.1%的省外公众“说不清”艺术节的特色。

可以看出，九艺节更突出了群众文化活动，2010年4月25日至5月25日期间有150场群众文化广场演出在广州市上演，其中百台群众文化广场节目展演分别在广州市12区（县级市）各文化广场举行，每个区县分别组织10场广场文艺演出，总计140多场。除了精彩纷呈的广场文化活动外，组委会还组织了32场送文化到基层活动，大大丰富了老百姓的文化生活。艺术水平高超的参评剧目并不是老百姓的主要观赏剧目，因此“群众文化活动丰富”得到了公众的认同。

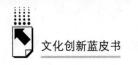

（四）对参与艺术节活动方便程度的总体性评价

参与活动的方便程度影响着公众欣赏艺术节目的热情，节前省内58.8%和省外63.7%的公众不选择到剧场观看艺术节目，其中30.4%的省内公众和29.5%的省外公众认为主要因素是“进剧场看节目不是十分便利”。节后公众对参与活动的方便程度的评价是：10.5%的省内公众和9.6%的省外公众认为艺术节期间参与活动的方便程度“非常好”，27.4%的省内公众和31.3%的省外公众认为参与活动的方便程度“比较好”，41.7%的省内公众和44.3%的省外公众认为参与活动的方便程度“一般”，4.7%的省内公众和5.2%的省外公众认为参与活动的方便程度“比较差”，2.8%的省内公众和0.4%的省外公众认为参与活动的方便程度“非常差”，还有12.9%的省内公众和9.1%的省外公众“说不清”。

调查发现，不同职业的公众对参与艺术节活动的方便程度看法不同，55.8%的办事人员和有关人员认为“方便”，国家机关、党群组织、企事业单位负责人认为“方便”的占49.1%，商业工作人员认为“方便”的占35.6%，农林牧渔劳动者和生产工作、运输工作、部分体力劳动者对参与活动方便程度的评价较差，分别有14.3%的农林牧渔劳动者和16.6%的生产工作、运输工作、部分体力劳动者表示“方便”，28.6%的农林牧渔劳动者和16.7%的生产工作、运输工作、部分体力劳动者认为参与活动的方便程度“比较差”，9.1%的下岗工人认为“非常差”。

月均收入高的公众对参与活动的方便程度的评价高于低收入的公众，月均收入20000元以上的公众75.0%的表示“方便”，12000～20000元收入的公众55.0%的表示“方便”，8000～12000元收入的公众54.5%的表示“方便”，而1000～2000元收入的公众31.6%的表示“方便”，1000元以下收入的公众44.4%的表示“方便”。

（五）对艺术节门票价格的总体性评价

九艺节开、闭幕式晚会和“第十三届文华奖”参评参演剧目以及“第十五届群星奖”颁奖晚会和比赛的门票由组委会统一定价，并且设置系列优惠票价吸引民众参与艺术节活动。

节前对公众能接受的票价进行调查，结果表明，37.1%的省内公众和30.8%的省外公众能接受50元以下的票价，41.3%的省内公众和36.8%的省外公众能接受50~100元的票价，15.4%的省内公众和21.5%的省外公众能接受100~200元的票价，6.2%的省内公众和10.9%的省外公众能接受200~300元的票价，没有公众能接受300元以上的票价。

节后对省内公众的调查显示，2.4%的公众认为艺术节门票价格非常贵，17.5%的公众认为艺术节门票价格比较贵，42.9%的公众认为艺术节门票价格一般，10.7%的公众认为艺术节门票价格比较便宜，0.7%的公众认为艺术节门票价格非常便宜，还有25.8%的公众表示“说不清”。

“九艺节”的高等次票价比“八艺节”有所下降，但低等次票价高于“八艺节”。不考虑货币的时间价值，虽然广州人均收入高于内地，但月均收入在2000元以下的公众占40%左右，文化月均消费在50元以下的占20%左右，所以相对这部分社会群体的收入而言，欣赏艺术节目并不是群众普遍的刚性需求，门票价格的高低直接影响民众参与积极性。

三　九艺节对区域文化发展的影响力分析

（一）公众对于艺术节与文化发展关系的评价

1. 公众对举办艺术节与本省文化基础设施改善程度的评价

文化事业的繁荣依赖完善的文化基础设施，每届艺术节都投资兴建或改扩建一批艺术场馆。九艺节共准备了29个演出场馆。广州投资约13.8亿元兴建了目前我国华南地区最先进、最完善和最大的综合性表演艺术中心——广州歌剧院。对主、分会场的南方剧院、江南大戏院、木偶艺术中心等剧场都进行了改造。节前公众认为举办第九届中国艺术节对其所在城市文化基础设施改善程度很大的，省内占11.9%、省外占16.0%，认为一般的省内占47.9%、省外占33.5%，认为比较小的省内占29.8%、省外占28.5%，认为没有影响的省内占10.4%、省外占22.1%。

节后对省内外公众的调查表明，认为举办第九届中国艺术节对其所在城市文化基础设施改善程度非常大的省内占3.8%、省外占12.8%，认为比较大的省内占28.6%、省外占32.3%，认为一般的省内占37.1%、省外占38.3%，认为比较小的省内占17.4%、省外占6.4%，认为非常小的省内占6.1%、省外占2.6%，分别有7.0%的省内公众和7.7%的省外公众表示“说不清”。

比较分析而言，“八艺节”后对湖北省内外公众就“湖北举办中国艺术节后城市文化基础设施改善程度”的看法进行问卷调查时，省内9.9%的受访者和省外11.4%的受访者认为改善程度非常大，省内36.6%的受访者和省外31.9%的受访者认为比较大，省内仅2.4%的受访者和省外仅1.7%的受访者认为改善程度非常小。可见大部分公众对湖北省举办中国艺术节后城市文化基础设施的改善还是持肯定态度的。根据节前和节后的统计数据，节后有46.5%的公众认为“八艺节”对湖北城市文化基础设施改善的程度非常大或比较大，比节前的32.0%高出16个百分点。这说明湖北投入30多亿元新建和改造的35个文化场馆使城市文化基础设施得到了很大改善。

但是，调查发现，不同年龄层次的公众关于艺术节对城市文化基础设施的改善程度的评价有所差异。30岁以上的公众认为举办艺术节对城市文化基础设施的改善程度比较大，尤其是50岁以上的公众，41.5%以上的公众认为改善程度比较大或非常大，18岁以下的公众只有28.6%认为改善程度比较大。因为年轻人在城市生活时间不长，对城市的历史变迁不如年纪较大的公众感悟深刻，所以对城市文化基础设施的改善程度感受不深。

2. 公众对艺术节节目的评价

“文华奖”是我国专业舞台艺术的政府最高奖，体现了中国舞台艺术的最高水平。本届文华奖参评剧目数量创历史之最，参评剧目达到65台。从戏曲、话剧、音乐、舞蹈、歌剧、舞剧，到音乐剧、木偶、杂技、曲艺，各种艺术门类的演出都出现在文华大奖的舞台上，而且题材、表现形式和运作机制都呈现崭新面貌。“群星奖”是社会文化的政府最高奖。第十五届“群星奖”共290个节目参加决赛，包括65个戏剧节目、65个音乐节目（不含合唱）、60个舞蹈节目（不含广场舞）、56个曲艺节目、32支合唱队伍以及12个广场舞节目，可谓丰富多彩。省内外公众对艺术节的节目类型、内容和形式的评价比较高，详见表3。

表3　省内外民众对艺术节节目的评价

单位：%

项目＼评价		非常好	比较好	一般	比较差	非常差	不知道
节目类型	省内	13.6	59.5	25.5	0.7	0.7	—
	省外	22.8	47.0	25.0	0.4	—	4.8
节目内容	省内	16.2	50.4	31.1	1.6	0.7	—
	省外	23.5	46.1	24.3	0.9	—	5.2
节目形式	省内	12.2	53.9	29.4	3.3	1.2	—
	省外	19.6	43.9	28.7	0.9	—	7.0

3. 公众就举办艺术节对市民文化生活改善程度的评价

艺术节是人民的节日，丰富了市民的文化生活。调查表明，节前省内公众认为举办第九届中国艺术节对市民文化生活改善程度非常大的占4.9%，比较大的占14.8%，一般的占57.7%，比较小的占16.4%，非常小的占6.2%；而省外的公众认为举办第九届中国艺术节对市民文化生活改善程度非常大的占3.7%，比较大的占16.0%，一般的占46.3%，比较小的占22.0%，非常小的占11.9%。这说明艺术节对举办地的公众文化生活的影响程度较非举办地大，但并不十分明显。

节后对省内公众的调查表明，认为举办第九届中国艺术节对市民文化生活改善程度非常大的占4.7%，比较大的占21.7%，一般的占48.8%，比较小的占17.5%，非常小的占7.3%。公众对艺术节活跃文化生活的评价与预期目标值大体相符。

4. 公众对艺术节期间文化消费情况的评价

举办艺术节可以拉动当地经济的发展，最直接的就是门票收入、旅游收入的增加，刺激酒店、餐饮业的发展。根据节后对省内外公众艺术节期间直接或间接参与艺术节消费情况的调查，35.5%的省内公众和45.5%的省外公众在艺术节期间都没有产生直接或间接与艺术节相关的消费，消费额在50元以下的省内公众占22.1%，省外公众占28.9%；消费额在50～200元区间的省内公众为28.5%，省外公众为16.2%；消费额在200～300元区间的省内公众为11.3%，省外公众为5.1%；2.6%的省内公众和4.3%的省外公众消费额在300元以上，可见在艺术节期间省内外公众直接或间接参与艺术节所产生的消费额相当有限，对经济的拉动贡献比较小。

相比较而言，“八艺节”期间公众的文化消费跟“九艺节”的情况相似。调查表明，32.9%的公众在艺术节期间都没有产生直接或间接消费，消费额在50元以下的公众占25.2%，消费额在50~200元区间的受访者为28.9%，而消费额在300元以上的受访者仅3.9%。省外公众的消费更是不容乐观，省外公众高达61.9%的受访者没有直接或间接参与艺术节的消费，消费额在50元以下的受访者所占比重为17.5%，消费额在50~200元的受访者比重仅为14.9%，而消费额在300元以上的仅占2.0%。

从公众年龄层次看，18岁以下的青少年71.5%的在艺术节期间有消费，但消费金额不大，42.9%的在50元以下，28.6%的在50~200元；19岁以上的公众消费额度较大，31~60岁的公众消费能力较强，艺术节期间文化消费在200元以上的比例相对较大。但总体来看，公众的消费需求不是非常旺盛。

从公众职业来看，农林牧渔劳动者及生产工作、运输工作和部分体力劳动者的消费能力较弱，其他多数是在校大学生，所以消费能力也有限。国家机关、党群组织、企事业单位负责人、服务性工作人员、下岗工人都有较强的消费能力，50%以上的该群体艺术节消费金额在50元以上，办事人员和有关人员、商业工作人员及专业、技术人员的消费能力稍弱。国家机关、党群组织、企事业单位负责人的消费能力最强，艺术节期间相关消费金额在200元以上的占33.2%；其次是下岗工人，占22.7%；服务性工作人员，占16.7%。

“九艺节”期间，从文化程度上看公众消费能力，本科以上学历公众的消费能力较强，研究生学历公众消费能力最强，66.7%的消费水平在50元以上，其中，33.4%的消费水平在200元以上。

消费与收入有着密切的关系，从收入状况看，月收入8000~12000元的公众在艺术节期间消费比例最高，该群体90.9%的公众进行了消费，57.2%的公众消费金额在50元以上；月收入12000~20000元的群体66.7%的公众消费金额在50元以上；50.0%的20000元以上收入者消费金额在200元以上。见表4。

从具体消费情况看，20000元以上收入者50.0%的选择购票看节目；12000~20000元收入者66.7%的选择购买纪念品，22.2%的选择购票看节目；8000~12000元收入者40.9%的选择购买纪念品，22.7%的选择到艺术节举办地旅游，18.2%的选择购票看节目；5000~8000元收入者，分别有27.4%的公众选择购买纪念品和购票看节目，16.1%的选择到艺术节举办地旅游。

表 4 不同收入水平公众艺术节消费情况分析

单位：%

月均收入＼途径	没有	购票看节目	购买纪念品	到艺术节举办地旅游	其他
1000 元以下	55.6	14.8	11.1	5.6	22.2
1000～2000 元	52.1	17.0	14.9	7.4	20.2
2000～5000 元	37.5	19.3	27.3	7.4	22.2
5000～8000 元	38.7	27.4	27.4	16.1	6.5
8000～12000 元	9.1	18.2	40.9	22.7	22.7
12000～20000 元	0	22.2	66.7	0	22.2
20000 以上	25.0	50.0	0	0	25.0

在具体消费项目上，省内外公众大多是购买纪念品，23.9% 的省内公众和 13.4% 的省外公众选择了购买纪念品，19.7% 的省内公众和 7.4% 的省外公众是购票看节目，还有 9.0% 的省内公众和 8.7% 的省外公众选择到艺术节举办地旅游。“八艺节”的调查数据也反映了公众类似的消费行为，省内及省外公众分别有 30.1% 和 14.7% 的受访者购买纪念品，19.2% 和 13.6% 的受访者购票观看节目，仅有 11.3% 和 7.9% 的公众到艺术节举办地旅游。省内公众的消费力度明显高于省外公众。调查同时表明，本科以上学历公众消费范围较广，在购票看节目、购买纪念品、到艺术节举办地旅游几方面都有较高比例的消费；45.8% 的研究生公众购买了纪念品。

5. 公众对舞台艺术演出交易会的评价

中国艺术节自 1987 年以来一直是展现中国文化艺术领域发展创新的重要平台，从文化经营角度看，它更起着文化信息交易所的作用。但从深化艺术表演团体体制改革，破解文化机构长期面临的市场渠道窄、交流机制不灵活、交易方式匮乏等难题看，前八届艺术节所起到的作用非常有限。为了理顺艺术作品整合、交流的渠道，让中外艺术既能“走进来”，也可“走出去”，首届中国（广州）优秀舞台艺术演出交易会作为第九届中国艺术节的重要活动之一于 5 月 11 日至 16 日在广州白云国际会议中心举行。本次交易会是国内迄今为止规模最大、剧目最多的演出交易会，是“九艺节”的一个创新点，也是一个亮点。

调查显示，节前、节后省内外公众对演出交易会有较高的知晓度，而且交易会也受到部分公众的喜爱。节前省内公众对优秀舞台艺术演出交易会的知晓度为

38.1%，排在开幕式、闭幕式、专业艺术活动和群众文化活动之后，知晓度高于展览活动、经贸活动和旅游活动；节后省内公众对优秀舞台艺术演出交易会的知晓度略有下降，为34.2%，但知晓度高于经贸活动和旅游活动；节后省内公众对优秀舞台艺术演出交易会的喜爱度也比较高，为14.7%，排在开幕式、闭幕式、专业艺术活动、群众文化活动和展览活动之后。有6.1%的省内公众和7.7%的省外公众认为举办优秀舞台艺术演出交易会是“九艺节”最大的特色。44.9%的省内公众和40.5%的省外公众希望中国艺术节能成为像广交会一样影响巨大的表演艺术产品交易会。

交易会开幕当天，有机构针对院团、剧院、演艺中介的专业观众进行了调查，发放249张调查问卷。数据统计分析显示，对举办本次“演交会”的态度，认为“很好”的为71.7%，认为“较好”的为25.5%。表示希望再次举办并参加“演交会”的为94.7%。有的参展商建议将“演交会”长期举办下去，有的参展商建议增加影视交易内容，有的建议引进更多国外剧目、院团和演艺机构参展。①

对优秀舞台艺术交易会的评价，不同公众因职业、学历的不同表现出一定的差异。21.0%的商业工作人员赞赏优秀舞台艺术交易会，19.4%的专业、技术人员赞赏优秀舞台艺术交易会，14.5%的服务性工作人员赞赏优秀舞台艺术交易会，下岗工人及生产工作、运输工作和部分体力劳动者对此项活动的兴趣很低，农林牧渔劳动者则没人喜欢这项活动。

四　九艺节对区域经济社会的影响力分析

（一）公众对广东省举办艺术节的认同感描述

九艺节前，广东省对举办艺术节感觉自豪的公众比例是41.6%，感觉一般的占43.2%，感到无所谓的占15.2%。与课题组于八艺节前对湖北省公众的问卷调查结果相似，51.2%的公众为本省举办八艺节感到自豪，而37.0%的受访

① 杨海青、刘姝伶：《“九艺节”演交会、群文活动新闻发布会召开》，http://www.jiuyijie.cn/Article/news/904983036321.html，2010-8-8。

者认为感觉一般，11.8%的公众认为无所谓。

节后，广东省公众对举办国家级艺术节的自豪感反而有所减弱，感觉自豪的公众比例是31.0%，感觉一般的占40.3%，没有感觉（无所谓）的占28.7%。八艺节后的湖北公众43.2%的感觉很自豪，37.8%的感觉一般，而19.0%的受访者则认为没有感觉，自豪感也不如节前。这说明节前公众对艺术节有较高的期望，但经历艺术节之后，发现自己并没有享受到预期的文化盛宴，比如难以亲身经历艺术节重头戏——开幕式、难以亲眼目睹舞台上艺术家的风采……原来“热闹”只是别人的，群众文化活动只是烘托气氛，自豪感也就随之飘散。

调查还发现，艺术节举办之后，不同职业的公众对城市的认同感有所差异。公众的自豪感由强到弱排列依次是农林牧渔劳动者（71.4%），生产工作、运输工作和部分体力劳动者（50.0%），国家机关、党群组织、企事业单位负责人（40.0%），办事人员和有关人员（38.1%），商业工作人员（34.2%），其他劳动者（32.1%），下岗工人（27.3%），专业、技术人员（27.0%），服务性工作人员（15.6%）。同时，下岗工人（45.5%），服务性工作人员（44.2%）和生产工作、运输工作和部分体力劳动者（41.7%）对本市举办艺术节“没有感觉”。可见，生产工作、运输工作和部分体力劳动者对城市的认同度呈两极分化状态，下岗工人也有这一趋势，服务性工作人员对城市的整体认同感较弱。

节后省外的公众对广东能举办中国艺术节的感受是：42.7%的公众认为广东抓住了机会，29.5%的公众认为本省没有争取到办节资格有点遗憾，27.8%的公众认为无所谓。因为武汉是上届艺术节主会场所在地，所以武汉公众感觉遗憾的比例比郑州公众要小很多，而且认为广东抓住机会的比例也比较高，占44.5%，同时，感觉无所谓的比例也高于郑州。“八艺节”后对省外公众就同一问题进行问卷调查时，45.2%的省外公众认为湖北省抓住了机会，而28.7%的受访者则为本省没有争取到举办中国艺术节这个机会而感到遗憾，这说明许多人把能够在本地举办中国艺术节看做是一种历史机遇，公众已充分认识到举办节庆活动与城市发展的良性互动，因此对自己所在城市能够举办大型的艺术节庆活动感到骄傲和自豪。

（二）公众对举办艺术节对城市影响的评价

举办艺术节对城市的影响是多方面的，我们主要从提高城市知名度、增强市民的认同感、提升市民文化素质和拉动经济与文化消费四个方面进行了调查，节前省内66.5%的受访者认为可以提升市民文化素质，64.9%的受访者认为举办艺术节可以提高城市知名度，48.2%的受访者则认为可以拉动经济与文化消费，而46.2%的公众认为可以增强市民认同感。

“八艺节”前，对湖北省内社会公众的问卷调查显示，61.7%的受访者认为湖北省举办“八艺节”可以提高城市知名度，46.6%的公众认为可以提升市民文化素质，而41.5%的受访者则认为可以拉动经济与文化消费，28.7%的受访者认为能够增强市民的认同感。

节后对省内公众就广东举办中国艺术节后的感觉进行调查时，18.6%的省内公众和27.1%的省外公众表示广东举办中国艺术节后更加喜欢（关注）广东，而53.3%的省内公众和44.1%的省外公众则对广东更为了解，但也有28.1%的省内公众和28.8%的省外公众对此无所谓。“八艺节”后对公众的调查结果跟“九艺节”的情况相似，省内28.0%的受访者和省外25.9%的受访者在湖北举办中国艺术节后，更加喜欢武汉、宜昌等城市，省内44.9%的受访者和省外49.6%的受访者则对这些城市更为了解，省内有27.1%的受访者和省外24.5%的受访者持无所谓的态度。

不同年龄层次的公众对艺术节提升城市形象的看法是不同的，50岁以上的公众认为举办艺术节对城市形象的提高影响大，尤其是60岁以上的公众，认为影响大的比例为68.8%，其次是18岁以下的公众，认为影响大的占57.1%，41~50岁的公众认为影响大的占53.8%，19~30岁的公众认为影响大的占50.7%，而31~40岁的公众认为影响大的只占46.3%。

就艺术节对城市文化基础设施的改善程度不同年龄层次的公众的评价也有所差异。30岁以上的公众认为举办艺术节对城市文化基础设施的改善程度比较大，尤其是50岁以上的公众，41.5%以上的公众认为改善程度比较大，30%左右19~50岁的公众认为改善程度比较大，18岁以下的公众只有28.6%的认为改善程度比较大。因为年轻人在城市生活的时间较短，对城市的历史变迁不如年纪较大的公众感悟深刻，所以对城市文化基础设施的改善程度感受不深。

（三）公众对中国艺术节促进本地经济发展的看法

课题组于节前对省内外公众就艺术节促进本地经济发展的问题进行了调查，

调查项目分为旅游、就业、消费和其他四项。75.8%的省内公众和72.6%的省外公众认为举办艺术节能拉动消费，66.2%的省内公众和70.0%的省外公众认为举办艺术节可以促进旅游业的发展，省内外分别有31.7%和31.2%的公众认为可以提供一些就业岗位、缓和就业压力，另有8.3%的省内公众和9.8%的省外的公众认为可以促进其他方面的经济发展。

但从公众节日期间的消费状况看，省内40.8%的公众没有与艺术节相关的消费，19.7%的公众购票看节目，23.9%的公众购买纪念品，9.0%的公众到艺术节举办地旅游，而且绝大多数公众与艺术节相关的消费都在300元以下，只有2.6%的公众消费在300元以上，可见，艺术节对经济的促进作用十分有限。

五　问题与对策建议

“九艺节”创下承办中国艺术节的三个第一：第一次在华南地区举办，第一次由省会城市承办，第一次同期举办艺术交易会。“九艺节”浓缩了近几年中国舞台艺术最高成就，充分展示了我国舞台艺术的精华。“九艺节”以盛大的规模、丰富的内容、精彩的演出、广泛的参与、创新的特色昭示我国文化建设正在努力开创新局面，向着公益性、产业化和创新型的道路迈进。节后广东省74.1%的公众都希望广东今后还举办类似的活动。但是，如果从全球视野来考量中国艺术节，不难发现它要真正成长为国际品牌艺术节还有很长的路要走。课题组希望通过对一些主要问题进行总结，为后续的中国艺术节以及类似的艺术节提供参考和经验。

（一）主要问题

1. 缺乏国际化意识和定位，发展战略目标层次较低

尽管九艺节演交会上签约对外合作项目15个，国外演出项目13个，引进外国演出项目2个，交易金额9471.14万元；港澳台演出项目10个，交易金额1531万元；让18个演出项目走出国门，在世界各地演出652场；尽管九艺节邀请了世界知名演艺文化精英热烈开展了国际演艺文化产业论坛，但本次艺术节的定位仍然局限在国内文化艺术成果的展示，其视野和影响力仍然局限在国内，基本上还没有形成国际化的意识和定位。

2009年我国国民生产总值达到33.5万亿元，2010年达到了39.8万亿元，经济规模排名世界第2位。然而，中国至今还是一个“文化逆差大国”，中华优秀文化在世界范围内缺乏相应的地位和影响力。中国艺术节提供了一个向内展示民族优势文化、向外施加文化影响的极好平台。但从中国艺术节20年来的发展历程看，除了在“市场运作”上后四届与前五届有了较大区别之外，历届中国艺术节都没有突破“展示国内文化系统优秀成果”的基本框架，中国艺术节的发展战略仍然定位于依靠地方政府的努力，中国艺术节一直没有从国际化视角审视自身，没有确立以打造国际品牌为方向，以走出国门、走向世界为目标的战略框架。而上海国际艺术节从举办第一届起就将自身定位于国家级国际艺术节，其宗旨是吸收世界优秀文化，推动中外文化交流，扩大中华民族艺术在世界上的传播和影响，树立我国良好的文化艺术形象，体现社会主义精神文明建设的成果。经过十多年的精心打造，上海国际艺术节成为中国面向世界的国际性文化品牌和标志性艺术工程。

中国艺术节必须确立打造“世界一流”艺术节的发展战略，实现中国艺术节定位的国际化。要以世界性艺术节为目标，重新进行战略研究、战略策划和战略安排。经过10到20年的努力，中国艺术节完全可以发展成为运作成熟、具有相当国际知名度的世界级艺术盛会。

2. 办节模式政府主导，弱化了公众参与热情

目前我国城市节庆活动的运作模式已呈现多样化、市场化的趋势，市场规律正在发挥越来越强的作用。节庆运作方式可归纳为三种主要类型：（1）政府主办模式；（2）政府引导、企业承办、市场运作模式；（3）完全市场化运作模式。其中第（2）种模式将整个节庆活动作为一项系统的文化、旅游、招商举措来运作，可实现社会效益与经济效益的“双赢”，国内一些著名的大型城市节庆活动，如南宁国际民歌节、中国青岛国际啤酒节、中国哈尔滨国际冰雪节等都是采用此模式。①

虽然目前中国艺术节的政府主导模式适应我国目前的实际情况，但政府对办节干预过多，从活动申报、策划到实施均按行政方式运作，办好艺术节是政治任务、是政绩工程，在资金筹集、群众文化活动开展上还带有一定的强制摊派倾

① 参见余青等《中国城市节事活动的开发与管理》，《地理研究》2004年第6期。

向，政府主导变成了政府主干、政府主财，单一的行政手段排斥了多元的市场操作，造成节庆活动的运作成本过高、财政负担过重、经济效益不明显等问题。至于经费，更是大量地浪费在筹备过程和各种接待中，将艺术节办成了主办政府做东，诚邀其他各地政府做客，老百姓参与群众文化活动营造祥和、喜庆、热闹的氛围作陪衬状。拉开艺术节大幕的开幕式根本无公开售票，如此不亲民的开幕式，大大降低了公众参与的热情。爱丁堡国际艺术节的巨大成功，很大程度上得益于英国政府在艺术管理上宽松有度的体制和特立独行的风格。英国政府大力支持文化事业的发展，把艺术摆在国家生活的中心，让所有的人都有机会接触艺术、享受艺术，他们的理念是：艺术可以改变人，艺术的力量可以改变整个国家人民的生活。当地居民、来自国内其他地区甚至国外的游客的最大程度的热情呼应和体验参与，使得艺术节富于生命力，而不是主办方的昙花一现、孤芳自赏。① 只有根据市场需求，设计出群众喜闻乐见的艺术活动，才能吸引公众的参与，进而使公众能从亲身参与中感受节庆旅游的美好和快乐，这样才能聚集人气、活跃节日气氛。一台优秀的剧目，一件出色的艺术作品，只有为人民大众所欣赏、所接受，才有价值，也才有生命力。从这个意义上说，艺术节不仅是“艺术的盛会”，更应是“人民的节日”。

3. 票价门槛高，阻碍了中低收入公众参与艺术节

在世界上许多文化艺术发达的国家，欣赏艺术并不那么“奢侈”。俄罗斯的文艺演出非常丰富，而且票价便宜，一般公民都可以消费。林肯中心艺术节上大都会歌剧院除了像帕瓦罗蒂的世界级别演出除外，一般的门票大约在 100 美元左右，最便宜的票约 10 美元。整个艺术节演出的平均票价约 75 美元左右。以美国民众的消费水平，与中国艺术节的票价相比，美国的票价显然要低。

“九艺节”虽然采取了众多的惠民举措，设定了低价票，但相对于公众的收入而言，票价仍让一般市民难以接受。广东省珠三角地区是我国较富裕的地区，2009 年珠三角人均 GDP 逼近 1 万美元大关。但 77.5% 的被调查者月均收入在 5000 元以下，37.6% 的收入在 2000 元以下。调查表明，中低收入阶层对艺术节有着比高收入阶层高得多的参与积极性，但中低收入阶层的实际参与程度却受到

① 夏一梅：《商业与艺术的完美结合——爱丁堡国际艺术节对发展文化创意产业的启示》，《上海商业》2008 年第 9 期。

门票票价的制约。九艺节门票票价相对于八艺节定价较低，惠民力度之大可谓空前，但37.1%的公众只能接受50元以下的票价，41.3%的公众能接受50～100元的票价，也就是说78.4%的公众能接受100元以下的票价。调查还发现没有人愿意接受300元以上的票价。调查表明：到现场观看节目的公众只有20.4%的是个人买票观看，不选择大剧场欣赏艺术节节目的公众37.7%的认为是由于票价比较高。可见，九艺节的入场门槛仍然比较高，过高的门票限制了市民参与的渠道，抵消了参与热情，进而影响了艺术节的社会效果。经济对艺术作品的市场化起着一定的制衡作用。现阶段，我国艺术作品的市场化要走低票价道路。

4. 社会效益、经济效益均不明显，对城市整体发展影响力有限

西方发达国家的艺术节已经超越传统艺术节的艺术价值，成为推动城市形象重塑、经济发展以及竞争力提升的“加速器”，而这也是21世纪西方艺术节的发展特点所在。①艺术节对城市发展的影响可以从两个方面来看：一是艺术节对城市形象的改观，二是艺术节对城市经济的拉动。

西方学者从全球化背景下城市竞争的角度分析艺术节在城市形象营销中的作用，斯科特（Scott Allen J.）的分析最具代表性，他认为，“城市的形象越是富含文化身份和经济秩序方面的独特性，就越具有垄断性，从而使他们在国内和国际的市场竞争中保持竞争优势……”②节前省内公众调查显示，对于“广东举办九艺节对城市形象有哪些影响?”这一问题，66.5%的公众认为可以提升市民文化素质，64.9%的公众认为可以提升城市知名度，48.2%的公众认为可以拉动经济与文化消费，46.2%的公众认为可以增强市民认同感。但节后省内调查表明，只有8.5%的公众认为广东举办九艺节对提高城市形象影响非常大，43.3%的公众表示比较大；九艺节期间，55.3%的公众认为自己的社会生活“和平常一样，没有什么特别”；节后31.0%的公众对广东举办艺术节感到自豪，但也有28.7%的公众表示无所谓，没有感觉。这组数据说明九艺节对打造城市名片所起作用有限。艺术节在设计上要与社会发展、城市发展紧密相连，依托城市深厚的文化、历史背景，在城市发展战略下进行节庆活动项目的长期规划。比如爱丁堡艺术节便是经过了半个世纪的打磨才成为当今世界最著名的艺术节之一的。中国艺术节

---

① 周正兵：《艺术节与城市——西方艺术节的理论与实践》，《经济地理》2010年第1期。

② 周正兵：《艺术节与城市——西方艺术节的理论与实践》，《经济地理》2010年第1期。

举办地点的流动性不利于发挥艺术节提升城市形象的作用。西方艺术节的组织者认为，艺术节能够对当地市民起到“启蒙”的作用，即通过刺激市民的艺术兴趣、扩大艺术欣赏人口的比例，提升市民的艺术素养并最终使城市受益于由于市民艺术素养提升所带来的溢出效益：市民文化归属感的增强，社区文化氛围的营造，城市形象的改造与提升。① 所以说无论是高雅艺术，还是先锋探索，都要在普通人中找到知音。如果当地居民参与艺术节热情不高，不能享受艺术带来的快乐，势必会影响前来旅游参观的外地公众对节日价值的认识。只有让大众都欣赏到人民创造的艺术作品，才能凝聚人心、鼓舞士气，增强大众的主人翁意识和自豪感，艺术才能真正提升城市精神，产生良好的社会效益。

历届中国艺术节对城市经济的贡献没有见诸权威部门的统计数据，但从调查中发现，不论是门票收入，还是艺术节间接性收益——旅游收益，由于参与的公众数量很少，因此，推测收益不会很高，节后省外的公众只有 8.7% 的人艺术节期间到艺术节举办地旅游，省内公众有 9.0% 的人到艺术节举办地旅游，而庞大的嘉宾团队虽然入住宾馆，但住宿、餐饮，甚至门票消费、旅游消费都由当地政府埋单，根本就不能创造经济效益。

与我国举办艺术节不同的是，经济因素成为西方发达国家举办艺术节最为重要的动因之一。例如欧盟成员国匈牙利就特别强调通过节庆推动经济的发展。艺术节成为西方国家用以推动经济发展的重要手段之一，特别是在西方城市中心区域的复兴计划中，艺术节几乎是一种普遍的选择。爱丁堡国际艺术节对当地经济发展起到了巨大的促进作用。每年的艺术节，刺激了旅游业的兴旺，国内外游客人数达到爱丁堡城市人口的一倍以上。有关统计数据表明，旅游业为爱丁堡每年带来逾 11 亿英镑的收入，提供了逾 2.7 万个工作机会。爱丁堡市政府发布的报告称，2004 ~ 2005 年爱丁堡市国际艺术节（全年）对爱丁堡市和苏格兰经济产生了巨大的推动作用，据测算，投入的每 1 英镑会带来 61 英镑的新产出和 17 英镑的净收入。②

格拉斯哥梅法斯特（mayfest）艺术节，吸引了大批旅游者，给城市带来巨

① 周正兵：《艺术节与城市——西方艺术节的理论与实践》，《经济地理》2010 年第 1 期。

② 夏一梅：《商业与艺术的完美结合——爱丁堡国际艺术节对发展文化创意产业的启示》，《上海商业》2008 年第 9 期。

大收入。据格拉斯哥旅游部门统计，1991～1998 年间国内旅游人口增长了 88%、国外旅游人口增长了 25%；而且为了艺术节的举办建造了大量文化设施，这些文化设施进一步改造了城市的公共空间；同时艺术节的举办也提升了城市的形象，经过 10 余年的经营之后格拉斯哥于 1999 年获得了“欧洲文化城市”称号。①

由此可见，艺术节产生的社会效益和经济效益是一对联系密切的孪生兄弟，从经济学的角度而言，艺术节具有公共产品的非竞争性和非排他性，因此，艺术节庆的社会效益，特别是对市民文化需求的满足往往是艺术节的重要目标。正如法国第一任文化部长马尔卢克斯（MalrauxAndré）强调的，政府“应该让包括法国在内的人类主要的文化产品为更广泛的民众所接触，同时，也为法国的文化遗产提供更多的欣赏者……”② 不充分挖掘艺术节的经济潜能，也会影响艺术节的生命力，只有取得社会效益和经济效益的双赢，才能推动艺术节良性发展，不断成熟。

5. “后艺术节时代”的持续发展问题

历届中国艺术节后，会留下一大批高成本、高投入的演出场馆，由于需求和管理问题，一些场馆往往在节后闲置，成为“建得起，养不起，用不起”的设施，而精品演出剧目则完成评奖历史使命，“刀枪入库”了。筹办“八艺节”期间，湖北省共投入 30 多亿元资金新建和维修改造了 35 个场馆，投入 2000 余万进行剧目创作。“九艺节”期间，广州、深圳、佛山、东莞、中山的 20 余家演出场馆全面升级，并投资新建了广州歌剧院，要使这批丰富的文化资源在节后发挥经济和社会效益，成为政府部门面临的一个新课题。

（二）对策建议

1. 确立国际发展战略目标，打造世界艺术节品牌

对中国政府而言，中国艺术节是中国通向世界的一张文化名片，通过这张名片，中国可以向全世界展现中华民族优秀的传统文化艺术，展示中国社会建设的

---

① 周正兵：《艺术节与城市——西方艺术节的理论与实践》，《经济地理》2010 年第 1 期。

② Evans Graeme. Cultural Planning：an Urban Renaissance? ［M］. London：Routledge，2001：78，88.

伟大成就，展现当代中华民族的精神风貌。通过这张名片，全世界可以加深对中国的了解和认识，通过加深对中华文化的认同，增强中华文化的影响力，增进中国的文化软实力。

因此，中国艺术节作为国家级的艺术盛典，不能仅仅满足于“国内一流”的定位，而必须要确立打造“世界一流”艺术节的发展战略，实现中国艺术节定位的国际化。今后的中国艺术节的定位不应再停留在“艺术的盛会，人民的节日”这一层面，而要以办成世界性艺术节为目标，重新进行战略研究、战略策划和战略安排。希望经过10到20年的努力，把中国艺术节发展成为一个运作成熟、具有相当国际知名度的世界级艺术盛会。

2. 改造中国艺术节基金会，进一步打造中国艺术节的运作主体

针对中国艺术节在全国流动举办的特点，要建立相对稳定的承办机构，落实艺术节的责任主体。比较国内外经验，将中国艺术节基金会改造成为中国艺术节的责任主体是当前比较可行的选择。

中国艺术节基金会业务上直属文化部管理，其基本职责是代表文化部具体承办中国艺术节，主要任务是负责筹措办节资金，协助各地方承办省市政府具体运作中国艺术节。国家文化和财政主管部门增加对于中国艺术节的财政资助，将财政拨款委托给中国艺术节基金会统一管理和运作。可通过这一途径，努力实现中国艺术节的办节模式由政府主办向政府与社会合办转变，切实提高办节效率，推动中国艺术节的发展与国际接轨。

同时建议在中国艺术节基金会下设立“中国艺术节研究中心”，旨在加强对中国艺术节的理论研究，承担起中国艺术节的研究、策划和宣传等具体任务。

3. 立足于艺术节的大众化宗旨，降低民众参与门槛，激发大众参与热情

历届艺术节都传递出一个信息：精彩剧目曲高并非和寡，“阳春白雪”在基层也有知音。只是因为参与渠道不畅，许多公众失去了欣赏高雅艺术、感受大众艺术的机会。对一座大城市而言，艺术节应该具有最大的包容度和兼容性，应该让不同层次的市民在不同的艺术阶梯上寻找到自己的位置。① 艺术节只有立足大众，才能有强大的生命力。民众的广泛参与不仅可营造和谐、热闹的氛围，更重要的是能充分展示具有浓厚地方特色的民俗民风，感染外地游客。艺术节应以公

---

① 王炎冰：《探索创新艺术节》，http：//big5. expo2010. cn/expo/sh_ expo/zlzx/sbzz/node18。

众最大限度地参与其中为目标进行规划、组织。要吸引更多的公众参与艺术节、分享艺术节可以从以下几个方面着手。

第一，举办专场演出活动，如组织大学生、农民工、工人、教师、农民、老年人、少儿的专场演出，或者分别在他们之间组织各种文艺活动。

第二，把模式化活动和群众性活动结合起来，既按一定程式举办开幕式、闭幕式、展览展示、舞台演出、广场演出以及各种比赛性活动，也举办一些群众能自由参与的文艺活动，可根据举办地的民俗风情、地域特色，配套举办一些传统的节日活动，特别是非物质文化遗产活动。

第三，通过政府补贴，降低演出票价。中国艺术节具有丰富人民群众文化生活的公益性质，应该让人民群众能够看到、能够看得起艺术节的各种演出；西方国家通过财政补贴的方式，运用价格杠杆吸引更多市民参与到艺术节的各种活动当中，以蒙特利尔艺术节为例，该艺术节91%的预算由政府出资，其中联邦政府33%、魁北克省25%、蒙特利尔市政府33%，这样就能保障市民能以较低的价格享受艺术节所提供的艺术盛宴。① 再比如爱丁堡国际艺术节在艺术节正式开幕前三天，特地为26岁以下年轻人举办免费音乐会；每场正式演出，即便像开幕音乐会这样的热门节目，仍然会保留50张票留待演出开始前一小时，以每张5英镑的低价售出。这些经验都是值得我们借鉴的。

第四，培育市场，加强大众艺术教育，切实提高国民整体艺术素质。通过举办各种形式的艺术活动大力培育公众的艺术鉴赏力，特别要注意培养青少年对艺术活动的参与兴趣，以便最大限度地提高公众的参与度，使中国艺术节成为真正意义上的“人民的节日”。如苏格兰爱丁堡国际艺术节的组委会在节日以外的一年时间内都组织“教育和拓展项目”（Education & Outreach Work），针对所有年龄段的市民举办艺术鉴赏的培训。宾夕法尼亚芭蕾歌舞团为了宣传将要演出的《天鹅湖》，组织教育专业队去学校教授当地10～11岁的孩子如何欣赏《天鹅湖》，如何欣赏即将举办的文化节演出。再比如苏格兰银行的音乐工程，帮助1800名学生学会欣赏音乐，懂得感受音乐的魅力。

第五，借鉴国际知名艺术节的经验延长艺术节节目展演时间。节后调查表明，在对第九届艺术节的评价中，相对于活动组织管理、活动场地、活动规模而

---

① 周正兵：《艺术节与城市——西方艺术节的理论与实践》，《经济地理》2010年第1期。

言，对活动持续时间的评价最差，4.9%的公众认为“比较差”，1.9%的公众认为“非常差”。国际知名大型艺术节举办时间通常在一个月左右，比如，新加坡国际艺术节一年一次，一般持续时间在三周以上，2009年新加坡国际艺术节持续了一个月。香港艺术节也是每年举办一次，持续时间常在4～5周。爱丁堡艺术节更是世界上持续时间最长的节日。我国艺术节三年举办一次，汇集了大量的精品艺术节目，为了让公众能充分享受根植于民间的艺术成果，适当延长艺术节的活动时间，可以让更多的公众欣赏到丰富多彩的艺术节目。

4. 引入经营理念，强化市场化运作

艺术节产业化的前提条件是演艺策划、剧目引进、经纪操作的市场化。在艺术行业的市场化运作方面，中外都有一些成功的经验。美国国家级表演艺术中心、世界最著名文化艺术机构之一——肯尼迪表演艺术中心总裁迈克尔·M. 凯撒认为，中国的艺术机构要多花时间去思考如何进行营销，逐步建立起一套行之有效的市场营销模式。另外，上海国际艺术节也有许多市场化运作经验值得中国艺术节主办方借鉴。课题组建议：

第一，主动与国际接轨，从实际需要出发，建立艺术节专业常设运作机构，进行艺术节的相关附属产品的市场开发和营销；第二，充分利用艺术节这个品牌和与之相关的无形资产，让它“保值”、“升值”，并尽量转化为有形资产，产生应有的社会和经济效益；第三，推动艺术节办节方式的重心逐步向市场运作转移，最终实现以市场运作为主的办节方式。

5. 盘活剧目剧场，创新管理模式

对艺术节后的文化场馆及精品剧目等“后艺术节”问题，必须引入经营理念，充分调动社会力量，借助文化市场盘活文化资源。比如武汉琴台大剧院，经武汉市政府授权，由武汉地产开发投资集团作为业主，引入北京保利影剧院管理有限公司和武汉天河影业有限公司，共同进行经营管理。政府在每年给予适量补贴的同时，要求管理公司必须承诺，每年达到100场以上的演出场次（及相关活动）。① 这种“行业管理、委托经营、市场运作、政府补贴”的运营模式体现了文化设施以社会效益与经济效益的最佳结合为目标，据报道，自2007年9月15

① 李新龙：《经营之道在于活——展望八艺节后场馆利用》，2007年11月16日第5版《湖北日报》。

日首演以来，在短短四个月里，大剧院演出49场，其中自营剧目25场，超额完成年内组织演出20场的经营指标。实现盈利48万元，按照委托经营管理合同，将上缴资产使用费9.6万元。剧院为广大观众呈现了丰富多彩的剧目种类，推进了武汉演出市场繁荣，提升了城市的文化品位，对宣传城市的文化建设、展现城市建设成果具有重要的作用。

在剧目方面，课题组建议建立中国艺术节获奖节目全国巡演的机制。每届中国艺术节的优秀节目节后应在全国巡演，这既可提高各地文化基础设施的利用率，也可进一步扩大中国艺术节的影响，丰富群众的文化生活，切实保障普通民众欣赏高雅艺术的权利，同时还可进一步开发拓展文艺演出市场。

A Survey Report on the Influence of the Regional Cultural, Economic and Social Development at the 9th China Art Festival

Ji Dongdong　Li Rong

Abstract: The China Art Festival, known as the "National Games for Artists", has been hold for nine sessions so far, which not only reflects the cultural and social development in China, but also implicates the reforming of national cultural system and the constructing of public cultural service system. As a matter of fact, the Festival has been casting more and more influence in the spheres of politics, economy, culture and society. However, few scholars give an in-depth research on this phenomenon. This article, based on a great number of fieldworks and firsthand data, makes a case study of the 9th China Art Festival, discussing the Festival's impact and function to the regional cultural construction and social development.

Key Words: China Art Festival; Regional culture; Survey

B.29

文化政策视野中的实体书店保护研究*

黄玉蓉**

摘　要： 10年来，在网络书店和数字出版的双重夹击下，中国已有近五成实体书店关闭。保护实体书店是保持文化多样性的需要，也是提升地区形象、营造书香社会的需要。政府应通过尽快推动“图书价格限定立法”、科学定价、将对新华书店的优惠扩展到民营书店、建立民营书店补贴奖励制度等策略对其加以保护。

关键词： 文化政策　实体书店保护　政策建议

实体书店，曾是人们生活中不可或缺的部分，它在滋润了无数爱书人心灵的同时，也提升了无数城镇的文化形象。但近年来，实体书店正越来越快地消失。据报道，在北京，号称“全球最大最全品种书店”的第三极书局3年内亏损近8000万元①，2010年1月终于不堪重负关门；北京的三联韬奋图书中心近日也缩减店面，腾出二楼开办咖啡馆；2008年，国际传媒巨头——德国贝塔斯曼集团最终关闭在华书友会及18个城市的36家零售连锁书店；而在上海，被誉为“民营书业的骄傲”、有“中国第一家也是最大的全国性民营连锁书店”之称的席殊书店于2004年因欠款被告上法庭，明君、思考乐、犀牛等民营书店也或关门或被收购，有上海“文化地标”之称的季风书店也面临危机，幸而在社会各界的帮助和政府的扶持下得以暂时脱险。2010年6月，继“学而优”广州暨南大学西门店关闭之后，经营了16年之久的广州第一家三联书店也于7月31日

---

* 本文系第47批中国博士后科学基金面上资助项目阶段性成果。

** 黄玉蓉，中国艺术研究院公共文化政策研究中心博士后研究人员，深圳大学文化产业研究院副教授，目前主要从事公共文化政策研究。

① http：//www. thefirst. cn/1366/2010 -09 -24/376582. htm.

撤出广州购物中心；在广州核心商圈盘踞十年之久的“龙之媒”书店也于8月15日结束营业；近年来力推“文化立市”、致力于营造书香社会的深圳，“已经没有什么民营书店可以再垮了”①。据悉，10年来，中国已有近五成实体书店关闭。

放眼全球，实体书店面临消失的危机已成世界性难题。20世纪90年代以来，日本每年有近千家中小书店倒闭，造成数不清的读者“买书难”，越来越多的读者远离书本。② 而2010年8月17日，美国最大的连锁书店、拥有720个店面的巴诺公司董事会宣布，“作为实体书店领域出现的最新麻烦，公司董事会将巴诺挂牌销售”③。为什么全球实体书店一片倒声？

一　实体书店难以为继的原因探析：网络书店和数字出版的双重夹击

通过走访部分民营小书店和国营新华书店、书城，笔者发现，实体书店难以为继最大的原因是来自网络书店的冲击。众所周知，图书因其标准简单、单价相对低廉而被认为最适合在网上交易，56%④的有网上购物经验的读者选择网上购书。由于折扣低、发货及时、送货上门、货到付款等因素导致实体书店的客户纷纷转向网络，而实体书店则沦为读者“书店看样、网上下单”的样板展示地。网络书店因其无需店面等优势可以拥有巨大的库存量，单靠这点就分流了众多客户。据统计，2010年9月，中国最大的实体书店北京图书大厦图书品种共37万⑤，而著名调查公司AC尼尔森发布的研究显示：中国最大的网络书店当当网2007年7月的在线图书品种就超过60万种⑥，2009年销售额达到22~24亿元，占整个中国图书销售市场10%~15%的份额。⑦

---

① 2010年8月9日C4版《深圳商报》。

② 甄西：《与“亚马逊”共舞》，《中国编辑》2005年第3期。

③ http：//www. 360doc. com/content/10/0824/13/2510930_ 48391275. shtml.

④ 数据来自：http：//www. tianjinwe. com/rollnews/201009/t20100906_ 1674543. html？ prolongation = 1。

⑤ 数据来自作者对中关村图书大厦有限公司总经理孟凡洪经济师的访谈。

⑥ http：//www. gxnews. com. cn/staticpages/20070731/newgx46aef34d - 1172077. shtml.

⑦ http：//www. thefirst. cn/1366/2010 - 09 - 24/376582. htm.

一方面，网络书店改变了部分读者的购书习惯，另一方面，数字出版的日益兴盛改变了部分读者的阅读习惯。E-link 技术的突破引发了数字出版和阅读方式的革命，电子书这种代表了未来新型传播方式的出版形式也对实体书店造成了威胁，虽然这种威胁的后发效应目前还没有完全显示出来。当前，这种在商务领域白领阶层中尤为流行的新的阅读媒介正以“减轻中小学生的书包重量”、“一次投入、终身受益”为由缓慢向教育界推进。而中小学教材的发行目前占全国图书年销售额六成，是国营新华书店的主要盈利渠道。由此不难想象电子书向中小学教材挺进对新华书店的致命冲击。虽然目前电子书占图书总销量的比例还不到1%，但不容置疑的是：纸张已经不再是书本唯一的载体，有人预言纸质书可能将于10年内消亡。① 目前电子书产品开发方兴未艾的现象已成事实，仅汉王一家2009年就卖出50万台电子书阅读器②，而利润的驱使更会对电子书的内容出版发展推波助澜。据统计，到2010年6月，可供 Kindle 用户下载的数字内容已增至30万种图书、29种杂志和38种报纸；调查机构 Stanford C. Bernstein & Co 称，目前出版商从一本电子书中通常可以赚得2.15美元，而一本实体书则只能带来26美分的利润。③ 2009年12月，亚马逊公司宣布其电子书销量首次超过实体书。总之，由于时尚、便利、便宜甚至免费等原因，越来越多的读者正从实体书的消费阵营流失，电子书成为他们的阅读新宠。

网络书店和数字出版的双重夹击使得实体书店正越来越快地消失。可以想见，将来读者不仅可能“想读的书买不到”，而且可能“想读书买不到”、“想读书买不起”。从经济学角度来看，产业发展优胜劣汰，应任其自生自灭，不适当的干预对产业发展是一种破坏。但图书、实体书店并非一般商品，我们不应单纯从经济学视角看待这一问题，否则难逃经济学分析的局限性对文化的伤害。从文化政策的视野观察，我们很容易便能发现保护它的必要性。面对实体书店消失这种全球性悲剧，我们必须比其他人“更早、更深刻”地意识到危害，考量其后果，想办法挽救，小而言之为国人留下一片精神绿荫，大而言之为世界贡献一点实体书店保护的中国经验。

---

① http://www.360doc.com/content/09/1102/13/114824_8266651.shtml.

② http://www.cnad.com.cn/html/Elite1/20100125/9289.html.

③ http://www.360doc.com/content/09/1102/13/114824_8266651.shtml.

二 保护实体书店的必要性

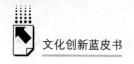

（一）从文化发展层面来看，保护实体书店是保持文化多样性的需要

正如生物多样性构成丰富多彩的世界一样，文化多样性是人类文明进步的重要动力，也是人类社会可持续发展的必要条件。它不仅体现为不同民族、语言的文化表现形式，也体现为不同形态、不同区域的文化服务和文化传播方式。而实体书店就是这样一种“不同一般的”① 文化服务和文化传播方式。面对这种独特的文化服务和文化传播方式的日益式微，我们理应站在文化多样性的高度，尽力挽救和保护它。

书店在传播人类文明、弘扬优秀文化和滋养民众心灵方面的意义自不待言，网络书店也具有这一功能。网络书店固然有它存在和发展的价值，它的兴起对改进实体书店的经营、服务是一种有力的促进，但对于一个健全的社会来说，仅仅只有网络书店是远远不够的。因此二者应该是互融共生的关系而非以此代彼。而且，在提供阅读服务方面，实体书店具有网络书店不可替代的优势。

1. 实体书店是孕育新思想的文化空间

书店向来是交流时代思想的市场，在塑造公众话语方面起到促成的作用。书店经常是捍卫言论自由权利的阵地。② 正如刘易斯·布兹比这位曾在书店任职17年的美国作家所说，国内影响较大的实体书店尤其人文书店就是以引领时代思想、塑造公众话语为己任的。它们融合了创办人的文化理念和爱书人的精神追求，成为民众的精神寄托之所和新思想的孕育温床，而新思想的诞生正是文化发展和文化创新的最大动力。比如北京万圣书园，号称不仅卖书还卖文化和思想，在做商业的同时表达着社会关怀和文化批判；单向街的宗旨是：以书店为主体，

① 联合国教科文组织于2001年11月2日在巴黎通过的《世界文化多样性宣言》第八条认为：文化物品和文化服务是不同一般的商品，面对目前为创作和革新开辟了广阔前景的经济和技术的发展变化，应当特别注意考虑作者和艺术家的权利，以及文化物品和文化服务的特殊性，因为它们体现的是特性、价值观和观念，不应被视为一般的商品或消费品。

② 〔美〕刘易斯·布兹比著《书店的灯光》，陈体仁译，上海三联书店，2008，第6页。

以沙龙为主导，把单纯的买书卖书变成思想交流的平台；广州博尔赫斯书店老板陈侗更是将图书的供应提高到大众精神关怀的层次①。

2. 实体书店的个性化经营能促进图书品种的多样化

在图书库存方面，一些有品位的实体书店除了经营部分畅销书“补贴亏空”外，大多以特定主题和专业领域为经营特色，比如不少城市专营的建筑书店、法律书店、人文书店往往在专业精深度上独占鳌头，有些书只能在此一家买到，能为相关读者提供高水准的文献信息服务。一定范围来看，这类书店的存在对高质量的专业书籍的策划、创作和出版是一种强有力的支持，称其为维护文化多样性、为全民阅读推广和学术文化创新作出了贡献应不为过。

3. 实体书店能满足不同读者的多样化需求

尽管身处互联网时代，我们当中还是有许多人不会上网但热爱读书，网络购书对他们而言遥远又困难，而电子图书更是让他们手足无措，也找不到阅读感觉。让这一群体无处购书，或者无书可购就是剥夺他们的文化权利；而且，目前网络书店的战略布局大多基于容易送达的城市，而我国幅员辽阔，在众多网络书店无法覆盖的不发达地区的乡镇村落，实体书店的作用不可低估，其消亡将会一定程度上影响公民文化权益的公平实现。

4. 实体书店有助于我们提高阅读效率

在实体书店购书，读者有充分的机会跟图书接触，使得购书活动成为包括翻书、淘书、品书等一系列过程的审美体验和文化享受；而且，实体书店的阅读氛围和交流空间能较好地激发阅读兴趣和思维的动力，让读者深层次地享受阅读、高效阅读。即使对于从小就用电脑的新生代来说，“读屏”也常有“浅阅读”之感，常有阅读低效或无效之感。目前，国际上对数字阅读的利弊仍不确定，对纸质阅读与数字阅读特点和功能的认识还有待深入。如果在对数字阅读还没有定论的情况下，实体书店就随着实体书一起消亡了，那将是人类莫大的悲哀。另外，如果全民阅读效率提高，其产生的文化能量未可限量。

综合来看，实体书店不仅是知识汇聚的空间，也是思想激荡的场所；不仅是一种历史悠久的文化产业经营形态，也是一种不可或缺的社会文化存在样态。其没落和消失无论对出版行业还是对整个社会文化生态而言都是巨大损失。

---

① http：//bbs. szhome. com/commentdetail. aspx？id =2535590.

不少读者喜欢实体书店的氛围，也喜欢网络书店的折扣，这种情况下我们不能限制消费者的“经济人理性”，却可以呼吁广大爱书人，着眼长远，拒绝小利，身体力行地支持实体书店的运营。消费者最重要最长远的利益不在于短时间内能买到便宜的图书，而在于我们的社会能够保持文化多样性，能够源源不断地提供有思想、有创意、高质量的文化产品。目前的网络书店用融资所得“高兴地倒贴”，大打价格战，持续扩大市场份额。问题是一旦实体书店被全盘摧毁，网络书店一枝独秀了，它的折扣还会如此优惠吗？

（二）从政府管理层面来看，保护实体书店是提升地区形象、营造书香社会的需要

1. 实体书店营造着良好的文化氛围、提升了地区文化形象

实体书店的经营，固然是一种商业活动，但它经过精心策划的销售、推广和读书活动却客观上起到了营造社会文化氛围、提升地区文化形象的作用。比如上海季风书店高品位的个性化经营理念，引领着整个大上海的阅读风向，其文化影响力还辐射到外地，为社会营造出良好的文化氛围。风雨10年，如今它已成为上海的“文化地标”，成为不少外地游客的必访景点，大大提升了上海的城市文化形象；贵州的西西弗书店致力于培养贵州的文化自信力，它的存在让人们对这个偏远省高看两眼；至于一些具有政治背景的书店，比如具有70多年历史的新华书店，则更是所在地的文化信息集散中心；香港三联书店则被知识分子称为“文化驿站”，扮演着海内外文化交流的重要角色。虽然这些个性书店所占的市场份额相对于庞大的网络订单而言微不足道，但它们在影响了覆盖区内爱书人的精神世界的同时，也默默地濡染和滋养着所在地的文化氛围，提升着所在地的文化形象，其影响是不可忽视的。

因此，即使在高度商业化、信息化、寸土寸金的香港，也依然顽强地生存着一批实体书店：三联、榆林、乐文、叶壹堂（Page One）等楼上书店虽然经营状况不容乐观，店铺楼层也节节攀升，但它们的存在为满街的商业气、市井气添了几丝清新的文化气息，不仅为居民及访客提供了精神休憩和思想交流的场所，而且一定程度上改变着香港文化沙漠的城市形象。

2. 实体书店是建设创意城市、书香社会的载体之一

据城市经济学家的研究，创意人才的聚集不仅会带来文化产业而且会带来科

技产业的兴盛，从而带动地方经济的发展。基于这一战略认识，今日中国几乎每个城市都制定了文化与创意产业政策，致力于吸引创意人才，建设创意城市。英国创意城市研究机构 Comedia 的创始者 Landry 认为：创意城市的要素在于城市的创意环境和文化因素。如何营造城市的创意环境和文化因素？这是一个宏大命题，但我们不妨从保护和建设好城市中有思想有内涵的实体书店做起，因为这样一些星罗棋布散落在街边的个性书店，同样也在参与建构城市的文化环境，它们既是创意城市建设的指标，也是创意城市建设的载体。试想如果一座城市，满街都只是卖吃穿用品这样一些纯物质的商店聚集，而没有一家书店可以让人满足精神的需求，那么街道的文化个性消失之时，也是创意人才对城市失去信心掉头离开之时。

同时，面临国民阅读率每况愈下的危机，我国各级政府高度重视实施全民阅读、营造书香社会的战略。我们难以想象，一个在街头看不到一家书店的城市何以称得上“书香社会”？尽管图书馆在此战略中将发挥排头兵作用，但实体书店能与其有效互补，满足读者购买收藏、随时随地自由阅读等需求。因此，保护、扶持、建设那些能构成人文景观的实体书店应成为我们建设创意城市、营造书香社会的切实行动。这既是公民的文化诉求，也是政府的文化职责。

三　保护实体书店的政策建议

书店经营的图书零售业务是物质产品的流通与传播，同时也是一种精神文化交流和信息传播活动。为了达到理想的社会效益和经济效益，国家对其给予扶持和资助是世界通行做法，我国也不例外。自 1993 年开始，国家相关部委数次发文，一步步完善现行出版物税收优惠政策。但具体到零售环节，现阶段国家对图书事业的少量补贴主要是针对少数民族地区的书业企业及老少边穷地区的基层书店，而且补贴的数量也极为有限，还有继续优惠的政策空间。本文依据调研结果，在合理借鉴发达国家经验的基础上探讨保护实体书店的政策建议。

（一）尽快推动“图书价格限定立法”

1. 图书价格需要限定

业内人士普遍反映，目前对实体书店冲击最大的是网络书店的折扣战，接近极限的折扣战导致整个图书市场的混乱和无序，如果继续下去，很可能影响出版物质量，破坏产业的良性发展。有鉴于此，中国出版工作者协会、中国书刊发行业协会和中国新华书店协会联合，经过两年半时间的反复征求意见和修改，于2010年1月8日发布了《图书公平交易规则》（以下简称《规则》），该《规则》最引人注目之处在于限制打折，因此俗称"限折令"。《规则》对出版一年内的新书零售价做了强制性规定：进入零售市场时，须按图书标定的价格销售，不得打折。折扣仅仅在机关团体采用竞标方式采购、网上书店或会员制销售等四类"特殊情况"下才可实行，且优惠价格不得低于版权页定价的85%。《规则》一出，争议四起。有法律专业人士指其违反《反垄断法》和《消费者权益保护法》，读者更是几乎一边倒地抗议"限折"侵犯自身权益，网络书店公开宣布暂不实施……在颁布（并未真正实施）不到8个月后，《规则》被重新修改：2010年9月1日，制定《规则》的三家协会重新发布了《规则》，原《规则》中争议较大的"促销"一章已全部删除，"新书一年内不得打折"等规定也被废止。

"限折令"被废止的另一原因是来自消费者的炮轰，但对此我们不能被表面现象所迷惑。"限折令"让消费者原本可以享受的折扣泡汤，表面上看确实蒙受了经济损失。但如果没有合理定价的前提，书店即使打折，消费者有可能利益被损害了却还蒙在鼓里。"高定价低折扣"迎合了消费者的心理，却损害了他们的实际利益。新书打折，并不是书店让自身利润给消费者，而是要求出版社降低供货折扣，出版社本来承受着图书出版一年后打折销售和退货的风险压力，如果新书再打折，自己无利可获，唯一的办法只能是提高图书定价。总之，图书价格战导致的书业恶性循环，将使作者、出版者、印刷者和发行者等相关主体利益受损，最终损害的还是消费者的利益：出版者出书不赚钱、作者写书拿不到稿费、印书卖书连成本都难以回收，必然导致图书的粗制滥造或者供应不足。因此，要治理书业恶性循环，必须从打折源头治起，进行图书价格限定。

2. 图书价格不应由行业协会限定

图书价格应该限定，但不应由行业协会限定，"研究起草价格和收费管理的法律、法规和规章"属于政府的职责范围，行业协会对此没有管理权限。直接以行规形式限制打折缺乏法律依据，也没有法律约束力；行业协会的工作方式是基于平等的沟通和协商，不具有行政管理生而有之的惩罚机制，也没有市场执法资质。因此，即使是版协成员的当当网也公然不执行《规则》，更别提众多不是三大协会成员的民营书店和网上书店，《规则》对它们根本就缺乏约束力。而此次《规则》的制定、图书价格的限定，牵涉复杂的法律问题、重大的企业切身利益问题，当然不应由行业协会来牵头，而应由立法机关出台法律，或者由政府部门出台政策来约束。

“限折令”被废止暴露了我国出版行政管理中关于行业协会的定位不准和政府履行职能的缺位问题。近年来我国文化体制改革一直在呼吁发挥社会中介组织的作用，壮大行业协会力量。这种设定完全符合“大社会、小政府”的理念，是发达国家的成功经验，也是我国未来的发展方向。此次《规则》的制定和出台，其最大意义在于发出了行业的声音，试图发挥协会的协调作用，引导成员基于共同的利益加强行业自律，这个方向和出发点是好的。但我们应认识到行业协会作为社会群体的性质：对内协调成员之间的利益分配和冲突，促进共同发展，对外与政府沟通，促进政府管理行为的合理化，协助实现政府的宏观经济调控。但“促进”和“协助”并不是代行政府职能，这一点需要在以后的文化行政中引以为戒。

3. 图书价格应由国家立法限定

虽然市场的调控最终能解决当前出版业的一些问题，但市场不是万能的，很多产业依然需要政策保护，这在全世界都一样。而且图书是非同一般的精神文化产品，更有必要保护。在认清图书价格混乱是制约行业发展的瓶颈后，我们应当机立断突破瓶颈。现行条件下，有了《反垄断法》的存在，任何政府部门都不会轻易制定政策限定图书价格，出路只有一条：提请立法部门进行价格限定立法，如此才能真正规范出版、发行行业。

《反垄断法》第十五条规定了不适用反垄断法限制的情形，立法机关只有依照法律规定的程序将图书列为“反垄断法适用除外对象”，立法规定其不适用反垄断法限制方可解决“两难”问题。此种做法在发达国家早有先例：通过立法形式将书业作为特殊行业排除在《反垄断法》等相关法律外，推行图书定价制，明确限制新书打折。日本就是通过立法将图书排除在一般商品之外：“为了出版业可以坚持‘定价贩卖’制度，日本特别立法，把出版业排除于‘独占禁止法’的适用之外。（少数出版3～5年后的旧书才会有打折的特例。）”① 从各国书业发

① 郝明义：《日本图书交易模式简析》，http://www.bkpcn.com/Web/ArticleShow.aspx?artid=075584&cateid=B03。

展情况来看，实行图书定价制的国家可以保证书业有密集的独立书店网络和较多充满活力的个性出版社，出版品种丰富，书价稳定，最终有效地保护了消费者利益。而废除图书定价制，只能让超市和网上书店借低价销售畅销书聚集人气，加速资金流动，而把图书连锁店拖入一条愈走愈窄的胡同，把读者的阅读需求置之脑后。曾实行过定价制后又弃之的英国，如今就饱尝苦果——从 1997 年定价协议废除到 2009 年，英国共有 500 家独立书店先后倒闭。① 2002 年，图书定价制在德国经历了三个世纪后终于成为法律条款：德国文化部出台《限定图书价格法》，规定出版社有权为自己的书定价，书店严禁打折；法国法律规定书商卖书的折扣不能低于 5%，意在保护不能规模化经营的小书店的生存；瑞士曾一度取消了图书定价制，2008 年，瑞士议会经研究发现：取消图书定价制，不利于出版文化的多样性、不利于保护中小书业，于是再次立法：新出版的图书一律按定价销售，不得打折；韩国的图书定价制经历了 50 余年的探索成长，至 21 世纪初终于正式通过《出版文化产业振兴法》。

发达国家对图书这种特殊精神文化产品的立法实践较好地保护了多元化的可持续发展的出版生态，保证了公民多样化文化需求的满足和民族文化创造力的实现。相信这些成功的立法探索将对中国的图书价格限定立法进程提供良好的借鉴。

（二）科学定价图书，杜绝“高定价低折扣”现象

与图书销售“折扣”密切相关的是“定价”，限定价格一定是以科学定价为前提的。不少书商和读者反映，更需要规范的，其实是图书的定价，而不是折扣，“动辄上千元的精装四大名著、二十四史……凭什么卖这么贵？经常看到一些书店一折、两折地在卖，你就能知道这些书的利润有多高！”② “高定价低折扣”现象严重扰乱了图书市场，让读者对图书的盈利模式和价格空间产生怀疑。“不打折不买书”是很多读者的消费底线，有的干脆不再买书；另外，虚高的图书定价还会导致盗版书猖獗。

图书价格是一个意义深远的问题，一方面会影响出版产业的发展，另一方面

① http：//book. sina. com. cn/news/v/2010 －01 －25/1207265659. shtml.

② http：//news. sina. com. cn/c/2010 －01 －18/124419491855. shtml.

也会影响民众的阅读热情，从而影响整个国民素质的提高，因此图书价格应该兼顾经济效益和社会效益。日本将出版物排除在《反垄断法》之外，限定出版物价格不高于国民收入水平，就是出于提高国民素质的考虑：让国民买得起、买更多的出版物。目前我国图书大部分是按印张按成本定价的，以图书的单位成本为基础，加上一定比例的预期收益来确定图书单价，此方法很大程度上来源于计划经济条件下的图书生产管理；另一种定价方法是目标收益定价法，其计算公式为：单位图书商品价格 =（总成本 + 目标收益额）/预期销量。国外有些出版社根据图书类型分开定价，尽量使书价合理；西方出版业较流行的还有需求导向定价法，定价基础是读者对出版物价值的感受和需求弹性系数。需求弹性系数小（即价格变化不太影响需求量）则定价高，比如教材即属此类。据统计，我国大众图书定价水平较高，而学术图书、科技图书定价偏低，学术图书与大众图书的差价低于国际水平。[①] 定价偏高的大众图书抑制了部分读者的购书需求，但学术图书、科技图书的读者受书价影响而放弃购书计划的可能性却相对小些。因此，笔者建议出版机构将图书合理分类，灵活定价，对于需求量大的大众图书适当调低价格，让利于民，通过薄利多销谋求利润；而对于学术图书、科技图书和艺术类图书可以坚持“高品位高价位”（但不是虚高）线路，让读者即使不打折购书也感觉物有所值。

如何定价、由谁定价、定价合理与否，这是一个需要多方力量博弈的复杂问题，出版管理部门应通过完善有关出版法律法规，将图书价格问题纳入严格管理范围，明确图书价格制定的原则和方法，建立分类价格指引体系，科学合理地确定图书价格，杜绝随意定价和打折行为。

（三）将政府对新华书店的优惠扩展到民营书店

图书零售业属经济效益不大但社会效益重大的微利行业，世界各国政府都有对其进行扶持的优惠政策，中国也不例外。在前几年的政策优惠基础上，财政部、国家税务总局于2009年12月10日颁布了《关于继续实行宣传文化增值税和营业税优惠政策的通知》（财税［2009］147号）。该文件规定：自2009年1月1日起至2010年12月31日，对全国县（含县级市、区、旗，下同）及县以

① 参见张青《中外图书定价比较》，《出版参考》2009年7月下旬刊。

下新华书店和农村供销社在本地销售的出版物免征增值税。对新华书店组建的发行集团或原新华书店改制而成的连锁经营企业，其县及县以下网点在本地销售的出版物，免征增值税。尽管文件明确规定免税对象“不包括位于市（含直辖市、地级市）所辖的区中的新华书店”，但“上有政策、下有对策”，不少新华书店系统的经营主体将纳税主体改组为“地、县（含县级市、区、旗）两级合二为一的新华书店”，因此便可合理合法地享受政策优惠了。这种经营的连锁加上政策优惠的“连锁”对优惠对象之外的民营书店形成了不公平竞争，使它们原本微薄的利润更加难以实现。

该政策的不公平性体现为：一方面，即使是偏远地区的县级新华书店，由于它是传统图书经营的龙头老大，其“国营”、“前事业单位”身份使之拥有较为固定的客户群，而且目前它仍是中小学教材发行主力，利润相对可观，其经营状况远远好于同地区民营书店；另一方面，不符合条件、政策制定者认为效益相对较好的经营主体也使“金蝉脱壳”之计来享受优惠，造成不公平竞争。与其如此，还不如索性放开，将优惠范围扩展到全部图书零售业经营主体，既体现国营民营一视同仁的政策公平，又保证政策执行的严肃性，有助于建立公平竞争的图书零售业环境。而且，图书市场的繁荣及读者的多样化、个性化需求的满足都离不开民营书店的发展壮大。

（四）建立民营书店补贴制度，对连续经营一定年限的民营书店实行奖励

出版发行业属于文化产业的重要类别，理应享受政府一视同仁的文化产业政策优惠和社会组织的扶持措施。而且，还有一个国营和民营“先天不平等”的问题需要考虑。国营新华书店大多是自有房产，且大多处于繁华地段，可以出租物业给相关产业比如饮食店、文具店、培训中心等，靠租金填补书业经营亏空。而民营书店当前面临的最大问题之一是租金昂贵。为扩大库存、丰富图书品种，书店往往又需要相对较大的经营空间，这与其微薄的经营利润极不相称。有鉴于此，政府有必要出台针对民营书店的优惠措施：比如提供闲置或经改造的政府物业，为其设定相对低廉的租金水平；或者直接实行租金补贴制度。总之不能将书店租金与其他利润率高、所需空间相对小的商铺等同。

为扶持文化产业的发展，不少地方近年陆续设立了文化产业发展专项资金。

以深圳为例：实体书店虽然名义上属于资助对象之列，但由于没有好的、大的项目而难以争取得到，因为专项资金的主要资助方式为项目补贴（占包括贷款贴息、配套资助、奖励、无息借款在内的五种方式的55%）。而运营状况不佳的书店尤其是小书店往往注册资本偏少、影响力偏小，这就导致它们很难进入“文化产业重点领域内的企业及其重点环节项目”之列，而重点环节是指“原创研发环节、原创作品的产业化环节、产品推广和市场营销环节、品牌塑造环节”①，实体书店就更难跻身其间了。统计2009年度的两批资助目录，书报刊出版发行的项目仅3项，占2%，且全为创作项目资助，一般的图书销售根本无福消受，即实力弱小的实体书店在“二次分配”中同样处于不利地位。有鉴于此，政府可以尝试设立民营书店专项补贴基金，让所有民营书店参与申请和竞争，为其争取生存发展空间。

书店的品牌打造、文化积淀和盈利模式的探寻都需要时间的积累，曾被美国《时代周刊》评为亚洲最佳的台北诚品书店，在亏损经营15年后，才于2004年首次开始赢利；② 即使是当当等网上书店也是靠风投支撑10多年后才勉强赢利。因此，对于书店来说，生存下去就是胜利。而且，有品位的书店往往伴随着城市文化的成长而发展，书店的历史往往也是城市发展的历史，因此政府有必要对连续经营一定年限的书店实行奖励，鼓励它们继续为知识信息的传播和城市文化的积淀作出贡献。即使没有物质奖励，道义或荣誉方面的肯定也值得期待。这方面国外也有先例：2001年，旧金山政府将具有特殊历史背景的“城市之光”书店列为第228个文化与建筑地标。仪式举行当天，数百名群众集聚书店门前庆祝。③ 今天，该书店已成不少游客专程慕名前往的“游览胜地”。

面对艰难的生存环境，实体书店当然不可能单靠政府的政策扶持存活，它们也要转变经营理念和模式，积极开拓新业务，多方位为读者提供网络书店无法提供的深度服务，这是另一个很多人都在探讨并且有待进一步探讨的话题，此处不赘述。虽然让实体书店成为大众日常生活中不可或缺的部分尚待时日，或者根本遥不可及；虽然保护实体书店可能只是人文主义者抵抗技术力量控制社会的本能

---

① 参见2008年7月14日颁布的《深圳市文化产业发展专项资金管理暂行办法》。

② http：//news. sohu. com/20041126/n223201190. shtml.

③ 翟星：《独立书店生存之路》，《新闻世界》2009年第7期。

行动，最终社会很可能还是被新媒介技术造就的数字文化景观所吸引。但我们坚信：作为信息和知识最古老、最可靠的本源，实体图书的存在与作用始终不可取代；而实体书店同样也会因其带给读者的独特的审美体验而长期存在，就像广播、电视和影碟吸引大众的注意力却永远无法取代电影院提供的全方位体验一样。而政府需要做的就是通过政策杠杆，将实体书店纳入已经普遍认可的博物馆、美术馆和图书馆等公共文化空间范畴，像保护博物馆等“脆弱的花朵”一样保护实体书店，保护这种有益于人类文化发展的组织形态，满足人们多元化的精神文化需求。

Protection Research of the Traditional Bookstores in the Cultural Policy Vision

Huang Yurong

Abstract: In these ten years, nearly half of the traditional bookstores have closed under the dual attack of the online bookstores and digital publications in China. To protect the traditional bookstores is to maintain the cultural diversity, is also to enhance the reputation of the region and create a scholarly community. The government should implement the " book price limit legislation ", set a reasonable book price, extend the preference for the Xinhua bookstore to the private bookstores and establish the system of reward and subsidy for the private bookstores as soon as possible.

Key Words: Cultural policy; Protection of the traditional bookstores; Suggestions

图书在版编目（CIP）数据

中国文化创新报告．2，2011/于平，傅才武主编．—北京：社会科学文献出版社，2011.6
（文化创新蓝皮书）
ISBN 978 - 7 - 5097 - 2400 - 2

Ⅰ.①中…　Ⅱ.①于…　②傅…　Ⅲ.①文化事业 - 研究报告 - 中国 - 2011　Ⅳ.①G12

中国版本图书馆 CIP 数据核字（2011）第 101545 号

文化创新蓝皮书
中国文化创新报告（2011）No.2

文化部文化科技司
武汉大学国家文化创新研究中心
顾　　问／蔡　武　王文章　冯天瑜
主　　编／于　平　傅才武

出 版 人／谢寿光
总 编 辑／邹东涛
出 版 者／社会科学文献出版社
地　　址／北京市西城区北三环中路甲 29 号院 3 号楼华龙大厦
邮政编码／100029

责任部门／皮书出版中心（010）59367127　　责任编辑／桂　芳
电子信箱／pishubu@ ssap. cn　　责任校对／吴　丹　颜　哲
项目统筹／邓泳红　　责任印制／董　然
总 经 销／社会科学文献出版社发行部（010）59367081　59367089
读者服务／读者服务中心（010）59367028

印　　装／北京季蜂印刷有限公司
开　　本／787mm × 1092mm　1/16　　印　张／31
版　　次／2011 年 6 月第 1 版　　字　数／530 千字
印　　次／2011 年 6 月第 1 次印刷
书　　号／ISBN 978 - 7 - 5097 - 2400 - 2
定　　价／79.00 元

本书如有破损、缺页、装订错误，请与本社读者服务中心联系更换
版权所有　翻印必究

盘点年度资讯 预测时代前程

从“盘阅读”到全程在线阅读

皮书数据库完美升级

· 产品更多样

从纸书到电子书，再到全程在线阅读，皮书系列产品更加多样化。从2010年开始，皮书系列随书附赠产品由原先的电子光盘改为更具价值的皮书数据库阅读卡。纸书的购买者凭借附赠的阅读卡将获得皮书数据库高价值的免费阅读服务。

· 内容更丰富

皮书数据库以皮书系列为基础，整合国内外其他相关资讯构建而成，内容包括建社以来的700余种皮书、20000多篇文章，并且每年以近140种皮书、5000篇文章的数量增加，可以为读者提供更加广泛的资讯服务。皮书数据库开创便捷的检索系统，可以实现精确查找与模糊匹配，为读者提供更加准确的资讯服务。

· 流程更简便

登录皮书数据库网站www.pishu.com.cn，注册、登录、充值后，即可实现下载阅读。购买本书赠送您100元充值卡，请按以下方法进行充值。

充值卡使用步骤：

第一步

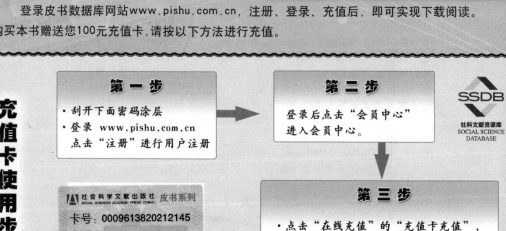

· 刮开下面密码涂层
· 登录 www.pishu.com.cn 点击“注册”进行用户注册

第二步

登录后点击“会员中心”进入会员中心。

第三步

· 点击“在线充值”的“充值卡充值”，
· 输入正确的“卡号”和“密码”，即可使用。

SSDB 社科文献资源库 SOCIAL SCIENCE DATABASE

（本卡为图书内容的一部分，不购书刮卡，视为盗书）

如果您还有疑问，可以点击网站的“使用帮助”或电话垂询010－59367227。